Les terres meurtries

Daniel Bernier

Les terres meurtries

Camille

*

Léona

* *

Le temps des noces

* * *

ÉDITIONS FRANCE LOISIRS

Édition du Club France Loisirs,
avec l'autorisation des Éditions l'Archipel.

France Loisirs,
123, boulevard de Grenelle, Paris
www.franceloisirs.com

ISBN : 978-2-298-00572-1

Camille

*

À Camille et Léona, mes parents

L'année 1888 avait été celle du malheur à la ferme de Bon-Ru.

En pleine nuit du 3 octobre, c'est Marie, la première, qui avait été réveillée. Il lui avait semblé, du fond de l'alcôve, avoir entendu des cris, puis des hennissements, insolites à cette heure, ainsi que des piétinements venant de l'écurie. Ce furent ensuite les aboiements plaintifs et répétés de Barbet, le chien à l'attache.

Marie secoua violemment Alphonse qui dormait à ses côtés.

— Vite ! Lève-toi ! Je crois bien qu'il se passe quelque chose !

Il n'y avait plus aucun doute : la ferme de Bon-Ru était en feu.

— Au feu ! Au feu !

On entendait maintenant la paille grésiller, les premières tuiles éclater sous l'action de la chaleur.

Tandis qu'Alphonse se précipitait vers l'écurie, la première pensée de Marie fut pour ses fils, Jean-Baptiste et Paul, qu'elle courut réveiller dans leur chambre mansardée au fond du grenier. Tous trois dévalèrent l'escalier pour se précipiter dehors. Ils se ruèrent sur les seaux à traire qui étaient suspendus dans l'appentis accolé à l'étable.

Tenter d'ouvrir la lourde porte de grange qui commençait à flamber elle aussi, courir emplir les seaux au ru tout proche, s'approcher du brasier des récoltes pour y projeter le contenu des seaux leur apparut rapidement sans espoir.

Sur l'injonction de Marie, Jean-Baptiste enfourcha son vélo. De toute la force de ses vingt ans, il pédala jusqu'au village, distant de cinq cents mètres, en hurlant : « Au feu ! Au feu ! Y a le feu à Bon-Ru ! » Puis, jetant sa bicyclette contre le mur du cimetière entourant l'église, il s'engouffra dans l'édifice et se pendit à la corde de la grosse cloche pour sonner le tocsin.

Pendant ce temps, les hennissements des chevaux effrayés redoublaient. La porte de l'écurie s'ouvrit brutalement sur Gitane qu'Alphonse avait réussi à détacher. Mais il restait encore les deux autres à sauver. Affolé par les flammes, la chaleur qui se faisait de plus en plus vive et les bruits de toutes sortes, Pacha ruait et gesticulait au point que son maître ne parvenait pas à le libérer.

Sachant son mari en difficulté, alors que le feu dévorait la récolte de foin dans le sineau[1] juste au-dessus de l'écurie, Marie, après avoir détaché Barbet, rejoignit Alphonse pour lui prêter main-forte. Pacha, libéré, ne demanda pas son reste. Ruant des quatre fers, il s'élança dans la pâture en face de la ferme où il retrouva Gitane, maintenant apaisée.

Les flammes, qui apparaissaient alors par les trappes de distribution du fourrage dans le râtelier

1. Fenil.

des chevaux, ne firent qu'épouvanter encore plus Sultan. Le puissant ardennais trépignait en tirant violemment sur son licol dont Alphonse ne parvenait pas à faire jouer le mousqueton.

Le feu se faisait de plus en plus menaçant. En hurlant, Alphonse supplia Marie de quitter les lieux. Celle-ci fit semblant de ne pas l'avoir entendu. Avec des caresses, elle tentait de calmer l'animal pendant qu'Alphonse s'escrimait sur la boucle de la têtière.

C'est au moment où Sultan, échappant à une mort atroce, fut enfin délivré que le plafond de l'écurie s'effondra sur le couple.

Le seau à demi vide à la main, Paul eut beau appeler « Maman ? Papa ? Où êtes-vous ? », personne ne lui répondit.

C'est ainsi, alors qu'il venait juste d'avoir douze ans, qu'il devint orphelin.

Lorsque, peu après, arrivèrent les gens du village armés de leurs seaux et les pompiers qui mirent en action leur pompe à bras, il n'y avait plus que le corps de logis à sauvegarder. La grange, gorgée de récoltes à cette époque de l'année, et l'écurie étaient complètement détruites.

Au petit jour, on put dégager les deux corps sans vie, affreusement calcinés. On retrouva aussi les restes du journalier, sûrement le responsable de l'incendie. Embauché pour la campagne d'arrachage des betteraves, il dormait dans le foin. La veille, avec le produit de ses gages hebdomadaires, on l'avait vu aller au village et acheter une ration de tabac et un litre de goutte – de la mirabelle – chez la Justine.

Ivre, il avait dû s'endormir la pipe allumée. C'était ce à quoi avait conclu la maréchaussée qui s'était rendue sur les lieux le lendemain en fin de matinée.

Petit-Paul pleurait en silence. Il pleurait cette mère tant aimée. Elle aurait été si heureuse de le voir faire sa communion solennelle au printemps. Très pieuse, elle avait été ravie et fière d'apprendre de sa bouche que son fils se sentait attiré par la prêtrise.

Il pleurait Alphonse, ce père rassurant, courageux, travailleur.

Jean-Baptiste, lui, tout aussi bouleversé que son cadet, jura de toujours s'inspirer de l'exemple de ses parents. Il s'engagea à ne pas ménager sa peine pour reconstruire la ferme au plus tôt. Il savait pouvoir compter sur le concours de tout le village. Ce drame, touchant une famille honorablement connue dans la région, avait marqué les esprits.

Pour l'heure, Paul et lui trouvèrent gîte et couvert chez leur grand-mère maternelle – Grand-Mê – dans la petite maison du village qui leur était familière. C'était là que, petits, ils avaient passé de longues journées, les travaux des champs accaparant père et mère.

Depuis ce malheur, Paul ne manquait aucune occasion d'aller se recueillir sur la tombe de ses parents. Il était persuadé qu'ils étaient au paradis, auprès de ce Dieu dont l'abbé Aubry l'avait convaincu de l'infinie bonté.

D'un naturel renfermé, il se mêlait rarement aux adolescents de son âge qu'il trouvait braillards et stupides. Les filles, elles, lui faisaient peur. Il ne les comprenait pas. Il les évitait le plus souvent car il les craignait. Surtout depuis ce jour de l'été dernier où, pendant que les vaches paissaient tranquillement dans la prairie, Paul en avait profité pour se baigner dans la Meuse toute proche. Escaladant le haut bord pour aller se sécher sur le pré, il vit se détacher l'ombre de la Jeannette. Fille habitant le village voisin de Montigny, elle était connue pour être une dévergondée. Elle n'avait que quatorze ans. Il se racontait cependant des tas de choses sur son compte. On lui prêtait même une liaison avec l'Émile, un vieux célibataire qui se louait dans les fermes.

La Jeannette gardait les trois vaches de sa grand-mère, Eugénie Pingart, qui l'avait accueillie avec sa mère après que le père les eut abandonnées. La gamine n'avait pas froid aux yeux. On aurait dit que ses attitudes provocatrices, son insolence étaient sa manière à elle de se venger du sort qui ne lui avait pas été bénéfique.

S'adressant au jeune garçon, elle proposa :

— Si tu me donnes la moitié de ton goûter, je te montrerai quelque chose…

Gêné, Paul ne répondit pas.

Elle interpréta son silence comme le désir d'en savoir plus.

— Quelque chose que tu n'as jamais vu. Tu pourras même toucher si tu veux !

La donzelle n'ayant rien dans les mains, rien dans les poches, Paul commença à se douter de ce qu'elle voulait lui montrer. Il rougit violemment.

— Quelque chose que tous les hommes et toi

aussi, j'en suis sûre, désirent caresser... quelque chose qui sert à l'amour... quelque chose dont tu ne pourras jamais te passer...

Ne voulant pas en entendre plus, Paul se sauva à toutes jambes. La pécore courut sur ses talons.

— Arrête-toi, Paul ! Même si tu ne me donnes pas la moitié de ton goûter, t'auras le droit de regarder, et même de toucher si tu veux...

C'est alors que la clôture d'un parc à vaches stoppa la retraite du jeune garçon. Il eut à peine le temps de reprendre son souffle que la Jeannette fondit sur lui et le terrassa. Elle s'allongea ensuite sur le garçon. Paul manquait d'air. Malgré cette agréable douleur qu'il sentait poindre dans son ventre, il eut la volonté, au prix d'un violent effort, de se libérer de la fille. Vexée, cette dernière, avisant un massif d'orties, en arracha une poignée. Avec une étonnante rapidité, elle se lança à la poursuite du garçon qui, se retournant pour voir si elle gagnait sur lui, buta dans une taupinière et s'étendit de tout son long. Alors la fille en profita pour lui fouetter les cuisses, le sexe et le ventre avec les échaudures. En même temps que la douleur apparut, la peau se couvrit de boursouflures rougeâtres. Ny tenant plus, pour calmer la douleur des brûlures et échapper à la diablesse, Paul se jeta à l'eau.

De la berge lui parvint le rire moqueur de la Jeannette qui releva sa robe, baissa ses culottes et s'exclama :

— Voilà, pauvre idiot, ce que tu refuses de voir !... Mais je suis sûre qu'un jour ce sera toi le demandeur !

Avant de retourner à ses vaches et pour compléter sa vengeance, elle rassembla les vêtements laissés sur le pré par Paul, les roula en boule et les jeta dans un buisson d'épine-vinette qui poussait sur la rive.

Le garçon en pleura de dépit.

Décidément, les filles étaient une engeance dont il fallait se méfier…

Ce soir-là, pourtant, il peina à trouver le sommeil. À plusieurs reprises, il tenta de chasser de son esprit le regret de ne pas avoir partagé en deux l'épaisse tartine de beurre et la tranche de lard de son goûter.

Le jeune Paul admirait son frère. Il enviait sa force, son aisance, son courage. Il enviait l'audace dont Jean-Baptiste faisait preuve en de multiples circonstances. Lorsque, par exemple, il décidait de mettre un lit de gerbes ou de foin en plus de ce qui était raisonnable sur le chariot déjà bien chargé, au risque de le voir verser sur les chemins aux profondes ornières. Audace aussi lorsqu'il fut le premier du village à acheter la fameuse Garrett, une bineuse à cheval qui, à elle seule, était à même de remplacer une demi-douzaine de journaliers. Audace encore lorsqu'il grimpa sur le faîte du toit pour y remettre en place les tuiles que la tempête de la nuit avait chahutées.

Paul aurait aimé ressembler à ce grand frère qui l'impressionnait aussi par sa façon de parler, de réunir autour de lui un auditoire toujours intéressé, par sa manière d'user de son autorité naturelle, sans un mot plus haut que l'autre. Ainsi, lorsqu'à la fin du repas pris en commun, au claquement sec du couteau qu'il refermait, les ouvriers attablés comprenaient qu'il était temps de se lever et de retourner au travail. Ce simple geste du maître suffisait.

Bien sûr, Paul, en raison de son jeune âge, n'avait pas à exercer ce type d'autorité, mais il avait conscience, de manquer d'assurance, d'esprit de décision.

Il y avait toutefois un domaine où Paul avait des certitudes, c'était celui de sa foi en Dieu. Cela le remboursait, aimait-il à penser, de toutes ses insuffisances.

La mort de leurs parents avait rapproché les deux frères. Les huit années qui les séparaient les avaient vus vivre jusque-là côte à côte. Cette différence d'âge ne leur avait pas permis de partager les mêmes moments, les mêmes émotions. Mais depuis ce jour tragique, l'aîné avait à cœur d'apporter toute son attention et son affection à son jeune frère. Même s'il s'amusait parfois à se moquer de son cadet en l'appelant « p'tit curé », il n'en était pas moins très attaché à lui et prêt à le défendre en toutes circonstances.

Dix-huit mois s'étaient écoulés depuis cette épouvantable nuit d'octobre.

La ferme était quasiment reconstruite. Jean-Baptiste l'avait voulue identique à l'ancienne en y ménageant cependant des lucarnes plus grandes pour plus de lumière. Il fit ajouter aussi une fosse à purin étanche. Ainsi serait récupéré un engrais de qualité pour nourrir les terres.

En avril 1889, les deux frères Vigoureux furent invités au mariage de leur cousin Maximilien, à Cierges-sous-Montfaucon. Jean-Baptiste eut pour cavalière Clara Herbinet, de Cierges et d'un an sa cadette. Grande fille à la peau mate, aux longs cheveux noirs et brillants, qu'elle avait pour ce jour-là retenus en un volumineux chignon, elle ne manquait pas de charme malgré un regard sombre qui vous transperçait et une bouche presque sans lèvres. Du charme, elle en avait sûrement pour Jean-Baptiste qui ne tarda pas à lui faire la cour. Dans cet exercice, il perdait son aisance habituelle, ce qui ne manquait pas d'amuser Paul. Celui-ci observait l'empressement maladroit de son frère auprès de la belle qui faisait des efforts pour dissimuler ses sentiments. Mais on voyait bien que le jeune homme ne lui était pas indifférent.

Ils se revirent le mois suivant à la fête patronale de Cierges. Jean-Baptiste avait insisté auprès de Maximilien pour y être invité. Ce fut à cette occasion que le jeune paysan se déclara.

Les parents Herbinet ne voulant pas confier leur fille unique à n'importe qui, ils écrivirent, comme cela se faisait très souvent, au curé de la paroisse de Jean-Baptiste, l'abbé Aubry. Ils lui demandaient des renseignements sur la piété et la moralité du prétendant et de sa famille.

La réponse qui leur parvint la semaine suivante – plusieurs feuillets à l'écriture serrée – ne laissait planer aucun doute sur les qualités morales et spirituelles de la famille Vigoureux. Pensez donc, le frère du jeune homme se destinait à la prêtrise ! Jean-Baptiste, moins pieux certes, était cependant un homme de bien.

Ce fut aussi l'opinion des Herbinet après la première rencontre avec Jean-Baptiste, venu officiellement demander la main de Clara.

La seconde entrevue eut lieu la semaine suivante autour de la table dominicale. Pour la circonstance, Clara avait tenu à cuisiner elle-même le plus beau coq de la basse-cour et à confectionner une galette aux mirabelles des plus appétissantes. Ainsi Jean-Baptiste put apprécier les qualités de maîtresse de maison de « sa future ».

Puis, après un café mirabelle, alors que les femmes débarrassaient la table et faisaient la vaisselle, le jeune homme répondit aux nombreuses questions du père de Clara. Il voulait tout savoir sur la superficie de la ferme de Bon-Ru, sa répartition entre herbages et cultures, le nombre de vaches laitières, de veaux de l'année et de génisses. Il s'enquit aussi du nombre de chevaux qui, avec la taille du tas de fumier, marquait l'importance de l'exploitation. Il l'interrogea sur ses liquidités, ses placements, le montant qu'il avait dû toucher des assurances après le sinistre, le coût de la reconstruction. Jean-Baptiste répondait de bonne grâce. Il fit part de ses projets, mais aussi de ses besoins, amenant habilement son futur beau-père à évoquer de quoi la dot de sa fille serait faite, dot dont le contenu fut âprement discuté.

Les femmes se joignirent à eux lorsqu'il fut question d'arrêter les dates des fiançailles et des noces. On décida que le mariage aurait lieu le 23 avril 1890.

À mesure qu'approchait cette date, Clara venait fréquemment se familiariser avec la ferme de Bon-Ru. À chaque visite, Paul ne manquait pas d'être impressionné par cette longue fille au regard sombre. Clara, de son côté, se préoccupait peu de l'adolescent au caractère renfermé. Elle s'amusait de la gêne du garçon face aux filles. Très pieuse elle aussi, elle lui confia un jour qu'elle était heureuse d'avoir pour beau-frère un futur curé. Elle lui fit remarquer que ce sacerdoce n'allait pas sans renoncement. Il ne connaîtrait pas certains plaisirs de la vie, dont le bonheur d'être père.

Paul en était conscient, mais, pour lui, le sacrifice lui semblait dérisoire, comparé aux joies qu'il attendait d'une vie au service de Dieu et des hommes.

Depuis la mi-avril, les deux fiancés avaient passé de longues heures dans la grange de la ferme Herbinet. Le village de Cierges ne plaisait guère à Jean-Baptiste, avec ses fermes accolées l'une à l'autre, de part et d'autre de la route. Les usoirs[1], de peu d'ampleur, parvenaient juste à contenir les tas de fumier d'où s'écoulaient des rigoles de purin se mélangeant à la boue de la rue mal empierrée. Rue toujours boueuse à la mauvaise saison à cause du passage, deux fois par jour, des troupeaux se rendant à l'abreuvoir situé dans un creux, au plus bas du village. Aussi, le jeune homme était-il ravi de sacrifier à cette tradition qui voulait que, la plupart du temps, les épousailles se déroulent chez la jeune femme, mais que, cérémonie terminée, celle-ci vienne s'installer au village du mari. La femme ne devait-elle pas suivre son époux ?

Comme d'habitude, le repas de noce aurait lieu dans la grange. L'endroit s'y prêtait bien. À cette saison, l'aire était vide des gerbes qu'on avait battues en hiver. L'étable contiguë, que dans la région on a

1. Dans les villages lorrains, espaces entre la maison de ferme et la rue, généralement occupés par des tas de fumier et de bois.

toujours appelée écurie, avait été libérée de ses hôtes depuis une pleine semaine.

Le gros du travail était de faire place nette en commençant par une chasse impitoyable aux araignées et à leurs toiles. C'était la tâche de Clara, qui avait enserré son chignon dans un fichu solidement noué. Sous ses longues jupes protégées par un sarrau usagé, elle avait passé un vieux pantalon de velours de son père. Dans cet équipage des plus chastes à défaut d'être élégant, juchée sur une haute échelle, elle maniait avec une étonnante vigueur une tête-de-loup au bout d'une longue perche. C'est que le toit était très haut dans ces massives fermes meusiennes !

— Fais attention à bien assurer ton échelle, lui recommanda son promis, on serait dans de beaux draps si tu te brisais un abattis !

— Ne t'en fais pas, Jean-Baptiste, j'ai l'habitude des échelles ! Comme il n'y a pas de garçon à la maison, c'est toujours moi qui grimpe sur le sineau pour taper[1] le foin des bêtes.

Redescendue des hauteurs de la charpente, passant près de son fiancé, elle lui demanda de l'aider à débarrasser ses vêtements des poussières et lambeaux de toiles d'araignées. Il en profita pour saisir la taille de la jeune fille qu'il attira contre lui. Clara commença par se laisser faire mais, sentant s'accélérer la respiration de l'homme, elle se dégagea.

— Sois patient, mon Jean-Baptiste, on sera bientôt

1. Projeter le foin du sineau sur l'aire de grange.

rendu à samedi... Et puis on a encore de l'ouvrage devant nous ! dit-elle en se dirigeant vers le dernier coin de toit à nettoyer.

Jean-Baptiste retourna à sa brouette de kaolin. Il en préleva de généreuses pelletées pour combler les ornières que les lourds chariots à bandages avaient tracées. Encore deux dernières pelletées pour boucher le trou qu'un cheval, trouvant le temps long à l'attache, avait creusé. L'emplâtre déposé, il frappait du dos de la pelle avec une force qui faisait se plaindre le manche de l'outil.

Un costaud, ce Jean-Baptiste. Sûr qu'il mesurait pas loin de deux mètres. Une vraie force de la nature ! Il était connu dans la région pour la puissance de ses muscles. Personne n'aurait osé lui chercher querelle. Dès l'âge de quatorze ans, il ne craignait pas de se colleter avec un sac d'un quintal de blé. Il se baissait, le prenait à bras-le-corps et, tout en se relevant, d'un coup sec des reins le basculait sur l'épaule !

Son frère Paul, de huit ans son cadet, moins charpenté, n'aurait jamais cette force. Pas gênant puisqu'il ne serait pas paysan. Il venait d'entrer au séminaire de Verdun après avoir obtenu son certificat d'études.

C'était l'abbé Aubry qui avait suscité cette vocation. Il lui avait vanté tous les avantages d'une vie de prêtre : diriger les consciences des paroissiens, aider son prochain à accepter l'idée de la mort, prêcher la bonne parole, être reçu dans toutes les maisons, mais aussi recueillir par la confession assez de confidences pour asseoir son pouvoir sur le village. Et peut-être, un jour, devenir doyen et, pourquoi pas, évêque et même cardinal !

Le choix du jeune garçon arrangeait tout le monde. Bon-Ru n'était pas assez important pour faire vivre deux ménages. Dans la plupart des familles, seul un des enfants pouvait reprendre la ferme. Comme chez les Lhuillier, où l'aîné était resté tandis que les jumeaux, ses deux jeunes frères, venaient de se faire embaucher aux Chemins de fer de l'Est. Même chose chez les Lelorrain : Cyrille dirigeait la ferme des Aulnaies, sa sœur et ses deux frères, qui avaient des bonnes têtes, étaient entrés dans l'administration.

Paul au séminaire, partager le patrimoine n'était pas nécessaire.

Mais on n'en était pas encore à parler partage !

Pour l'instant, il fallait poursuivre l'aménagement de la grange.

Il fallut bien deux jours encore pour en venir à bout. On chaula les murs. On tendit un grand drap de lin blanc au milieu duquel seraient fixées, hautes de trois pieds, les initiales des deux familles s'unissant, V pour Vigoureux, H pour Herbinet. Le jeune Paul était chargé de cueillir les feuilles de lierre nécessaires pour figurer, une fois assemblées, ces deux lettres géantes. Il devait aussi prélever sur le sapin du jardin des branches pour dissimuler çà et là quelques lézardes.

Jean-Baptiste tendit des fils de fer entre les piliers pour y suspendre des lampes à acétylène et à pétrole qui viendraient en complément des chandeliers disposés sur les tables.

Le lendemain, il dégagea du fond de la grange les quelques betteraves à demi pourries qu'il alla jeter sur le fumier. Et il lava à grande eau cet espace ainsi libéré, seul endroit bétonné où l'on pourrait danser.

L'oncle Ferdinand avait promis de venir avec son accordéon. Mais Jean-Baptiste craignait qu'en fin d'après-midi il ait trop forcé sur les boissons pour faire danser la noce.

Prudent, le jeune homme avait reçu l'assurance de pouvoir disposer du piano mécanique du café Sampont. C'était l'un des bistrots du village où les jeunes gens avaient l'habitude de danser après les vêpres du dimanche. Geneviève, la tenancière, ne pouvait refuser ce service à la famille Herbinet. À la sortie de la messe de mariage, toute la noce devait venir prendre l'apéritif au bistrot avant de se rendre, comme c'était la tradition, dans l'autre estaminet du village, chez le gros Léon.

Un peu à l'étroit dans son costume de communion dont Clara avait défait les ourlets, Paul, à quatorze ans bientôt, avait presque une stature d'homme. Son corps l'embarrassait. Il n'était pas à l'aise dans le monde. Il se résignait avec peine aux embrassades des cousins et cousines, oncles et tantes venus en nombre pour ce grand jour. Certains étaient même arrivés la veille par le train. On était allés les chercher à la gare de Dun et on les avait accompagnés jusqu'aux chambres mises à leur disposition dans le village. D'autres, réfractaires à ce moyen de locomotion, avaient préféré leurs bonnes vieilles voitures à cheval. Tilburys et cabriolets étaient remisés dans la cour de la ferme voisine. Le cousin Prosper, marchand de cochons de son état, était même venu de Montmédy dans la voiture bâchée qui servait d'habitude à véhiculer des porcs. Transport idéal pour amener jusqu'à Cierges le cadeau réservé aux mariés : une truie de deux ans que sa femme Thérèse avait affublée d'un ruban rose rehaussé d'un nœud autour du cou.

Les chevaux, eux, avaient trouvé place dans l'écurie que les vaches en pâture avaient libérée.

Il régnait, le soleil aidant, une sympathique animation dans la cour qu'on avait nettoyée la veille.

Les nouveaux arrivants se voyaient offrir un généreux morceau de brioche et un verre de vin blanc moelleux.

Les conversations cessèrent lorsque monsieur de Saint-Germain, marchand de biens à Verdun, et madame, manteau de fourrure et grosses lunettes, entrèrent dans la cour dans une voiture automobile pétaradant et fumant. Elle leur avait été prêtée, pour des essais, par un ami personnel, le comte De Dion. Ce personnage inventif s'était pris de passion pour la construction de ce nouveau type de véhicule qui, assurait-il, allait révolutionner le monde. Un attroupement se forma autour de la voiture. Les jeunes gens étaient les plus nombreux, demandant quelle était la fonction des manettes, s'informant de la vitesse de l'engin, des façons de parer à tout obstacle, du confort des sièges, de la suspension…

Puis, le moment de curiosité passé, reprirent les effusions, les retrouvailles ponctuées d'exclamations et d'embrassades. C'était la fête.

Enfin arriva l'heure tant attendue.

Édouard, qui arborait au revers de la veste les attributs de garçon d'honneur, monta sur le perron pour demander toute son attention à l'assistance. Le brouhaha ayant cessé, il put appeler le cortège. En dehors des couples officiels, on avait réuni cavaliers et cavalières à peu près du même âge, de même condition et sans lien de parenté. Ne disait-on pas que tout mariage devait en générer un autre ?

Sous prétexte qu'il devait se trouver à l'église avant la noce pour aider le curé dans ses préparatifs,

Paul avait demandé de ne pas participer au cortège, donc de ne pas se voir attribuer de cavalière. Mais Clara en avait décidé autrement. Elle ne pouvait laisser Violette, sa petite cousine de Varennes âgée d'une quinzaine d'années, sans chevalier servant. Aussi l'avait-elle désignée pour prendre part au cortège au bras de Paul. Pris au dépourvu, celui-ci ne put éviter de saluer Violette et de lui tendre son bras. Après le passage à la mairie, le cortège se reconstitua avant de se diriger vers l'église, distante d'une centaine de mètres. La jeune Violette crocheta à nouveau le bras de Paul. Elle tourna les yeux vers lui pour essayer de capter son regard. Paul Vigoureux regardait fixement devant lui.

Tandis qu'à l'entrée de l'église les couples se défaisaient, les femmes occupant les bancs de droite, les hommes ceux de gauche, Paul alla rejoindre à la sacristie l'abbé Herment et son confrère, l'abbé Aubry, venu l'assister.

La tradition voulait que, communion faite, les enfants de chœur ne servent plus la messe. Paul, lui, avait insisté pour continuer. Aujourd'hui, il aidait le curé en vérifiant le niveau d'eau bénite dans l'aspersoir, en allumant cierges et bougies, en embrasant le palet de charbon destiné à l'encensoir. Durant l'office, il déplaçait le lutrin avec son volumineux livre de messe qu'il ouvrait à la bonne page. Entre-temps, il prenait place sur un siège, non loin de l'autel, où il s'abîmait en prières. Comme les fidèles, il se levait, s'agenouillait, s'asseyait, n'hésitant pas à joindre sa voix à celles des ouailles chantant les louanges de Dieu et de son fils.

La fin de l'office fut marquée par un tonitruant carillonnage de cloches sonnant à toute volée. À la sortie de l'église, pétards et coups de fusil prirent le relais comme autant de coups de canon réservés aux grands de ce monde.

Puis la noce, saluée par les quelques villageois qui n'avaient pas assisté à la bénédiction, se pressa dans la grande salle du café Sampont. Geneviève prenait les commandes : chopines de vin d'Algérie, Clacquesin, absinthe pour les gosiers les plus aguerris, vermouth, Americano, vin cuit pour les autres, limonade et sirop d'orgeat pour les enfants.

Presque une heure de discussions animées, de verres entrechoqués, et le maître de cérémonie pressa les invités d'achever leur consommation, le moment étant venu de se rendre à l'autre café. Léon, aidé de deux extras, y officiait derrière son comptoir de bois sombre et de zinc. Les esprits s'étaient échauffés, les teints s'étaient colorés, les voix avaient monté d'un ton, ce qui rendait la prise de commandes plus difficile encore.

Il était presque 14 heures quand les invités, par petits groupes, rejoignirent la grange où les attendaient une armée de serveuses recrutées pour la circonstance.

Murmures de surprise admirative en découvrant le décor, puis léger désordre lorsque chacun dut trouver sa place autour de l'impressionnante table en U.

Une fois que tous furent installés, et avant le défilé des plats, Jean-Baptiste, faisant tinter son verre avec un couteau, obtint sinon le silence complet du moins l'attention de la majorité des convives :

« Chers parents et amis des deux familles, et il se rapprocha de Clara qu'il prit par l'épaule, chers tous, je ne vais pas vous ennuyer avec un long discours, parce que les discours, c'est pas mon fort. Je tiens cependant à vous souhaiter la bienvenue et à vous dire le bonheur que j'ai aujourd'hui d'entrer dans la famille Herbinet. Je fais le serment devant vous que les parents de Clara n'auront jamais à regretter de m'avoir donné leur fille… Je voudrais en ce merveilleux jour avoir une pensée pour mes chers parents, si cruellement absents. Paul et moi, nous ne nous sommes jamais remis de leur brutale disparition. Comme le père aurait été fier de voir sa ferme reprendre vie, comme la mère aurait été heureuse elle aussi de voir son fils entrer dans cette honnête famille ! Je suis sûr qu'elle et sa gendresse[1] se seraient bien vite liées. Je veux aussi, tout en sachant que ce n'est pas l'habitude dans notre monde d'exposer ses sentiments, rassurer mon frère Paul. Je tiens à te dire que ce n'est pas parce que j'aime Clara que je ne t'aime plus, mon p'tit frère, continua-t-il en se tournant vers Paul au bord des larmes. Après ces quelques mots que je vous remercie d'avoir écoutés, le moment est venu de faire la fête ! »

Alors que tous s'apprêtaient à applaudir, le marié ajouta :

« Ah ! j'oubliais. Les écrevisses et les brochets qui

1. Bru.

figurent au menu ont été pêchés par le p'tit curé ! »

Ce fut alors que les applaudissements crépitèrent.

Le repas n'en finissait pas. Aux fourneaux régnait Mme Collignon, arrivée l'avant-veille de Montigny avec une impressionnante batterie de cuisine à l'arrière de sa voiture à cheval. Renommée dans toute la région, très demandée, elle n'avait pas sa pareille pour préparer le pâté lorrain. Après avoir choisi dans le porc et le veau les meilleurs morceaux, elle les découpait en dés qu'elle laissait au moins vingt-quatre heures dans une marinade dont elle gardait le secret. Au terme de cette macération, elle les égouttait avant de les enfermer dans une gaine de pâte feuilletée. Elle pratiquait sur le dessus quelques trous bien ronds où elle disposait une petite cheminée de papier pour évacuer la vapeur lors de la cuisson. Avec les dents d'une fourchette, comme les enfants s'amusent à le faire sur la purée, elle traçait des arabesques du meilleur effet. Ensuite, avec un large pinceau enduit de jaune d'œuf, elle badigeonnait la croûte avant d'enfourner ces pâtés qui allaient, dans les minutes suivantes, embaumer toute la maison.

On en était au dessert. Pendant l'absence de Paul, parti à l'écurie voir Barbet, qui était aussi de la noce, et lui porter les restes d'un morceau d'oie rôtie qu'il n'avait pu achever, les serveuses avaient rempli son verre de vin blanc, du Montbazillac était-il précisé sur le menu. Peut-être pour se donner du cœur au ventre,

Paul vida d'un trait le verre de vin sucré. Jusqu'alors il s'était contenté de limonade, de cidre frais ou de frênette, une décoction sans danger mais d'une sévère âpreté à base de feuilles de frêne. Ce premier verre de vin produisit en lui un tel bien-être qu'il s'en fit servir un second, qu'il dégusta cette fois à petites lampées. Il se sentit envahi par une douce euphorie.

Invités pour le dessert comme c'était l'usage, une douzaine de jeunes gens de la classe d'âge des mariés, du village de Jean-Baptiste comme de Cierges, vinrent se joindre à la parenté. Parmi eux, Jean-Nicolas, le fils Bouquillon, de la ferme mitoyenne à celle des Herbinet. Les deux familles étaient très liées.

Alors qu'elle allait avoir quatorze ans, Clara était tombée follement amoureuse de Jean-Nicolas, son aîné de six ans. Avec l'inconscience de son jeune âge, elle s'était jetée dans les bras du garçon, qui ne put résister et tomba amoureux lui aussi. Clara avait voulu tout savoir et aller jusqu'au bout de ce remue-ménage qui, depuis quelques mois, bouleversait son ventre et ses pensées et agitait son sommeil.

Ils s'étaient retrouvés dans les granges, dans les greniers des deux fermes ou bien dans la nature.

Alertés, craignant le pire, les parents, d'un commun accord, avaient mis un terme à ces sulfureuses relations. L'intervention du maire de Cierges, un colonel à la retraite, auprès d'un général de ses amis, avait permis d'envoyer Jean-Nicolas accomplir trois ans de service militaire dans l'oasis algérienne de Touggourt. Si cette séparation avait laissé le temps à

Clara de voir s'évanouir son sentiment pour le garçon, il n'en fut pas de même pour Jean-Nicolas. Son exil lointain, la rareté des rencontres féminines avaient souvent conduit ses pensées vers la jeune et fraîche Meusienne. De retour au village, il tenta de reprendre ses relations avec la jeune fille qui l'en dissuada fermement. Il en ressentit une violente rancœur qu'il ne craignait pas d'exprimer lorsqu'il avait bu. Ce qui lui arrivait fréquemment depuis son retour. Il avait pris ce mauvais pli dans les cantonnements du sud algérien où l'épais vin de Mascara, arrivé par foudres entiers, avait du mal à apaiser la soif permanente due à la chaleur.

« La mariée, une chanson ! La mariée, une chanson ! La mariée, une chanson! »

Clara sentit qu'il serait mal venu de résister. Elle se leva, toussota pour s'éclaircir la voix et se mit à chanter :

« Elle est belle, elle est mignonne,
C'est une bien jolie perrrsonne,
Avec son chignon toujourrrs bien coiffé,
C'est la caissièrrre du Grrrand Café. »

Clara, à la manière de Polin, le créateur de cette œuvrette, roulait les *r*, prenait des mines qui amusèrent le public. Paul n'était pas le moins admiratif. Il découvrait une Clara facétieuse qu'il ne soupçonnait pas.

Puis « Le Fiacre », ce grand succès d'Yvette Guilbert, fut joliment interprété par la cousine

Marguerite, une vieille fille à la voix haut perchée mais parfaitement maîtrisée. Sa place à la direction de la chorale paroissiale n'était pas usurpée. Elle aussi fut très applaudie comme, à son tour, Violette, la cavalière de Paul, qui chanta « Mademoiselle Rose ». Cette fois, Paul osa s'adresser à elle pour la féliciter.

Léandre, le mouton noir de la famille Herbinet, s'attaqua ensuite aux nombreux couplets du « Temps des cerises ». Ancien communard, il avait été du lot de ceux qui se retrouvèrent dans un bateau en partance pour l'exil en Nouvelle-Calédonie. Il avait attendu que le paquebot fût à un mile des côtes pour sortir de sa cachette, une bâche protégeant un cabestan. Échappant aux gardes, il avait plongé et rejoint la terre ferme. De retour au pays, il ne s'était jamais vraiment réintégré dans sa communauté qui, dans sa grande majorité, était restée hostile aux communards.

La modestie des applaudissements que recueillit sa prestation le dissuada de poursuivre avec « L'Internationale », comme il se l'était promis.

Résonnèrent alors les premières notes du piano mécanique. Les plus jeunes se levèrent pour former une farandole. Violette se mêla à la ronde. Elle saisit la main de Paul, qui ne résista pas et se joignit aux danseurs. Après cette cavalcade effrénée, le bal débuta par une valse lente, bal qui fut ouvert par les mariés sous les applaudissements de tous. Lors de la danse suivante, Clara se dirigea vers Paul qu'elle entraîna sur la piste. La maladresse du garçon lui fit télescoper à plusieurs reprises le corps de la jeune femme dont il put sentir la fermeté des seins, du ventre et des cuisses, ce qui le troubla mais ne sembla pas déranger Clara.

À peine remis de ses émotions, il fut cette fois entraîné par Violette qui voulut lui faire profiter de ses rudiments de polka. Cette grande fille gracile avait pris le commandement en l'enserrant fermement dans ses bras, provoquant un trouble encore plus vif que celui qu'il venait de connaître dans ceux de Clara.

Depuis l'arrivée des jeunes pour le dessert, Clara n'avait cessé de surveiller Jean-Nicolas. Elle constatait qu'au lieu d'aller danser il ingurgitait des lampées d'eau-de-vie en compagnie de l'oncle Ferdinand.

Aux premières mesures d'un boléro, elle le vit se lever laborieusement et, le pas mal assuré, se diriger vers elle pour la prier de danser. Afin d'éviter tout esclandre, la jeune mariée accepta son invitation.

— Y a longtemps que je t'ai pas tenue dans mes bras comme à c't'heure, lui dit-il au creux de l'oreille. (Puis, l'haleine avinée et le ton menaçant, regardant Clara droit dans les yeux :) J'peux t'assurer que c'est pas aujourd'hui la dernière fois.

Clara ne répondit rien, mais, la danse terminée, elle rejoignit vite son mari.

On annonça un quadrille. Cette fois, jeunes et vieux allèrent prendre place sur l'aire de danse. Les mariés profitèrent de ces mouvements pour s'éclipser.

Vers 2 heures du matin, la plupart des convives commençaient à être fatigués. Jean-Nicolas, affalé dans le fauteuil déserté par Grand-Mê, allait y passer le reste de la nuit à cuver. Ne restait alors que le groupe des jeunes. Édouard, le garçon d'honneur, en tête, ils décidèrent d'aller à la recherche des mariés. La tradition voulait que les nouveaux époux passent leur nuit de noce hors de la maison familiale. Les jeunes invités avaient pour mission de les « dénicher ».

— M'est d'avis qu'ils sont chez les Brabant, avança Édouard. La Sophie disait hier que la Reine Brabant lui avait demandé de faire le grand ménage dans la chambre de derrière, alors qu'elle n'est jamais occupée. Y a du louche là-dessous !

Toute l'équipe se précipita alors vers la ferme Brabant.

Les coups à la porte d'entrée mêlés aux aboiements des chiens réveillèrent la maisonnée.

— On cherche les mariés. Y seraient pas chez vous par hasard ? demanda Édouard.

Reine passa la tête par les volets entrouverts.

— Vous faites fausse route. Je vous assure qu'ils sont pas là !

Ces dénégations ne suffirent pas à convaincre la bande qui déferla dans la maison.

Pas de chance : la chambre de derrière n'abritait pas les mariés !

On finit par les trouver au bistrot. Chez la Geneviève, Violette avait remarqué, à l'apéritif, que la maîtresse des lieux avait confié une clé à Clara qui l'avait vite escamotée dans son réticule.

Les mariés consentirent à ouvrir leur porte. Tous deux vêtus d'une longue robe de chambre, ils durent sacrifier à la tradition, peu ragoûtante, de boire à un vase de nuit quelques gorgées de champagne figurant l'urine, où trempait un morceau de chocolat de la forme d'un étron.

Encore quelques chansons à boire et le groupe se disloqua alors que le levant commençait à rougeoyer.

La chaleur des corps qu'il avait tenus dans ses bras, le furtif baiser sur les lèvres dont l'avait gratifié Violette en le quittant, cette somme d'émotions avait tant tourmenté le p'tit curé qu'au soleil déjà haut dans le ciel – ce ciel dont il avait imploré le pardon –, il se réveilla le ventre humide et poisseux.

À Jean-Baptiste, qui s'était rendu compte qu'il n'avait pas été le premier, mais qui avait eu la délicatesse de n'en rien dire, le regard plongé dans celui de son mari, Clara confia :

— Une erreur de jeunesse… Il ne faut pas m'en vouloir, mon Jean-Baptiste.

Bien sûr que non, il ne lui en voulait pas, lui qui avait aussi eu une aventure du temps où ses parents étaient encore en vie.

*
**

En bas du village, dans une toute petite maison, vivait le vieil Onésime, un ancien pêcheur de Meuse. La seule famille qu'on lui connaissait était sa petite-fille Mathilde. Elle habitait à Verdun où elle était cousette. Pour son grand-père, elle était comme un rayon de soleil qui venait égayer sa maison pendant ses trop rares congés. Elle s'occupait de son linge, se lançait dans un grand ménage à chacun de ses passages. Frêle jeune fille au teint très pâle, elle aimait parcourir la campagne, accompagnée du griffon du père Onésime.

Jean-Baptiste pensait souvent à cette fraîche demoiselle qu'il voyait parfois à la messe. Alors qu'ils venaient de fêter, lui ses vingt ans, elle ses dix-neuf printemps, ils se rencontrèrent cette fois-là sur le chemin des Sources. Elle cherchait un coin à doucette, il allait étêter les vieux saules du bord du ru. Ils ne se connaissaient que de vue, mais, à cette occasion, leur conversation, banale au début, devint plus intime.

Ils se revirent fréquemment, se sentant de plus en plus attirés l'un par l'autre, jusqu'à parler avenir.

Pressentant des difficultés, le jeune homme n'en avait encore rien dit à ses parents. D'autres s'étaient chargés de les avertir.

— Non ! tu ne la marieras pas ! tranchèrent d'une même voix les parents Vigoureux. Elle est trop belle, trop bien habillée pour faire la paysanne. En plus de cela, elle n'en a pas la force. Elle est blanche comme une poitrinaire ! Il ne manque pourtant pas de fortes filles dans les environs, même au village ! Tiens ! la Berthe Forgeron ou l'Anna Chardonnet de Montigny, voilà des filles qui feraient l'affaire. Pleines de santé, courageuses et pas moches, elles pondraient de bons gros héritiers… tandis que cette pauvre cousette…

Et puis il ne faut pas oublier qu'elle n'a aucun bien !

En fils obéissant, Jean-Baptiste rompit avec Mathilde. Il ne répondit pas aux deux lettres postées à Verdun.

*
**

La dot était d'importance. Outre Dame Hortense, une pouliche demi-sang que les Herbinet avaient rachetée à la baronne Hortense des Rosiers – elle pouvait encore assurer de belles distances –, il y avait Magloire. Cette imposante percheronne, poulinière de surcroît, à la jolie robe gris pommelé, était très attachée à Clara. C'était d'ailleurs elle qu'on avait attelée au chariot entraînant à sa suite deux vaches pleines, une génisse et Cadet, un taurillon prometteur. Jean-Baptiste remarqua qu'il portait au beau milieu du front la même étoile blanche que les vaches que lui avait données Justin, le vieux taureau qui avait fait son temps.

Dans le chariot, trônait la chambre à coucher de Clara avec sa massive armoire lorraine qu'on avait remplie de draps, de serviettes, de nappes et de torchons. Dans des malles en osier, le reste du trousseau de la jeune mariée, vaisselle et casseroles qu'on entendait protester contre les inégalités de la chaussée.

Avant de rejoindre le petit séminaire de Verdun jusqu'aux vacances d'été suivantes, Paul aida à l'emménagement de Clara à la ferme de Bon-Ru. Il dormit, comme avant, dans la chambre mansardée tandis que les jeunes mariés s'installèrent juste en dessous, dans l'ancienne chambre des parents Vigoureux.

Mis en confiance, Paul appréciait de discuter avec Clara. Il aimait sa joie de vivre. Il se prenait parfois à penser que, s'il n'avait pas choisi d'entrer dans les ordres, c'est avec une femme comme Clara qu'il aurait aimé partager sa vie.

Les grandes vacances étaient là. Paul, de retour à Bon-Ru, alla se recueillir sur la tombe de ses parents. Puis il rendit visite à l'abbé Aubry qui le questionna sur la vie au petit séminaire pour comparer avec ce qu'il avait connu une vingtaine d'années auparavant. Paul avoua que le régime était très dur et qu'il avait de sérieuses difficultés à apprendre le latin. D'autre part, il supportait mal la vie à l'internat et il comptait les jours qui le séparaient des vacances et de son retour à la ferme.

Justement, à la ferme, on était au plus fort de la fenaison. Paul proposa ses services à sa belle-sœur. Tout en allant mettre le foin en tas tous les après-midi, Clara devait s'occuper de la traite, de la maison, et nourrir les cinq journaliers embauchés pour la durée des foins. Le jeune garçon n'aimait pas participer aux gros travaux des champs. Clara lui demanda de s'occuper du petit élevage.

Les dindonneaux, dans leur premier âge, aimaient se nourrir d'œufs de fourmis. Paul s'armait d'une fourche avec laquelle il retournait une fourmilière, semant la panique parmi ses hôtes qui s'enfuyaient en laissant leurs œufs qu'il suffisait de ramasser. Puis arrivait le moment délicat de la montée du rouge chez ces mêmes dindonneaux. Pendant ce temps où le sang allait colorer crêtes et bajoues d'un rouge éclatant, il y avait beaucoup de pertes. Pour y remédier, on leur proposait une alimentation spéciale : feuilles d'ortie hachées mêlées à des jaunes d'œufs cuits durs. Pas difficile de cueillir des orties – tiens, ça lui rappelait cette peste de Jeannette ! Qu'elle ne se retrouve plus sur son passage, celle-là ! –, il y en avait plein au fond de la cour.

Les canetons, eux, étaient de grands amateurs de lombrics. Là encore, il était aisé d'en trouver. Il suffisait de soulever ou de déplacer des pierres ou des objets quelconques restés depuis longtemps au sol. Il fallait alors faire vite car, remis de leur surprise de se trouver en pleine lumière, ils disparaissaient rapidement dans leurs galeries souterraines. Une autre façon de se procurer des vers de terre était de planter les dents d'une fourche au beau milieu d'une bouse de vache à demi séchée et d'agiter le manche par de courtes saccades. Leurs tunnels ainsi menacés, les vers croyaient trouver leur salut en les quittant avec une telle rapidité qu'on les voyait sortir quasiment debout à la manière des serpents charmés par la flûte. Restait ensuite à les ramasser. Et quel plaisir, au moment de la distribution, de voir deux canetons se disputer le même ver !

Les lapins aussi avaient faim. Friands de verdure, ils s'excitaient, tapant de la patte arrière lorsqu'ils voyaient arriver Paul avec une brassée de « cornes de gaille[1] » cueillies au bord du chemin.

---

1. Herbe sauvage fort appréciée des lapins.

À la fin d'une épuisante journée de juillet, Paul décida de profiter de la fraîche pour aller à la botte[1] pour les lapins. La pierre à raguse[2] dans une corne de vache à la ceinture, la faucille en bandoulière, il se rendait au champ de luzerne en poussant sa brouette. Chemin faisant, il repensait à ses deux années de petit séminaire. Il ne pouvait évoquer l'internat sans que lui revienne le souvenir de ces scènes de chahut dans les classes, de cette écœurante odeur de harengs frits chaque vendredi. Il supportait mal ces bousculades et disputes pour avoir la meilleure part à l'arrivée du plat, cette obligation, sous peine de sanction, de dormir les mains sur les couvertures. Il ne comprit le sens de cette exigence que lorsqu'un voisin de dortoir fut surpris un soir à se donner quelque plaisir sous les draps.

Arrivé au champ, il vérifia la lame de sa faucille, lui redonna un peu de coupant avec la pierre à aiguiser qu'il mouilla d'un jet de salive pour la rendre plus mordante. Un couple de perdrix s'envola bruyamment à quelques mètres de lui. Elles avaient sûrement un nid dans le coin. Paul avança dans le champ et trouva au sol, dans un creux peu profond, une compagnie d'une quinzaine de perdreaux à peine emplumés, grelottant, serrés l'un contre l'autre, apeurés par l'ombre du garçon penché sur eux. Le jeune homme retourna à sa tâche.

La brouette débordait maintenant de luzerne. Avec une cordelette, Paul était en train de brêler le

1. Fauchage d'herbe fraîche.
2. Pierre à aiguiser, en patois.

chargement lorsqu'il devina une présence derrière lui. Il n'eut pas le temps de se retourner qu'il sentit deux mains s'appliquant sur ses yeux.

— Devine qui c'est ? interrogea une voix féminine.

Surgie du chemin creux tout proche, ce ne pouvait être que la Jeannette. Cette Jeannette qui l'avait humilié deux ans auparavant. Cette Jeannette dont le souvenir de l'intimité lui revenait en mémoire avec la même obstination que celle qu'il mettait à le chasser.

La jeune fille, aux formes maintenant généreuses, se plaqua au garçon, cherchant sa bouche.

Pour la seconde fois, Paul parvint à résister à ce désir qu'il sentait monter en lui. Il repoussa violemment la fille qui tomba à terre. Blanche de colère, elle se releva, remit de l'ordre dans ses vêtements et dans sa coiffure, fixa longuement le jeune homme et, avant de tourner les talons, proféra :

— Tu as eu tort, Paul !... Mais je me vengerai.

La ferme de la Cailloudrie comptait une vingtaine d'hectares de champs, prairies et garennes. Elle avait été léguée à la commune par un original marquis sans descendance qui avait voulu, par ce don, affirmer ses idées républicaines. Idées qui lui avaient valu, au temps de l'Empire, l'exil dans la plaine de la Mitidja. En 1870, une crise de paludisme avait eu raison de lui.

Une plaque discrète à l'entrée de la ferme rappelait ce geste généreux :

À Hector de la Cailloudrie
1821-1870
La commune reconnaissante.

Depuis cette date, la ferme était louée aux Guillaume, un couple âgé sans enfant, qui ne désirait pas en renouveler le bail.

C'est pourquoi de nombreux hommes en tenue de rechange, la casquette à la main, se pressaient dans la salle de la mairie. Le notaire, maître Duchesne, de Dun-sur-Meuse, allait procéder aux enchères à l'adjudication d'un nouveau bail. Pour ce faire, le maire avait fait disposer une estrade. Son commis aux écritures se tenait au bout de la longue table, un sous-main ouvert devant lui, encrier, plume et buvard prêts à servir.

— Messieurs – il n'y avait aucune femme dans la salle –, la municipalité m'a chargé de procéder à l'adjudication aux enchères publiques d'un bail de douze ans concernant les terres et bâtiments de la ferme de la Cailloudrie.

Il détailla ensuite de quoi se composait le bien en question. Puis il déclara que les enchères allaient démarrer au taux précédemment consenti aux Guillaume, soit la location annuelle d'un quintal de blé fermier à l'hectare, payable en l'étude à la Saint-Georges. Il rappela aussi que les frais d'enregistrement du bail seraient payables à la signature, et que les enchères ne pouvaient être inférieures à dix kilogrammes.

— Attention, les enchères sont lancées ! Pour cent kilos de blé à l'hectare, qui est amateur ?

Une main se lève.

— Moi ! s'écria Amédée Lelièvre, le plus gros paysan du village. Peu apprécié des autres cultivateurs, il n'avait aucun scrupule à faire monter les enchères pour acquérir des terres non reprises par les héritiers ou pour agir en sous-main avant les ventes publiques.

— Cent kilos de l'hectare pour monsieur Lelièvre... Qui dit mieux ?

— Cent dix !

— Cent dix ! Cent dix à ma gauche pour monsieur Sénéchal. Cent dix kilos. Cent dix... Qui dit mieux ?

— Cent vingt ! cria Lelièvre en lançant un regard noir au précédent enchérisseur.

— Cent vingt kilos de l'hectare... Cent vingt !... Cent vingt pour monsieur Lelièvre... Qui dit mieux ?... Personne ?... Cent vingt une fois !

— Cent trente ! annonça Jean-Baptiste en levant la main.

— Cent trente kilos de l'hectare à ma droite, répéta le notaire tandis que tous les regards se tournaient vers le fils Vigoureux.

— Cent trente kilos... Un quintal trois... Qui dit mieux ?

— Cent quarante ! pesta Amédée Lelièvre.

— Cent cinquante ! cria aussitôt Jean-Baptiste.

— Maître Duchesne, dites-moi combien ça fait en onces à la verge ? demanda, un peu perdu, le vieux père Sénéchal venu ici avec quelque espoir de louer la ferme pour son petit-fils prochainement libéré du service militaire.

— À peu près vingt onces pour une verge, père Sénéchal.

— Oh là là ! J'abandonne, déclara le vieillard.

Le notaire poursuivit :

— On en était à un quintal cinq de l'hectare pour monsieur Vigoureux... Cent cinquante kilos, cent cinquante ! Qui dit mieux ?

Ne s'avouant pas vaincu, Amédée Lelièvre tonna :

— Cent soixante !

— Cent soixante !... Cent soixante kilos... Cent soixante une fois !... Silence dans la salle ! Cent soixante deux fois pour la ferme de la Cailloudrie, répéta maître Duchesne en scrutant bien toute l'assistance, cent soixante trois...

— Cent soixante-dix !

C'était encore Jean-Baptiste qui levait la main.

— À ce taux-là, c'est de la folie ! Je saurai m'en souvenir, menaça Lelièvre en quittant la salle. Tu l'emporteras pas au paradis !

— Cent soixante-dix kilos de l'hectare. Une fois !... Cent soixante-dix kilos deux fois !... Cent soixante-dix trois fois ! Adjugé à Jean-Baptiste Vigoureux !

Quelques applaudissements, timides au début, enflèrent rapidement, la majorité des présents pas mécontents de voir un jeune river son clou au Médée.

Les deux plus grandes parcelles de la Cailloudrie jouxtaient celles de Bon-Ru. C'est pourquoi Jean-Baptiste avait insisté pour l'emporter. Contre une modeste indemnité annuelle, il consentit à ce que les Guillaume continuent à habiter le logement de la ferme. Les granges abriteraient les récoltes. Quant à l'écurie, de faible capacité, elle accueillerait les veaux sous la mère. La stalle du fond serait réservée au taureau.

En ajoutant ces biens à ceux qu'il possédait en propre, Jean-Baptiste était devenu le plus important paysan du village. Plus important était aussi le travail à fournir.

Pour espérer de bonnes récoltes, il fallait débarrasser le sol des mauvaises herbes. C'est pourquoi, outre la bineuse achetée trois ans auparavant, Jean-Baptiste acquit un extirpateur, encore appelé « canadien ». Cet engin permettait d'enfouir les chaumes et de détruire le chiendent plus efficacement qu'une armée de sarcleurs et de bineurs, de plus en plus difficiles à recruter. En effet, les industries du bassin lorrain proposaient des salaires et des horaires attractifs.

Engraissant le sol par une fumure de qualité, Jean-Baptiste bénéficia de récoltes exceptionnelles cette année-là, la troisième depuis la reprise de la Cailloudrie. Les gerbes étaient si abondantes que les granges ne purent tout contenir. Alors il édifia une meule de blé au milieu de sa plus grande pièce.

À Dun s'était montée une entreprise qui, avec une batteuse amenée sur place et entraînée par une locomobile à vapeur, proposait de battre les récoltes, qu'elles soient engrangées ou en meules. Jean-Baptiste fit appel à ses services. On était alors au final de décembre. Il gelait à pierre fendre depuis plusieurs jours. Les chemins étaient donc praticables par de lourds engins. La tournée de la batteuse commençait par la ferme Lelièvre pour s'attaquer le lendemain à la meule de Bon-Ru.

Jean-Baptiste s'était levé tôt ce jour-là. Il fallait panser le bétail avant l'arrivée de la batteuse. Le jour était encore loin de se montrer. Il sortit comme chaque matin pour scruter le ciel. En même temps qu'il sentit une fumée suspecte, il vit jaillir de la meule des gerbes d'étincelles que la bise entraînait avec elle. Sceptique, il se frotta les yeux, mais dut se rendre à l'évidence : la meule de gerbes de blé dont il était si fier avait été la proie des flammes. Il se précipita sur les lieux où il ne trouva plus qu'un amas de paille brûlée. Le feu avait fait son œuvre. Plus de flammes, mais des cendres encore rougeoyantes.

Si l'incendie de la ferme de Bon-Ru n'avait pas été intentionnel, ce n'était pas le cas cette fois-ci. Il s'agissait sûrement d'un acte malveillant. Aucun trimardeur n'avait été vu dans les environs, qui aurait pu passer la nuit dans la meule. Les gendarmes dépêchés sur place ne trouvèrent aucun indice. On passa alors en revue les personnes du village ou des alentours qu'on jugeait capables de ce forfait.

Clara évita d'évoquer Jean-Nicolas, rencontré à la foire de Montfaucon la semaine précédente, et qui lui avait réitéré ses avances et ses menaces.

Paul, présent à la ferme pour les fêtes de fin d'année, pensa un instant à ce chenapan d'Ernest T. Il l'avait vu la veille, au milieu de quelques galopins de son âge, exhiber et allumer un briquet à mèche d'amadou volé au colporteur occupé à vendre des rubans à sa mère. Jean-Baptiste, qui était en excellents termes avec le père du garçon, se rendit chez lui en précisant d'emblée l'objet de sa visite.

— Ça peut pas être lui, dit le père d'Ernest en sortant le fameux briquet de sa poche. Je l'ai surpris hier en fin d'après-midi en train de s'amuser dans la cour à enflammer de vieux journaux. J'ai commencé par lui administrer une bonne raclée et je lui ai confisqué le briquet que voilà !

Le jeune Ernest hors de cause, les soupçons de Jean-Baptiste se portèrent ailleurs. Mais il fallut attendre plusieurs mois pour connaître l'identité du coupable.

À la Pentecôte suivante, après les offices de la journée, le fermier retrouva quelques hommes du village au bistrot. La Sarah, propriétaire des lieux, avait sacrifié une partie de son potager en contrebas du café pour y installer un jeu de quilles. Ouvert depuis quelques semaines, il attirait nombre de villageois. Le jeu consistait à opposer deux équipes, ce jour-là de quatre joueurs, qui devaient envoyer chacun deux boules pour culbuter le plus de quilles possible. À la fin de chaque partie, c'était l'affaire d'une demi-heure, les perdants devaient payer un verre aux vainqueurs.

Dans l'équipe adverse, Ladislas, que tous, ici, appelaient « le Ruski ». Personnage étrange, inquiétant, de haute taille et d'une force peu commune, il parlait peu, dans un français difficile à saisir. Arrivé d'on ne sait où chez le Médée Lelièvre une dizaine d'années auparavant, il avait alors fait l'objet de la curiosité générale, mais il n'avait rien dévoilé de son passé. Un voyageur placier, de passage au village pour vendre le fameux élixir Dupeyroux censé guérir les poitrinaires, avait assuré en savoir plus. Russe d'origine, mercenaire dans l'armée prussienne, il serait, en 1870, au cours d'un repos d'une semaine à Boult-aux-Bois, tombé amoureux d'une fille de ce village ardennais. Il aurait déserté pour elle, se serait caché dans la forêt jusqu'à la fin du conflit, la belle lui portant de quoi survivre. L'hiver 70-71, particulièrement rude dans la région, avait vu la forêt se peupler de bandes de loups. Ce fut ainsi, toujours d'après ce représentant de commerce, qu'un bûcheron avait retrouvé un matin, dans la neige rougie d'un layon, les restes de l'amante. Ses vêtements, bien que lacérés, avaient permis de l'identifier.

Ce fut à cette époque, vers la fin janvier 71, alors qu'on signait l'armistice, que le Ruski s'était présenté à la ferme du Médée Lelièvre. Le fermier l'avait tout de suite embauché, deux de ses domestiques venant de le lâcher. Depuis, le Ruski, reconnaissant envers son maître, lui était entièrement dévoué.

Dans le jardin des Lelièvre, le Ruski était autorisé, chaque année, à prélever les dernières fleurs pour en faire deux bouquets. Au lendemain de la Toussaint, le jour où on honore les morts, il prenait au petit matin la direction de Boult-aux-Bois. Il se rendait au cimetière pour s'incliner sur la tombe de la seule femme qui l'avait jamais aimé. Là, après quelques prières, il arrachait les mauvaises herbes, ôtait la mousse de l'épitaphe qu'il avait lui-même fait graver, la relisait cent fois :

Ugoline Barnabé
née le 27/09/1845
navrée d'un loup le 25/12/1871.

Il disposait ensuite le premier bouquet dans le vase, une ancienne douille d'obus. Reculant de quelques pas pour en apprécier l'effet, il décidait de changer une fleur de place, puis une autre, puis encore une autre, comme autant de prétextes pour rester plus longtemps près d'Ugoline. Si personne ne se trouvait encore dans le cimetière, alors il adressait dans sa langue natale à celle qui avait été un si bref rayon de soleil dans sa vie quelques mots qui devaient être des mots d'amour, des mots qui se terminaient par des sanglots.

Il gravissait ensuite le chemin qui menait au bois des Sorcières. Il laissait son tricycle sous un chêne de la lisière. Après un quart d'heure de marche, il parvenait au hêtre, à l'endroit précis où les loups s'étaient acharnés sur Ugoline.

La première année qu'il était revenu sur les lieux, dans l'écorce du gros hêtre, il avait gravé au couteau, à la manière des adolescents voulant sceller leurs premières amours, leurs initiales entrelacées enfermées dans un cœur. Vingt-cinq années s'étaient écoulées, les fines entailles du début étaient devenues d'épaisses cicatrices aux lèvres boudinées.

À cet endroit, pas de vase pour accueillir le bouquet. Il jetait chacune des fleurs au sol dans ce maudit layon que sa chère Ugoline avait emprunté ce sinistre jour de Noël. Il s'était toujours senti responsable de la mort de la jeune femme. Aussi, chaque fois qu'il revenait à cet endroit, il faisait à la défunte le serment d'une fidélité sans faille.

À son arrivée au café, Jean-Baptiste avait remarqué que le Ruski n'était pas à jeun. Il en profita, entre chaque partie de quilles, pour remplir son verre de Séneclauze, du 13° que le Russe descendait aussitôt.

Les deux équipes étaient maintenant à égalité. Il fallait les départager. Une neuvième partie s'imposait. Elle se termina, alors que la nuit tombait, par un match nul. Chaque camp devait payer sa tournée. On commanda litres et chopines de vin rouge qu'on ingurgita en évoquant les plus remarquables tirs de l'après-midi. Jean-Baptiste ne cessa d'alimenter le verre du Ruski, qui était maintenant franchement ivre.

Le bistrot n'étant pas doté de lieu d'aisances, il fallait sortir et s'épancher contre le mur d'un appentis. C'est ce qu'était en train de faire le Ruski lorsqu'il fut rejoint par Jean-Baptiste qui prit place à ses côtés pour la même urgence.

— Toi, Baptiste, bon personne ! Quand patron dire pour moi brûler paille, moi dire niet ! pas bon ! mais patron obliger pour moi, sinon… moi, travail, fini !

Plus de doute, cette fois, c'était bien Lelièvre qui avait commandité l'incendie de la meule !

— Il ne perd rien pour attendre, je lui garde un chien de ma chienne, à ce salaud ! conclut Jean-Baptiste.

La pluie, la nuit et le soleil le jour font les belles récoltes. Ce n'était pas le cas en ce printemps 1897. Le monde paysan était en émoi, préoccupé qu'il était par la sécheresse. Au 12 de mai, il y avait deux mois qu'il n'était pas tombé une seule goutte. Habituellement, à cette période de l'année, on en avait plutôt trop.

Paul, pour quelques jours de congé à Bon-Ru, était parti prêter main-forte à l'abbé Aubry. Pour faire venir la pluie, l'urgence imposait qu'on donne un éclat particulier aux rogations pendant les trois jours précédant l'Ascencion.

Sur un parcours qui serpentait au milieu des champs et des prairies, le séminariste, aidé du curé et de ses fidèles les plus zélés, installait des reposoirs, sortes d'autels faits d'une table recouverte d'une nappe blanche. Certains supportaient un crucifix au milieu de fleurs coupées, d'autres étaient érigés en l'honneur de la Vierge. L'un d'eux était même dédié à saint Denis, le patron du village, dont la statue trônait sur un fond de verdure. Ce martyr de plâtre portant sa tête sous un bras avait perdu l'autre bras, sûrement à la suite de manipulations un peu brusques. On répandait des pétales de fleurs sur tout le trajet, on disposait au pied des reposoirs de nombreux bouquets prélevés dans les jardins, qui en avaient perdu leur splendeur.

Le lendemain, dès 5 heures, dans le levant qui faisait scintiller les fleurs emperlées de rosée, la procession se mettait en route. Tous les fidèles étaient là. En tête, une bannière richement brodée où le Sacré-Cœur flamboyait sur sa hampe gravement brandie par Paul qui, au fait de l'itinéraire, ouvrait la voie. Arrivaient ensuite les jeunes filles. Quatre d'entre elles portaient sur l'épaule une sorte de brancard où s'élevait majestueusement une Vierge sous un arceau fleuri. Puis deux diacres, tenant ouvert leur gros livre de prières, allaient psalmodiant. Suivaient les enfants de Marie, toutes de blanc vêtues, portant fièrement une couronne de fleurs, blanches elles aussi. Des enfants de chœur en chasuble et surplis leur emboîtaient le pas. Les uns portaient les accessoires indispensables, encensoir, aspersoir et goupillon. Les autres brandissaient un imposant cierge allumé, les yeux fixés sur la flamme pour parer à toute attaque inopportune du vent qui semblait vouloir se lever. Ces quatre servants encadraient le prêtre. Revêtu de sa plus riche chasuble rehaussée par une étole somptueuse, coiffé de sa barrette, il portait avec componction le Saint-Sacrement. Il se déplaçait, abrité des rayons du soleil par un dais, lui aussi richement décoré, et tenu par quatre jeunes paysans du village. La suite du cortège se composait des notables, maire, conseillers et rentiers. À bonne distance, derrière eux, le garde champêtre, en grand uniforme, contenait la foule des petites gens.

Au bord du chemin, de nombreux journaliers, hommes et femmes, déjà à l'ouvrage dans les champs malgré l'heure matinale, avaient abandonné pour un instant échardonnettes et sarcloirs. Agenouillés, mains jointes, courbant la tête au passage du Saint-Sacrement, ils la relevaient lentement et, le regard dirigé vers le ciel, priaient avec ferveur. Eux aussi savaient que de mauvaises récoltes ne pouvaient apporter que de la misère.

Devant chaque reposoir, la procession s'arrêtait. Les cantiques cessaient. L'abbé Aubry se lançait dans une longue supplique en latin. De temps à autre, il s'arrêtait, s'emparait du goupillon pour une aspersion d'eau bénite sur les champs, prémices, espérait-il, d'une pluie salvatrice. Plût à Dieu… On se signait abondamment.

Puis le cortège se reformait dans le même ordre. Les chants reprenaient. Le vent d'est, irrespectueux, avertissait par moments les ouailles, en queue de cette longue chenille, qu'ils avaient quelques syllabes de retard sur les premiers :

Te rogamus, audi nos
Te rogamus, audi nos…

Le soleil, impérial, continuait son ascension, indifférent à ce petit monde d'en bas qui s'agitait, à ces minuscules et insolents bonshommes qui avaient l'impudence de vouloir lui dicter sa loi.

Malgré ce sursaut de foi, les paroissiens s'entendirent reprocher par l'abbé Aubry leur manque d'assiduité aux offices pour certains, l'insuffisance des prières quotidiennes pour tous. Il expliqua que c'était pour se venger de ce défaut de piété que les instances divines n'avaient pas accédé à leurs supplications et que la pluie n'était pas tombée.

Pas un nuage à l'horizon. Le ciel restait désespérément vide de toute promesse de pluie. L'herbe se raréfiait, jaunissait dans les pâtures. Le ru était à sec. Pour ne pas voir leurs bêtes dépérir, certains paysans avaient commencé à puiser dans la réserve de foin pour l'hiver.

D'après le père Bernard, le doyen du village, il fallait remonter à l'Empire pour voir pareille misère.

Enclavé au beau milieu des parcs à vaches de Jean-Baptiste se trouvait, dans un creux, un étroit champ de trèfle encore vert grâce à un sourçon, tari depuis peu mais qui avait humidifié le sol ces dernières semaines encore.

Ce champ appartenait à un certain Amédée Lelièvre et touchait au parc complètement rasé de Jean-Baptiste.

Ça y était ! Le fermier de Bon-Ru tenait sa vengeance !

Levé vers minuit, après s'être assuré qu'au village tous dormaient à poings fermés, Jean-Baptiste se rendit à sa pâture. Il libéra le troupeau affamé qu'il dirigea silencieusement vers le champ de trèfle.

Pendant trois heures, les onze vaches purent brouter à leur aise. Panse pleine et sans bruit, elles réintégrèrent leur parc où elles passèrent le reste de la nuit et la journée du lendemain à ruminer. Journée qui se déroula sans que quiconque remarquât les traces de la maraude. La nuit suivante, elles achevèrent de dévaster le champ. Le sol très sec ne garda aucune trace de leur passage.

Cette fois, les dégâts étaient plus marqués. Alerté, le Médée se rendit sur les lieux. Il ne décolérait pas. Avisant Jean-Baptiste qui était à réparer sa clôture, il le héla :

— C'est tes vaches qui ont bouffé mon trèfle ! J'en suis sûr !... réponds !... c'est tes vaches ! hurla-t-il.

— T'as qu'à leur demander ! ironisa Jean-Baptiste.

*
**

— Tiens, ça sonne en mort à Montigny, remarqua Clara. Dites, facteur, vous savez pour qui ?

— C'est l'Eugénie Pingart, la grand-mère de la Jeannette, répondit le facteur en reposant son verre et s'essuyant d'imposantes moustaches où perlaient encore quelques gouttes de piquette. Paraît qu'elle a passé au petit matin en prenant son bol de lait. « Il est mou chaud », qu'elle a dit et elle est tombée le nez dedans. Vous savez que, autrefois, elle a beaucoup travaillé pour vos beaux-parents.

Il y avait peu de monde pour suivre la dépouille de l'Eugénie jusqu'au cimetière. Cercueil de bois blanc, messe sans chorale, ses obsèques furent aussi humbles que sa vie.

Il était bien connu que la Jeannette était en conflit permanent avec sa grand-mère qui déplorait son inconduite. Mais, lorsque, après l'enterrement, la Jeannette fut de retour dans leur modeste demeure, elle s'affala sur une chaise et pleura tout son soûl.

Le lendemain, elle entreprit de faire un peu de ménage dans la chambre de la défunte. Pendant les deux nuits de veillée funèbre où l'Eugénie avait reposé sur son lit, mains croisées enserrant un chapelet, ses anciens compagnons de misère étaient venus lui rendre hommage. Ils avaient préféré sacrifier une partie de la nuit plutôt que de perdre une demi-journée de travail en assistant à la cérémonie de l'enterrement.

De part et d'autre du lit mortuaire, une bougie sur chaque chevet, l'une éclairant une Vierge de plâtre au visage rose vif, l'autre une assiette d'eau bénite où trempait un rameau de buis.

Chaque visiteur était entré, s'était découvert, avait aspergé la morte en décrivant une croix avec le buis. Puis, toujours en silence, il s'était assis pour une bonne heure sur les chaises dépareillées disposées autour du lit. Parfois, l'un avait osé prendre la parole pour évoquer un trait de caractère de la morte, son bon cœur, son courage. Une autre, enhardie par cette discussion qu'elle n'aurait pas amorcée elle-même, s'était mise à rappeler quelque événement ou situation où l'Eugénie avait pu faire valoir ses nombreuses qualités ou ses marottes. Puis le silence retombait jusqu'à ce que l'un d'entre eux, piquant du nez, se réveille brusquement, prenant conscience que, dans quelques heures, le lever du soleil le verrait reprendre sa besogne. Alors, il prenait congé sur la pointe des pieds, laissant sur le parquet de la chambre et dans le couloir un peu de la terre qu'il avait aux pieds.

Avec un grattoir, la Jeannette allait en avoir fini avec la paraffine de la bougie qui avait coulé sur le marbre de la table de nuit, lorsqu'elle s'avisa d'en ouvrir le tiroir. Elle y trouva une boîte métallique dont elle fit l'inventaire : un acte de propriété de la masure et du jardinet, dont elle remarqua qu'il était cosigné par A. Vigoureux, une photo de Jeannette, bébé nu allongé sur un coussin de velours et une enveloppe grise, fermée. Elle ne put résister au désir de l'ouvrir. Une feuille pliée en quatre libéra une photo qui tomba à terre. La Jeannette la ramassa, l'observa longuement, crut se reconnaître. Ce devait sûrement être le portrait de sa mère dont Eugénie lui avait souvent dit qu'elle lui ressemblait comme deux gouttes d'eau.

Puis, posément, la Jeannette s'assit sur le lit, adossa la photo à la Vierge sur le chevet, devant elle. Elle resta de longues minutes à regarder le visage de cette mère qui lui avait tant manqué, dont l'absence avait fait d'elle une jeune fille amorale, une écorchée vive. S'efforçant de rester calme, elle déplia la lettre dont le texte, à l'écriture saccadée et maladroite mais plutôt bien tournée, commençait par cet avertissement souligné à la main « À lire après ma mort » :

Ma petite Jeannette,

Tu m'en as fait voir de toutes les couleurs, mais tu avais de bonnes excuses. Si tu avais eu un père et une mère comme tout le monde, tu n'aurais pas fait autant de bêtises. Malgré tout, j'ai toujours eu de l'affection pour toi, même si je te le montrais pas souvent.

Il faut que tu saches tout sur ta propre histoire. Tu te souviens, quand tu devais avoir huit ou neuf ans, tu m'as posé un tas de questions sur tes parents. Je t'ai raconté qu'ils t'avaient confiée à moi avec l'intention de te récupérer lorsqu'ils seraient bien installés en Amérique où ils espéraient faire fortune. Je t'ai menti lorsque je t'ai dit qu'ils étaient morts là-bas dans un accident de train.

Je te dois la vérité : ta mère avait dix-neuf ans quand elle t'a mise au monde. Elle refusait de me dire qui était ton père. Il ne se passait pas un jour sans que je lui pose la question. C'était pour retrouver l'auteur de tes jours et le faire participer à ton entretien.

Un beau matin, elle a décidé de nous quitter, toi et moi, pour suivre un colporteur qui l'attendait devant la porte. Avant que la charrette démarre, elle m'a crié : « Tu n'as qu'à repasser le colis à l'Alphonse, oui, l'Alphonse Vigoureux ! C'est lui le père ! Tu lui demanderas comment il a fait pour me trousser, comment il m'a entraînée dans la grange à foin pour, soi-disant, me faire choisir un chaton, comment il m'a culbutée et a abusé de moi. Si j'allais pas à ses rendez-vous, aussi bien dans les champs qu'à la garenne Jodain, il me menaçait de plus te faire travailler. Il m'a laissée tranquille que quand je lui ai dit que j'étais enceinte. Il sait que la Jeannette est de lui, il le sait ! »

Alors, tu comprends, ma petite Jeannette, j'ai eu peur du scandale. Sur le coup, je n'ai pas osé aller le trouver. Quand on est des miséreux comme nous, on s'attaque pas aux gens importants comme les Vigoureux, des propriétaires travailleurs, honnêtes, et qui manquaient pas un office. Personne n'aurait cru une pauvresse comme moi !

Un jour pourtant, il y a pas bien longtemps, juste avant que je puisse plus travailler, il est passé au champ, que j'étais la dernière à quitter. Dans la conversation, où il me faisait remarquer que j'étais plus d'âge à manier le sarcloir, il a osé me demander : « Et la mère de Jeannette, comment elle va ? Vous avez de ses nouvelles ? »

Là, j'ai pas pu me retenir. Je lui ai dit ce que j'avais sur le cœur. Il est devenu blême, m'a suppliée de garder le secret. La semaine suivante, j'étais convoquée chez le notaire qui me remettait l'acte de propriété de la maison que je lui louais jusque-là.

Maintenant qu'il est mort – il y a une justice ici-bas – autant oublier ses égarements.

Voilà ce que je tenais à te dire avant de rejoindre le royaume de Dieu où, je l'espère, je vais trouver paix et repos.

Prends bien garde à toi. Je t'embrasse.

Ta grand-mère Eugénie

Dans ces régions où l'élevage l'emportait sur les cultures de céréales, si la fenaison était importante, la culture de la betterave fourragère l'était aussi. Ainsi, durant l'hiver, le bétail bénéficiait d'un régime où alternaient le vert et le sec.

Cette année-là, Jean-Baptiste avait fait l'acquisition d'un semoir en ligne qui lui avait permis d'ensemencer plus de quatre hectares en graines de betterave. Il fallait bien ça pour son cheptel qui s'élevait maintenant à une cinquantaine de têtes, sans compter les chevaux.

La semence avait bien levé partout. Arriva le moment du démariage. À l'aide d'un sarcloir on binait et coupait, ne laissant qu'une jeune betterave tous les trente centimètres environ. Aucune machine ne pouvait faire ce travail, aussi fallait-il recruter une importante main-d'œuvre. Depuis quelques années, grâce aux lignes de chemin de fer récemment mises en place, arrivaient du nord des équipes de travailleurs, les « camberlots », qui se louaient pour la période des betteraves. De nombreux fermiers s'en méfiaient. Le Léon Maucolin n'avait-il pas constaté la disparition de deux jambons après leur départ ? C'est pourquoi Jean-Baptiste préférait embaucher du personnel de la région, chose qui se révélait de plus en plus difficile. Malgré les vives incitations à ne pas déserter la terre, le travail souvent écrasant des champs faisait fuir de plus en plus de jeunes vers les villes.

Quand la Jeannette se présenta à Jean-Baptiste pour le démariage des betteraves, il ne fit pas le difficile. Malgré ce qu'on disait d'elle, elle pouvait avoir, raclette en main, la même force de travail que sa mère, que le père Vigoureux avait autrefois employée, mais surtout que sa pauvre aïeule qui venait de mourir. L'Eugénie avait usé sa vie aux travaux les plus durs des champs. Dès la cinquantaine, elle ne s'était plus déplacée que pliée en deux.

— La Jeannette, tu sais que c'est dur de démarier des betteraves. Tu l'as déjà fait ? s'enquit Jean-Baptiste.

— Non ! mais je l'ai vu faire, répondit la jeune fille, et puis, ça doit pas être bien sorcier !

— Bon, c'est d'accord. Rendez-vous demain à 5 heures au champ Pâquis. Dans l'équipe, y aura la mère Baudet. Elle te montrera.

La première journée de travail fut dure pour la jeune fille. À répéter sans cesse le même geste qui sollicitait les mêmes muscles, la tâche était particulièrement fatigante. Il fallait surtout éviter de se relever car la douleur dorsale devenait alors insupportable. La pause de midi, à l'ombre de la haie, fut la bienvenue. Tandis que les autres betteraviers s'attaquaient à leur miche de pain et à leur morceau de lard, la Jeannette s'étendit dans l'herbe fraîche. Elle entama la pomme qu'elle avait emportée pour son midi mais, rompue de fatigue, elle s'endormit. Ce furent les rires gras des hommes se remettant au travail qui la réveillèrent. Elle reprit sa raclette et rejoignit son rayon. Après une laborieuse remise en train, l'ouvrage de l'après-midi lui sembla plus aisé. Elle ne sentait plus sa fatigue. On aurait dit que son corps s'était fait une raison. Elle fut même surprise lorsque sonna l'angélus du soir.

Il était maintenant 19 heures, l'heure de dételer. Chacun devait achever son rayon.

Arrivés au bout, les démarieurs ne s'attardèrent pas. Sarcloir sur l'épaule, ils regagnèrent vite le village.

La Jeannette, moins rapide que les autres, resta la dernière dans le champ. Le soleil avait disparu derrière les Hauts de Boulain, les gratifiant d'un ourlet doré.

Au moment où la jeune fille donnait son dernier coup de sarcloir, arriva Jean-Baptiste. Venu vérifier le travail de son équipe, il demanda :

— Alors, la Jeannette, pas trop fatigant cet ouvrage ?

— Un peu mal aux reins, mais on s'y fait, répondit-elle. Je crois que je souffrirais moins si le manche de l'outil était plus long. J'aurais pas besoin de me baisser tant.

— Montre-moi comment tu t'en sers, ordonna le paysan.

La Jeannette s'exécuta.

— Pas étonnant que tu aies du mal en mettant ta main gauche à ce niveau !

Il lui saisit alors les deux mains pour lui montrer

la bonne posture. Elle en profita pour se laisser aller contre lui. Elle sentit qu'il répondait à cette pression. Alors, elle se plaqua à lui, après avoir lâché son sarcloir...

Un bruit de cheval au galop. Vite, le couple, à demi dénudé, se précipita vers la haie d'aubépine qui faisait heureusement écran au chemin. Il était temps ! Le cavalier n'était autre que le Médée Lelièvre revenant de sa terre de la Grand'fosse.

Le couchant n'était plus qu'une pâle lueur orangée lorsque les deux amants se séparèrent.

Sur le chemin du retour, Jean-Baptiste, dégrisé, pestait, s'en voulait de n'avoir pu dominer ses sens. La Jeannette, elle, chantonnait, esquissait quelques pas de danse, manifestement heureuse d'avoir réalisé la première partie de son plan : se venger de la famille Vigoureux : de l'Alphonse, son père, qui avait abusé de la naïveté de sa jeune mère, mais aussi de Paul, le petit curé, qui avait eu l'insolence de la repousser par deux fois.

— Tiens, je l'ai aperçu hier, celui-là. Il porte la soutane maintenant !

En effet, au cours d'une émouvante cérémonie qui s'était déroulée la semaine précédente au séminaire, avait eu lieu la prise d'habit.

Il tardait à Paul de revenir à Bon-Ru en soutane. Clara avait attelé Dame Hortense au landau et était allée l'attendre à la gare de Dun. Lorsqu'il apparut dans cette austère tenue, Clara l'embrassa en le serrant contre elle et, la voix mouillée :

— Comme tu es beau ! Comme ça te va bien !

Ils firent une halte obligatoire chez Grand-Mê qui ne cessa de s'extasier sur ce si beau jeune homme qui allait sûrement faire un excellent prêtre. Émue, elle aussi, elle laissa échapper deux larmes qui s'évanouirent dans l'entrelacs de ses rides.

— Ah ! si seulement tes parents pouvaient te voir ! chevrota-t-elle.

— Mais ils me voient, Grand-Mê, ils me voient de là-haut !

Ce soir-là, au lieu de l'odeur parfois aigre de la soupe au lard, c'était un fumet de quiche et de poulet rôti qui s'exhalait par les fenêtres que la belle saison tenait ouvertes. Jean-Baptiste avait remonté de la cave deux bouteilles de vin bouché, pour que la fête soit complète.

Il fallait dire qu'au séminaire les repas étaient, pour les rationnaires, les plus frugaux qui soient. Aussi, Paul, qui avait repris de chaque plat et bu plusieurs verres de vin, ne parvenait pas à trouver le sommeil. Et il n'allait pas y être aidé par le remue-ménage fait de petits cris, de gémissements qui montaient de la chambre du dessous.

Paul se mit à penser, comme cela lui arrivait souvent, que dans trois ans, à son ordination, il devrait prononcer ses vœux, dont celui de chasteté. Bien sûr, il le ferait volontiers. Mais il ne pouvait s'empêcher d'évoquer ces violentes envies venant du plus profond de son être et qu'il s'imposait et s'imposerait de refouler tout au long de sa vie.

Au séminaire, certains pensionnaires, placés là plus par la volonté d'une mère et du curé de la paroisse que par vocation, racontaient comment ils avaient troussé des filles, voire des femmes de leur village, pendant les congés. Ils ne craignaient pas de vanter les plaisirs de l'amour. Paul méprisait ces errements et leurs auteurs, mais ces récits, avec leurs détails les plus crus, hantaient cependant son esprit.

Le lendemain de son retour à Bon-Ru, il avait quitté ses habits sacerdotaux pour revêtir chemise de flanelle et pantalon de coutil dans lesquels il se sentait à l'aise.

On sevrait les veaux. Au nombre de cinq, ils se trouvaient dans l'écurie de la Cailloudrie. Près d'eux, dans la stalle du fond qu'on avait renforcée, était solidement attaché Titan, un jeune mais imposant taureau au caractère difficile, de race frisonne pie noir, qui avait remplacé Cadet.

Paul adorait les veaux. Il jouait avec eux, les caressait, s'amusait de leur œil fripon. Il aimait les voir, dans le verger, entamer une course folle, zigzaguant, sautant des quatre pattes, queue dressée, pour s'arrêter brutalement, exténués. Il avait souvent prêté main-forte pour les aider à naître. Pour faciliter le travail de la mère lorsque apparaissaient les cadots[1] des pattes avant, on les attachait à une corde quand le passage semblait étroit. On tirait doucement, mais fermement, à chaque contraction de la mère. Voilà le mufle qui pointait. De ses mains, Jean-Baptiste tentait d'élargir le passage. La tête sortie, il y avait encore les épaules, puis le reste suivait facilement.

1. Sabots.

Le nouveau-né, génisse ou godin[1], tombait de la mère restée debout sur un épais matelas de paille. Jean-Baptiste ouvrait alors la gueule de l'animal pour vérifier que la langue n'était pas repliée dans la gorge. Si c'était le cas, il fallait vite la remettre en position normale pour éviter l'asphyxie. On devait aussi nettoyer les narines, y mettre du sel pour faire éternuer le bébé bovin. Puis, avec de la paille, on le bouchonnait. Ensuite, on le confiait à la mère qui meuglait d'impatience. À grands coups de langue, elle lui faisait alors une toilette complète, le débarrassant du liquide poisseux dans lequel il avait baigné pendant neuf mois et dix jours.

Paul s'y connaissait pour sevrer ces charmants animaux. Il leur préparait d'abord un seau avec quelques litres de lait qu'il allongeait d'un peu d'eau, mise à chauffer sur un cubilot, dans laquelle il versait un bol de farine d'orge ou d'avoine. Ensuite, il devait saisir d'une main la tête du veau, la plonger légèrement dans le seau resté au sol et introduire un ou deux doigts de l'autre dans la bouche de l'animal. Croyant reconnaître le pis maternel, il se mettait alors à téter et aspirait le lait. L'apprentissage se faisait généralement sur plusieurs jours, cela dépendait des aptitudes des élèves. Il n'était plus besoin ensuite du subterfuge des doigts pour qu'ils boivent tout jusqu'à la dernière goutte. S'ils apprenaient assez vite à boire au seau, ils ne perdaient que très tardivement l'habitude des violents coups de tête dont,

1. Veau mâle.

bébés, ils gratifiaient le pis de la mère pour faire arriver le lait plus vite et plus abondamment. Ils reproduisaient ce geste brusque au risque de renverser le seau si Paul n'y avait pas paré.

⁂

Ce matin-là, Paul fut très heureux d'apprendre de la bouche de Clara que son frère venait d'embaucher le Claudius, le culot des Thomas, en tant que charretier. Comme il habitait au village, il s'occuperait aussi du Titan qui restait à demeure à la Cailloudrie. Tout juste libéré de sa conscription, ce jeune homme solide et courageux avait présenté ses offres de service à Jean-Baptiste qui l'avait engagé sur-le-champ.

Paul et lui ne manquaient pas d'évoquer le temps de la petite école. Le Claudius y avait tant peiné pour apprendre à lire, tant redouté les pièges des dictées, tant séché devant les mystères des mécanismes opératoires ! Il avoua avoir été jaloux de l'aisance avec laquelle Paul réussissait les problèmes et retenait les dates d'histoire. Mais c'était surtout des jeudis dont on parlait. Lorsqu'il s'agissait de grimper aux arbres pour dénicher les corbeaux qui faisaient tant de dégâts dans les semailles. Si Paul ne se débrouillait pas trop mal, le Claudius avait cependant l'avantage. Tandis que les propriétaires du nid tournoyaient au-dessus de l'arbre, tentant d'intimider les garçons par leurs croassements menaçants, ces derniers vidaient le nid des jeunes corbeaux et des œufs qui s'écrasaient à terre avant de détruire le nid lui-même. Au sol, les gamins achevaient les oiseaux rescapés en les prenant par les pattes pour leur cogner la tête sur la pointe de leur soulier. Lorsque les « corbillons » étaient déjà de belle taille, presque complètement emplumés, ils les proposaient au père Clarenne qui s'en régalait, contre quelques pâtes de fruit de sa préparation. Le souvenir leur revint qu'une fois, le cousin du Claudius voulut tenter l'expérience de mettre à couver des œufs de pie sous une clousse[1]. Le nid, en haut du pommier, contenait huit œufs encore tièdes de la présence de la mère. Le garçon les mit délicatement dans les poches de sa culotte courte. Lors de la descente, une fausse manœuvre le projeta contre le tronc. Il arriva au sol en pleurant. Le jaune et le blanc mêlés des œufs brisés coulaient le long de ses jambes nues.

L'évocation de cet épisode déclencha le rire autour de la longue table du repas du soir.

Seule Clara ne riait pas. Contrairement à son habitude, elle semblait chagrine, renfrognée. Même attitude quand les deux jeunes gens racontèrent comment ils avaient été surpris par le garde champêtre alors que, de l'eau jusqu'à la ceinture, ils attrapaient des truites à la main. Avertis qu'il leur en cuirait s'ils récidivaient, ils avaient réussi quelques jours après à convaincre le fils du garde, un galopin de leur âge, à braconner avec eux, ce qui les garantissait dorénavant des foudres de la loi !

1. Poule couveuse.

Toujours aussi morose, Clara débarrassa bruyamment la table, signifiant par là que la discussion était terminée et qu'il était temps que chacun aille se coucher.

Dans son lit, Paul s'interrogea sur le comportement inhabituel de sa belle-sœur. Peut-être était-ce la fatigue ? Peut-être aussi était-elle marrie de ne pas encore avoir d'héritier au bout de neuf ans de mariage ? Peut-être l'un des deux était-il défaillant ? Lequel ?

La cause du mal-être de Clara était tout autre.

La veille, le facteur lui avait apporté une lettre :

— Elle vient pas de bien loin, celle-là ! Y a l'tampon d'la poste de Montigny.

C'était une drôle de lettre, sans nom d'expéditeur, sans date. Sur la feuille qui avait dû être arrachée d'un carnet, on avait tracé d'une écriture malhabile, enfantine, cette seule phrase : *Tu ferais bien de surveiller ton bonhomme.*

Clara n'avait rien compris sur le coup. Il lui fallut la relire plusieurs fois avant de réaliser de quelle mise en garde il s'agissait. Elle était d'autant plus surprise qu'elle était convaincue de la loyauté de Jean-Baptiste. C'était sûrement le fait de quelqu'un de jaloux de la bonne marche de leurs affaires et qui voulait semer le désordre dans la maison Vigoureux. Clara avait décidé de n'en rien dire à son mari.

Le lendemain, alors qu'elle allait ramasser les œufs, elle vit à nouveau le facteur quitter la route pour prendre le chemin de la ferme. Pour éviter encore une fois ses remarques, elle resta dans le poulailler. Elle vit le postier glisser le courrier derrière la petite grille en fer forgé de la porte d'entrée.

Le cœur battant, se forçant à ne pas accélérer le pas, elle arriva à la porte. Outre une réclame pour les engrais potassiques d'Alsace, une enveloppe, la même que celle de la veille. Elle la fit prestement disparaître dans le creux du tablier retroussé pour le transport des œufs. Elle rentra précipitamment, s'assit sur une chaise de la cuisine et ouvrit fébrilement la lettre. Même papier, même écriture. Cette fois, le texte était encore plus bref et tenait en deux mots : *la Jeannette !*

Ce soir-là, Paul murmurait ses dernières prières avant de s'endormir lorsque des bruits lui parvinrent de la chambre du dessous. Ce n'était pas les soupirs et les gémissements habituels mais plutôt des cris et des éclats de voix.

Lorsqu'il vint rejoindre sa femme déjà couchée, Jean-Baptiste éteignit la bougie avant de s'allonger. Il savait que sa femme ne dormait pas. Au bout de quelques minutes de silence, il se décida :

— Oh ! la Clara, on dirait qu'il y a quelque chose qui ne te va pas. Tu n'es pas comme d'habitude. Qu'est-ce qu'il y a qui ne tourne pas rond ?

Alors la jeune femme lui raconta les deux lettres anonymes. Elle demanda des explications. Jean-Baptiste se fâcha, assura qu'il ne s'était jamais rien passé entre cette gourgandine et lui, que ce n'étaient que calomnies de jaloux voulant lui nuire. Pour faire bonne mesure, il haussa le ton pour dire qu'il s'étonnait de lui voir accorder un tel crédit à des accusations aussi fantaisistes, qu'il était ulcéré par un tel comportement.

Heureusement pour Jean-Baptiste, l'obscurité empêchait Clara de lire sur son visage l'embarras et le trouble qui l'avaient gagné.

Le lendemain était un dimanche. Tous deux furent soulagés à la pensée qu'il n'y avait pas de distribution de courrier ce jour-là.

La journée se passa sans qu'on revînt à la discussion de la veille. Grande toilette dominicale, rechange pour aller à la messe de 11 heures, puis Clara retrouva sa cuisine pour y préparer une tarte aux mirabelles tandis que les hommes prenaient le chemin du bistrot.

Là, les propriétaires se groupaient autour de lourdes tables de bois portant les marques rondes des milliers de verres qui y avaient été servis. Ils sirotaient des apéritifs en évoquant la semaine écoulée : les deux jeunes garçons de chez Lombard, pourtant de sacrés travailleurs, qui avaient abandonné les champs pour s'embaucher à Longwy, la prochaine venue de Mgr Jean-Pierre Pagis, l'évêque de Verdun, pour la confirmation, le choix d'un parrain et d'une marraine pour cette même cérémonie, l'avortement qui sévissait dans l'écurie des Landreaux, la dernière connerie de cet abruti de Benoît, le domestique des Vincent, qui avait oublié de refermer la porte de la pâture, laissant les vaches se répandre dans la nature, l'une d'entre elles s'étant fait buter par le Verdun-Sedan qui avait failli dérailler. La raclée qu'il avait reçue de son patron, il ne l'avait pas volée ! La prochaine fois, il ferait peut-être attention !

Les valets de ferme et les journaliers étaient attablés, eux, dans un coin de la salle devant des chopines de mauvais vin, souvent de la piquette que donnaient les cépages d'Oberlin et de Baco qui alignaient leurs galipes[1] sur les pentes alentour.

Silencieux, résignés, ils écoutaient leurs maîtres.

Ce dimanche-là, était-ce pour tenter d'oublier la scène de la veille ou pour se donner le courage d'affronter le regard de Clara, Jean-Baptiste but plus de Byrrh que de coutume. Il fut l'un des derniers à quitter l'estaminet. Clara remarqua d'emblée sa voix moins posée, ses gestes moins assurés qu'à l'accoutumée. Ce comportement l'alerta mais elle ne fit aucun commentaire.

Presque deux semaines passèrent sans que le facteur eût à prendre le chemin de la ferme de Bon-Ru.

Clara tentait de se rassurer en voulant croire son mari qui affirmait que le contenu de ces lettres n'était que calomnies. Elle remarqua toutefois, au bout de quelques jours, que Jean-Baptiste s'arrangeait toujours pour se trouver soit à l'entrée de la ferme, soit occupé à la clôture bordant le chemin aux heures du passage du facteur. Était-ce une coïncidence ?

Clara se mit à son tour à guetter et l'homme de la poste et son mari.

1. Pieds de vigne.

Un vendredi, vers 11 heures :

— Hé ! le facteur, y a du courrier ? demanda Jean-Baptiste.

— Si j'viens ici, c'est qu'y en a ! répliqua l'homme à l'épaisse moustache... Mais j'veux pas vous déranger en plein travail, j'vais l'porter jusqu'à la ferme...

— Non ! c'est pas la peine, trancha Jean-Baptiste, y'a qu'à me le donner, ça vous évitera du trajet !

Par le vasistas du poulailler, Clara avait vu la scène. Elle sortit vivement et arriva dans le dos de son mari qui était à décacheter une enveloppe grise d'où il retira une feuille quadrillée de calepin.

C'est pas beau de mentir, monsieur Vigoureux ! T'as été vu en train d'honorer la Jeannette, il y aura deux semaines, lundi, à 20 heures, derrière la baie d'aubépine qui borde ton champ de betteraves !

Cette fois, la précision des faits rendait plausibles les soupçons de Clara qui sentit ses jambes l'abandonner. Le visage exsangue, elle dut s'appuyer au piquet d'acacia de la clôture.

La voix blanche, elle parvint à articuler :

— C'était donc vrai !

Le silence de Jean-Baptiste était un aveu.

Il aurait aimé dire à sa femme qu'il regrettait cet instant de folie où il n'avait pu se dominer, qu'il n'avait pas voulu lui faire du mal, qu'il jurait ses grands dieux qu'il ne recommencerait jamais... Mais Clara s'était enfuie vers la maison en pleurant.

Quelques semaines plus tard, le démariage se terminant, Jean-Baptiste se rendit au champ de betteraves pour verser leur salaire aux tâcherons. Il constata que la Jeannette était absente. On lui dit qu'elle n'était pas venue de toute la journée.

Ce soir-là, alors que le couple, penché sur l'assiette de soupe au lard, évitait dans un pesant silence de se regarder, le vieux Barbet annonça une visite.

C'était la Jeannette.

— Bonsoir la compagnie ! J'espère que je ne vous dérange pas !

Tétanisés, les époux Vigoureux ne répondirent même pas à son bonsoir.

— J'ai pas pu venir travailler aujourd'hui. Je me sentais pas très bien. Au réveil, j'ai eu des nausées. Y paraît que ça fait ça au tout début. Alors je me suis dit que, dans ma position, c'était peut-être pas très prudent de passer la journée pliée en deux à manier la raclette !

Ces dernières paroles ajoutèrent encore au climat de gêne qui se transforma en une véritable angoisse.

— Alors, je me suis dit, continua la Jeannette, que d'un coup de vélo, je viendrais me faire payer directement à la ferme... D'autant plus qu'il fallait que je vous voie tous les deux...

Interdits, Jean-Baptiste et Clara ne savaient quelle attitude adopter.

— Il fallait que je vous voie avant de partir. Oui, je vais quitter la région sans regret. Vous connaissez le dernier fils des Destremont. J'étais presque fiancée avec lui avant son départ pour l'armée, en Algérie. Il m'a écrit qu'il avait trouvé du travail là-bas, dans un grand domaine agricole, à sa sortie de la caserne. Il m'a même envoyé de l'argent pour que j'aille le rejoindre. Vous vous demandez pourquoi je vous raconte tout ça ?... Un peu de patience, je continue. Comme j'ai plus de famille dans le coin, comme les gens d'ici sont pas spécialement gentils avec moi...

— Venons-en au fait ! osa Clara qui perdait patience.

— Du calme ! J'y arrive... Je disais donc que j'avais plus de famille pour me retenir ici depuis que ma grand-mère Eugénie a disparu.

À ce moment-là, la Jeannette mit la main dans la poche de sa blouse pour en extraire une enveloppe grise d'où elle sortit une feuille qu'elle déplia lentement et solennellement.

— Vous la connaissiez bien, ma grand-mère, ainsi que ma mère d'ailleurs. Toutes les deux ont travaillé dur pour votre famille. Eh bien, voici la confession que la mère Eugénie a écrite avant sa mort.

Et la Jeannette se mit à lire, en ménageant son temps et ses effets, la déclaration selon laquelle elle était elle-même la fille d'Alphonse Vigoureux. Elle brandit le papier sous les yeux des époux pour leur permettre d'en vérifier le contenu et la signature, puis elle le remit délicatement dans l'enveloppe qu'elle enfouit dans sa poche.

— Mais qui dit que tout ça, c'est pas pure invention ? argua Clara tandis que Jean-Baptiste restait prostré sur sa chaise.

— Pour quelle raison l'Alphonse, l'auteur de mes jours, nous aurait-il généreusement fait cadeau de notre maison et du jardin, sinon pour tenter de se racheter d'avoir violé ma mère ? Je tiens à votre disposition l'acte avec sa signature authentifiant ce don, poursuivit-elle. Mais, au fait, j'étais venue pour me faire payer ma semaine, déclara-t-elle, j'ai aucun cadeau à vous faire !

Pressé de la voir partir, Jean-Baptiste aligna sur la table quelques pièces qu'elle recompta et ramassa. Puis, la main sur la clenche, elle se retourna et, s'adressant au maître des lieux, elle dit :

— Que dirait-on dans la région si on apprenait que, non seulement je suis ta demi-sœur, mais qu'en plus de cela je suis enceinte de tes œuvres ?

Cette révélation avait complètement brisé Clara. Refusant de dormir avec celui qui l'avait trahie, elle passa la nuit dans ce qu'on appelait la chambre blanche, en raison des murs de plâtre qui n'avaient jamais connu de papier peint.

Jean-Baptiste, lui, était particulièrement accablé par la divulgation de son infidélité, de sa relation incestueuse avec la Jeannette, du comportement passé de son père.

Lui vint l'idée de « s'accrocher », comme son grand-oncle Désiré, convaincu d'avoir, en 70, commercé avec les Prussiens. Disparaître pour ne plus avoir honte de soi, pour ne plus avoir à supporter le regard réprobateur de son épouse, pour payer le prix de son infamie… Il n'en eut pas le courage.

Sur la table, était restée la bouteille de mirabelle sortie en fin d'après-midi pour sceller la vente de deux vaches réformées au père Bastin, le maquignon de Stenay. Jean-Baptiste s'en versa une large rasade, puis une autre, puis encore une autre. Il piqua du nez sur la table, s'endormit la tête sur l'avant-bras. Au bout de quelques heures, il se réveilla, cou et bras endoloris.

Pas complètement dégrisé, il se dirigea à tâtons vers la chambre conjugale où il s'affala sur le grand lit vide.

Aux aurores, avant le réveil de son mari, Clara attela Dame Hortense au tilbury et, à vive allure, rejoignit Cierges.

Sa mère, occupée à la traite du matin, fut surprise de la voir s'encadrer dans la porte de l'écurie. À voir la mine de sa fille, elle se douta que quelque chose n'allait pas. Clara se jeta dans les bras de sa mère en sanglotant. Quelques minutes après, elle tenta d'expliquer les raisons de sa détresse, mais les hoquets et les reniflements l'en empêchèrent. Il fallut attendre encore un long moment avant que Clara cesse de pleurer. Elles s'assirent alors face à face sur des tabourets de traite, genoux contre genoux, la mère prenant affectueusement les mains de sa fille dans les siennes. Lorsque les spasmes, qui l'agitaient encore de temps à autre, se firent plus rares, la jeune femme mit sa mère dans la confidence sans passer sur aucun détail. On aurait dit que ça lui faisait du bien de n'être plus la seule à porter le fardeau.

— Maman, il m'a fait trop de mal. Je ne peux plus vivre avec lui. Je ne retournerai pas à Bon-Ru, gémit Clara.

— Mais, ma fille, ce n'est pas possible, tu le sais bien, ta place est auprès de ton mari. N'oublie pas que tu t'es engagée devant Dieu. On ne divorce pas dans la famille Herbinet ! Tu dois tout faire pour oublier l'incartade de ton mari, conseilla fermement la mère.

— Je ne le pourrai pas, se défendit la fille, comment veux-tu que j'oublie que j'ai été trahie par celui que j'aime ? Je te répète que je veux me séparer de lui. Je suis sûre, maintenant, qu'il va faire comme son père. La Jeannette va débarrasser le plancher, mais il en trouvera d'autres !

— Tu t'égares, ma fille, l'interrompit Zélina Herbinet. Écoute-moi bien. Tu vas passer deux ou trois jours ici. On dira que c'est pour te reposer des travaux de printemps. On en parlera à ton père. Tu verras qu'il te conseillera comme moi de retourner auprès de ton mari. Il ne supporterait pas que tu divorces. D'abord, le divorce n'est pas fait pour des gens comme nous, c'est bon pour les mécréants. Est-ce que tu te rends compte du bruit que ça ferait dans la région ? Chacun irait de ses suppositions, toujours malveillantes, pour expliquer votre séparation. Comme tu es une femme, tu t'apercevrais bien vite que c'est toi qui aurais tous les torts.

À Bon-Ru, le départ de Clara tombait au plus mal. C'était le plein moment de l'échardonnage, activité qui ne pouvait se faire qu'à la main. Jean-Baptiste avait embauché un bataillon de gars et de filles qui, du clair du matin au crépuscule, déployés en tirailleurs, détruisaient les chardons. Avec leur outil, un petit fer très coupant au bout d'un long manche, ils venaient à bout de la tige de la mauvaise herbe en allant la chercher au plus profond du sol. Il fallait dire que le garde champêtre avait pour mission de dresser procès-verbal à ceux qui laissaient trop de chardons dans leurs champs, leurs mauvaises graines contaminant les champs voisins.

Les jeunes échardonneurs ne manquaient pas d'appétit et Clara n'était pas là pour leur préparer la potée.

Jean-Baptiste eut alors l'idée de faire appel à la Clémence qui habitait la première masure à l'entrée du village. Elle venait assez régulièrement donner la main au moment des grandes lessives ou quand on tuait le cochon ou encore pour tenir le ménage au plus fort de la fenaison. Elle connaissait bien la maison.

La Clémence était une forte femme que la chance n'avait jamais visitée. Seule, sans famille, peu gracieuse de sa personne, elle avait cru un instant au bonheur en se laissant séduire par un charbonnier qui travaillait et vivait dans la forêt des Trois Fées. Le seul souvenir qu'il lui laissa fut une gamine qui allait maintenant sur ses huit ans. Chétive, faisant moins que son âge, la petite Angeline ne parlait pas. Elle n'était pas sourde, elle comprenait ce qui se disait mais refusait obstinément de parler. Elle faisait pitié avec sa peau diaphane où affleurait le bleu des veines, avec son teint pâle de petite malheureuse qui ne riait jamais. Outre cela, il lui arrivait de tomber en syncope que suivait une léthargie de plusieurs jours. Avec de tels déficits de santé, elle ne pouvait pas fréquenter l'école du village comme les autres enfants de son âge. L'école avait beau être obligatoire depuis peu, l'austère sœur Joséphine qui la dirigeait, pas encore remplacée par les maîtres formés dans les écoles normales qui se mettaient en place, ne l'aurait pas acceptée. Comme elle, beaucoup pensaient que cette malheureuse gamine était la juste expiation de la faute de sa mère.

Clémence veillait sur elle avec une constance digne d'éloge. Partout où elle allait, elle emmenait sa fille, comme ce matin-là, à Bon-Ru.

La mère était à éplucher une montagne de pommes de terre, de carottes, de choux, de gros haricots, de navets qu'elle plongeait dans le chaudron accroché à la crémaillère de l'âtre. Angeline, assise par terre, caressait un jeune chat.

— Clémence, dit Jean-Baptiste en s'adressant à elle par la fenêtre, vous n'oublierez pas d'aller tirer un broc de vin au cellier. Il faudra bien ça, surtout que l'Hippolyte est là !

L'Hippolyte, le bourrelier de Laneuville, la mère et la fille le connaissaient depuis toujours. Une fois l'an, il passait dans les fermes pour réparer, consolider les harnachements et tous engins comportant une partie en cuir. À la demande, il pouvait aussi fabriquer ceintures, bandoulières à fusil, gibecières et cartables. Accessoirement, s'il était bien traité, il consentait à recarder la laine des matelas.

À Bon-Ru, il installait ses quartiers dans le fournil. Cette grande pièce, dotée d'un four à pain qu'on ne sollicitait plus que rarement, abritait une baratte, une grande table où l'on modelait et pesait les pains de beurre, ainsi que la chaudière à patates pour les cochons.

Repoussant la baratte dans un coin, Hippolyte installait ses outils sur la longue table. À ses pieds, un monceau de harnais, de têtières, selles, sous-ventrières, bricoles, culières à renforcer, à recoudre, des colliers à rembourrer et à reclouter. Pour cela, bien alignés sur la longue table, des tranchoirs aux lames de formes variées, des pinces, de très grosses aiguilles et, surtout, une impressionnante panoplie d'alênes.

Hippolyte était un personnage singulier. Impossible de lui donner un âge. Tout, chez lui, aurait été commun si, sans que sa démarche, le trahisse, il n'avait eu une jambe plus courte que l'autre de quelque huit centimètres. Il avait compensé cette distorsion par un brodequin de sa fabrication doté d'une épaisse semelle.

Une fois qu'il eut tout installé, il vint à la fenêtre de la salle commune.

— Coucou ! c'est l'Hippolyte ! dit-il en matière de salut à destination de Clémence et de la gamine.

Angeline l'avait reconnu. Elle quitta le char pour courir l'embrasser. Il obtint de Clémence l'autorisation de l'emmener dans son atelier. L'enfant lui donna la main jusqu'au fournil où il l'installa sur un matelas à recarder. Puis, avec un entrain qui ne le quittait pas, il passa un épais tablier de cuir et se mit à l'ouvrage. Malgré un tic qui agitait à espaces réguliers épaule et bras droits, la main, elle, conservait des gestes sûrs.

Il fredonnait sans cesse de vieilles chansonnettes et des comptines, ajoutant au passage un nouveau couplet à « Cadet Roussel » qui restait son morceau de bravoure. Angeline l'écoutait avec ravissement. Lorsqu'il décidait de la faire franchement rire, il quittait sa table de travail, ôtait brodequins et russes[1]. Il entonnait alors une marche militaire et défilait en claudiquant dans le fournil, accompagné par les éclats de rire de la fillette. Puis, avant de se remettre au travail, il envoyait avec précision un jet de salive brunie par le tabac chiqué qui arrivait immanquablement dans les cendres rouges de la chaudière.

L'enfant aimait le voir passer et repasser son fil à coudre sur le pain de poix pour l'en imprégner, accompagnant son geste d'une comptine ancienne :

1. Chiffons tenant lieu de chaussettes.

« Scions du jambon
À quat'sous la livre
Scions du jambon
À quat'sous l'bonnet de coton ! »

Puis le silence reprenait ses droits, rompu parfois par une longue et sonore incongruité terminée par l'habituelle maxime : « pet d'maçon, l'mortier n'ém long ! »

La fillette pouvait passer ainsi de longues heures à l'observer, à l'écouter et à guetter ses pitreries. Elle se sentait bien avec lui. Lorsqu'il avait besoin de s'attaquer au matelas sur lequel elle était assise, alors elle prenait place sur son tabouret. Elle le regardait découdre l'enveloppe rayée du matelas, en sortir la laine agglomérée en boules, tassée par de longues années de service. Il en montait une odeur âcre de suif, d'urine et de sueur. Hippolyte enfouissait l'un après l'autre ces paquets de laine avachie dans l'entonnoir d'une drôle de machine dont il tournait en même temps la manivelle. À la sortie, l'engin vomissait une laine plus aérée, plus volumineuse, qu'il exposait aux bienfaits du soleil avant de la bourrer dans une housse neuve.

Lorsque, comme ce jour-là, la chaudière fonctionnait, Hippolyte acceptait de l'alimenter en bois dont la réserve était adossée au mur. À chaque fois qu'il rechargeait le foyer, il soulevait le large couvercle pour voir où en était la cuisson des pommes de terre. Se répandait alors une agréable odeur qui arrivait au nez de l'enfant. Elle savait attendre patiemment le moment où Hippolyte allait prélever une patate cuite, l'éplucher et la lui offrir. Elle dégustait alors ce légume qui, dans sa bouche, avait un goût de miel.

Le soir venu, Angeline rejoignait sa mère qui savait lire dans les yeux de l'enfant tous les bonheurs qu'Hippolyte lui avait apportés. Ah ! si celui-là voulait venir vivre au village ! Clémence en rêvait. Mais ça ne pouvait pas se faire, le bourrelier tenait trop à sa liberté. Il était trop attaché à cette vie nomade qui l'emmenait de ferme en ferme. Peut-être aussi que cette Clémence, qui semblait être une brave femme, se révélerait une empêcheuse de danser en rond ? Peut-être lui mesurerait-elle le vin qui, après une longue journée de travail, était son compagnon du soir ?

Vin qu'il partagea immodérément ce soir-là avec Jean-Baptiste jusqu'à une heure avancée de la nuit.

Il avait fallu trois jours de pourparlers, les fermes injonctions de son père qui ne voulait pas d'un scandale, pour que Clara consentît à réintégrer son foyer.

À son retour, ses premières paroles furent pour Jean-Baptiste :

— Je reviens vivre sous ton toit, mais je te préviens que, dorénavant, on fera chambre à part !

Il y avait maintenant plus d'un an que durait cette situation. On ne se causait plus en dehors du strict nécessaire. On tâchait de faire bonne figure lors des visites de gens du village ou de marchands ambulants. Les moments les plus pénibles étaient ceux des repas pris autour de la grande table, l'un à côté de l'autre. Il arrivait qu'un simple frôlement fasse sursauter brutalement et reculer Clara. Jean-Baptiste, lui, tentait désespérément de capter le regard de sa femme pour qu'elle puisse lire dans le sien toute sa détresse. Mais Clara restait continuellement sur ses gardes. Elle ne voulait rien faire qui pût laisser espérer à son mari que les choses pouvaient redevenir comme avant.

Ce soir-là, comme souvent, il était rentré très tard du bourg. Clara venait de se mettre au lit. Elle l'entendait déambuler dans la salle. Au bruit des chaises bousculées et de la vaisselle entrechoquée, elle sut qu'il avait bu. Elle l'entendait se lancer dans de longues déclamations inintelligibles d'où émergeaient parfois son nom, ceux de Paul et de Clémence.

Parvenu non sans mal dans la chambre du haut, il y poursuivit ses invectives. Puis ce fut le silence. Clara s'endormit alors.

Les grincements de l'escalier la tirèrent de son premier sommeil. Pressentant qu'il redescendait pour elle, elle alla vivement fermer à clé la porte de sa chambre et se recoucha, l'oreille aux aguets.

Elle avait vu juste ! En silence, il fit tourner la clenche. La porte ne s'ouvrit pas. Alors il se mit en colère.

— Clara, ouvre-moi cette porte ! hurla-t-il.

Pas de réponse.

Jean-Baptiste donna alors de violents coups de pied dans la porte qui résista.

— Tu es ma femme, ne l'oublie pas ! Ouvre ! Sinon… ça va aller mal ! menaça-t-il.

— Je ne t'ouvrirai pas, se décida à répondre Clara, va cuver ton vin ailleurs !

— Il faut que je te parle, se radoucit Jean-Baptiste.

— Nous n'avons plus rien à nous dire, alors fiche-moi la paix ! Laisse-moi dormir tranquille. Je suis fatiguée. J'en fais de plus en plus ici. Faut bien que quelqu'un travaille pendant que tu es au bistrot, espèce d'ivrogne !

Clara l'entendit s'éloigner. Elle crut qu'il avait renoncé. Elle se trompait.

Fou de rage, il était allé au fournil d'où il revint armé d'une hache.

Le bruit de la porte de la chambre volant en éclats ne réussit pas à couvrir le hurlement de Clara qui se recroquevilla sous ses draps. Bientôt, ceux-ci furent violemment arrachés, ainsi que la chemise de nuit de la jeune femme qui tenta de se défendre en griffant et mordant le visage de son mari. En vain. Jean-Baptiste parvint à ses fins. Après quoi, dégrisé et sûrement honteux de ses actes, il rejoignit sa mansarde.

Humiliée, Clara pleura le reste de la nuit.

Le lendemain matin, Jean-Baptiste et Claudius, pour se rendre à l'écurie, empruntèrent le couloir où le charretier ne manqua pas de remarquer les éclats de bois et la porte défoncée de la chambre. Devant son regard interrogateur, Jean-Baptiste bredouilla qu'il avait dû en arriver là car ils avaient égaré la clé de cette satanée porte fermée à double tour. Claudius ne fut pas dupe. Il savait que son maître buvait plus que de raison. Il avait aussi constaté que Clara avait perdu tout sourire et que l'atmosphère à la ferme, autrefois joyeuse, était devenue pesante. Et ne disait-on pas dans le village que le couple ne partageait plus le même lit ? Il en avait eu lui-même la confirmation de la bouche de Clémence qui, malgré le retour de Clara, continuait à assurer quelques heures de ménage à la ferme.

À la mi-janvier de cette année-là, l'Aldès, le bouilleur de cru, avait installé son alambic sur la place du village. La récolte des prunes avait été exceptionnelle. Jean-Baptiste avait réussi à en remplir cinq tonneaux, trois de mirabelles et deux de quetsches, qu'il avait laissées fermenter dans le fournil. Il les apporta au distillateur dans un tombereau. Il mit l'engin à cul pour en faciliter le déchargement.

— Ben dis donc, Jean-Baptiste, tu manqueras pas de gnôle c't'année ! s'exclama l'Aldès avec un regard appuyé en direction des deux autres livreurs de prunes présents. T'auras qu'à passer demain pour la goûter, y en aura déjà de la distillée.

Le lendemain, il arriva en début d'après-midi.

Alors que la nuit commençait à tomber, il était encore là, dans la cabane de l'Aldès. Faut dire qu'il y faisait bon avec la chaleur de l'alambic et les lampées répétées de gnôle toute chaude sortie du serpentin de cuivre rouge.

De nombreux villageois – certains disaient passer par là par hasard – venaient saluer l'Aldès qui ne manquait pas de leur faire goûter le cru de l'année. Il plongeait un quart en fer blanc dans le seau d'alcool fraîchement distillé, le remplissait et l'offrait au nouvel arrivant après avoir rechargé celui des autres visiteurs installés sur un banc près de la chaudière. Chacun vantait les mérites de ce breuvage. L'un assurait qu'un bain de bouche à l'eau-de-vie endormait le nerf de sa douloureuse dent creuse, l'autre que, mieux que des vêtements chauds, quelques rasades lui permettaient d'affronter le froid, même au plus dur de l'hiver. Un autre encore affirmait que quelques gouttes de gnôle avaient le pouvoir de requinquer des poulets qui tournaient de l'œil.

Jean-Baptiste avait bu plusieurs quarts de mirabelle dans le courant de l'après-midi. Avant de quitter ses acolytes, il demanda au distillateur de lui en avancer deux litres sur sa production.

Il se rendit ensuite dans la grange de la Cailloudrie où il dissimula une des deux bouteilles dans la menue paille. Depuis quelque temps, il lui arrivait de plus en plus souvent de se constituer des réserves d'alcool dans les différents endroits où il avait à faire. Avant d'enfouir l'autre dans la réserve d'avoine, il en descendit une bonne lampée.

Puis il se décida à rejoindre Bon-Ru. Le pas lourd, il dépassa la maison de Clémence. Lui vint alors l'idée de faire demi-tour. Par la fenêtre, il vit dans la salle faiblement éclairée par une modeste chandelle la Clémence affairée à recharger l'âtre. Il poussa la porte sans prendre la peine de frapper.

— Tiens ! c'est vous, monsieur Jean-Baptiste ! ne sut que dire la Clémence, surprise par l'irruption du fermier.

— Oui, je passais devant chez toi… Alors je me suis dit j'vais dire un petit bonjour à la Clémence, ça doit pas lui arriver souvent d'accueillir un bel homme chez elle !

La pauvre femme comprit bien vite les intentions de son visiteur. Elle tâcha d'échapper aux mains fouineuses de Jean-Baptiste. Elle fut bientôt le dos au mur. Elle se débattait en silence car elle ne voulait pas réveiller Angeline qui dormait dans l'autre pièce.

Devant sa résistance, le paysan perdait patience.

— Écoute, la Clémence, laisse-toi faire ! Sinon plus de chanvière[1], plus de travail à la ferme ! T'as compris ? Tu devrais être fière que je m'intéresse à toi. Au lieu de ça, tu me repousses !

— Mais vous êtes marié ! Allez plutôt voir votre femme, répliqua Clémence.

Rien n'y fit. Jean-Baptiste poursuivit son assaut, entraîna la pauvre femme dans l'alcôve.

Elle comprit alors que toute résistance était vaine.

1. Parcelle de terrain proche du village qui servait de potager.

Un des rares plaisirs de Clara était d'aller auprès de la Magloire, cette pouliche qui lui rappelait son village, sa jeunesse insouciante. La jument la reconnaissait. Elle manifestait son plaisir en fermant les yeux lorsque la jeune femme frottait sa joue contre le velours de ses naseaux. Parfois, la Magloire, de ses lèvres soyeuses, déposait un baiser sur le front de Clara. La fermière pouvait ainsi passer de longues minutes, la tête de la pouliche abandonnée sur son épaule, à lui caresser encolure et chanfrein.

La jument n'allait plus aux champs car elle était pleine. Grosse de onze mois déjà, elle devait pouliner dans les quinze jours à venir.

Lors de ses visites de plus en plus fréquentes, Clara pensait parfois que, si elle avait eu la chance, elle, d'avoir un enfant, peut-être que Jean-Baptiste, alors conscient de ses responsabilités, n'aurait pas fait preuve d'inconstance. Peut-être que la vie aurait pu continuer comme avant ? Peut-être que… Allez savoir !

La Magloire avait un ventre énorme. Dans le fond de l'écurie, avec des planches et des baliveaux, le Claudius lui avait construit une spacieuse stalle à claire-voie où elle pouvait se mouvoir librement.

Clara avait insisté pour qu'on lui dispose une épaisse litière de belle paille fraîche, de la paille d'avoine plus confortable que celle de blé.

Un lit de camp fut installé contre le mur, dans l'allée de l'écurie, pour les nuits de veille. Jean-Baptiste et Claudius s'y relayaient, prêts à intervenir dès que la mise bas s'annoncerait. Une poulinière non assistée – c'était arrivé l'année dernière chez les Gautrault – avait péri d'une hémorragie. Une autre, toujours au village, aurait écrasé son petit.

Ce soir-là, Clara prévint le charretier d'être très vigilant.

— Claudius, il faut que tu montes la garde. Je crois que ça va être pour cette nuit. Tu as vu comme son ventre s'est décroché. Surtout, ne t'endors pas ! Pour rester éveillé, tu n'auras qu'à aller chercher la provision de boule[1] sous l'appentis et faire des balais. On n'en a presque plus pour nettoyer l'aire à grange et l'allée de l'écurie.

Clara avait vu juste. Alors que le jour allait se lever, la brave Magloire accoucha sans difficulté d'un poulain de même robe que celle de son géniteur, un étalon ardennais avec lequel un palefrenier l'avait mise à la lutte l'an dernier, au moment de ses chaleurs.

Dès son réveil, Clara accourut voir le nouveau-né. Le jeune mâle commençait à s'ébrouer. Le difficile apprentissage de la station debout allait commencer pour lui. Les pattes repliées, les unes vers l'avant, les autres sous lui, il lui fallait s'élancer pour tenter de

1. Fines branches de bouleau.

les déplier et se mettre debout. Malheureusement pour lui, ses membres trop longs ne trouvaient pas encore la force d'entraîner le reste du corps. Et ce furent de nombreuses chutes vers l'avant ou sur le côté. Parfois, les pattes avant finissaient par se tendre mais l'arrière ne suivait pas. Clara souffrait pour lui tout en s'amusant de la maladresse du jeune animal.

Cependant, le poulain ne désespérait pas. À force de volonté, le voilà tout à coup sur ses quatre pattes qui se mirent à flageoler. Le bébé cheval, surpris lui-même par cette nouvelle position, tenta l'aventure de faire quelques pas. Mais il trébucha vite et tomba. La mère le regardait faire, attentive.

Lorsqu'en début d'après-midi Clara revint à l'écurie pour constater les progrès du Baron – c'est elle qui l'avait ainsi baptisé –, elle fut étonnée de le voir se déplacer avec assurance dans la stalle. Il lui arriva même d'esquisser quelques pas de course et de timides ruades !

De temps à autre, il allait solliciter les mamelles maternelles, les gratifiant de violents coups de tête si le bon lait tiède et sucré n'arrivait pas assez vite !

L'abbé Aubry avait mobilisé son monde pour ce jour tant attendu de la Saint-Jean en cette année 1900.

Depuis Pâques, du haut de sa chaire, il commençait chaque sermon dominical en pressant ses ouailles de se rendre en nombre à la cathédrale de Verdun ce jour-là pour assister à l'ordination de Paul. C'était la première fois que le village voyait un de ses enfants devenir prêtre. Alors tous devaient se sentir concernés mais surtout honorés de participer à un événement que les paroisses environnantes devaient envier.

Lui-même serait aux premières loges puisqu'il devait assister l'évêque lors de la messe d'ordination. Du chœur, menaçait-il, il serait bien placé pour remarquer lesquels de ses fidèles seraient absents. Bien sûr, on serait en pleine fenaison ce lundi-là, mais tant pis, le Bon Dieu leur rendrait grâces de cette manifestation de leur foi. L'abbé Aubry s'y engageait, les autorisant même, si l'urgence des travaux le réclamait, à déserter l'église lors de l'office du dimanche suivant !

Le curé était passé dans toutes les familles, exigeant la présence du plus grand nombre à cette cérémonie dont la réussite devait rester dans toutes les mémoires. Seuls les malades et les grabataires en étaient dispensés. Il obtint aussi des parents d'y emmener leurs enfants. Il avait espoir que certains d'entre eux, émerveillés par le faste de cette journée, se sentiraient eux aussi disposés à consacrer leur vie à Dieu.

Lors de sa tournée dans le village, il négligea la maison d'école où avait été affecté deux ans plus tôt Gildas Dautremont, un jeune instituteur formé à l'École normale. Dès son installation, le jeune maître s'était fait remarquer par son anticléricalisme en décrochant le Christ qui trônait depuis toujours au-dessus de sa chaire.

Autre endroit à éviter, c'était la masure de Nestor Metzelard. Après avoir passé une vingtaine d'années dans les mines de charbon, il était revenu mourir dans la maisonnette de ses parents, non loin de l'église. Il avait toujours refusé le travail des champs, préférant peiner sous terre dans les mines du Nord. Là, il avait été doublement contaminé par la silicose qui lui rongeait les poumons et les idées socialistes qui se répandaient dans les houillères.

Le chef de la petite gare du village assura à l'abbé Aubry que le Sedan-Verdun serait bien à l'heure ce lundi-là et que le signal du départ ne serait donné que lorsque tout le monde aurait pris place dans les wagons.

Effectivement, on pouvait compter sur le sérieux et surtout sur la ponctualité de la compagnie des Chemins de fer de l'Est puisque le train entra en gare à 8 h 15 précises. Il y avait foule sur le quai, presque autant qu'à l'inauguration de la ligne, vingt-trois ans plus tôt. La moitié du village au moins, pas loin d'une centaine de fidèles. L'embarquement fut assez long. Il faut dire qu'on n'escaladait pas facilement, quand on était âgé, les deux hauts marchepieds de bois permettant d'accéder aux compartiments aux inconfortables banquettes, de bois elles aussi.

Jean-Baptiste d'un côté, Clara de l'autre, aidèrent Grand-Mê à se hisser dans un wagon. Malgré sa santé précaire et sa vue qui déclinait fortement, elle avait tenu à vaincre sa peur de prendre le train pour la première fois de sa vie, pour être auprès de son cher petit-fils.

Il faisait beau et même déjà bien chaud pour cette heure de la journée. L'abbé Aubry parcourait le quai, aidait à monter, s'assurait qu'il n'y avait pas de retardataires. Ces va-et-vient et le noir de sa soutane neuve lui tenaient fort chaud. Avec un grand mouchoir à carreaux qu'il ne cessait de passer sous son col de celluloïd blanc, il s'épongeait aussi le visage rougi par l'excitation et le soleil. Après avoir signifié au chef de gare qu'il pouvait donner le signal du départ, il fut le dernier à prendre place. Dans une débauche de vapeur, la locomotive émit un sifflement aigu et prolongé au terme duquel le train s'ébranla.

Le voyage devait durer une bonne heure pendant laquelle les adultes allaient déballer leurs provisions de bouche, le curé les ayant prévenus que la cérémonie durerait entre trois et quatre heures. De toute façon, c'était le moment du re-déjeuner, qu'on soit en train ou aux champs. Les enfants, eux, restaient aux portières et annonçaient le nom des villages inscrits sur les façades des gares : Dun-Doulcon, Sivry, Consenvoye, Regnéville…

À l'entrée dans Verdun, alors qu'on en avait fini avec le casse-croûte, chacun vérifia sa tenue, chassant les miettes du plastron, essuyant les traces de gras autour de la bouche. Les mères remirent un peu d'ordre dans leur chevelure et dans celle de leurs marmots.

L'émotion commençait à gagner. Un grand nombre d'entre les plus âgés ne s'étaient jamais rendus dans la capitale des dragées et, dès l'annonce du nom de la ville, le silence s'était fait dans les wagons où, quelques minutes auparavant, on en était encore à s'exclamer, parler haut ou rire bruyamment.

Sur le quai les attendaient les parents de Clara, arrivés la veille. Monsieur de Saint-Germain, ami personnel de l'évêque, était là, lui aussi. D'emblée, il prit la direction des opérations en intimant à l'abbé Aubry l'ordre de réunir ses troupes. Après quoi tous quittèrent la gare pour prendre la direction de la cathédrale dont les deux massives tours dominaient la ville.

— Mes amis, point n'est besoin de vous presser, déclara le marchand de biens, il y aura place pour tous. Monseigneur Pagis m'a assuré qu'il avait lui-même veillé à ce que les trois premières travées nous soient réservées.

Bien qu'elle ne fût pas raide, la distance de la gare à la cathédrale était tout en montée. Certains peinaient à suivre le mouvement, les pieds mal à l'aise dans les bottines du dimanche. D'autres, quelque peu essoufflés par l'effort, épongeaient leur visage empourpré.

Après avoir été regroupés sur le parvis, ils ne furent pas mécontents de pénétrer dans la cathédrale sur ordre du curé. Ils purent alors apprécier la fraîcheur qui régnait dans l'église. On prit place et, dans le silence de mise en ces lieux, on dit quelques prières. Après quoi on se signa avant de goûter au plaisir de s'asseoir. Ce fut seulement à ce moment-là, après l'aveuglante lumière du dehors, que les yeux, progressivement accoutumés à l'ombre, permirent d'observer la richesse du décor. Les regards éblouis allaient des monumentales statues de la Vierge et des saints à la chaire richement ouvragée, de l'autel aux imposantes dimensions aux vitraux dont les couleurs vives éclataient au soleil. Impressionnés, nos fidèles restaient silencieux et béats devant le décorum et l'architecture de l'édifice. Rien à voir avec notre église aux plafonds moins hauts, aux statues plus modestes et aux ors bien plus rares.

Petit à petit, la nef se remplissait tandis qu'un régiment de portiers allumaient les cierges, vérifiaient les bouquets et les gerbes de fleurs. La mine recueillie, ils traversaient le chœur en s'arrêtant à chaque passage devant le Saint-Sacrement pour un signe de croix et une génuflexion.

Le silence fut rompu par une soudaine sonnerie de cloches qui retentirent pendant une dizaine de minutes. Ce n'était pas pour appeler les fidèles à la cérémonie. Bon nombre d'entre eux, n'ayant pu trouver place, restaient massés sur le parvis. C'était pour signifier que l'Église et ses croyants, malgré l'anticléricalisme qui gagnait du terrain, y compris chez les hommes politiques au pouvoir, allaient aujourd'hui encore vivre une grande journée.

Les cloches se turent. Alors Monseigneur Pagis, crosse en main, fit son entrée et alla prendre place, après avoir béni l'assistance, sur un trône somptueusement décoré, placé sur une estrade. Arrivèrent ensuite les trente-deux diacres qui allaient être consacrés prêtres. En aube blanche, l'étole croisée sur l'épaule, la chasuble pliée sur le bras gauche, un cierge dans la main droite, ils se placèrent en demi-cercle dans le vaste chœur. Leur entrée provoqua de l'agitation dans l'assistance. Chacun se penchait ou se hissait sur la pointe des pieds dans l'espoir de reconnaître celui pour lequel il était là aujourd'hui. Pendant toute la cérémonie, on n'allait plus les contempler que de dos.

Avant d'en arriver à ce jour décisif, chaque prétendant avait dû, une fois entré au grand séminaire, porter soutane et col de celluloïd, se soumettre à la tonsure, accéder aux fonctions successives de portier, de lecteur, d'exorciste, d'acolyte, de sous-diacre avec vœu de célibat, puis de diacre, dernier grade avant l'ordination.

D'autres avaient entamé ce parcours, mais le doute, le renoncement à certains plaisirs les avaient fait abandonner en cours de route.

Paul, lui, avait aussi été taraudé par les mêmes incertitudes. Souvent gagné par le scepticisme, c'est à force de volonté qu'il avait tenu bon dans ces moments-là, mais aussi pour ne pas décevoir ceux qu'il aimait et en particulier sa mère qui, de là-haut, devait communier avec lui aujourd'hui.

L'évêque commença à dire la messe et, relayé par de nombreux prêtres, il rejoignit son siège. La chorale paroissiale, renforcée par celle des séminaristes, chanta plusieurs psaumes en latin. Puis l'archidiacre procéda à l'appel des futurs prêtres. Chacun avança d'un pas à l'énoncé de son nom. S'adressant à eux, Monseigneur Pagis indiqua les nombreuses missions qui seraient les leurs et fit l'inventaire des qualités nécessaires à leur accomplissement.

À nouveau des chants.

Arriva ensuite un des temps forts de la cérémonie. Pendant la longue litanie des saints, les trente-deux diacres se prosternèrent à plat ventre, le front posé sur leurs bras repliés, manifestant ainsi leur allégeance à Dieu.

Ensuite, un par un, ils reçurent l'imposition des mains par l'évêque. Après quoi les ordinands se virent tracer dans le creux de la main une croix avec les saints chrêmes, geste qui les sacrait prêtres. Ils purent alors enfiler leur chasuble et croiser leur étole sur la poitrine.

La cérémonie se poursuivit par une belle envolée d'orgue qui fit place à des chants d'allégresse interprétés par la seule chorale des jeunes séminaristes.

Contraints au calme depuis trois bonnes heures, certains enfants, trouvant le temps long, commençaient à s'agiter. Quelques fermes rappels à l'ordre eurent raison de leur indiscipline.

On remit ensuite à chaque nouveau prêtre calice et patène qui allaient être ses « instruments de travail ».

Un long *Te Deum* fut chanté qui marqua la fin de la cérémonie.

La cathédrale se vida très lentement. Des groupes se formèrent à l'extérieur dans l'attente d'être rejoints par leur curé.

Paul apparut enfin, cherchant de ses yeux éblouis par l'éclat du soleil sa famille et ses amis qu'il retrouva avec joie. Chacun le félicita, s'exclama sur le faste de la cérémonie et voulut imposer ses mains sur la tête du nouvel ordonné comme pour bénéficier d'une parcelle de la grâce qu'il venait de recevoir.

Clara, très émue, l'embrassa, le pressant sur sa poitrine. Grand-Mê, qu'on avait installée à l'ombre, pleurait d'émotion. Jean-Baptiste étreignit aussi son jeune frère et le congratula.

Monsieur de Saint-Germain avait requis les services d'un photographe de la ville. Un tel événement méritait d'être daguerréotypé.

Après la séance de pose, le jeune prêtre s'absenta quelques minutes pour aller récupérer sa valise laissée dans sa chambre. Après quoi il se mêla au groupe qui se dirigeait vers la gare. Il revenait au village, une permission de quinze jours ayant été accordée aux nouveaux promus.

L'idée de ces deux semaines passées à Bon-Ru le remplissait de joie. Il allait y retrouver le ruisseau et ses truites méfiantes, les animaux de la ferme, les senteurs de ce début d'été, les odeurs parfois mêlées du crottin de cheval, du foin et des œillets du jardin, la saveur des bigarreaux noirs – ceux qui avaient sa préférence –, celle des framboises qu'il dégustait sur place, au fond du potager. Il appréciait les derniers bruits du soir. Celui des fers des chevaux sur les pierres du chemin qui emmenait à la pâture ces montagnes de muscles encore trempées de l'écume et de la sueur d'une longue journée d'efforts, les abois du chien dans le lointain prévenant le goupil qu'il ne ferait pas bon s'approcher du poulailler sous la lune, le grincement des portes de grange qu'on refermait pour la nuit. La nuit dont la paix n'allait plus être troublée que par le meuglement de la vache séparée de son veau fraîchement sevré ou par le ululement de l'effraie.

Merveilleux instants où la lune apparaissait comme pour s'assurer que la sérénité régnait sur la terre.

De sérénité, il n'en était guère question à la ferme de Bon-Ru.

Paul ne tarda pas à remarquer la mine morose de Clara, la distance qui semblait séparer le couple. Plus de grands éclats de rire, plus de sourires ni d'œillades complices, plus de petits gestes d'affection.

Saisissant la première occasion – l'absence de Jean-Baptiste sûrement parti au bistrot –, Clara se confia à Paul. Elle ne lui épargna aucun détail sur les frasques de son mari, sur sa violence qu'aggravait son intempérance.

— Oh ! Paul ! Comme je suis malheureuse ! s'épancha-t-elle en posant son visage mouillé de larmes sur son épaule.

Embarrassé, Paul tenta de la consoler. Il lui dit en lui caressant affectueusement les cheveux :

— Je suis malheureux pour toi, Clara, mais aussi pour Jean-Baptiste qui, non content d'avoir détruit votre union, est en train de se détruire lui-même. Il faut que je lui parle au plus tôt pour le ramener à la raison. Mais il faut aussi que tu trouves la force, Dieu t'y aidera, de lui pardonner. Je sais que ce n'est pas facile. Cependant ce n'est qu'à ce prix que tout pourrait recommencer comme avant, ou presque.

Le dimanche suivant, on assista à une surprenante

procession de villageoises endimanchées avec, au bras, un panier d'osier couvert d'un linge blanc. À leur côté, quelques époux poussaient une brouette chargée de lourdes bonbonnes. S'engouffrant dans la cure, ils se rendaient dans la cuisine d'été donnant sur le parc. L'abbé Aubry avait organisé un grand repas pour fêter l'ordination de Paul. Une fois débarrassés des jambons, saucisses, terrines de gibier, quiches, galettes et pâtisseries diverses, ils rejoignirent l'église. Personne ne voulait manquer la première messe du « p'tit curé ».

Paul, en chasuble et surplis, cachait mal son émotion de se trouver face à tous ces visages connus. C'est peut-être ce qui expliqua ses ratés dans l'attaque du *Gloria in excelsis Deo.* Nul ne lui en voulut. Au moment de la communion, de nombreux fidèles avancèrent, recueillis, pour s'agenouiller devant le chœur. Clara était du nombre, ainsi que Grand-Mê, restée debout à cause de ses douleurs. Elles reçurent la sainte hostie des mains de Paul, ce qui ajouta encore à son émotion.

L'office terminé, on échangea sur le parvis de l'église ses impressions sur la prestation du jeune curé. Tous furent d'accord pour reconnaître sa fière allure et sa relative aisance.

Après avoir quitté leurs habits d'officiants, les deux prêtres apparurent, appelant leurs ouailles à les suivre jusqu'au parc du presbytère où avaient été dressées de longues tables à l'ombre des marronniers. Sur le parcours, à l'image des autres couples,

Jean-Baptiste tenta de prendre le bras de Clara qui sursauta à son contact et s'éloigna de deux pas.

L'abbé Aubry, en maître de cérémonie, plaça les convives. Il fit venir Paul auprès de lui, lui réservant la place d'honneur. Prenant la parole, il rappela brièvement les qualités de ferveur de la famille Vigoureux et souhaita que l'engagement de Paul entraînât d'autres vocations parmi les jeunes du village. Puis avant d'entamer le bénédicité :

— Mes amis, si les nourritures spirituelles sont essentielles à l'âme, ne dédaignons pas pour autant les nourritures terrestres qui, elles, sont essentielles à notre corps !

Dans une joyeuse atmosphère, les anciens évoquèrent le prédécesseur de l'actuel curé, l'abbé Rémi, qui avait laissé le souvenir d'un fameux braconnier, tendeur de collets à lapins et de cordeaux à truites. Certains rappelaient même que ce pasteur peu patient y allait parfois de quelques coups, croyant ainsi accélérer l'apprentissage des actes de foi ou de contrition chez l'élève réfractaire au « par cœur ».

On mangeait avec appétit et on buvait sec. Mélanie, la bonne du curé, allait régulièrement remplir les cruches aux bonbonnes de vin.

Placés côte à côte par le curé, Clara et Jean-Baptiste tentaient de faire bonne figure. Exercice difficile pour la jeune femme qui devait sans cesse repousser la cuisse de son mari qui frôlait la sienne. À un moment, elle prit prétexte des difficultés de Grand-Mê, aux prises avec un filet de canard, pour aller s'installer auprès d'elle et l'aider à couper la viande en petits morceaux.

De là, elle vit avec anxiété son mari se servir de grands verres de vin qu'il engloutissait avidement.

Au moment du dessert – clafoutis de cerises, fraises à la crème et brioche –, Paul se leva et s'adressa aux invités :

— Chers parents et amis, votre présence nombreuse à la cathédrale, ces agapes que vous avez préparées en mon honneur, votre bienveillance envers mes hésitants débuts d'officiant me vont droit au cœur. Je tenais à vous en remercier et à vous dire que je suis fier de vous, de votre foi en notre Dieu que je prends l'engagement solennel, devant vous, de servir du mieux que je pourrai, quelles que soient les difficultés que je rencontrerai. Et des difficultés il y en aura, si j'en crois notre cher abbé Aubry. Je sais qu'il ne me sera pas facile de vivre quotidiennement sans être tenté de refuser toute forme d'intolérance, de colère ou de vanité et, il faut bien l'avouer… d'abstinence. Ce doit être un combat de tous les jours, surtout lorsqu'on est en pleine jeunesse.

C'est à ce moment-là que Jean-Baptiste, se levant péniblement de sa chaise, interrompit son frère :

— P'tit curé, tu as renoncé à avoir femme et enfants. Moi, j'te dis que ça sera pas un grand sacrifice ! Tu peux me croire, on dirait que les femmes sont sur terre pour faire souffrir les hommes ! J'en sais quelque chose, n'est-ce pas, Clara ? La grande Clara, la belle Clara, la bonne Clara, eh bien je vous signale à tous qu'elle ne veut plus de moi ! Elle s'est pourtant engagée à être ma femme devant Dieu et devant monsieur le maire, mais elle me refuse son lit…

Heureusement les cloches appelant aux vêpres retentirent. Elles couvrirent de leur sonnerie la harangue de Jean-Baptiste qui avait laissé tout le monde sans voix.

Soulagés, les convives quittèrent rapidement les lieux pour se rendre à l'église, laissant l'ivrogne à ses élucubrations…

Bien sûr on reparla de cet esclandre dans tous les foyers. Si l'on avait remarqué la lente dérive du paysan, qu'on voyait souvent quitter la Cailloudrie en titubant pour rejoindre Bon-Ru, certains doutaient encore que l'harmonie ne régnait plus dans le ménage Vigoureux. On connaissait bien Jean-Baptiste, il était né au village, c'était un bon garçon. Intelligent et courageux, il savait mener sa barque, disait-on, en fermier avisé. Son train de culture prospérait sans cesse, et on ne lui connaissait aucune frasque. On avait bien raconté à une époque que la Jeannette, la dévergondée de la mère Pingart, se vantait de lui avoir dispensé ses faveurs, mais allez croire une fille de mauvaise vie comme elle !

Grâce à Claudius, qui rapportait avoir vu la porte de la chambre défoncée et au père Philippon, le vieux menuisier qui avait réparé cette même porte, grâce à Clémence, qui avait confié qu'à Bon-Ru ce n'était plus comme avant, les gens du village commencèrent à penser que la Clara, toute pieuse qu'elle fût, n'était peut-être pas la bonne personne qu'on croyait.

Le palefrenier qui, par son métier, connaissait toute la région, avait même dit devant plusieurs consommateurs au bistrot qu'elle avait eu des histoires dans son village, qu'elle s'était amourachée d'un homme mûr alors qu'elle était en dernière année de la communale !

On lui avait toujours trouvé l'air hautain, dédaigneux. D'ailleurs, elle ne venait guère au village autrement que pour assister aux offices ! Non, vraiment, Jean-Baptiste n'avait pas tiré le bon numéro !

Le Baron était maintenant un beau grand poulain. Bien que ne dédaignant pas le picotin d'avoine, les cassots[1] de betteraves ou l'herbe bien grasse, il aimait encore solliciter le pis presque tari de sa mère. Avec elle, lorsqu'ils étaient au parc, c'étaient des cavalcades à n'en plus finir, de belles figures de ruades accompagnées de hennissements sonores.

Moins drôle, le moment arriva de sacrifier à cette habitude consistant à couper la queue des chevaux à deux ou trois vertèbres du fessier. Une longue queue gênait le harnachement, risquait de se prendre dans les traits de l'attelage. En outre, ses longs crins, alourdis par la terre et les saletés qui s'y fixaient, en faisait un instrument redoutable pour le charretier quand le cheval voulait chasser mouches et taons d'un coup de queue.

Comme prévu, à 7 heures ce matin-là, l'Olympe arriva à Bon-Ru. Il attacha son cheval à l'anneau de

---

1. Éclats.

l'entrée de la grange. Il descendit de sa charrette son matériel habituel.

Un singulier personnage que cet Olympe. Célibataire, il vivait avec sa très vieille mère dans une sombre maisonnette où régnait le plus grand désordre. La pièce principale était en partie occupée par un monticule de bûches destinées à l'âtre, en haut desquelles étaient perchées en permanence deux ou trois poules rousses au cou dénudé. Sur la cheminée, un crucifix avec une branche de buis jauni voisinait avec un portrait de Napoléon III couvert de chiures de mouches. Sur chaque chaise paillée, un ou deux chats, le plus majestueux d'entre eux se pavanant dans le giron de la Victoire, la mère d'Olympe qui achevait sa vie dans un fauteuil sans âge. Certains disaient qu'elle avait passé le siècle, mais rien n'était sûr.

L'Olympe, lui, petit bonhomme d'une soixantaine d'années, était très connu et apprécié dans la contrée pour ses talents multiples.

Rebouteux, il était souvent appelé pour remettre en place des articulations démises de moutons qui avaient fait une mauvaise chute pour fuir la hargne des chiens. Parfois, c'était des gens qu'il soulageait d'une entorse ou d'une luxation.

Maréchal-ferrant, il savait, d'un coup d'œil, évaluer la taille et la forme du sabot du cheval et forger le fer approprié.

Sourcier, grâce à sa baguette de coudrier, il avait détecté, sans jamais se tromper, les meilleurs endroits où il fallait creuser les puits. Il annonçait même la profondeur de la nappe.

Paraît qu'il avait aussi le pouvoir de désenvoûter

les écuries quand un mauvais sort frappait le troupeau. C'était ce qu'on racontait, mais personne n'avouait avoir eu recours à lui pour exercer ce don.

Ce matin-là, il venait à la ferme en tant que vétérinaire. Il y en avait bien un de vétérinaire, un vrai celui-là, à Dun. Mais parce qu'il était bien jeune et qu'il venait de Normandie, on n'était pas sûr de son art. Et, surtout, on redoutait le montant de ses interventions qui, aux dires de la Madeleine, coûtaient cuir et poil.

L'Olympe descendit de sa charrette une petite forge portative qu'il installa devant la porte de la grange. Un journal froissé, quelques faguettes[1], une allumette et voilà le feu parti qui, bientôt, s'attaqua au charbon de bois. Pour activer le foyer, il actionna la manivelle d'un ingénieux dispositif de ventilation.

Claudius avait préparé un lit de paille au milieu de l'aire à grange. Quelques cordes étaient prêtes pour entraver l'animal. Le Baron semblait inquiet, surtout lorsque Jean-Baptiste lui fixa solidement les cordes aux membres avant et arrière. Pendant que le poulain était encore debout, l'Olympe, avec une tondeuse sortie d'un écrin de carton jauni, dégagea une couronne de crin autour de la queue, à l'endroit précis où il allait opérer. Puis, à son signal, les trois hommes basculèrent le cheval apeuré sur la paille où il tomba assez rudement sur le flanc. Le Baron tentait de résister et de se relever. Clara fut appelée pour prêter main-forte. Tandis que le charretier et

1. Brindilles.

son maître immobilisaient les pattes de l'animal, Clara essayait de calmer le poulain en le caressant et en lui murmurant des mots apaisants à l'oreille.

Dans le charbon alors incandescent, l'Olympe plongea un instrument à manche terminé par une plaque de fer. De retour auprès du Baron, il saisit une cordelette qu'il fixa fermement au-dessus de la partie tondue. Fatigué de résister, le jeune cheval semblait maintenant résigné.

D'une main, l'Olympe repéra la jonction de deux vertèbres, de l'autre, armé d'une paire d'imposantes cisailles, d'un coup sec, il trancha la queue du pauvre animal qui sursauta sous l'effet de la douleur. Malgré le garrot, le sang gicla. L'Olympe retourna vite à la forge, d'où il revint avec le fer rouge qu'il appliqua d'un geste assuré sur le moignon ensanglanté. Cette fois, les hommes eurent du mal à maîtriser le poulain qui poussa un long cri rauque, arrachant des larmes à Clara. D'ailleurs elle quitta vite la grange où se répandait une écœurante odeur de chair et de crins brûlés. La cautérisation de la plaie avait été plus douloureuse que l'amputation elle-même.

Après cela, Jean-Baptiste fit entrer l'Olympe à la maison où on déboucha une bouteille de piquette.

— Combien je te dois ? demanda le fermier.

— Rien du tout ! Tu sais bien que j'accepte jamais d'argent, répondit l'homme de petite taille.

S'adressant à Clara qui venait d'entrer dans la pièce :

— Va donc choisir un beau gros lapin pour c't'homme-là, lui dit Jean-Baptiste, pendant que je vais lui tirer un litre de goutte au tonneau.

Ce matin-là, Paul était sur pied de bonne heure. Il avait quitté ses habits de curé pour une chemise rayée et un pantalon de velours qu'il aimait porter lorsqu'il avait à bricoler à la ferme.

— N'oublie pas de mettre des bottes ! lui recommanda Jean-Baptiste qui l'attendait devant la maison, un sac de jute plié sous le bras.

Ils s'en allaient à la Meuse relever les engins tendus sur le lot de rivière que le fermier avait loué pour la saison. Il était utile d'être à deux pour cette opération. L'un manœuvrait la barque, l'immobilisait en plantant l'aviron dans le fond de la rivière lorsqu'une nasse était localisée. L'autre, à l'aide d'un manche terminé par un crochet, à genoux sur le bord de la barque, la remontait et la vidait des poissons qui se retrouvaient dans le sac de toile.

Dans le jour qui venait à peine de se lever, un serpent de brouillard recouvrait la rivière à l'approche de laquelle l'air devint plus vif. Ils avaient marché côte à côte, sans parler, pendant un bon quart d'heure avant de parvenir à la barque. Dix fois, Paul avait eu envie de rompre le silence. Il devait confier à son frère son chagrin de le voir sombrer dans l'alcoolisme. Il voulait lui parler de la souffrance de Clara face à sa violence. Mais, dix fois, il avait renoncé, se disant que le moment n'était pas approprié. Il se sentait mal venu de faire la leçon à ce grand frère autrefois tant admiré et qui avait été son modèle en de si nombreux domaines. Il se devait cependant de tenter, c'était une obligation que lui imposait sa conscience, de sauver le couple. Ce serait tâche difficile car Clara lui avait clairement signifié qu'elle ne pardonnerait jamais à son mari sa misérable aventure avec la Jeannette.

Pendant que son frère détachait la barque du piquet qui la retenait, Paul écopa l'eau qui occupait le fond de l'embarcation à la suite de l'orage du début de semaine.

Ils commencèrent par relever les nasses-tambours à deux entrées dans un bras mort de la rivière. C'était le domaine des tanches. Rien dans la première. Par contre, ça frétillait dans la seconde où tout un banc de tanches s'étaient réfugiées, sûrement poursuivies par une loutre. Jean-Baptiste ouvrit l'engin, laissant les poissons se répandre au fond de la barque. Paul devait les saisir et les mettre dans le sac. Tâche peu aisée, leurs écailles dorées, recouvertes d'un mucus épais et gluant, n'en facilitaient pas la prise. Plus pénible encore fut de s'emparer ensuite de deux anguilles qui faisaient bien leurs sept livres à elles deux. Le seul moyen de ne pas les voir s'échapper des mains était de les enserrer fermement dans du papier journal. Ce que fit Paul avec une certaine répulsion car il avait toujours eu une véritable aversion pour tout ce qui pouvait ressembler à un serpent. Surtout depuis ce fameux jour d'août, une dizaine d'années plus tôt. On en était, cette fois-là, arrivé aux dernières javelles de blé à charger sur le chariot. Juché sur le dernier lit, Jean-Baptiste arrangeait les gerbes que son frère lui envoyait à l'aide d'une fourche à long manche. Du cul de la gerbe que Paul hissait à ce moment-là, se laissa choir une couleuvre qui s'y était réfugiée, sûrement à la recherche de quelque fraîcheur. Elle se reçut sur les épaules du jeune homme et lui encercla le cou. Hurlant de terreur, Paul laissa échapper sa fourche et se mit à courir en se secouant jusqu'à ce que le reptile, abject sautoir, aussi apeuré que l'infortuné garçon, lâchât prise.

Jean-Baptiste dirigea ensuite la barcasse dans le courant, en prenant soin de longer le bord où les autres nasses étaient tendues. Pour se souvenir de l'endroit où il les avait placées, il faisait un nœud dans les roseaux ou les joncs de la rive. Il arrivait parfois qu'un gros brochet entraînât avec lui sa prison de grillage, surtout si un fort courant lui venait en aide. Ce jour-là Jean-Baptiste releva une nasse avec un important trou sur le côté. Il devait s'agir d'une loutre qui, pour mettre fin à sa captivité, avait, de ses dents, cisaillé les fils de fer du piège où la poursuite d'une proie l'avait entraînée.

Quelques perches de belle taille alourdissaient le sac qui commençait à peser à l'épaule du p'tit curé, sur le chemin du retour.

Les deux hommes firent un crochet pour voir si tout allait bien dans la pâture de la Noue des Oies.

— Tiens ! v'là la Parisienne qui va à bœuf ! remarqua Jean-Baptiste.

Cette génisse, ainsi nommée car venant de la

ferme Parisy, voyait d'autres génisses la chevaucher, signe qu'elle était elle-même en chaleur.

Sur le chemin de terre, presque à leurs pieds, un couple de pierrots[1] roula dans la poussière, achevant un coït mouvementé entrepris dans les airs.

— Tu vois, p'tit curé, dit Jean-Baptiste, la nature est bien faite. Pour que le monde continue à tourner, il faut que toutes les espèces se reproduisent. C'est vrai pour les vaches, les insectes, les poissons... comme c'est vrai pour les hommes... sauf pour toi et pour moi.

Paul fut soulagé d'entendre son frère engager la discussion sur ce sujet.

— Elle a dû te mettre au courant, la Clara, continua Jean-Baptiste. Elle me refuse son lit. Crois-tu que c'est normal de la part d'une épouse ?

— ...

— Bien sûr, j'ai eu le grand tort de répondre aux avances de cette débauchée de Jeannette, mais on n'est pas de bois ! Si tu savais comme je le regrette !

— Ce n'est pas une raison pour boire comme tu le fais ! L'alcool ne résoudra pas tes problèmes, bien au contraire.

— Peut-être, mais ça m'aide à oublier, répliqua le grand frère. Tu crois que c'est facile, je suis encore jeune et plein de santé. J'ai des besoins, des besoins d'amour. J'ai une femme à la maison, mais elle ne me veut plus. Pourtant, je peux te le dire, elle aimait ça. Souvent c'était elle qui me provoquait et qui en

1. Moineaux.

redemandait ! Et maintenant plus rien, elle me repousse. C'est pour ça que je bois. Je ne peux plus vivre sans commercer avec les femmes. Il y a des jours où je sauterais sur tout ce qui porte jupons ! Comme l'autre soir, c'est vrai que j'avais un coup de trop, je suis allé chez la Clémence.

— La Clémence ! s'étonna Paul. Pauvre de toi !

Cette confidence horrifia le jeune prêtre. En même temps, elle lui montrait le profond désarroi de son frère, elle lui signifiait la confiance que ce dernier avait en lui. Tout cela ne fit que renforcer sa détermination à vouloir sauver ce couple qui lui était si cher.

Pitoyable, Jean-Baptiste tourna son regard vers Paul :

— Ptit curé, tu me comprends, toi, au moins ?

— Bien sûr que je te comprends. Je suis bien placé pour savoir que c'est difficile de résister à des pulsions. À moi aussi, il arrive d'avoir envie de faire l'amour. Au séminaire, on nous administrait des potions qui tempéraient nos ardeurs. Aujourd'hui, ce n'est plus le cas. Il me faut donc une ferme volonté de ne pas céder aux lancinantes envies que je parviens à refouler par la prière et le respect de mon engagement au célibat.

— Dis, Paul, puisque tu as l'oreille de Clara, tu ne pourrais pas intercéder auprès d'elle, demanda Jean-Baptiste, pour qu'elle oublie mon coup de sang avec la Jeannette, pour que tout redevienne comme avant ? Je promets que si elle m'ouvre à nouveau son lit, je ne boirai plus la moindre goutte d'alcool, je le promets solennellement.

Jean-Baptiste avait prévenu son frère qu'il n'assisterait pas à l'office du dimanche suivant. En raison des dégâts commis aux cultures, aux chanvières et même aux potagers, par les lapins de garenne, en surnombre depuis quelques années, autorisation préfectorale avait été accordée aux chasseurs du canton d'avancer l'ouverture de la chasse de presque deux mois.

Le fermier avait retrouvé deux de ses amis qui, comme lui, portaient en bandoulière un sac contenant des furets. Si ces petits putois albinos, d'un jaune sale, élevés par l'homme, nourris par lui, avaient heureusement perdu leur légendaire odeur nauséabonde, ils avaient conservé leur capacité à déloger les garennes du fond de leurs trous. Les terriers les plus nombreux se trouvaient sur la pente de la Blanche Côte. C'était là que nos nemrods[1] avaient décidé d'œuvrer.

Avec une serpette, le gros Léon coupa des bâtons dans les noisetiers de la haie. Il les planta deux par deux, écartés d'une quarantaine de centimètres, de part et d'autre de la sortie principale du terrier. Il n'oublia pas d'en disposer aussi aux « jouettes »,

1. Chasseurs.

issues de secours des lapins en cas de danger. Puis Jean-Baptiste fixa à ces bâtons de bois les « bourses », sacs en tissu léger mais résistant, dont l'entrée béante était face aux trous.

Quand tous les pièges furent tendus, on sortit un furet qui disparut bientôt dans l'entrée principale. Le silence était alors de rigueur. On était à l'écoute de ce qui se passait en dessous. On pouvait ainsi avoir des échos de l'affrontement opposant le prédateur au pauvre gibier. L'oreille collée au sol, on suivait la progression de la lutte souterraine. Dans la plupart des cas, le garenne, las de résister, croyait trouver son salut dans la fuite. Il empruntait alors à grande vitesse une galerie à la sortie de laquelle il se précipitait dans le piège de toile. Les chasseurs le délogeaient rapidement pour le mettre dans un sac à grain où il rejoignait d'autres victimes.

Ramenés vivants à la maison, ceux qui échappaient à la casserole étaient mis au clapier. Là, ils parvenaient à s'habituer à leur nouvelle vie, s'accouplant même avec des domestiques. Les produits obtenus avaient une chair très prisée, légèrement plus sombre et plus goûteuse que celle des lapins d'élevage.

À chaque prise, on sortait une bouteille de vin mise à fraîchir dans le sourçon en contrebas. Le verre allait de l'un à l'autre, chacun ne le passant au suivant qu'après l'avoir vidé et, d'un même geste, secoué pour en évacuer les dernières gouttes.

Alors que les cloches appelant à la messe de 11 heures se mirent à sonner, ils décidèrent de garder les deux dernières bouteilles pour le casse-croûte de midi.

Les lapins nouvellement attrapés épuisaient leurs forces à s'agiter dans le sac pendant un long moment avant de se résigner à l'immobilité.

Après le casse-croûte, qui vit les dernières bouteilles se vider, chacun trouva un endroit ombragé pour une sieste prolongée. Au réveil, les deux compagnons de Jean-Baptiste décidèrent de rentrer au village car il n'y avait plus rien à boire, et ils avaient une sacrée soif !

Jean-Baptiste resta sur la pente de la Blanche Côte. Il attendait de récupérer l'un de ses deux furets, resté « collé » dans le cul-de-sac d'une galerie.

De retour de l'église où l'abbé Aubry avait laissé officier Paul pendant presque toute la messe, Clara et son beau-frère mangèrent en tête à tête. Au moment de la savoureuse tarte à la rhubarbe que Clara avait faite pour marquer ce dimanche, Paul lui confia :

— Il y a trois jours, quand on a été relever les nasses, j'ai parlé avec Jean-Baptiste. Tu sais, Clara, il est malheureux comme les pierres et rongé par le remords. Excuse-moi d'insister, mais je crois qu'avec un peu de bonne volonté de part et d'autre, on pourrait recoller les morceaux.

— Pas après ce qu'il m'a fait ! s'écria Clara.

— Bien sûr, il a eu tort. D'ailleurs il est le premier à le reconnaître. Les hommes sont comme ça, Clara, ils ne savent pas toujours résister à leurs envies. S'il n'y avait pas eu cette Jeannette sur son chemin – elle a bien fait de disparaître, celle-là –, vous seriez toujours le couple dont le bonheur faisait plaisir à voir. Il faut pardonner, Clara. Toi qui crois en Dieu, tu dois pratiquer le pardon qui élève l'âme.

— Et puis, il n'y a pas que ça, renchérit Clara, il est devenu un véritable ivrogne. J'ai peur de son comportement violent quand il a bu.

— Il m'a assuré qu'il s'engageait à ne plus boire

la moindre goutte d'alcool dès que tu accepterais de faire à nouveau chambre commune.

Puis Paul parla de l'avenir, de la ferme qu'il fallait continuer à tenir et si possible à faire prospérer. Il évoqua l'enfant qu'ils n'avaient pas encore mais qui viendrait, il n'en doutait pas, éclairer leur vie un de ces jours. Avec franchise, il fit allusion au dénuement amoureux qui devait être le sien, après avoir, pendant de belles années, connu les vertiges de l'amour.

Paul sentit qu'il avait mis le doigt sur une des causes de la détresse de sa belle-sœur.

En effet, Clara supportait de plus en plus mal d'être privée du corps de l'homme, de ces fabuleux moments de conjugaison puis d'abandon. Bien qu'elle s'en défendît, les souvenirs de ces instants la hantaient chaque soir, dans la solitude de son lit.

Le p'tit curé avait visé juste. Ses arguments avaient porté un coup décisif à la détermination de Clara, qu'il sentit vaciller.

Après une longue réflexion, la jeune femme déclara :

— Tu as su me convaincre, mon cher Paul. Tu pourras dire à ton frère que, s'il s'engage à ne plus se laisser séduire par les Jeannette de rencontre et les bouteilles d'eau-de-vie, tout pourrait recommencer comme avant. Si, devant toi, il m'en fait le serment, alors je mettrai au lit les lourds draps de lin brodés qu'il préfère, ceux qui nous viennent de vos parents.

Rien ne pouvait faire plus plaisir à Paul qui se mit en route à la recherche de son frère pour lui annoncer la bonne nouvelle. À cette heure, la chasse aux lapins devait être terminée. Jean-Baptiste était soit au bistrot du village, soit à la Cailloudrie où il devait repasser. Claudius lui avait signalé, la veille, que le taureau était très agité et ne cessait de meugler.

Le furet, enfin sorti des galeries du terrier, réveilla Jean-Baptiste en lui sautant sur le ventre. Complètement dégrisé, notre chasseur quitta l'ombre du merisier, ramassa ses affaires et redescendit au village.

En chemin il se mit à penser à sa situation, à l'entêtement de Clara à se refuser à lui. La vie ainsi n'était plus possible. Des larmes lui vinrent aux yeux à l'évocation des bonheurs passés. Il plaçait cependant tous ses espoirs dans la mission de Paul auprès de Clara. Peut-être avait-il profité de leur tête-à-tête d'aujourd'hui pour tenter de l'amener à renouer avec son mari ? Mais il fallait que lui, Jean-Baptiste, toujours aussi amoureux de sa femme, s'engage par un geste fort. Aussi décida-t-il d'annoncer à tous qu'il ne boirait plus le moindre verre d'alcool.

Heureux d'avoir pris cette décision, il ne tarda pas à la mettre en pratique. Passant devant le café d'où ses deux complices du matin le hélèrent, il se déroba en arguant qu'il avait à faire à la Cailloudrie.

En effet, en approchant de l'écurie, il perçut les meuglements rauques de Titan. Le vieil Alphonse Guillaume assura l'avoir entendu se plaindre ainsi toute la nuit. Jean-Baptiste posa tout son fourbi dans l'allée de l'écurie dont il ouvrit la porte pour y voir plus clair. Il se rapprocha de la stalle du taureau.

Pour éviter les saillies sauvages dans la pâture,

Jean-Baptiste avait jugé bon de le laisser à l'écurie pour deux mois. Cette inactivité l'avait fait singulièrement grossir, surtout de l'encolure. S'approchant de l'animal, il fut effaré de voir que les deux chaînes qui le maintenaient à l'attache avaient pénétré dans les chairs du cou.

Avec des gestes lents et mesurés, Jean-Baptiste les détacha, puis avec une infinie précaution, passa une corde dans l'anneau d'acier fixé aux naseaux, corde qu'il attacha solidement à la mangeoire. Les chaînes ôtées, apparut une plaie aux chairs à demi nécrosées où grouillaient des asticots. Une insupportable odeur de charogne le fit reculer.

Lui revint alors en tête qu'il avait lu autrefois un article signé de Pasteur qui assurait que les microbes ne résistaient pas à l'alcool. Il alla chercher la bouteille d'eau-de-vie qu'il cachait au fond de la grange, dans le tas de menue paille, non pas pour en boire une lampée comme d'habitude, mais pour chasser les vers et désinfecter la blessure. Il entra ensuite dans la stalle en parlant à l'animal pour ne pas l'effaroucher. Il ouvrit la bouteille d'alcool et en répandit le contenu dans le vif de la plaie.

Sous la violence de la douleur, d'un mouvement brusque, la corde ne cédant pas, ce furent ses naseaux qui se déchirèrent, Titan se libéra.

De ses cornes acérées, il cloua le malheureux Jean-Baptiste au bat-flanc, lui perforant la poitrine. Fou de douleur et de rage, il acheva sa victime en la piétinant et la bourrant de la tête et des cornes contre le mur.

Alphonse en tremblait encore. Au milieu de quelques habitants du village, dont le Ruski, il expliquait :

— Le Jean-Baptiste venait de passer devant la porte. On avait discuté deux minutes, le temps que je le remercie pour les deux garennes qu'il venait de me donner. Je lui ai dit qu'il ne tarde pas à aller voir le Titan, que c'était pas normal qu'il se plaigne comme ça. Alors il a traversé la cour pour aller à l'écurie. Au bout de cinq minutes, j'ai entendu des cris. Je suis allé voir. Par la porte que j'ai vite refermée, j'ai vu le corps du pauvre Jean-Baptiste qui bougeait plus et le mufle plein de sang du Titan. Tout seul et à mon âge, je pouvais rien faire, alors j'ai appelé au secours. Heureusement y avait le Ruski et son copain qui allaient au jeu de quilles. C'est deux sacrés gaillards. Pendant qu'un attirait le Titan avec une fourchée de luzerne, l'autre traînait le corps du Jean-Baptiste dans la grange. Malheureusement, y avait plus rien à faire. Le pauvre ne respirait plus.

Ce furent les mêmes phrases qu'Alphonse répéta à Paul venu au village en quête de son frère pour lui annoncer que le ciel allait redevenir bleu au-dessus de Bon-Ru.

La nouvelle fit rapidement le tour des maisons. Paul dut prendre des précautions pour annoncer ce malheur à Grand-Mê. Elle ne comprit d'abord pas, croyant qu'il s'agissait de Claudius car c'était lui qui avait habituellement à s'occuper du taureau. Il dut lui répéter plusieurs fois les circonstances de l'accident en employant les mots les plus définitifs.

— Oui, Grand-Mê, c'est un grand malheur, oui c'est bien notre Jean-Baptiste qui est mort. C'est le taureau qui l'a tué.

Alors, lorsqu'elle eut vraiment conscience du drame, elle fut sur le point de défaillir. La prenant dans ses bras, il l'accompagna jusqu'à son fauteuil. La voisine, mise au courant, vint auprès d'elle pour la réconforter. Rassuré, Paul prit rapidement le chemin de Bon-Ru. En route, il chercha en quels termes il allait annoncer l'affreuse nouvelle à Clara.

Partagé entre l'immense tristesse du décès de son grand frère et la rage que cela survînt au moment même où il le cherchait pour lui annoncer que Clara acceptait de reprendre la vie commune, il arriva à la ferme.

En cette fin de journée, Clara était dans son jardin. Elle arrosait glaïeuls et dahlias. Ayant souffert de la touffeur de la journée, ils avaient bien besoin de retrouver force et vigueur pour les superbes bouquets qui, dimanche prochain, allaient mettre un peu de couleurs dans l'église. Tout à son arrosage, elle n'entendit pas son beau-frère pousser la porte du jardin. Elle sursauta lorsqu'elle sentit sa présence. Elle remarqua d'emblée sa mine sombre, ses yeux rougis qui se remplirent à nouveau de larmes.

— Oh Clara ! Oh Clara !

— Que s'est-il passé ? Parle, je t'en supplie !

— Jean-Baptiste ! C'est Jean-Baptiste ! ne pouvait que répéter Paul. Jean-Baptiste a eu un accident ! Le taureau… le taureau l'a encorné !

— Il était encore saoul, au moins ? demanda Clara.

— Non, Clara, il était de sang frais. Monsieur Guillaume me l'a affirmé...

— Alors, dis-moi vite ce qu'il a de cassé, s'impatienta la jeune femme, quelqu'un l'a transporté chez le médecin ?

— Non, ce n'était pas la peine, Clara, le docteur n'aurait rien pu pour lui. Le taureau l'a mis en pièces. Il est mort sans avoir eu le temps de souffrir.

Cette fois, Clara avait compris, elle ne reverrait plus jamais son mari vivant. Alors elle tomba dans les bras de Paul et tous deux pleurèrent longuement dans le fond du jardin, près du parterre de dahlias et de glaïeuls.

L'enterrement de Jean-Baptiste avait rempli l'église. Paul avait pris place dans le chœur mais n'officiait pas. Clara et sa mère encadraient Grand-Mê qui, depuis l'annonce de la mort de son petit-fils, ne cessait de répéter :

— Nous, les Vigoureux, on est une famille maudite. Déjà mes pauvres enfants, maintenant mon bon Jean-Baptiste... Pourtant nous prions Dieu, mais je crois qu'il ne nous écoute pas quand nous lui demandons de mourir dans notre lit.

Lors de la bénédiction du catafalque, les curieuses du village tentaient de déceler à travers le voile noir de Clara si ses sanglots et ses reniflements étaient bien accompagnés de larmes, comme il se devait.

Dans les jours qui suivirent, les parents Herbinet restèrent auprès de Clara, complètement désemparée. En outre, elle apprit par Clémence que se colportait dans le village la rumeur selon laquelle elle était responsable de la mort de son mari. C'est parce qu'elle se refusait à lui qu'il avait trouvé un dérivatif dans l'alcool, la goutte principalement. Tous étaient au courant de la porte défoncée de la chambre. Malgré les dires de l'Alphonse Guillaume et des chasseurs de lapins, la plupart des habitants étaient persuadés que Jean-Baptiste était ivre lorsqu'au retour de la chasse, il avait voulu soigner Titan.

Depuis le drame, Grand-Mê restait prostrée chez elle. Elle ne faisait même plus bouillir sa soupe, ne ramassait plus les œufs de ses trois poules. Louise, la voisine, en avertit Clara qui décida de prendre Grand-Mê à demeure. Ce geste charitable ne pouvait que lui redonner un peu de crédit auprès des gens. Paul approuva cette initiative et remercia Clara pour cette nouvelle preuve de dévouement qui lui fit chaud au cœur.

C'est dans un village du sud de la Meuse que Paul fut affecté par l'évêque de Verdun pour y exercer son sacerdoce. Il devait y assister le curé, l'abbé Raoul Lefort, qui tenait la paroisse depuis près de cinquante ans. Le vieux prêtre, fatigué, souffrait d'hypertension sûrement due à une vie trop sédentaire, mais aussi à la bonne chère. En effet, lorsque Paul le vit pour la première fois, il fut surpris par son embonpoint et son teint rubicond.

— Bien entendu, mon cher vicaire, vous logerez au presbytère et mangerez à ma table. La dévouée Victorine n'a pas sa pareille pour préparer les escargots, je ne vous dis que ça ! Mais ses morceaux de bravoure restent le civet de lièvre et la bécasse rôtie sur canapé, dit-il, l'œil gourmand.

Gênée, la Victorine, elle aussi bien rebondie, se défendit :

— Oh ! monsieur le curé, le rouge me monte ! Notre jeune ami n'a pas été nommé pour faire de la gastronomie, mais pour montrer le chemin de Dieu aux villageois.

— Lourde tâche, mon cher, lourde tâche ! En cinquante ans, je ne suis guère parvenu à leur faire oublier leurs superstitions ou leurs pratiques de sorcellerie, confia l'ancien.

— Allons, monsieur le curé, reprit la Victorine, ne découragez pas le jeune abbé Vigoureux, faisons plutôt avec lui le tour de la propriété, après quoi, je lui montrerai ses appartements.

Grosse bâtisse au toit d'ardoise, la cure bénéficiait d'un vaste parc où trônait un marronnier séculaire. Quelques mirabelliers, un pommier à cidre, deux cerisiers de Montmorency pliaient sous le poids des fruits. Le potager était en friche. Le curé, comme sa servante, était trop âgé pour en assumer la charge.

— De toute façon, on est pratiquement nourri par la population. Vous verrez, mon cher, si vous savez vous y prendre quand vous serez à la tête de la paroisse, il ne se passera pas de jour sans qu'on vous apporte une grosse miche tout juste sortie du four, un coq de fumier prêt à cuire, des cèpes ramassés du matin, ou encore des légumes de toutes sortes. À chaque cochon tué dans le village, une charbonnée[1] ! Au moment des grenouilles, généralement à la mi-avril, c'est par douzaines que vous en recevrez !

L'abbé Lefort poursuivit la liste de tous les cadeaux et bienfaits dont pourrait bénéficier son successeur.

— Mais, attention, ces avantages, on ne les obtient que si on leur prouve qu'on est de leur monde, et surtout, surtout si on n'est pas fier. Quand on les rencontre, il faut éviter de parler du Bon Dieu, de son Fils ou du Saint-Esprit ! Il faut plutôt s'intéresser à la santé de leur troupeau, les féliciter pour le parfait équerrage du tas de fumier devant leur

---

1. Viande et charcuterie offertes aux voisins, amis et autorités du village.

maison, ou pour l'assurance de leur dernier qui, à même pas dix ans, maîtrise déjà un attelage de trois chevaux. il ne faut pas hésiter non plus à boire leur piquette, à rire de leurs plaisanteries qu'après quelques verres ils osent parfois graveleuses, ce qui arrive rarement tant sont grands le respect et, d'une certaine manière, la crainte qu'ils ont du représentant de Dieu. C'est là le secret de ma réussite dans cette paroisse, conclut l'abbé Lefort.

Face au presbytère, la vieille église dédiée à saint Vincent avait encore fière allure.

— Elle va bientôt avoir quatre cents ans ! Elle se porte encore bien, n'est-ce pas ? Les premiers républicains n'ont pas osé y toucher car la population veillait, dit le vieux curé.

L'intérieur de l'édifice où ils pénétrèrent leur dispensa une fraîcheur bienvenue. À l'entrée, un imposant bénitier, un vrai, pêché dans les mers lointaines. Ils y trempèrent leurs doigts avant de se signer. Dans un angle, les fonts baptismaux entourés d'une grille basse en fer forgé noir et or. Après avoir franchi l'allée centrale au sol inégal, ils parvinrent à l'autel qui, avec ses colonnes, sa table et son tabernacle de marbre gris, en imposait. À genoux dans le chœur, ils prièrent en silence avant de poursuivre leur visite.

— Nous arrivons maintenant à la sacristie, indiqua le vieux curé. Vous choisirez dans cette grande armoire les habits sacerdotaux se rapprochant le plus de votre taille. Je crains qu'il y en ait peu ! Dans ce vestiaire, les surplis et soutanes des enfants de chœur, tandis que dans cette commode, vous trouverez amicts, étoles, barrettes et autres accessoires, réserves d'encens, hosties pour l'eucharistie. C'est mademoiselle Amélie, Amélie Poilblanc, qui s'occupe des linges, du ménage. C'est elle aussi notre catéchiste. Chaque jeudi, elle enseigne le catéchisme aux enfants du village qui prennent place sur les bancs que vous voyez là. En outre, c'est elle qui tient l'harmonium, autant dire qu'elle est indispensable ! C'est une vieille demoiselle très pieuse, entièrement dévouée à Dieu, que je vous présenterai demain car elle doit venir faire le grand ménage à l'église en vue de la confirmation.

Paul se pénétrait du décor qui allait être le sien pendant de longues années, pensait-il. Il refit le tour de la nef, s'arrêtant devant chaque tableau du chemin de croix, gravit le colimaçon qui l'amena à la chaire. C'était là qu'il aurait à prononcer son sermon dominical à ses ouailles que le vieil abbé lui assura être nombreuses.

Ils sortirent ensuite pour visiter le cimetière entourant l'église, cimetière dont une partie était occupée par de petites tombes aux décors d'anges et d'oiseaux.

— C'est les ravages du croup, expliqua le curé. Rien que l'année dernière, cinq petits du village en sont morts.

Une prière vite expédiée sur la tombe du prédécesseur du vieux prêtre et les voilà de retour à la cure où les attendait un lapin aux girolles.

Paul profita de la sieste de son confrère pour écrire une longue lettre à Clara. Après s'être enquis de la santé de Grand-Mê, il recommanda à sa belle-sœur de puiser dans sa foi en Dieu la force de supporter l'épreuve de ce grand malheur qui s'était abattu sur elle. Il se dit persuadé que la prière l'aiderait à retrouver quelque sérénité.

Il termina en lui décrivant son installation dans la paroisse, ses premières impressions. Il se laissa aller à une petite pointe de regret de ne pas avoir été nommé dans un village plus proche d'elle et de Grand-Mê. Cependant, il promit de leur rendre visite chaque fois que l'occasion se présenterait.

Après l'angélus du soir, au moment où l'écrasante touffeur du jour faisait place à un peu de fraîcheur, où le soleil était avalé par la crête boisée de la côte, l'abbé Raoul – appelez-moi Raoul, dorénavant, mon cher Paul – proposa d'emprunter le chemin de la prairie pour faire la lecture du bréviaire. Paul accepta avec enthousiasme. Il aimait la campagne. À cette heure du jour, la rosée exacerbait les senteurs, particulièrement celle du regain dont c'était le plein moment. Les chevaux ne cachaient pas leur plaisir de goûter aux joies de la pâture après une harassante journée à l'attelage. Les vaches, elles, étaient de retour au parc. Elles se gavaient de l'herbe grasse qu'un miracle permanent allait, durant la nuit, transformer en un extraordinaire aliment source de vie.

Abandonnant assez vite la lecture de l'office divin, alors que le chemin de la prairie longeait la Saulx, rivière dont le cours apparut à Paul plus modeste que celui de la Meuse, le bon vieux curé s'adressa à son confrère pour le mettre en garde contre les risques de son apostolat :

— Mon jeune ami, vous vous rendrez compte que le principal danger est celui de rompre son serment de célibat. Vous allez approcher des jeunes femmes. Certaines, allez savoir pourquoi, prestige de la soutane ou goût de la provocation, vont tenter de vous séduire. Je vous confesse que, dans mon premier poste, j'y ai succombé. Heureusement que j'ai vite réagi en me confiant à l'évêque. À ma demande, il m'a fait changer de région en m'attribuant cette paroisse que je n'ai plus quittée depuis.

Dès le début de la promenade, l'abbé Lefort avait, malgré la fraîcheur du soir, ouvert le col de sa soutane et enfoui le carcan de celluloïd au fond de sa poche. Sur le chemin du retour, à l'approche des premières maisons, il remit tout en place. La traversée du village permit de nombreuses rencontres. Le curé en profita pour présenter son jeune confrère. Tous deux furent même invités à trinquer chez les Benoît où Paul fut soumis à un véritable questionnaire sur ses origines, sa famille, ses premiers sentiments sur cette paroisse qu'il découvrait. De l'avis de son mentor, Paul avait parfaitement répondu à cette curieuse de Maria Benoît. Émue par les malheurs de la famille Vigoureux et sensible à la sincérité des réponses du jeune prêtre, elle ne manquerait pas, langue bien pendue, de répercuter cette bonne impression auprès des autres commères du village.

Les semaines, les mois s'écoulèrent qui virent Paul prendre pied dans cette paroisse. Mais souvenirs et pensées prenaient fréquemment le chemin de Bon-Ru. D'une écriture pointue qui lui ressemblait, Clara répondait à ses lettres en le tenant au courant de la marche de la ferme qui ne se révélait pas être chose aisée.

Elle évoquait aussi la santé de Grand-Mê. La pauvre vieille passait toutes ses journées dans son fauteuil d'osier, le regard vide. Elle ne parlait plus et, n'étaient quelques laitages, refusait de s'alimenter. Aussi maigrissait-elle de façon alarmante. Un pied déjà dans l'autre monde, elle n'écoutait ni ne réagissait quand Clara lui lisait les lettres de son petit-fils. Dans son dernier envoi, Clara pressa Paul de revenir sans tarder quelques jours à Bon-Ru s'il voulait revoir Grand-Mê vivante.

Malgré la profonde fatigue qui affectait maintenant le vieux curé, Paul fut autorisé à s'absenter pendant trois jours.

À son arrivée à Bon-Ru, il fut frappé par l'extrême maigreur de Grand-Mê dont les os saillaient sous une peau jaunâtre déjà parcheminée. Au grand étonnement de Clara, devant laquelle elle ne manifestait plus aucune émotion depuis longtemps, elle ne cacha pas sa joie de revoir son petit-fils. L'espace d'un instant ses yeux recouvrèrent quelque éclat lorsqu'elle murmura : « Paul… mon cher enfant. » Paul, l'œil mouillé, l'embrassa chaleureusement.

Il retrouva avec plaisir son lit dans la chambre du haut. Le lendemain, de bon matin, après une bolée de lait tiède juste tiré du pis, il prit le chemin du cimetière. Il se recueillit devant les tombes de ses parents et de Jean-Baptiste. Il remarqua qu'elles bénéficiaient toutes deux d'un entretien régulier et sut gré à Clara d'avoir fleuri celle de son frère de glaïeuls fraîchement coupés.

Lui vint l'idée de monter jusqu'à la garenne Jodain comme autrefois lorsque, avec Claudius et quelques autres, il allait dénicher corbeaux, pies et buses. Au bord du chemin qui traversait ce petit bois, Paul aperçut des fraises sauvages dont certaines étaient déjà bien mûres. Dommage de les laisser aux merles, aux geais et autres sansonnets, pensa-t-il. Il décida d'en cueillir deux poignées. Grand-Mê, à laquelle cette cueillette était destinée, dégusta les fruits avec une avidité surprenante.

Vers la fin de la nuit, Paul fut appelé par une Clara affolée qui se trouvait au chevet de Grand-Mê, dans la chambre blanche. La vieille dame se tordait de douleur, semblait souffrir de maux de ventre. Clara maintenait sur son front un linge humide. Paul tenta de savoir où sa grand-mère souffrait exactement, mais il n'obtint aucune réponse. Désemparés, Clara et son beau-frère ne savaient que faire. Les sels qu'ils lui firent respirer n'eurent aucun effet. Soudain, Clara courut dans sa chambre d'où elle revint avec une bouteille d'eau de Lourdes que les parents Herbinet avaient rapportée de leur pèlerinage de l'été dernier. C'est au moment où elle essayait, à l'aide d'une cuiller, de lui en faire ingurgiter quelques gouttes que Grand-Mê fut agitée d'un spasme plus violent que les autres et s'éteignit.

Lors du repas qui suivit la cérémonie des funérailles, monsieur de Saint-Germain, placé au côté de

Paul, regrettait que la doyenne du village n'ait pu atteindre le siècle d'existence.

— Il paraît qu'elle ne mangeait plus guère ces derniers mois, dit-il.

— La veille au soir, elle avait pourtant bien apprécié les fraises des bois que je venais de lui cueillir, témoigna Paul.

— Comment ! s'exclama le marchand de biens dont le fils aîné faisait des études de médecine à la faculté de Nancy, vous ne saviez pas que c'était dangereux d'absorber des baies sauvages sans les faire cuire ? Souventes fois, renards, rats ou blaireaux y répandent de l'urine infestée de microbes. Malheur à celui qui mange ces fruits crus ! Notre regrettée Grand-Mê est sûrement morte de cette fatale maladie que le corps médical appelle leptospirose.

Brisé par ce qu'il venait d'apprendre, une fois rentré à Bon-Ru, Paul se laissa choir dans le fauteuil de Grand-Mê, s'accusant d'être responsable de la mort du dernier membre de sa famille.

Clara tenta de le consoler :

— Mais je suis là, moi. Malgré tous les malheurs qui s'abattent sur nous, il ne faut pas désespérer. Le Bon Dieu a voulu nous mettre à l'épreuve. Il va sûrement nous faire profiter maintenant de son immense bonté, j'en suis convaincue. De toute façon, tu sais que tu es ici chez toi. D'ailleurs, la semaine dernière, j'ai rencontré maître Leclerc de Stenay. Il m'a recommandé de ne pas tarder à faire nos affaires. Tu dois savoir que plus de la moitié de la ferme te revient.

— Ma chère Clara, la coupa Paul, si tu savais comme ça me préoccupe peu. Tu peux continuer à exploiter la totalité de Bon-Ru, je n'ai besoin de rien.

— Et si j'avais l'intention de me remarier, objecta Clara, il faudrait bien que les partages soient faits pour ce jour-là !

— Je n'avais pas pensé à ça, avoua le jeune prêtre.

— Rassure-toi, il n'en est pas question. Je crois même bien qu'il n'en sera jamais question si je parviens à renoncer à être mère, confessa la jeune veuve.

— C'est vrai que tu es un bon parti, reprit Paul. Propriétaire de la moitié de Bon-Ru, maîtresse en devenir de la ferme de Cierges, courageuse, jolie, tu ne manques pas d'atouts !

— Allons, parlons d'autre chose ! J'ai mis dans ton bagage une terrine de sanglier. Le bon curé Lefort sera bien obligé de reconnaître qu'il n'y a pas que sa perle de Victorine qui sait accommoder le gibier ! s'exclama la jeune femme.

Puis après un coup d'œil vers la comtoise dans un angle de la pièce commune :

— Il est temps de partir, tu vas rater ton train !

Ils se séparèrent après une longue et émouvante étreinte.

Victorine avait prévenu : s'il arrivait malheur à l'abbé Lefort avant qu'elle soit elle-même rappelée à Dieu, Paul devrait trouver une autre servante. Une place à l'hospice était déjà réservée à la vieille gouvernante.

Un soir de la fin octobre, le curé Raoul Lefort eut une attaque qui l'emporta.

Paul et tous les fidèles du village et des environs lui firent un enterrement comme la modeste église n'en avait jamais connu.

Dans les jours suivants, Victorine quitta le presbytère, écrasant les dernières larmes qui lui restaient après avoir tant pleuré aux obsèques de son bon curé.

Paul était maintenant le maître des lieux. Afin de ne pas heurter la population, il reprit à son compte les habitudes du vieux serviteur de Dieu.

Un jeudi, Paul décida d'aller sonder les connaissances des élèves de la catéchèse. Parvenu au chœur, alors qu'il s'apprêtait à la génuflexion, il fut surpris d'entendre des cris venant de la sacristie. Il reconnut la voix de mademoiselle Poilblanc suivie des pleurs d'un enfant. Il entra sans s'annoncer dans le local.

Là, il fut étonné de voir le petit Félix, culottes courtes, à genoux sur un manche d'éteignoir à bougies, les mains jointes derrière la nuque et le visage ruisselant de larmes. À l'entrée de Paul, la vingtaine d'élèves se levèrent tandis que, confuse, mademoiselle Poilblanc se retourna d'un bloc.

— Que se passe-t-il ? demanda Paul.

— Il se passe… il se passe, monsieur le curé, que depuis plusieurs semaines, ce sacripan de Félix ne cesse de faire rire les autres par ses âneries. Il raille ceux qui donnent les bonnes réponses et qui savent bien leurs prières. Toutes les occasions lui sont bonnes pour se moquer de la religion ! s'indigna la catéchiste.

Paul s'approcha du coupable, lui demanda de se lever et de venir devant lui. L'enfant, les yeux fixés sur la pointe de ses chaussures, s'exécuta.

— Alors, comme ça, monsieur Félix fait le clown au lieu d'apprendre ses prières et il se moque de la religion, scanda le jeune prêtre. Maintenant, il va me dire plus précisément ce qui lui a valu le châtiment infligé par mademoiselle Poilblanc.

Félix resta obstinément muet. Les explications vinrent de la bouche de la vieille fille :

— Monsieur le curé, à la question : « Qu'est-ce que Dieu ? », il a osé répondre : « Dieu est un petit bonhomme tout bleu qui fume sa pipe au coin du feu ! »

Outrée, elle continua :

— De plus, il a marmonné dans ses dents, alors qu'il croyait que je ne l'entendais pas : « curé = cul + raie, curé = cul + raie ! »

Au rappel de ces mots crus prononcés par la stricte demoiselle et en présence du curé lui-même, les autres enfants durent faire de violents efforts pour ne pas s'esclaffer.

— Plus grave encore, monsieur le curé, reprit la vieille fille, j'ai remarqué qu'il manque des hosties et une bouteille de vin de messe !

Paul renvoya les enfants pour s'entretenir avec elle du cas de ce Félix. Il apprit que la mère du garçon l'élevait seule et que, serveuse à l'auberge du village, elle ne pouvait lui consacrer beaucoup de temps.

— Mademoiselle Poilblanc, je comprends votre indignation. Je vous demande cependant de pardonner pour cette fois. Je crois beaucoup à la pédagogie de l'exemple, dit Paul. Si vous savez vous montrer tolérante avec eux, ils le seront envers vous.

Cette attitude ne porta pas les fruits attendus. Le jeudi suivant, mademoiselle Amélie surgit dans la cure alors que Paul lisait son bréviaire à l'ombre du marronnier. Devant son air catastrophé, le jeune prêtre demanda des explications. Muette de saisissement, elle ne pouvait articuler la moindre parole. Alors Paul lui emboîta le pas pour rejoindre rapidement la sacristie. Il craignait le pire… Le pire était inscrit au tableau noir où on pouvait lire : « Poil blanc, poil aux dents. Poil au cul, y en a plus. »

Paul chercha Félix des yeux. Mais Félix, sûrement l'auteur de ces insanités, était absent.

— Il a eu peur des conséquences de son geste, dit la catéchiste qui avait retrouvé la parole après qu'elle eut fait disparaître ces ignominies du tableau.

— J'irai moi-même rencontrer la mère du petit Félix, décida Paul. Je sais que je peux la trouver avant qu'elle reprenne son service du soir à l'auberge. Je commencerai par lui demander les raisons de l'absence de son fils au catéchisme et je tâcherai de savoir si c'est bien lui l'auteur de ces horreurs.

La dame était bien là qui lui répondit d'entrer lorsqu'il frappa à la porte de la modeste maisonnette où le patron de l'auberge la logeait. Paul avait eu l'occasion de la croiser dans la rue et de la voir une ou deux fois à l'auberge, jamais à l'église car il fallait préparer les tables pour l'apéritif de l'après-messe du dimanche. Pour la voir en face de lui, à cet instant, dans sa légère robe de crêpe, il dut reconnaître que c'était une bien jolie femme.

— Asseyez-vous, monsieur le curé, proposa-t-elle d'une voix au timbre grave, vous venez sûrement me reprocher de ne pas fréquenter les saints lieux. Je n'en ai pas le temps, monsieur le curé, le dimanche est notre plus gros jour à l'auberge.

— Euh… ce n'est pas pour…

— Mais soyez rassuré, ce n'est pas parce que je ne vais pas à l'office que je ne suis pas croyante. Je dis mes prières tous les soirs et mon petit Félix ne va pas au lit tant qu'il ne m'a pas récité deux « Je vous salue Marie » et deux « Notre Père ». Je tiens beaucoup à ce qu'il reçoive une bonne éducation religieuse, c'est pourquoi je veille à l'envoyer chaque jeudi au catéchisme. Vous savez, monsieur le curé, je suis d'une bonne famille. Un de mes cousins est actuellement missionnaire au Tonkin, ma tante, la cadette de ma mère, est petite sœur des pauvres. Et moi, je serais la plus heureuse des mères si mon petit Félix entrait un jour au séminaire.

— Justement, l'interrompit Paul, puisqu'il est question de Félix, il n'est pas malade au moins ?

— Malade ! Pourquoi me demandez-vous cela ? Il ne s'est jamais si bien porté ! assura Félicité Hermelin.

— Il était absent au cours de mademoiselle Poilblanc, cet après-midi, dit abruptement Paul.

— Je le craignais, avoua la mère du gamin, qui perdit soudain de son aplomb. Mais ce n'est pas la faute du petit, c'est plutôt celle de la Poilblanc. Je ne veux pas vous gêner, monsieur le curé, mais mettez-nous l'une à côté de l'autre… Elle est jalouse de moi qui ai du succès auprès des hommes. Ce n'est quand même pas de ma faute si aucun ne s'intéresse à elle. Alors elle se venge sur mon gamin. Tenez, jeudi dernier, il est revenu en pleurs. Soi-disant que pour avoir dit « Parisien » à la place de « Pharisien », elle l'avait obligé à se mettre à genoux sur le manche d'un éteignoir à bougies. Vous avouerez que ce n'est pas bien pour une chrétienne qui prêche la tolérance.

— Il vous a menti, coupa Paul, c'est pour des faits bien plus graves que ceux qu'il vous a rapportés qu'il a été puni !

Et le prêtre lui dressa la liste de tous les méfaits que Félix avait signés, et particulièrement celui de ce jour, le plus grave de tous.

— J'espère, ajouta sentencieusement le jeune

curé, que vous aurez à cœur de le punir avec la sévérité qui convient.

Sur ce, Paul se leva.

— Attendez, monsieur le curé, je dois tout vous dire pour que vous ne nous jetiez pas la pierre. Vous savez que j'élève seule ce diable de Félix. Je l'ai eu avec un cheminot qui travaillait sur la voie. J'avais dix-huit ans. Quand il m'a sue enceinte, continua-t-elle, la voix entrecoupée de sanglots, il a disparu dans la nature. Mes parents, déshonorés, disaient-ils, m'ont jetée à la rue. Après bien des errances, j'ai échoué ici. Ça fait quatre ans que je travaille à l'auberge. Pour garder ma place, j'ai dû céder, je vous le confesse, à ce vieux cochon de père Thomas. Il y a trois semaines, il est venu ici pour voir si les quelques réserves qu'il stockait à la cave n'étaient pas à la nage, suite aux violentes pluies de la veille. C'était un prétexte pour abuser de moi une nouvelle fois.

Elle s'arrêta pour se moucher et éponger ses larmes. Puis elle lâcha en s'épanchant sur l'épaule de Paul :

— C'est à cet instant que le petit est rentré !

Ses pleurs redoublèrent à l'évocation de ce douloureux souvenir.

Le jeune curé était troublé par la détresse de cette femme, mais aussi par la chaleur de ce corps souple qui se pressait contre le sien. Lorsqu'il sentit monter en lui un profond désir charnel, il se libéra en douceur de la pauvre désespérée.

— Vous direz à Félix, conclut Paul, qu'il pourra revenir au catéchisme jeudi prochain, qu'il ne sera pas puni, et que mademoiselle Poilblanc aura oublié ses écarts passés, à condition d'en rester là.

Sa maman avait dû être persuasive car, le lendemain matin, Félix sonnait au presbytère pour offrir à Paul la douzaine d'écrevisses qu'il avait attrapées dans la Saulx ce fameux jeudi, tandis que ses camarades s'escrimaient sur les célèbres vertus théologales que sont la foi, l'espérance et la charité !

Pendant ses longues promenades au bord de la rivière, Paul s'évadait souvent de son bréviaire pour repenser à la troublante beauté de Félicité dont les appas alimentaient ses fantasmes nocturnes. Fantasmes qui, jusque-là, s'en tenaient à l'évocation restée précise malgré le temps du sexe à peine entrevu de la Jeannette, des cuisses fermes de Clara et des seins modestes mais arrogants de Violette. Lorsque ces souvenirs le visitaient, il se sentait coupable. Il s'obligeait alors à réciter plusieurs fois l'acte de contrition : « Mon Dieu, j'ai le très grand regret de vous avoir offensé… pensées impures… »

Le sachant sans gouvernante – il verrait plus tard, disait-il –, les fidèles l'invitaient souvent à leur table. Petit à petit, la coutume s'était installée. Il était régulièrement convié par les familles du défunt dont il venait de célébrer le souvenir le matin même.

Il était au village celle qu'on appelait la châtelaine. Elle habitait la plus grosse maison. Ce n'était pas un château, malgré l'habitude des gens du village de l'appeler ainsi, mais une maison de maître avec perron et balcon à balustres. Vaste propriété, elle était entourée d'un haut mur de pierres de taille surmonté d'un chapeau en béton hérissé de tessons de bouteilles, de quoi dissuader maraudeurs et cambrioleurs.

La quarantaine fringante, Virginie des Haies avait eu la grande douleur de perdre, deux ans auparavant, son maître de forges de mari, de quarante-cinq ans son aîné. Depuis l'accession de Paul à la tête de la paroisse, elle s'attardait souvent après l'office dominical pour rencontrer le jeune prêtre. Elle lui demandait des nouvelles de l'évêque qui s'était fracturé le col du fémur, dans quelle paroisse se célébrerait la prochaine confirmation, ou bien encore la liste des communiants de l'année auxquels elle avait pour habitude d'offrir une croix en argent et la médaille de Notre-Dame de Lourdes. En outre, elle lui commandait régulièrement des messes à la mémoire de son cher époux.

Ce mardi-là, c'était la quatrième fois qu'il était l'invité de la châtelaine. Il avait fort apprécié les trois fois précédentes, autant que son hôtesse, semblait-il.

Dès que la servante eut débarrassé la table, la châtelaine la rejoignit à l'office pour, c'est ce que crut entendre Paul, lui donner son après-midi de congé.

Le repas avait été de grande qualité. On était maintenant au salon, bien campé dans des fauteuils Louis-XV, à déguster un café d'Arabie. La fine champagne qui suivit fut un véritable bonheur. Paul écoutait plus qu'il ne parlait. La veuve disait craindre la montée du socialisme, heureusement honni par les gens de qualité, mais dont les idées gagnaient, souvent portées par les nouveaux maîtres de Jules Ferry. L'urgente mission du clergé était de juguler ces idées dévastatrices. Où allait-on si la servante n'obéissait plus à ses maîtres, le compagnon à son patron ou le soldat à son chef ?

Paul ne partageait pas tout à fait ce discours qu'il écoutait d'une oreille discrète.

Elle croyait abuser son hôte par son numéro de grande bourgeoise. Paul n'était pas dupe. Il avait été averti par Victorine, dès son arrivée au village. Il aurait sûrement affaire à la Virginie, l'ancienne soubrette – la bonniche, disait-elle méchamment – qui avait su s'y prendre pour offrir au maître de forges, veuf depuis peu, la consolation d'un jeune corps. Se disant enceinte, elle n'eut de cesse de régulariser la situation par le mariage qu'elle extorqua sans vergogne.

Paul, sensible au charme ambiant, se laissa servir un second verre de fine. Ce délicieux alcool semblait aussi avoir les faveurs de la dame qui, rougissante, avoua que c'était là son péché mignon.

— Mon jeune ami, je vais vous montrer les photographies de la confirmation de 98, dit-elle en allant chercher un coffret gainé de cuir fauve finement ouvragé qu'elle posa sur la table basse.

— Prenez place sur le canapé, poursuivit-elle, nous y serons plus à l'aise.

À chaque fois qu'elle se penchait pour extraire un cliché du coffret, elle offrait ostensiblement une vue plongeante sur le décolleté de sa robe qu'elle avait encore échancré d'un bouton durant sa courte absence.

Paul s'amusait à reconnaître les enfants du village qui avaient maintenant bien grandi. Les photos n'étant pas toujours d'une grande netteté, il devait s'en approcher. La dame en profitait pour se laisser aller contre lui. Il s'écartait alors jusqu'à être acculé aux accoudoirs du canapé. Il ne regardait plus les clichés. Sa préoccupation était de résister à cette vigoureuse poitrine qui s'animait contre lui, à cette odeur de femme qui lui arrivait à chaque mouvement, à ces capiteux effluves de parfum oriental dont elle s'était parée.

N'y tenant plus, le jeune curé se leva brusquement et, sortant sa montre de son gousset, mentit :

— Pardonnez-moi, chère madame, il faut que je parte. En votre agréable compagnie, je n'ai pas vu passer le temps. Mon confrère de V... doit m'attendre devant le presbytère. Nous étions convenus de nous rencontrer à 15 heures et je m'aperçois que j'ai un bon quart d'heure de retard !

Dépitée, Virginie des Haies regretta ce départ précipité :

— C'est bien dommage, monsieur le curé, c'est si intéressant de converser avec des gens de qualité. Au village, il n'y a que des rustauds ! Revenez vite me voir...

Ce soir-là, Paul se mit à récapituler les diverses tentatives de séduction dont il était l'objet, notamment celle de la mère du petit Félix, celle de la dame des Haies auxquelles s'ajoutaient l'ahurissante mais pathétique lettre d'amour que lui avait remise Amélie Poilblanc la semaine passée, ainsi que l'attitude plus qu'équivoque de la jeune Rose, dernière venue à la chorale.

Ainsi, l'amour, cette puissante force qui pousse un être vers l'autre, frappait tout le monde, riches ou pauvres, jeunes ou vieux, sots ou érudits. Les confessions qu'il recevait chaque semaine ne faisaient que le lui confirmer.

Lui-même tentait de se consacrer exclusivement à l'amour de Dieu.

Cependant, il connaissait bon nombre de nuits sans sommeil ou peuplées de rêves où les femmes, souvent fort dénudées, étaient omniprésentes.

À Bon-Ru, les choses n'étaient pas faciles. Peu aidée par la population qui ne lui cachait plus son hostilité, Clara devait assurer la marche de la ferme. L'absence de Jean-Baptiste, ces derniers mois, la gênait considérablement. Elle ne savait pas quelles avaient été ses intentions à propos de l'alternance des semailles, ses engagements divers auprès du charron, du maréchal-ferrant, du bourrelier ou des saisonniers. Cependant, à force de volonté, elle parvenait à faire face sans recourir à des renforts extérieurs.

Ses parents la pressaient de louer Bon-Ru et de revenir à Cierges pour travailler à la ferme familiale. Elle n'y était pas favorable pour diverses raisons, dont la moindre n'était pas la liberté qu'elle goûtait depuis son veuvage. À cela s'ajoutait une manière de respect envers la famille Vigoureux, un engagement tacite à gérer leur bien dont une partie était dévolue à Paul. À Cierges, elle aurait eu quotidiennement à côtoyer le fils des voisins, le Jean-Nicolas Bouquillon qu'elle ne tenait pas à revoir. Les parents Herbinet lui avaient confié qu'il était saoul du matin au soir et du soir au matin.

La dernière fois que Clara avait pénétré dans le lavoir communal avec sa brouette, chargée de sa caisse à laver et de sa lessiveuse encore fumante, les conversations s'étaient brutalement tues. Elles ne reprirent entre les lavandières que lorsque Clara se mit à laver ses draps.

— Y aura pas besoin de frotter fort, c'est surtout les hommes qui salissent les draps ! lança méchamment la mère Delorme.

— Sont p'têt ben sales tout de même ! ironisa sa voisine.

Mise à l'écart, Clara dut supporter en serrant les dents les quolibets et les remarques désobligeantes des commères dans le langage le plus cru.

Au sortir du lavoir, elle jura qu'elle n'y remettrait plus jamais les pieds.

— Claudius, j'ai longé le ru tout à l'heure. J'ai remarqué que les ronciers prennent de plus en plus d'épaisseur. Les vaches ne peuvent plus aborder pour s'abreuver. Il faudrait dédrucir tout ça au plus tôt, ordonna Clara alors qu'elle était en train d'égoutter la dernière vache de la traite du soir. Tu dégageras deux endroits, un pour les bêtes et un autre pour y installer un lavoir juste où il y a du profond, près du têtard de saule. J'ai demandé au père Gay de me préparer une épaisse planche de chêne. Et je compte sur toi pour la mettre en place à fleur d'eau. Et tu me monteras un abri avec les planches et les tôles qui sont sous le toiton.

Le lendemain, aux premières lueurs du jour, le Claudius était à pied d'œuvre. Il s'était armé d'un croissant dont il avait longuement repassé la lame. Il coupait au ras du sol les repousses de prunelliers qui, mêlés aux églantiers et aux ronciers, formaient un mur impénétrable serpentant au bord du ruisseau. Ardent à la tâche, il ne prenait pas la peine de s'inquiéter des nids de pinsons, de merles ou de chardonnerets qui, mis à bas, allaient crépiter dans le feu qu'il avait allumé non loin de là. Indifférent aux piaillements de colère de leurs occupants, il alimentait régulièrement les flammes par brassées ou par fourchées avec les branches et les arbustes coupés.

Malgré son savoir-faire et la précision de ses gestes, il lui arriva à plusieurs reprises d'être piqué par des épines dont l'extrémité se brisait au profond de la main ou des doigts, rendant tout contact avec ces endroits extrêmement douloureux.

— Mon oncle Sylvain, lui dit Clara, lorsqu'il rentra pour le repas de midi, m'a toujours dit que son voisin était mort, le sang empoisonné par une de ces épines. il paraîtrait que certains oiseaux comme les pies-grièches y embrochent des insectes pour se constituer des réserves, alors c'est plein de saletés, de petite vermine et même de microbes ! Assois-toi là, je vais te les enlever.

À l'aide d'une aiguille sortie de sa boîte à couture, après avoir solidement coincé le bras du commis sous son aisselle, elle se mit à explorer poignet et main du jeune homme. Un point noir au milieu d'une auréole de chair rougie et enflée, alors, avec son aiguille à coudre, Clara extirpait l'écharde indésirable. Parfois, un peu d'humeur cerclait de blanc l'intruse, l'opération se révélait plus douloureuse. Claudius tressaillait, comprimant soudainement les muscles de l'avant-bras qui transmettaient cette onde à la poitrine de Clara.

Le contact de cette peau mâle, des muscles noueux du charretier tout contre son sein, cette odeur virile où se mêlait l'âcreté de la sueur à l'odeur de terre et de fumée, bouleversaient la jeune femme.

Heureusement que l'exercice était arrivé à son terme. Le Claudius remercia et retourna à son ouvrage. Il n'avait rien remarqué de la respiration accélérée de sa soignante, ni des battements accrus de son cœur, ni du pourpre qui avait envahi ses joues. Clara dut se passer un linge humide sur le visage pour tenter de calmer son émoi. Mais elle savait qu'elle n'en avait pas fini avec ses tourments. Il en était ainsi chaque soir depuis de nombreux mois, même avant la fin tragique de Jean-Baptiste. L'absence de commerce charnel lui pesait de plus en plus cruellement. Malgré la fatigue des travaux de la ferme qui l'accaparaient de l'aube au crépuscule, elle voyait souvent le sommeil se dérober pour faire place à d'indécents fantasmes qui la projetaient dans les bras du Claudius ou du Pancrace, le maquignon de Mouzay, bel homme mais de peu de moralité. Ou bien encore, lorsqu'une lettre signée de Paul arrivait, c'était avec le p'tit curé que ses folies la reprenaient dans les draps de la nuit…

— Madame Clara ! madame Clara ! vite ! venez voir !

C'était le charretier qui arrivait tout essoufflé dans la cour de la ferme.

Clara essuya à son tablier les mains qu'elle avait

pleines du sang du lapin qu'elle était en train de dépouiller, tout en se précipitant sur les pas de Claudius. Ils arrivèrent à l'entrée de la pâture dont les portes étaient ouvertes. Tout près de là, un champ de trèfle et un carré de blé aux épis à peine formés. Au milieu, la pouliche qui, au sol, se tordait de douleur, le ventre anormalement gonflé. Quelqu'un de sûrement mal intentionné avait libéré la Magloire. Elle avait quitté le parc à l'herbe sèche et rare où ne subsistait même plus le moindre refus[1]. Et elle était allée faire ripaille dans la délicieuse luzerne aux fleurs mauves et dans le blé en herbe. Les deux génisses du parc avaient, elles aussi, profité de l'aubaine et se trouvaient dans le même état que la jument.

La quantité trop importante de verdure absorbée avait fermenté à tel point que les gaz prisonniers à l'intérieur du corps comprimaient les organes et risquaient de bloquer leurs fonctions. Une seule solution pour éviter le pire : avoir recours aux talents de l'Olympe. Claudius sauta sur son vélocipède. En attendant, Clara, à genoux, caressait la Magloire, lui parlait, l'embrassait, tentant ainsi d'atténuer ses souffrances. Les génisses, elles, meuglaient doucement. Leur ventre était si étonnamment gonflé qu'il les obligeait à rester couchées sur le dos, pattes en l'air dans une attitude grotesque.

Après une attente qui dura une éternité, les deux hommes arrivèrent enfin. L'Olympe prévint

1. Touffes d'herbe de mauvaise qualité généralement délaissées par le troupeau.

d'emblée, au grand désespoir de Clara, qu'il ne pouvait rien pour la Magloire. Sortant de sa musette un trocart, espèce de poinçon cylindrique et creux fixé à un manche, il alla près d'une des deux bêtes que Claudius, genoux sur le cou, maintenait fermement au sol. D'un coup sec, il plongea l'instrument métallique entre les côtes de l'animal. Immédiatement, on put entendre et voir le ventre se vider d'un gaz à l'odeur écœurante. Même opération pour la seconde génisse qui, une fois délivrée et remise sur pied, rejoignit la pâture avec sa compagne. Malgré le plaisir de voir ses deux bêtes échapper à la mort, la fermière, plus préoccupée par le sort de la Magloire, supplia l'Olympe de s'occuper sans tarder de la pouliche. Il réaffirma qu'il ne pouvait rien faire, expliquant que, s'il avait pu, sans trop de risque, perforer la panse des deux bovins, il n'était pas en mesure de faire la même chose à l'estomac de la pouliche, leurs appareils digestifs n'étant pas comparables.

Le regard brillant implorant Clara, la Magloire souffrait de plus en plus. Soudain, elle hoqueta. Sa langue pendait maintenant entre les mâchoires que ce dernier spasme avait entrouvertes. Elle mourut ainsi sous les caresses de Clara qui, éplorée, allait être privée de cette jument amie, témoin et complice d'une période heureuse de son passé.

La jeune veuve n'avait plus maintenant aucun soutien autour d'elle. Jean-Baptiste disparu – ah ! que de regrets ! –, Grand-Mê au cimetière, les gens du village qui lui battaient froid… Et Paul, Paul le curé, qui avait trouvé le moyen de s'exiler à cent kilomètres de Bon-Ru ! Ah ! si seulement il n'était pas marié avec le Bon Dieu, celui-là !

Clara supporta mal la mort tragique de sa jument. Depuis lors, elle passait de longs moments devant cet endroit proche du jardin, à la terre fraîchement remuée, où le Claudius avait employé une journée entière à creuser un trou pour y ensevelir la Magloire. La fermière avait refusé de la destiner à l'équarrissage et bien entendu d'en tirer quelque profit en la proposant à un boucher de Dun, comme le lui avait malencontreusement suggéré le charretier. Dans le village, on raillait la veuve de Bon-Ru qui allait se recueillir sur la tombe de son cheval. L'abbé Aubry lui-même était venu spécialement à la ferme lui en faire le reproche. Il arguait que seuls les hommes avaient droit à une sépulture, lieu où l'on prie et où l'on honore leur mémoire.

Clara ne sut jamais qui avait ouvert la porte de la pâture. Était-ce le fait de quelqu'un ayant voulu lui nuire ou d'un pêcheur distrait se rendant sur les bords du ru, les truites y étant abondantes à cette époque de l'année ?

Privée de jument, elle reporta son affection sur son fils, le Baron, qui allait sur ses dix-huit mois. Dix-huit mois, l'âge de la castration pour un mâle qu'on ne destine pas à la reproduction. Justement celle-ci était prévue pour ce jeudi. Abel Leblond, le hongreur des haras de Montmédy, était arrivé de bonne heure. Le Baron avait passé la nuit à l'écurie, Claudius ayant pris la précaution d'aller le chercher à la pâture la veille au soir et l'avait mis dans la stalle où il était né. Le hongreur regretta que, pour immobiliser le cheval pendant cette délicate opération, il n'y eût que Clara et son charretier.

Ce dernier préparait les cordes qui allaient enserrer les membres de l'animal pour le faire tomber au sol et l'y maintenir, quand la porte de l'écurie s'ouvrit sur le Jean-Nicolas Bouquillon. Alors que Clara, à peine revenue de sa surprise, s'apprêtait à lui faire repasser la porte dans l'autre sens, l'Abel Leblond s'exclama :

— Ah ! eh bien, on peut dire que tu tombes bien, mon gars, on avait justement besoin de renfort. Tu vas nous aider à châtrer ce gaillard-là !

Clara, prise de court, dut accepter la présence de son ancien amant, qui ne pouvait rêver meilleure occasion pour mettre le pied à Bon-Ru…

L'œil inquiet, le Baron s'étonnait de ces inconnus qui tournaient autour de lui. Il résista comme un beau diable avant de choir sur le lit de paille. Solidement maintenu écartelé, il fut livré au hongreur qui pratiqua l'ablation à vif. Il termina l'opération en pinçant vigoureusement les canaux entre deux cassots, morceaux de bois dur qu'il ficela solidement l'un à l'autre.

— Comme ça, tu n'auras plus envie de courir derrière les filles, lui dit l'homme de l'art, tu garderas toutes tes forces pour tirer la charrue !

Alors que les hommes riaient de cette bonne sortie, Clara avait encore à l'oreille les plaintes du Baron pendant cette douloureuse opération. Une fois remis sur pied et libéré de ses entraves, le poulain se mit à renifler bruyamment et à ruer contre le bat-flanc. Il avait sûrement envie de courir pour oublier son mal et s'éloigner de ses tortionnaires. Le Claudius lui passa alors le licou et l'emmena à la pâture. Le charretier fut de retour au moment où le hongreur donnait à Clara quelques conseils d'après opération, qu'il écouta lui aussi avec attention.

— Vous allez voir comme il va être docile maintenant. Vous pourrez aisément lui passer le mors et la têtière, et bientôt, tout le harnachement. Il se laissera débourrer facilement.

— Venez à la maison boire un coup. Je suppose que vous avez soif après cette séance, proposa Clara, tout en évitant de croiser le regard de son ancien amant.

Elle précéda les trois hommes jusqu'à la salle commune où ils prirent place sur les bancs autour de la grande table de chêne. Deux bouteilles de petit vin des côtes furent rapidement descendues. Mis en verve, le hongreur faisait l'important en racontant des anecdotes tirées de sa mémoire de « châtreur » :

— C'était dans mes débuts aux haras. J'avais été envoyé à la ferme de la Gourdonnerie, de l'autre côté de la Meuse. On m'avait prévenu que les Thouvenin étaient des vrais rats. On disait même qu'ils étaient tellement près de leur or qu'il n'y avait que la fumée qui sortait de chez eux, ou encore qu'ils étaient capables de s'attabler à deux devant un œuf ! Bref, poursuivit l'Abel, je fais mon ouvrage comme d'habitude. À la fin, je m'apprêtais à jeter les balloches aux poules de la cour quand la Zélina Thouvenin me les a prises des mains.

— Z'êtes pas fou, non ? L'Ugène et moi, on va se

régaler avec ça demain dimanche, ça changera de la soupe au lard !

Satisfait de voir chacun rire de la pingrerie de ce couple de paysans, l'Abel ajouta :

— C'est pas que je m'ennuie avec vous, mais j'ai encore un percheron et un demi-sang à châtrer au domaine de la Saule Thilleux. Il faut que j'y aille. Salut la compagnie !

Et il quitta la pièce en même temps que le Claudius qui devait entamer une attelée de charrue.

Ne restaient plus, face à face, que le fils Bouquillon et Clara qui lui dit sèchement :

— Je ne te retiens pas. Je me demande d'ailleurs ce que tu venais traîner par ici. Tu n'as rien à faire dans le coin, alors tu vas remonter sur ton vélo et vider les lieux.

— Je ne te veux pas de mal, répondit le jeune homme. Je venais simplement te voir pour savoir comment tu allais, comment tu supportais de vivre seule, comment tu menais tes affaires. Je venais aussi pour te rappeler le passé, quand tu disais que tu m'aimais, que tu ne pourrais jamais vivre sans moi...

— Ça suffit ! l'arrêta Clara. C'est de l'histoire ancienne ! Je n'avais même pas quatorze ans ! À cet âge-là, on dit n'importe quoi.

— Peut-être, mais moi, je t'ai aimée pour de bon, reprit le Jean-Nicolas, et j'ai jamais cessé de t'aimer depuis !

Il se leva et vint s'asseoir tout près de la jeune femme.

— Maintenant que tu es libre et que tu as besoin d'un homme, non seulement dans ton lit, mais surtout pour tenir la ferme, dis-moi que cet homme-là, ça peut être que moi. Dis-le-moi !

Clara ne répondit pas. Elle prit le temps de dévisager son ancien amant. Elle remarqua ses joues couperosées, ses yeux rougis par l'abus de goutte qui avait aussi éraillé sa voix, rendu son souffle court, son haleine fétide, ses gestes saccadés. Jean-Baptiste, lui-même, n'en était pas arrivé à cet état de délabrement.

— Écoute-moi bien, Jean-Nicolas, il n'est absolument pas question que je me remarie... Et si, par extraordinaire, c'était pour se faire, jamais de la vie ce ne serait avec toi !

Malgré ces paroles qui lui opposaient très clairement une fin de non-recevoir, le Jean-Nicolas insista :

— Tu sais, Clara, si je ne me suis jamais marié, c'est à cause de toi. Tu auras été mon seul amour ! Je ne te demande pas de m'aimer comme avant. Même tes parents pensent que tu ne devrais pas rester veuve toute ta vie. Il faut un homme pour mener un train de culture, plaida-t-il, c'est pas la place d'une femme. Tiens, je suis sûr que t'aimerais en avoir, des enfants. Moi je pourrais t'en faire. Probable que c'était ton mari – paix à son âme – qui n'était pas bon. Je parie qu'à tous les deux on pourrait faire un gaillard bien costaud qui reprendrait la ferme plus tard, celle d'ici ou bien nos deux exploitations de Cierges.

Se rapprochant encore, l'homme tenta d'enlacer Clara. Celle-ci le repoussa violemment et se leva pour lui montrer la porte.

— Dehors ! cria-t-elle, blanche de colère, dehors !

Vite ! Sauve-toi et ne reviens plus jamais m'embêter avec tes histoires !

Accablé, avec la mine d'un chien battu, Jean-Nicolas s'exécuta et, sans un mot, il enfourcha sa bicyclette qui l'emmena jusqu'au bistrot du village.

Clara avait bien entendu aboyer Pirate, le chien à vaches qui faisait aussi fonction de gardien, mais elle n'y avait pas prêté attention. Il n'était pas rare qu'un renard s'approche de la ferme avec l'espoir de pénétrer dans le poulailler, ou qu'une fouine rôde autour du clapier.

Clara venait de se lever. Elle était à rallumer le feu dans la cuisinière lorsqu'elle entendit s'ouvrir la porte de l'écurie. C'était le Claudius qui embauchait alors que le soleil n'était pas encore levé. Il emprunta l'allée de l'écurie pour aller décrocher la lampe à pétrole et l'allumer. Soudain, il poussa un cri de surprise. Il venait de heurter quelque chose qui ne devait normalement pas se trouver sur son passage. À tâtons, il reconnut qu'il s'agissait d'un corps humain suspendu à une poutre du plafond. Tremblant d'émotion, il lui fallut plusieurs tentatives pour faire un peu de lumière. Il brandit sa lampe à bout de bras pour reconnaître le pendu dont le corps se balançait doucement. Pas de doute, c'était bien ce Jean-Nicolas qui leur avait donné la main la veille pour castrer le Baron.

Alertée par le cri du charretier, Clara arriva rapidement. Glacée d'effroi, elle se retenait pour ne pas crier. Oui, c'était bien son ancien amant que le Claudius, perché sur un tabouret à traire, s'appliquait à décrocher. Il y parvint enfin, mais laissa échapper le corps qui s'affala sur les pieds de Clara. Cette fois, elle hurla de terreur. Le commis allongea le pendu à terre, plaqua l'oreille sur sa poitrine, geste inutile car le corps était déjà quasiment raide. S'il put rabattre les paupières sur les yeux révulsés du mort, il ne parvint pas, malgré plusieurs minutes d'efforts, à faire rentrer en bouche cette énorme langue violette qui pendait sur le côté. Impossible aussi de réduire l'indécente bosse qui gonflait le pantalon de velours.

— Il s'en est encore passé de la belle, à Bon-Ru ! On dirait que la veuve du Jean-Baptiste attire le malheur. Vous verrez, m'ame Marlet, y aura encore des drames là-bas…

La grande lessive d'automne avait réuni au lavoir bon nombre de commères du village.

La plus virulente d'entre elles s'exclama :

— Moi, la Clara, j'ai jamais pu la sentir avec ses grands airs. J'vous dis qu'en vrai c'est qu'une gourgandine qui attire les hommes et qui se gêne pas pour s'en débarrasser quand elle en veut plus.

Une autre laveuse poursuivit :

— Paraît que le curé de Cierges veut pas l'enterrer à l'église. Il est pourtant d'une famille fort pratiquante. Même qu'y a deux ans les Bouquillon ont été au pèlerinage à Lourdes avec les Herbinet.

— Le curé Aubry m'a dit que les suicidés n'avaient pas droit à un enterrement religieux. Y meurent avec leurs péchés, sans les derniers sacrements, sans l'extrême-onction, alors, c'est normal.

Ce nouveau drame avait fortement ébranlé Clara. Aveuglés par la peine, les parents de Jean-Nicolas la rendaient responsable du suicide de leur fils. Elle se retrouvait mise au ban du village mais aussi des environs, qui lui prêtaient des pouvoirs maléfiques. N'osait-on pas l'accuser d'avoir elle-même empoisonné Grand-Mê pour se débarrasser du surcroît de travail que la présence de l'aïeule lui imposait, et pour avoir la liberté de recevoir ses nombreux amants ?

Sentant s'amplifier l'hostilité de tous, Clara était profondément malheureuse. Même sa mère lui avait fait reproche d'avoir si brutalement éconduit Jean-Nicolas et de l'avoir ainsi poussé au suicide. Chacun, au village, la tenait pour une sorcière mangeuse d'hommes. On évoquait Jean-Baptiste, l'enfant du pays, dont on avait oublié les écarts et l'intempérance pour le parer de toutes les qualités. On lui opposait le vice, la dépravation, l'immoralité de Clara. Cette satanée Clara dont on se plaisait à rappeler que, pièce rapportée, elle n'était heureusement pas du village !

D'ailleurs la jeune femme n'allait plus au bourg. Lorsqu'elle manquait d'huile, de sel ou de semence, elle attelait Baron et allait s'approvisionner à Dun. C'est dans ce chef-lieu de canton qu'elle postait les lettres destinées à Paul, car elle n'était pas sûre du facteur de Montigny. Dans de longues pages adressées à son beau-frère, elle confiait sa laborieuse gestion de la ferme, mais surtout la défiance des autres. Elle souffrait de sa mise en quarantaine qu'elle trouvait injuste. Elle passait sous silence les cauchemars qu'elle faisait chaque nuit, où le pendu que Claudius décrochait avait tantôt le visage de Jean-Baptiste, tantôt celui du p'tit curé lui-même. Et pour ne pas démoraliser son correspondant, elle poursuivait souvent par des petites nouvelles domestiques. Sur les quatorze œufs mis à couver, douze canetons étaient nés ; à peine âgés d'une semaine, ils sillonnaient déjà le ru en file indienne derrière leur mère. Elle annonça aussi avoir recueilli Poilu, un jeune chien errant, genre chien de berger très affectueux et qui arrivait à point nommé pour remplacer le vieux Pirate quasiment aveugle.

Invariablement, les dernières lignes rappelaient à Paul qu'il restait la seule personne au monde en qui elle avait totale confiance…

Poilu avait vite compris ce que sa maîtresse attendait de lui lorsqu'ils allaient à la pâture rechercher les vaches pour la traite. Il courait vers la plus éloignée qu'il rabattait avec le reste du troupeau vers la porte du parc. Les mouvements de va-et-vient qu'il opérait derrière les bêtes étaient parfois ponctués par un jappement menaçant à l'encontre des traînardes. Mission accomplie, il ne dédaignait pas le compliment ou la caresse que sa maîtresse ne manquait pas de lui prodiguer. On pouvait alors lire dans son regard toute la gratitude qu'il avait envers celle qui l'avait si gentiment adopté.

Bien qu'il fût nourri en suffisance des restes de table, de pain et de lait, il avait gardé cette habitude du temps de son errance où il s'alimentait de souris, de rats et autres mulots, le soir venu, de s'éloigner de la ferme pour s'adonner à la chasse aux « quatre dents ».

Un matin, à l'heure d'aller aux vaches, Clara

appela Poilu qui devait dormir sur un vieux sac à grain dans un coin du fournil. Généralement, il arrivait dès le premier appel. Ce jour-là, pas de chien. Clara se rendit au fournil, croyant qu'il y était prisonnier, la porte ayant pu être refermée par un coup de vent durant la nuit. Toujours pas de Poilu ! Elle pensa alors que, au cours de sa traque du soir, il avait rencontré une chienne en chaleur avec laquelle il était en train de filer le parfait amour.

Sur le chemin qui l'emmenait au parc, Clara se surprit à penser que l'amour était chose plus aisée chez les animaux que chez les hommes.

Ce fut au retour, en passant devant la porte de la grange, qu'elle s'arrêta net, glacée de stupeur. À hauteur d'homme, au beau milieu de la porte, afin que ça ne puisse échapper au regard, était clouée la patte encore sanguinolente d'un animal. Il n'y avait pas à s'y tromper, il s'agissait d'une patte avant de Poilu que Clara reconnut aux longs poils d'un roux sombre et à l'extrémité blanche !

Mais qui pouvait lui en vouloir de la sorte ? Qu'avait-elle fait pour qu'on s'acharne ainsi sur elle ?

Très affectée par cet acte barbare, Clara chargea son commis de parcourir le territoire à la recherche du cadavre du chien qu'elle voulait enterrer près de la Magloire. En vain.

Ce n'est qu'un mois plus tard, la crépine de la pompe à purin semblant bouchée, que le charretier ouvrit la fosse. Le ventre gonflé, amputé de sa patte avant droite, le corps du pauvre chien flottait, grotesque, dans le lisier aux remugles pestilentiels.

Nouveau choc pour Clara que l'angoisse gagnait de plus en plus. Ainsi le tortionnaire du misérable animal était venu à la ferme, en pleine nuit. Il avait soulevé le couvercle de la fosse pour y précipiter la pauvre victime. Clara espérait de toutes ses forces que son fidèle Poilu avait perdu la vie avant d'être mutilé. Pirate, presque aveugle, mais qui avait encore l'oreille fine, ne s'était pas manifesté, ce qui laissa sa maîtresse perplexe.

Persécutée, la jeune veuve ne dormait plus, à l'affût du moindre bruit. Pour se rassurer, elle avait placé à la tête du lit le fusil à broche de Jean-Baptiste et quelques cartouches dans le tiroir de la table de chevet. Dans ses moments de désespoir, l'envie lui venait de charger l'arme et de la retourner contre elle. Mais sa foi chrétienne et l'idée du mal que cela ferait à Paul l'empêchaient d'aller jusqu'au bout de son geste.

Peu avant sa tragique disparition, Alphonse Vigoureux avait entrepris de boiser la noue de la Turmelière, un terrain situé au plus creux de la prairie. Au plus humide de ces trois cents verges de sol tourbeux, il avait planté des peupliers. Autour, c'étaient des frênes et des merisiers.

— Tu ne tarderas sûrement pas à te marier, avait-il dit à l'époque à Jean-Baptiste. Et, quand on se marie, c'est pour avoir de la descendance. Je suppose que tu auras un fils. Alors, ton fils se mariera à son tour, juste au moment où les arbres, au meilleur de leur rendement, seront bons à couper. Ce sera le cadeau de mariage du grand-père, même si je n'y suis plus.

Quinze ans s'étaient maintenant écoulés depuis ce jour. Les arbres prenaient corps et hauteur. C'étaient des baliveaux prometteurs à qui il fallait encore une bonne quinzaine d'années pour atteindre l'âge adulte.

Située loin du village, en bordure de la Meuse, la plantation prospérait. Clara ne s'y rendait jamais. Lorsque la fenaison l'amenait dans la prairie, la seule vue des peupliers au loin lui rappelait les mots d'Alphonse que Jean-Baptiste lui avait rapportés, évoquant cet héritier qu'elle n'avait pas su donner à la famille Vigoureux.

Seul Claudius s'occupait de l'entretien de la peupleraie. Chaque arrière-saison, avec l'aide d'un journalier, les roseaux étaient fauchés et les rejetons coupés au croissant, au ras du sol.

L'Anselme Poncelet, un pêcheur de Meuse qui habitait le village voisin, arriva ce matin-là, tout essoufflé, à la ferme de Bon-Ru.

— Un vrai désastre, madame Vigoureux ! J'ai jamais vu ça ! Je descendais le courant dans ma barque. Je venais de poser un verveux au retour de l'Eau et j'arrivais tout doucement au niveau de la Turmelière. Et qu'est-ce que je vois ? J'en croyais pas mes yeux. J'ai d'abord cru qu'y avait eu une bourrasque de vent, comme ça arrive quelquefois, qui avait dévasté la plantation ! Alors j'ai accosté pour voir les dégâts de plus près. Eh ben, c'est pas le vent, madame Vigoureux, qui a abattu quasiment tous vos arbres, mais c'est bel et bien la hache d'un salaud. Une vraie désolation ! Des si beaux baliveaux !

À l'énoncé de cette nouvelle catastrophe, Clara pâlit et dut s'appuyer de l'épaule contre le chambranle de la porte. Elle eut cependant la force de proposer un verre au jeune homme pour le remercier de l'avoir prévenue.

— J'ai entendu dire que certains, ici, vous appellent, sauf votre respect, la sorcière de Bon-Ru. Je sais pas ce qu'ils ont à vous reprocher, ça me regarde pas, mais dans tous les cas, on fait pas des choses pareilles ! À vot' place, dit-il en prenant congé, je porterais plainte auprès de la maréchaussée…

« Porter plainte, à quoi bon ? pensa Clara. Ceux qui ont fait ce mauvais coup ne l'ont pas signé. Et les gens du village, même ceux qui savent quelque chose, ne le diront jamais aux gendarmes, trop contents du mal qui m'est fait. »

Si le Claudius était un excellent charretier, courageux, résistant à l'ouvrage, il semblait être en difficulté dès qu'il lui fallait prendre une initiative. Il ne travaillait qu'aux ordres. Il avait pourtant été à bonne école avec Jean-Baptiste. Lorsque Clara avait sollicité une première fois son avis sur le choix des parcelles à ensemencer en blé, en avoine, ou à labourer et laisser en versaine[1], il n'avait su quoi répondre. On aurait dit qu'il tenait à laisser Clara décider seule. Ce qu'elle fut contrainte de faire. Malheureusement les récoltes s'étaient ressenties de ses décisions souvent malencontreuses.

Cette année-là, une fois la semence mise de côté, elle n'avait pas livré grande quantité de froment au moulin. Elle avait même dû acheter de l'avoine pour remplir le picotin de ses trois chevaux.

D'autre part, elle fut obligée de faire réparer un angle du mur de la grange qui s'était écroulé, miné par une gouttière. Cette dépense imprévue lui avait juste laissé de quoi faire face au paiement du canon[2] de la Cailloudrie et régler les factures de fin d'année de l'assureur et du maréchal-ferrant. Celle du

1. Non ensemencé.
2. Loyer.

charron était la plus importante. Elle concernait la réfection des échelettes, le remplacement des deux grandes roues à bandages du chariot. L'essieu avait cédé au cours d'un débardage. La vétusté de l'engin n'avait pas résisté à la profondeur des ornières, ni à la surcharge.

Quand le Désiré Pierson présenta sa facture, Clara fut atrocement gênée. Elle ne disposait pas de la somme suffisante. Le vieux malin se rendit compte de son embarras.

— On peut s'arranger, ma petite dame, si vous êtes gentille avec moi, je vous laisse tout votre temps pour me payer. Je vous ferai même une gentillesse, je vous rebattrai vos socs pour rien, dit-il en faisant un pas vers la jeune femme qui recula.

— Vieux cochon ! Vous n'avez pas honte ! Sortez immédiatement ! hurla Clara. Vous serez payé dans la semaine, ajouta-t-elle en claquant la porte sur les talons de l'artisan.

Puis, une fois seule, elle s'affala sur une chaise et pleura longuement de colère et de désespoir.

Le lendemain, elle envoya le Claudius chez le boucher de Stenay pour lui annoncer qu'elle avait trois veaux de boucherie à vendre. Pressentant la bonne affaire, il arriva en début d'après-midi au volant de sa bétaillère. Il fit d'abord la fine bouche, prétendant que les trois godins étaient tout en os. Finalement il consentit à les embarquer pour une somme bien inférieure au cours du moment, mais qui permettait d'honorer la facture du chariot.

Non encore remise de la colère et de la honte que ce vieux charron ait pu croire qu'elle accepterait son marché, elle plaça le compte juste dans une enveloppe. Une heure plus tard, sans un mot, devant des témoins médusés, elle la lui jetait à la figure.

Le soir, seule, assise devant l'âtre rougeoyant, le regard dirigé vers le crucifix qui trônait sur la monumentale cheminée de pierre, elle implora tour à tour le Père et le Fils. À mi-voix, elle les priait de ne plus la soumettre à des épreuves risquant de mettre son équilibre en péril. Elle les interrogeait aussi sur les raisons de leur acharnement. Elle reconnaissait avoir, autrefois, au temps de son adolescence, vécu dans le péché. Elle avouait que ses nuits étaient souvent peuplées de fantasmes où le commerce charnel était omniprésent, n'était-ce pas là chose commune à tous les humains ? Devait-elle, pour ces raisons, subir de telles punitions ? Elle qui avait la foi chevillée au corps, elle qui priait chaque jour, elle qui croyait si fort en la bonté de Dieu.

On disait de plus en plus dans le village que la fermière de Bon-Ru avait le mauvais œil. Du fond de son potager, Clara avait pu voir des femmes se signer en passant devant l'embranchement qui menait à la ferme. Par une sorte de crainte d'être victime de quelque maléfice, certains habitués désertaient Bon-Ru. C'est ainsi que le Victor, le tueur de cochon qui avait coutume d'exercer ses talents le premier lundi après le nouvel an, ne se présenta pas le jour dit.

Au Claudius revint alors la tâche délicate de faire passer de vie à trépas Émile, le goret. C'est Paul qui avait suggéré de l'appeler Émile, comme le petit père Combes, ennemi déclaré de la religion et du clergé.

Clara avait requis l'aide de la Clémence qui travailla tout le jour à la confection du boudin, des saucisses et des pâtés sur la grande table du fournil. À ses pieds, la demi-douzaine de chats de la ferme. On les laissait se reproduire librement en évitant de les alimenter. Ils devaient essentiellement se nourrir de souris qui, sans eux, auraient dévasté les récoltes engrangées. Mais en ce jour d'exception, assis sur leur cul, ils suivaient avec attention chaque geste de la Clémence qui leur consentait de temps à autre une rognure de couenne ou un morceau de boyau inutilisable.

Sa dernière facture étant restée en souffrance, Hippolyte, le bourrelier, ne vint pas non plus, comme chaque année, s'installer dans le fournil pour réparer les harnachements. À Claudius revint la charge de les rafistoler. La petite Angeline fut privée de ces merveilleux moments où le bonhomme, tel un magicien, savait la sortir de sa léthargie pour lui redonner vie.

Le boulanger de Montigny, dont tout le monde s'accordait à dire que c'était un brave homme, passait dorénavant son chemin. Clara voulut savoir pourquoi. Elle se rendit à sa boutique qui faisait aussi épicerie. Après s'être fait servir bougies, pétrole et levure, elle lui demanda pourquoi il ne poussait plus jusqu'à la ferme. Gêné, il lui répondit que le peu qu'elle lui prenait ne valait pas le détour. Il ne tenait pas à briser une roue de sa camionnette neuve dans les trous du chemin de Bon-Ru. Clara savait bien que les raisons invoquées n'étaient pas les bonnes. Il fallait plutôt chercher du côté de ses clientes qui devaient lui faire reproche d'accepter de servir la garce de la ferme maudite. Clara fut contrainte à faire son pain qu'elle cuisait au fournil. Heureusement qu'elle avait conservé le four en état de marche en le sollicitant de temps à autre pour y dorer une quiche ou un pâté en croûte.

Ce fut avec plaisir et soulagement qu'on vit arriver la fin de l'hiver. Durant les dernières semaines, il avait fallu rationner le cheptel. Foin, betteraves, paille, avoine furent chichement distribués. Par chance, le début du printemps fut marqué par l'alternance de la pluie la nuit et du soleil le jour, si bien qu'une herbe généreuse envahit les pâtures d'un vert sombre et brillant. On put alors mettre les bêtes au parc. C'était toujours un grand moment lorsque les vaches quittaient l'écurie qui les avait tenues prisonnières pendant plus de six mois. Impatientes d'aller paître, très agitées, il fallait savoir s'esquiver quand on les détachait pour leur laisser le chemin libre. Une fois dehors, leur courte transhumance n'était que courses effrénées, cavalcades qu'hommes et chiens peinaient à canaliser. La porte du parc enfin refermée sur elle, ivres d'espace et de liberté retrouvée, elles poursuivaient leur sarabande.

Sur les neuf laitières, dont certaines commençaient à prendre de l'âge, six étaient pleines. Les naissances à venir permettraient de remplacer les plus âgées et de redonner ainsi un peu de sang neuf au troupeau. C'est ce qu'espérait Clara.

Mais il en alla tout autrement.

La première d'entre elles, la Normande, avorta dans l'écurie. Dans la semaine qui suivit, ce fut au tour de la Boiteuse, puis de la Blanchette. Clara était persuadée que son troupeau était envoûté, que quelqu'un avait jeté un sort sur son cheptel en provoquant des avortements à répétition.

Celle qui passait pour une sorcière était-elle ensorcelée à son tour ?

Se souvenant de ce qu'on murmurait des talents

d'exorciste de l'Olympe, elle alla elle-même le trouver pour le décider à intervenir. Quand Clara l'informa du but de sa visite, elle vit sa mine s'assombrir. Après un regard alentour, il la pria d'entrer et referma vivement la porte. À mi-voix, il lui signifia qu'il ne tenait guère à s'opposer au diable et à ses pratiques. Clara se montra persuasive. L'Olympe, qui avait bon cœur, finit par accepter.

— Bon, c'est d'accord, mais motus et bouche cousue ! Personne ne doit être au courant que vous et moi, dit-il. Il faudra garder les vaches pleines à l'écurie pour la nuit. Je viendrai à partir de demain trois soirs de suite, une fois que minuit aura sonné. Je ne veux voir personne dans l'écurie. À chaque fois, il faudra me préparer un seau plein à ras bord de l'eau puisée à la source de Pissefontaine, une livre de gros sel et une bougie. Il me faudrait aussi de l'eau bénite, et mieux encore de l'eau de Lourdes.

Clara était en délicatesse avec l'abbé Aubry. Elle ne voulait pas qu'on la voie pénétrer dans l'église qu'elle ne fréquentait plus. Alors elle décida de se procurer l'eau bénite dans l'église de Stenay où elle assistait depuis quelque temps aux offices. La chose fut aisée. Elle eut tôt fait d'en remplir un flacon au bénitier situé à l'entrée de l'édifice. Quant à l'eau de la sainte grotte, Clara retrouva facilement la gourde, encore pleine aux trois quarts, que ses parents lui avaient rapportée de Lourdes. Le liquide manquant avait été administré à des volailles malades comme ultime recours.

La troisième nuit, n'y tenant plus, la fermière était dans la grange avant l'arrivée d'Olympe. Elle put alors l'observer lorsqu'il pénétra dans l'écurie, quelques minutes après minuit. À la lueur de la bougie qu'il posa sur un tabouret à traire, elle le vit dissimuler son visage sous un masque de tissu noir. Ensuite, il délaya un peu de sel dans le seau d'eau sur lequel il se pencha pour en boire une gorgée qu'il recracha. Puis, bougie à la main, il jeta quelques grains de sel aux quatre coins de la vacherie. Clara le vit ensuite sortir de sa musette un genre de grosse seringue munie d'une longue canule recourbée qu'il remplit du mélange des deux eaux bénites. Dans le vagin de chaque vache, il en inocula une partie tout en prononçant des formules inintelligibles, sur un ton rappelant celui d'un curé psalmodiant la litanie des saints. Il vida ensuite le contenu du seau dans l'allée de l'écurie comme pour la laver de toute influence diabolique. Après quoi, bras en V, pivotant sur lui-même, il proféra dans une langue inconnue quelques paroles d'une tonalité cette fois beaucoup plus violente.

Une semaine s'écoula sans qu'il ne se passât rien. Clara n'était pas loin de penser qu'en véritable exorciste l'Olympe avait réussi à débarrasser son troupeau du mal qui le rongeait.

En fin d'après-midi de ce dimanche-là, Claudius n'étant pas de service, c'est Clara elle-même qui alla rechercher les vaches pour la traite. Certaines étaient couchées en train de ruminer, d'autres paissaient. À la vue de la fermière et de Pompon, un vieux chien tout en poils donné à Clémence par une voisine qui venait de céder sa dernière laitière, elles se mirent en route vers la porte de la pâture.

Seule la Grise, grosse de quatre mois, ne se leva pas. Pompon courut jusqu'à elle et se mit à tourner autour en aboyant. La bête ne bougeait toujours pas. Intriguée, Clara alla vers elle. Couchée sur le flanc, la Grise baignait dans son sang, l'arrière-train couvert de caillots brunissants. Une hémorragie l'avait vidée de son sang. La première pensée de Clara fut de croire que la bête avait été tuée avec une arme blanche, ou même une arme à feu. En soulevant la queue, elle découvrit un caillot beaucoup plus gros que les autres, d'où émergeait une baguette sanguinolente. Avec effarement, elle constata qu'il s'agissait du fœtus du veau en devenir. Ainsi quelqu'un avait prélevé une baguette de cornouiller dans la haie toute proche, l'avait écorcée et l'avait enfoncée facilement, grâce à sa sève visqueuse, dans l'utérus de la misérable bête. Sous la douleur des chairs déchirées, la vache avait dû faire un mouvement violent qui aurait brisé la branche en deux. Le tortionnaire n'aurait alors pu récupérer que la partie de la baguette qui lui restait en main. Les lésions internes aggravées au moment de l'expulsion avaient fait s'écouler en abondance le sang de l'animal qui n'avait pas survécu, et dont les yeux, restés grands ouverts, exprimaient l'incompréhension.

L'horreur de ce spectacle manqua la faire défaillir.

Sur le chemin du retour à la ferme, entre deux sanglots, elle tenait au chien Pompon un discours incohérent d'où émergeaient les « qui ? », les

« pourquoi ? », les « mon Dieu ! ». Elle en appelait à Jean-Baptiste, à Paul, à Clémence. Elle parlait de vengeance, de haine, de mort et encore… de mort.

Après la traite qu'elle fit mécaniquement, tremblant de tous ses membres, la tête ravagée par la migraine, elle dut se mettre au lit. Aux premières lueurs de l'aube, elle n'avait pas trouvé le sommeil. Les spasmes avaient disparu, mais le mal de tête était toujours aussi vif.

Elle ne put venir à bout de son bol de café au lait fumant. Ce matin-là, elle n'y avait pas trempé, comme d'habitude, des morceaux de pain, ni plongé une noix de beurre. Elle pensa aux autres avortements et en conclut qu'ils avaient dû être provoqués comme celui de la Grise, ce qui attisa sa colère mais aussi son désespoir. Décidément, ses ennemis ne reculaient devant aucune monstruosité. Elle savait que ces atrocités répétées sur ses animaux, ces crimes sur ses biens, n'avaient pour seul objectif que de la décourager et la voir quitter la ferme de Bon-Ru. Mais qui donc était assez abject pour s'adonner à des actes d'une telle barbarie ? C'est cette lancinante question qui la réveillait au beau milieu de la nuit et la poursuivait dans ses activités quotidiennes. Elle s'en voulait aussi d'avoir cru troupeau et écurie envoûtés alors que les interruptions de gestation étaient dues à ses adversaires.

La perte des veaux à naître fut un coup dur pour les affaires de Clara. Elle n'avait pas les moyens de les remplacer. D'ailleurs, depuis trois mois, elle n'avait plus versé le salaire pourtant modeste de Claudius qui ne se faisait pas faute de le lui réclamer.

Elle prétextait des ennuis passagers, une rentrée d'argent imminente pour tenter de le faire patienter. Un matin d'octobre, il refusa de harnacher les chevaux pour une attelée de charrue. Il exigea que sa patronne lui donne la Rousse, une belle normande, en paiement de ses gages en retard. Elle dut s'y résoudre, la mort dans l'âme. C'était la meilleure laitière du troupeau. Les jours suivants, le Claudius n'embaucha pas. Sans avertir sa patronne qu'il la quittait définitivement, il fut embauché, dès le lendemain de son départ, chez le Médée Lelièvre, comme premier charretier.

Lorsque Clémence lui rapporta cette nouvelle, Clara repensa à certains faits troublants. L'étonnant silence de Pirate, la nuit du meurtre de Poilu, l'abattage des jeunes arbres, le blé de la pièce du Rattentout que le gel de l'hiver avait dévasté. Elle y voyait maintenant la main de son ancien commis soudoyé par Lelièvre. Et pourquoi le charretier n'aurait-il pas provoqué les avortements ? De la sorte, il anéantissait l'essor du troupeau et achevait de mettre en péril l'avenir de la ferme, sûr qu'il était d'entrer au service de Lelièvre auquel il donnait ainsi le meilleur des gages.

La trahison du Claudius ne faisait maintenant plus aucun doute dans l'esprit de la fermière. La Clémence rapporta que le Médée disait partout que la belle Clara serait contrainte de mettre la clé sous la porte avant Noël. Elle-même, la Clémence, avait eu droit au lavoir à des mauvaises paroles de la femme Lelièvre qui lui faisait reproche de se dévouer pour la sorcière de Bon-Ru. Ça n'avait pas troublé la brave femme, de plus en plus sollicitée par Clara. En effet, depuis le départ – la trahison, disait-elle – du charretier, la fermière n'arrivait plus, seule, à assumer la marche de l'exploitation, d'autant plus qu'elle souffrait souvent de violentes migraines qui la laissaient sans force.

On était en pleine saison des labours et des semailles. Personne au village ni aux alentours ne voulut remplacer le Claudius qui ne se gênait pas pour claironner que la patronne de Bon-Ru était une mauvaise payeuse. Il était d'ailleurs relayé par quelques artisans aux factures impayées.

On aurait dit que le mauvais sort s'acharnait sur cette pauvre Clara qui, éprouvée par cette cascade de malheurs, craignait de voir sa raison lui échapper.

Cependant tout n'était pas que malédiction autour d'elle.

Il était presque midi, ce jour-là, quand le facteur prit le chemin de la ferme pour remettre une lettre à Clara.

B. sur Saulx, en ce jour de la Saint-Denis,
9 octobre 1903

Ma chère belle-sœur,

Je voudrais d'abord m'excuser auprès de toi pour ce long silence. Comme je savais que tu ne manquais pas de souci, il n'était pas utile d'en rajouter avec mes ennuis de santé. Maintenant que la guérison est en vue, je peux te dire que j'ai eu une violente jaunisse qui m'a cloué au lit pendant une bonne quinzaine. Heureusement, mes meilleures ouailles se sont relayées à mon chevet, m'administrant avec dévouement les remèdes prescrits par le docteur Sirantoine. Grâce à elles et au Seigneur, une partie de mes forces me sont peu à peu revenues. Mon teint, d'un jaune terreux au plus fort de la maladie, a quasiment retrouvé sa coloration habituelle et je recommence à m'alimenter à peu près normalement. Cependant je suis encore bien faible et dans l'incapacité d'assurer mon sacerdoce. Cinq à six semaines de repos me sont nécessaires, m'a-t-on assuré, pour recouvrer mon allant. L'homme de l'art, en accord avec Monseigneur Pagis, préconise que je passe ces deux mois de convalescence dans un endroit de grand calme. J'ai aussitôt pensé à Bon-Ru.

Aussi je t'écris pour te demander si tu acceptes de m'héberger. Si oui, je tâcherai de tout faire pour compenser la charge de ma présence.

Sache qu'une réponse négative ne remettrait pas en cause tout le respect et l'affection que j'ai pour toi.

Plaise à Dieu.

Paul

Tremblant de joie, Clara relut la lettre. Sûr qu'elle était d'accord pour le garder le temps qu'il faudrait ! Enfin elle allait pouvoir se confier, raconter par le détail tous ses malheurs. Elle savait qu'elle serait écoutée et comprise. Paul était son dernier rempart contre le désespoir absolu. Aussi se précipita-t-elle dans sa chambre. Assise à son secrétaire, elle rédigea dans la plus grande fébrilité une réponse enthousiaste qu'elle alla poster elle-même à Stenay.

C'est ainsi que Paul, par retour, annonça son arrivée par le train de 15 heures le jeudi de la semaine suivante. Ce qui laissa largement le temps à Clara de faire le grand ménage dans la chambre du haut. Autour du crucifix, elle accrocha un rosaire aux grains de buis, que ses parents lui avaient rapporté d'un pèlerinage à Notre-Dame de Bendite-Vaux et qui, depuis, était en souffrance dans l'armoire. Elle retapa le lit de plume et lui ajouta une épaisse couverture de laine, les petits matins d'octobre voyaient souvent la campagne se couvrir de gelée blanche. Il ne fallait pas que notre convalescent attrapât un coup de froid.

Arrivée en avance à la gare, elle avait dû patienter vingt longues minutes avant l'immobilisation du train. C'était vrai que Paul avait maigri et qu'il manquait de force, posant sa valise tous les dix pas pour changer de main. Clara descendit du tilbury pour aller au-devant de lui. Après une brève embrassade – la présence de voyageurs nombreux ce jour-là interdisait toute longue effusion –, ce fut elle qui empoigna le bagage pour le charger dans le véhicule. Ce fut elle encore qui aida Paul à prendre place dans la voiture à cheval. Si lui-même avait été marqué par la maladie, il observa durant le trajet que Clara ne semblait pas être en grande forme. Le visage au teint laiteux, les yeux au plus profond des orbites, les cernes gonflés et violacés témoignaient du mal-être de sa belle-sœur.

Lors de l'obligatoire traversée du village, Paul constata que deux personnes croisées dans la grand-rue, madame Desmoulins et sa nièce Catherine, ne répondirent pas à son bonjour et que Lambert, le garde champêtre, détourna les yeux sur leur passage.

À leur arrivée à la ferme, Clara obligea Paul à boire un grand bol de lait chaud sucré d'une cuillerée de miel.

— Je me fais fort, mon cher Paul, de te retaper en peu de temps, dit Clara. Pour plusieurs raisons. D'abord ça me fend le cœur de te voir avec cette mine de papier mâché, et puis j'ai plus que jamais besoin qu'on m'aide dans mes travaux !

Avec la complicité de la Clémence, qui s'activait à lui préparer une solide nourriture, substantiels morceaux de beurre dans la potée, larges cuillerées de crème dans la soupe, les couleurs lui revinrent vite en même temps que la vigueur et l'énergie. À tel point qu'au bout de trois semaines de ce régime, il put faire quelques attelées de charrue et ensemencer les deux champs les plus proches de la ferme. Ainsi serait assurée pour le moins la semence nécessaire à l'exercice suivant.

L'abbé Aubry, auquel Paul alla rendre visite, le lui reprocha, disant que ce n'était pas la place d'un prêtre de tenir les manillons de la charrue et de semer le blé. En outre, il estimait aussi que ce n'était pas la place d'un prêtre d'être hébergé par sa belle-sœur, veuve de surcroît, et qu'on disait de mauvaise réputation. Paul répondit à l'abbé qu'il était du devoir d'un prêtre d'aider ceux qui étaient dans la peine et de ne pas accorder foi aux rumeurs toujours mal intentionnées. Quant à lui, il restait persuadé de la droiture de la veuve de Jean-Baptiste et se portait garant de sa respectabilité. Après ces déclarations, les deux ministres de Dieu se quittèrent sur un salut manquant de chaleur.

La présence de Paul à Bon-Ru avait redonné le moral à Clara qui avait vu ses migraines disparaître. La Clémence, une des rares personnes restées fidèles à la fermière, enregistrait avec plaisir la renaissance de la vraie Clara, celle qui aimait rire, plaisanter et même chantonner à tout instant, lorsqu'elle écossait les petits pois ou plumait un coq.

Le bénédicité était de rigueur avant chaque repas et les prières du soir étaient dites en commun, après quoi Clara allait se coucher. Dans la paix du soir, Paul aimait s'installer devant l'âtre pour profiter de ses dernières braises en lisant son bréviaire. Cet exercice terminé, bougeoir en main, il rejoignait sa chambre en empruntant le couloir.

Ce soir-là, par la porte entrebâillée de la chambre de Clara, il fut surpris de voir la jeune femme à demi dénudée, penchée sur sa table de toilette. La chandelle qui l'éclairait donnait du profil de son corps une image qui resta fixée dans la tête de Paul de nombreuses heures encore après qu'il se fut mis au lit.

Les jours suivants, à plusieurs reprises, la maîtresse des lieux s'arrangea en lisant la gazette par-dessus son épaule, ou à l'occasion de l'aide à un vêlage, pour se presser contre son beau-frère. Paul ne manqua pas de le remarquer. Si, la première fois, il avait repris ses distances, il se laissa ensuite prendre au jeu tant ces contacts à la dérobée le troublaient agréablement, quitte par la suite à être torturé par le remords.

On venait d'entrer dans le mois de novembre. Les flaques d'eau se couvraient pendant la nuit d'une mince pellicule de glace. Paul remit en service un vieux poêle à bois. Il l'allumait en fin de journée pour couper le froid dans sa chambre exposée au nord. Le médecin lui avait instamment recommandé d'éviter tout coup de froid.

Il referma son bréviaire au moment où la comtoise entamait les premiers coups de 22 heures. Paul franchit comme d'habitude le corridor. Cette fois, la porte de la chambre était grande ouverte. Il ne put s'empêcher d'y jeter un œil. Entièrement nue cette fois, Clara était en train de vider l'eau d'un broc dans la cuvette de faïence du service de toilette. Sans la moindre gêne, elle tourna son regard vers le jeune homme qu'elle gratifia d'un sourire. Mécaniquement, Paul lui rendit son sourire et se hâta de rejoindre sa chambre. Il y faisait bon. La bûche de chêne crépitait en dispensant une agréable chaleur. Allongé sur le dos, le jeune curé attendait longuement le sommeil qui n'arrivait pas. L'émotion ressentie à la vue du corps de Clara s'était muée en une véritable fièvre. Paul transpirait. Il repoussa draps et couvertures sur ses pieds et se mit à prier Dieu de lui accorder la force de résister à la tentation.

Son excitation s'apaisa enfin et il se mit à dormir.

Rêve ou réalité ? Il lui sembla avoir entendu l'escalier grincer, la porte de la chambre couiner…

Le cliquetis qu'il perçut alors était celui des médailles pieuses, retenues par une épingle de sûreté, qui s'entrechoquèrent lorsque Clara ôta sa camisole de lin pour se retrouver à califourchon sur Paul qui, du coup, fut totalement réveillé.

Les sens l'emportant sur la raison, Paul ne repoussa pas la jeune femme mais s'abandonna aux délices de l'amour charnel qu'il découvrait et que Clara redécouvrait.

Ils s'aimèrent toute la nuit sans échanger la moindre parole, lui, le puceau d'hier, abasourdi par la révélation du plaisir, elle, tout à la joie de mettre un terme à cette longue parenthèse sans homme.

Au petit matin, quand les esprits redevinrent lucides, si Clara semblait manifestement heureuse, Paul, lui, était tourmenté par la honte.

Sous le pâle soleil de novembre, alors que le froid et le vent avaient déshabillé les arbres, Paul, qui avait revêtu sa soutane de prêtre, se rendit à la garenne Jodain qu'il arpenta en tous sens, indifférent aux lieux familiers de son enfance. Il s'assit au pied du vieux chêne qui trônait au milieu de la clairière du Grand Cerf. Au-dessus de lui, un concert de craulements lui fit lever les yeux. Haut dans le ciel, un vol de grues, en un V parfait, se dirigeait vers le sud pour y prendre ses quartiers d'hiver. Paul le suivit du regard jusqu'à ce qu'il se perde dans le gris des nuages. Ah ! s'il pouvait disparaître, lui aussi…

Un long moment après, il se remit en route. De son bâton volé à un noisetier, il frappait à grands coups les orties du bord du chemin, tout à la rage de n'avoir pas su contrôler ses sens. Il se reprochait d'avoir trahi son serment. Les affres du reniement lui vrillaient l'esprit. Il se sentait profondément coupable. Par contre, il n'attribuait aucune responsabilité à Clara qui avait pourtant été à l'origine de cette folle nuit. Il la comprenait, mais il était bien décidé à s'opposer à toute nouvelle approche.

Il ne rentra à Bon-Ru qu'à la tombée de la nuit, souliers trempés et soutane crottée. Après la soupe du soir prise en silence, il se rendit directement dans sa chambre et se glissa dans les draps.

Ce n'est que plusieurs heures après qu'il entendit un pas dans l'escalier. Puis on gratta à sa porte. Alors qu'il s'était juré de mettre un terme à cette relation incestueuse[1], il se leva pour aller lui-même ouvrir la porte et recevoir dans ses bras ouverts celle dont il n'allait plus pouvoir se passer. Le lit les accueillit à nouveau pour la nuit. Tout en son amante le ravissait : la douceur de sa peau, son long corps qui savait si bien ondoyer, son odeur marine de femme amoureuse, tout lui était délices.

Paul était tombé amoureux. Exalté par cette passion naissante, il oublia ses bonnes résolutions. Tandis que le jour éclairait le lit défait, le regard plongé dans celui de son amante, il confessa :

— Clara, je t'aime.

— Moi aussi, je t'aime, confia, à son tour, sa

1. Il fallut attendre 1918 pour que la loi ne considère plus comme incestueuse la relation charnelle entre un homme et sa belle-sœur.

maîtresse. Puis, après un long silence : Surtout, mon amour, ne me quitte pas. Je sais que tu vas devoir renoncer à ce qui t'était le plus cher jusque-là, mais je suis là, moi, pour t'aider. Ensemble, nous aurons la force de surmonter les épreuves qui nous attendent.

On aurait pu penser que le doute, le repentir allaient précipiter Paul dans la tourmente, comme après la première nuit. Au contraire, la passion qu'il vivait s'était cristallisée sur Clara. Tout ce qui n'était pas elle lui était secondaire. La contrition du début n'avait plus cours. Il dut cependant redescendre sur terre lorsqu'il s'agit de composer sa lettre de démission. Il s'appliqua à en choisir longuement les termes.

Ferme de Bon-Ru en cette Saint-Clément,
1903 ans après la naissance
de Jésus-Christ Notre Seigneur,

De Paul Vigoureux, curé de la paroisse de B. sur Saulx à Son Excellence Monseigneur Pagis, évêque de Verdun.

Monseigneur,

Ceci est ma lettre de démission.

Je ne suis plus en mesure de porter l'habit de prêtre car j'ai rompu le serment d'abstinence prononcé devant vous le jour de mon ordination.

Ce que vous considérerez comme une trahison, je le vis, moi, comme la révélation que le bonheur existe ailleurs que dans la totale dévotion à Dieu. Dieu que je ne remercierai jamais assez d'avoir mis une merveilleuse femme sur mon chemin. Plus que jamais, ma foi reste entière en Lui et en son cher Fils.

Sachez que j'ai pris cette décision après une longue réflexion et qu'il serait vain de tenter quoi que ce soit pour m'y faire renoncer. On ne peut pas aller contre la volonté du Tout-Puissant.

Gloire à Dieu et à notre Seigneur !

Paul Vigoureux

Il fit relire ces quelques phrases à Clara qui ne cacha pas sa joie. Transfigurée par le bonheur retrouvé, elle proposa d'aller elle-même poster la lettre. C'est au galop que le Baron l'emmena en tilbury jusqu'à Dun. En chemin, elle s'amusa d'un vol de sansonnets qui fit un brin de conduite à l'équipage. Puis les étourneaux bifurquèrent vers la côte avec un tel ensemble qu'on aurait dit qu'ils obéissaient à l'unisson à un mystérieux ordre venant d'on ne sait où.

Soulagée et heureuse, après avoir attaché le Baron à un anneau de la devanture du magasin À la mode de Paris, elle pénétra dans la boutique. Avec son dernier argent, elle acheta une blouse de satin blanc aux manches bouffantes et à la fermeture assurée par une théorie de minuscules boutons de nacre. Elle s'offrit aussi une longue jupe de crêpe noir que retiendrait à la taille une ceinture à fermoir doré. Elle osa, pourquoi pas, un tour de cou de velours noir rehaussé d'une broche ovale en corne sertie de petites pierres de verre biseauté aux reflets bleus. Portée par l'euphorie de se savoir aimée, elle voulait plaire à son amant.

Les premiers mois furent un enchantement partagé. La Clémence venait dorénavant tous les jours à la ferme depuis que sa petite Angeline avait été fauchée elle aussi par le croup. En bonne chrétienne, elle avait été choquée par les liens qui unissaient Clara au p'tit curé. Mais son attachement à sa maîtresse était tel qu'elle aurait préféré se faire couper la langue plutôt que de lâcher quelque indiscrétion aux commères de son voisinage. Ce n'était cependant pas faute d'être questionnée.

Au village, on trouvait que la convalescence du curé s'éternisait. La Clémence répondait qu'il était encore bien faible et devait prendre chaque jour plusieurs sortes de remèdes. Les curieuses enrageaient de n'en savoir pas plus. Si, au lieu d'habiter une ferme champêtre, les Vigoureux avaient eu leur exploitation au village, les choses auraient été plus faciles. Dans le village, rien n'échappait à personne, les allées et venues, les visites, les disputes, on voyait vivre les gens jusqu'au fond des alcôves. Tandis qu'on ne savait que peu de chose sur ce qui se passait à Bon-Ru… et sûr qu'il devait s'en passer, des choses !

Malgré les affirmations de la Clémence, le doute gagnait la population jusqu'au jour où la rumeur se répandit comme une traînée de poudre. La Victorine Corbillon, bonne du curé de C., autre village de la vallée de la Saulx, était venue à l'enterrement d'une cousine, la semaine dernière. Elle rapporta qu'au cours d'une conversation de son maître avec le doyen, il avait été question du jeune curé de B. qui avait envoyé sa lettre de démission à l'évêque. Le plus ému par cette nouvelle fut l'abbé Aubry qui se rendit à Bon-Ru pour en avoir le cœur net. Il ne prit pas le temps de sermonner son jeune confrère et ancien émule comme il se l'était promis en route. D'emblée, il put constater la profonde détermination du couple, si bien qu'il quitta rapidement les lieux en faisant l'économie d'observations et de mises en garde vouées d'avance à l'échec.

Ça grondait dans le village contre Clara la diabolique. Elle ne s'était pas satisfaite d'avoir provoqué la mort de ce bon Jean-Baptiste et poussé Jean-Nicolas au suicide. Insatiable, voilà qu'elle s'en prenait maintenant à l'innocent petit curé. Cette créature du diable ne respectait rien ni personne. Elle devait pourtant savoir que tout commerce amoureux avec son beau-frère était puni par la loi. Si le curé Paul Vigoureux avait démissionné, c'était parce qu'il était tombé dans le piège que la démone lui avait tendu en se glissant dans son lit. Issu d'une famille honnête et d'une morale exemplaire, il n'avait pu, après ce forfait, qu'en tirer la conclusion qu'il n'était plus digne de porter la soutane !

Une délégation de gens du village se rendit chez le maire, un juge de paix à la retraite, pour lui dire leur intention de porter plainte contre « la sorcière de Bon-Ru ». Le vieil homme les en dissuada. Il leur fit valoir que rien ni personne ne laissait supposer qu'il y avait des relations coupables entre les personnes qu'ils voulaient incriminer. Paul Vigoureux avait parfaitement le droit de quitter la prêtrise et d'habiter à la ferme de Bon-Ru dont la moitié des terres et des bâtiments lui appartenait. Chagrins et déçus, les protestataires se rendirent ensuite chez l'abbé Aubry. Ils le prièrent de profiter de son sermon du dimanche pour éclairer, si besoin était, tous les paroissiens sur les agissements intolérables de la mégère de Bon-Ru. Tout aussi en colère qu'eux, il y fit allusion, mettant ses ouailles en garde contre les messagères du Mal. Une harpie sévissait dans la paroisse, qui savait se mettre en travers du chemin des honnêtes gens pour les faire trébucher, les précipiter dans l'ignominie et parfois même dans la mort.

Pendant ce temps, sans se soucier de la vague d'indignation qui bouleversait le village, Paul et Clara, s'ils étaient amants la nuit, tentaient, le jour, de parer au plus pressé pour remettre la ferme en marche. Mais la tâche était difficile. Cheptel singulièrement réduit, peu de terres emblavées et finances au plus bas.

En ce matin de la Saint-Odilon, le 4 janvier 1904, le gel avait dessiné des fleurs blanches sur les carreaux de la chambre. Clara ouvrit les volets. Malgré le froid qui avait envahi la pièce, elle se planta de profil devant Paul qui se levait.

— Regarde comme mon ventre est en train de gonfler. Je suis sûre que je suis prise, continua-t-elle. Depuis des semaines j'ai des nausées le matin et puis ça fait deux mois que je ne me suis pas revue.

Paul, abasourdi par cette annonce, ne savait que dire. Cependant, il sentait déjà que « cet heureux événement » allait compliquer la situation. Malgré sa joie d'avoir un descendant qui perpétuerait le nom de Vigoureux, malgré le bonheur de Clara de porter un enfant alors qu'elle se croyait stérile, cette naissance ne promettait pas des lendemains faciles.

En effet, ils avaient appris que certaines personnes du village cherchaient par tous les moyens à dénoncer les pratiques incestueuses de la sorcière et du défroqué. Enceinte, Clara leur donnait un mirifique argument. Dans les mois qui suivirent, la fermière n'alla pas au village. Aidée par le froid de l'hiver et du début du printemps, elle se couvrait d'une ample pèlerine quand elle avait à faire au chef-lieu de canton. Restée chez elle, elle dissimulait sa grossesse en se corsetant à l'extrême quand elle attendait les rares personnes venant encore à la ferme. Ainsi le coquassier, qui passait chaque semaine pour acheter la récolte d'œufs, ne remarqua rien. De même le crémier de Stenay, venant le vendredi matin prendre livraison du beurre et de la crème, aurait été bien étonné si la fermière qui l'aidait à charger sa production dans la camionnette allait enfanter au moment des foins.

Malgré les précautions prises par Clara pour camoufler son état, la nouvelle de sa grossesse se répandit dans le village. Peut-être une parole de trop, une phrase involontairement lâchée par la Clémence, était-elle à l'origine de cette rumeur ? Ou bien l'œil exercé du facteur avait-il remarqué l'épaisseur inhabituelle de la silhouette de Clara ? Elle devait cependant porter un corset puisqu'il lui avait livré plusieurs colis expédiés par « Maison Villemin Gaines et Corsets, 13, rue des Ponts, Nancy » ! Et les formes pleines que prenait son visage auparavant si décharné ! Et ces plaques de peau sombre et jaunâtre qui lui faisaient comme un masque ! Autant de signes qui amenèrent progressivement l'homme des Postes à la conviction que la dame « attendait de la jeunesse » !

Paul était en train de passer les herses dans un blé d'oyen[1] pour briser la croûte de la terre et détruire le chiendent. Clara était dans la salle commune à ravauder des chaussettes lorsque deux pandores se présentèrent à la ferme. Après avoir appuyé leurs vélos au mur, vérifié tenue, baudrier et guêtres, l'un d'eux, le chef, s'empara d'une sacoche de cuir noir suspendue au cadre de la bicyclette et, devançant son subordonné, frappa à la porte. Surprise, Clara les fit entrer.

— Madame, dit le chef, vous êtes bien Clara Herbinet, née le 4 janvier 69 à Cierges-sous-Montfaucon, veuve en premières noces de Jean-Baptiste Vigoureux ?

— Oui, c'est exact, répondit Clara qui ne cachait pas l'étonnement que lui causait l'intrusion de la maréchaussée dans la ferme.

— Suite à une plainte reçue à la brigade, poursuivit le gendarme, nous diligentons une enquête à

1. D'automne.

propos de vos relations avec le nommé Paul Vigoureux, votre beau-frère.

— Et de quoi se plaint-on ? osa Clara.

Quelque peu gêné, le brigadier-chef ouvrit sa sacoche, en sortit une feuille dont il fit la lecture à Clara en évitant de croiser son regard, lecture qui se terminait par les mots suivants : « ... afin que soit condamné, conformément à la loi, ce couple illégitime s'adonnant à des relations incestueuses. »

Clara, qui n'attendait personne ce jour-là, ne dissimulait rien de sa grossesse, ce qui encouragea le deuxième gendarme, jusque-là silencieux, à ajouter, accusateur :

— Vous ne pouvez pas nier que vous êtes enceinte ! Et pour être enceinte, il faut avoir couché ! ajouta-t-il, visiblement satisfait d'être l'auteur de cette puissante déduction.

Clara commençait à perdre patience. Si l'arrivée des représentants de la force publique l'avait quelque peu troublée, elle avait vite retrouvé sa détermination à ne pas se laisser faire.

— Messieurs, qui vous a dit que je niais être enceinte ? Personne ! Oui, c'est vrai, j'attends un enfant et j'en suis très heureuse. Bien sûr, ce n'est pas arrivé par l'opération du Saint-Esprit ! Le petit que je sens bouger en moi, dit-elle, les deux mains posées sur son ventre rebondi, a un père... et ce père n'est pas mon beau-frère !

— Pourtant, rétorqua le brigadier, le nommé Paul Vigoureux et vous, vivez bien sous le même toit.

— Ce n'est pas une preuve, le coupa Clara.

— Pour sûr ! avoua le gendarme, mais c'est quand même louche !

— Louche, louche ! se fâcha la fermière. Je vous rappelle que je suis veuve, libre, et que ma vie privée ne regarde que moi. Aussi je trouve cette plainte complètement abusive et je m'étonne même que vous ayez accepté de l'enregistrer et d'y donner suite !

Perfidement, Clara ajouta que le président du tribunal de Verdun, ami d'un cousin de son père, ne manquerait pas d'être étonné de voir arriver sur son bureau une plainte aussi mal étayée.

Le chef murmura quelques mots à l'oreille de son adjoint qui sembla acquiescer, et dit :

— Étant donné qu'on ne peut pas prouver qu'il y a commerce incestueux, on classera la plainte sans suite.

Les gens du village, déboutés de leur plainte, n'en continuèrent pas moins à accuser la veuve d'avoir attiré dans ses griffes empoisonnées le jeune prêtre sans expérience. Elle avait détourné la volonté de Dieu en forniquant avec un de ses représentants. Ils espéraient très fort qu'elle serait un jour ou l'autre châtiée.

La venue au monde de cet enfant du malheur n'était plus qu'une question de jours quand Paul se rendit à H.-sous-les-Côtes, chez la dame Bourdonnais. Cette accoucheuse avait aidé, vingt-huit ans auparavant, à sa propre naissance. Malgré les excellents souvenirs qu'elle gardait des parents Vigoureux, de fort braves gens, répétait-elle, elle refusa tout net de venir visiter Clara. Plus véhémente encore, elle cria son refus de mettre au monde le fruit d'un inceste. Fervente chrétienne, elle ne tenait pas à s'exposer à l'ire de Dieu.

Lorsque l'arrivée de l'enfant fut imminente, la Clémence fut priée de ne pas quitter la ferme. On la fit dormir dans la chambre blanche. Elle pouvait ainsi répondre dans l'instant aux demandes d'aide de la parturiente.

Les premières douleurs apparurent au moment où la nuit, arrivant tardivement en ces premiers jours de juin, commençait à noyer la campagne. Paul alluma la lampe à pétrole sur chaque chevet. La Clémence, qui achevait de faire la vaisselle de la journée, fut avertie que ce serait sûrement pour cette nuit-là. Aussi n'alla-t-elle pas se coucher, se tenant prête à réagir à l'appel de Clara. Les spasmes se firent progressivement plus nombreux. À chaque convulsion, la douleur se faisait plus vive. Alertée par les cris, la Clémence entra dans la chambre. Elle vérifia les linges, prêts déjà depuis plusieurs jours, et s'assit au chevet de Clara. Les contractions, violentes, déclenchèrent une lancinante migraine. Sa tête la faisait plus souffrir que le reste du corps. Impressionnée par le mal de sa patronne, la servante sortit de la table de nuit le flacon de Névralgésine Desbordes que Clara avait fait revenir de Nancy, à l'époque où les migraines la rendaient folle de douleur. Elle lui en fit avaler deux pleines cuillerées à soupe qui auraient peut-être fait effet si les convulsions n'avaient pas repris de plus belle. Il faisait chaud dans la chambre. Clara, qui avait de la fièvre, transpirait à grosses gouttes. Pour la rafraîchir, la Clémence lui appliquait un linge humide sur le front et épongeait la sueur sur le reste du visage.

Plusieurs heures s'écoulèrent ainsi. La douleur gagnait en puissance, les contractions en fréquence. La Clémence, se souvenant des recommandations de l'accoucheuse pour la mise au monde d'Angeline, conseilla à Clara de pousser de toutes ses forces à chaque spasme.

Ce n'est qu'au chant du coq que l'expulsion eut lieu. C'était un garçon. Après avoir sectionné le cordon, la Clémence souleva le bébé par les pieds, lui tapota le visage et le secoua quelque peu. À Paul qui entrait à ce moment-là, et qui s'étonnait de ces pratiques, elle répondit que c'était comme pour les veaux ou les poulains, il fallait chasser le liquide des voies respiratoires et activer la circulation.

L'enfant n'était pas gros. La Clémence, qui avait l'habitude de soupeser coqs et lapins, l'estimait à cinq livres. Grâce à sa petite taille, son passage n'avait occasionné aucune déchirure. C'était heureux car on était très démuni face aux hémorragies.

Il fallait maintenant déclarer la naissance de l'enfant à l'état civil. Le jeune instituteur, Gildas Dautremont, avait aussi la charge du greffe de la mairie, où il officiait chaque jeudi. Paul s'y rendit au beau milieu de l'après-midi du lendemain, à l'heure où la quasi-totalité des villageois étaient au foin dans la prairie. Il se déclara père de l'enfant, la mère étant Clara Vigoureux. L'instituteur ne fit aucune observation.

C'est ainsi que la naissance de Camille Vigoureux, au 5 de juin 1904, figura en bonne et due forme sur les registres communaux, dans une calligraphie aux pleins et déliés d'une belle venue.

— C'est amusant, dit le greffier, ça fait plus d'une demi-année que je n'avais pas enregistré la moindre arrivée au monde d'un enfant et, coup sur coup, en voilà deux qui pointent leur nez !

Devant le regard interrogateur de Paul, il expliqua :

— Oui, ce matin, de bonne heure, monsieur François, vous savez, le métayer de la ferme des Quatre-Chemins, est venu déclarer la naissance d'une petite Léona. Elle était née le matin même, donc, par rapport à votre Camille, elle sera toujours plus jeune d'un jour !

Tant que l'enfant de la honte n'était pas né, on en restait dans le village aux paroles, aux incantations, aux phrases vengeresses, on implorait la justice divine. Une plumeuse d'oie avait vu la veille Paul se rendre à la mairie. Le facteur affirmait avoir entendu les vagissements d'un nourrisson à Bon-Ru. Le doute n'était plus possible. Alors la majorité du village décida de passer aux actes.

On vit la femme Lelièvre, pourtant discrète jusque-là, faire le tour des maisons où elle savait être entendue. Là, elle invoquait la créature de Lucifer, ici les amours incestueuses dont la honte rejaillissait sur toute la commune. Ailleurs elle mettait en garde contre le petit bâtard. Il devait porter en lui les gènes pervers de sa mère dont il ne manquerait pas de contaminer leurs propres enfants. Il devenait urgent de débarrasser le village, autrefois si paisible, de ce couple malfaisant et de leur progéniture illégitime. Ils devaient quitter Bon-Ru au plus tôt avant que Dieu, qui ne pouvait pas supporter plus longtemps pareille offense, se venge sur la population.

Il fut donc décidé d'organiser un charivari[1] à

1. Bruyante manifestation d'hostilité.

Bon-Ru, après les vêpres du quatrième dimanche suivant la Pentecôte.

Il faisait un soleil éclatant. Par les fenêtres ouvertes arrivaient par bouffées l'entêtante odeur de foin coupé et la délicate senteur des œillets au meilleur de leur floraison. Clara était en train de donner le sein au petit Camille lorsqu'elle perçut une sorte de rumeur qui semblait se rapprocher. Elle entendit Paul dévaler l'escalier du grenier où il était occupé à ôter de la réserve d'avoine à chevaux les crottes que les chats se plaisaient à y déposer.

— Vite, Clara ! Fermons les volets et les fenêtres ! J'ai vu par le vasistas un groupe de gens qui prenaient le chemin de la ferme. Ils nous veulent sûrement pas du bien, dit-il.

En effet, la bande, que Paul avait estimée à une trentaine de personnes, était maintenant devant la porte d'entrée. Ils faisaient un bruit assourdissant, criant et tapant du bâton sur des couvercles de lessiveuse ou des vieilles casseroles. L'un d'entre eux, le père Bastien, auquel pourtant Jean-Baptiste avait autrefois rendu de multiples services, donnait du tambour. Clara, le petit serré dans ses bras, s'était réfugiée dans la chambre du haut. Enfouie dans le lit avec l'enfant contre elle, elle avait rabattu l'épaisse couverture piquée sur elle comme pour se protéger et ne rien entendre des cris et des imprécations qui fusaient.

Paul, blanc de colère, était resté dans la salle commune, le fusil à portée de main. Par l'interstice d'un volet, s'il ne fut pas surpris de reconnaître à la tête du groupe la femme Lelièvre, il eut la douleur d'y voir Claudius qui n'était pas un des moins ardents dans l'invective. Ce fut aussi avec tristesse qu'il aperçut Mélanie, la bonne de l'abbé Aubry, ce qui signifiait que, si le curé n'était pas là en personne, il avait pour le moins cautionné la manifestation.

Les uns montraient le poing, les autres s'arrêtaient de vociférer pour cracher au sol. D'autres encore hurlaient des injures, la bouche déformée par le mépris. Les femmes étaient les plus hargneuses.

— Créature de Satan ! Sorcière ! Diablesse ! – à chacun de ces mots, les femmes se signaient – Virago ! Carne ! Mégère ! Salope ! Marie-couche-toi-là ! On ne veut plus de toi ici, oiseau de malheur ! Va-t'en, disparais avec ton bâtard ! T'as fait mourir un de nos meilleurs fils, espèce de charogne !

Les voix se relayaient.

— T'as poussé au suicide ce pauvre Bouquillon ! Mais ça ne te suffisait pas. Il a fallu que tu t'en prennes au p'tit curé ! Tu l'as poussé au vice ! Tu en as fait un renégat qui a trahi son engagement envers le Bon Dieu !

Nouveaux signes de croix, nouveau concert de casseroles accompagné cette fois d'une volée de pierres dans les portes et les volets. Ceux de la chambre du haut ne furent pas épargnés. Bien que recroquevillée au fond du lit avec le petit Camille qui s'était mis à pleurer, Clara avait perçu l'essentiel des injures qui, pour la plupart, lui étaient destinées.

De guerre lasse, après une nouvelle bordée d'insultes suivie de la mise en demeure de quitter Bon-Ru avec le gnard de l'infamie, le groupe se décida à abandonner les lieux.

Quand, longtemps après, Clara redescendit avec l'enfant, elle avait les yeux hagards et en tremblait encore. Malgré les paroles de Paul qui tentaient de l'apaiser, Clara eut une véritable crise de nerfs. Paul lui retira le petit des mains pour le remettre dans son berceau. Ensuite il prit Clara dans ses bras pour la calmer et l'emmener tout doucement vers la chambre. La crise passée, ce fut la migraine qui vrilla le cerveau de la jeune mère et l'empêcha de dormir cette nuit-là.

— Paul, dit Clara au petit matin, ils ont raison. Je sème le malheur partout où je passe. Je suis une fille du Diable. Il vaudrait mieux que je disparaisse à tout jamais.

— Ma Clara, lui répondit Paul, ne dis pas des choses comme ça ! Que te reproche-t-on ? De m'aimer, tout simplement ! Si d'autres s'en plaignent, moi je ne m'en plains pas ! Et puis n'oublie pas que tu as désormais charge d'âme !

À propos d'âme, Paul se mit à penser qu'il fallait baptiser le petit Camille. Par la Clémence il apprit que l'abbé Aubry avait confié à plusieurs de ses paroissiens qu'il se refusait, ainsi que tous les prêtres du diocèse, à baptiser l'enfant du péché. Paul ne pouvait pas envisager que son descendant ne reçoive pas ce sacrement. Il décida, avec l'accord de Clara, de l'ondoyer lui-même. Le dimanche suivant, il prépara l'eau, le sel et les saints chrêmes faits d'huile et de baume et il bénit le tout. Clara se présenta avec l'enfant qu'elle avait revêtu d'une robe blanche, parure qui avait servi à son propre baptême. Comme il l'avait appris et pratiqué lui-même,

Paul ondoya le bébé, lui mit quelques grains de sel sur la langue. Puis il traça des croix avec le chrême entre les épaules et sur le front. Camille pleurait lorsque son père prononça la formule capitale : « *Camilius ego te batizo in nomine Patris et Filii et Spiritus Sancti… Amen !* »

Depuis le noir dimanche du charivari, Clara fut reprise par des migraines tenaces. Elle avait beau prendre toutes les médications possibles, dont l'efficacité était vantée dans les réclames des gazettes, rien n'y faisait. Porte, volets et fenêtres fermées, elle passait des neuvaines entières à souffrir dans son lit. Les pleurs, les gémissements du bébé lui étaient insupportables, ainsi que tous les autres bruits de la ferme. Ceux des bandages métalliques des tombereaux et des chariots sur le sol empierré du chemin étaient comme autant d'aiguilles plantées dans le cerveau. Les meuglements, les hennissements, les aboiements ravivaient à coup sûr le mal lorsque celui-ci semblait vouloir se calmer. Pendant ces longues périodes où Clara était au supplice, elle était dans l'impossibilité de s'occuper de l'enfant. Heureusement, la Clémence était là. C'était elle qui, entre autres tâches, faisait boire l'enfant, le toilettait, le changeait. À la fin de sa longue journée de travail, il arrivait à Paul de prendre le relais de la servante. Maladroit, il proposait un biberon de lait trop chaud ou trop froid. Les rares fois où il voulut changer les linges souillés du nourrisson, il ne sut que faire hurler le bébé. Il l'avait sûrement trop saucissonné dans ses langes ou il l'avait piqué avec un épingle à nourrice.

Dès les premiers signes annonçant une migraine, on mettait le berceau dans la chambre du grenier. C'est là que Paul passait aussi ses nuits pour ne pas déranger sa compagne.

Les crises duraient de plus en plus longtemps et augmentaient en fréquence, si bien qu'à partir de la Noël Clara ne quitta plus son lit. Amaigris, décharnés, son corps et son visage étaient maintenant ceux d'une vieille femme. Inquiet, Paul fit venir à son chevet les médecins de Dun et de Stenay. Ils ne purent que constater l'état de grande faiblesse de la jeune mère et lui prescrire des reconstituants. Ils semblaient démunis, incapables d'identifier les causes du mal. Ils proposèrent néanmoins un traitement à base de sérum de cheval et de venin de crotale. Lors des crises, elle devait prendre des analgésiques tels que du bleu de méthylène, de la quinine, du bromure et du gardénal.

Paul se procura tous ces remèdes. Il les appliqua scrupuleusement à Clara. En vain. Lui-même, qui se rongeait les sangs de voir la mère de son fils dépérir, s'affaiblissait à son tour. Comme un malheur n'arrive jamais seul, ses affaires périclitaient. Malgré sa bonne volonté et de louables efforts, il n'était pas un vrai paysan. Pas comme Jean-Baptiste, son frère, qui avait le métier dans la peau. Il ne se trompait pas, lui, lorsqu'il décidait du moment d'ensemencer telle parcelle de froment plutôt que d'orge ou de sarrasin. Il savait ausculter le ciel et ses nuages, le vent, la rosée, le brouillard montant ou descendant avant d'ensemencer, de faucher ou de labourer. Il avait le don de pressentir les périodes d'ensoleillement qu'il mettait à profit pour réussir sa fenaison. Il connaissait ses champs par cœur, celui qui demandait une fumure à chaque exercice, comme cet autre qui supportait au mieux les emblavages de printemps. Ou encore celui qui ne devait être que superficiellement labouré à cause des cailloux qui remontaient. À la différence de Paul, il savait prévoir, lui, le tonnage de betteraves pour nourrir le cheptel aux temps froids. Il savait manier gouge et rainette pour déloger l'éclat de silex enfoncé dans le sabot du cheval qui boitait. Il savait abattre les arbres et débarder le bois de l'affouage. Il avait la force de maîtriser un jeune bovin, de tuer le cochon à la veille de l'hiver. Il faisait lui-même ses cordes et ses balais.

Autant d'activités et de savoir-faire que Paul ignorait. Personne n'était là pour l'aider, si bien que les récoltes déclinaient. Le troupeau, lâché trop tôt en raison du manque de réserves de nourriture, ruinait les pâtures. Sachant qu'il avait peu d'aptitude pour ce dur métier, il eut plusieurs fois envie de baisser les bras, d'autant plus que la maladie persistante de Clara lui interdisait les tâches habituellement dévolues aux paysannes. Conscient de toutes ces difficultés, Paul pensa qu'il serait judicieux d'embaucher un bon ouvrier agricole, sérieux et connaissant bien son métier. Plusieurs jeunes hommes contactés refusèrent de venir travailler à Bon-Ru.

La commune avait décidé d'électrifier le village. La ligne devait passer à l'embranchement de la route et du chemin de la ferme. Paul pensa qu'en faisant installer l'électricité à Bon-Ru, il pourrait en utiliser la force pour actionner des machines et remplacer en partie l'aide qui lui manquait. Et puis il fallait vivre avec son temps puisque, maintenant, on se déplaçait en automobile et même en aéroplane !

L'arrivée de la « fée électricité » avait révolutionné le village. Si certains s'en étaient réjouis, la plupart craignaient le pire. Les principaux détracteurs de cette innovation redoutaient les incendies que ça ne manquerait pas de provoquer dans les granges, les greniers et les écuries. D'autres affirmaient que ça allait entraîner de nouvelles maladies dans le cheptel et peut-être aussi chez les utilisateurs. On avançait aussi que ça allait coûter très cher au point de ruiner les exploitations. Paul, qui n'avait pas grande trésorerie, fut contraint de céder ses obligations sur un emprunt bulgare de 5 % or pour assumer la dépense de l'installation mais aussi l'amenée de la ligne de la route à la ferme. Passionné par la technique, il consacra ses derniers sous à l'achat d'une batteuse et d'un moteur électrique. Ainsi il n'aurait plus à faire appel à une entreprise de battage ni surtout battre au fléau comme il l'avait parfois vu faire à Jean-Baptiste et Claudius.

L'état de Clara empirait. La Clémence lui proposait de s'occuper du petit Camille lorsque son mal lui laissait quelque répit. L'enfant, qui allait vers ses vingt mois, ne marchait pas encore. Il fallait dire que la Clémence l'avait tout juste libéré du carcan des langes qui le tenaient, bras prisonniers eux aussi, fortement serré. Quand elle avait à faire au lavoir ou au jardin, elle le suspendait aux branches basses d'un arbre proche. Depuis peu, donc, Camille était vêtu d'une ample robe et ne se déplaçait qu'en se traînant au sol. Il n'avait pas les joues roses et rebondies, le regard rieur des enfants de son âge. Il était triste. Il avait l'œil triste. Clara, que cette naissance avait tant réjouie, n'avait plus d'élan vers son petit. Elle ne le suivait même plus des yeux quand il rampait sur les pavés de la pièce commune. Au contraire de toute mère attentive aux faits et gestes de bébé, prête à intervenir si celui-ci tirait sur un coin du napperon d'un guéridon ou approchait l'âtre de trop près, Clara ne s'intéressait guère à lui. Elle n'avait de cesse de le confier à la Clémence, seule personne à la vue de laquelle l'œil de Camille s'animait quelque peu.

Nul n'ignorait au village que la « créature de Bon-Ru » souffrait d'un mal que la médecine ne parvenait pas à guérir. Beaucoup s'en réjouissaient, y voyant la marque de la justice de Dieu.

Trop mal en point et redoutant la vindicte des habitants de son village natal, Clara n'assista pas aux enterrements de ses parents. Les époux Herbinet, minés par les scandales provoqués par leur fille, affligés jusqu'à l'insupportable, s'étaient laissés mourir. La mère d'abord, morte de chagrin aux premiers jours du printemps, laissa un tel vide que son mari n'eut qu'une hâte, celle de la rejoindre, à peine un mois plus tard.

La ferme et les terres dont Clara hérita furent rapidement mises en vente par le notaire de Montfaucon. Le train de culture cédé à un bon prix avant les labours d'automne permit de regonfler les finances du couple. Paul se lança alors dans l'achat d'une javeleuse. Ainsi, au lieu de laisser au sol tiges et épis qui fermentaient ou germaient souvent à cause de la pluie et de la rosée, la machine permettait de faire des gerbes. Rassemblées et mises à sécher debout en une moye, elles étaient abritées par l'une d'entre elles servant de coiffe. Aux établissements Vermorel, il fit aussi l'acquisition d'un pulvérisateur à cheval. Avec cet engin, il arrosait à l'eau de chaux les champs où les vers blancs, ces voraces larves de hannetons, pouvaient réduire les récoltes des trois quarts. Fini l'emploi du poulailler roulant de monsieur Giot. Avec cet astucieux engin, on transportait aux champs coqs et poules qui suivaient la charrue pour se gaver des vers blancs que le soc mettait au jour !

Mais les machines modernes, même si elles permettaient de remplacer une main-d'œuvre défaillante, ne pouvaient se substituer au savoir-faire de leur utilisateur. Or Paul, qui avait beaucoup misé sur la technique pour pallier ses insuffisances, dut se rendre à l'évidence que la réussite n'était pas au rendez-vous.

Et cette pauvre Clara qui n'arrêtait pas de souffrir et de dépérir ! La Faculté ne parvenant manifestement pas à enrayer le mal, Paul décida d'avoir recours à monsieur Alexis, une sorte de guérisseur très apprécié, disait-on dans la région de Verdun, pour son pouvoir de redonner vie et force aux anémiés. il alla lui-même le chercher au guidon de la moto qu'il venait d'acheter. Après l'auscultation, Paul le ramena à Dieue-sur-Meuse d'où il revint la besace pleine de remèdes.

C'est à se demander si ces derniers n'avaient pas hâté l'issue fatale qui intervint une semaine après la visite du guérisseur. Heureusement que la Clémence était là ! Paul passait de longues heures à pleurer doucement au chevet de la morte que la bonne Clémence avait parée de ses plus beaux atours et coiffée d'un semblant de chignon tenant grâce à un buisson d'épingles.

La nouvelle de la mort de Clara fit le tour du village. Seules quelques personnes vinrent à la ferme pour rendre un dernier hommage à cette femme bien trop jeune pour faire une morte. Bien sûr, elle n'avait pas été un modèle de vertu, mais la mort l'avait rétablie au rang des autres humains.

Parmi ceux qui se présentèrent pour « jeter de l'eau bénite » sur la dépouille : le Ruski. Il raconta comment l'accident qui lui avait brisé la jambe en plusieurs endroits lui avait valu d'être congédié par le Médée Lelièvre. Alors qu'il remontait les douze mètres du puits qu'il était en train de creuser, la corde avait cédé. Mal réduites, les fractures avaient atrophié la jambe et les muscles. Il boitait mais ce n'était quand même pas une raison pour être mis à la porte. Il lui fut répondu qu'il avait fait son temps, qu'on se passerait facilement de ses services et que le Claudius, le premier charretier, ne voulait pas s'embarrasser d'un ouvrier aussi peu agile.

En fin d'après-midi, Paul s'était rendu à la cure. Il avait frappé à la porte. Au bout de quelques secondes, le judas, seul, s'était ouvert.

— Je savais que c'était toi, Paul. J'avais entendu ta pétrolette. Je me doutais que tu viendrais.

Et sans laisser à Paul le temps de formuler sa demande, il avait sèchement déclaré :

— Non ! Elle ne mérite pas une sépulture religieuse !

Et le judas s'était refermé. Cloué sur place, Paul avait entendu les pas du curé traverser le jardin et rentrer au presbytère.

Reprenant ses esprits, il avait enfourché son engin pour se rendre chez l'Albert, un colosse qui faisait office de croquemort. Mais, prétendant souffrir d'un lumbago, l'Albert avait refusé de se charger du creusement de la tombe et de la mise en bière. Fin de non-recevoir aussi de la part du père Louis, le menuisier, qui avait refusé la prise des mesures et la confection du cercueil. Paul n'en fut qu'à moitié étonné, la mère Louis n'avait-elle pas participé au charivari ?

Après avoir quitté la chambre mortuaire où il avait longuement prié pour le repos de l'âme de Clara, le Ruski fut invité à prendre un verre avec Paul à la grande table de la salle commune. Paul, qui en profita pour le remercier de sa visite, lui fit part de ses difficultés.

— Toi donner pour moi tombereau et cheval. Moi chercher Stenay cercueil pour madame Clara, proposa le Russe. Moi chercher aussi Gabriel. Quand lui pas boire, bien travailler pour faire trou cimetière.

Paul n'avait pas pensé au Gabriel pour creuser la tombe. Il faut dire que cet individu était rarement de sang frais. Il vivait seul dans une espèce de réduit et passait le plus clair de son temps à récolter champignons, grenouilles et escargots qu'il négociait pour quelques pièces. Autre source de revenus, modestes eux aussi, était la capture des taupes. Aucun autre ne savait comme lui placer les pièges pour débarrasser les potagers de leurs hôtes indésirables. Outre l'argent qu'il recevait pour sa prestation, il encaissait en plus le produit de la vente des peaux de ses victimes qu'il dépouillait en un tournemain. À l'occasion, il braconnait aussi lièvres, cailles, grives et perdrix. L'essentiel de ses revenus allait directement alimenter le tiroir-caisse du bistrot. Rares étaient les fois où la nuit tombante le surprenait à jeun de vin ou de gnole. En période de disette, quand il n'avait plus un sou vaillant en poche, au moment où l'estaminet se remplissait, au sortir de la messe dominicale, il proposait :

— Un canon pour un ver, une chopine pour une souris !

Il y avait toujours dans l'assemblée une voix qui fusait :

— Patron, sers un canon à c't'homme-là !

Alors le Gabi prélevait un lombric dans une boîte à Valda au couvercle perforé qu'il avait toujours en poche, le plongeait dans le verre de vin qu'il buvait cul sec sous les rires des consommateurs. Parfois c'était la chopine qui était proposée. Alors le Gabi s'absentait quelques minutes, le temps d'aller chez lui. Il revenait vite, tenant par la queue une petite souris grise qui, affolée, battait l'air de ses petites pattes. S'assurant que la chopine l'attendait sur le comptoir, il grimpait sur une chaise et, dans l'attention générale, tranchait la tête du petit rongeur d'un coup de dent. Il la recrachait aussitôt car, avouait-il, c'était la seule partie qu'il n'arrivait pas à digérer. Puis, les doigts relevés à la manière d'une élégante dégustant sa tasse de thé, le bout de la queue du rongeur entre pouce et index, il engloutissait d'une seule bouchée la malheureuse musaraigne qui avait eu le tort de croiser son chemin.

Ce furent la Clémence et le Ruski qui procédèrent à la mise en bière dans le cercueil de hêtre que le Russe avait rapporté de Stenay. Paul n'avait pas voulu assister à cette opération. Il était dans la chambre du haut où il tentait d'endormir le petit Camille.

Le lendemain, à l'aube, Gabi et son compagnon, pelles et pioches sur l'épaule, se rendirent au cimetière. Il leur fallut plus que la matinée pour creuser. Paul leur rappela qu'il aurait besoin d'eux le soir même pour la mise en terre du cercueil. Aussi il ordonna au Gabi de ne pas boire avant d'avoir rempli sa mission.

Ce fut ainsi qu'un tombereau s'arrêta, à la nuit tombante, devant l'entrée du cimetière. Paul tenait la bride du cheval. Les deux autres s'emparèrent du cercueil recouvert d'un drap blanc, le portèrent jusqu'au trou au fond duquel ils le descendirent à l'aide de cordes. Une prière silencieuse, un signe de croix et Paul quitta le cimetière où le Ruski et le Gabi avaient déjà la pelle en main.

Indifférent aux rideaux qui s'écartaient pour tenter, sous la lune naissante, de fixer le spectacle de son malheur, la démarche lente et lourde, le dos voûté, Paul traversa le village pour rejoindre Bon-Ru où l'attendait ce fils dont il avait, dorénavant, seul la responsabilité.

Durant les années qui suivirent, Paul vécut en reclus à Bon-Ru. Camille grandissait lentement sous l'œil attentif de la Clémence. C'était un enfant silencieux, taciturne. Arriva l'année de ses six ans, l'année de l'entrée à l'école. Gildas Dautremont, l'instituteur, l'accueillit comme les autres garçons. Par contre, les parents des élèves du village firent grand bruit autour de cette admission. La rancune tenace, une délégation vint menacer le maître de lui retirer tous ses enfants pour les inscrire dans l'école privée voisine. L'idée leur était insupportable d'imaginer le bâtard assis sur le même banc que leur progéniture. Ils refusaient de prendre le risque de voir leurs petits contaminés par ce « monstre né de la cuisse gauche » ! Si l'instituteur ne se laissa pas impressionner par ces menaces, Paul, mis au courant, décida de ne pas envoyer Camille à l'école du village. À la différence de leur collègue, les instituteurs des villages alentour ne voulurent pas l'inscrire dans leur effectif.

C'est un colporteur en vêtements pour enfants, de passage à la ferme, qui suggéra une solution pour placer Camille. Une de ses cousines germaines et son mari venaient de se réinstaller dans un village wallon près de la frontière. Pendant de nombreuses années, ils avaient travaillé dans un pensionnat dans le Midi de la France, à Montlobre, près de Montpellier, s'il avait bonne souvenance. Le mari y surveillait et encadrait les enfants, la femme s'occupait du linge et de la nourriture. L'âge venant, ils avaient décidé de s'installer dans la maison familiale dont Céline Kopf venait d'hériter. Son mari, Zacharias, avait équipé leur vaste demeure pour y héberger des enfants dont un des parents, resté seul, ne pouvait s'occuper, ou dont les parents étaient des mariniers, ou encore des personnes à la santé défaillante. L'idée d'une mise en nourrice, à moins de huit lieues de là, intéressa Paul qui nota l'adresse exacte du couple.

Le dimanche suivant, sur sa Peugeot, il se rendit chez les époux Kopf. Il dut attendre la fin de la messe pour les rencontrer. Il les vit revenir de l'église, les deux adultes devant, suivis de leurs pensionnaires en rang par deux, tous bien mis. D'emblée, la messe, la bonne tenue des enfants, lui firent bonne impression. Il fut bien reçu. On lui offrit café et petits gâteaux. On lui montra que, de la maison, on pouvait voir l'école où, bien sûr, on dispensait un enseignement religieux. On lui fit visiter le dortoir qui, pour être sommairement meublé – les huit couches étaient de simples châlits – et point chauffé, semblait-il, n'en était pas moins d'une propreté satisfaisante. Céline Kopf, minuscule femme toute grise, ne disait mot. Seul son mari, le verbe haut, assurait qu'on ne pouvait trouver mieux qu'ici, où les enfants étaient élevés dans la morale. Il exigeait une stricte obéissance et l'observance la plus rigoureuse du règlement qu'il avait lui-même élaboré. Pour cela, il s'était inspiré de celui du centre de l'Hérault qui accueillait, pensez donc, plusieurs centaines d'enfants. On se mit d'accord sur le montant et la périodicité du paiement de la pension. Zacharias Kopf exigea deux trimestres d'avance. Avant que Paul prenne congé, le maître des lieux lui confia que de trop fréquentes visites étaient déconseillées car elles pouvaient déstabiliser l'enfant. Pendant le trajet du retour, Paul repensa à cette dernière recommandation qui lui avait été signifiée sur un ton péremptoire. Il s'étonna aussi qu'aucune question ne lui ait été posée sur le jeune Camille, sa santé, ses goûts, ses habitudes. Mais l'essentiel pour lui n'était-il pas d'avoir trouvé un accueil pour son fils ?

Quand Paul demanda à la Clémence de rassembler les affaires de l'enfant, celle-ci ne put s'empêcher d'écraser une larme tandis que l'annonce de son départ sembla ne déclencher aucune réaction chez Camille. Tout juste fut-il chagrin quand son père lui assura qu'il n'était pas possible d'emmener avec lui Miss, la jeune chienne. En réalité, c'était sa seule amie et confidente.

Le jour du départ arriva. Octobre finissait. Les corbeaux, qui avaient pris possession du ciel bas et gris, semblaient s'amuser du vent en faisant du surplace pour, tout à coup, se laisser choir comme des feuilles mortes et se rétablir en croassant de plaisir, à quelques mètres du sol.

La Clémence avait tenu à revêtir Camille de son costume de drap verdâtre rayé de noir, le pantalon s'arrêtant au-dessous du genou, au ras des guêtres de toile épaisse qui tombaient sur les bottines. Ses traits fins et son air sérieux le faisaient parfois passer pour une fille. La Clémence lui avait donc coupé ses cheveux blonds et bouclés qu'il avait portés longs jusque-là. Afin qu'un mauvais courant d'air sur ce cou dégagé ne provoque une bronchite, elle lui avait tricoté dans l'urgence un cache-col de laine noire. Son mince balluchon ne contenait guère que deux chemises, une culotte courte, un chandail, une pèlerine, un sarrau, une paire de sabots et quelques chaussettes. Dans une gibecière de cuir élimé, un abécédaire, un carnet aux pages cornées et, ce à quoi il tenait le plus, une boîte métallique contenant un assortiment de crayons gras de toutes les couleurs. C'était son trésor. Pendant les longs moments de solitude à la ferme, quand le temps ne permettait pas d'aller jouer le long du ru avec la chienne, il s'installait à la grande table avec ses couleurs. Sur la marge des journaux ou bien au dos des enveloppes usagées, il faisait naître des fleurs, des papillons ou des oiseaux qui émerveillaient la Clémence.

La camionnette Renault cahota sur le chemin puis s'immobilisa devant la porcherie. Le père Bastin était à l'heure. Paul prit livraison des deux porcelets qui avaient voyagé dans la paille à l'arrière du véhicule. Saisissant chacun d'eux par une patte arrière, indifférent à leurs cris aigus, il les transporta jusqu'à la soue qu'ils ne quitteraient qu'à leur mort. Puis on chargea le modeste bagage de Camille sur la litière où les cochons avaient laissé leur forte odeur. Un dernier signe à la Clémence qui s'efforçait de ne pas pleurer. Paul prit place à l'avant près du chauffeur, et en route pour la Belgique !

Un court arrêt à la douane française, le temps pour le vieux maquignon de glisser un litre de gnole aux gabelous. C'était le prix à payer pour qu'ils ferment les yeux sur l'importante provision de tabac belge, moins cher et de qualité, qu'il allait passer au retour. La station fut plus longue devant la barrière de la frontière belge où la présence de l'enfant dut être longuement expliquée. Les fonctionnaires royaux, au képi démesurément haut, s'étonnaient qu'un enfant de cet âge ne fréquente pas une école française. Heureusement que leur chef, sortant du réduit lui servant de bureau, dit connaître la pension « Bonséjour ».

La camionnette s'arrêta devant la demeure des Kopf, une maison de maître qui dominait le village de ses deux étages.

On fit belle mine à Paul lorsqu'il régla l'avance prévue et offrit un jambon, une idée de dernière minute de la Clémence.

— Avec ça, vous pourrez gâter vos petits pensionnaires, dit Paul, la main tapotant la joue de Camille.

Ce fut sur ce geste suivi d'un furtif baiser sur le front que père et fils se quittèrent.

Paul ne savait pas aimer Camille. On aurait dit qu'il le considérait, lui aussi, comme un enfant du mal. Il s'en voulait d'avoir ces sombres pensées qui, plus fortes que sa volonté, visitaient parfois son esprit.

En attendant le retour de l'école des autres pauvrets, comme on les appelait ici, Céline Kopf emmena Camille dans le vaste jardin potager au fond duquel plusieurs cabanes abritaient un régiment de cochons et de lapins. L'un des bâtiments était réservé à la basse-cour où dominaient des pintades criardes et de volumineuses oies au bec menaçant. Contre le poulailler, une niche aux planches mal jointes était occupée par un puissant chien, à la grosse tête carrée et au regard infiniment bon. Camille ne put s'empêcher d'aller le caresser. Les chèvres, elles, vivaient sous une sorte de toiton donnant sur un enclos. L'enfant découvrait avec plaisir ce petit monde que l'extérieur de la maison et les hauts murs d'enceinte ne laissaient pas soupçonner. Donnant aussi sur le jardin, un immense fournil au plafond bas où, près d'une réserve de bois, trônait une chaudière à bourlande[1]. Le reste de l'espace était occupé par une longue table faite de planches reposant sur des tréteaux, et un invraisemblable entassement de cageots et de paniers d'osier.

Après cette visite, Céline Kopf emmena le nouveau dans la salle à manger où une dizaine de couverts

1. Potée de légumes cuits, destinée aux porcs.

avaient été mis sur une table de bois sombre. En même temps que monsieur Kopf entra dans la pièce, arrivèrent les sept autres pensionnaires. Ils avaient laissé leurs sabots de bois dans l'entrée. Chacun dévisagea le nouvel arrivant avant de s'installer à sa place habituelle. Du doigt, Zacharias Kopf montra la place libre à Camille. Sa femme et lui occupaient les extrémités de la table, places qu'on reconnaissait facilement à la qualité des couverts : assiettes de porcelaine, fourchettes et cuillers en argent, verres à pied. Les rationnaires se contentaient d'écuelles, de couverts, de timbales en fer-blanc. Kopf frappa dans ses mains. Deux des enfants se précipitèrent vers la cuisine. L'un en revint avec un lourd chaudron et une louche, l'autre avec un plat garni d'un rôti fumant qu'il présenta au maître puis à sa femme. Après le bénédicité, l'enfant de service remplit les écuelles de ses camarades d'un brouet clair tiré du chaudron, que chacun épaissit en y cassant des morceaux de pain noir. On n'entendait que le bruit des couverts entrechoqués et des lapements. L'interdiction de parler à table était respectée par tous. Le seul endroit de la maison où l'on pouvait discuter était le dortoir, de la mise au lit jusqu'au moment où Kopf venait éteindre la lampe à pétrole. Le repas terminé, il fallait desservir, collecter avec le plus grand soin les débris et les restes dans un seau qu'un pensionnaire portait aux cochons, faire et ranger la vaisselle, essuyer la table, balayer la pièce. L'heure arrivait vite de repartir à l'école.

Revêtu de son sarrau noir, son carnier en bandoulière, Camille, en rang avec les autres, découvrit son école. Il se retrouva assis devant une longue planche suspendue au plafond. Il fit comme ses voisins qui y étalaient leurs modestes affaires. Il se vit attribuer un morceau d'ardoise, un chiffon et une craie grossière qu'il avait du mal à tenir en main. Ne s'occupant pas de la curiosité des autres à son endroit, il s'appliquait à reproduire les lettres de l'alphabet que le maître, sans quitter son siège, montrait au tableau avec une règle en bambou. Ce premier exercice lui valut des félicitations. Il réussissait aussi bien que les autres qui avaient déjà deux ans de gardienne[1]. Il faut dire que, dès qu'il avait mis la main dans le grenier de Bon-Ru sur l'abécédaire où l'on pouvait encore lire, calligraphié à l'encre noire, le nom de Clara Herbinet, il s'était amusé à en reproduire les lettres et leurs illustrations. Dans son carnet à couverture de moleskine, on retrouvait l'S en regard du serpent, l'X et la paire de ciseaux, l'O de l'œuf…

Le repas du soir fut pris dans le même recueillement que celui de midi. Camille osa cependant lever les yeux de son assiette pour observer les autres pensionnaires. La plupart d'entre eux semblaient plus âgés que lui. Surtout celui que Zacharias Kopf appelait Joseph. Il devait bien avoir ses douze ans, ce qui lui valait d'être chef du groupe. Seul, il avait le droit de rompre le silence pour ordonner de se lever de table, de desservir, de ranger. Grand, blond, le regard dur, il inspirait la crainte.

1. Classe maternelle, en Belgique.

Les corvées terminées, tous se dirigèrent vers le dortoir. Camille prit possession de la place restante. Il déballa ses pauvres effets qu'il eut du mal à mettre en ordre sur les médiocres étagères fixées à droite de son lit. Les autres internes, en demi-cercle autour de lui, commentaient, moqueurs, chaque objet qu'il tirait de son sac. Camille qui, jusque-là, avait vécu en solitaire, allait faire le dur apprentissage de la vie en communauté. La malchance voulut que lui échappât des mains sa boîte de couleurs qui éclata sur le sol dallé. Les crayons gras se brisèrent en plusieurs morceaux qui roulèrent sous les lits. Chacun se précipita pour récupérer les couleurs qui disparurent dans les poches. Atterré, le malheureux enfant se vit dépossédé, en un éclair, du bien qui lui était le plus cher. Lorsque Joseph obligea chacun à lui donner ce qu'il avait ramassé, le petit Meusien crut que c'était pour lui rendre ses couleurs. Tous s'exécutèrent sans rechigner. Joseph ramassa la boîte, prit son temps pour y replacer les fragments de crayons, referma le couvercle et, s'adressant à l'enfant, lui dit :

— Merci… machin ! Au fait, comment que tu t'appelles ?

— Camille Vigoureux.

— Merci Vigoureux, pour ce cadeau !

Et il rejoignit son lit, le premier près de l'entrée.

Camille éclata alors en sanglots. Sans se déshabiller, il s'enfonça sous sa couverture. Il ne pouvait retenir ses pleurs et ses gémissements dont le bruit agaça Joseph.

— La ferme, le Français ! Ou je vais t'allonger une torgnole !

À ce moment-là, Zacharias Kopf entra dans la pièce pour éteindre la lampe.

— Qu'est-ce qui se passe ? demanda-t-il en s'adressant à Joseph.

— C'est le Français qui fait du bruit ! Il pleure parce que soi-disant qu'on lui aurait pris ses crayons de couleur !

L'homme se dirigea vers le lit du petit Camille, releva brutalement la couverture et menaça :

— Alors, comme ça, on est à peine arrivé qu'on se fait déjà remarquer ! Gare à toi si Joseph a encore une fois à se plaindre de toi ! J'en ai maté des plus durs que toi !

En effet, ce qu'ignorait Paul et peut-être aussi le colporteur, c'est que Zacharias Kopf avait été pendant de longues années garde-chiourme au domaine de Montlobre, une colonie agricole pénitentiaire. Il y menait à la dure une centaine d'enfants. Les uns se retrouvaient là parce qu'ils étaient des bâtards abandonnés, d'autres parce qu'ils avaient volé pour se nourrir ou pour s'habiller. Tous avaient de longues peines à accomplir dans ce bagne pour enfants. Dans le Sud-Ouest, on pouvait compter plusieurs établissements de ce type, souvent dirigés par des religieux. La discipline y était de fer, les conditions de détention insupportables, la nourriture insuffisante, l'hygiène déplorable et les châtiments corporels fréquents. Les gardiens avaient tous pouvoirs et en abusaient souvent sur ces pauvres internes qui devaient piocher, creuser, défricher du lever au coucher du soleil. Le régime y était si féroce que nombre de ces enfants, dont la moyenne d'âge était autour de dix ans, mouraient d'épuisement, de malnutrition ou de maladie. Mais, comme disait un des aumôniers, « ces décès sont précieux aux yeux de Dieu qui retire de ce monde des enfants malheureux et les appelle au ciel ».

Bien sûr, les intentions de Zacharias Kopf n'étaient pas de reproduire ce qu'il avait connu autrefois. Cependant, il ne supportait aucun écart.

Tremblant de peur, Camille dut faire un effort pour cesser de sangloter.

Le lendemain, il se laissa enfermer dans les aisances de l'école en fin de récréation de l'après-midi. Dès que les autres furent rentrés, il s'échappa, bien décidé à rallier Bon-Ru. Il quitta bientôt le village. Son absence fut très rapidement remarquée dans l'école. Le temps d'interroger ses camarades, de prévenir le directeur qui était occupé avec les régents[1] des classes moyennes, d'envoyer quelqu'un à Bonséjour – peut-être l'enfant s'y était-il réfugié ? –, le petiot avait fait du chemin… Et la nuit était tombée. Ce n'était pas la première fois qu'un pensionnaire faisait une fugue. Zacharias Kopf le retrouvait toujours sur le chemin qui menait à l'endroit où le fugueur avait quelque attache.

Mais le pauvret qui, à l'arrière de la camionnette ne savait pas par où il était arrivé, avait pris la mauvaise direction, à l'opposé de celle qui l'aurait

1. Professeurs.

rapproché de Montmédy, passage obligé sur le trajet vers son village natal. C'est cette dernière direction que prirent les cyclistes à la recherche de Camille. Convaincu qu'on n'allait pas tarder à le rattraper, Kopf, auquel s'étaient joints le garde champêtre et le gardien de l'école, dut se rendre à l'évidence : l'enfant restait introuvable. En route, de nombreux riverains furent interrogés. Personne n'avait vu le petit. De guerre lasse, les recherches furent abandonnées et chacun rentra au village. Inutile de dire que l'atmosphère n'était pas à la joie à Bonséjour. Kopf supportait mal ce genre d'incident de nature à porter atteinte à la bonne renommée de sa pension.

Le lendemain matin, de bonne heure, on frappa à la porte de l'internat. C'était monsieur Aldis Van de Wœstyne, un échevin du village, qui tenait par la main le fugitif tout tremblant.

— Je me rendais en visite chez ma fille qui loge à Virton, dit-il. Il faisait à peine clair. J'ai vu bouger dans une roie[1] de champ, à main droite. J'ai d'abord cru que c'était un animal, voyez-vous. Je me suis arrêté et j'ai découvert que c'était ce bambin qui avait dû passer la nuit à dormir par terre en se couvrant de sa pèlerine. Le pauvre marmouset tremblait de tout son corps. Il est sûrement plus à plaindre qu'à blâmer. Il a surtout besoin d'une bonne boisson chaude.

Zacharias Kopf remercia l'échevin. Sa femme et lui, rongés par le souci dû à sa disparition, n'avaient pu fermer l'œil de la nuit. Tout à la joie de le

1. Sillon.

récupérer, ils allaient, après lui avoir mis des vêtements secs, lui préparer un plein bol de chocolat brûlant.

Dès que la porte fut refermée, en guise de chocolat chaud, ce fut une fessée que l'ancien garde-chiourme lui administra avec son ceinturon. Après quoi le chenapan fut envoyé au lit avec ordre de n'en pas bouger jusqu'au lendemain matin.

À compter de ce jour, les travaux les plus pénibles, les corvées les plus dégradantes furent réservés à ce pauvre Camille.

Les Kopf tiraient parti de tout. Leur potager ainsi qu'un champ situé hors du village fournissaient des légumes en grande quantité. Ceux qui étaient mal conformés ou blessés au cours de l'arrachage étaient destinés aux pensionnaires, aux cochons et aux lapins. Les autres, voisinant avec les produits du petit élevage, garnissaient d'importants étals sur les marchés du village et des environs. Un jour, l'enfant crut y reconnaître, entre les salaisons et les fromages de chèvre, le jambon que son père avait offert aux Kopf.

Retour de l'école et jours de relâche, peut-être plus que les autres, Camille était à la peine. En plus des tâches quotidiennes qui allaient de la vidange des seaux d'aisances du dortoir comme de la chambre des Kopf, au nettoyage de la soue, il devait passer paille de fer et encaustique dans le monumental escalier qui menait aux étages. Quand c'était le moment, il devait butter les pommes de terre à la chanvière. En hiver, quand les travaux des champs étaient réduits, les soirées étaient occupées à la fabrication de paniers, de vans, de volettes en osier.

Les jours de congé, les pensionnaires se répandaient dans les villages environnants pour vendre leur production. Selon la ferme recommandation de Kopf, ils devaient se faire passer pour plus pauvres qu'ils n'étaient afin d'émouvoir les éventuels acheteurs.

Camille ne détestait pas ce colportage. Sa petite taille, son humilité lui valaient parfois, outre la vente d'un panier, de recevoir quelques friandises qu'il se gardait bien de partager avec les autres… Sauf si Joseph avait été témoin du bienfait.

Les semaines et les mois passaient ainsi. Camille appréciait l'école, non pas qu'il y réussissait en toutes matières, mais il avait appris à lire et à écrire. Il pouvait donc prendre connaissance des rares lettres venant de Bon-Ru. Même si leur contenu ne se renouvelait guère, elles étaient cependant un lien avec ce qu'il avait quitté. À son tour, il y répondait en dressant la liste de ses activités. Jamais il ne faisait état du régime sévère de la pension, du vil comportement de Joseph et de la crainte que lui inspirait Kopf qui exigeait, d'ailleurs, de poster lui-même les lettres après qu'on les lui eut remises non cachetées.

Le dimanche, après un semblant de toilette à l'eau froide, en costume et guêtres, toute la pension se rendait à l'office. Les époux Kopf devant, la colonie suivant silencieusement en rang par deux, sous l'œil admiratif des familles du village. Même équipage l'après-midi pour les vêpres, sauf Zacharias qui disait avoir à faire. Sur le chemin de l'église, il y avait une sorte d'épicerie-bistrot. Le dimanche, cette échoppe attirait les joueurs de cartes ou de quilles. Au sortir des vêpres, Céline Kopf y entrait parfois pour faire quelques achats de sel, d'huile ou autres ingrédients. Pendant ce temps, les pensionnaires restaient à l'attendre devant la vitrine où Camille, un jour, au milieu d'un tas d'objets hétéroclites, avait remarqué une boîte de crayons de couleur. Privé de ses crayons gras depuis son arrivée à Bonséjour, il ne pouvait s'adonner à sa passion pour le dessin et le coloriage. Cette boîte au milieu de la vitrine était devenue son obsession.

La plupart du temps, madame Kopf appelait un ou deux gamins pour porter ses achats jusqu'à Bonséjour. C'est ainsi que Camille avait pu pénétrer une fois dans le bazar. Il avait repéré où se trouvait la réserve des quatre ou cinq boîtes empilées comme autant de trésors. L'opportunité tant attendue se présenta ce dimanche de la mi-septembre. Céline Kopf venait d'acheter deux sacs de sucre en poudre destinés à la fabrication des confitures de quetsches. Camille se présenta le premier pour l'aider. Alors qu'elle lui tournait le dos pour chercher de la monnaie dans sa bourse, il s'empara prestement de la boîte convoitée et voulut l'escamoter dans la poche de sa veste. Par malheur, la poche était trop petite et refusait de contenir l'objet du vol que le pauvre enfant s'escrimait à faire entrer de force. Ces gesticulations attirèrent l'attention de la vendeuse et de sa cliente. Horrifiées, toutes deux se mirent à crier au voleur. Camille lâcha alors les couleurs et voulut s'enfuir. Mais l'oreille retenue fermement par sa logeuse, il dut, sous les huées des consommateurs le traitant de voyou, présenter ses excuses à la tenancière avant de sortir dans l'opprobre général. Ce malheureux événement ne manqua pas d'être rapporté à Kopf. Cette fois, il préféra le nerf de bœuf au ceinturon pour « corriger » le voleur. Le soir même, Camille n'eut pas le droit de se rendre au dortoir. Il fut envoyé dormir avec les chèvres. Là, il attendit que plus aucun bruit ne parvienne de la maison pour quitter la bergerie et aller voir Oscar, le chien. L'animal, peu habitué aux gestes affectueux, se pressa contre l'enfant qui le couvrit de caresses. Assis contre la niche, la tête de l'animal abandonnée sur ses cuisses, il passa ainsi la nuit. La punition n'étant pas assez sévère à ses yeux, Kopf décida de charger l'enfant de la corvée la plus répugnante.

Le sol de cette partie de la Gaume se prêtait excellemment à la culture de la pomme de terre. Chaque paysan en récoltait de grandes quantités. Une partie était conservée dans les familles ou vendue à la ville. Le reste était destiné à alimenter une féculerie installée en plein milieu des champs. Afin que l'usine fonctionne presque toute l'année, les fournisseurs avaient été invités à stocker leur production pour la livrer, fait à fait, entre deux récoltes. Les tubercules portant trace d'un début de pourrissement étaient déclarés impropres à la transformation. Par tombereaux entiers, ils étaient déversés au fond d'un ravin, la Faille du Géant.

La nouvelle tâche de Camille consistait à récupérer

les pommes de terre les moins gâtées pour nourrir les cochons de Bonséjour. Pour ce faire, Kopf avait fixé sur une petite charrette à limon un baquet profond. L'engin était tiré par le chien Oscar, harnaché pour la circonstance. Sur place, Camille devait se déchausser, remonter ses culottes et pénétrer jusqu'à mi-jambes dans un magma nauséabond. Là, il pêchait les pommes de terre les moins atteintes. Le récipient plein, il se débarrassait, dans un trou d'eau proche, de la gangue puante qui s'était fixée à ses jambes. Ce que l'ancien garde-chiourme lui imposait, comme une punition, était pour l'enfant une sorte de plaisir. D'abord, il échappait pour plusieurs heures à la férule de Joseph et aux sarcasmes des autres. Ensuite, malgré les conditions peu agréables de la corvée, il avait la joie d'être en compagnie de son ami Oscar. Toute l'affection rentrée de l'enfant allait à l'animal, seul être auquel il confiait ses peines, ses frustrations. Il lui racontait sa mère souffrante qui l'avait tenu éloigné, son père qui l'embrassait très rarement. Mais il lui racontait aussi la bonne Clémence, la ferme de Bon-Ru et ses animaux, la chienne Miss dont le vieil Oscar serait sûrement tombé amoureux, la première truite qu'il avait attrapée à la main. Le chien semblait l'écouter et le comprendre. Enfin, le petit Camille avait un complice, un ami dans la place. La semaine lui semblait longue jusqu'à la prochaine corvée !

— Allez, Oscar ! Aux patates !

On aurait dit que le brave Oscar trouvait aussi son plaisir à se laisser harnacher pour parcourir la demi-lieue qui séparait Bonséjour de la Faille du Géant.

Malgré les injonctions et les menaces de Kopf, Camille ne remplissait le tonneau qu'aux trois quarts pour éviter que le harnachement blesse le chien. Au sortir du ravin, là où la pente était la plus rude, Camille mettait toutes ses forces à pousser la charrette pour soulager la bête. Arrivés sur les hauts, les deux amis s'octroyaient une longue pause faite de caresses, de mots doux, de regards complices. Les coups de langue affectueux d'Oscar étaient pour l'enfant plus que les baisers de son père ou de la Clémence.

À Bon-Ru, rien n'allait plus. La Clémence, atteinte d'un mauvais mal de poitrine, ne pouvait plus assurer son service. Le Ruski, lui, n'était pas d'un grand secours en raison de son infirmité.

La terre se montre généreuse pour celui qui sait la connaître et l'aimer. Ce qui n'était pas le cas de Paul. Le peu de rendement des récoltes l'obligea à se défaire d'une grande partie de son troupeau alors que les dettes s'accumulaient. À l'arrière-saison, par manque de semence, il n'emblava même pas ses plus belles pièces. Tout le village était au courant de ses difficultés.

Un matin, alors que fourche en main il déchargeait une brouettée de fumier, une berline prit le chemin de la ferme et s'arrêta devant lui. Amédée Lelièvre en descendit.

— Bonjour Paul ! Je suis venu en ami, prévint le Médée. Je sais que le métier ne te va pas. Tout le monde dit que tu ne récoltes plus rien, que ton troupeau dépérit, que tu ne peux pas continuer comme ça. Alors ça me fait mal au cœur de voir cette ferme, si bonne autrefois, tomber à rien. C'est pourquoi je suis venu te proposer de me la revendre. Je t'en offre vingt mille francs, soit au moins cinq mille de plus qu'elle ne vaut. Je ne me moque pas de toi, hein ?

Paul ne disait rien, ce qui laissa à penser au Médée que le poisson était en train de mordre. Confiant, il poursuivit :

— Tu sais, mon cher Paul, t'étais pas fait pour ce métier. Ton frère, le Jean-Baptiste, lui, c'en était un bon, mais pas toi. Ton truc à toi, c'est de parler du Bon Dieu, de porter la bonne parole aux bouseux, mais pas de mettre les mains dans le fumier comme je te vois faire en ce moment. Alors, c'est d'accord ? Je vais prévenir maître Duchesne de préparer les actes ?

— Ce que je pense de ton offre, c'est elle qui va te le dire, répondit enfin Paul, en avançant, fourche en main sur le Médée qui remonta rapidement dans sa voiture et quitta la ferme en maugréant.

Paul savait bien qu'il devrait un jour ou l'autre envisager de se séparer de ses biens, mais il n'était pas disposé à les céder au Médée qui avait toujours été un ennemi irréductible de sa famille.

À quelques centaines de mètres du village, à l'opposé de Bon-Ru, se trouvait la ferme des Quatre-Chemins. Elle était tenue par les François, un couple de métayers arrivés de Belgique au tout début du siècle. En exploitants avisés, ils géraient au mieux le domaine qui appartenait en indivision à une famille bourgeoise de Sedan ayant fait fortune dans le chocolat. Originaires du Nord-Meusien, les industriels sedanais avaient conservé le contact avec la région grâce à leur ferme où ils débarquaient chaque année pour une quinzaine. Ils s'amusaient à revêtir des habits de paysan durant leur séjour pour faire le tour de la propriété. Ils se faisaient abondamment photographier, une fourche à la main, ou juchés sur le dernier lit d'un chariot de foin, ou encore flattant le chanfrein d'un ardennais. Mais leur venue était aussi et surtout l'occasion d'éplucher le livre de comptes, de faire le bilan de l'exercice. Au terme de leur séjour, ils quittaient les Quatre-Chemins, le portefeuille garni de la moitié des bénéfices, et la limousine chargée à bloc. Ils ne réapparaîtraient que l'année suivante à la même époque.

Les François n'appréciaient guère ce système de métayage. Ils devaient travailler dur pour ne bénéficier que de la moitié de leurs efforts, de leur peine. Ils trouvaient que les propriétaires avaient la part trop belle. Leur espoir était de parvenir un jour à réunir assez d'argent pour pouvoir acheter une ferme. Pour le moment, la fortune se faisait attendre !

Pour autant, si l'atmosphère au domaine des Quatre-Chemins était laborieuse, on pouvait y entendre les éclats de rire et les chants des deux fillettes, Jeanne et Léona. Respectivement âgées de huit et six ans, les gamines poussaient comme des champignons. C'était avec impatience qu'elles attendaient que le ventre de plus en plus rebondi de leur mère livrât enfin son secret. Toutes deux désiraient une petite sœur, au contraire de leurs parents, Ida et Fernand, qui, eux, espéraient être comblés par la venue d'un garçon. Ils furent exaucés. Le petit Marcel naquit dans la nuit du 20 septembre 1912. Jeanne et Léona oublièrent vite leur espoir d'avoir une petite sœur. Elles ne cessaient de s'affairer autour du nouveau-né, guettant le moindre sourire ou la moindre grimace. Ida devait les gourmander pour que le bébé puisse dormir son content.

La foire d'automne de Stenay attirait la foule. Les femmes de la région aimaient s'y rendre pour y faire emplette de renards, de bannettes, de grandes cottes, de halettes ou encore de quelque colifichet annoncé comme du dernier chic. Après avoir passé un long moment au marché aux bestiaux, sur la place de l'hôpital où il avait consulté les cours du moment, Fernand remontait la rue des Orfèvres. Là, il fut tiré par la manche par deux fillettes d'une pâleur extrême qui lui proposèrent des billets de la Loterie nationale au profit de l'Œuvre des enfants tuberculeux. Il pensa à ses propres enfants, à leur robustesse, à leurs joues bien rouges. Il se laissa attendrir et acheta deux billets qu'il enfouit dans la poche intérieure de son paletot de velours.

Comme le malheur, le bonheur n'arrive jamais seul, du moins chez les François. Après la récente naissance de ce fils désiré, voilà que la chance visitait encore cette famille. En effet, ils ne gagnèrent pas le gros lot, mais le deuxième prix de cinquante mille francs les remplit de joie. Après un substantiel don à l'Œuvre des enfants tuberculeux, il leur restait largement de quoi réaliser enfin leur rêve.

Ils s'adressèrent d'abord aux chocolatiers, qui déclinèrent sèchement leur proposition d'achat du domaine, et qui trouvèrent « incorrecte » leur volonté de devenir propriétaires.

Parce que tout se savait dans le village, Fernand était au courant de la fin de non-recevoir que Paul avait réservée à la proposition du Médée.

Fernand et Paul se connaissaient. Il leur arrivait parfois de discuter ensemble, le temps d'un bout de chemin. À chaque rencontre, ils s'interrogeaient réciproquement sur Camille et Léona qu'ils avaient déclarés le même jour à l'état civil :

— Que devient le petit Camille ?

— Depuis le décès de sa mère, je n'arrivais pas à m'en occuper, avoua Paul. Alors je l'ai placé en pension en Belgique.

— Et il s'y plaît bien ? demanda Fernand.

— Il ne se plaint pas. Et votre petite Léona ?

— Elle et Jeanne sont en admiration devant leur petit frère. Pensez donc, elles ont un baigneur en chair et en os !

Ce matin-là, Fernand vint voir Paul, non pas pour parler enfants, mais pour demander si la ferme de Bon-Ru était à vendre, comme il en avait entendu la rumeur au village.

— Oui, elle est à vendre, dit Paul, mais pas à n'importe qui. Tu as sûrement entendu parler de la proposition du Médée Lelièvre. Jamais je n'aurais pu céder les biens de ma famille à un malfaisant comme lui. Jean-Baptiste qui est là-haut, poursuivit-il, le regard vers les cieux, ne me l'aurait pas pardonné !

— Je te comprends, Paul, mais c'est moi qui veux l'acheter, dit Fernand. Ida et les petits seraient si heureux de s'installer ici.

— Écoute, Fernand, tu es sûrement un des rares à qui je serais disposé à la céder. Je vous connais, les

François. Je sais que vous êtes des gens honnêtes et travailleurs. La manière dont vous avez mené le domaine des Quatre-Chemins, malgré vos grippe-sous de propriétaires, montre bien votre mérite et vos qualités. Si nous nous mettons d'accord sur le prix, c'est avec le plus grand plaisir, et non sans émotion, que je vous verrai devenir les maîtres de Bon-Ru.

Pour l'ensemble du train de culture, terres, bâtiments, engins et bétail, le prix de trente mille francs leur convint à tous les deux.

Le changement de main se fit à la Saint-Georges, le 23 avril 1913.

Le cœur gros de quitter cet endroit où l'attachaient tant de souvenirs, Paul s'installa, en attendant mieux, dans la maisonnette de Grand-Mê, inhabitée depuis le décès de l'aïeule. Là, il put constater que l'hostilité des villageois, malgré le temps, n'avait guère faibli. Quand il se rendait au cimetière – c'était là sa principale sortie – pour aller prier sur la tombe de Clara et de sa propre famille, il sentait, par les regards qui se détournaient, par l'absence de réponse à ses saluts, que personne n'avait oublié le passé. Pour cette raison, au bout de quelques mois, Paul se mit à la recherche d'un autre gîte. Il ne tenait pas à vivre plus longtemps dans un village où le nouveau maire avait pour nom Amédée Lelièvre. En effet, lors des dernières élections municipales, alors qu'il se savait impopulaire, il n'avait pas hésité à utiliser la menace pour les uns, la prébende pour les autres, pour devenir premier magistrat. Méfiant, Paul savait que le Médée n'allait pas tarder à se venger en usant des prérogatives de sa nouvelle fonction.

À Verdun, Paul se rendit dans le cabinet de monsieur de Saint-Germain qui ne cacha pas qu'il déplorait la vente de Bon-Ru. Il avait été l'un des moins virulents quand il avait appris la décision de Paul de quitter la soutane. Sa rancœur, ainsi que celle de sa femme, concernait beaucoup moins le cadet des Vigoureux que Clara. Pour eux, elle était la principale responsable de cette malheureuse histoire.

Pour un prix modique, le marchand de biens lui trouva une maisonnette à la périphérie de la ville. Non loin de la Meuse, elle avait l'avantage d'être attenante à un très vaste terrain clos, aux nombreuses dépendances. Libérée de ses occupants en juin 1914, Paul ne tarda pas à s'y installer après de menus travaux.

Vers la mi-juillet, Camille reçut une lettre de Verdun.

Mon cher petit,

Tu sais que j'ai vendu la ferme de Bon-Ru. Je me rappelle que ça ne t'avait pas fait plaisir ainsi que tu l'écrivais dans une précédente lettre. Mais il le fallait.

Je t'écris aujourd'hui pour t'annoncer de bonnes nouvelles. D'abord, avec une partie de la vente de la ferme, je viens d'acheter une petite maison à Verdun. Elle donne sur un grand jardin qui comprend de multiples bâtiments propices à l'élevage de volaille et de lapins.

J'ai placé le reste de mon argent dont les rentes, ajoutées à la vente des produits de la basse-cour aux Verdunois, permettront de vivre correctement. Et, s'il le faut, je pourrai aussi mettre à profit mes restes de latin pour donner quelques cours payants.

Autre bonne nouvelle qui te concerne plus directement : j'ai décidé que tu quitterais la pension Bonséjour pour venir vivre avec moi. Tu es maintenant un grand garçon de dix ans. Si, dans deux ans, tu as suffisamment bien travaillé pour entrer au collège, je t'achèterai un vélo pour parcourir les deux kilomètres qui nous en séparent. Je veux que tu deviennes savant !

En attendant, tiens-toi prêt. Je viendrai te chercher la veille de l'Assomption, c'est-à-dire le 14 août, en début d'après-midi.

Je t'embrasse très fort.

Ton papa

PS : J'envoie une lettre par ce même courrier à monsieur Kopf pour l'avertir que je te reprends à ma charge.

Camille lut et relut cette lettre. Il jubilait. Il allait enfin quitter cet enfer de Bonséjour. Une joie profonde bouillonnait en lui. Seule ombre au tableau, il lui faudrait se séparer d'Oscar. Le chien, allongé à l'ombre de sa niche, écoutait Camille lui disant sa peine d'avoir à le quitter :

— Mon bon chien, tu seras bien le seul être de la pension que je regretterai.

Et la bonne grosse tête d'Oscar contre la sienne, Camille, qui se forçait à ne jamais pleurer, laissa échapper une larme.

Le dimanche 2 août 1914, l'affiche aux drapeaux tricolores entrecroisés fleurit sur tous les édifices publics.

Paul endossa l'uniforme du 165ᵉ régiment d'infanterie basé à Montmédy.

À une petite quinzaine de kilomètres de là, Camille reçut une carte-lettre de son père lui annonçant que sa venue était différée de quelques semaines, « le temps de repousser chez eux ces arrogants Teutons ».

En réalité, le 29 août, Paul et son bataillon, le 4ᵉ chargé de prendre position sur les hauteurs de la Meuse, furent pris sous le feu ennemi, à proximité du village de Brandeville.

Fait prisonnier, Paul fut envoyé dans le nord de l'Allemagne. Il passa quatre années abominables de travaux forcés et de privations dans un domaine agricole.

Le petit Camille, lui, dut se résigner à rester à Bonséjour. Quand les deux trimestres payés d'avance arrivèrent à expiration, Paul n'ayant aucun moyen de lui envoyer le moindre subside, Zacharias Kopf retira l'enfant de l'école. Il prétexta qu'en cette période troublée la famille voulait le récupérer.

En vérité, Kopf le plaça chez l'un de ses cousins dont les deux fils avaient quitté la ferme pour prendre l'uniforme, eux aussi. Avant de repartir, Zacharias Kopf avait recommandé à son cousin Nestor Scheublé la plus grande sévérité.

— Attention, c'est une forte tête ! Il ne faut rien lui passer !

À dix ans – on lui en aurait donné deux de moins –, le petit Camille entrait comme garçon de ferme au service d'un paysan impitoyable et brutal. Commencèrent de longues années de bagne au cours desquelles il lui arriva souvent de regretter la pension Kopf.

Puis ce fut la fin de cet effroyable conflit.

Paul revint, corps et âme brisés.

Sur le quai de la gare balayé par une bise glaciale en cette Saint-Sylvestre, il vit descendre du train un garçon au visage triste, un maigre baluchon à la main. Il hésita avant d'aller à sa rencontre. Était-ce bien lui ?

Au pied du wagon, Camille leva les yeux. Une seule personne sur le quai. Ce ne pouvait être que lui.

Ils ne s'étaient pas reconnus.

Léona

* *

À mon grand-père Fernand,
enterré vivant à Samogneux.

— Montre-moi tes mains, avait demandé la vieille Zélina.

Ida s'était exécutée.

— Eh bien, ce sera un petit mâle, tu peux en être sûre ! Tu me les aurais présentées paumes en l'air, je t'aurais annoncé une pisseuse...

Sur le moment, Ida n'avait pas accordé foi à la prédiction de la ravaudeuse. Elle en avait même ri avec Fernand, ce soir-là.

Cependant, à partir du cinquième mois, elle fut de plus en plus convaincue que la Zélina avait vu juste. Sûr que c'était un garçon ! Une fille ne faisait pas autant gonfler le ventre et ne gigotait pas de la sorte.

Ida se souvenait de sa première grossesse, quatre ans auparavant. Elle n'avait vraiment été visible que dans les dernières semaines. La petite Jeanne ne pesait pas bien lourd à sa naissance : cinq livres tout au plus, se souvenait sa mère. Ce qui ne l'avait pas empêchée de pousser à peu près normalement. Si, au début, on pouvait voir le bleu des veines marbrer son teint pâle, ses joues se colorèrent assez rapidement d'un rouge qui tranchait sur le blond des cheveux. La prise quotidienne d'un peu de vin rouge largement coupé de Quintonine n'y était sûrement pas étrangère. Depuis que ce puissant reconstituant arrivait régulièrement à la ferme, on avait abandonné l'huile de foie de morue à la grande joie de Jeanne qui avait pris ce fortifiant en horreur. Germaine Chanoir, chaque mois, livrait deux flacons de ce produit énergétique. On aimait la voir arriver aux Quatre-Chemins, poussant devant elle, pour aider les deux chiens attelés, une grande caisse s'ouvrant sur le dessus, montée sur trois roues de bois cerclées de fer. Sur les flancs de la carriole, en lettres fantaisie, on pouvait lire l'emphatique inscription : « ÉTABLISSEMENTS AU PLANTEUR DE CAÏFFA[1]. » Pendant que les chiens prenaient quelque repos, la femme Chanoir proposait des articles d'épicerie, tels que du café, du savon, du sucre et des épices, mais aussi des remèdes recommandés, assurait-elle, par la faculté. Outre la Quintonine, qui avait les faveurs des François, le vin, de peptone Chapoteaut ou le sirop de raifort iodé de Grimault & Cie pouvaient aider jeunes ou vieux à se refaire une santé. Après avoir informé ses clients des dernières nouvelles du pays, qui se résumaient souvent à des décès, des maladies ou des naissances, elle se remettait en route, non sans avoir vérifié la monnaie qu'on lui tendait et qu'elle enfouissait dans une sacoche de cuir portée en bandoulière. Singulier personnage que la Germaine Chanoir. Elle avait dû

---

1. LE PLANTEUR DE CAÏFFA, société à succursales multiples répandues dans tout le pays, tenait son nom du port d'Haïfa et vendait, entre autres, des produits importés de Palestine.

se mettre tardivement au colportage, après la mort accidentelle du Guillaume, son mari. Il avait sûrement forcé, ce jour-là, sur la piquette des côtes de Halles. Grimpé sur la carriole, il cuvait son vin. Dans la descente de Laneuville, l'équipage avait pris de la vitesse. Les chiens, apeurés par le triporteur qui leur battait les pattes de derrière, s'étaient emballés. Suite à un brusque écart, le colporteur avait lourdement chuté sur la chaussée…

À quatre ans, Jeanne avait déjà souffert des principales maladies infantiles. La petite devait fuir les courants d'air, éviter de s'exposer aux brûlures du soleil, se garder de toute activité trop fatigante. Contrainte de rester à la maison la plupart du temps, elle ne profitait que fort peu de la nature environnante. La santé délicate de ses premières années avait requis une attention constante de la part de sa mère, ce qui avait eu pour conséquence de les lier fortement.

Comme tout paysan, Fernand avait quant à lui espéré un garçon. Mais l'arrivée de Jeanne n'avait pas été un drame pour autant. Il regrettait toutefois que la faible constitution de la gamine ne lui permît pas de l'associer aux activités de la ferme. Il aurait tant aimé l'emmener aux champs avec lui, à califourchon sur la brave Iris, un amour de percheronne. Ou bien encore la jucher sur le chariot de foin ramené bien sec à la grange. Il aurait eu du plaisir à lui apprendre à lire sur les bornes kilométriques ou sur le calendrier des lunes, à se familiariser avec les chiffres en comptant les moyettes de blé ou les vaches en pâture. Il lui aurait appris la nature. Comment distinguer un sansonnet d'une merlette ou d'une grive, un corbeau d'une corneille, ne pas confondre crapaud et grenouille, épinoche et vairon, ou encore le lièvre haut sur pattes et le garenne au cul blanc…

Il s'était consolé en constatant que l'enfant était toujours dans le sillage de sa mère, l'aidant à l'épluchage des légumes, à la collecte des œufs, participant à la confection de la quiche avec la même application qu'elle mettait au rangement de la vaisselle et du linge. Ça ferait sûrement une bonne ménagère !

Ce mercredi-là, à la ferme des Quatre-Chemins, alors que Ida était dans les douleurs depuis la minuit, une autre naissance s'annonçait. C'était la première mise bas de la Marquise, une ardennaise qui allait sur ses six ans.

Ce fut vers les 3 heures qu'eut lieu la délivrance. Dès l'expulsion, Fernand bouchonna vigoureusement le jeune animal à la robe baie, lui aussi, avec sur le front la même étoile blanche que celle de sa mère et une amusante tache rose entre les naseaux.

— C'est une fille. Tant mieux ! s'était-il écrié. C'est plus facile à débourrer et ça se mène mieux que les mâles. Et puis elle nous fera une belle descendance quand elle sera en âge…

La Marquise était maintenant à lécher son petit allongé sur une moelleuse couche de paille d'avoine. Il fallait le délivrer du mucus qui poissait sa robe.

Après un dernier coup d'œil à la stalle spécialement aménagée pour la naissance, il avait quitté la mère et la fille. Sûr qu'au petit matin il retrouverait la jeune pouliche sur ses quatre pattes en train de malmener le pis maternel !

Et il avait éteint la lampe à pétrole et poussé la porte donnant sur le couloir qui menait à la chambre.

Émilienne Bernardin, penchée sur la parturiente, lui appliquait des linges frais sur le front. Fernand était allé la chercher la veille au soir. Elle n'était pas sage-femme en titre, et c'est elle pourtant que l'on sollicitait dans le village et aux alentours quand une naissance était imminente… Et celle du petit Léon n'allait pas tarder. C'était Ida qui avait choisi ce prénom en mémoire de son grand-père foudroyé en plein champ, deux étés auparavant.

— Ça ne saurait tarder, annonça Émilienne pour répondre au regard interrogateur de Fernand, resté dans l'embrasure de la porte. Allez vous reposer. On vous appellera quand il y aura du nouveau.

Fernand retourna dans la grande salle et s'installa dans son fauteuil en osier, près de l'âtre qu'il ranima. Il se mit alors à songer à ce fils qui allait naître. Il en ferait un travailleur de la terre, comme lui. Ils formeraient une sacrée équipe, tous les deux. Le père transmettrait au fils tout ce qu'il savait du métier, tout ce que lui avaient enseigné ses aînés.

Et puisque c'était le temps qui gouvernait les paysans, il se promettait de lui apprendre à le prévoir. Savoir reconnaître les vents, celui de la pluie comme celui du sec, les nuages inoffensifs comme ceux qui annoncent l'orage. Se réjouir du brouillard tombant, perspective d'une journée radieuse. Par contre, craindre le halo d'un blanc laiteux dont s'auréole parfois la lune, annonçant un lendemain pluvieux. Bien observer les insectes : les allées et venues des papillons et libellules sont signes de beau temps, tandis que l'insistante insolence des taons, au moment de la fenaison, avertit de l'imminence de l'orage. Voir les hirondelles haut dans le ciel est de bon augure. Lorsqu'elles rasent les mottes pour surprendre les insectes accrochés aux herbes parce qu'ils pressentent la bourrasque, se hâter alors de rentrer un reste de foin sec ou les dernières gerbes d'avoine. Si l'absence de brume rend les bois des côtes de Montigny trop distincts à l'œil, mieux vaut ne pas entamer le fauchage.

Il lui enseignerait que le passage prématuré des grues ou l'épaisseur inhabituelle de la peau des oignons annonce un dur hiver.

Il lui apprendrait que le sol de la côte, pourtant caillouteux, est plus généreux en froment que la terre sombre et froide des fonds qui, elle, convient mieux aux pâturages.

Il lui montrerait aussi comment mener un attelage, comment rassurer un cheval craintif, ou en maîtriser un autre, trop impétueux. Mais aussi comment respecter ces animaux sans lesquels le paysan n'est rien…

Les vagissements du nouveau-né, mêlés au chant du coucou claironnant 6 heures, réveillèrent

Fernand. Levé d'un bond, il se précipita vers la chambre. Émilienne était occupée à sécher le bébé dans un linge, avant de le confier à Ida qui le réclamait.

— Encore une fille, monsieur François, dit l'accoucheuse, une belle grosse fille de presque neuf livres !

En effet, Léona – il avait bien fallu prévoir un prénom féminin, au cas où… – était un gros bébé à la peau sombre et aux cheveux aussi noirs que ceux de Jeanne étaient blonds. Ce n'était pas un garçon, comme l'avait tant espéré Fernand. Le court instant de désappointement passé, il se pencha pour embrasser le nourrisson que lui tendait Ida.

— Le prochain sera un garçon, je te le promets, lui dit-elle.

Mariés depuis peu, Fernand et Ida François avaient quitté la région de Virton en Belgique, au tout début du siècle, pour s'installer dans la Meuse. La ferme gaumaise des parents François était de ressources trop modestes pour y vivre à plusieurs familles. Un frère de Fernand, émigré quelques années auparavant, exploitait une ferme champêtre non loin de Verdun. C'est par son intermédiaire que le jeune couple avait repris le domaine des Quatre-Chemins, à l'écart – à peine cinq cents mètres – d'un petit village de la vallée de la Meuse.

Les pâtures attenantes de cette ferme presque essentiellement herbagère bénéficiaient du ruisseau qui descendait des côtes de Montigny. On ne l'avait jamais vu à sec, même en 97, la fameuse année de sécheresse restée dans toutes les mémoires.

De construction commune dans cette partie de la Lorraine, le bâtiment principal était de dimensions imposantes. Les deux longs pans de tuiles rouges du toit étaient coupés en leurs extrémités par deux tympans de moindre importance. En façade, des ouvertures – dont l'une voûtée – donnaient dans la grange ; une autre, fermée par une porte avec un battant, permettait d'accéder à l'écurie. Le corps de logis, en bout de la bâtisse, bénéficiait d'une lourde porte d'entrée, de quatre fenêtres en bas et de deux autres à l'étage.

Quelques abris sommaires s'appuyaient contre le mur de derrière : le clapier, le « toit aux oies », et une remise où s'entassait un bric-à-brac de poteaux de parc, de harnais et de colliers usagés, de rouleaux de fil de fer barbelé et de tôles rouillées. Toujours à l'arrière, une vaste cour où trônait un noyer. Près du puits à margelle, un bac taillé dans le grès où les chevaux, retour des champs, s'abreuvaient. Face à la porte de sortie de l'écurie, le tas de fumier avec une rigole permettant au purin de se répandre en contrebas. Tout au fond de la cour, un bâtiment en moellons au toit de tuiles rondes, que se partageaient poules[1] et cochons. À l'entrée, le fournil, une pièce dotée d'un four qu'on activait deux ou trois fois l'an. Quand on tuait le cochon, on y cuisait le boudin et les pâtés. Lors de la fête du patron du village, saint Denis, on y dorait quelques miches de pain, mais aussi de nombreuses quiches pour le plaisir des invités. Dans ce même local, la chaudière à bourlande[2] pour les cochons et, dans une sorte d'excavation, le saloir. De la soue toute proche, le goret gardait ainsi toute sa vie, sous les yeux, le tombeau où il allait reposer, débité en morceaux noyés dans le sel.

Cette propriété appartenait aux Boislambert, une famille qui depuis plusieurs générations accumulait une belle fortune, à la tête d'une chocolaterie sedanaise.

---

1. C'est ainsi qu'on désignait l'ensemble de la basse-cour.
2. Pâtée à base de pommes de terre et de céréales.

Par manque d'expérience, les jeunes Belges avaient signé avec un peu trop d'empressement un bail de métayage qui leur faisait la vie dure. Non seulement ils devaient partager en deux, tout ce que produisait la ferme – le comptable de la chocolaterie était régulièrement envoyé aux Quatre-Chemins pour y consulter et contrôler le grand livre de comptes –, mais encore devaient-ils recevoir chaque été les Boislambert pour une quinzaine de jours. Victor, le patriarche, sa gouvernante, ses deux fils avec femmes et enfants, avaient pour habitude de débarquer le 14 Juillet. Arrivés à bord de deux luxueuses berlines aux coffres volumineux, ils ne quittaient les lieux que deux semaines plus tard, les véhicules chargés à outrance.

Entre-temps, ils avaient investi la maison. Ida, qu'ils reléguaient au rang de domestique, devait, en plus de ses charges de mère et de fermière, nourrir bénévolement la tribu. Exigeants, ils refusaient l'habituelle soupe au lard, au profit de la viande de basse-cour ou de gibier, et ne concevaient pas qu'un repas ne comportât pas une entrée et un dessert !

Si au moins ils avaient aidé à la fenaison qui battait son plein durant leur séjour… mais ils ne prenaient une fourche en main ou les rênes de l'attelage que pour la photo !

Autre motif de mécontentement des métayers, une disposition du bail stipulait que l'entretien des bâtiments était à la charge des propriétaires. Or, en dépit des demandes réitérées des François, les Boislambert ne voulaient pas y consacrer le moindre centime. Le toit avait besoin d'être remanié, des gouttières pourrissant la charpente. Le pignon exposé à la pluie avait perdu l'essentiel de son crépi. Rien n'était fait. À chacune de ses revendications, Fernand s'entendait répondre que les temps étaient difficiles, que le chocolat ne rapportait pas autant qu'on voulait bien le dire et que, les terres étant de grande qualité, il devait lui-même assumer la charge de ces travaux !

Malgré un travail acharné, des journées de labeur commencées bien avant le lever du soleil et qui s'achevaient à la nuit noire, la condition des François ne s'améliorait guère. Certains soirs, devant les dernières lueurs de l'âtre, tous deux faisaient le même rêve. Ah ! si seulement nous avions les moyens de devenir propriétaires, ne plus avoir à partager le fruit de nos efforts, être les maîtres chez nous… alors adieu les grippe-sous de Boislambert, à nous la liberté !

Peu de chose à dire sur les premières années de Léona à la ferme des Quatre-Chemins, sinon qu'elle avait bon appétit et prospérait joliment.

Dès qu'elle commença à marcher, elle ne manqua aucune occasion d'échapper à la vigilance de sa mère. Il n'était pas rare de la retrouver dans l'écurie, rampant dans l'épaisse litière entre les pattes des chevaux, pour rejoindre Olane, la jeune jument née le même jour qu'elle. Ou dans le clapier, s'étouffant de rire devant les lapins qui se disputaient la poignée d'herbe qu'elle leur passait à travers le grillage des cabanes.

Le pas encore hésitant, elle prenait peu à peu possession de l'univers de la ferme. Tandis que Jeanne aimait rester à la maison où elle passait de longues heures à faire des pages d'écriture, à repasser ses leçons ou son catéchisme.

Léona, elle, restait dans la nature. Elle s'était approprié le ru dont elle avait fait son lieu de jeux préféré. On pouvait voir cette gamine de quatre ans à peine, jupes retroussées, une fourchette en main, soulever prestement les pierres du gué et embrocher le chabot[1] qui s'y croyait à l'abri. Son matou préféré,

---

1. Petit poisson à large tête plate.

resté sur le bord, se gavait des prises encore frétillantes qu'elle lui envoyait.

Sur le côté de la ferme, un verger en pente descendait vers le ru. C'était là que les veaux récemment sevrés s'enivraient d'herbe grasse et se livraient à de folles cabrioles, profitant de leur liberté toute neuve. C'était là aussi que Léona affectionnait de s'asseoir, au pied du noisetier, pour y siroter son biberon. Parfois, pour son bonheur, le godin[1] de la normande, rompu par une cavalcade effrénée, se laissait choir dans l'herbe pour s'y endormir aussitôt. Doucement alors, la petite Léona venait se coucher contre son flanc. Le biberon achevé, elle collait l'oreille contre le ventre douillet de l'animal. Amusée, elle écoutait les gargouillis qui le traversaient, mais le bruit régulier des battements du cœur finissait parfois par l'assoupir. Souventes fois, Jeanne, la grande sœur envoyée à leur recherche, trouvait l'enfant et l'animal profondément ensommeillés.

Très tôt, Léona aima accompagner son père dans ses travaux des champs. Il la prenait à bout de bras, en la gratifiant d'un petit baiser au passage, pour la hisser dans le tombereau, et en route pour le fond de la pâture. Là, tandis que Fernand changeait un poteau vermoulu ou remplaçait des fils de fer ronce[2] trop rouillés pour ne pas menacer de rompre à la première poussée d'une bête éprise de liberté, Léona se tenait à l'affût d'un trou de souris dans l'espoir de

1. Veau mâle.
2. Barbelé.

voir déboucher une quelconque musaraigne, ou, mieux encore, un campagnol à la queue courte et touffue. Parfois, la chance aidant, elle surprenait un bousier à la tâche, debout sur ses pattes arrière, dans une attitude quasi humaine, occupé à pousser devant lui sa réserve de nourriture sous la forme d'une boule de flatte[1]. Un papillon surgissait en zigzaguant, alors Léona quittait le coléoptère pour une poursuite effrénée sous le regard amusé d'Olane restée à l'attache. À bout de souffle et bredouille, l'enfant venait se faire consoler par la jument. Complice, celle-ci tendait ses naseaux pour un baiser, ou baissait la tête pour permettre d'accéder à son opulente crinière. Avec une infinie patience, l'ardennaise la laissait tresser ses longs crins blonds.

Arrivait l'heure du goûter. À genoux, les fesses sur les talons, Fernand déballait du panier le morceau de lard cuit dans la potée de la veille. Puis une large miche qu'il n'entamait qu'après y avoir tracé une croix. Il confectionnait alors une tartine de saindoux pour sa chère fille et ne la lui donnait qu'en échange d'un baiser qu'il lui rendait en lui pinçant l'oreille. C'était ce qu'il appelait un baiser « à la pincette » !

Dans la bouche de Léona, ce goûter de lard rance était une délicieuse friandise !

La petite aimait beaucoup sa mère, mais se sentait plus proche de son père. Dans son esprit, les rôles

1. Bouse de vache.

étaient bien distribués : Jeanne sous l'aile protectrice d'Ida, Léona sous celle de son père adoré.

L'enfant eut cependant quelque crainte lorsqu'elle vit le ventre de sa mère s'arrondir. Si jamais naissait un garçon comme l'espéraient tant ses parents, sa place privilégiée dans le cœur de son père risquait d'être compromise !

Il n'en fut rien. Petit-Marcel naquit le 20 septembre 1910. Malgré la joie du père d'avoir enfin un héritier, son comportement envers Léona ne changea pas. Rassurée, elle se surprit même, avec Jeanne, à passer de longs moments à jouer avec ce baigneur vivant qu'elle ne considérait plus comme un concurrent. C'était mieux qu'avec cette antique Lorraine en celluloïd, cadeau d'une lointaine cousine qui avait quelques intérêts dans la manufacture stainoise de poupées, cadeau qu'elle avait d'ailleurs vite relégué au fond d'une armoire.

C'était l'année de ses six ans et de son entrée à l'école. À la différence des autres enfants, Léona ne s'en réjouissait pas. Sa sœur avait beau lui dire que c'était bien d'apprendre à lire et à compter, elle n'était pas convaincue de l'utilité des études. Elle craignait surtout d'y perdre sa liberté. À mesure que le fatidique 1er octobre approchait, elle devenait de plus en plus morose. De plus, elle gardait un amer souvenir du dernier séjour des Boislambert. Virginie, une des petites-filles des chocolatiers, l'avait traitée de « bouseuse ». Pour se venger, dès le lendemain, Léona l'avait attirée près d'une flaque de purin, au pied du fumier, et l'avait violemment poussée en lui faisant un croche-pied. La petite citadine s'était étalée dans le lisier. Un tel comportement avait fait scandale et déclenché un torrent de disputes, d'invectives et de menaces. Fernand n'avait pas été le dernier à réprimander sa fille avec vigueur. C'était la première fois qu'il s'en prenait de la sorte à sa gamine qui, depuis ce jour, s'était mis en tête que son père l'aimait moins.

Le matin de la rentrée, le cartable confectionné par Hippolyte, le bourrelier de Laneuville, pesait lourd à l'épaule de Léona en dépit de son maigre contenu. Un abécédaire passablement écorné, un porte-plume en os muni d'un œilleton où on pouvait, dans la lumière, voir se détacher la tour Eiffel. Un cadeau de la cousine Rose qui le tenait de sa grand-mère, suite à sa visite de l'Exposition universelle. Il y avait aussi un crayon à mine de graphite, un autre à encre qu'il fallait mouiller de salive, et quelques plumes achetées au colporteur, la semaine précédente.

Léona aurait aimé que le trajet de la ferme au village durât plus longtemps, tant elle était peu pressée d'arriver à la petite école devant laquelle, sarraus noirs et gris, carniers en bandoulière, en galoches ou en sabots, une trentaine d'écoliers attendaient. Elle les connaissait presque tous pour les rencontrer chaque dimanche à la messe et aux vêpres. L'un d'eux, parmi les plus petits, se tenait à l'écart. Il lui était étranger. Jeanne lui apprit qu'il s'agissait du petit Camille de la ferme de Bon-Ru.

Gildas Dautremont apparut. Les rares conciliabules cessèrent. Le jeune maître d'école, fines moustaches et barbichette, fit l'appel des enfants qui se mirent en rang. Un rang par cours. Les nouveaux, qui intégraient le cours préparatoire, étaient au nombre de six. L'instituteur les fit entrer en premier et les installa à des tables doubles. Ce fut ainsi que Léona eut comme voisin le jeune Camille. Puis ce fut au tour des plus grands, habitués des lieux, de prendre place. Jeanne se dépêcha de s'installer au premier rang.

Dans le courant de la matinée, Léona tenta à plusieurs reprises de saisir le regard de Camille, en vain. Il ne lui répondit même pas lorsqu'elle lui demanda s'il était content de venir à l'école. Il restait figé à sa place, regardant fixement devant lui.

Pendant la récréation, quelques grands, l'air entendu, se parlaient à l'oreille en montrant du doigt le petit nouveau qui, immobile, restait dans un coin de la cour, l'œil rivé au sol.

Retour des Quatre-Chemins, après le repas de midi, les deux sœurs furent surprises de ne pas retrouver le gros de la troupe devant l'école. Seuls Camille, toujours aussi isolé, et deux ou trois autres élèves attendaient de rentrer. Au moment où monsieur Dautremont sortit de l'appartement qu'il occupait au rez-de-chaussée, plusieurs femmes bruyantes arrivèrent d'un pas décidé pour se présenter à lui. L'une d'elles, l'Espérance, la femme du scieur de long, s'adressa au maître, de sa voix forte :

— Monsieur l'instituteur, vous avez accueilli dans

votre école le petit bâtard de Bon-Ru. Vous savez pourtant qu'il est l'enfant de malheur d'un curé défroqué et d'une sorcière, continua-t-elle sans se préoccuper que ses paroles parviennent aux oreilles du pauvret. Il va contaminer les nôtres…

Avant de la laisser poursuivre, Gildas Dautremont fit entrer la délégation de femmes en colère à l'intérieur de l'école, afin de soustraire les élèves présents au discours hargneux de la femme qui reprit :

— Vous voyez bien que la plus grande partie des gens du village ont refusé d'envoyer leur progéniture cet après-midi. Il en sera de même tant que c't'enfant né de la cuisse gauche viendra s'asseoir sur les bancs de notre école.

D'autres femmes prirent la parole pour faire part, avec plus de mauvaiseté encore, de leur détermination. Le maître d'école tenta de les amadouer en leur faisant valoir que le pauvre enfant était une victime innocente des turpitudes des adultes, que, né dans les pires conditions, il n'était pas pour autant habité par le mal, rien n'y fit…

Le soir de cette rentrée, le maître raccompagna lui-même Camille à la ferme de Bon-Ru.

Paul Vigoureux, le père, avoua qu'il avait craint ce chantage des villageois. Il raconta à Gildas Dautremont le charivari organisé sous les fenêtres de Bon-Ru, avant l'arrivée au village de l'instituteur, lorsqu'ils avaient appris la naissance de l'enfant. Il lui expliqua comment le fiel déversé, les paroles blessantes, le rejet quasi général de la population avaient eu raison de la santé de Clara, la mère du petit. Paul avait beaucoup misé sur l'école pour que son fils puisse rencontrer d'autres enfants, découvrir les jeux en groupe, et perde ainsi son côté renfermé et taciturne. Clémence, la vieille bonne qui assumait l'essentiel des soins à Camille depuis la mort de Clara, aurait été bien soulagée, elle aussi.

Paul Vigoureux, qui disait avoir pressenti la réaction des gens du village, avait conservé l'adresse d'une pension belge que lui avait communiquée un voyageur de commerce.

C'est ainsi que, ni le lendemain ni les jours suivants, on ne revit Camille au village. Petit bonhomme de six ans, il fut confié dans les premiers jours d'octobre 1910 au couple Kopf qui tenait la pension Bonséjour, dans la Gaume.

Léona se révéla une élève moins appliquée que sa sœur, et surtout moins attentive. Il suffisait qu'un pierrot vienne heurter une vitre, qu'elle aperçoive un vol de grues par la fenêtre, qu'une araignée se lance dans la construction de sa toile à proximité pour qu'elle pose sa plume et délaisse son exercice d'écriture. D'ailleurs, elle exécrait l'apprentissage de la calligraphie qui voyait souvent la plume trop appuyée traverser le papier au moment des déliés, tandis que les pleins devenaient des pâtés d'encre violette, laissant leur marque sur les pages suivantes. Elle en voulait au maître d'exiger tant de lignes en tête desquelles il avait tracé de superbes modèles qu'elle ne parvenait que maladroitement à imiter. D'abord rébarbatif, l'apprentissage de la lecture, quand il eut dépassé de passionnantes phrases telles que « Rémi a vu le rat », finit par intéresser l'écolière. Elle eut peur du loup avec le Petit Chaperon rouge, elle fut ravie des bons tours que Renart, le rusé goupil, joua aux deux pêcheurs comme à ce pauvre Ysengrin qui y perdit la queue, et à ce gourmand d'ours Brun resté coincé dans le tronc d'arbre !

Au bout de quelques mois, Léona maîtrisait parfaitement la lecture.

Ce jour-là, pendant les congés du mardi-gras, Fernand devait emmener Olane chez le maréchal-ferrant. Si Olane se montrait efficace dans les limons, elle s'était aussi révélée excellente jument de voiture. C'était elle qu'on choisissait d'atteler pour se rendre au marché de Dun ou à la foire de Stenay. Le trot sur les routes empierrées entraînait une importante consommation de fers. Léona insista pour être de la partie. Son père, qui avait un faible pour elle – ne l'appelait-il pas, parfois, « mon petit garçon manqué » ? –, ne pouvait rien lui refuser. Il lui avait pardonné depuis fort longtemps son geste agressif envers la petite Boislambert. Elle n'avait fait que venger sa famille du comportement méprisant et hautain des chocolatiers.

Dans un coin de la maréchalerie, elle suivait les opérations avec la plus grande curiosité. Étrangers au fouet – Fernand n'y avait jamais recours –, les animaux n'étaient pas craintifs et se laissaient faire docilement. Nul besoin de leur immobiliser les pattes dans un « travail », sorte de carcan, comme c'était le cas avec la plupart de leurs congénères récalcitrants. Fernand maintenait fermement le pied sur lequel l'Eugène œuvrait. Impressionnée par les gestes précis du maréchal au tablier de cuir, la gamine retenait cependant son souffle quand, marteau et lame bien aiguisée du rogne-pied en main, il modelait la corne et quand, armé de sa rainette, sorte de gouge, il fouillait le creux du sabot. Il allait ensuite à la forge qu'activait, suspendu au soufflet, un grouillot malingre et sale. Il en extrayait, armé d'une longue pince, le fer incandescent. Il en corrigeait la forme sur l'enclume avant de l'appliquer, rouge encore, sur le sabot, d'où fusait alors une âcre fumée blanche. Puis il le replongeait dans le brasier dont les rayons éclairaient sa terrifiante silhouette de géant aux bras énormes et aux impressionnantes moustaches tombantes. Encore un ou deux coups de marteau bien ajustés sur l'enclume. Un nouvel essai assurait de la bonne forme du fer qui devait s'appliquer parfaitement sur la sole. Ne restait plus qu'à y ménager les trous où allaient s'encastrer les têtes carrées des clous. Ensuite refroidir le fer dans l'eau d'un baquet avant de le fixer au sabot du cheval. On en était presque à la fin de l'opération. Léona n'était pas rassurée pour autant. Tout comme elle avait craint que la lame entamât les chairs, comme elle avait, tout à l'heure, redouté la brûlure du pied, elle appréhendait maintenant qu'un des clous blessât la bête. Les craintes de l'enfant n'étaient pas fondées, l'Eugène possédait bien son art, faisant preuve d'une adresse que chacun lui reconnaissait.

Cette fois-là, sur le trajet du retour, au lieu de la prendre avec lui sur le vieux Bijou, Fernand l'autorisa à chevaucher Olane. Juchée sur sa pouliche favorite, les mains agrippées à la crinière, Léona avait l'impression d'aller à la conquête du monde.

Chemin faisant, l'enfant demanda à son père :

— Dis, papa, Olane, c'est pas un nom pour un cheval. Ils s'appellent tous Bijou, Gitane, Magloire ou Duchesse, ou encore Noisette, mais pas Olane. Pourquoi lui avoir donné ce nom ?

— Ma petite Léona, lui répondit Fernand, maintenant que tu sais lire, tu vas comprendre pourquoi nous l'avons baptisée ainsi. Épelle ton nom, puis celui de la jument, et tu t'apercevras que…

— C'est les mêmes lettres, mais pas placées pareil, constata l'enfant après quelques secondes de réflexion, tout à la joie d'avoir résolu l'énigme.

— Vous êtes nées toutes les deux le sixième jour du sixième mois de l'année. Mais toi, à la différence d'Olane, tu as vu le jour à 6 heures du matin. On dirait que tu es vouée au chiffre 6 !

Cette découverte, ajoutée à leur anniversaire commun, l'avait encore rapprochée de l'animal. Il faut dire que la bête, malgré son imposant poitrail, sa croupe massive, était la gentillesse même. On pouvait lire l'absence de malignité dans ce regard confiant qui est un caractère de la race ardennaise. Son seul défaut était sa méchanceté envers ses congénères. Si, alors qu'elle se désaltérait à l'abreuvoir, une autre jument la bousculait par inadvertance ou pour prendre sa place, alors, oreilles plaquées vers l'arrière, elle la mordait sauvagement. Même s'il s'agissait d'une autre pensionnaire de l'écurie. Fernand connaissait bien son épidermique furie. La tenant fermement par le licol, il se plaçait vite entre les deux. Alors la puissante ardennaise n'osait plus bouger.

Il s'était établi une profonde relation d'affection entre Léona et Olane. D'une patience qui ne s'est jamais démentie, la jument permettait tout à l'enfant qui lui passait sous le ventre, entre les pattes, qui lui ouvrait la bouche pour s'étonner de la taille des dents, qui emprisonnait l'intérieur d'une cuisse, dans ses petits bras, pour mieux frotter sa joue à la tiède douceur de l'endroit. C'étaient des caresses à n'en plus finir sur le velours des naseaux ou sur le soyeux pelage du poitrail. Complice, Olane déposait, lèvres entrouvertes, de délicats baisers sur les joues pleines de Léona. La fillette aimait aussi la vieille Marquise et le bon Bijou, mais c'était toujours vers Olane qu'elle revenait.

La réussite scolaire de l'enfant restait modeste, comparée à celle de sa sœur Jeanne. Elle s'ennuyait souvent en classe et, malgré quelques efforts d'attention recommandés par ses parents au vu de ses résultats, elle parvenait difficilement à s'intéresser au calcul ou à la géographie. Par contre, la récréation la voyait exploser d'activité. Elle était l'une des rares filles à partager les jeux des garçons. À saute-mouton, au jeu des piquets, aux billes comme aux quatre-coins, non seulement elle était acceptée, mais souvent sollicitée au moment de constituer les équipes. Pendant que les autres filles, dans le recoin de la cour qui leur était consenti par les gamins, jouaient à l'inévitable marelle, Léona, elle, était de tous les coups où la ruse, l'adresse, et parfois la force, permettaient de l'emporter. Lorsque la cloche annonçait la fin des jeux, c'est avec mauvaise grâce mais les joues comme des pommes rouges et les cheveux en désordre, qu'elle prenait place dans les rangs.

Avec les autres élèves du cours préparatoire qui avaient acquis les bases de la lecture, elle assista pour la première fois à une séance de catéchisme. Elle connaissait bien l'abbé Aubry pour assister régulièrement aux offices. Cependant elle n'était jamais entrée dans la sacristie, pièce exiguë située derrière le chœur. Pour s'y rendre, il fallait passer devant l'autel et le Saint-Sacrement. Derrière, dissimulé par une imposante colonne de marbre, l'abbé Aubry veillait. Malheur à celui ou celle qui oubliait la génuflexion et le signe de croix ! La punition consistait invariablement à recopier en six exemplaires le Notre Père.

À tour de rôle, chaque jeudi de la mauvaise saison, des enfants devaient arriver avant l'heure du « caté » pour allumer l'antique poêle de la sacristie, apportant les bûches pour l'alimenter.

Impressionnée, Léona prit place sur l'un des bancs installés pour la circonstance. Dans le fond du local, une gigantesque armoire. Quand tous furent en place, le curé l'ouvrit. D'un tiroir, il sortit les livrets du catéchisme à la couverture fatiguée qu'il distribua aux nouveaux auxquels il demanda de réciter le « Je vous salue Marie ». Léona fut la seule à le dire sans aucune hésitation ni erreur. Dès qu'elle avait commencé à parler, on lui avait appris à dire ses prières. La famille François était très pieuse. À l'instar de la quasi-totalité des autres villageois, on y avait déploré la loi « scélérate » de 1905 qui instaurait la séparation de l'Église et de l'État. Mais à la différence des autres, la foi profonde qui inspirait les François les poussait à la tolérance. C'est pourquoi ils avaient refusé de se joindre, quelques années auparavant, à ceux qui avaient hargneusement couvert d'opprobre Paul, le prêtre défroqué, et Clara, sa belle-sœur qui venait de lui donner le petit Camille. Ils avaient aussi trouvé choquant le chantage auquel les mêmes avaient soumis le maître pour qu'il n'accepte pas Camille dans son école.

Félicitée par l'abbé Aubry, donnée en exemple aux deux ou trois grands dadais qui, malgré plusieurs années de catéchisme, ânonnaient encore « lefruidevozentraillébéni », la jeune enfant sentit le rouge lui monter aux joues. Aux séances qui suivirent, elle mettait un point d'honneur à répondre avant les autres, ce qui lui valait de nombreuses récompenses sous la forme d'images – elle en obtenait plus que Jeanne –, mais aussi, quelques sourires goguenards de la part de ce cancre de Jeannet, le fils du pêcheur de Meuse.

Léona aimait entendre parler de Dieu auquel elle ne pouvait s'empêcher de prêter les traits de son père. Là-haut, sur son nuage immaculé, lui-même tout de blanc vêtu, Dieu avait le fier port de tête, la moustache et la mouche soignées, le front haut, le menton énergique et la chevelure blonde de Fernand. Seule différence, l'Être Suprême avait d'immenses yeux aux millions de facettes, puisqu'Il voyait tout ce qui se passait dans le monde. De ces yeux à nuls autres semblables émanait une grande bonté. Léona était persuadée qu'Il ne pourrait jamais vouloir son malheur. Un autre aussi qui ne manquerait pas de la protéger, c'était Jésus, son cher fils. L'admiration de la fillette Lui était acquise. Qui d'autre que Lui avait déjà multiplié la nourriture pour ceux qui avaient faim ? Personne ! Qui d'autre que Lui avait déjà marché sur l'eau ? Personne non plus ! C'était surtout cette dernière prouesse qui impressionnait la gamine. Ah ! si seulement, elle avait eu ce don. Quand la Meuse sortait de son lit, comme cela lui arrivait deux ou trois fois l'an, et qu'elle envahissait les prés, elle aurait pu se rendre jusqu'à Stenay par la prairie ou bien aller chercher le pain à Montigny en passant par le ruisseau…

Il était de tradition que les cloches de l'église, condamnées au silence imposé par la mort du Christ, quittent leur clocher pour se rendre à Rome. Une fois bénies par le pape, elles revenaient au village dans la nuit du samedi au dimanche de Pâques, profitant de leur passage au-dessus des jardins pour y déverser œufs et friandises.

Pendant cette absence, il fallait bien annoncer les angélus et appeler aux offices, faute de quoi les villageois auraient été complètement désorientés. Les jeunes s'en chargeaient, la plupart du temps les enfants de chœur, c'est-à-dire les garçons. Considérée comme une des leurs – elle les battait régulièrement aux billes et se montrait la plus rapide au piquet –, Léona fut admise dans le groupe des « briandeurs ». Pendant les trois jours sans carillonnage, ils faisaient sonner leurs crécelles et leurs « briands » dans les rues du village. Passant plusieurs fois dans la journée, ils interrompaient de temps à autre le tintamarre de leurs instruments pour annoncer, en un chœur qui manquait souvent d'unisson : « V'là midi qui sonne ! » ou « V'là l'angélus du soir qui sonne ! » Pour les prières ou les offices, la tâche était plus contraignante encore : « Vlà l'Adoration de la Croix qui sonne ! Préparez-vous ! » Il fallait refaire le même itinéraire en prévenant cette fois : « V'là l'Adoration de la Croix qui sonne ! Dépêchez-vous ! »

Un tel dévouement au profit de la collectivité méritait une récompense. Après le retour triomphal des cloches qui avaient sonné à toute volée, en ce jour béni de Pâques, pour annoncer la Résurrection du fils de Dieu, les « briandeurs » faisaient le tour des maisons. L'un d'eux tendait son panier tapissé de paille pour recevoir l'offrande des œufs, tandis qu'un autre sentait le tronc – une simple boîte métallique ouverte d'une fente – s'alourdir de pièces de monnaie, juste rétribution de leur besogne passée.

Collecte terminée, ils se rendaient chez madame Berthe, une vieille femme qui vivait seule dans une petite maison, non loin de l'église. Respectée de tous, elle était la veuve d'un adjudant mort au combat à La Croix-au-Bois en 70. Dans sa plus grande poêle, qu'elle graissait d'une noix de saindoux, elle cassait les œufs récoltés et en faisait une gigantesque omelette. Même repus, les enfants mettaient un point d'honneur à tout manger. Arrivait ensuite le partage de l'argent de la quête. Moment délicat qui, laissé dans le passé à leur seule initiative, avait entraîné des bagarres et des inimitiés que le temps n'avait su effacer. C'est pourquoi, depuis plusieurs années, on s'en remettait à madame Berthe dont nul ne discutait l'impartialité. Il y eut bien le grand Jeannet qui s'étonna qu'une fille participât au partage. Le regard lourd de menace de l'intéressée, la réprobation des autres garçons, ajoutée à celle de madame Berthe, le firent renoncer à poursuivre.

Avec les quelques sous qu'elle reçut, Léona acheta au colporteur un briquet à mèche d'amadou qu'elle offrit à son père.

On allait entamer les foins. Fini le fauchage à la main qui nécessitait l'embauche d'une théorie de journaliers pour venir à bout de ce labeur qui meurtrissait les reins. Fernand, comme tous les autres paysans du village, avait acquis une faucheuse à lame que deux chevaux suffisaient à entraîner. Seuls le fanage et la mise en tas nécessitaient du personnel. Ida, qui participait d'habitude à ces activités, ne se rendit pas dans la prairie cette année-là. Non à cause de la tenue de la maison ou des soins aux animaux qu'elle assurait en toutes circonstances, ni encore du petit Marcel qui réclamait surveillance et entretien. Elle était aidée dans ces tâches par la vieille Maria, une nourrice sèche qui venait du village chaque jour. Ida ne donna pas la main à la fenaison, car elle attendait à nouveau de la jeunesse !

À la mi-mai, Antonin Chanteperdrix le colporteur s'était présenté à la ferme, accompagné d'un grand jeune homme lui ressemblant. Après qu'il eut déballé de sa profonde hotte bon nombre de pantalons et de vareuses de velours, des tabliers et des halettes[1], des chemises de coutil, et que Ida eut fait son choix, les

---

1. Coiffes légères de femme, à larges bords.

deux voyageurs avaient été invités par Fernand à s'attabler à ses côtés.

— Alors, comme ça, Antonin, tu apprends le métier à ce jeune homme. T'es pas bien vieux pour vouloir passer la main… ou bien c'est que la pratique est d'un bon rapport et que tu vas pouvoir vivre de tes rentes !

— C'est pas ça, mon bon Fernand, c'est que le Benoît, mon fils, n'a rien voulu entendre quand je lui ai parlé de me succéder. Il a essayé, mais ça ne lui plaît pas. Bien sûr, c'est dur, mais j'ai une bonne clientèle et il n'avait qu'à marcher dans mes pas ! Au lieu de ça, le monsieur veut faire le paysan, il veut se placer dans une ferme…

— Comme il a raison, approuva Fernand, y en a assez qui ne veulent plus travailler la terre. Paraît que c'est moins dur à l'usine et que ça paie mieux. Ça reste à prouver !

Et c'est comme cela que Benoît Chanteperdrix fut embauché par les François comme garçon de ferme. Les travaux de la fenaison lui donnèrent l'occasion de montrer que Fernand avait été bien avisé de le prendre à son service. À dix-huit ans, il avait lui aussi, pendant quelques années, endossé la hotte et battu les chemins des Ardennes proches. Mais il ne s'était pas senti la fibre d'un bon mercanti. Lors de ses pérégrinations dans la campagne et de ses nombreuses haltes dans les fermes, il avait pu mesurer l'âpreté du labeur des paysans, mais aussi apprécier la noblesse de ce métier dont l'art est de faire sortir de terre de quoi nourrir ses semblables.

Aussi adroit à la binette qu'à la fourche, sachant

d'emblée se rendre maître d'un troupeau comme d'un attelage, il donnait toute satisfaction, d'autant qu'il s'était parfaitement intégré à la famille. Il lui arrivait, les dimanches de pluie, de jouer pendant des heures avec Petit-Marcel. Il lui chantait, souvenirs de ses haltes près des cours d'école, des comptines qu'il scandait en le faisant sauter sur ses genoux :

À cheval sur mon bidet
quand il trotte
il fait un pet
Prout ! Prout ! Prout !

L'enfant riait aux éclats sous le regard attendri du reste de la famille.

Aux filles qui, toutes deux, étaient enfants de Marie, il chantait des couplets entendus ici ou là, pendant le mois de mai :

Madame, en vous remerciant
De vos bienfaits, de vos présents,
Ce n'est point pour nous cet argent,
C'est pour la Vierge et son enfant,
Son fils Jésus,
Qu'il vous le rende en paradis,
Encor bien mieux,
Qu'il vous le rende dans les cieux.

Mais si la maison restait sourde à la requête des jeunes filles, alors, en patois, la malédiction souillait leurs bouches enfantines :

J'v'avans chanta, je v'déchantans ;
J'vourins qu'v'aveussent autant d'ofants
Que gn'y d'pirotes avau lé champs
Ni pain ni pâte pour lé gnûri,
Ni ch'minse ni tôle pour lé couvri[1].

Si Benoît était apprécié par toute la famille, ce fut surtout Léona qui s'attacha le plus à lui. Fort de son passé d'apprenti colporteur qui dormait souvent à la belle étoile en été, dans les granges à la mauvaise saison, il avait une connaissance étendue de la nature, des bêtes et des gens. Il racontait le claquement sec des bois des cerfs se disputant une harde de biches. Il disait avoir vu un coucou faire place nette dans un nid de ramiers en poussant par-dessus bord les deux œufs qui s'y trouvaient, pour les remplacer par les siens. Ainsi, il ferait l'économie de couver et d'élever ses oisillons, le couple de pigeons s'en chargeant. Léona l'écoutait, ravie, lui raconter comment, cette fois-là, il n'avait dû son salut qu'à son agilité à grimper aux arbres. Pour économiser ses jambes, après avoir quitté la meule de paille où il avait dormi, il avait pris un chemin de traverse, en coupant par le bois d'Heurtebise. Il faisait grand vent. La forêt bruissait de grincements, de craquements, des inévitables cris stridents et rauques des geais, si bien que Benoît n'a pas entendu fondre dans son dos une

1. Nous retirons ce que nous avons chanté
Nous voudrions que vous ayez autant d'enfants
Que de pierres dans vos champs
Ni pain, ni pâte pour les nourrir,
Ni chemise ni toile pour les couvrir.

masse sombre. Une sorte de prémonition lui fit faire un écart à l'ultime seconde où le sanglier se lançait sur lui. Il échappa par miracle au boutoir et aux dangereuses défenses de l'animal en se libérant de sa hotte, et en grimpant au bouleau le plus proche. Il s'agissait d'une laie suitée qu'une décharge de chevrotines avait cruellement blessée, lui brisant une patte avant et la mâchoire inférieure. Se sachant condamnée, elle avait réuni ses dernières forces pour venger la douzaine de marcassins en livrée qui l'accompagnaient et dont des hommes, en mal de plaisir, allaient faire des orphelins.

Benoît raconta aussi comment il avait mis en fuite deux malandrins qui l'avaient assailli un soir. Ils en voulaient à sa bourse. Sur les conseils de son père et afin de parer à ce genre d'attaque, il gardait toujours dans la poche de son paletot un sachet de poivre dont il projeta, cette fois-là, le contenu dans les yeux des deux énergumènes. Aveuglés, ces derniers ne virent pas arriver la volée qu'il leur administra avec son bâton de marche. Criant de douleur, éternuant et pleurant, ils avaient battu en retraite.

Un autre jour, au terme d'une journée harassante où il avait parcouru au moins douze lieues, il s'était profondément endormi au pied d'une meule, sans remarquer qu'un chemineau avait aussi élu domicile tout en haut du gerbier. Heureusement qu'il avait pris la précaution de fixer des grelots à sa hotte. C'est leur tintement qui le sortit de son sommeil, et qui dissuada le pauvre hère de continuer à en faire l'inventaire complet. Tout juste réveillé, Benoît vit l'apprenti voleur s'éloigner sous un rayon de lune.

Et cette fois encore, c'était peu après l'an nouveau. Depuis un bon mois, il gelait à pierre fendre. Ce soir-là, Benoît s'était attardé à la ferme de l'Alma, une bâtisse isolée cernée par les bois. On venait d'y tuer le cochon. Ernestine, la fille de la maison à laquelle il n'était pas indifférent, avait insisté pour qu'il goûte le boudin aux oignons qui n'allait pas tarder à être cuit. Malgré l'heure déjà tardive et les premiers flocons qui commençaient à tomber, Benoît, gagné à la chaude ambiance qui régnait dans la salle commune, ne put décliner l'invite. La Comtoise annonçait 10 heures lorsqu'il voulut prendre congé. On lui proposa de passer la nuit à la ferme. Il refusa, arguant qu'il était attendu chez un cousin, à la ferme de la Galopinerie, à trois lieues de là. Ernestine insista pour qu'il emportât une charbonnée[1]. Les lourds nuages chargés de neige, poussés par le vent du nord, avaient disparu, laissant la lune s'installer dans un ciel profond. Le froid était vif. Sortant de la chaleur des feux qu'on avait activés pour cuire le boudin, le lard à saindoux et la chair à terrines, Benoît frissonna. Bien vite, marchant d'un pas rapide, il ne ressentit plus la morsure du froid que sur le haut du visage, le bas protégé par un épais cache-col de laine. La lune éclairait son chemin. Benoît déboucha alors dans une large plaine. Se retournant, il jeta un regard vers la forêt qu'il venait de dépasser. C'est à ce moment qu'il distingua des animaux sortant du bois. Trop loin pour les identifier, pensant qu'il s'agissait d'une harde de cerfs ou

1. Morceaux de porc et boudin.

d'une troupe de sangliers, il reprit sa marche. Quelques minutes plus tard, il s'arrêta net, croyant avoir entendu comme des aboiements. Grâce à la lune, il reconnut une troupe d'une dizaine de loups qui, leurs pas dans les siens, s'étaient singulièrement rapprochés. Benoît accéléra l'allure. La meute l'imita et gagna même sur lui. Comment allait-il pouvoir se défendre avec son seul bâton de marche et son couteau de poche ? Les loups, attendant le bon moment pour attaquer, restaient maintenant à bonne distance. Ce n'est que lorsque la Galopinerie fut en vue et qu'on entendit les chiens de la ferme qu'ils lancèrent leur offensive. Benoît se crut perdu. Seuls quelques mètres les séparaient maintenant. Alors le jeune homme repensa à la charbonnée. Il la sortit de sa musette et leur en jeta les morceaux. Les bêtes affamées se jetèrent aussi bien sur le boudin que sur le rôti et les grillades qu'ils se disputèrent en poussant des grognements. Ils en oublièrent Benoît qui profita de ce répit pour parvenir à la ferme du plus vite qu'il put…

Léona buvait les paroles du garçon, lui demandait d'autres récits. Elle-même rêvait de vivre un jour des aventures aussi palpitantes.

Retour de l'école, elle ne quittait plus le jeune homme lorsqu'il s'activait dans la ferme. Ida devait souvent lui rappeler qu'elle devait en priorité faire sa page d'écriture quotidienne et apprendre ses tables de calcul, pensum qu'elle oubliait volontiers.

L'été était là. On était toujours en fenaison. Le soleil donnait fort. Bêtes et gens ne se remettaient à la tâche qu'après le long repos qui suivait le repas de midi. Léona, qui savourait ses longues vacances, aimait ce moment où le silence envahissait la ferme et les environs. Les hommes dormaient sur le foin, dans la grange. Ils avaient ôté leurs lourds brodequins, mis à sécher leurs russes[1] au soleil. Leurs pieds, ainsi libérés, prenaient un peu d'aise, avant de se remettre à l'épreuve comme le reste du corps. Les vaches, allongées à l'ombre fraîche des noyers de la pâture, ruminaient sans bruit. Même les veaux, d'un naturel si remuant, écrasés de chaleur, étaient eux aussi étendus dans le frais des hautes herbes du bord du ru. La basse-cour, inerte, se taisait.

Léona n'avait pas encore été faire quelques câlineries à Olane, partie au jour levant dans la prairie, pour une attelée de faucheuse. Elle la trouva debout, la tête dans son auge, occupée à achever quelques cassots de betterave. La jument avait reconnu le pas de la gamine, aussi cessa-t-elle de manger pour se tourner vers elle. On pouvait déceler de la joie dans ses yeux et comme une espèce de sourire sur ses lèvres, lèvres qu'elle entrouvrait et refermait, signifiant ainsi l'attente d'un baiser. La petite Léona ne la laissa pas languir plus longtemps. Elle s'accrocha au cou de la jument pour de longues embrassades.

S'avisant que la bête était encore humide des efforts de la matinée, la fillette tenta de la bouchonner, mais elle était trop petite pour atteindre le dos. Alors, d'elle-même, Olane se coucha, lui permettant ainsi de terminer ce qu'elle avait entrepris. Puis la gamine s'empara d'un flacon qui se trouvait sur une

1. Chiffons tenant lieu de chaussettes.

étagère, à côté d'une brosse et d'une étrille. Il contenait un liquide sombre et visqueux, qui, aux dires du colporteur, appliqué par petites touches sur le corps du cheval, faisait fuir tous les insectes et surtout les taons qu'Olane redoutait plus que tout. De la taille d'une grosse mouche, ils se posent sans bruit sur l'animal, perforent la peau sans la moindre douleur pour la victime dont ils se gavent du sang. La ponction achevée, en manière de remerciement, ils libèrent une substance urticante qui provoque enflure, démangeaison et même douleur. On avait déjà vu des attelages s'emballer sous les piqûres répétées de ces malfaisantes bestioles.

Du flacon dépassait une plume de poule avec laquelle l'enfant avait vu son père appliquer le produit. Elle fit les mêmes gestes que lui, étalant généreusement le liquide sur la robe de la jument. Insensible à la forte odeur qu'il dégageait, elle s'amusa à décrire de jolies arabesques, puis eut l'idée de dessiner un cœur de grande taille à l'intérieur duquel elle calligraphia leurs deux noms. Elle vérifia aussi qu'à la patère réservée au harnachement d'Olane était bien suspendue la paire d'oreillettes qu'elle lui avait confectionnée l'hiver précédent. Avec des restes de laine de toutes couleurs et deux aiguilles, Ida lui avait enseigné les rudiments du tricot. Au lieu du traditionnel cache-nez à quoi s'attellent généralement les débutantes, elle avait choisi cette sorte de bonnet qui garantit les oreilles des chevaux contre les intrusions des insectes, mais aussi de la poussière et de la menue paille. C'est la vieille Maria qui lui avait montré comment fabriquer les pompons de laine jaune dont l'enfant avait tenu à orner les extrémités de la coiffe.

La sieste terminée, Fernand pénétra dans l'écurie. Il ne fut pas surpris de voir Léona en compagnie d'Olane. Il était même fier que sa petite fille, « son garçon manqué », s'intéressât autant aux chevaux de la ferme. Il l'en remercia à sa manière par un baiser « à la pincette » en passant près d'elle. Après quoi, il ne put lui refuser de les accompagner aux foins, comme le lui demanda Benoît qu'elle avait chargé de transmettre sa requête. Fernand avait accepté aux conditions qu'elle ne s'approche pas trop de la rivière et qu'elle se rende utile.

La Noue des oies, où l'on devait mettre le foin en tas, était le pré le plus éloigné du village. Le trajet dans cette prairie au relief plat de fond de vallée, durait longtemps, à la grande satisfaction de Léona, assise sur le bord du haquet, jambes pendantes à la manière de son père. Elle aimait voir défiler sous elle le chemin marqué par des ornières parallèles entre lesquelles subsistait l'herbe maltraitée par les sabots des chevaux. Benoît, lui, debout contre l'échelette, les rênes en main, dirigeait le vieux Bijou.

On arrivait enfin au pré, là où la Meuse semblait revenir sur ses pas, à la recherche d'un peu de pente. À l'aide de leurs fourches à quatre dents, les hommes rassemblaient en tas le foin qu'ils avaient fauché trois jours avant et fané la veille. Avec un léger râteau de bois, Léona avait pour mission de ratisser le foin qui avait échappé aux fourches. Elle s'y adonnait avec sérieux, surtout quand Fernand ou Benoît posait son regard sur elle. Dans le pré voisin, une équipe de journaliers était à faner les andains. Le foin retourné, remué, livrait des senteurs dont l'enfant ne se lassait pas.

Au fil des mois, Benoît avait pris une place de plus en plus affirmée dans la famille. Pour Fernand et Ida, il était le grand fils. Pour les enfants, il était devenu l'aîné, le grand frère, celui qui amusait tant Petit-Marcel, celui qui savait réparer la poupée désarticulée de Jeanne, celui qui avait confectionné un lance-pierre avec deux bandes de caoutchouc fixées à une fourche de coudrier, celui qui, d'un tube de sureau dont il avait extrait la moelle, fabriquait un pipeau en un tournemain.

Le mois de mai est le mois de Marie. C'est souvent l'époque retenue pour les communions solennelles. En ce printemps 1912, ce fut la profession de foi de Jeanne. Les gens des Quatre-Chemins étaient sur la brèche depuis plusieurs jours. On avait fait le grand ménage pour accueillir oncles, tantes, cousins et cousines. Certaines familles étaient arrivées la veille, comme celle de l'oncle Henri de la ferme de Wameau, venu avec sa femme et ses grandes filles, celle de l'oncle Nestor de la ferme de l'Alma et ses fils. L'oncle Abel, le plus élégant de la fratrie, arriva dans un landau attelé à un demi-sang arabe de toute beauté. C'était un ami des chevaux. Léona était fascinée par le fer à cheval doré qu'il portait en broche à même le nœud de cravate, cravate dont l'épingle qui la fixait au plastron figurait, elle aussi, une tête de cheval en or. De haute stature et d'un port un peu raide, il ressemblait fort à Fernand, d'autant plus qu'il portait le même genre de moustaches dont les extrémités, sûrement cirées, pointaient vers le haut et une même mouche qui, partant de la lèvre, emplissait le creux du menton.

Léona avait déjà rencontré ses oncles en de nombreuses occasions, mariages, communions, fiançailles, et aussi enterrements, mais elle était toujours impressionnée par leur taille, et surtout par la voix puissante avec laquelle ils s'exprimaient dans un langage toujours choisi.

Lasse des embrassades répétées, elle entraîna sa cousine préférée, Hélène de Wameau, dans la cour. À l'ombre du noyer, deux vieilles dames du village étaient occupées, assises sur des tabourets, à plumer des oies sans tête et au cou encore sanguinolent. Entre elles, un sac de jute ouvert dans lequel elles enfouissaient le duvet arraché à pleines poignées. Une troisième femme arriva, que tous appelaient Louise, tenant fermement par les ailes un canard qui, pressentant sa mort prochaine, criait comme un beau diable et gesticulait, tentant de pincer la main qui le tenait prisonnier. La Louise s'empara de la hachette fichée dans le billot encore rouge du sang des oies. Pour ne pas rater son coup, elle assomma à demi le pauvre canard avant d'abattre le fer qui lui trancha le cou, puis elle le jeta à quelques pas de là. On aurait dit que la douleur avait réveillé le volatile. Pourtant guillotiné – un geyser de sang giclait de son cou par intermittence –, le canard se mit à courir vers l'abreuvoir qu'il n'atteignit pas. Il roula dans la poussière. Quelques derniers tremblements des pattes et des ailes, et c'en était fini.

Les gamines, ayant assisté au massacre sans manifester la moindre émotion, avaient été jusqu'à rire en suivant des yeux l'ultime course du pauvre volatile. Pareilles scènes étaient choses courantes à la campagne. Hélène eut même l'idée de ramasser la tête aux plumes d'un magnifique vert métal, restée au pied du billot. Au regard interrogateur de Léona, elle confia :

— Je la glisserai dans la poche de veste de notre cousin Lucien. C'est pour me venger de la peur qu'il m'a faite, l'année dernière, au mariage de Tatie Madeleine, en me poursuivant avec une souris vivante !

La messe de communion fut dite par l'abbé Aubry qui s'était adjoint, pour la circonstance, l'aide d'un jeune vicaire du doyenné de Stenay. Ce fut une belle cérémonie. Rien n'y manquait. La vénérable église était comble. La chorale de jeunes filles fut irréprochable de timbre et d'ensemble. Dans le chœur, parmi les héros de la journée, Jeanne était très recueillie. On aurait dit une épousée en miniature, tout en blanc, avec sa robe de satin rehaussée de dentelle et ses gants de soie. À la différence que la couronne n'était pas de fleurs d'oranger, mais de roses blanches, et que l'enfant ne portait pas de chignon, sinon des anglaises dissimulées sous sa voilette en étamine. À ce propos, Ida avait toujours eu des difficultés à trouver la coiffure convenant le mieux à Léona. Ses cheveux épais, raides et indisciplinés n'admettaient que nattes ou couettes qui résistaient mal, d'ailleurs, à la vigueur des occupations et des jeux de la fillette. Aussi, la maman ne résista pas longtemps à son insistante demande qu'on lui coupât les cheveux au plus court. Ce n'était pas la manière de l'époque, où seuls les garçons portaient les cheveux courts, et encore leur fallait-il attendre leur première entrée à l'école pour aller chez le coiffeur. L'occasion fut belle, à nouveau, pour Fernand d'appeler Léona « mon petit garçon manqué ». Au lieu de s'en offusquer, la gamine y voyait comme un compliment.

Après l'office, tous se retrouvèrent autour d'une longue table dressée dans la grange qu'on avait décorée. Jeanne montra les cadeaux reçus : un missel, un sous-main en cuir marqué en creux d'une croix dorée, une timbale d'étain avec ses initiales gravées au-dessous d'un portrait en semi-relief du Christ, un chapelet aux grains nacrés, ainsi que plusieurs médailles pieuses, dont une de la Sainte Vierge plaquée or. Gênée, elle n'osa brandir le diabolo offert par Victorin, le vieux cousin anarchiste et mécréant.

La communiante était placée au milieu de la table, entre l'abbé Aubry et Fernand. La chère était excellente. On buvait du vin bouché[1].

Après un regard vers Jeanne et en direction de Léona en bout de table, l'abbé Aubry dit à Fernand :

— Je dois vous féliciter ainsi que madame Ida pour la façon dont vous élevez vos filles. Ce sont mes meilleures élèves au catéchisme. Elles apprennent bien leurs leçons et savent leurs prières sur le bout des doigts. La petite Léona est exceptionnelle, elle est capable, malgré son jeune âge, de me réciter les actes de foi, d'espérance et de charité sans la moindre hésitation.

1. Vin en bouteille cachetée, de qualité supérieure au vin en vrac tiré du tonneau.

— Comme nous aimerions que monsieur Dautremont puisse en dire autant à son propos ! regretta Fernand. Malheureusement, ce n'est pas le cas. Têtue, elle ne consent à faire quelque effort que dans les domaines qui lui plaisent.

— Monsieur François, permettez-moi de vous dire qu'il faut peut-être en chercher la raison dans les méthodes du maître. N'oublions pas que c'est le charretier qui fait le cheval ! Personnellement, je n'ai aucune confiance dans ces jeunes maîtres formés dans les Écoles normales. Là, on leur apprend que la République n'a pas besoin de Dieu pour vivre. Ils ne respectent plus rien. Lui-même, ce Gildas Dautremont, le jour de sa prise de fonction, a osé, devant les élèves, dépendre le crucifix accroché au-dessus de son bureau depuis des lustres ! Heureusement le bon Dieu s'est vengé en laissant sa marque sur la peinture délavée du mur ! De telles mauvaises manières ne peuvent avoir qu'un effet nocif sur les consciences des petits… Ah ! nos anciens maîtres savaient, eux, nourrir les têtes et les âmes par quelques prières ponctuant la journée, par la lecture des Saintes Écritures, de la vie des saints et des œuvres de nos grands évangélisateurs.

Les François, eux aussi très pieux, déploraient la loi scélérate de 1905. Cependant, ils ne regrettaient pas l'ancien magister dont la pédagogie souffrait souvent de discrimination en fonction du statut social et spirituel de la famille de l'enfant. Naturellement portés à la tolérance, ils faisaient confiance au jeune maître qui, d'après leurs enfants, n'avait aucunement ce défaut.

Léona n'était pas une excellente écolière, non pas à cause de son instituteur, mais à cause d'elle-même dont les principaux centres d'intérêt se trouvaient hors les murs de l'école.

Après le dessert auquel il fut d'ailleurs convié, le photographe demanda aux participants de se réunir sur le côté de la ferme qu'éclairait le soleil. Tandis que les dames réajustaient boléros et capelines et vérifiaient les tenues des hommes et des enfants, le tireur de portraits sortait son matériel de la malle d'osier du tricycle qui l'avait amené de Stenay. Disciplinés, tous se placèrent selon ses vœux, grands derrière, petits devant, la communiante, missel et chapelet en main, couronne de roses blanches remise en place, au milieu du premier rang. L'essentiel du groupe se disloqua après la prise de deux ou trois clichés. Ne restaient plus que les François des Quatre-Chemins. L'homme de l'art photographia la famille au complet, puis Jeanne entre père et mère, ensuite les trois enfants ensemble. On alla chercher une chaise, et chacun des parents s'y assit et posa tour à tour avec chacun des enfants sur les genoux.

Grâce au semoir que venait de se procurer Fernand, betteraves et choux-navets, indispensable nourriture des bêtes en hiver, étaient semés en ligne. L'avantage n'était pas mince puisque cette culture nécessitait moins de semence et moins de main-d'œuvre. Une houe attelée à un cheval, pour nettoyer et remuer la terre entre les rayons, remplaçait avantageusement un bataillon de journaliers armés de leur sarcloir.

Autre progrès auquel avait souscrit le paysan : la pulvérisation de sulfate de cuivre, et parfois de fer, pour détruire les herbes parasites tout en sauvegardant la plante semée. En même temps que le désherbage par un grand nombre de personnel n'était plus nécessaire, le rendement ne cessait de croître. Cette pratique, appliquée aux pièces de blé et d'avoine des Hauts de Boulain, avait valu une récolte exceptionnelle en cette année 1912, ainsi qu'en témoignaient les deux hautes meules qui n'attendaient plus que de livrer leur précieux grain. L'entreprise de battage sollicitée n'était pas disponible avant l'hiver. Comme l'été qui se terminait avait été chaud et sec, les souris et autres mulots s'étaient multipliés à tout va. On n'allait quand même pas attendre qu'ils s'en prennent aux généreux épis des gerbiers !

D'autre part, on ne trouvait plus beaucoup d'équipes de batteurs au fléau qui auraient pu mener à bout une tâche de cette importance.

Un beau matin, Fernand prit le train pour Sedan. Catalogues en main, il obtint, au terme de longs plaidoyers, que les chocolatiers participent à l'achat d'une batteuse. Le modèle retenu fut une batteuse à tripot. Un cheval, installé sur un plan incliné se déroulant sous ses pieds, entraînait le mécanisme de battage.

La livraison eut lieu rapidement. L'inauguration de la machine se fit devant quelques paysans du village venus en curieux. Léona était aux premières loges. Elle avait difficilement accepté le choix d'Olane pour entraîner la batteuse. Lors des essais de la veille, les autres chevaux avaient été écartés, Bijou en raison de son âge trop avancé, Iris parce qu'elle était pleine. Pas question non plus d'y mettre la Lorette, trop légère et émotive. Elle n'aurait fait que ruer, se cabrer et « tirer au renard[1] ». Olane, elle, avait satisfait aux tests. Un peu légère peut-être, elle avait su d'emblée adopter un rythme régulier. On aurait même dit qu'elle trouvait l'exercice amusant. Fernand apaisa les craintes de sa petite-fille en lui assurant que sa chère jument bénéficierait de pauses régulières où elle pourrait reprendre son souffle et se désaltérer.

C'était là le dernier coup de collier avant les labours d'automne. L'été sans pluie n'avait pas permis à l'herbe de grandir en suffisance après la

---

1. Tirer sur le licou jusqu'à s'étrangler.

fenaison pour envisager de faucher des regains. La repousse avait été juste suffisante pour entretenir les vaches en vaine pâture pendant trois petites semaines.

Après les efforts de la fenaison et de la moisson, et avant de tirer la charrue, les chevaux étaient au parc. Pendant le jour, ils se reposaient à l'ombre des deux noyers sauvages qui se dressaient non loin du trou d'eau et profitaient de la douceur de la nuit pour paître une herbe rare, mais fraîche de rosée.

N'y tenant plus de soif, cet après-midi-là, Olane voulut aller boire au trou. Il restait bien un peu d'eau dans un creux du milieu de la mare. Pour y atteindre, la jument s'engagea dans la vase où elle s'enfonça. Elle tenta bien de se dégager, mais ses mouvements la fichèrent plus profondément encore dans la boue argileuse et collante. Debout, le ventre reposant sur l'épaisse gadoue, les pattes prisonnières du magma glaiseux, la pauvre bête hennissait, appelait à son secours. Personne ne l'entendait. Fatiguée, elle avait fini par geindre doucement. Le temps passait. Les minutes, les heures. Elle pleurait maintenant, résignée, comme si elle attendait la mort.

Adolphe Bonhomme avait décidé d'aller, ce jour-là, à la glandée pour son cochon. Pour se rendre au Bois-Jodain, il devait longer les pâtures. C'est lui qui alerta Fernand. Le vieux Bijou, resté à l'écurie, fut vite attelé au tombereau. On chargea les harnachements des pouliches, des planches et des tôles, des chaînes et des cordes en quantité. Attirée par le remue-ménage, ayant entendu que Olane était en péril, Léona pleura pour qu'on lui fît une place dans la charrette. S'y trouvaient déjà Fernand et Benoît, lequel, rênes en mains, exigea de Bijou qu'il se rendît au trot à la pâture. La nouvelle s'étant répandue, des villageois arrivèrent pour prêter main-forte.

À bout de force, Olane s'était laissée aller sur le flanc. Le côté droit de la tête reposait dans la vase. Léona pleurait. À l'aide des planches et des tôles, Benoît parvint jusqu'à la jument qui redressa la tête quand il lui parla à l'oreille et lui flatta l'encolure. Il parvint à passer une corde attachée à une perche sous le ventre de la bête, puis une autre, puis encore une autre. Olane avait compris qu'on était occupé à tenter de la sauver. Elle essayait, autant qu'elle le pouvait, de faciliter la tâche de ses sauveteurs.

Les deux autres juments furent harnachées et on les attela au palonnier auquel deux cordes avaient été fixées. La corde restante était maintenant entre les mains des aidants. Au signal donné par Fernand, hommes et chevaux joignirent leurs efforts. Lentement, Olane bascula complètement sur le côté et glissa vers le bord du trou. Pleurant et riant à la fois, Léona ne pouvait pas cacher son bonheur lorsqu'elle vit enfin son amie sur ses quatre pattes. Revenue sur la terre ferme, après avoir bruyamment reniflé, Olane poussa un hennissement sonore pour remercier la compagnie. Puis elle entama un joyeux galop au terme duquel elle se roula dans les herbes sèches, comme pour nettoyer sa robe de la vase gluante qui la souillait.

Lors des prières du soir, Léona ne fut pas la moins ardente à remercier Dieu d'avoir épargné sa chère

Olane en envoyant l'Adolphe Bonhomme au Bois-Jodain.

Puis la cloche de l'école avait à nouveau appelé les enfants du village. Il était temps, après ces longues vacances. Les corps en avaient largement profité. Ils avaient grandi, forci. Le soleil généreux de l'été les avait hâlés, renforçant leur image de pleine santé. L'esprit ne devait pas être en reste. Il était urgent de l'exercer, afin de ne pas se contenter de seules têtes bien faites.

Quelques centaines de mètres entre les Quatre-Chemins et l'école. Jeanne, prête longtemps avant sa sœur, avait dû l'attendre. Elles partaient ensemble, mais très vite Léona était à la traîne comme si elle cherchait à retarder le cours des choses. Pour se donner un peu de cœur au ventre, en marquant le rythme du talon de sa galoche, elle chantonnait :

Le petit Jésus s'en va-t-à l'écoleu
Avecque sa croix dessus son épauleu
Une pomme rougeu
Pour mettre à sa boucheu
Un bouquet de fleurs
Pour mettre à son cœur.

Le jeudi de la rentrée, après le catéchisme du matin, elle fit à grande vitesse son exercice d'arithmétique et demanda l'aide de Jeanne pour venir à bout de celui de grammaire. À sa sœur qui s'étonnait d'une telle précipitation, elle confia qu'elle tenait absolument à participer au ramassage des pommes de terre. En effet, après le repas, quand Benoît vint atteler Olane pour partir au champ, Léona se trouvait déjà dans le tombereau.

Il y avait beaucoup de monde sur le terrain où, après les avoir fauchées, on avait fait quelques tas de fanes[1] sèches. Les patates avaient alors été déterrées au croc le matin même. La récolte qui jonchait le sol semblait abondante. C'est qu'il en fallait pour nourrir quasi quotidiennement bêtes et gens pendant toute l'année ! La pratique du ramassage n'était pas aussi simple qu'on pouvait l'imaginer. Elle s'exécutait selon une manière de faire bien établie. Entraient d'abord en action les trieurs. Après les avoir débarrassées de la terre qui pouvait y être restée collée – il y en avait peu, le sol étant fort sec –, ils devaient les répartir en petits tas. Les plus petites rejoignaient celles blessées par les dents des crocs. Ce travail avait les faveurs de Léona. Cuites, elles constitueraient l'essentiel de l'alimentation des cochons. Celles qui présentaient de nombreux yeux allaient être précieusement conservées comme semence pour la campagne suivante. Les grosses, quant à elles, termineraient en fricassées, purées, salades au lard et pissenlits, ou encore soupe au lard de cochon. On gardait les plus petites, à condition qu'elles soient bien conformées, pour les consommer en robe des champs ou, rôties dans le saindoux, pour accompagner un gibier.

Il fallait ensuite remplir des sacs en toile de jute. Dans le lien était coincé une fane ou un morceau de

1. Partie aérienne de la pomme de terre.

tissu qui annonçait le contenu du sac. Pendant que la récolte était chargée dans le tombereau, Fernand, à l'aide de son briquet, mettait le feu aux tas de fanes sèches. Une épaisse fumée blanche envahissait les lieux en répandant une odeur qui parvenait, délicieuse, aux narines de Léona. Juchée sur la montagne de sacs, elle s'octroyait de profondes inhalations avant que le départ soit donné. Assis à ses côtés, pour la remercier de son aide, son père lui confiait les rênes qui la reliaient ainsi à Olane, sa complice. Alors, le roi n'était pas son cousin ! La jument montrait qu'elle appréciait cette passation de pouvoir en s'appliquant à éviter les ornières et les nids-de-poule du chemin. Elle menait le tombereau selon le parcours le plus confortable pour le chargement et les passagers. Le plaisir de la fillette était à son comble lorsqu'elle avait à traverser le village dans cet équipage. Et si la chance voulait qu'elle ait à croiser un groupe de gamins, l'air important, elle lançait à Olane un sonore : « Hue donc, ma belle… hue ! » en faisant doucement claquer les guides de cuir sur la croupe de la jument.

La rentrée de la catéchèse fut une surprise pour tous. Désigné par l'évêque pour exercer son apostolat dans une paroisse supplémentaire dont le titulaire venait de mourir subitement, l'abbé Aubry avait chargé Agathe Mouton de le remplacer.

« La Demoiselle », comme on l'appelait, était une personne sans âge, grise de teint, de cheveux et de mise. Célibataire, elle vouait sa vie à Dieu, mais surtout à l'église, qu'elle servait de son mieux. Elle en assurait le ménage, le fleurissement, sans oublier l'entretien et l'empesage des linges liturgiques, des aubes, chasubles et surplis du prêtre et des enfants de chœur. Et quand l'organiste était défaillante, l'Agathe se faisait un plaisir de proposer aux fidèles un aperçu de ses dons, restés fort modestes, devant un clavier.

La première séance animée par la Demoiselle débuta très bien pour Léona qui sut parfaitement rappeler les deux types de péchés, véniels et mortels, à quelles fautes ils s'appliquaient et quelles sanctions ils méritaient. Sa prestation lui rapporta un bon point. Il lui en fallait encore neuf pour obtenir l'image qu'elle convoitait, celle où un ange, visage poupin et blondeur de cheveux, ressemblant à Petit-Marcel, naviguait entre des nuages argentés. Au cours de sa première année de catéchisme, Léona en avait obtenu trois qu'elle conservait précieusement dans son missel, aux pages de ses cantiques préférés. Mais c'était surtout celle de l'ange qu'elle désirait. Seul Maximilien la possédait. C'était l'unique récompense reçue l'année précédente. Maximilien était le petit-fils de Maria, la bonne de la ferme des Quatre-Chemins, qui en avait la charge depuis la mort de sa fille et de son gendre dans un stupide accident de chemin de fer. Voulant couper au plus court, ils avaient emprunté la voie. À cause du fracas du vent violent dans les arbres, ils n'avaient pas entendu arriver la locomotive haut le pied[1] qui venait de décrocher ses wagons à Stenay.

Les jours sans école, Maximilien accompagnait sa grand-mère à la ferme. Il aidait aux petits travaux comme recharger l'âtre, laver les légumes ou encore ramasser les œufs au poulailler. Mais l'essentiel de son temps, il le passait à partager les jeux de Léona dont il était devenu inséparable. « On les mariera, ces deux-là ! » plaisantait souvent Fernand. Si la fillette en riait, Maximilien, au fond de lui-même, prenait la chose au sérieux, étant secrètement amoureux de Léona.

Il était justement, ce jeudi-là, assis près de sa camarade sur un des bancs de la sacristie. En ouvrant son livret de catéchisme, il laissa échapper son image pieuse qui chut aux pieds de Léona. Celle-ci la ramassa, la contempla longuement et, au moment où elle s'apprêtait à la lui rendre, le garçon, d'un

1. Locomotive seule.

geste magnanime, lui fit comprendre qu'elle pouvait la garder. La fillette, ravie, la glissa dans son livre.

Quelques instants plus tard, revenant sur terre, il prit conscience que cette libéralité pouvait lui être néfaste si la Demoiselle ou même sa grand-mère lui demandait de produire l'image en question. Alors, il prit la douloureuse décision de la redemander à Léona qui explosa :

Quat'à quat'à la charrue,
quand on donne
on ne r'prend plus !

Le remue-ménage provoqué par cette bruyante sortie lui coûta le bon point qu'elle dut rendre à la Demoiselle.

Les deux enfants profitèrent d'avoir la tête enfouie au fond du capuchon de leur pèlerine pour ne pas s'adresser la parole durant le trajet qui les ramenait à la ferme au moment de l'angélus de midi. Après le repas, leur différend oublié, et comme le mauvais temps ne permettait pas de jouer dehors, Léona proposa de « tuer le cochon ». Tous deux se rendirent à la resserre à betteraves. Ils en choisirent une parmi les plus grosses, et d'un rose qui se rapprochait le plus de la couleur de l'animal. Ensuite, au fournil qui servait aussi d'atelier, Maximilien y planta quatre grandes pointes à chevron qui figuraient les pattes, tandis que la fillette, à l'aide d'un couteau de cuisine usagé, tentait de sculpter à l'avant de la betterave une tête de cochon. Pour les yeux, deux petits silex bien ronds firent l'affaire.

Arriva le moment crucial. Le cochon fut allongé sur le côté droit. Fermement maintenu par le garçon, il ne put échapper au couteau que Léona, tout en couinant, lui enfonça jusqu'au cœur. Un dernier râle, un soubresaut, les pattes qui s'agitèrent une dernière fois et ce fut la fin. Après un simulacre de rasage – il fallait bien le débarrasser de sa soie –, l'animal fut allongé sur le dos. Avec un coupe-choux utilisé habituellement pour décolleter les betteraves, on lui ouvrit le ventre. Léona fit mine d'en sortir boyaux et viscères. Les cuisses furent prélevées, généreusement saupoudrées de sel – du sable fin –, elles allaient faire de savoureux jambons. La plus grande partie du reste fut débitée en côtelettes, en rôtis, en morceaux de lard qui furent disposés par couches dans le saloir – une boîte à chaussures –, le tout abondamment salé. Ensuite, pendant que Maximilien faisait semblant de gratter les boyaux – des tronçons de paille de blé –, Léona jouait de la machette pour préparer la chair à saucisse et à pâté, s'arrêtant de temps à autre pour répandre sel, poivre et quelques herbes.

Le jeu dura ainsi jusqu'à ce qu'il n'y ait plus rien à débiter ou à hacher. Il fut alors décidé d'aller jouer dans la grange, sur le tas de paille. Léona aimait cet endroit et ses odeurs de grain, de paille et de foin. Elle y retrouvait souvent ses amis les chats, occupés à faire leur métier de chat – attraper les souris. À sa vue, ils délaissaient leur poste de guet pour venir ronronner, se frottant aux jambes de l'enfant qui ne leur ménageait pas ses caresses.

Dans la grange, les jeux consistaient à se cacher,

chacun à son tour et, une fois découvert, à tenter d'échapper à son poursuivant. À ce moment-là, c'était le garçon qui tentait de rattraper Léona sur le tas de paille. Il parvint à la ceinturer. Ils roulèrent l'un sur l'autre dans la paille, et le galopin en profita pour embrasser sa compagne de jeu et peser de tout son poids sur elle. Vite relevée, quelque peu désemparée par l'onde de chaleur qui la parcourut le temps du contact avec le corps de Maximilien et son baiser, elle en oublia de se fâcher contre lui et son geste osé.

Allongée dans son lit, au moment des prières du soir, la fillette repensa longuement à cette scène. Elle se sentait honteuse et fautive d'en avoir ressenti quelque plaisir. Elle était persuadée d'avoir commis un péché. Pourvu qu'il ne fût pas dans la catégorie des péchés mortels !

Le sommeil vint tardivement cette nuit-là.

Il avait beaucoup plu en cette fin du mois de décembre. Le ru, sorti de son lit, avait inondé les pâtures. La Meuse, dont on ne devinait plus le cours que grâce aux saules et aux buissons qui la bordaient, avait aussi envahi toute la prairie. L'avant-veille de Noël, Léona frissonna en se levant. Le froid était brutalement tombé pendant la nuit, dessinant sur les vitres toute une végétation où des fleurs d'une belle finesse se détachaient au milieu d'herbes exubérantes. Cette prestigieuse composition de givre allait malheureusement disparaître, fondant au soleil blanc qui entamait son court trajet d'hiver.

Lorsqu'elle mit le nez dehors, la fillette éblouie dut placer sa main en visière pour ne pas être aveuglée. La glace qui recouvrait l'immense étendue d'eau lui renvoyait la lumière du soleil. Le ciel, vierge de nuages, était d'un bleu pâle et légèrement jaune orangé du côté du levant.

Léona demanda à son père de fixer aux semelles de bois de ses galoches, des clous à brodequin. Elle pourrait ainsi mieux glisser. Fernand vérifia aussi et compléta le cloutage des souliers de Maximilien. Il accompagna les enfants chaudement emmitouflés jusqu'au bas du pré où il s'assura que la glace était suffisamment épaisse pour les porter. Encore quelques recommandations de prudence et les voilà tous deux prenant leur élan sur la terre ferme pour aller le plus loin possible en glissant. Plus lourde et plus vive, Léona triomphait à chaque concours... à moins que son soupirant, pour lui faire de belles manières, la laissât gagner ! Il y eut bien quelques chutes qui étoilèrent la glace. La victime, cachant maladroitement sa douleur et retenant difficilement ses larmes, affirmait bruyamment ne pas avoir eu mal !

À proximité du village, ils rejoignirent un groupe de garçons qui, eux aussi, s'amusaient sur la patinoire. L'un d'eux, Édouard Lelièvre, disposait d'un traîneau. Rudimentaire, l'engin était fait d'un siège reposant sur deux semelles de bois sous lesquelles était fixé, en long, du gros fil de fer rond à clôture. Une fois assis, le jeune Édouard, à l'aide de deux solides bâtons à vache terminés par une pique, à la manière des aiguillons, activait le traîneau qui prenait rapidement de la vitesse.

Retour aux Quatre-Chemins, Léona n'eut de cesse que son père sacrifiât un tabouret à traire. Benoît eut l'idée d'utiliser deux douves à la courbure peu accentuée d'un tonneau hors d'usage, en guise de patins. Ces patins allaient être eux-mêmes équipés de la ferraille nécessaire, à savoir des parties des cerclages du tonneau. Deux planches transversales à l'avant et à l'arrière assuraient la rigidité de l'engin. Fernand fabriqua en un tournemain deux pics au bout métallique aiguisé... Et ce fut un après-midi de rêve. Grisés par la vitesse, les deux enfants n'étaient cependant pas toujours maîtres de leur engin. Ce ne fut qu'en sautant *in extremis* du traîneau qu'ils échappèrent à une menaçante clôture de fil ronce. Par contre, alors qu'ils avaient le nez en l'air pour suivre un vol d'oies sauvages qui cherchaient à se poser, ils ne purent éviter la collision avec la taupinière qui les bloqua dans leur élan et les envoya brutalement en contact avec la glace.

Trois jours après, alors que le dégel avait commencé, Léona voulut tester la portance de la patinoire. La glace céda sous elle. Elle en fut quitte pour un bain de pied involontaire dans l'eau glacée. Vite, elle rentra à la maison où elle mit ses galoches à sécher près de l'âtre, avant d'aller jouer dans la grange avec Maximilien. Quand elle revint dans la salle commune, alertée par l'odeur, elle se précipita vers l'âtre. Trop tard ! Ses chaussures étaient à demi calcinées !

Les François, bien qu'installés aux Quatre-Chemins depuis plus de dix ans, n'étaient pas complètement intégrés à la communauté villageoise. On les appelait toujours « les Belges ». Quelques jaloux disaient irrévérencieusement « les Boyaux ». Comme ils ne ménageaient pas leurs efforts pour travailler la terre, qu'ils étaient avisés dans la gestion de leur troupeau, qu'ils avaient des enfants bien tenus et, surtout, qu'ils allaient régulièrement aux offices, on les respectait, mais les gens du village ne les considéraient pas comme des leurs. Les Derrien, qui tenaient le moulin, étaient aussi « une pièce rapportée » au village. Jean-Yves Derrien, le père, était arrivé de sa Bretagne natale une trentaine d'années plus tôt. D'après ce qu'on disait, il faisait la meilleure farine du canton. Malheureusement, un coup de pied de son propre cheval devait entraîner sa mort. Son fils Yves, qui travaillait avec lui, alla chercher femme sur la terre de ses ancêtres, avant de prendre la succession de son père.

On ne savait pas si c'était leur statut d'« étrangers » qui les avait rapprochés ou les forts liens d'amitié qui unissaient Jeanne à leur fille Lise, ainsi que, dans une moindre mesure, Léona à leur cadet Pierre. Lorsque arrivait l'hiver, les deux familles avaient l'habitude de se retrouver pour des veillées au moulin ou à la ferme. Ces soirs-là, on ne laissait pas mourir l'âtre, au contraire, on le chargeait, chez les Derrien, avec de la charbonnette. Anne, la maîtresse de maison, avait placé au-dessus de la braise une plaque métallique sur un trépied. Avec une grande habitude dans le geste, elle y étalait une fine couche de pâte qui, prestement retournée, allait donner une crêpe dorée. Pliée en quatre, légèrement fourrée de gelée de mûres de la saison dernière, c'est ainsi que Léona les préférait. Il fallait qu'Ida lui fasse les gros yeux pour la dissuader d'en manger plus que de raison. Les adultes jouaient aux cartes. Aux moments de quasi-silence, que nécessitait la réflexion, succédaient de bruyantes exclamations de dépit d'avoir choisi la mauvaise carte, ou de joie de marquer le point. Le jeu s'arrêtait, le temps d'une bolée de vin chaud. Les hommes réclamaient des crêpes flambées à la mirabelle. Une délicieuse odeur de prune fermentée qu'activait celle d'un retour de fumée dans la cheminée emplissait alors la salle commune. Pendant ce temps, Jeanne et Lise étaient à leur broderie. Devant elles, une lampe à pétrole sur un guéridon leur dispensait la lumière nécessaire à leur ouvrage. Parfois, penchées l'une vers l'autre, elles se parlaient à voix basse. Et quand elles tenaient que la confidence reste dans l'absolu secret, elles se rapprochaient encore plus pour s'en dire le contenu dans le creux de l'oreille. Ce comportement irritait Pierre, qui craignait toujours de faire les frais de leurs conciliabules. Le « pas de messe basse sans curé ! » qu'il leur lançait n'avait aucun effet. Il revenait alors au récit de Léona qui lui contait par le détail comment son père et Benoît lui avaient bricolé un traîneau, comment Maximilien et elle avaient eu de belles joies mais aussi de belles émotions avec cet engin.

Quand les Derrien se déplaçaient pour passer la veillée aux Quatre-Chemins, Ida, avec l'aide de Jeanne, préparait un seau de casement[1] laissé à lever à proximité de l'âtre. Ces soirs-là, on dégustait des gaufres accompagnées de lait chaud sucré de miel pour les enfants. Les hommes avaient droit à la piquette des côtes, rarement à du bouché. Puis c'était le café et le pousse-café. Le meunier, qui semblait beaucoup apprécier la mirabelle, racontait des blagues qui faisaient exploser des rires bruyants chez les hommes, plus retenus chez les femmes. Anne, désignant les enfants du menton, semblait lui en faire le reproche.

L'oreille toujours en éveil, Léona aimait écouter les discussions des « grands ». Les histoires de pêche

1. Pâte à gaufres.

et de chasse la passionnaient. Ce soir-là, Fernand racontait comment il était venu à bout d'un solitaire de 130 kilos qu'il avait débusqué au Bois-Jodain. Une première décharge de chevrotines l'avait fait trébucher. Relevé aussitôt, au lieu de s'enfoncer dans le bois, il descendit vers la plaine. Fernand le suivit des yeux et le vit s'engouffrer dans un épais buisson proche de la Meuse. De retour à la ferme, notre chasseur se réapprovisionna en cartouches et détacha Fox qui ne se fit pas prier pour accompagner son maître. Le buisson était un fourré assez épais où le sanglier avait trouvé refuge. Fox pénétra dans le tunnel qui menait à la bête. Au bout de nombreuses minutes où le chien ne cessait d'aboyer que pour tenter de mordre le solitaire, au risque de se faire éventrer, de guerre lasse, le sanglier quitta le buisson. Fernand lâcha ses deux coups de fusil. La bête chancela, grogna, mais poursuivit son chemin. Fébrile, étonné par une telle résistance, Fernand mit du temps à extraire les douilles vides des canons avant de recharger. L'animal était arrivé sur la berge. Il se laissa glisser dans l'eau et entreprit de traverser la rivière à la nage. C'est du bord que Fernand ajusta son tir. L'eau se mit à rougir autour du sanglier qui cessa de battre des pattes et, sans plus bouger, se laissa dériver au gré du courant. Un saule mort, à l'extérieur d'un méandre, arrêta sa course. Pour récupérer sa victime, Fernand dut se faire aider par Benoît. Ils n'étaient pas trop de deux costauds pour charger la bête dans la barque de pêche empruntée au père Gérard… Léona n'aurait pu dire combien de fois elle avait déjà entendu le récit de cet exploit.

Mais elle ressentait toujours le même plaisir. Elle aimait entendre son père raconter, mimer le tireur aux prises avec des douilles récalcitrantes, répéter le geste du chasseur qui épaule, vise et tire.

C'était son père, le meilleur chasseur du monde, celui qui avait abattu un sanglier solitaire de 100 000 kilos ! Son père ?... un héros.

Pour Noël, Fernand était allé lui-même au bois couper un jeune sapin. Pendant toute l'année, les enfants avaient conservé les papiers d'argent des paquets de café, des emballages de chocolat et les transparents de couleur qui contenaient les bonbons qu'on achetait le jour de la fête, à la baraque de confiserie. Lorsque le sapin fut en place, dans un coin de la salle commune, toute la famille s'attacha à le décorer. Jeanne avait découpé une étoile dans du carton, qu'elle avait ensuite recouverte de papier doré. Benoît la fixa tout en haut. Le papier argenté fut découpé en fines lamelles que Léona se chargea de répandre sur les branches. De fines déchirures d'ouate, figurant la neige, parsemèrent le vert du sapin. Pendant que les enfants s'affairaient à la décoration de l'arbre de Noël, Fernand et Ida reconstituaient la crèche dont les éléments dormaient depuis l'hiver dernier dans une caisse de bois qui allait elle-même constituer l'Étable. Une fois le décor planté, les animaux et les personnages en place, Ida déballa solennellement du papier de soie blanc où reposait le Divin Enfant qu'elle plaça délicatement sur la couche de paille blonde. Ce fut l'occasion de prières et de chants auxquels tentait de se mêler Petit-Marcel en répétant les dernières syllabes entendues.

Quand les cloches de l'église du village résonnèrent pour convier les fidèles à la messe de minuit, toute la famille était prête. On s'était emmitouflé pour affronter l'agressif vent d'est qui, depuis le lever du jour, cinglait les visages. Ida emporta même sa chaufferette garnie des braises prélevées dans l'âtre. Avant de se mettre en route, on attendit Fernand qui disait avoir oublié d'éteindre les bougies de la crèche.

Tout le village, à l'exception de quelques impotents et mécréants, se trouvait là. Léona aimait cette église, non seulement pour ses statues peintes aux couleurs pastel, ses cadres dorés des tableaux du chemin de croix, le chœur et ses colonnes de marbre, mais aussi pour ses odeurs. Parmi elles, celle de l'encens dominait, mais il y avait aussi celle des bougies allumées, celle de la cire des bancs et du confessionnal, et puis celle qu'apportaient avec elles les ouailles, mélange de fumet d'étable et de la naphtaline de l'armoire à vêtements.

Les cantiques de Noël qui emplissaient l'édifice resté dans une quasi-obscurité, les rayons de lune qui perçaient les vitraux en projetant leurs couleurs sur l'allée centrale impressionnaient Léona. Elle avait conscience de vivre des instants magiques qui renforçaient encore, si besoin était, sa foi en Dieu. Mais le bonheur de cette nuit merveilleuse allait se prolonger. Le père Noël était passé par là.

Les cadeaux attendaient les enfants de retour de la messe. Un cheval à bascule pour Petit-Marcel, une paire de moufles fourrées de lapin et un couteau aux nombreuses lames pour Benoît, un grand livre illustré des fables de Monsieur de La Fontaine pour Jeanne, tandis que Léona reçut un canif et un boulier qui l'aiderait peut-être enfin à se mouvoir dans le monde effarant de l'arithmétique.

Et ce ne fut pas tout, chacun eut droit à une orange et des pâtes de fruit.

Enfouie dans son lit de plumes, avant de s'endormir, Léona dit une longue prière dans laquelle elle remerciait le Bon Dieu de lui avoir donné des parents, des frère et sœurs aussi bons. Elle Lui demandait aussi de ne jamais cesser de les protéger.

Au catéchisme, malgré le peu de sympathie qu'elle avait pour la Demoiselle, elle était incontestablement la meilleure élève de son groupe. À la moitié de l'année, il ne lui manquait plus que deux bons points afin d'obtenir sa huitième image. Un jour que l'abbé Aubry l'appela à la sortie de l'école pour la féliciter, elle osa lui demander la chose à laquelle elle tenait le plus, faire partie des enfants de chœur. Surpris, le curé n'osa pas lui opposer un refus brutal :

— Ma chère enfant, je te remercie de vouloir servir la messe, mais tu dois savoir que la tradition veut que les garçons aient ce privilège… Mais tu ne te seras pas adressée à moi pour rien. Je te propose d'aider la Demoiselle à fleurir l'église et remplacer les bougies usagées.

L'abbé Aubry s'aperçut rapidement que ses

paroles ne déclenchaient pas d'enthousiasme chez la fillette.

— C'est tout ce que je peux faire pour toi, mon enfant !

— Si vous ne voulez pas me prendre pour servir la messe, laissez-moi au moins sonner les cloches, implora-t-elle.

— Ça, je te l'accorde volontiers, répondit le curé.

C'est ainsi que Léona se rendit en avance à chaque messe pour tirer sur l'une des trois cordes actionnant les cloches. Il fallut que le prêtre intervienne personnellement pour que les sonneurs en titre l'intègrent à leur groupe. Très vite, elle adopta la manière de faire des garçons lorsqu'il s'agissait d'arrêter la sonnerie. Accrochée à la corde quand elle était au plus bas, elle décollait du sol pour un mètre ou deux quand la corde, entraînée par l'élan de la cloche, remontait. Quelques fulgurantes montées dans les airs la payaient largement de ses efforts de sonneuse. Il y avait bien ces dadais qui s'amusaient de ses jupons relevés pendant l'exercice. Léona les ignorait.

La belle saison revint. Après les perce-neige, les violettes. Après les violettes, les coucous qui ouvraient la période jaune, et ensuite viendraient les fleurs de toutes les couleurs. Grande activité aussi dans les airs et dans les branches. Les bourgeons éclataient, les feuilles prenaient de l'ampleur, dissimulant les nids aux yeux des prédateurs. Des couples se formaient. Des petits naissaient et découvraient, maladroits, leur environnement. Après l'engourdissement de l'hiver, la terre se réveillait.

Léona était sensible à la marche du temps, à la succession des saisons dont aucune ne lui déplaisait. On venait de quitter l'hiver et ses patinoires, et voici le printemps avec tout son remue-ménage, ses fleurs aux arbres et au sol ; bientôt l'été avec son bon soleil, ses longues journées, ses baignades. Puis arrivera l'automne avec ses couleurs incomparables, ses champignons, ses pommes rouges et ses noix.

Durant le séjour estival des Boislambert, malgré les provocations de la petite « pimbêche », Léona respecta la parole qu'elle avait donnée à ses parents de rester calme et polie en toutes circonstances.

Au lieu de la quinzaine habituelle, les chocolatiers avaient décidé de séjourner une semaine supplémentaire aux Quatre-Chemins. Ida s'en émut. La vieille Maria et elle-même, auxquelles venait souvent s'adjoindre Jeanne, suffisaient tout juste à préparer les repas pour cette famille exigeante, augmentée d'un couple d'amis arrivés sans s'annoncer pour la dernière semaine. À la demande qu'elle leur fit d'une participation aux frais de nourriture, la pauvre femme se fit vertement remettre en place :

— L'honneur qui est le vôtre de nous recevoir vous paie largement de vos efforts ! osa madame Boislambert mère.

Quand Fernand rentra des champs, sa femme lui fit part de la fin de non-recevoir qui lui avait été opposée. Le paysan entra dans une violente colère. Ida dut le retenir d'aller dire leur fait aux propriétaires :

— Non, ne fais pas ça, mon ami, pense à nous, à nos enfants. Des gens comme ça sont capables de dénoncer le bail, et, avec les appuis qu'ils ont, nous mettre à la porte. Nous serions dans de beaux draps !

Ida avait raison. Fernand en convint. Il leur fit bonne figure pendant le reste du séjour. Lorsque les limousines quittèrent les Quatre-Chemins, il ouvrit une bouteille de vin bouché.

Les labours d'automne harassaient hommes et chevaux. Les uns devaient sans cesse peser sur les mancherons d'un côté ou de l'autre pour contrôler la direction de la charrue, les autres ne relâchaient pas leurs efforts pour haler l'engin alors qu'ils avaient peu de prise sur le sol humide où leurs sabots s'enfonçaient. Aussi, lorsque arriva le jour de la foire d'automne de Stenay, les chevaux restèrent à l'écurie.

Ce vendredi-là, Fernand se leva plus tôt que d'habitude. Benoît se chargea du pansage des bêtes. En habit de rechange, Fernand ne voulait pas rater la foire aux bestiaux qui se tenait sur la place de l'hospice. Peut-être y trouverait-il à acheter le taureau qu'il recherchait?

Arrivé sur place, il attacha Olane à un anneau de l'auberge du Commerce où emboucheurs et maquignons avaient l'habitude de se retrouver. Sur le foirail, il ne trouva pas l'animal lui convenant. Après avoir consulté les cours des céréales et de la viande, il remonta la rue des Orfèvres pour faire le tour des éventaires.

C'est à ce moment-là qu'il fut sollicité par deux fillettes, sûrement poitrinaires elles-mêmes, auxquelles il acheta un billet de la Loterie Nationale au profit de l'Œuvre des Enfants tuberculeux. Deux sous le dixième, vingt sous ou un franc le billet entier. Fernand avait sorti une pièce de deux sous de sa bourse, mais face à l'air misérable des petites, il pensa à ses propres enfants et se ravisa. Il choisit un billet entier qui se terminait par un 6, chiffre fétiche de sa petite Léona.

Bien lui en prit. Les résultats du tirage, publiés dans *L'Est républicain* du 3 novembre, lui apprirent qu'il avait gagné non pas le premier lot de 250 000 francs, mais le deuxième, de 50 000. Il avait fallu relire dix fois les chiffres gagnants, les faire comparer à ceux du journal par chaque membre de la famille pour être enfin convaincu que, contre ce billet que Fernand brandissait alors, allait lui être remise la somme mirifique de 50 000 francs ! Que faire d'autre que de remercier Dieu, Jésus, Marie et tous les saints ? Les longues prières que chacun entreprit de dire permirent de tempérer l'excitation et la fébrilité qui régnaient dans la maison. Léona était montée dans sa chambre et, à genoux face au crucifix accroché au-dessus de son lit, disait tout son bonheur de se sentir ainsi protégée et aidée, elle et sa famille, par les Instances Suprêmes.

Mais, subitement, elle sentit une sorte de crainte l'envahir. Son père n'avait-il pas dit que, s'il en avait un jour les moyens, il se rendrait propriétaire d'une ferme pour ne plus avoir à rendre des comptes à quiconque ? Or Léona n'acceptait pas l'idée de quitter un jour les Quatre-Chemins…

L'abbé Aubry aimait se rendre chez ses ouailles, surtout lorsque celles-ci le conviaient à leur table. C'était l'occasion d'évoquer les nouvelles du village et des environs. Il en profitait aussi pour vérifier l'intensité de la foi de ses hôtes, et, au besoin, la fortifier, ce qui était superflu avec les François. Ce dimanche-là, entre la grand-messe et les vêpres, il était attablé aux Quatre-Chemins. À la fin du repas, au moment du café-mirabelle, la permission fut accordée aux enfants d'aller jouer. Sûrs de la discrétion du prêtre, n'était-elle pas liée à l'exercice même de son apostolat, les François lui confièrent qu'ils venaient de gagner le deuxième lot de 50 000 francs à la Loterie Nationale et qu'ils entendaient consacrer une partie de cette manne à l'achat d'une ferme. L'abbé Aubry fit part de sa joie de voir une famille méritante recevoir une telle aide, Dieu n'y était certainement pas pour rien, mais se dit en même temps désolé à l'idée de la voir quitter sa paroisse. Puis, après quelques secondes de réflexion, il dit :

— Peut-être ne serez-vous pas obligés d'aller vous installer loin d'ici ? D'après ce que m'a rapporté la bonne Mélanie, il paraît que la ferme de Bon-Ru serait à céder. Amédée Lelièvre est sur les rangs, mais Paul Vigoureux ne veut pas la lui vendre. Personnellement, je ne serais pas fâché de voir ce Paul quitter le village et aller au diable ! Voyez-vous, j'avais mis tous mes espoirs en lui. Mais vous savez ce qui est arrivé. Il a trahi tout le monde. Il a trahi son serment de prêtre, il a trahi ma confiance, il a trahi la mémoire de ses parents, il a trahi celle de son frère en forniquant avec Clara, sa veuve. Il a semé le malheur autour de lui. Dans cette ferme autrefois prospère, mais qu'il n'a pas su tenir, sa diablesse décédée d'un mauvais mal, il reste seul. Son fils Camille, le petit bâtard, vit dans une pension en Belgique. Oui, il est temps, grand temps qu'il quitte ma paroisse !

Fernand et Ida furent étonnés par le manque de charité des paroles de l'homme de Dieu. En même temps, ils eurent confirmation que Bon-Ru était bien à vendre. Fernand connaissait bien les terres de la ferme, moins bien les bâtiments. Les champs qu'il exploitait n'étaient pas situés dans cette partie du territoire. Il y était allé une seule fois pour y chercher du blé de semence la première année où il s'était installé aux Quatre-Chemins. Il lui restait le souvenir d'une construction récente et saine. Ida apercevait la ferme, à une centaine de mètres de la route, quand elle se rendait à l'office à Montigny, les dimanches de communion ou de confirmation. Elle assura que l'endroit n'était pas déplaisant et que, bien qu'à la même distance du village que les Quatre-Chemins, elle lui apparaissait moins isolée. Elle fit aussi remarquer que Paul Vigoureux y avait fait installer récemment l'électricité, ce qui simplifiait la vie et remisait au grenier les lampes à pétrole et à acétylène. Fernand se souvint aussi que Paul avait fait l'achat, l'année précédente, d'une batteuse entraînée par un moteur électrique.

Le paysan et sa femme furent d'accord pour penser que c'était là une opportunité à saisir.

L'affaire fut rapidement conclue. Pour 30 000 francs, les François devinrent propriétaires de Bon-Ru avec ses terres, ses bois, son cheptel, son train de culture.

Les craintes de Léona étaient justifiées. Quand elle apprit la nouvelle en rentrant de l'école, elle monta dans sa chambre pour y pleurer tout son saoul. Ida ne parvint pas, malgré ses paroles rassurantes ponctuées de baisers, à l'apaiser. L'enfant ne faisait que répéter, la voix entrecoupée de sanglots, qu'elle refusait de quitter les Quatre-Chemins, qu'elle détestait Bon-Ru. D'après Édouard, le fils d'Amédée Lelièvre, c'était une ferme maudite, qui attirait le malheur. Il fallut toute la persuasion de Fernand, venu prêter main-forte à sa femme, pour calmer la gamine. Il lui dit de ne pas accorder foi à ces balivernes que le Médée Lelièvre répandait pour dissuader les autres acheteurs, car il désirait lui-même en devenir le propriétaire. Il lui fit valoir qu'elle retrouverait le ruisseau qu'elle appréciait tant, puisqu'il coulait tout au bord de la ferme, que, dans le vaste verger, derrière la ferme, il y avait beaucoup plus d'arbres fruitiers qu'ici. Parmi eux, des noyers en plein rendement, des pommiers de diverses variétés, mais surtout deux magnifiques cerisiers, l'un donnant de mielleux « cœurs de pigeon », et son pendant, de juteux bigarreaux noirs. Ces arguments semblèrent avoir fait leur effet, puisqu'à l'évocation du ruisseau ami et des généreux fruitiers, Léona se mit à rire. La peine que son refus semblait faire à son père n'était pas pour rien, non plus, dans sa volte-face. Un baiser « à la pincette » conclut l'affaire.

Au courrier de ce matin-là, une lettre venant de Sedan faisait réponse à celle qu'avait expédiée Fernand, avant que la vente de Bon-Ru ne lui fût signalée. Il y envisageait l'achat des Quatre-Chemins dans l'éventualité où les chocolatiers auraient été vendeurs. Dans tous les cas, il leur signifiait que, le bail arrivant à expiration, il avait décidé de ne pas le renouveler. Les termes de la réponse, peu amènes, faisaient part de l'étonnement des Boislambert que quelqu'un de sa condition pût avoir l'idée, jugée saugrenue, de devenir propriétaire de leur domaine. Ils se félicitaient en outre qu'il dénonce le bail. Ils en avaient l'intention, eux aussi, las d'avoir pour métayer quelqu'un qui réclamait sans cesse et qui les aurait menés à la ruine s'ils l'avaient écouté !

Avec Maria et Zélina, Ida consacra les premières semaines d'avril à faire le grand ménage du corps de logis, qui en avait grand besoin. Il faut dire que Paul, seul depuis de longs mois, en charge de l'exploitation qu'il ne suffisait pas à assumer correctement, n'avait ni le cœur, ni le temps de passer la serpillière sur les sols ou de faire la chasse aux toiles d'araignée.

Les hommes, quand ils n'étaient pas aux champs pour les labours de printemps, venaient aussi à Bon-Ru mettre de l'ordre dans les écuries, la grange et les autres bâtiments. Ils brûlèrent dans la cour un reste de menue paille qui n'était plus consommable, ainsi que du foin qui avait pourri parce que rentré insuffisamment sec. Une importante quantité de pommes de terre et de choux-navets, vieux de plusieurs années, fut jetée sur le fumier. On reboucha de profondes ornières creusées à la mauvaise saison par les roues des chariots, à l'entrée et à la sortie de la grange. On remédia à d'anciennes gouttières en remplaçant quelques tuiles défectueuses aussi bien au fournil qu'au poulailler.

Ce 23 avril 1913, jour de la Saint-Georges, eut lieu l'officielle entrée en possession par Fernand et Ida François de la ferme de Bon-Ru. Plusieurs voyages entre les deux fermes furent nécessaires pour déménager bêtes et gens, sans oublier le gros et le petit matériel. Seule la batteuse à tripot resta aux Quatre-Chemins. Elle avait été revendue à un fermier de Montigny qui souffrait trop des reins pour continuer à battre au fléau et qui devait en prendre livraison dans la semaine, avec l'accord des Boislambert.

Avant de quitter définitivement l'endroit, Léona avait fait le tour de son domaine. Elle était montée une dernière fois sur le vieux têtard de saule où elle aimait s'isoler. Elle était allée au gué, sous le noyer de la cour, dans le fournil aux cochons. Mais la vie avait déserté tous ces lieux. Plus de canards dans le ruisseau, plus de jars mal intentionnés ni de coqs bruyants dans la cour, plus de chaudière fumante avec son appétissante odeur de pomme de terre cuite ! Plus le moindre hennissement, le moindre aboiement, le moindre gloussement, le moindre meuglement ! Plus le moindre bruit de seaux entrechoqués, de sabots dans l'allée pavée de l'écurie, de la porte de grange qu'on ouvrait ou refermait, de la manivelle grinçante du puits, des pies qui, de leur promontoire, semblaient commenter l'activité de la ferme. Plus rien de tout cela !

Alors elle avait éprouvé moins de peine à laisser derrière elle ces lieux d'où avaient fui ses repères. Et ce fut d'un cœur apaisé qu'elle se lança à la conquête de Bon-Ru.

Jeanne, elle aussi, était heureuse. La chambre du haut dont un coin était occupé par un secrétaire avec de nombreux tiroirs, lui était dévolue. Paul Vigoureux n'avait pas eu assez de place pour installer ce meuble dans l'étroite maison du village lui venant de sa grand-mère. Maison qu'il occupait provisoirement, son intention étant d'en acheter une à Verdun avec le produit de la vente de la ferme. Une fois installé dans la cité des dragées, il avait fait le projet de récupérer son fils Camille et d'y vivre avec lui.

Jeanne disposa ses livres et ses cahiers dans son bureau au plateau recouvert de cuir vert. De son plumier de bois clair, elle sortit un porte-plume, des crayons et une gomme qu'elle plaça près d'un flacon d'encre violette. Léona, qui visita sa chambre, fut impressionnée par le meuble, sans pour autant envier sa sœur. Elle aussi bénéficiait d'une chambre pour elle toute seule, au rez-de-chaussée, contiguë à celle de ses parents où dormirait aussi Petit-Marcel. On la nommait la chambre blanche ou encore la petite chambre. Son avantage, aux yeux de la fillette, était qu'elle donnait sur le ru. Benoit, lui, avait la chambre tout au bout du couloir, dont la porte donnait sur l'entrée de l'écurie par l'intérieur. Il serait ainsi le premier alerté s'il se passait quelque chose d'anormal chez les vaches ou les chevaux.

Tous s'accordèrent à trouver que le logement était plus fonctionnel, plus clair et confortable que celui des Quatre-Chemins. Il en était de même pour le reste des bâtiments.

Les chevaux, animaux émotifs et par conséquent souvent craintifs, durent s'habituer à leur nouvelle écurie. Ils y furent aidés par Fernand qui savait comment les rassurer par des caresses, de bonnes paroles et de généreux picotins d'avoine. La Colombe, seul cheval venant du précédent fermier, était une poulinière âgée. Réputée calme, elle ne manifesta aucune agressivité à l'arrivée des trois autres. On aurait même dit qu'elle en éprouvait une certaine satisfaction. Elle devait être lasse de vivre seule depuis que son ancien propriétaire, pour calmer des créanciers pressés, avait vendu ses deux compagnons. Olane était la seule que la présence de la Colombe semblait déranger. Il fallut toute la persuasion de Léona qui, sous les yeux de sa préférée, alla caresser la jument, l'embrasser, la chevaucher en grimpant sur la mangeoire, pour montrer à la jalouse que sa nouvelle compagne avait un excellent caractère et qu'elle n'avait aucune raison de s'en méfier.

Il était grand temps de s'occuper du potager que Paul Vigoureux avait délaissé ces dernières années. Au milieu de la friche, restait ici et là un rosier qui, faute d'être taillé, avait poussé à la sauvage. Plus loin, c'était une forêt de framboisiers qui avaient même débordé dans le verger. Tout le monde s'y était mis. Bêches, fourches, râteaux, faux et sécateurs entrés en action, il n'avait pas fallu plus de deux jours pour retourner la terre qu'on avait engraissée de quelques brouettées de fumier. Elle était alors prête à recevoir les semences qu'elle allait développer pour en faire les légumes frais, promesses de salades et de délicieuses potées.

Léona n'était pas la moins active. Elle s'occupait à tendre le cordeau pour des rangs bien rectilignes et pratiquait elle-même les poquets destinés à recevoir les graines de haricot. Cette aide, appréciée par sa mère, maîtresse d'œuvre des travaux du jardin, donnait à la fillette un sentiment d'importance qui lui faisait dire : « Aujourd'hui, on a planté six rangs de gros haricots blancs, demain ça sera au tour des flageolets ! »

Pour satisfaire sa passion potagère, une parcelle du

fond du jardin lui fut réservée. Délaissant les autres jeux, elle y passait de longues heures. Elle semait, plantait les graines restées au fond des sachets. Pour bien marquer « son » terrain, elle l'avait clôturé en plantant des morceaux de baguettes de noisetiers qui soutenaient trois rangées de fil de laine. Chaque soir, retour de l'école, avant même de goûter, elle courait au jardin où elle s'émerveillait des progrès de ses plantations. Elle ne les quittait qu'à regret, après les avoir abondamment arrosées.

Chaque activité de la ferme l'intéressait. Elle tenait à s'impliquer partout où son aide pouvait être de quelque utilité. C'était elle qui tournait la manivelle de la meule quand son père repassait la lame de la faucheuse, qui réapprovisionnait en eau le réservoir pour que la pierre, y trempant, ait plus de mordant. Parfois, Fernand proposait une pause lorsqu'il la voyait peiner. D'un mouvement de tête, elle lui signifiait que ce n'était pas nécessaire, qu'elle n'était pas fatiguée. Il faut dire qu'elle était grande et forte. Alors qu'elle allait tout juste entrer dans sa dixième année il lui manquait à peine deux ou trois centimètres pour rattraper en taille sa sœur, de quatre ans son aînée. L'habitude, parfois la nécessité, pour la cadette de porter les « défroques » de la plus âgée n'avait pas cours chez les François. D'autant que Léona la dépassait grandement en poids… et en résistance à l'effort. L'autre manivelle qui avait ses faveurs, c'était celle du coupe-racines qu'elle activait volontiers. Quand Fernand quittait la table du déjeuner et annonçait qu'il allait préparer « le mélange », alors la fillette lui emboîtait le pas jusqu'au fond de la grange. Là, une pleine brouette de betteraves que Benoît était allé chercher à la resserre attendait de passer dans la machine faite d'une sorte d'entonnoir sur trois pattes et d'une grande roue munie de lames tranchantes. Entraîné par la fillette qui enfournait une à une les betteraves, l'engin les découpait en lamelles qui tombaient sur un lit de menue paille. Avant qu'à la fourche Fernand mêle le vert et le sec, Léona se payait de l'effort consenti en dégustant une mince tranche de cette racine que, tout comme elle, les chevaux appréciaient tant.

Aux longues heures passées à l'école, Léona préférait celles de ses jeux dans la ferme et ses alentours dont elle découvrait avidement la géographie. Jeux parfois cruels lorsqu'elle battait les environs, lance-pierre en main et la poche du tablier gonflée de petits silex ronds. Elle tirait sur tous les oiseaux, mésanges, pinsons, gros-becs, chardonnerets, merles ou sansonnets. Ceux qu'elle poursuivait avec le plus d'acharnement, peut-être parce qu'ils étaient moins colorés et moins bons chanteurs, étaient les moineaux. En revanche, elle se défendait de s'en prendre aux hirondelles, proies trop faciles puisqu'elles fréquentaient sans crainte l'écurie. Elles y accrochaient leur nid de terre aux solives, s'y relayaient pour couver. Et, un beau matin, le nid s'ourlait d'une demi-douzaine de losanges jaunes qui réclamaient de la nourriture en criaillant.

Depuis qu'il avait enseigné à Léona l'art de siffler, les deux index tenant le bout de la langue repliée,

Benoît la vit cesser de s'exprimer par la parole et le chant au profit de stridulations répétées qui finirent par agacer le reste de la famille. Par contre, cela lui valut un surcroît de considération auprès des gamins du catéchisme qui tentèrent de l'imiter.

Ce jeudi-là, au sortir de la sacristie où il avait été question des vertus théologales, Léona invita les garçons à se trouver en début d'après-midi sur le pont, au milieu du village. Ils voulurent savoir pourquoi, mais la gamine ne révéla pas ses intentions. On eut beau la presser de questions, elle persista dans le mystère.

Trois heures venaient de sonner au clocher quand la demi-douzaine de gamins, accourus par curiosité sur le pont, virent arriver une espèce d'embarcation faite de quelques planches fixées à deux tonneaux. À l'aide d'une rame de haricot en guise d'aviron, Léona accosta sous les regards admiratifs et envieux des garçons.

— T'as de la chance, Léona, que ton père t'ait fabriqué ce radeau et qu'il te laisse t'amuser sur le ruisseau, dit le grand Léonce sur un ton où perçait une pointe de jalousie.

— D'abord, mon père sait pas que je suis venue au village par le ruisseau, répondit-elle, et puis, c'est pas lui qui l'a fabriqué, c'est Benoît.

Puis, elle reprit :

— Si vous voulez faire un tour, je veux bien, mais il faudra pousser pour remonter le courant.

— D'accord, dit Léonce, je veux bien commencer par pousser. Allez, les autres, grimpez pendant que je le tiens ferme !

— Attendez tous, ordonna Léona, toi, le Jeannet, tu monteras à bord que si tu promets de ne plus me traiter de « quille à la vanille » ou encore de « fendue » !

— Promis ! s'empressa l'intéressé, prêt à tous les engagements lui valant une place sur l'embarcation.

À tour de rôle, chacun entraînait l'engin à contre-courant vers la ferme des Quatre-Chemins, puis montait avec les autres pour profiter du courant qui les redescendait jusqu'au village.

L'angélus du soir les surprit. Les heures avaient passé si vite ! Lors du dernier appontement au lavoir du village, tous les garçons trouvèrent une bonne raison de laisser la fillette seule avec son radeau. Les cottes relevées, pieds nus, l'eau aux genoux, elle se chargea elle-même de pousser l'embarcation devant elle jusqu'à la ferme. En cours de route, là où le courant est le plus vif, elle dut redoubler d'efforts. Elle ressentit alors comme une piqûre suivie d'une douleur à la plante du pied droit. Une fois arrivée à destination, elle récupéra ses galoches. À l'instant où elle s'apprêtait à les enfiler, elle s'aperçut qu'elle laissait derrière elle des traces de sang. C'était sûrement un tesson de bouteille qui lui avait entaillé le dessous du pied.

Affolée, Ida ne pensa même pas à réprimander sa fille. Elle prépara une bassine d'eau généreusement additionnée d'eau de Javel. La solution se teinta de rouge quand Léona y plongea le pied blessé. Malgré cette tentative de désinfection, le lendemain matin, le pied était enflé et douloureux, et du pus suintait de la plaie.

Fernand attela Olane au tilbury aux premières heures de la matinée, et en route pour Stenay. Le trajet fut douloureux pour l'enfant qui, malgré le temps doux et la couverture dans laquelle Ida l'avait emmitouflée, tremblait de tout son corps. Le bon docteur Ginesté nettoya la plaie avec la plus grande douceur, la désinfecta et la recouvrit d'une pommade bactéricide avant de faire un solide pansement. L'onguent devait avoir un effet anesthésiant ; le temps pour Fernand d'arrêter la voiture et d'attacher Olane à l'anneau de la devanture de l'épicerie pour acheter quelques sucreries, la douleur avait presque totalement disparu. Sur le chemin du retour, Fernand immobilisa le tilbury près du pont du canal pour permettre à Léona d'observer le passage de l'écluse par une péniche déjà engagée dans le sas. Quelques curieux étaient penchés contre le garde-fou, à suivre la manœuvre. Impressionnée, l'enfant n'avait jamais vu un aussi gros bateau que sur des images. L'eau bouillonnait en faisant monter l'énorme chaland. Le niveau du bief supérieur atteint, deux bateliers s'emparèrent des lourdes manivelles qu'ils actionnèrent pour ouvrir les portes de sortie.

À ce moment-là, apparut un attelage de six chevaux qui avaient dû prendre quelque repos, à l'ombre du pont, pendant le passage de l'écluse. Trois devant, trois derrière, reliés par des traits fixés à un puissant palonnier. Leur conducteur les fit avancer d'une quinzaine de mètres sur le chemin de halage. Le batelier lui lança une longue corde qu'il attacha au palonnier. On fit marcher les chevaux jusqu'à la tendre. Les puissants muscles de l'équipage se bandèrent à l'extrême. Les animaux patinaient. La barge ne bougeait toujours pas. Alors le conducteur, hurlant des ordres, s'acharna avec son fouet sur les pauvres animaux qui geignaient. Horrifiée, Léona en laissa échapper son sucre d'orge. Elle se boucha les oreilles pour ne plus entendre les cris, les coups et les plaintes, et ne rouvrit les yeux que lorsque son père, qui l'avait attirée contre lui, lui eut assuré que la péniche s'était enfin ébranlée...

À l'écurie de Bon-Ru, ce soir-là, Olane fut encore plus cajolée que d'habitude.

Comme aux Quatre-Chemins, le terrain de jeu préféré de Léona était le ruisseau et ses abords. Benoît lui avait confectionné une gaule dans une longue branche de noisetier et une ligne en fil de soie avec un hameçon fait d'une épingle recourbée. Il lui avait appris à ne pas se faire voir des poissons, à bien laisser couler son appât. S'il s'agissait d'un ver de terre, à attendre qu'il soit bien engamé avant de ferrer. Par contre, si c'était une sauterelle ou une mouche de mai, surtout, ne pas attendre et ferrer dès le premier frémissement du fil. Grâce à son grand frère Benoît, il lui arrivait de rapporter de nombreux vairons au ventre jaune, quelques goujons à la chair translucide, mais aussi de frétillantes vandoises. Les plus vivaces de ces poissons étaient conservés dans le « gayoir », une sorte de trou d'eau empierré, peu profond, où on lavait les chevaux, et où l'on « abreuvait » les tonneaux et les roues de bois des charrettes. Ils étaient destinés au père Gautrault, un vieillard rouspéteur qui pêchait le brochet au vif et n'avait pas la patience d'attraper lui-même ses amorces. Déjà, du temps des Quatre-Chemins, les Gautrault, comme deux autres familles du village, se faisaient livrer du lait frais chaque jour. C'était souvent Léona qui le leur portait. Alors que Jeanne détestait cette corvée, sa jeune sœur se déclarait toujours volontaire. Une bonne occasion pour rencontrer des camarades, parfois partager leurs jeux ou prendre rendez-vous pour une expédition de dénichage. Mais, depuis que les François avaient repris Bon-Ru, Léona se rendait moins souvent au village pour livrer le lait. Les gens en profitaient pour se rendre sur des lieux longtemps restés frappés d'interdit et ayant tellement défrayé la chronique. Les premiers jours de l'installation des nouveaux occupants, ce fut un étonnant défilé de curieux qui venaient proposer une aide, s'enquérir de la santé de l'un ou l'autre, ou encore souhaiter une bonne adaptation au nouveau cadre de vie. Mais c'était surtout pour l'émotion de se trouver à l'endroit même où un jeune curé, issu du village, avait vécu plusieurs années dans le péché avec une « créature du diable ».

Lors d'une de ses venues à Bon-Ru, le père Gautrault avait vu la fillette relâcher ses prises dans le gayoir. Léona fut d'accord pour l'autoriser à prélever régulièrement toutes les amorces qu'il désirait, contre quelques piécettes, un bâton de sucre d'orge ou encore des brisures de sucre candi.

Benoît, lui, ne se contentait pas de ce fretin. Il

pêchait de nombreuses truites, excellents substituts à la potée quotidienne. Et quand c'était la saison, il régalait la famille avec des écrevisses du ru. Il ne les attrapait pas avec des balances, comme cela se pratiquait généralement. Sa méthode, d'ailleurs prohibée, ne s'embarrassait pas de ces matériels. Un fagot de boule[1] lesté, à l'intérieur duquel était coincé le cadavre d'une poule ou d'un lapin, était jeté à l'eau, au bout d'une cordelette. Une dizaine de minutes d'attente et, le plus vivement possible, tirant sur le cordeau, il remontait sur le pré le fagot et les nombreuses écrevisses qui s'y trouvaient prisonnières. Elles n'avaient pas eu le temps de se dégager. Au sol, il fallait faire vite pour éviter qu'elles se libèrent et retournent à l'eau. À ce moment-là, l'aide de Léona lui était précieuse. Elle avait pour mission d'intercepter les fuyardes, de les attraper et de les jeter dans le seau. Dire qu'elle avait pour cette tâche l'enthousiasme et la vigilance requis serait ne pas mentir. La fillette préférait ce moment de plaisir intense à celui de la dégustation de cet excellent crustacé d'eau douce.

L'oncle Abel s'annonçait-il que Benoît, flanqué de la fillette, se voyait chargé par Ida d'attraper un brochet de bonne taille, une truite de gravier ou encore des grenouilles, surtout pas des rainettes où il n'y a rien à manger, mais des grosses rousses. Cette « fine gueule », comme le désignait son frère Fernand, détestait la soupe au lard, aussi, pour sa venue et en fonction de la saison, on lui servait du chevreuil aux

1. Bouleau.

morilles, un civet de lièvre ou encore quelques douzaines d'escargots au beurre aillé, quand ce n'était pas une bécasse rôtie ou une perdrix aux petits navets. Au dessert, pourquoi pas des fraises pour conclure ces repas de roi ? Au vin pour les hommes, à la crème pour les autres.

Le repas terminé, tous avaient droit aux récits de l'oncle. Coquassier de métier, à bord d'une charrette bâchée attelée à son demi-sang arabe, il sillonnait sa région pour acheter les œufs qu'il revendait ensuite aux aubergistes, boulangers et pâtissiers. Souvent aussi, à la demande de ses clients, il lui arrivait de livrer un coq ou une oie bien grasse. Pour ce faire, au fond de sa charrette, était fixée une volière. C'est d'ailleurs de cette volière qu'une dinde s'échappa un jour qu'il faisait boire son cheval à l'abreuvoir de Beaufort. Délaissant charrette et cheval, il se mit à poursuivre le volatile qui fit deux fois le tour de l'église proche, avant de s'y engouffrer par la grande porte entrouverte. L'oncle s'y précipita à son tour. Stupéfaction ! On était en train de célébrer la messe d'enterrement de la doyenne du village. Figé dans son élan, face au bénitier, il eut le réflexe de se signer. Bien sûr, le remue-ménage avait fait se retourner l'assistance qui suivait maintenant l'intruse se dirigeant vers le chœur. Sous l'œil courroucé de l'officiant, l'organiste quitta son harmonium en plein milieu d'un morceau pour intercepter la dinde. Elle parvint à la coincer dans le confessionnal, sans pour autant réussir à la faire taire. Sous le regard noir de certains et le sourire amusé d'autres, l'oncle, confondu, récupéra l'animal et ne s'attarda pas en ces lieux.

Cette histoire déclencha les rires. Comme celle de l'omelette géante. Alors qu'en fin de sa plus longue tournée il revenait, sa carriole chargée d'œufs, la nuit était déjà tombée. Le chemin était pourtant bien empierré. S'il l'avait vu à temps, en tirant sur les guides, il aurait pu éviter ce trou dans lequel la roue droite se fracassa. La voiture se coucha brutalement sur le côté, précipitant au fossé son conducteur. Le chargement suivit en se brisant sur l'infortuné oncle Abel qui se retrouva baignant dans un magma gluant d'œufs cassés !

Léona adorait les histoires de l'oncle qu'elle écoutait, souvent assise sur un coussin posé sur les pavés du sol, son chat Mizou sur les genoux. Les courts séjours qu'il effectuait à la ferme étaient toujours des moments de plaisir… sauf quand il lui demandait comment ça se passait à l'école. Gênée, elle bredouillait des réponses évasives. Si elle en avait eu l'audace, elle lui aurait avoué qu'elle ne se sentait pas concernée par ce qu'on voulait lui faire entrer en tête. Les mystérieuses formules de calcul des volumes, à quoi cela lui servirait-il un jour ? Que saint Louis rende la justice sous un chêne ou un noyer, peu lui importait. Et cette « aurtograf » compliquée à l'extrême pour le malheur des élèves. La morale ? Pas besoin de l'école, les leçons de caté y pourvoyaient. La géographie ? Parfois amusante avec ses termes exotiques qu'elle s'amusait à retenir pour en faire des insultes à l'adresse de ses adversaires momentanés de la cour de récréation. Fusaient alors les « Espèce de Patagon ! », « Sale Titicaca ! », « Tête de Sénégaleux ! » ou encore les « Face de Bornéo ! », « Singe de Sumatra ! » Les sciences, alors ? Léona n'en voyait pas l'utilité. Pour elle, il suffisait de savoir observer la nature pour obtenir les clés des sciences. On ne les trouvait sûrement pas dans les manuels. Par exemple, elle avait tout compris de la reproduction des grenouilles, de l'accouplement à la ponte, du frai qu'elle avait pris en main pour mieux observer les œufs agglutinés en grappes, au têtard dont elle avait suivi l'évolution jusqu'à la petite grenouille appelée à devenir grande. Elle avait vu, de ses yeux vu, pousser les haricots de son jardinet, s'ouvrir et se déployer les bourgeons. Pendant des heures, elle avait observé le va-et-vient des abeilles dont les pattes se gonflaient du pollen récolté, avec lequel elles allaient faire le succulent miel qui sucrait son lait chaud du matin. Elle avait disséqué un gardon et avait enfin compris le rôle de la vessie natatoire.

Et quand elle ne savait ou ne comprenait pas, elle demandait à son père. Lui, il savait. D'abord, il savait tout, ce papa qu'elle aimait tant. Il lui racontait les fleuves, de la source à l'embouchure, la pluie, la grêle, le vent, le soleil, les saisons, la naissance, la vie, la mort.

C'était surtout en hiver, lorsque les soirées étaient longues, que Fernand était le plus disponible. Cette année-là, l'habitude s'était instaurée de s'asseoir autour de l'âtre après le repas du soir. Ida avait couché Petit-Marcel. Assis face au foyer, dans la seule lueur des braises, Ida avec Jeanne sur les genoux, Léona sur ceux de son père, tous suivaient des yeux Benoît qui s'activait, à l'aide d'une poêle à longue queue, à griller des marrons. C'étaient des instants bénis, avec des moments de silence qu'émaillait de temps à autre le crépitement d'un marron qui éclatait, ou les petits cris de douleur des gamines à la distribution des châtaignes qui leur brûlaient le creux de la main. Mais comme c'était bon ! Léona demandait à son père de les lui décortiquer et de les lui faire manger, comme quand elle était toute petite fille. Fernand se prêtait au jeu de bonne grâce. Après quoi, le calme revenait jusqu'à ce qu'on demande à Benoît de raconter une aventure lui étant arrivée lorsqu'il était sur les routes. Après quelques secondes de plongée dans sa mémoire, il se mettait à raconter ses démêlés avec la Ninie. Ça s'était passé dans un minuscule hameau ardennais situé sur le versant extérieur des côtes de Meuse, entre Mouzon et Sedan. C'était là que vivait la Ninie. Il était difficile de lui donner un âge. Elle devait être plutôt jeune si on observait qu'elle n'avait aucun cheveu gris. La pauvre fille était affublée d'un bec-de-lièvre, ce qui l'enlaidissait terriblement et rendait ses paroles difficilement compréhensibles mais la disgrâce ne s'en tenait malheureusement pas là. Tout en elle était bancroche, le cerveau comme le corps. Au premier passage de notre jeune colporteur dans ce hameau de Bellefontaine, la créature l'avait suivi à distance d'une maison à l'autre. Puis elle l'avait approché et s'était plantée de face devant lui. Elle avait ânonné quelques paroles qu'il n'avait pas comprises. Le sourire qu'elle avait tenté de lui adresser ensuite, hideux rictus, n'avait fait qu'ajouter encore à la monstruosité de sa personne. Impressionné, Benoît l'avait laissée lui faire un bout de conduite quand il avait quitté l'endroit. Quelques semaines après, lorsqu'il y était revenu pour livrer les quelques marchandises qui lui avaient été commandées, il avait été soulagé de ne pas l'avoir revue. Ce n'est qu'au sortir de la garenne proche du hameau qu'elle était brutalement apparue et avait sauté au cou du jeune homme pour l'embrasser. L'écart qu'il avait fait, dû à la surprise, avait été tel qu'il en avait laissé échapper sa hotte. Tandis qu'il était occupé à en ramasser le contenu, il avait cru comprendre qu'elle lui faisait part de sa volonté de se marier avec lui. Lorsqu'il s'était apprêté à reprendre la route, elle avait tenté un nouvel assaut. Cette fois, il l'en avait dissuadée en brandissant son bâton !

Il avait décidé ce jour-là de supprimer l'écart de Bellefontaine de sa tournée.

À ce récit, les gamines riaient, tandis que leurs parents se disaient pleins de compassion pour cette pauvre fille si maltraitée par la nature.

En fin de veillée, Ida servait du vin chaud aux hommes, tandis qu'elle-même et ses filles dégustaient une délicieuse boisson faite d'eau très chaude dans laquelle fondait une généreuse cuillerée de miel. Une prétendue garantie contre les maux de gorge, et l'assurance d'une longue nuit de sommeil.

Puis Benoît embrassait ses presque parents et ses presque sœurs avant de se retirer dans sa chambre. Après s'être embrassées elles aussi, les filles allaient vite s'enfouir dans leur lit, dans l'attente du bonsoir des parents. Ida disait avec l'une et l'autre un « Notre Père » et un « Je vous salue Marie », les embrassait et les bordait. Puis arrivait Fernand qui posait la question rituelle :

— As-tu fâché le petit Jésus aujourd'hui ?

Rituelle, la réponse l'était aussi :

— Non, mon papa chéri !

— Alors un dernier baiser « à la pincette » !

Et Fernand s'esquivait.

Avant de sombrer dans le sommeil, Léona priait le Très Haut de faire en sorte que leur bonheur dure toujours.

Elle avait dû être entendue puisque, un soir de la fin de l'hiver 1913, devant l'âtre rougeoyant, alors que l'odeur de vin chaud emplissait la salle commune, Ida annonça aux enfants qu'ils auraient, dans les derniers jours de juillet ou les premiers du mois d'août, un petit frère ou une petite sœur. Une joyeuse surprise qui précipita alors les fillettes au cou de leur mère. Léona voulait plutôt un garçon… à condition qu'il soit aussi gentil que le Petit-Marcel !

Il est vrai que, même si la famille était heureuse aux Quatre-Chemins, elle l'était encore plus à Bon-Ru où ne pesait plus l'hypothèque des Boislambert. Son avenir s'était éclairci grâce à ce gain inespéré à la loterie qui lui avait permis, outre de devenir propriétaire de la ferme, d'acheter un matériel moderne tout en disposant des moyens financiers lui permettant de « voir venir ».

Le printemps fut conforme à celui qu'on attendait, doux et humide. L'herbe poussait dru, le ventre d'Ida aussi.

La fenaison fut une des plus riches qu'on connût depuis le début du siècle. Fernand fut obligé d'avoir recours à des journaliers. Les sineaux[1] regorgeaient, à tel point qu'on n'envisageait pas de faire du regain.

Les champs offraient aussi de belles promesses de moisson. Le blé d'oyen[2] avait résisté au froid, l'avoine était abondante et les orges d'une belle tenue…

Et mademoiselle Jeanne venait de réussir brillamment les épreuves du certificat d'études primaires, ce qui lui ouvrait les portes de l'École primaire supérieure de jeunes filles de Verdun, au 45 de la rue Saint-Sauveur.

---

1. Fenil situé au-dessus de l'étable.
2. Blé semé en automne.

Les lames des faux à dérayer avaient été rebattues, celles de la javeleuse consciencieusement repassées. L'aire de grange prête à accueillir les lourds chariots de gerbes. Les champs de blé achevaient de dorer sous un ciel sans nuages.

Et pourtant, des nuages, il y en avait qui s'accumulaient, sombres, menaçants, au-dessus du pays et de toute l'Europe. C'était, disait-on, à cause de l'assassinat d'un grand duc, loin d'ici, dans les Balkans, que la guerre semblait inévitable. On crut d'abord que le Meusien Raymond Poincaré, président de la République, allait épargner cette épreuve au pays, mais lié par des accords avec d'autres États, la Russie notamment, il décréta l'ordre de mobilisation générale qui fut placardé jusque dans le moindre hameau du pays.

Tragique coïncidence, ce fut au son du tocsin que naquit la petite Marthe. Inutile de dire que la joie de son arrivée dans la famille fut assombrie par l'annonce du conflit.

À la sortie de la messe où l'on avait prié pour une guerre courte et victorieuse, un attroupement s'était formé devant la mairie-école, face à la fameuse affiche. Les commentaires étaient divers. Les uns résignés, les autres, minoritaires, plutôt satisfaits de l'occasion de donner une bonne leçon aux arrogants Teutons. Des femmes âgées qui avaient souffert de celle de 70, mais aussi des plus jeunes qui savaient que la guerre ne pouvait apporter que de la misère, pleuraient en silence.

Impressionnée par la solennité du moment, Léona ne comprenait pas bien ce qui se passait, aussi se faufila-t-elle au milieu des grandes personnes parmi lesquelles se trouvait Benoît, pour parvenir à l'affiche qu'elle lut. Au-dessous du titre en grandes lettres annonçant l'ordre de mobilisation générale fixée au 2 août 1914, elle put lire :

> *Par décret du président de la République, la mobilisation des armées de terre et de mer est ordonnée, ainsi que la réquisition des animaux, voitures et harnais nécessaires au complément de ces armées.*

— Benoît, qu'est-ce que ça veut dire « la réquisition des animaux » ? demanda Léona, avec le secret espoir d'une réponse qui apaiserait des craintes confusément ressenties.

— Ça veut dire qu'ils vont venir nous prendre nos trois meilleurs chevaux. Ils nous laisseront sûrement le Bijou. Il est trop vieux pour faire la guerre ! Par contre, moi, à vingt ans passés, j'ai l'âge de porter l'uniforme. D'après mon livret, je dois rejoindre au plus tôt la garnison militaire de Montmédy qui fait partie du 165e régiment d'infanterie.

Abasourdie par ce qu'elle venait d'entendre, elle rentra le plus vite qu'elle put à la ferme et se précipita dans la chambre des parents. Fernand était assis sur le lit, la mine grave. Ida, à ses côtés, donnait une des premières tétées à la petite Marthe tout en séchant ses larmes.

— Papa, maman, papa ! C'est vrai que Benoît va partir à la guerre ? Je ne veux pas qu'il y aille, ajouta Léona, des sanglots dans la voix.

— Il y est obligé, ma petite fille, répondit posément Fernand. C'est la loi, personne ne peut y échapper. Il doit défendre notre pays contre ceux qui veulent s'installer chez nous pour prendre le meilleur de ce que nous avons. Rappelle-toi, il n'y a pas si longtemps, tu pestais contre les Boislambert qui s'installaient chez nous pour une quinzaine. Si les Prussiens occupaient notre pays, ce serait pire encore.

— Bon, si tu dis qu'il ne peut pas faire autrement, soit ! Mais ce que je ne veux pas, c'est qu'on donne Olane. Quand ils viendront la chercher, il n'y aura qu'à leur dire qu'on ne sait pas où elle est, qu'elle s'est sauvée le matin même. Et, cette nuit, on pourrait aller la cacher au pied du ravin de la Bête rousse, en plein milieu du Bois-Jodain. Il paraît qu'il y a une grotte, c'est Benoît qui me l'a dit.

— On verra, ma petite fille, on verra, dit Fernand, pour essayer de calmer Léona.

Puis, subitement, le regard affolé, elle interrogea son père :

— Mais toi, papa, tu ne vas pas y aller, à la guerre.

— Non ! Rassure-toi, ma chérie. Je ne serai pas mobilisé. Je suis toujours de nationalité belge. J'ai fait mon service militaire dans l'armée royale, en Belgique qui est un pays neutre, c'est-à-dire un pays qui ne prend pas parti pour l'un ou l'autre des adversaires en cas de conflit.

En fin d'après-midi, le 2e classe Chanteperdrix Benoît fut de retour à la ferme.

— Je ne sais pas où se trouve mon père Antonin, en ce moment. Il a dû apprendre la nouvelle comme tout le monde. Quand il passera, dites-lui que j'ai rejoint les quartiers du 165e d'infanterie, à Montmédy. Si son négoce l'amène par là, il pourra toujours venir voir comme son fils porte bien l'uniforme !

Puis, d'un ton plus sérieux, il poursuivit :

— Ça me fait mal de quitter Bon-Ru, de vous laisser derrière moi ainsi que les petites – c'était ainsi qu'il désignait les quatre enfants – et tous les travaux qui m'attendaient. D'après ce que j'ai entendu, on n'en aura pas pour long à leur mettre une bonne raclée ! Il y a des chances que je sois revenu pour les battages.

— Dieu t'entende ! dit Fernand. Fais toujours bien attention à toi, la guerre n'est pas un jeu, tu sais.

— J'ai échappé aux loups, j'ai échappé à la Ninie. Pourquoi est-ce que je n'échapperais pas aux casques à pointe ? argumenta Benoît.

— Que dit-on, au village ? interrogea Fernand.

— Quelques-uns sont plutôt contents. La plus grande partie de ceux que j'ai entendus au bistrot sont résignés, mais malheureux car ils se demandent qui va récolter leurs beaux épis.

— Il y en a d'autres du village qui doivent rejoindre Montmédy ? demanda Fernand.

— Oui, quelques-uns. Parmi eux, Paul Vigoureux, l'ancien propriétaire de Bon-Ru. Il m'a appelé quand je suis passé devant chez lui pour, – soi-disant – me demander des nouvelles de la ferme. C'était surtout pour savoir ce qui se disait dans l'attroupement qui avait réuni la quasi-totalité du village. Comme les gens lui battaient froid pour de vieilles histoires, il n'avait pas tenu à se joindre au groupe. Il m'a montré son fascicule militaire stipulant qu'en cas de mobilisation il devait, lui aussi, se rendre à Montmédy dans les meilleurs délais. Nous avons décidé que nous partirions ensemble demain matin. À sa connaissance, Guillaume, l'aîné des Lelièvre, devait lui aussi prendre la même destination, mais Paul m'a dit qu'il ne tenait pas à voyager avec lui. Il m'a confié qu'il était en plein désarroi. Non seulement il haïssait la guerre, mais surtout il avait promis à son fils Camille, en pension en Belgique depuis quatre ans, de lui faire définitivement quitter l'établissement au 15 août et de l'emmener vivre avec lui à Verdun où il venait d'acheter une maison.

Fernand avait été averti du jour de la réquisition des chevaux. Il n'en avait rien dit. Il avait demandé aux filles d'accompagner Maria au lavoir du village. Elle avait une grosse lessive à faire, avec les linges de la mise au monde et ceux de bébé qui s'ajoutaient au lavage normal. Si Léona venait volontiers au lavoir, Jeanne, elle, détestait cet endroit à cause des lavandières et de la crudité de leur langage.

Quand elles rentrèrent à la ferme, Fernand annonça qu'il ne restait plus que le vieux Bijou dans la pâture.

Benoît la semaine précédente, Olane aujourd'hui. C'en était trop pour son petit cœur. Léona courut en pleurs dans sa chambre. Son oreiller eut peine à absorber toutes les larmes de son corps.

Il était grand temps de faucher les orges. Le Bijou avait repris du service. Attelé à la javeleuse, il peinait. Malgré sa bonne volonté, ses muscles défaillaient souvent. Fernand ne le brusquait pas, au contraire, il lui consentait de longs arrêts. Mais le fidèle serviteur était usé par toute une vie de dur labeur. Malgré les soins attentifs, les picotins plus généreux, le brave Bijou usait là ses dernières forces. Le travail n'avançait pas. Alors Fernand décida de reprendre la faux à crochet. Ida qui relevait à peine de couches, et les filles allèrent au champ pour lier les javelles, mais il fallait rentrer de bonne heure pour aller chercher les vaches au parc et les traire. Les quelques vieux journaliers du village qui, en raison de leur âge, n'avaient pas été mobilisés, étaient très sollicités. Restaient les femmes des mobilisés. Amédée Lelièvre, élu maire aux dernières élections, et qui n'avait pu acquérir Bon-Ru, avait cependant réussi à reprendre les terres des Quatre-Chemins. Refusant le métayage, après d'âpres tractations avec les Boislambert qui, vu qu'il était seul candidat à la reprise, avaient dû réduire leurs exigences, Lelièvre les avait eues en simple location. De ce fait, il était devenu, et de très loin, le plus gros paysan du village, et sûrement du canton. Afin que les femmes choisissent de travailler à son service, il leur assurait que sa position sociale et son mandat de maire lui donnaient le pouvoir de faire muter leur mari ou fiancé à un poste sans risque.

Son statut de premier magistrat de la commune l'amena à des démarches d'un caractère beaucoup plus dramatique.

Les premiers jours d'août 1914, les populations de la région acclamaient les troupes qui montaient vers la frontière belge. Mais dès que le recul de l'armée française s'amorça, les vivats s'évanouirent pour faire place à une vive inquiétude. Souvenir de 1870, une véritable psychose des uhlans s'empara des gens, surtout lorsque le facteur de Dun qui desservait Haraumont assura en avoir vu dans les bois.

Du village, on entendait de plus en plus distinctement le canon.

Fernand, le Belge, apprit que la neutralité de son pays avait été bafouée, que les troupes allemandes l'avaient occupé.

Après de violents combats à Brandeville, les Allemands franchirent la Meuse. À la ferme de Bon-Ru, on les vit passer dans un ordre impressionnant. Ils allaient tenter d'anéantir la forte résistance française qui s'exerçait tout près de là, à Montigny. Pour en finir avec les violents combats qui s'y déroulèrent pendant toute la journée du 31 août, les assaillants mirent le feu à toutes les maisons du village.

Dès qu'il avait entendu le canon se rapprocher, Fernand avait installé dans la cave des matelas et des couvertures pour toute la famille. De la nourriture, de l'eau, des bougies, tout ce qu'il fallait pour y vivre pendant deux ou trois jours. À la première mitraille, tous y trouvèrent refuge. Des déflagrations plus puissantes que d'autres faisaient vibrer les murs. Certains obus, mal ajustés, tombèrent tout près de la ferme, jusque dans le jardin. Ida, assise sur un matelas, tenait ses enfants contre elle. Fernand se voulait rassurant. De temps à autre, il risquait un œil par le soupirail, côté Montigny. Il disait voir les positions des Allemands qui avaient cerné le village. Au bout de quelques heures, les tirs se firent moins intenses. D'autres bruits, tout aussi inquiétants, parvinrent à Bon-Ru ; des crépitements d'incendie avec des tuiles qui explosaient, des charpentes qui s'effondraient avec leur toiture. À la nuit tombante, on pouvait voir rougeoyer le ciel au-dessus de Montigny complètement embrasé.

Dans la soirée, un semblant de calme était revenu.

Un miaulement à la porte de la cave. Vite, Léona se précipita pour recevoir dans les bras son bon Mizou qui, lui aussi, avait besoin d'être calmé et protégé. La fillette le pressa très fort contre elle.

Le lendemain, le calme régnait sur le village de Montigny qui fumait encore. Les habitants qui n'avaient pas fui sortaient de leurs caves et comptaient leurs morts.

Les Allemands poursuivaient maintenant les troupes françaises qui se repliaient sur Clermont et la vallée de l'Aire.

À Bon-Ru, les dégâts étaient plus importants qu'il n'était supposé. Une partie du mur du fournil s'était écroulée, le cerisier à bigarreaux noirs au pied duquel se dessinait un cratère d'obus était à demi déraciné et quelques-unes de ses plus belles branches gisaient au sol. Plus grave encore, la Rouge, seule limousine du troupeau, affolée par les explosions, s'était empalée sur un piquet de fer de la clôture. Elle avait dû mourir dans d'horribles souffrances.

C'est bien la voiture du maire que Fernand vit déboucher sur le chemin de Bon-Ru. Amédée Lelièvre descendit péniblement de son véhicule. Le dos voûté, les yeux rougis, sans même saluer Fernand qui avançait pour l'accueillir, il dit :

— Je n'ai pas pu joindre Antonin Chanteperdrix pour lui annoncer que son fils Benoît, du 165e d'infanterie, a été tué à l'ennemi sur les hauteurs de Brandeville le 27 août. Sur le même télégramme, il y avait aussi le nom de mon fils Guillaume. Ton ancien propriétaire, le défroqué, s'en est bien tiré, lui. Prisonnier. Pour lui, la guerre est finie. C'est toujours les meilleurs qui partent ! Il va aller faire le beau en Allemagne. Il ne sera pas malheureux, avec toutes les femmes seules qu'il y a là-bas !

Puis, l'œil mauvais planté dans celui de Fernand, il ajouta pernicieusement :

— J'en connais même qui prétextent qu'ils sont étrangers pour ne pas y aller. Leur pays a beau être en guerre, ils s'en foutent ! Ils restent là, à se goberger, pendant que les bons, eux, vont au casse-pipe !

Sur ces paroles dont le destinataire ne faisait aucun doute, il remonta rageusement dans sa voiture, laissant Fernand debout, interdit. Benoît, leur cher Benoît, mort au combat ! Il ne pouvait pas y croire.

Il ne voulait pas y croire. Les paroles de son « grand fils », avant son départ, lui revinrent en mémoire. Comment ? lui, Benoît, avoir peur des casques à pointe ? lui qui, dès son jeune âge, s'était toujours sorti des situations les plus périlleuses ! Fernand se demandait maintenant comment il allait annoncer l'horrible nouvelle à Ida que le drame de Montigny avait profondément choquée. Et les petites, comment allaient-elles réagir ?

Ida revenait justement du jardin avec un panier de petits pois qu'elle s'apprêtait à écosser. En s'installant sur le banc, à l'ombre de la maison, elle fut surprise de voir son mari debout, planté au milieu de la cour.

— Je viens de voir la voiture du maire sur le chemin de Bon-Ru. Qu'est-ce qu'il te voulait, celui-là ? demanda-t-elle.

— Ma bonne Ida, dit Fernand qui alla vers elle et la prit par les épaules. Il est venu m'annoncer un grand malheur !

Elle adressa à son mari un regard atterré qui l'implorait d'en dire plus. Elle articula :

— Benoît

— …

Le silence de Fernand accompagné d'un mouvement de paupières était suffisamment éloquent.

— Mort ?

— Malheureusement oui, murmura Fernand qui pressa Ida en sanglots contre sa poitrine.

— Mon Dieu ! Comment va-t-on l'annoncer aux enfants ? s'inquiéta Ida.

Petit-Marcel était toujours au jardin avec Maria et Maximilien. Les deux grandes étaient parties jusqu'au village en poussant le landau de la petite Marthe dont c'était la première sortie.

À l'heure du goûter, tout le monde était là, autour de la grande table. Aux mines éplorées de leurs parents, les filles comprirent que quelque chose de grave était arrivé.

— Mes enfants, commença Fernand qui avait du mal à assurer sa voix, notre cher Benoît a été grièvement blessé il y a quelques jours, à Brandeville. On va prier très fort pour lui, afin de l'aider à s'en sortir.

Léona éclata en sanglots tandis que Jeanne, pleurant elle aussi, demanda où leur « grand frère » avait été touché exactement. Les parents répondirent qu'ils ne savaient pas, mais qu'ils ne tarderaient pas à avoir des nouvelles par le maire.

La soirée fut consacrée à d'ardentes prières dites en commun.

Dans son lit, accablée par l'affligeante nouvelle, Léona adressa de vibrantes suppliques au Dieu « omnipotent ». Elle avait bien retenu cette épithète dont la Demoiselle lui avait révélé le sens « qui est tout-puissant ». Donc, si Dieu a tous les pouvoirs, il exercera bien celui de maintenir Benoît en vie. Léona rappela qu'elle ne s'était jamais endormie sans avoir dit ses prières, qu'elle était la première au catéchisme, qu'elle faisait « ses Pâques » chaque année, qu'entre-temps elle se confessait à toutes les fêtes, qu'elle n'avait jamais offensé Dieu que par de petits péchés sans importance.

Pour ne pas les heurter trop violemment, Fernand et Ida avaient décidé d'user du stratagème de la blessure. Seulement, il fallait aller jusqu'au bout de ce funeste mensonge.

Le lendemain matin, Fernand enfourcha son vélo, pour aller aux nouvelles, annonça-t-il. Il se rendit effectivement sur les lieux où s'était produit l'affrontement. La désolation avait envahi ce coin habituellement riant de verdure. Des ferrailles tordues, des arbres mutilés, des cadavres gonflés de chevaux, une odeur pestilentielle que le manque de vent laissait stagner sur le champ de bataille. Des soldats des services sanitaires, masques de gaze sur le bas du visage, étaient à la recherche des derniers cadavres. Sur la route défoncée, Fernand, tenant sa bicyclette à la main, poussa jusqu'au village. L'asile avait été reconverti en hôpital de campagne. À sa porte était affichée la longue liste des victimes. Y figurait bien sûr le nom de Benoît Chanteperdrix. Fernand se renseigna du lieu où elles étaient provisoirement inhumées. Il s'y rendit mais ne put s'en approcher. C'était un vaste chantier où de nombreux civils creusaient, piquetaient, enterraient, comblaient. De loin, il se recueillit devant ces jeunes vies cruellement interrompues.

Son retour à Bon-Ru était attendu avec fébrilité et angoisse mêlées. Son air sombre n'annonçait rien de bon.

— Mes chéris, Benoît n'a pas survécu à ses blessures. Je me suis renseigné à l'infirmerie. On m'a assuré qu'il n'avait pas souffert. À l'instant où je vous parle, je suis sûr qu'il est déjà arrivé au paradis. Prions pour qu'il repose en paix.

— C'est pas juste ! cria Léona. C'est pas juste ! et elle se mit à pleurer.

Fernand tenta de la consoler, en vain.

Elle se mit à penser que Dieu qui avait préservé sa famille jusqu'alors, juste retour de la dévotion qu'elle manifestait à son égard, avait cessé de lui accorder sa protection. Benoît, son grand frère, qu'elle admirait tant, qui savait tout sur tout, qui lui avait appris à pêcher, à grimper aux arbres, à siffler dans ses doigts, à faire du vélo, à gober un œuf en y pratiquant juste deux petits trous, à se servir d'un lance-pierres… elle aurait pu poursuivre ainsi en énumérant tout ce qu'il lui avait apporté depuis son arrivée dans la famille, Benoît ! Mais pourquoi lui ? Pourquoi pas un traîne-savate, un bon à rien ou encore un méchant, plutôt que notre bon Benoît ?

C'était surtout pendant la nuit que Fernand pensait aux événements dramatiques qui s'étaient enchaînés depuis quelques semaines. Le jour, il n'en avait pas le temps. Sans Benoît, sans ses bons chevaux, la charge de travail avait considérablement augmenté. D'autre part, faute de main-d'œuvre, le ramassage du lait ne se faisait plus. Les vaches, elles, continuaient à en produire. Il fallut donc veiller à ce que l'écrémeuse, pourtant ancienne, puisse assurer ce surcroît de service en écrémant la presque totalité de la traite. La crème, elle-même, allait directement à la baratte d'où sortait le beurre qu'on pouvait conserver à la cave, le temps de l'écouler auprès des gens du village et des villages alentour.

Depuis l'annonce de la mort de Benoît, Fernand souffrait d'insomnies. Lui revenaient régulièrement en tête les paroles acerbes du maire. Effectivement, il se sentait coupable de ne pas être au nombre de ceux qui défendaient leur territoire. Lui, Fernand François, ne luttait ni pour son pays d'origine, ni pour son pays d'adoption ! Il crut pouvoir se remettre en accord avec sa conscience en répondant au lancement par l'État d'un emprunt destiné à soutenir l'effort de guerre. Il eut beau avoir confié à l'État l'essentiel de ses liquidités, il ne s'en trouva pas plus apaisé pour autant. Un sentiment de honte, de désertion, le tenaillait.

Ida s'était aperçue du malaise permanent qui avait assombri le comportement de Fernand. Il ne lui avait pas fait confidence du drame intérieur qu'il vivait, mais sa perspicacité toute féminine l'avait décelé. Aussi, quand il lui dit que les troupes d'occupation commençaient à prendre d'autorité à leur service les hommes valides de la région, il lui fit comprendre qu'il n'accepterait jamais de travailler pour les Allemands. Il lui confia aussi qu'il était tourmenté par un tenace sentiment d'ingratitude envers cette terre qui les avait si généreusement accueillis et acceptés.

Fernand passa la journée du lendemain à mettre à jour des papiers en souffrance et à réunir quelques photographies qu'il enfouit dans sa musette avec un peu de linge. Aux filles rentrées de l'école désormais tenue par la Demoiselle qui avait raccroché le crucifix, Gildas Dautremont étant mobilisé, Fernand ne dit rien de ses projets. Il ne voulait pas emporter l'image de ses enfants en pleurs. Dès qu'ils furent au lit, après un dernier baiser « à la pincette », il dit à sa femme :

— Ma chère, ma très chère Ida, si je ne m'engageais pas, je n'oserais plus jamais me regarder dans une glace. Tu dois me comprendre. Ce n'est pas de gaieté de cœur que je vais à la guerre, c'est pour servir mon pays et garantir la dignité et l'honneur de ma famille.

Ida comprenait ses raisons, mais craignait de se

retrouver seule avec les enfants pour assumer la marche de la ferme.

— Tu n'auras à t'occuper que des vaches et du petit élevage qui suffiront pour vous nourrir. La récolte de foin a été telle que tu pourras alimenter le troupeau entier pendant l'hiver, même s'il est long. Pour t'aider, tu demanderas à Maria de venir habiter ici, si elle veut bien. De toute façon, d'après ce qu'on entend dire, la guerre ne durera plus bien longtemps, ajouta-t-il, se voulant rassurant. Je serai là au printemps prochain pour les semailles.

Ida craignait d'autres dangers. Elle avait entendu parler des exactions des uhlans en 70 dont avaient été victimes de nombreuses femmes. Elle était encore marquée par les violences de Montigny. On lui avait aussi rapporté que, sous un prétexte imaginaire, le village de Bantheville, distant d'une dizaine de kilomètres, avait subi le même sort et que six de ses habitants, pris en otages, avaient été fusillés. Elle savait que la peur serait son lot quotidien, mais elle savait aussi qu'il serait illusoire d'empêcher Fernand de faire ce qu'il considérait comme son devoir.

Au milieu de la nuit, après de déchirants adieux, et une visite silencieuse au chevet de ses enfants, il enfourcha son vélo. Profitant de la première nuit de gel de fin novembre où la lune éclairait généreusement la campagne, il emprunta un itinéraire qui évitait les positions ennemies. Le jour se levait à peine lorsqu'il entra dans la cour de la ferme de Wameau, chez son frère Henri, l'aîné de la famille. L'après-midi même, il se présenta dans les locaux de la garnison où il déclina sa situation et ses intentions.

En attendant sa naturalisation, il fut affecté au 44e régiment territorial d'infanterie. Sa bonne connaissance des chevaux lui valut d'être en poste avec d'autres territoriaux dans une caserne dotée de vastes écuries. Là, on pansait chevaux et mulets que l'armée, malgré la mécanisation, utilisait toujours en grand nombre. Fernand ne pouvait espérer mieux que cette occupation qui était tout à fait dans ses cordes.

Il trouva une filière, grâce à un chauffeur de locomotive, pour donner régulièrement des nouvelles à sa famille et en recevoir en retour. C'est ainsi que sa femme lui avoua que, contrairement à ce qu'elle craignait, les filles avaient d'abord été tristes de le savoir exposé au danger. En même temps, elles étaient fières que leur père prît une part active à la défense du pays. Dorénavant, elles pourraient clouer le bec à ce morveux d'Édouard Lelièvre qui les traitait dans la cour de récréation de « filles d'embusqué » !

Quelques mois passèrent. Les troupes avaient pris position. Les affrontements meurtriers se multipliaient, soutenus par l'orage d'une artillerie qui ne regardait pas à la dépense. De part et d'autre, on avait manié la pelle et la pioche pour créer un réseau de tranchées reliées par des boyaux par lesquels étaient acheminés les relèves, l'évacuation des blessés, les ravitaillements en munitions et en nourriture. Le rôle de Fernand et de ses compagnons était de fournir des chevaux en bon état de fraîcheur pour assurer ces distributions et pour véhiculer les pièces d'artillerie ou autres matériels lourds. Il était aussi, tâche plus pénible, d'utiliser les accalmies après le déluge de feu pour parcourir le champ de bataille à la recherche des chevaux blessés. Les plus atteints et ceux qui étaient profondément enlisés dans la boue à tel point qu'on ne pouvait les secourir, étaient achevés d'une balle en pleine tête. On devait aussi exécuter ceux que les tirs et les explosions avaient rendus fous et qui, souvent, s'empalaient sur les piquets de fer ou tentaient de s'échapper d'un piège de barbelés dans lequel la peur les avait jetés. Il fallait aussi extraire ceux qui, en raison de leur grande taille, avaient été victimes des tireurs isolés, et dont le cadavre obstruait les tranchées. La plupart des camarades de Fernand étaient des paysans comme lui qui, dans la paix de leurs champs, passaient le plus clair de leur temps avec leurs chevaux. Liés à eux par une forme de respect et d'affection, c'était un véritable crève-cœur d'être témoins de leur souffrance, souffrance qu'ils se résignaient à écourter au nom de ces sentiments. Eux-mêmes avaient vu partir leurs compagnons réquisitionnés devant eux, c'était un peu d'eux-mêmes qui leur était arraché, les rouages essentiels de leur exploitation, ceux sans lesquels rien n'y pourrait plus tourner rond. C'était aussi promesse de misère dans leur ferme où la récolte ne pourrait se faire, où les friches allaient prendre le dessus. Et en quel coin allaient-ils mourir, et dans quelles conditions ?

Les moins touchés étaient ramenés dans les écuries du quartier qui disposaient d'une « infirmerie ». Là, ils étaient examinés par des vétérinaires qui prescrivaient les soins à donner : cataplasmes, fumigations, compresses, grésil et bleu de méthylène. Inutile de dire que les personnels les soignaient au mieux. En outre, ils ne lésinaient pas sur les caresses. Les animaux, ne comprenant pas ce qu'il leur arrivait, ne connaissant pas leurs nouveaux maîtres, avaient perdu tout repère. Ils avaient besoin de recouvrer un peu de sérénité. Les paroles douces, les gestes exempts de brusquerie, les caresses y parvenaient progressivement. Mais au fond d'eux-mêmes, leurs soigneurs ne se faisaient pas d'illusions. Même avec un seul œil, même avec les oreilles curieusement découpées par des éclats d'obus, les flancs barrés de profondes cicatrices ou marqués des brûlures de la cautérisation au fer rouge, ils retourneront au front. Y auront-ils une nouvelle fois la chance de ne pas croiser la mort ?

Les pluies du début de mars avaient rendu le terrain impraticable. Mais après une violente attaque ennemie, il avait fallu répondre pour reconquérir le terrain perdu. Sans l'appui de l'artillerie, l'opération s'annonçait périlleuse. C'est pourquoi l'ordre fut donné de mettre en position une ligne de canons de calibre modeste, donc d'un poids permettant leur acheminement sur un sol aussi détrempé. Les canons eurent beau être légers, nombre d'entre eux n'échappèrent pas au piège de la boue et des cratères qui, comme autant de chausse-trappes, engloutissaient chevaux et obusiers. C'étaient alors les gesticulations des maîtres d'équipage, celles des chevaux qui battaient des antérieurs pour tenter de sortir de la glaise tenace, s'enfonçant un peu plus à chaque mouvement. Des hennissements rauques se mêlaient aux sifflements des fouets. Quelques batteries furent ainsi abandonnées, avalées par la boue, leur attelage en train de mourir, exténué.

— Mais, qu'est-ce que je vois ?

Fernand écarquilla les yeux.

— Cette crinière blonde qui lui cache en partie l'étoile blanche du front, ces yeux aux longs cils recourbés, cette petite tache rose entre les deux larges naseaux…

Ils s'étaient reconnus.

À la vue de Fernand, Olane a mis ses dernières forces à relever légèrement la tête. Au fond de son regard où l'on pouvait lire détresse et résignation, une lueur s'est allumée pour un court instant, et puis sa tête est retombée dans la fange qui allait être sa dernière demeure. Fernand n'avait pas eu besoin de dégainer son pistolet. Il pensa à Léona dont la jument était l'amie, la confidente. Des images lui revinrent en mémoire, la croupe soyeuse d'Olane dans les limons du tilbury, sa robe baie gribouillée par les arabesques d'émouchine, les oreillettes multicolores que lui avait tricotées la gamine…

Fernand avait envie de crier, de hurler sa haine de la guerre, cette folie de l'homme qui ne fait que construire pour mieux détruire. Bouleversé, il quitta rapidement les abords de cet entonnoir de malheur.

Il y avait d'autres chevaux à sauver ou à achever. Choqué, Fernand ne prit pas les précautions d'usage pour s'approcher d'un hongre qu'une prolonge d'artillerie, mal maîtrisée, avait jeté à terre. C'est au moment où il tâtait un antérieur pour déceler une éventuelle fracture que le cheval, affolé, le mordit profondément à la main. Un camarade lui fit un pansement. Au quartier, un médecin-major lui nettoya la plaie qu'il recousit ensuite et le déclara inapte au service pour huit jours.

L'inactivité lui pesait en même temps qu'elle lui laissait tout loisir de penser encore plus aux siens dont la présence lui manquait de plus en plus. Il ne pouvait bénéficier d'aucune permission pour se rendre dans les territoires occupés. Mais l'idée lui vint de demander celle de se rendre à la ferme de Wameau, chez son frère. Son chef, un capitaine-vétérinaire, la lui accorda. Le soir même, après un rapide salut à son frère Henri, il se mit en route, revêtu d'une tenue civile. C'est avec son vélo, l'œil et l'oreille en alerte, que, souvent par des chemins détournés, il arriva à Bon-Ru à minuit passé. Apache qui l'avait reconnu, n'aboya pas. Ida ne devait pas dormir profondément. Au deuxième appel de son nom, elle entrebâilla la fenêtre, reconnut Fernand et alla, sans bruit, lui ouvrir la porte. Après une longue effusion où les larmes ne furent pas absentes, sur la pointe des pieds, ils gagnèrent leur chambre.

Fernand posa mille questions sur les enfants, la marche de Bon-Ru, le comportement des occupants.

— Pour l'instant, c'est supportable, dit Ida, ils ne nous embêtent pas trop. Mais quand ils viennent à la ferme, il faut leur donner ce qu'ils demandent, principalement du beurre, des œufs ainsi que des lapins et des canards. Il paraît, ajouta-t-elle, qu'ils vont s'approprier les terres et le bétail des fermes qui ne sont plus cultivées, comme la nôtre. Ils doivent se débarrasser des femmes et enfants qui ne peuvent pas les aider, en les expatriant… J'ai peur, mon Fernand ! J'ai peur !

— Je sais que tu es courageuse, ma chère femme. Avec l'aide de Dieu, il ne peut rien nous arriver de grave, dit Fernand.

— Tu sais, les petits et moi, nous Le prions encore plus qu'avant, confia Ida. Mais, parfois, Léona me demande s'Il existe vraiment. Elle ne comprend pas pourquoi Il n'empêche pas les guerres, pourquoi Il a laissé mourir Benoît, pourquoi Il n'a rien fait pour éviter qu'on nous prenne Olane…

Puisque son épouse évoquait Olane, Fernand fut tenté, sur-le-champ, de lui annoncer sa mort. Mais, craignant que la brutalité de la nouvelle ne la choque, il prit la précaution de l'y préparer en lui parlant de son activité au front :

— Bien que je m'occupe des chevaux, je n'oublie pas pour autant la souffrance des hommes. Cette chienne de guerre en a déjà fauché un nombre impressionnant. Des hommes, jeunes, dans la force de l'âge, qu'on a arrachés à leur champ, à leur atelier, à leur bureau, mais surtout à leur famille, meurent sans en connaître les raisons profondes, hors celles de défendre leur patrie. Mais la détresse est encore plus marquée chez les chevaux qui, eux aussi, ont brutalement quitté leur charretier et leur ferme, leur cocher et leur fiacre, leur maître d'attelage et les chemins de halage. Terrassés par des balles ou des éclats d'obus, ils attendent la mort, dans d'atroces souffrances. Le regard marqué par l'incompréhension et l'épouvante, les entrailles à l'air, que se disputent les rats et les corbeaux, ils geignent doucement. Ont plus de chance ceux qui tombent d'une balle en pleine tête, dans les boyaux insuffisamment profonds pour les protéger. On a essayé des ânes, plus petits, mais aussi plus résistants sous la charge. Ils convenaient bien, mais ils avaient tendance à braire inopinément, ce qui les faisait repérer par l'ennemi. Pour les rendre silencieux, les vétérinaires leur coupaient les naseaux. Les autres chevaux étaient attelés aux ambulances, aux voitures columbarium, aux charrettes de transport de toutes sortes de marchandises. Ceux qui avaient la tâche la plus rude, c'étaient ceux qui tiraient les canons… C'est comme cela que j'ai retrouvé la pauvre Olane…

— Pourquoi « la pauvre Olane » ? Que lui est-il arrivé ? cria Ida.

Et Fernand de lui raconter les derniers instants de l'infortunée jument en lui faisant promettre de n'en rien dire aux enfants.

Léona avait cru entendre la fenêtre s'ouvrir et se refermer, la porte d'entrée grincer légèrement, des pas sur le parquet de la chambre de ses parents. À demi éveillée, elle ne savait si c'était rêve ou réalité. Elle entendait des paroles murmurées qu'elle ne saisissait pas. Elle se leva alors et, tout à fait consciente cette fois, colla l'oreille au mur. Le cœur battant, elle reconnut la voix de son père. Elle s'apprêtait à rejoindre ses parents lorsque lui parvint le cri de sa mère à propos d'Olane. Tétanisée, elle entendit le récit de la mort de sa jument préférée. Elle ne put retenir un cri de désespoir. Elle courut alors dans la chambre où Petit-Marcel dormait à poings fermés, se glissa entre Ida et Fernand qu'elle embrassa fougueusement en leur déversant un flot de larmes sur le visage.

Le lendemain, les filles n'allèrent pas en classe, trop contentes de pouvoir profiter de la présence de leur père, une journée entière. Elles eurent la consigne de prétexter une indisposition passagère de leur maman, et, surtout, ne rien dire qui pouvait attester de la présence de Fernand. Pendant cette trop courte journée, les trois aînés se disputèrent les genoux du père retrouvé. Ida dut hausser le ton pour qu'ils consentent à laisser Fernand choyer la petite Marthe qu'il connaissait si peu. Il se garda bien d'évoquer devant les enfants l'enfer qu'il vivait quotidiennement. Il leur promit qu'il prendrait bien garde à lui.

Trois jours après, on devait être au 23 mars, deux gradés à cheval prirent le chemin de Bon-Ru. Ida, tremblante, les reçut dans la salle commune. L'un d'eux s'exprimait parfaitement en français pour lui demander un grand nombre de renseignements. Il les traduisait à son collègue qui en prenait note sur un volumineux registre. Ils voulurent tout savoir sur la famille, sexe, âge, état de santé des enfants, nom, âge des adultes ainsi que leur profession. Mais ce qui semblait les intéresser au plus haut point, était la superficie de la ferme, la proportion des cultures et des pâtures, les numéros cadastraux des parcelles, la composition du cheptel et même du petit élevage. Ils voulurent visiter les bâtiments et prirent bonne note des réserves de paille, de foin, de betteraves et d'avoine. Avant leur départ, ils remirent à Ida un papier écrit en allemand dont la traduction disait qu'elle devait se présenter à la gare de Dun, avec ses quatre enfants, le 26 mars, à 8 h 30 précises. Chacun ne devait emporter qu'un bagage léger contenant le trousseau le plus réduit possible. En cas de non présence à la gare, au jour et à l'heure dits, de graves sanctions seraient prises.

Les craintes d'Ida étaient fondées.

La nouvelle d'un proche exil bouleversa les filles,

à leur retour de l'école. Elles s'inquiétaient de savoir où elles allaient être emmenées, ce qui allait leur arriver. Lors de la visite des Allemands, il n'avait pas été question de Maria et de Maximilien. C'est à eux que pensa Léona dès qu'elle apprit l'affligeante nouvelle de leur départ. Sa première préoccupation était de savoir quel allait être le sort de Mizou et du chien Apache. Elle refusait l'idée de les abandonner dans la nature. Ida fut d'accord avec sa proposition de les confier à Maria pour la durée de leur absence. Elles les récupéreraient à leur retour.

Tôt le matin, elle quitta la ferme avec ses enfants, quelques bagages, et une tristesse infinie.

Seul Petit-Marcel, qui en était à la moitié de sa cinquième année, semblait apprécier d'attendre le train sur le quai de la gare de Dun. Le ciel gris et bas promettait une journée de giboulées. Marthe, emmitouflée dans une couverture, dormait dans les bras de sa mère. Des soldats vérifiaient les papiers des familles, les comparaient avec les listes qu'ils cochaient au fur et à mesure de leur contrôle. Parmi les nombreuses personnes forcées à partir, Ida reconnut Raymonde Jacquot de Villefranche, accompagnée de ses trois enfants. Sa fille Thérèse avait fait sa première communion avec Jeanne. La présence de ces personnes connues rasséréna quelque peu Ida François. Elles se regroupèrent pour se trouver dans le même wagon. Dans les compartiments de bois, personne ne parlait. Un nouveau pointage fut opéré par un soldat. Au bout d'une heure, la petite Marthe se mit à pleurer. Elle avait faim. L'heure de la tétée était passée depuis longtemps. Gênée d'avoir à lui donner le sein sous les yeux des passagers et surtout des militaires qui arpentaient le couloir, Ida se tourna complètement vers le coin du compartiment pour allaiter son cher bébé. Petit-Marcel passait son temps à la vitre de la portière pour voir défiler le paysage. Les filles François et Jacquot, pareillement inquiètes, parlaient à voix basse. Certains assuraient qu'on allait bientôt franchir la frontière allemande. Un employé des chemins de fer allemands le confirma. Le convoi s'arrêta dans une grande gare où régnait une vive animation. Des soldats partout, des ordres tonitruants qui réveillèrent la plupart des passagers à qui il était formellement interdit de descendre. Puis le train se remit lentement en branle. Heureusement que chaque wagon disposait d'un coin d'aisances ! Le voyage dura encore toute la nuit et une partie de la matinée suivante. Les quelques vivres emportés étaient épuisées.

Nouvel arrêt. Basel/Bâle. On était en Suisse ! Les passagers furent invités, en français, à descendre pour se dégourdir les jambes sur le quai, avant de prendre place dans un autre train. Là, des membres de la Croix-Rouge vinrent proposer du chocolat chaud, des pâtisseries, du lait pour les bébés. Il fut expliqué que le train suisse allait les acheminer jusqu'à Genève où les attendrait un convoi des chemins de fer français qui, lui-même, selon un plan établi par les autorités, les répartirait en différents endroits du pays. Après l'angoissante incertitude de la première partie du voyage, on pouvait lire maintenant sur le visage de chacun l'expression d'un profond soulagement.

Tout se passa comme prévu.

À un moment, un employé passa dans les wagons en agitant une clochette et annonça : « Serrières ! Serrières ! correspondance pour Annonay ! » C'était la destination qui figurait sur la feuille de route de la famille François. Les Jacquot, eux, allaient jusqu'à Tournon. Depuis de nombreux kilomètres déjà, la ligne de chemin de fer côtoyait ce large fleuve que Jeanne, la « certifiée », appela le Rhône. Sa rive n'était qu'à quelques mètres du quai où les François se trouvaient maintenant. Léona le considéra longuement, se demandant combien il était de fois plus large et plus profond que la Meuse.

La correspondance pour Annonay n'était pas ferroviaire, mais routière. Un car d'une douzaine de places attendait les voyageurs devant la gare. Les Meusiens s'y engouffrèrent. Ce voyage interminable les avait épuisés. Le nourrisson ne cessait de pleurer. Petit-Marcel avait dû manœuvrer la vitre de la portière sans qu'on le voie et prendre froid. Il souffrait de violentes quintes de toux. Et cet autocar qui peinait et pétaradait dans les montées, et qui n'avançait pas !

La descente dans la ville terminus, cernée par des collines enneigées, prenait l'allure d'une descente aux enfers. Un vent glacial tombait des hauteurs. Heureusement qu'un membre des services d'accueil des émigrés était là qui les emmena, tout près, de l'autre côté de la place des Cordeliers, au centre de la ville. Un appartement leur était réservé dans un immeuble donnant sur la place. Certes, il ne s'agissait que d'une vaste mansarde au-dessus du cinquième étage, à laquelle on accédait par un escalier raide et étroit, mais Ida était si contente d'être arrivée au terme de ce douloureux périple qu'elle se laissa tomber sur le grand lit de coin, à l'opposé de la cheminée.

Les trois grands aidèrent à l'installation. La petite Marthe dormirait avec sa mère. L'autre grand lit fut réservé aux filles, Petit-Marcel se contentant d'un lit pliant. Un antique poêle à charbon assurait le chauffage de la pièce et la cuisson des aliments. Le point d'eau le plus proche se trouvait sur le palier du cinquième, le charbon à la cave. L'inconfort des lieux importait assez peu à Ida qui était persuadée, autant par la lecture des journaux que par les paroles apaisantes de Fernand, que le conflit n'était plus l'affaire que de quelques mois.

La réalité fut tout autre puisque c'est dans cette même ville que Léona passera son certificat d'études primaires, plus de trois ans après leur arrivée !

Dans ses débuts, leur nouvelle existence sans l'inquiétant grondement des canons et sans les uniformes ennemis ne leur déplut pas. La vie, loin du front, semblait ne pas souffrir de la guerre. Des automobiles crachotantes croisaient des fiacres élégants. Des charretiers donnaient du fouet aux chevaux écumants attelés aux chariots de livraison. Les pauvres bêtes souffraient dans cette ville où les rues ne sont que montées harassantes et descentes périlleuses. La place des Cordeliers était très animée, ses magasins presque normalement achalandés, les terrasses de ses bistrots noires de monde dès que les premiers soleils du printemps eurent fait fondre les neiges des hauteurs. Par l'étroite fenêtre de la mansarde, Jeanne passait de longues heures à contempler le spectacle de la rue. Un monde tout à fait nouveau s'animait sous ses yeux subjugués.

Des gens faisaient la queue devant les cinématographes qui attiraient de plus en plus d'amateurs. Des marchandes de journaux mêlaient leur criée à celle des repasseuses de couteaux. Un vieil étameur s'égosillait à proposer ses services :

C'est moi, Philippon,
Le meilleur soudeur de la région
Qui répare vos cruches et vos poêlons !

Des femmes, habillées en ouvriers, offraient de remplacer des carreaux cassés, ou même de ramoner les cheminées !

Marchandes des quatre-saisons et autres bonimenteurs au verbe haut, tout ce remue-ménage que découvraient les petits Meusiens les fascinait. C'est Jeanne qui s'étonna la première de voir des femmes livrer le charbon, distribuer le courrier, élaguer les arbres de la place, repeindre la façade de l'immeuble voisin ou encore proposer leur talent de vitrier ou d'étameur. Les rares hommes étaient soit des gens âgés, soit des éclopés en uniforme.

La vue de ces soldats mutilés les ramenait à Fernand.

Ses cartes-lettres à l'écriture serrée pour occuper au mieux leur peu d'espace mettaient un temps infini à leur parvenir, mais elles étaient toujours une joie. Les quatre petits blottis contre elle, Ida leur lisait et relisait les phrases écrites au crayon bleu. Leur message, aseptisé par la censure militaire, se voulait rassurant, promettant une issue prochaine et de merveilleuses retrouvailles. Formule aux accents douloureux, et chargée d'une intense émotion « … j'ai placé vos photos, mes chéris, à la tête de ma litière… » rajoutée sur un petit reste de place, en travers de la carte. C'était un modèle de carte dite « en franchise », les drapeaux croisés de l'Alliance en place du timbre, carte écrite le 12 août, visée le 15 par le commandant de compagnie, estampillée le 18 par le service des postes aux armées… et arrivée le 31 à destination !

Dès leur arrivée à Annonay, Ida, aidée par le service d'accueil des émigrés, avait inscrit ses enfants dans différentes écoles. Jeanne fut accueillie dans la plus éloignée, l'école primaire supérieure de jeunes filles qui se trouvait sur les hauteurs de la ville, tandis que Léona se retrouva à l'école primaire de filles de la rue Sadi-Carnot et Petit-Marcel dans l'asile de la rue Saint-Georges. Les deux sœurs rencontrèrent quelques difficultés d'adaptation, Jeanne à cause de l'accent de ses professeurs et, en particulier, de celle qui était chargée de l'enseignement de l'orthographe. Les dictées étaient devenues sa hantise car elle avait beaucoup de peine à transcrire les paroles entendues. À l'inverse, ses camarades s'amusaient de la façon dont elle prolongeait les finales et prononçait les « e » accentués. Les difficultés de Léona étaient d'un autre ordre. Habituée à partager les discussions et les jeux des garçons, elle ne parvenait pas à trouver sa place parmi les filles de sa classe qu'elle tenait pour des « bécasses ». Depuis que sa maîtresse lui avait demandé, peu de temps après son arrivée, de lui réciter la poésie qu'elle trouvait la plus belle, la plus éloquente, sans hésiter, elle avait déclamé la fable « Le laboureur et ses enfants » ce qui lui avait valu rires et raillerie. Elle s'entendit même traiter de

« grosse pécore » ! Repliée sur elle-même, elle ne participait pas aux jeux de la récréation, mais n'hésitait pas à tendre sournoisement la jambe au passage de deux bécasses se poursuivant.

Son insertion manquée aurait pu avoir des conséquences fâcheuses sur ses résultats scolaires. C'est l'inverse qui se produisit. Alors qu'au village elle n'était pas réputée bonne élève, depuis qu'elle fréquentait cette nouvelle école, elle s'était prise au jeu de se concentrer sur son travail et de réussir. Deux raisons principales semblaient expliquer cette évolution. D'abord, elle voulait montrer à ces petites citadines, souvent mieux habillées et mieux soignées qu'elle et qui la regardaient de haut, qu'une fille de paysan, certes moins élégante et maniérée, pouvait se hisser à leur niveau, et même les dépasser. L'autre raison, plus profonde, était qu'elle voulait, par ses bons résultats, faire plaisir à son père. Il serait fier de sa fille, comme elle était fière de lui qui défendait la France contre des envahisseurs barbares.

Et l'été arriva. Premier été passé loin de la Meuse. Étouffant. La ville est construite dans un fond que de hauts immeubles enserrent. L'ensemble est prisonnier de la muraille des sept collines qui le cernent. Autant dire que, si l'hiver y est rude, l'été l'est encore plus. Pas un souffle d'air ! Que faire dans la soupente quand le soleil est en folie, sinon chercher de la fraîcheur ? Ida et ses petits en trouvaient un peu au bord de la Deûme, modeste rivière qui traversait une partie de la ville. De la fontaine où elle en profitait pour laver son linge, Ida pouvait surveiller Petit-Marcel qui s'amusait dans le ru. Léona ne s'y trempait pas. Elle trouvait que l'eau n'y était pas assez limpide, que le fond était glissant et qu'il ne valait pas celui de Montigny, si clair qu'on pouvait y voir les porte-bois accrochés aux pierres et le bout de la queue des chabots s'enfonçant dans le sable. Jeanne, qui avait la garde de Marthe, la tenait au-dessus de l'eau, la laissant battre des pieds et s'éclabousser en riant tellement qu'elle avait du mal de s'en remettre. Puis, retour à la mansarde, il fallait attendre que la nuit fût bien entamée, que l'air fraîchisse quelque peu pour trouver enfin le sommeil. Parfois, le dimanche, après les vêpres, Ida offrait à ses petits un sorbet à l'orgeat qu'ils dégustaient sur un banc, à l'ombre des platanes de la place des Cordeliers. C'est à l'occasion de la communion de Léona que cette douce habitude avait été prise. Sa corpulence et ses formes naissantes n'avaient pas permis de lui trouver dans le commerce une robe de communiante seyante. Il avait fallu toute la persuasion d'Ida pour la convaincre de porter une aube blanche d'enfant de chœur que le curé de Saint-François avait promis de lui trouver à ses mesures. Avec la couronne de fleurs, les gants blancs, le voile et la cordelette, blanche elle aussi, en guise de ceinture, elle n'avait pas trop rechigné à prendre sa place, au milieu des autres, pour ce moment solennel d'eucharistie. Au sortir des vêpres, la petite famille s'était retrouvée sous les platanes de la place où les attendait le photographe. L'habitude voulait qu'on fixe ce jour de grande foi sur des clichés qui permettaient de le revivre intensément plus tard, d'en faire profiter ceux qui n'avaient pas participé à la cérémonie. Il en était un dont la cruelle absence avait assombri ce qui aurait dû être une fête, c'était ce cher père, mais aussi ce cher mari auquel on enverrait les photos les plus réussies. Si la communion s'était faite dans la Meuse comme celle de Jeanne, avant cette sale guerre, alors il y aurait eu un grand nombre d'invités, les oncles, les tantes, les cousins, les cousines. On aurait sacrifié les plus beaux coqs, les oies les plus grasses, on aurait fait dorer des quiches, on aurait bu du vin bouché et peut-être même du champagne !

Les réfugiés n'avaient pas le cœur à faire la fête. Ida leur avait juste offert un sorbet à l'orgeat.

Rentrée 1915. Léona avait dépassé Jeanne en taille. Elle était plus épaisse, aussi. Devenue jeune fille alors que sa « grande » sœur n'était pas encore nubile. Son corps qui s'était développé trop et trop vite l'embarrassait. Elle n'aimait pas voir s'allumer le regard que les jeunes hommes portaient sur elle. Le chemin de l'école passait devant un bistrot fréquenté par de nombreux uniformes. Le propriétaire, qui avait le sens des affaires, venait de rebaptiser son estaminet : « AU GLORIEUX POILU. » Les tables débordaient sur le trottoir. À l'une d'elles, toujours la même, était assis un jeune homme en uniforme, au teint cireux et dont la vareuse avait une manche vide. On aurait dit qu'il attendait la sortie de l'école pour poser son regard sur les adolescentes et surtout sur Léona qui semblait l'intéresser plus que les autres.

L'hiver fut rude. Il gelait à pierre fendre. Ida se débattait au milieu d'ennuis qui s'accumulaient. Ennui d'ordre financier d'abord – Fernand avait investi leurs liquidités dans les emprunts du ministère de la Guerre –, le comité d'aide aux réfugiés, chargé d'octroyer une aide mensuelle, après une période aux versements irréguliers dus à une mise en place laborieuse du dispositif, semblait être parvenu à son régime de croisière. Malheureusement, une sombre affaire de malversation vint à nouveau troubler son fonctionnement. On était en janvier et Ida n'avait pas reçu le moindre subside depuis novembre. Inutile de dire le triste Noël vécu dans ces conditions. Le marchand de charbon et l'épicière ne lui consentaient plus le moindre crédit. Ida se fit alors embaucher aux tanneries qui manquaient d'autant plus cruellement de main-d'œuvre que le besoin en cuir augmentait. La confection des cartouchières, étuis, musettes, brêlages et autres baudriers des soldats ainsi que les harnachements des chevaux en consommaient de plus en plus. On y travaillait dans des conditions épouvantables d'insalubrité, de bruit et de puanteur, mais les deux mois de salaire, même modeste, avaient permis de nourrir la famille. C'est Jeanne qui avait gardé la petite pendant ce temps-là.

Des ennuis domestiques étaient venus s'ajouter aux difficultés pécuniaires. Au cours du précédent printemps, des corneilles avaient élu domicile sur le toit de l'immeuble où elles ne cessaient d'émettre leurs lugubres croassements. Un de leurs couples construisit son nid dans la cheminée de la mansarde, l'obstruant presque totalement. On grelottait à cause du tirage défectueux venant s'ajouter au rationnement du charbon.

Le soir, au fond des couvertures, Léona fermait les yeux. Elle se transportait aux Quatre-Chemins ou à Bon-Ru, selon son humeur. Elle comparait ce qu'elle avait fait dans la journée, ici à Annonay, à la façon dont elle aurait passé cette même journée là-bas, s'il n'y avait pas eu la guerre. Peut-être, les battages d'hiver étant terminés, son père serait-il allé bûcheronner au Bois-Jodain ? Malgré les efforts qu'exigeait le maniement de la cognée, il considérait cette activité comme un loisir, une récréation. Peut-être que sa femme aurait emmené ses deux filles pour aller le retrouver dans la coupe ? Elle aurait alors sorti du panier d'épaisses tranches de lard qui auraient grésillé à la flamme tandis que des pommes de terre auraient été mises à cuire dans la cendre brûlante du feu de l'ébranchage. Festin qui se serait achevé par une poignée de noix du dernier automne, à moins que ce ne fût par des poirettes mises à blettir dans le regain de l'été et qui laissaient au palais agacé par leur pulpe granuleuse un suave goût de foin et de sucre. Et puis, Ida et son cher mari, avec une rare connivence de gestes – et sûrement de pensées – se seraient mis à débiter au passe-partout les troncs abattus ainsi que les branches maîtresses. Pendant ce temps, les filles auraient continué à alimenter le feu avec les petites ramures…

Ida et ses enfants se rendaient quotidiennement à l'église Saint-François-d'Assise. Face à la statue de ce saint italien qui avait opté pour la pauvreté, elles restaient agenouillées de longs moments à prier. Elles lui demandaient instamment de protéger Fernand. Pour saint François qui considérait chaque homme comme son frère, Léona avait composé une supplique où elle disait que son père s'appelait François comme lui, qu'ils étaient de la même famille, et que, dans une famille, celui qui en avait le pouvoir devait protéger les autres. Puis Ida allumait un cierge, le moins coûteux et, pendant qu'il se consumait, on avait le temps de dire un chapelet entier. Souvent, comme l'église était légèrement en retrait de la rue Sadi-Carnot et qu'il fallait passer à proximité pour accompagner Petit-Marcel à l'asile de la rue Saint-Georges, Léona entrait seule dans les saints lieux où, après une courte prière, elle faisait brûler un cierge en s'excusant au pied de la statue du saint barbu de n'avoir pas le moindre sou à glisser dans le tronc.

Chaque jour, en rentrant de l'école, les filles lisaient dans le regard de leur mère si le facteur avait ou non apporté des nouvelles de l'être cher. Ce soir-là, elles y virent la petite lueur attendue. La carte-lettre était datée de la Saint-Vincent, le 22 janvier 1916.

Mes chéris, juste un mot pour vous dire que j'ai bien reçu votre bonne lettre qui m'a fait grand plaisir comme toujours. Chez moi, la santé est toujours bonne. Mes deux grandes filles, comme vous travaillez bien à l'école, et que vous aidez bien votre bonne maman, je vous enverrai à chacune une petite bague en aluminium quand j'en aurai réuni deux. On ne les trouve qu'après les culots des obus boches… mille baisers à la pincette.

Les termes avaient beau être d'une grande banalité et, presque mot pour mot, les mêmes que ceux de la précédente missive, ils étaient lus et relus, toujours avec la même délectation.

Ce soir-là, Léona se souvint qu'à chaque 22 janvier son père disait : « On va vers le beau, à la

Saint-Vincent, l'alouette reprend son chant ! » La dernière fois, c'était il y a deux ans. Devant l'âtre, Ida montrait à Jeanne un nouveau point de tricot, Benoît lisait une histoire à Petit-Marcel tandis que Léona était assise sur les genoux de son père.

— Tu sais, ma fille, que les alouettes sont les amies des paysans qui aiment les voir avec leur minuscule huppe sur le haut du crâne, et entendre leur chant. Je t'en ai déjà montré, avait poursuivi Fernand, quand elles s'élèvent tout droit dans le ciel. Il arrive un moment où elles sont tellement haut qu'on ne les voit plus, mais on continue à entendre leur chant. Et puis elles poursuivent leur ascension. On tend l'oreille, mais on n'entend plus rien. Elles ont disparu…

— Elles sont quand même bien quelque part ? avait interrogé Léona.

— Bien sûr ! elles ont disparu de notre vue, mais elles existent toujours, avait assuré Fernand, elles sont auprès du Bon Dieu qui les a convoquées pour Lui dire ce qu'elles voient, ce qui se passe sur la terre. Tu sais, Il ne peut pas tout voir malgré ses yeux aux millions de facettes, Il a besoin d'agents de renseignements. Et c'est le métier des alouettes ! Quand elles ont fait leur rapport au Bon Dieu, alors elles reviennent sur terre. Pour ne pas perdre de temps, elles ferment leurs ailes, se laissent tomber comme des pierres en fermant les ailes pour ne les rouvrir qu'à quelques mètres du sol. Et puis elles recommencent à se mêler aux activités des hommes dont elles observent les faits et gestes.

Dans son lit, Léona repensait à ces paroles. À demi

endormie, elle rêvait à des alouettes qui venaient à elle pour lui dire qu'elles avaient vu son père de tout près, qu'il était beau dans son uniforme, qu'il était fort, qu'il était le plus beau et le plus fort de tous ceux qu'elles avaient pu voir et que, sur-le-champ de bataille, il était le plus courageux.

Ida avait lu avec angoisse les journaux qui avaient relaté en leur temps les violents affrontements ayant débuté autour de Verdun vers le 20 février. À la mi-mars, arriva cette fois-ci un courrier contenant deux lettres. L'une dont Ida était la seule destinataire, et l'autre réservée aux enfants.

Le 22 février 1916

Mes chéris,

C'est à vous, mes chers petits, que je m'adresse. Comme vous, j'espère que cette sale guerre va se terminer, cette guerre mangeuse d'hommes qui, pas plus tard que ce matin, m'a pris mon meilleur compagnon, ce cher Jean-Marie…

Si Dieu voulait que je n'en revienne pas, je vous recommande d'entourer votre si bonne maman de toute votre affection. Elle en aura tant besoin. Aidez-la, aimez-la de toutes vos forces, ne la laissez pas dans la peine. Et surtout, mes deux grandes chéries, protégez votre délicieuse petite sœur. Quant à toi, Petit-Marcel, tu auras, devenu homme, la responsabilité de la ferme. Je compte sur toi pour la faire prospérer avec courage et honnêteté. Respecte la terre des champs et des prés, notre terre nourricière. N'hésite pas à l'engraisser mais ne l'éreinte pas en lui demandant plus qu'elle ne peut donner. Soigne bien le bétail, aie une affection particulière pour les chevaux, que je vois quotidiennement souffrir et mourir autour de moi. Sans leur force et leur dévouement, le Paysan n'est rien…

Veillez à n'avoir aucune complaisance pour la guerre, véritable folie de l'homme. Ne soyez pas de ceux que la puissance des armes fascine. Soyez bons pour votre prochain, qu'il soit allemand, anglais ou africain. À propos des Africains, il faut que je vous dise que j'ai eu l'occasion de côtoyer quelques-uns de ces pauvres bougres, égarés dans cette guerre où ils ne comprennent rien. J'ai pu constater que, contrairement à ce qu'avancent certains, ils ont une âme comme chacun d'entre nous !

Je vous fais confiance pour que vous restiez honnêtes en toutes circonstances, dignes de moi et soucieux que votre mère ne manque de rien.

Croyez bien, tous les quatre, que j'aurai combattu non par goût, mais pour vous assurer une vie libre, pour renvoyer chez eux ceux qui voulaient voler notre pays, s'installer sur nos terres et nous y tenir en esclavage. Je n'aurais plus jamais pu me regarder dans une glace si j'avais failli à mon devoir. Mais sachez bien qu'autant j'aime la liberté, autant je hais la guerre.

Je vous recommande à tous les quatre de suivre le bon chemin, celui qui passe par l'amour, la loyauté, le respect de soi et d'autrui. Vous serez alors dignes du sacrifice qui aura été le mien. Je vous embrasse de la manière que je vous aime, c'est-à-dire très fort... et à la pincette !

Votre père Fernand.

On était maintenant à la fin du printemps. Plus aucune nouvelle depuis le 15 mars. Plus rien de la poste aux armées. Ida envoyait les deux grandes guetter le passage de la factrice, s'assurer qu'elle n'avait pas de courrier à leur destination. Elle leur demanda aussi de faire le tour des autres locataires de l'immeuble, les priant de vérifier si une lettre, à elle adressée, ne s'était pas malencontreusement glissée dans leur propre courrier. Ida était même allée à la grande poste avec un envoi précédent de Fernand pour voir si, mise au service des rebuts pour adresse illisible ou incomplète, une lettre ne s'y trouvait pas qui aurait été écrite par son mari. Tout cela en vain.

Fernand avait-il été blessé, était-il mort ou prisonnier ?

Peut-être prisonnier. Pour le savoir, Ida s'était adressée à l'agence des prisonniers de guerre dépendant de la Croix-Rouge de Genève. Elle n'eut jamais en retour qu'un avis de réception qui stipulait :

> *Chaque fois qu'on renouvelle une demande relative à un disparu, nous recommandons très spécialement :*
>
> *— de rédiger les demandes clairement, brièvement et surtout très lisiblement ;*

— de ne traiter qu'un cas dans chaque lettre.

Il fallut encore attendre deux longs mois pour que le colonel commandant le 44e régiment d'infanterie territoriale annonce que le soldat François Fernand, né le 22 février 1876, avait été porté disparu à compter du 23 février 1916, dans le secteur de Samogneux.

Disparu ! disparu ! Un soldat qui disparaît de son cantonnement, c'est qu'il a été fait prisonnier, ou qu'il a déserté. Il ne pouvait pas avoir déserté, puisque c'est lui-même qui avait décidé de s'engager dans cette guerre ! Donc, selon nous, il est prisonnier des Boches, concluait-on lors des moments d'espoir, dans la mansarde. Puis l'abattement reprenait le dessus. D'après le voisin du rez-de-chaussée qui y a perdu un œil, il paraît que c'est l'enfer, que le sol est ravagé, labouré, retourné par des millions d'obus. On a peur qu'il ait été enterré au fond d'un entonnoir.

Chaque soir, après l'école, Ida et ses enfants franchissaient la centaine de mètres qui les séparaient de l'église Saint-François où les prières, bien entendu, demandaient toutes la même chose.

Avec Jeanne et Léona, Ida avait composé une prière spéciale, adressée au patron de leur paroisse meusienne, saint Denis, où il était question du retour espéré de toute la famille à la ferme de Bon-Ru.

Grâce à Raymonde Jacquot qui avait pu entrer en contact avec des proches restés au village, Ida avait eu quelques nouvelles. Les troupes d'occupation étaient partout. Elles avaient transformé la ferme de Bon-Ru en une véritable boucherie-charcuterie industrielle. Au village avaient été installées une importante boulangerie d'une trentaine de fours, une brasserie, une fabrique de choucroute ainsi qu'une conserverie de légumes. La main-d'œuvre était constituée de prisonniers souvent maltraités et d'habitants restés au village. Les terres et le bétail avaient été réquisitionnés. Les wagons de nourriture produite au village étaient acheminés au front par tout un réseau de voies ferrées mises en place par les Allemands. Dans les pâtures de la ferme des Quatre-Chemins, on pouvait voir d'immenses dépôts de munitions séparés par de hautes buttes de terre. Le village, comme d'autres alentour, servait de cantonnement aux unités combattantes lorsqu'elles descendaient au repos. Ida apprit aussi que, outre l'ouverture de nombreuses voies ferrées, d'autres grands travaux avaient été exécutés. Les Allemands avaient complété les installations de diffusion de l'électricité, capté des sources et mis en place un réseau de distribution d'eau, ce qui semblait vouloir dire qu'ils s'installaient durablement.

Puis arriva la Toussaint de cette année maudite. Au retour de la messe, Ida constata que la petite Marthe, qui avait refusé son biberon le matin même, avait les joues anormalement rouges, les yeux trop brillants, et qu'elle avalait difficilement sa salive. Angine, pensa Ida qui rechargea le poêle pour réchauffer la pièce. Très vite l'état de l'enfant empira. Elle tremblait. Elle étouffait. Heureusement, le vieux docteur Fuss, qui habitait l'immeuble voisin, voulut bien quitter ses invités pour accourir au chevet de la petite malade. L'examen de la gorge de l'enfant, son état de fébrilité extrême lui firent rapidement diagnostiquer qu'elle était atteinte du croup. Les fausses membranes blanches se développaient et allaient bientôt obstruer totalement le larynx. Ida se précipita, ordonnance en main, chez le pharmacien de garde en ce jour férié. Il lui fut répondu que les médicaments prescrits manquaient, car réservés en priorité aux soldats du front. Ida apprit beaucoup plus tard que l'apothicaire en avait en stock, mais que, traumatisé par la mort de ses deux fils tombés à Verdun, il en avait refusé la vente à une Lorraine. Il vouait une haine tenace aux émigrés qu'il désignait, avec d'autres dans la région, comme « les Boches de l'Est ». Il fallut attendre le lendemain pour que le bon docteur Fuss, à nouveau sollicité, en obtînt auprès d'un pharmacien ami. Entre-temps, Ida avait tenté des badigeons au bleu de méthylène ainsi qu'à l'huile eucalyptolée, médications qu'elle avait en réserve. Ces nouveaux remèdes n'eurent pas plus d'effet. L'état de l'enfant empirait.

Au petit matin du deuxième jour, Marthe avait cessé de respirer.

Ida eut le courage de parer le petit corps de la robe de velours vert que Jeanne et Léona avaient portée avant elle. Après l'avoir coiffée, elle fixa un ruban de velours vert lui aussi, dans la fine chevelure blonde de l'enfant, elle lui joignit les mains où elle entrelaça un chapelet aux grains blanc nacré. Les filles descendirent chercher des fleurs blanches que le photographe disposa lui-même sur le chevet. Ida avait tenu à fixer la dernière image de Marthe afin que son père pût voir que la mort avait à peine flétri la beauté du cher petit ange.

C'est comme une automate que, main dans la main avec Jeanne, Léona et Petit-Marcel qu'Ida gravit la longue côte qui menait au cimetière.

Fernand, où es-tu ? Je n'en peux plus ! J'ai honte de pleurer devant les enfants, mais c'est trop de malheurs qui nous frappent ! Comme tu l'adorais, ta petite Marthe ! Tu disais qu'elle te ressemblait avec ses adorables fossettes qui se creusaient au milieu des joues lorsqu'elle riait. Tu n'auras même pas eu la chance de l'entendre clamer « papa » comme le lui avaient appris ses sœurs, à chaque fois qu'elles lui montraient ta photo ! Fernand, mon Fernand, tu me manques, tu nous manques. Donne-nous vite de tes nouvelles. Dieu nous a ravi la petite. Ce serait trop injuste qu'Il t'ait aussi rappelé à Lui. Mais nous gardons confiance en toi, nous sommes sûrs, parce que tu nous aimes, que tu n'auras pas pris le risque de mourir… d'abord, disparu, ça ne veut pas dire mort ! Tes filles racontent à leurs camarades de classe que les Boches t'ont fait prisonnier, que tu es dans un camp loin d'ici, qu'il t'est absolument interdit d'écrire. Mais comme elles te savent débrouillard, elles sont persuadées que tu ne vas pas tarder à nous donner signe de vie ! Moi aussi, j'y crois très fort, mon Fernand.

Cependant, la tristesse s'était définitivement installée dans la mansarde.

Ida souffrait. Elle souffrait de l'insoutenable incertitude de revoir un jour son Fernand. Elle souffrait aussi de son déracinement. Bien sûr, elle bénéficiait de la solidarité et de la sympathie de nombreuses personnes. Mais elle ne se sentait pas chez elle dans cette ville bâtie au fond d'un trou cerné de hauts murs sans grâce, comme des murs de prison. Par l'étroite fenêtre de la chambre, on n'avait vue que sur les toits des autres immeubles. Seul, un modeste coin de colline apparaissait entre deux hautes façades, permettant juste de voir le printemps arriver et fleurir les arbres qui avaient le courage de pousser sur les pentes rocheuses et grisâtres. Quel contraste avec ces côtes de Meuse couvertes de forêts qui ne rechignaient pas à fournir de quoi passer les hivers à la chaleur de l'âtre qu'on ne regardait pas à alimenter même avec les essences les plus nobles ! Et le village qui semblait si loin avec le velours de ses prairies où serpentait la Meuse ? Et Bon-Ru où son temps se partageait entre les soins aux enfants, la tenue de la maison, la traite des vaches matin et soir, la basse-cour, les conserves, les confitures ? Il manquait souvent quelques heures à ces journées pourtant bien remplies, mais la vie y était si agréable !

À Annonay, les jours n'en finissaient pas. Si les matinées étaient occupées par un passage à l'église avant d'aller se recueillir sur la tombe de Marthe, y changer l'eau des fleurs ou renouveler les fleurs elles-mêmes, les après-midi se traînaient en longueur. Souventes fois, Ida s'allongeait sur le lit, bras repliés, mains sous la nuque. Elle fermait les yeux. Elle était alors avec Fernand. Elle s'attachait à revivre les scènes où ils avaient été heureux ensemble, les moments où ils avaient beaucoup ri, mais aussi les heures plus solennelles. Son cœur battait plus vite, sa respiration s'accélérait parfois à l'évocation d'instants où leur tendresse s'était plus intimement exercée. Puis c'étaient les yeux chargés de larmes qui se rouvraient sur la réalité de l'absence de l'être aimé.

Des pas rapides dans l'escalier. Vite, Ida tentait de faire disparaître les traces de ses amères pensées pour accueillir les enfants rentrant de l'école.

Encore pas de nouvelles de papa aujourd'hui !

On essayait de faire bonne figure en faisant appel à cette formule creuse : « Pas de nouvelles, bonnes nouvelles ! »

Parfois, Léona se posait des questions sur les défaillances de la protection divine. Benoît, celui qui était devenu son grand frère de cœur et son modèle : « Tué à l'ennemi. » Olane, sa merveilleuse compagne au regard et au pelage si doux : morte d'épuisement, victime de son devoir et de la criminelle bêtise des hommes. Et Mizou et Apache : abandonnés dans la nature. Et plus récemment, la malheureuse petite Marthe qui reposait désormais à plus de sept cents kilomètres de chez elle. Et Fernand, son père adoré : porté disparu dans le secteur de Samogneux. Où était-il donc ? Que lui était-il arrivé ? Était-il prisonnier ? Blessé, peut-être était-il soigné dans une infirmerie ennemie ? Mon Dieu, répondez-moi ! Ne me laissez pas dans l'incertitude ! Mais ne me dites surtout pas qu'il est mort ! Si c'était vrai, je n'aurais plus aucune confiance en Vous. Vous êtes chargé de faire le bonheur des gens et non leur malheur, c'est la Demoiselle qui nous l'a dit.

Quand Léona sentait sa foi vaciller, elle se forçait à se reprendre car elle craignait que ses moments de doute fâchent les instances divines qui auraient alors pu avoir la tentation de se désintéresser du sort de son père.

Deuxième dimanche d'octobre. Papa, je suis sûre que tu es encore vivant. Tu dois t'ennuyer dans ton camp de prisonniers, alors je viens discuter un peu avec toi. Tu sais qu'aujourd'hui, c'est la fête de notre patron, saint Denis. Avant cette sale guerre, c'était un jour de joie. Les oncles et les cousins étaient arrivés pour la grand-messe. Toute la famille communiait. Ensuite, c'était l'apéritif chez la mère Mabille. Je me souviens, comme si c'était hier, de la fois où tu avais bu plusieurs verres, je crois bien que c'était de l'absinthe. À la fin du repas où il y avait eu aussi du vin bouché, tu avais même repris de la mirabelle, après le café. Tu étais pompette ! Je ne t'avais jamais vu comme ça. Quand les musiciens étaient venus faire l'aubade aux grandes cousines, tu avais encore bu un coup avec eux. Après, tu nous avais amusés comme jamais. Grimpé sur une chaise, tu nous demandais quel animal on voulait t'entendre imiter. Tu avais tout fait : le cheval, le mouton, l'âne, le coq, le cochon qu'on égorge, la cane colvert à l'envol, la perdrix qui rappelle sa nichée. Moi, ce que j'avais préféré, c'est quand on t'avait crié : « Plus rouge que toi ! », comme on le fait aux dindons, alors tu t'étais mis à glousser comme eux, avec le rouge qui te montait, comme eux !

C'était bien, les soirs de fête, quand on allait tous au bal dans la grande salle du bistrot. Il y avait des bancs tout autour. Nous, on restait assis pendant que les grands dansaient. On les regardait faire. Avec Maximilien, on se moquait un peu des demoiselles quand un même jeune homme allait les chercher plusieurs fois de suite pour danser. On arrivait à les faire rougir ! Une fois, je m'en rappelle bien, Benoît avait fait trois danses, une polka et deux valses, avec la Maria, la fille du garde-barrière. Alors, à chacun de leurs passages, on leur criait : « Marius ! Maria ! Marius ! Maria ! » Quand il l'a invitée pour la quatrième fois, on leur lançait : « Marius va se marier avec Maria ! »

J'aimais bien te voir danser avec maman. C'étaient vous les plus beaux de tous les danseurs, toi, mon papa, avec ton col cassé, tes belles moustaches cirées, et maman dans sa jolie robe bleu foncé à col de dentelle blanche, et toute serrée à la taille. À la fin de la valse, elle disait toujours la même chose : « Grand sot ! tu m'as entraînée si vite que j'en ai attrapé le tournis ! » Alors, pour te faire pardonner, tu la raccompagnais à son banc en la tenant par la taille et en lui faisant des bises.

Mon Dieu, qu'est-ce qu'on était heureux à cette époque-là ! Ça recommencera, dis, papa ?

Et la fois qu'il avait tant neigé qu'on ne voyait que du blanc partout, quand je t'ai vu enfiler une camisole blanche de maman et ton bonnet de nuit, j'avais envie de rigoler. Tu m'as expliqué que tu allais à la passée aux canards et tu m'as autorisée à t'accompagner, à condition que je me mette en blanc, moi aussi, pour que les canards ne nous voient pas sur la neige. Apache n'avait pas eu besoin de se déguiser, lui, il avait le poil blanc. Et nous voilà comme deux fantômes, appuyés à des poteaux de clôture, au bord de la Meuse. J'avais très froid, je tremblais de tout mon corps, mais j'étais heureuse. Entre deux nuages poussés par la bise, on pouvait voir le soleil blanc décliner. Bientôt, il allait faire noir. Un sifflement d'ailes. Je t'ai vu lever ton fusil et tirer. Raté ! Apache, excité par le coup de feu, semblait déçu de n'avoir rien vu ni entendu tomber.

Cette fois, je les avais vues arriver, les oies, avec leur vol lourd. Le tir avait été plus facile qu'avec les sarcelles de tout à l'heure. Un gros plouf dans l'eau. À toi de jouer, Apache ! Malgré le courant, malgré le froid de l'eau, le brave chien rapporta la victime à tes pieds. Je te revois encore arracher une touffe d'herbes sèches pour le bouchonner. Et c'est à ce moment que j'ai compris que les morceaux de sucre que tu avais glissés dans ma poche avant de partir ne m'étaient pas destinés…

Samogneux. Il paraît que c'est un village de la vallée de la Meuse. Léona cherchait dans ses souvenirs. Quand, il y a quelques années, elle était allée à Verdun en train, elle n'avait pas quitté la portière du wagon. À son arrivée, elle aurait pu réciter dans l'ordre, à l'oncle Henri de Wameau venu l'attendre à la gare, la liste des villages traversés. Le train ne s'était pas arrêté à Samogneux ! Heureusement, Ida avait emporté dans ses bagages un calendrier des Postes. Outre la liste des villages du département avec leur population, il y avait à l'intérieur une carte de la région. Effectivement, il y figurait bien, mais c'était sur la rive droite de la Meuse, alors que la ligne de chemin de fer longeait la rive gauche. Samogneux. Ce mot-là, Léona se le répétait sans cesse. Sans qu'elle y pense, il lui revenait constamment à l'esprit. Souvent, elle se surprenait à le prononcer à voix basse aussi bien en classe qu'ailleurs.

Aussi, elle tourna vivement la tête lorsqu'elle l'entendit en passant devant la terrasse du bistrot Au Glorieux Poilu. Il n'y avait qu'un seul consommateur, le jeune homme au teint cireux dont elle avait déjà croisé le regard. Lui seul avait pu prononcer ce nom. Tétanisée, Léona s'arrêta et tenta de capter son attention. Mais le soldat à la manche vide continuait à déclamer en regardant droit devant lui : « Samogneux ! C'était l'enfer ! J'y étais ce jour-là, le 23 février ! Garçon ! tu n'y étais pas, toi, espèce d'embusqué ! une autre chopine ! et plus vite que ça ! »

Il était manifestement ivre. Malgré l'envie qui la tenaillait de poser mille questions au mutilé, elle eut peur de s'en approcher.

Elle n'en dit rien en rentrant à la maison. Elle en reparlerait quand elle en saurait un peu plus. Mais dès qu'elle fut au lit, après une courte prière, ses pensées la ramenèrent au jeune homme au teint cireux. Peut-être avait-il rencontré son père, s'étaient-ils parlé, avaient-ils échappé à la mort ensemble ? Car Léona refusait que son père fût mort.

> *Il n'avait jamais fait de mal à personne. C'était le meilleur des hommes ! Il nous reprenait quand il nous entendait maman, Jeanne, Maria ou moi, avoir la dent dure avec telle ou telle personne. Il disait toujours qu'on devait respecter tout le monde, les grands messieurs comme les journaliers, les noirs comme les blancs, les jeunes comme les vieux. Quand on est aussi bon, le Bon Dieu nous garde en vie.*
>
> *C'était vers la fin de l'été, je m'en souviens, je ne sais pas où Maximilien avait trouvé un carnet de feuilles à cigarettes Riz la Croix. Près de la cabane que Benoît avait faite dans le verger, avaient poussé plusieurs touffes d'armoise. Max avait récupéré les feuilles sèches, les avait froissées*

dans ses mains. Il avait ôté les plus grosses nervures et roulé ce qui restait pour en faire deux cigarettes, une pour lui, une pour moi. On est entré dans la cabane pour être sûrs de ne pas être vus. Maximilien gratta une allumette soufrée, ce qui a déjà commencé à nous faire tousser, et on s'est mis à fumer. Mais on ne savait pas s'y prendre. Sûr qu'on aspirait trop fort ! L'un comme l'autre, on toussait, on toussait ! On croyait que nos poumons allaient éclater ! Tout à coup, la toile de sac qui fermait la cabane s'est soulevée. La tête de papa est apparue. On s'attendait à se faire disputer. Eh bien ! non, papa a juste dit : « Vous êtes assez punis comme ça ! » Mon bon papa, aujourd'hui encore, je te remercie de ne pas avoir dit à maman qui s'inquiétait de voir sa fille vomir qu'elle avait fumé de l'armoise !

Un autre jour, je voulais construire un barrage sur le ru. Pour ça, il fallait que j'aille chercher des mottes de terre dans un endroit du ruisseau où mes pieds s'enfonçaient dans la vase. À mesure que je plaçais mes blocs de terre, le courant en emportait la plus grande partie, mais je m'amusais bien. J'aimais sentir la vase passer entre les orteils de mes pieds qui s'enfonçaient tout doucement et j'avais du mal, parfois, de les ravoir. Papa travaillait à proximité. Il fauchait les touffes d'échaudures qui poussaient dans la pâture de derrière. Trop occupée à mon barrage, je ne l'avais pas entendu m'appeler pour le goûter. Il s'est donc approché du ruisseau. Quand il m'a vu sortir, il a poussé un cri. À mon tour aussi de crier en découvrant toutes les sangsues collées à mes jambes. Papa a essayé de m'en débarrasser en tirant dessus, mais, gluantes, elles lui glissaient entre les doigts. J'avais peur. Peur qu'elles sucent tout mon sang et que je meure sur place. J'en avais déjà observées, mais dans le bocal du père Van de Wœstyne, le vieux colporteur belge qui vendait des remèdes. Il m'avait dit que c'était bon pour ceux qui avaient trop de sang. Mais moi, j'en avais pas trop ! On est quand même parvenu à détacher à la main les plus petites. Les grosses, celles qui étaient marron avec des reflets, tenaient bien. Ça ne m'arrivait pas souvent, mais cette fois-là, je me suis mise à pleurer. C'est là que mon papa a eu l'idée d'allumer une cigarette et d'approcher tout doucement la braise – en faisant attention de pas me brûler – de la tête de la bestiole qui aussitôt lâchait prise.

Il savait toujours quoi faire, mon bon papa, pour trouver les solutions aux problèmes.

Tenez, cette fois-là, ça devait être au début de la fenaison d'il y a trois ans. C'était dans la prairie, au bord de la voie ferrée. Mon père était occupé à chercher la borne de coin de son pré, en tâtant avec sa fourche, au milieu des grandes herbes. Monsieur Poncelet, de la ferme de la Brière, terminait le fauchage de sa parcelle toute proche. Il attaquait le dernier andain, le long de la ligne, au moment où arrivait à toute vitesse une machine haut-le-pied. On a jamais su si c'était pour s'amuser ou pour prévenir la garde-barrière de son arrivée, mais toujours est-il que le mécanicien a donné un violent coup de sifflet. Les deux chevaux ont pris peur et se sont emballés. Monsieur Poncelet est tombé du siège de la faucheuse, mais son pied était resté coincé dans la machine. Papa avait vu la scène. Vite, il a abandonné sa fourche et s'est mis à courir pour arrêter les chevaux que la peur avait rendus fous. Ventre à terre, il a réussi à se mettre en travers de leur chemin. À leur passage, il s'est jeté sur le hongre et s'est pendu à son collier tout en tirant très fort sur la bride. La pouliche, elle aussi, s'est calmée. Et l'attelage s'est arrêté une dizaine de mètres plus loin. Monsieur Poncelet en fut quitte pour une belle frousse et quelques bleus. Ça aurait pu être beaucoup plus grave sans le courage de mon papa.

Le jeune homme au teint cireux, ce soir-là, était installé à une table donnant directement sur le trottoir. Léona s'arrêta non loin de là, sortit un livre de son carnier et le feuilleta comme si elle y cherchait quelque chose. En réalité, elle observait le garçon. Il était attablé devant une bouteille de vin qu'il acheva de vider, non dans un verre, mais dans une sorte de récipient prolongé par un bec, à la manière d'une cafetière. Et c'est par ce moyen qu'il en but le contenu.

Léona s'arma de courage et s'approcha de lui.

— Bonjour, lui dit-elle.

— Je ne te connais pas. Qu'est-ce que tu me veux ?

L'adolescente ne s'attendait pas à un accueil aussi froid. Sans se décontenancer, elle répondit :

— L'autre jour, en passant, je vous ai entendu citer Samogneux. Pourriez-vous m'en dire davantage sur cet endroit où mon père a disparu.

— Je veux bien t'en parler… mais parler donne soif. Paie-moi une chopine et tu sauras tout ce que tu veux savoir !

— Mais je n'ai pas d'argent ! protesta Léona.

— Alors, tant pis pour toi, tu ne sauras rien ! trancha le jeune homme. Salut, et bonjour chez toi !

Léona tourna les talons. Des larmes de dépit embuèrent sa vue, déformant la géométrie de la rue Sadi-Carnot.

Le lendemain, l'homme était encore à la même table. L'ayant aperçu, elle passa sur le trottoir opposé. Ce fut lui qui la héla.

— Hé ! viens voir. Hé ! Samogneux.

Léona hésita un instant, mit la main à sa poche pour s'assurer que s'y trouvaient bien les quelques pièces qu'elle avait prélevées dans sa tirelire, le matin même, et se décida à traverser la rue. Elle s'assit en face de lui. C'est alors seulement qu'elle remarqua que toute la partie gauche de son visage dont le teint parcheminé lui avait fait croire à la cicatrice d'une brûlure, était en réalité dissimulée sous un masque de cuir qui couvrait aussi une partie de la bouche. Léona put se rendre compte que cette sorte de prothèse avait été remarquablement élaborée, qu'elle était l'exact pendant de l'autre moitié de la figure. N'était la fixité de la joue quand les paroles animaient le reste de la face, on n'eût pu rien remarquer.

— Je suppose que tu as de quoi m'offrir une chopine, dit l'homme.

Un mouvement de paupières de Léona.

— Garçon, une bouteille et mon verre ! Attention, pas de l'ordinaire des tranchées, ce gros rouge qui tache comme le sang, non ! du bouché, s'il vous plaît ! On a beau faire partie des gueules cassées, on est quand même une gueule fine ! Tu as entendu, espèce de fainéant d'embusqué, mademoiselle m'offre une bonne bouteille ! Vite !

— J'arrive, monsieur Désiré ! répondit le garçon.

— T'entends, fillette, il me sert du « monsieur », gros comme le bras. Il a fallu que je me fâche pour que ce planqué me respecte !

Le garçon arriva avec la commande que Léona, eut tout juste de quoi régler. Elle dut attendre que le mutilé remplisse son récipient spécial, qu'il vida d'un trait, avant de dire :

— Voilà, je m'appelle Léona. Avec ma mère, mes frère et sœur, on vient de la Meuse.

— Et alors ? questionna le jeune homme tout en se servant une nouvelle lampée de vin.

Léona se sentait mal à l'aise devant cet homme qui semblait prendre plaisir à l'intimider. Elle regardait sans cesse autour d'elle avec la crainte que quelqu'un de sa connaissance, institutrice ou autre élève, ou encore voisin, la voie à la terrasse de ce bistrot en compagnie de cet individu peu discret et à demi aviné.

— Je suis venue parce que mon père a disparu à Samogneux le 23 février 1916. Peut-être que…

— Nom, prénom, matricule, date de naissance et régiment ? la coupa-t-il.

— François Fernand-Henri-Joseph, né le 22 février 1876, soldat de 2e classe du 44e régiment territorial d'infanterie, n° matricule 1284, débita-t-elle sans reprendre son souffle.

— Reviens demain, à la même heure, je serai là…

Léona comprit qu'elle n'en tirerait rien de plus ce jour-là. Elle quitta Désiré après lui avoir assuré qu'elle serait là, à l'heure dite, et qu'elle espérait que, d'ici là, il aurait rassemblé des souvenirs précis. Le fait qu'il lui ait demandé des renseignements sur son père lui laissa entrevoir qu'il détenait sans doute quelques données sur sa disparition.

Avant de repartir à l'école, Léona avait profité que sa mère était partie faire sa lessive au bord de la Deûme pour soustraire dans la bourse familiale de quoi offrir une bouteille de vin à son interlocuteur. Elle ne voulait pas vider sa tirelire, d'ailleurs modestement pourvue, ce qui aurait pu paraître suspect. Mais ce geste, qu'elle commettait pour la première fois, lui donnait mauvaise conscience. Cependant, elle était sûre que Dieu lui pardonnerait ce péché, puisqu'elle s'en était rendue coupable pour la bonne cause. Si seulement les renseignements obtenus pouvaient apporter la bonne nouvelle que Fernand était toujours en vie, mais qu'il était prisonnier des Allemands !

Les cours de l'après-midi s'éternisaient. Habituellement attentive, Léona ne s'intéressa pas au passé deuxième forme du conditionnel, même quand la maîtresse en établit la corrélation avec l'imparfait du subjonctif !

Enfin la cloche de 5 heures.

Personne à la terrasse du bistrot. Déçue, elle fit les cent pas sur le trottoir, feignant de s'intéresser aux vitrines des magasins. Une dizaine de minutes s'écoulèrent. Léona allait renoncer, quand, d'une fenêtre du premier étage de l'immeuble jouxtant le café, elle s'entendit héler :

— Hé ! Samogneux, je suis là ! J'ai trouvé quelques petites choses qui pourraient t'intéresser. Mais, avant de monter, va au Caïffa d'en face acheter deux bouteilles de vin d'Algérie. Du mascara, tu préciseras bien ! Je t'attends !

Avant de s'engouffrer dans le sombre couloir de l'immeuble, le cartable alourdi par les bouteilles, elle se retourna pour voir si personne de connu ne la voyait entrer. Le cœur battant, elle arriva tout essoufflée sur le palier du premier. Une porte s'ouvrit devant elle.

— Entrez, mademoiselle, je vous en prie. Confiez-moi votre bagage, lui dit très civilement Désiré. Vous avez la marchandise, c'est très bien ! Justement, je n'avais plus rien à boire ! Mais, asseyez-vous pendant que je me désaltère.

Après avoir refermé la porte, il s'occupa d'ouvrir une bouteille et d'en boire une bonne partie. Pendant ce temps, Léona put observer la pièce où vivait l'infirme. Il y régnait un grand désordre. Les rares meubles disparaissaient sous un amoncellement de vieux journaux, de vêtements, d'objets hétéroclites. Une table, surchargée elle aussi, en occupait le centre, tandis qu'un coin était réservé à un lit de fer doté d'une paillasse disparaissant sous un chaos de couvertures et de draps à la propreté douteuse. Et partout, à même le sol, de nombreuses bouteilles vides.

Désiré débarrassa la seule chaise de la pièce, la rapprocha du lit où il s'assit. Il invita Léona à prendre place en face de lui, sur la chaise.

— Alors, comme ça, tu voudrais savoir ce qui s'est passé le 23 février, à Samogneux ?

Il n'alla pas plus loin. Silencieux, il considéra Léona.

— Dis donc, quand je t'ai vue sortir de l'école, l'autre jour, j'ai cru que tu étais une institutrice. Tu as plus l'air d'une femme que d'une écolière. Je suis sûr que tu as tes quatorze ans bien sonnés !

— Oui, mentit l'adolescente.

— Tu as ce qu'il faut, là où il faut, poursuivit-il, l'œil allumé.

L'entrevue s'annonçait mal. Léona osa rappeler :

— Vous m'avez dit que vous aviez quelques petites choses qui pourraient m'intéresser. J'aimerais bien que vous m'en parliez.

— C'est vrai, concéda Désiré. Mais, avant tout, dis-moi comment tu t'appelles.

— Léona, Léona François.

— Eh bien, Léona, Samogneux, ça n'a pas été une partie de plaisir. Mon boulot, à moi, c'était d'installer des barbelés sur plusieurs rangs, devant nos tranchées. On ne pouvait faire ce travail que pendant la nuit pour ne pas être vu par ceux d'en face qui, eux aussi, profitaient de l'obscurité pour faire la même chose que nous. Généralement, la nuit, l'artillerie nous laissait tranquilles. Au lieu de ça, cette nuit-là, du 21 au 22, les Boches nous ont canardés avec des 77 d'abord, et puis avec des 210. Nos batteries de 75 et 150 ont répliqué. Leur tir, trop court, a fait des dégâts dans nos rangs. Il n'y a rien de plus terrible que de mourir par nos obus ! Ça a duré toute la nuit. La matinée du lendemain a été calme. On en a profité pour évacuer les morts et les blessés de la nuit, et consolider les cagnas[1]. C'était le calme avant la tempête. Les Boches se sont déchaînés en fin d'après-midi. Il ne se passait pas dix secondes sans qu'un obus éclate dans une gerbe de terre, détonation assourdissante qui nous transperçait le cerveau. Leur bruit dominait les hurlements des blessés, les appels au secours et les plaintes des mourants…

Impressionnée, Léona écoutait le récit de ces moments atroces. Elle aurait aimé que Désiré en

1. Abris sommaires creusés dans la paroi des tranchées.

vînt plus vite aux faits concernant son père, mais elle n'osait interrompre le jeune homme. La fougue qu'il mettait à décrire, du coin de la bouche, ces scènes hallucinantes, se manifestait souvent par une élocution difficile, certaines syllabes se perdant dans un gargouillis qui obligeait Léona à tendre une oreille attentive.

Le mutilé poursuivit :

— Ceux qui me faisaient le plus peur, c'étaient les obus de 210. Ils éparpillaient beaucoup. J'en ai vu, des gars fauchés par leurs éclats. En plus de ça, ils faisaient des cratères de sept à huit mètres de diamètre sur trois de profondeur, qui se remplissaient de flotte. Plus d'un poilu s'y est noyé. Et cet après-midi de malheur, ils nous en ont envoyé, des 210, plus qu'un évêque aurait pu en bénir ! Alors, pour chasser l'angoisse qui nous taraudait, il y avait le pinard et la gnôle. Avant de revêtir l'uniforme, je n'avais jamais mis le nez dans un verre de vin. Et maintenant, je suis devenu un vrai poivrot. Merci, la guerre !

Désiré s'arrêta, le temps de boire le reste de la bouteille, puis reprit :

— Tiens, ouvre-moi la deuxième. Avec un seul bras, c'est pas facile, tu sais. Mais, un bras en moins, c'est rien à côté du reste…

Et, de sa seule main, il ôta rageusement sa prothèse faciale.

— Bas les masques ! cria-t-il soudain. Regarde bien. La voilà, la réalité de la guerre dans toute son horreur ! Ma mère, seule personne que j'aimais et qui m'aimait, en est morte. Morte d'une crise cardiaque sur le quai de la gare d'Annonay quand elle a vu son fils chéri pareillement abîmé ! Même mon chien, mon petit Nono avec lequel je jouais des heures entières avant la guerre, ne m'a pas reconnu. Il fuyait à mon approche, il aboyait après moi comme après un étranger, me rappelant sans cesse que j'étais le fantôme monstrueux du jeune maître d'avant. Je ne l'ai plus supporté. Un soir de grande douleur, de la main que la guerre m'avait laissée, je l'ai étranglé.

Malgré la répulsion que Léona ressentait à la vue de ce visage qui, hors les yeux, n'avait plus rien d'humain, elle se sentit prise de pitié pour cet être qui avait tant souffert dans sa chair et dont l'esprit était si tourmenté.

— Désiré ! Tu te rends compte, je m'appelle Désiré ! s'exclama-t-il. Qui peut bien me désirer ? Il n'y a aucune fille au monde qui pourrait désirer partager ma couche ! Je me suis engagé tellement tôt dans la guerre que l'âge n'était pas encore venu de courir les demoiselles. Dans les tranchées, j'écoutais les veinards qui évoquaient leur femme, leur fiancée ou leur maîtresse. Dans cet univers d'hommes que la mort guettait à chaque seconde, la femme occupait la première place. Certains, à l'écart, redessinaient, les yeux fermés et pour la millième fois, les contours du corps tant aimé. D'autres racontaient à l'envi, sans faire l'impasse sur les détails, leurs nuits de maris comblés. Même si les scènes semblaient parfois empreintes d'exagération ou complètement imaginaires, je les écoutais avec le plus grand intérêt, me promettant bien, la paix revenue, de découvrir ces plaisirs. Pour moi qui ne retournerai plus au combat, la paix ne sera jamais revenue pour autant. Dis, toi, Léona, tu aurais un jour envie de te marier à un gars comme moi, tu aurais envie qu'il te prenne dans ses… j'allais dire dans « ses » bras, de partager ton lit avec un monstre ?

Pour la première fois, Léona put voir les yeux, à l'éclat habituellement dur, se voiler de larmes. Désiré se reprit rapidement et but le plein contenu de son verre à bec, avant de poursuivre :

— Tu es belle, Léona… Avant de continuer à parler de Samogneux, j'aimerais que tu me fasses le plus beau des cadeaux, que tu ouvres ta blouse. Je te jure que je ne te ferai aucun mal. J'ai tellement envie de voir des seins de femme. Les copains en parlaient souvent, au cantonnement comme dans les tranchées. Ils disaient que c'étaient les plus beaux fruits de la Création. Un soir que les canons s'étaient momentanément tus, une discussion animée avait opposé ceux qui les aimaient de taille modeste, de quoi emplir la paume d'un honnête, homme, disaient-ils, aux partisans d'une poitrine plus généreuse, qui assuraient ne pas connaître plus doux oreiller. Tous étaient cependant d'accord pour glorifier ces appas féminins. Moi, je ne pouvais pas prendre part à la discussion, puisque je n'en avais jamais vu, même si je les avais souvent devinés sous la percale, le satin, le taffetas ou le jersey. Et je ne veux pas mourir – car je ne tarderai sûrement pas à mourir – sans m'être rempli les yeux de ces merveilleux tétons.

Léona était tourmentée par la détresse de ce

pauvre garçon et la demande qu'il lui avait faite, tourmentée aussi par l'éventualité d'une rupture définitive si elle refusait de la satisfaire. Alors elle déboutonna sa blouse, l'ouvrit et releva promptement sa courte chemise de pilou dont elle se fit un écran derrière lequel elle dissimula sa gêne.

Un hurlement comme un cri de bête. Désiré, la main sur le visage, se tordait sur son lit.

— Ferme les volets, vite ! J'ai mal ! Le noir complet, vite ! Ah, maman, j'ai mal !

Le garçon avait enfoui sa tête dans les couvertures et continuait à crier. Prise de panique, Léona ramassa son cahier, se précipita sur le palier et dévala l'escalier. Elle eut besoin des cinq cents mètres qui la séparaient de la place des Cordeliers pour cesser de trembler et tenter de faire disparaître les marques de la scène terrifiante qu'elle venait de vivre.

— Tu rentres bien tard, lui dit Ida. J'allais envoyer Jeanne à ta rencontre.

— La maîtresse nous a retenues pour nous donner les dernières précisions sur le certificat d'études, répondit Léona.

Le mensonge lui coûtait, mais elle ne pouvait tout de même pas avouer la raison pour laquelle elle ne rentrait pas à l'heure habituelle.

Plusieurs jours passèrent sans que Désiré donne signe de vie. Léona désespérait de le revoir un jour. Elle le croyait mort ou hospitalisé.

— Psitt ! Léona, monte !

La jeune fille hésita un instant, puis décida de rejoindre Désiré.

— Excuse-moi pour l'autre fois. J'ai eu une crise

de migraine qui a duré trois jours, trois jours à me tordre de douleur. Ça m'arrive, régulièrement depuis que ce satané éclat de 210 m'a emporté la moitié de la face. Ça se déclenche quand j'ai trop bu et que j'ai une forte émotion... comme celle que j'ai ressentie quand tu as eu la gentillesse de me montrer ta poitrine.

Au rappel de cette scène, Léona rougit violemment.

— Tu sais, dès le premier jour où je me suis engagé, j'ai tenu mon journal de bord. Chaque jour, je notais les choses importantes, comme celles qui l'étaient moins. Il est bien mal en point. Il a souffert, lui aussi, quand j'ai été criblé d'éclats d'obus. Il est déchiré, taché de sang séché. Peut-être m'a-t-il sauvé la vie en arrêtant un projectile meurtrier ? Hier, les lancinantes douleurs de la face m'ont octroyé quelque répit qui m'a permis de relire les pages de ma guerre dans la Meuse. Et j'ai retrouvé quelques lignes qui t'intéresseront sûrement.

Léona tremblait d'impatience. Elle allait enfin avoir des renseignements.

— Seulement, voilà, tu vas me prendre pour un salaud, ce en quoi tu aurais peut-être raison, mais je n'ai plus rien à perdre, alors je veux les monnayer, ces informations ! Je te dirai tout... quand tu m'auras tout montré. Comprends-moi, j'ai besoin de voir, à défaut de pouvoir. N'aie aucune crainte ! L'obus ne m'a pas seulement ravagé une partie de la tête. Je me suis préparé à cet instant. Pas une goutte de vin depuis trois jours. Je te promets que je n'aurai pas de crise.

Malgré l'interdit moral et religieux du geste, elle s'exécuta. Une puissante émotion, comme un douloureux plaisir, s'empara de Léona lorsque, tournant le dos à Désiré, elle releva ses jupes et baissa sa culotte.

— Retourne-toi, maintenant, lui ordonna-t-il.

Elle n'osa pas, toutefois, croiser le regard du jeune homme. Pendant ce court instant où elle lui offrit la vue de son intimité, ses yeux se fixèrent sur une araignée aux prises avec une mouche prisonnière de sa toile.

— Il a bien de la chance, celui qui aura les faveurs de ton corps, dit Désiré tandis que Léona se rhabillait. Tu as joué franc jeu. Alors, tiens, voilà mon carnet de route. Il est ouvert à la bonne page, tu peux lire.

Léona s'en empara. Assise sur l'unique chaise, elle en entama la lecture.

À la fin de l'après-midi du 22, sous un déluge de feu, ordre nous est donné d'abandonner nos positions pour nous replier sur la ferme de la Grenouillère, à quelques centaines de mètres de Samogneux. On doit tenir cet endroit, coûte que coûte. Les montagnes d'obus, les stocks de fusils, de mitrailleuses, les nombreux canons de ce dépôt ne doivent pas tomber aux mains de l'ennemi. On s'installe pour la nuit dans la paille de la grange. on est rejoint par un groupe de six hommes qui ont bien failli y passer. Les sentinelles qui n'arrivaient pas à entendre leur mot de passe à cause du bruit des explosions, croyant avoir affaire à des espions, ont été à deux doigts de tirer. En réalité, c'était les « vieux », les territoriaux, ceux qui ramassent sur les champs de bataille les chevaux, les mulets, les ânes et même quelquefois les chiens, et qui leur refont une santé avant de les renvoyer au casse-pipe. On les appelle les « vétos ». Ils ont juste récupéré un pauvre bidet apeuré qu'ils pansent avant de nous retrouver dans la grange où on leur fait une petite place pour la nuit.

Je suis tiré de mon sommeil pour aller relever la garde. Il fait froid ce matin. Le levant est rouge orangé. En dehors des chants d'un coq qui nous parviennent du village, c'est le silence. Ça fait toujours peur le silence en temps de guerre. On se demande ce que ça cache ! Je vois les territoriaux quitter la ferme pour rejoindre leur cantonnement, avec le cheval à la longe. Ils font à peine quelques dizaines de mètres que le sifflement bien connu d'un 210 se fait entendre. Il est pour qui, celui-là ? Si jamais il tombe sur la ferme, il va y avoir un sacré feu d'artifice, alors adieu la vie, bonjour la mort ! Non ! C'est pas encore pour cette fois ! C'est les « vieux » qui morflent ! En plein sur eux ! Des gerbes de terre, le cheval et un des bonshommes projetés en l'air et qui retombent dans le cratère. Un autre obus juste à côté du premier. Il n'y a pas besoin de leur creuser une tombe, à ceux-là, ils sont directement enterrés ! Il est temps de quitter la poudrière, les Boches nous canardent de plus belle. Avec mon escouade, on court en direction du village. Un nouveau sifflement. J'explose…

Léona s'arrête là.

— Est-ce qu'il y en avait d'autres, des « vétos », dans le coin de Samogneux, ce jour-là ? demanda Léona qui sentait monter l'angoisse en elle.

— Je ne sais pas, ces six territoriaux-là sont les seuls que j'ai vus de la journée, répondit Désiré.

L'adolescente craignait d'avoir compris. Elle relut le témoignage pour bien s'en pénétrer.

— Une dernière requête avant que tu t'en ailles, laisse-moi passer doucement la main sur ta joue, pour que j'apprécie le velouté de ta peau, sa douceur, sa chaleur, implora le jeune homme.

Elle lui tendit son visage. Il en profita pour escamoter entre ses doigts deux grosses larmes.

Sur le chemin du retour, elle ne fit pas sa halte habituelle à l'église Saint-François-d'Assise.

À la maison, Ida remarqua que sa fille était anormalement préoccupée.

— C'est l'approche du certif qui me rend comme ça, argua Léona.

Ce fameux certificat d'études, elle l'obtint aisément avec des résultats qui la classèrent sixième de toutes les candidates de la ville. Le 6 me poursuit, constata-t-elle en ayant une pensée pour son père chéri qui aurait été si heureux de savoir que son « garçon manqué » avait enfin du goût pour les études.

11 novembre 1918. 11 heures. Les cloches des églises conjuguaient leurs carillons. De joyeux attroupements se formèrent sur la place des Cordeliers. On se congratulait, on chantait, on esquissait des pas de danse. On vit même une fanfare exécuter des airs martiaux. Elle traversa la place, suivie par des grappes d'enfants bruyants faisant mine de marcher au pas. Mais la liesse n'était pas générale. D'autres groupes silencieux, recueillis, principalement constitués de femmes et d'enfants, pleuraient leurs morts. Les mères, les épouses, les fiancées, toutes avaient les yeux rougis par des nuits entières de pleurs. Celles qui attendaient le retour de leur prisonnier tentaient de rasséréner les veuves et les orphelins. Celles qui ne reverraient le leur, et dans quel état, qu'après qu'il fut passé entre les mains du chirurgien, essayaient de redonner espoir à celle dont l'être aimé avait été porté disparu.

Ida et ses enfants se serraient devant l'étroite fenêtre de la mansarde, leur regard allant de l'un à l'autre des groupes où la tristesse le disputait à la joie. Chacun pensait fortement à Fernand. Par une carte arrivée la veille de Genève, le bureau des prisonniers de guerre de la Croix-Rouge, qu'Ida avait relancé, lui signifiait que François Fernand, Henri, Joseph, né le 22 février 1876 à Sommethonne, en Belgique, ne figurait sur aucune liste de combattants prisonniers des Allemands. Le dernier espoir s'était évanoui. Il fallait se rendre à l'évidence, il n'y avait plus guère de chances de revoir un jour Fernand vivant. Il avait dû rejoindre Marthe, son bébé au sourire angélique, et son grand fils Benoît, au paradis. Si Jeanne se refusait à cette idée, Léona, elle, était convaincue qu'elle ne reverrait jamais plus son père. Il devait être l'un des six « vétos » ensevelis sous les yeux de Désiré. Le chiffre 6, cette fois, ne lui avait pas porté chance, pensa-t-elle.

À l'initiative d'Ida d'emmener les enfants à l'église dans le but de prier pour les disparus, Léona s'opposa, prétextant la fatigue. Elle n'osait avouer qu'elle en voulait à Dieu d'avoir permis la disparition de Fernand, le meilleur des hommes et, surtout, le meilleur des pères. Surprise, Ida mit son refus sur le compte d'un mouvement d'humeur passager.

Les canons ne tonnaient plus, mais des soldats mouraient encore. Chaque jour, infirmeries et hôpitaux de campagne se vidaient d'un grand nombre de blessés qui n'avaient pas survécu, tandis qu'on y conservait des mutilés. Lorsque leurs plaies cicatrisées supportaient une prothèse, lorsqu'on leur avait confectionné le masque dissimulant au mieux la hideur de leur visage ruiné, alors on les rendait à leur femme, si celle-ci avait eu le courage d'attendre, et à leurs enfants qui, souvent, en avaient peur et ne les reconnaissaient même pas. Et puis restaient les autres, ceux à qui l'horrible spectacle de la guerre avait détraqué l'esprit. Ils étaient dirigés vers des asiles spécialisés. Dans tous les cas, les familles étaient prévenues. Parmi celles qui avaient été averties que leur soldat avait été porté disparu, plusieurs centaines de milliers, l'espoir s'était évanoui. Il fallait désormais parler de mort au lieu de disparition. Les corps de ces patriotes ayant payé de leur vie leur attachement à leur pays n'avaient pas disparu. Ils restaient au fond d'une tranchée ou d'un boyau, enfouis dans la terre, dans cette terre amie que beaucoup d'entre eux s'étaient appliqués à cultiver au temps de la paix. Les responsables annonçaient qu'ils allaient tout mettre en œuvre pour retrouver les corps de ces disparus, les identifier et leur faire une sépulture digne de leur sacrifice.

Comme aux enfants, il tardait à Ida de retrouver Bon-Ru. Mais qu'allait devenir Bon-Ru sans Fernand ? Comment allait-elle pouvoir, seule, remettre la ferme en activité ? Et les bâtiments, et les champs, dans quel état allait-elle les retrouver ? Sûrement meurtris après l'occupation des hordes ennemies. Comment reconstituer un troupeau ? Où trouver les semences nécessaires ? Si on veut récolter, il faut semer auparavant. Pour cela, il faut préparer les terres, herser, rouler. Où trouvera-t-on les chevaux pour assurer ces travaux ?

Toutes ces questions sans réponses préoccupaient Ida et venaient s'ajouter à sa détresse.

La famille François dut encore subir un sombre hiver à Annonay avant que les autorités préfectorales de la Meuse autorisent son retour. Encore cela avait-il nécessité un fastidieux échange de courriers. Le 14 mars 1919, une lettre recommandée à l'en-tête de la République française, postée à Bar-le-Duc, fut remise en main propre à Ida. Elle contenait les titres de réquisition de tous types de transport, pour le trajet d'Annonay à Dun-sur-Meuse, au profit de la famille François. À sa lecture que la mère fit à haute voix, les enfants crièrent de plaisir. Fini cet interminable exil ! Mais, rapidement, la morosité chassa ce court moment de joie. La période qui s'ouvrait ne se montrerait-elle pas encore plus accablante que ces années passées loin de Bon-Ru, certes, mais où on avait toujours vécu avec l'espoir de revoir un jour Fernand ?

Ida ne se décidait pas à quitter la petite tombe de Marthe, tout là-haut, dans le cimetière balayé par un vent aigrelet. Instants déchirants où les quatre paires d'yeux contenaient mal leurs larmes.

Petit-Marcel, pour la dernière fois, dut mettre toute la force de ses huit ans pour ouvrir la lourde porte de l'immeuble du 7 de la place des Cordeliers, porte qui se referma quelques minutes plus tard sur quatre voyageurs aux maigres bagages. Lors du trajet qui menait à la gare, Ida ne se retourna pas une seule fois. Elle voulait oublier cette ville où elle avait tant pleuré. Léona, elle, y laissait son école où elle avait découvert les joies de l'étude, mais aussi Désiré qui l'avait tant impressionnée. Elle se souviendrait toujours de cet être désespéré qui savait être impitoyable et pitoyable à la fois, et de ce mélange de honte et de plaisir qu'elle avait ressenti en se dénudant devant lui.

Premier changement à Serrières. Puis, dans un train plus rapide et confortable, aux banquettes recouvertes de velours, la vallée du Rhône. Maintenant que la géographie n'avait plus de secret pour elle, Léona annonçait, dès le début du freinage, le nom de la ville où le train faisait halte, ce qui lui valait l'admiration de son jeune frère. On n'était qu'à la mi-mars mais les nombreux arbres fruitiers qu'on pouvait voir par la vitre du train étaient couverts de fleurs. On pouvait voir les vignes sur les pentes abruptes. De nombreux champs en friche attendaient le retour de leur propriétaire, si ceux-ci revenaient un jour !

La plupart des passagers étaient originaires de la Haute-Marne, de la Meuse et des Ardennes. Tous craignaient ce moment pourtant tant attendu de se retrouver sur leurs terres. Certains savaient, par des émigrés moins lointains, rentrés déjà depuis plusieurs mois, qu'ils devaient s'attendre à récupérer leur patrimoine complètement dévasté.

À l'arrêt de Villefranche-sur-Saône, un soldat aveugle, aidé par une infirmière de la Croix-Rouge, prit place dans le compartiment. Il portait d'épaisses lunettes noires. Son souffle rauque était ponctué de fréquentes quintes de toux.

— Excusez-moi, dit-il en direction des passagers, j'ai été gazé. Mes poumons en ont pris un sale coup, mais le pire, ce sont mes yeux. Complètement brûlés ! Il aurait mieux valu que je meure. C'est d'ailleurs ce que m'a dit ma femme quand elle m'a vu comme ça ! Je suis horloger. Avant la guerre, c'était mon Amélie qui tenait le magasin et moi qui réparais les montres et les réveils. Maintenant, c'est plus possible, je l'ai bien compris, je serais plutôt une gêne pour son commerce. Alors les quelques petites années qui me restent à vivre, je vais les passer chez ma vieille mère, à Mâcon.

Papa, si tu étais revenu dans cet état, d'abord, je suis sûre que maman ne t'aurait pas chassé. Au contraire, on t'aurait entouré de nos soins et de tout notre amour. Je me serais personnellement occupée de toi. Je t'aurais emmené dans les champs et les bois. J'aurais été tes yeux. Tu m'aurais dit le nom des fleurs que j'aurais cueillies pour te les faire sentir. On aurait écouté ensemble le vent dans les arbres, la chute du ruisseau, le vol des grues, le chant du coucou au Bois-Jodain. Tu m'aurais questionnée sur la nature que tu connaissais si bien. Chaque bonne réponse m'aurait valu un baiser « à la pincette ». Je crois bien que je t'aurais encore plus aimé qu'avant !

Les nombreux arrêts durant la nuit étaient dus aux travaux effectués par des équipes d'ouvriers qui remettaient la ligne en état. On sommeillait dans le compartiment. Vers 7 heures, le jour se montra, blafard, au travers des vitres embuées. Léona, que l'annonce de « Saint-Mihiel ! Saint-Mihiel ! dix minutes d'arrêt ! » avait sortie de sa somnolence, essuya la buée du revers de sa manche. Il lui fallut du temps pour se convaincre que ce n'était pas un reste de vapeur d'eau sur les vitres qui déformait le paysage. Une maison sur deux, du village traversé, était encore debout, les autres n'étant plus qu'amas de ruines. On arriva à Verdun. Quelle désolation ! On aurait dit qu'un tremblement de terre avait dévasté la ville dont la cathédrale avait réussi à sauver ses deux tours. Verdun dépassée, on approchait du but. Le spectacle des champs et des bois était encore plus hallucinant. Les voyageurs, collés aux fenêtres, n'en croyaient pas leurs yeux. À ce moment de l'année où la campagne aurait dû s'afficher en vert, le sol était marron, parfois noir avec des veines plus claires, presque jaunâtres. Partout un moutonnement de trous d'obus remplis d'eau. Partout, des tranchées, cicatrices d'un mal abominable, avec leurs monticules hérissés de ferrailles tordues. Partout, des petits tas d'ossements ainsi que des squelettes d'animaux, des crânes de chevaux blanchis par la vermine. Partout, des poutrelles tordues, des montagnes de douilles de cuivre, de gigantesques écheveaux de barbelés. Des arbres, il ne restait plus que de fantomatiques moignons que la pluie rendait encore plus sombres. Ici et là, une guitoune autour de laquelle s'activaient des silhouettes armées de pelles et de pioches, et qui semblaient fouiller le sol. Une tache de verdure sur un talus que les bombes avaient épargné, herbe rare, faisait les délices d'une chèvre à l'attache. Le maître des lieux, sortant d'une cabane de planches et de tôles, se dirigeait vers les ruines proches de ce qui avait dû être sa ferme, afin de récupérer quelques matériaux. On passait au large de Samogneux. Léona avait vite conquis une place de choix à la vitre lorsqu'elle avait entendu « Regnéville-Samogneux ». Là comme ailleurs, les champs n'étaient qu'un désert de boue, jonché de débris de toutes sortes, une terre éventrée, violée, fouillée en profondeur. Elle imagina que son père chéri, prisonnier de cette terre, faisant désormais corps avec elle, dormait là-bas, à moins d'un kilomètre.

Ida vérifia que chacun avait bien en main son bagage. Le maire du village, le vieil Onésime Bourgain, se tenait à la descente du train. En raison de sa probité que personne ne discutait, il venait d'être nommé premier magistrat par le préfet qui, dans le même arrêté, mettait fin au mandat d'Amédée Lelièvre. Zélé serviteur des occupants dont il admirait le sens de l'ordre, celui-ci s'était en outre compromis avec eux dans des activités commerciales d'une honnêteté douteuse. Le nouveau maire souhaita la bienvenue aux arrivants. En posant le pied sur ce sol qui lui avait tant manqué durant son exil, Ida éclata en sanglots. Soutenue par une représentante du comité d'accueil des rentrants, qui donna des gâteaux aux enfants et un sac d'aliments divers, elle prit place dans la voiture de monsieur Bourgain. À mesure qu'on approchait du village, les cœurs se serraient. À l'arrière de l'automobile, les enfants étaient silencieux.

— Si vous avez besoin de quoi que ce soit, n'hésitez pas à me le demander. Nous avons quelques réserves de légumes secs, de pommes de terre, de saindoux et de sucre à la mairie, dit le maire en déposant la mère et ses enfants dans la cour de Bon-Ru.

— Oh ! mon Dieu, mon Dieu. Oh ! mon Dieu.

C'est tout ce que parvenait à dire Ida en considérant l'état dans lequel les Allemands avaient laissé la ferme. Un trou béant dans le mur de la grange, un autre dans le toit où les poutres étaient à demi calcinées. Plus de portes ni fenêtres à la grange, aux bâtiments et à l'écurie. Le corps de logis avait encore plus souffert. Les huisseries avaient été arrachées ainsi que les planchers, pour être brûlés au milieu même de la salle commune ! Les plinthes, elles non plus, n'avaient pas été épargnées. Dans toutes les pièces, parquets et meubles avaient subi le même sort. Sur les murs chaulés, d'obscènes dessins de Foch et de Pétain. Partout, des gravats, des morceaux de verre, des tessons de bouteille, des éclats de vaisselle. Le bureau de Jeanne, éventré. Les édredons, déchiquetés. Bien sûr, le clapier était vide, le saloir également. Plus la moindre conserve à la cave elle aussi, encombrée de détritus.

— Oh ! mon Dieu, mon Dieu, gémit Ida entre deux sanglots, Fernand, j'ai besoin de toi. À moi toute seule, je ne pourrai jamais remettre tout ça en ordre. Autant mourir tout de suite !

— Allons, maman, on est là ! dirent en chœur les deux grandes filles en étreignant leur mère.

— Vous êtes de bons enfants, mais la bonne volonté ne suffira pas ! Il faudra des bras. Notre Fernand et notre Benoît seraient là, eux, ils auraient la force de réparer tous ces dégâts, dit Ida.

— Maman, y a plus de lits, où on va dormir ce soir ? s'inquiéta Petit-Marcel.

— Ne t'en fais pas, on trouvera bien une solution, le rassura Léona.

Ida crut reconnaître cet homme qui, un panier au bras, longeait le ru, accompagné d'un garçon d'une douzaine d'années. Ils se rapprochaient de Bon-Ru. Maintenant, elle était sûre de les avoir identifiés. Plus de doute possible, il s'agissait de Paul Vigoureux et de son fils.

— Bonjour, vous êtes bien Ida François. Je vous ai reconnue, malgré les années. On ne s'est pas souvent rencontrés, avant. Mais je me souviens bien de vous quand vous avez racheté la ferme, je vous avais fait faire le tour du propriétaire… J'ai appris, pour votre pauvre Fernand. La guerre n'est que malheur ! Et ce sont là vos petits, poursuivit l'homme à l'épaisse moustache tombante. Celle-là, c'est la petite Léona qui a le même âge que mon Camille, dit-il en voulant poser la main sur l'épaule de la gamine qui esquiva le geste.

Paul Vigoureux pensa que le brusque mouvement de recul de Léona était dû à son regard.

— C'est un coup de crosse qui m'a écrasé l'œil droit et l'a rendu tout vitreux au moment où j'ai été fait prisonnier, expliqua-t-il.

Curieux, Petit-Marcel regarda ce que l'homme pouvait bien avoir dans son panier.

— On n'a pas grand-chose à manger. Alors, avec

Camille, on a décidé d'aller aux morilles. C'est la pleine saison. On en a juste trouvé deux ou trois sur le talus qui donne sur le ru. C'est là, qu'autrefois j'en cueillais des paniers entiers, mais on dirait que la terre se venge de ceux qui l'ont aussi durement maltraitée, qu'elle rechigne à nourrir ses bourreaux.

Tandis que l'homme parlait, Léona observait Camille. Du même âge qu'elle, il était nettement plus petit. Elle crut se souvenir de ce regard fuyant qui évitait de croiser le sien de nombreuses années auparavant, un certain jour de rentrée scolaire. Aujourd'hui, il semblait encore plus triste qu'à l'époque. Le corps était sec et noueux, les mains étonnamment larges, épaisses et calleuses comme celles d'un travailleur de force, le dos prématurément voûté par ses quinze années de malheurs répétés, le visage marqué des plis de la résignation. Tout l'opposait à la jeune fille au regard direct, au visage lisse et velouté et aux formes pleines.

— Tous les prisonniers sont rentrés ? demanda Ida, cette question lui brûlant les lèvres depuis un long moment.

— Oui, j'ai été le dernier du village à revenir, dit Paul. Ça fera deux mois, demain.

— Je suis étonnée de vous voir ici, je croyais qu'après nous avoir revendu la ferme vous aviez acheté une maison à Verdun, déclara Ida.

— En rentrant de captivité, je m'y suis rendu directement pour ne retrouver qu'un tas de ruines. Heureusement que j'avais conservé la petite maison de ma grand-mère, au village. Elle n'avait pas trop souffert. Je l'ai retapée et je l'habite actuellement.

Puis la veuve François se renseigna sur le village, sur les familles qui avaient perdu un ou plusieurs des leurs, sur les blessés, les mutilés, ceux qui avaient été déclarés tués à l'ennemi, ceux qui avaient été portés disparus. Elle apprit que Maria n'avait pas survécu à l'épidémie de grippe d'octobre 18, dans le Midi où, avec son petit-fils, ils avaient réussi à rejoindre le reste de la famille pour s'y installer définitivement. Léona pensa alors très fort à son ancien copain Maximilien mais aussi à Mizou et à Apache qui avaient été encore une fois abandonnés. Puis Ida posa mille questions sur les secours à attendre en dommages de guerre dont on parlait beaucoup, où trouver l'aide de première urgence pour remettre en état, ou du moins rendre habitable le logement.

— Nous ne pouvons pas dormir ici cette nuit, dit-elle, il n'y a plus ni lits ni portes ni fenêtres…

— Si vous le désirez, je peux vous héberger. La maison n'a que deux chambres à l'étage, mais ça vous suffira. Moi, je dormirai en bas, dans l'alcôve. Et vous pourrez rester le temps que vous voudrez, en attendant que Bon-Ru puisse vous accueillir à nouveau.

Ida accepta l'offre avec plaisir, voyant mal où passer les premières nuits, en dehors de la paille humide de la grange ouverte aux quatre vents.

Dès le lendemain, Paul et son fils, armés de pelles et de balais, se rendirent à la ferme. Il fallait dégager les gravats qui encombraient le logement, égaliser le sol des pièces, clouer des cartons aux fenêtres pour se protéger du vent glacé qui précédait les giboulées. Jeanne et sa mère cousaient l'un à l'autre des sacs à grains destinés à combler la béance des portes arrachées.

Lors des quatre années d'occupation, Bon-Ru n'avait pas seulement été transformé en une charcuterie industrielle, comme en attestait l'écurie où, face aux crochets où devaient être suspendus les porcs à vider et découper, courait une paillasse de carrelage blanc, dotée de plusieurs impressionnantes machines à saucisses. Dans le verger, les occupants avaient construit une sorte de longue casemate recouverte de terre engazonnée. Celle-ci abritait encore un stock important d'obus et surtout de ces fameuses mines qui avaient déformé le paysage argonnais en de nombreux endroits. Ce jour-là, encadrant des prisonniers allemands, des soldats chargés de récupérer les munitions abandonnées se présentèrent à la ferme. Ils durent y rester trois jours pour vider la casemate. Comme ils avaient aussi pour mission de venir en aide aux populations civiles en difficulté, ils mirent leurs moyens en main-d'œuvre et en matériel au service de la réhabilitation du logement. Grâce aux meubles, literies et vaisselle de récupération que le maire avait fait porter, Ida et ses enfants purent réintégrer Bon-Ru. Même si les courants d'air traversaient encore sa chambre, même si n'importe quel rôdeur pouvait pénétrer dans le logement, Léona était contente d'avoir quitté la maison des Vigoureux. Elle n'aimait pas le père qu'elle soupçonnait d'avoir trop rapidement levé les bras devant l'ennemi, tandis que son père à elle l'avait combattu jusqu'à l'ultime sacrifice. Elle n'aimait pas non plus le fils au regard chafouin.

Chaque matin, sans que rien ne l'y oblige, peut-être par respect pour ces lieux où plusieurs générations de Vigoureux avaient peiné, Paul, toujours accompagné de Camille, venait participer à la remise en ordre des bâtiments.

Ce soir-là, devant l'âtre qu'alimentaient des morceaux de planches et des caissons vides récupérés dans la casemate, Ida proposa de prier Dieu pour le repos de l'âme de Fernand, de Marthe et de Benoît, mais aussi pour Le remercier d'avoir sauvegardé le reste de la famille. Elle s'étonna de ne pas entendre Léona participer à la prière.

— Excuse-moi, maman, je ne crois plus en la bonté de Dieu, osa-t-elle dire à sa mère qui resta sans voix. Moi qui avais une foi profonde en Lui, je me sens trahie. Lui qui a tous les pouvoirs, comme nous le répétait l'abbé Aubry, pourquoi a-t-Il autorisé cette horrible guerre qui m'a pris ce que j'avais de plus cher au monde ? Mon père que j'adorais, Benoît mon grand frère qui m'a appris tant de choses, mon adorable petite sœur qui ne demandait qu'à vivre, et ma bonne Olane, et Mizou, et Apache ! Non, je ne crois plus en ce Dieu destructeur !

Sur ce dernier cri du cœur, elle se précipita vers sa chambre. Il fallut du temps avant que les sanglots qu'elle tentait d'étouffer dans les couvertures finissent par s'estomper complètement.

Il n'y avait pas grand-chose à manger. Le ravitaillement n'arrivait pas en raison du peu de moyens de transport, de l'état des routes et des ponts. Les saloirs étaient vides. Les réserves de conserves de légumes, à la cave, avaient disparu. Pommes de terre et soupe aux orties étaient souvent au menu. Pas la moindre viande. Léona, qui avait un solide appétit, était constamment tenaillée par la faim. Heureusement, les troupes d'occupation n'avaient pas détérioré le four à pain. Grâce au généreux meunier de Montigny, Ida pouvait faire du pain, la seule difficulté étant de trouver du bois pour sa cuisson. Quand ce pain, au bout d'une semaine, était rassis, on le cassait en morceaux dans le brouet quotidien qui s'en trouvait agréablement épaissi.

Paul et son fils étaient arrivés avec une grande échelle. Ils avaient décidé de fixer une bâche pour couvrir le trou percé dans le toit. Pour ce faire, Paul grimpa sur le sineau. Sur le haut du mur soutenant la charpente, il découvrit un étui contenant le fusil à chiens et une boîte de cartouches que Fernand avait cachés. Ida fut contente, non seulement de récupérer un objet que son mari affectionnait particulièrement, mais aussi d'avoir désormais sous la main de quoi dissuader un quelconque malfaiteur.

De bonne heure ce matin-là, accompagnée de Jeanne et de Petit-Marcel, elle avait à faire au village. Elle devait, avec l'aide de Paul, remplir des papiers faisant état des dommages subis par la ferme. Ayant également décidé de rendre visite au vieil abbé Aubry, elle avait prévu de rentrer après l'angélus de midi et demandé à Léona de préparer une fricassée de pommes de terre et de faire cuire à l'eau les asperges sauvages cueillies la veille par Camille. Restée seule, la cuisinière en herbe eut une autre idée. Depuis plusieurs jours, elle avait remarqué qu'un couple de colverts venait régulièrement se poser sur le ru, non loin de la ferme. Elle alla chercher le fusil qu'Ida avait placé au pied de son lit. Elle l'arma de deux cartouches de plomb de 4, comme elle avait vu faire son père. À l'affût derrière le buisson du fond du jardin, elle vit les deux canards planer puis se poser en une longue glissade. Aussitôt, ils se mirent à la recherche de nourriture. Se souvenant des conseils de Benoît qui déclarait toujours qu'il fallait rentabiliser les cartouches, elle attendit qu'ils se rapprochent pour appuyer sur la détente et faire ainsi coup double. Malgré le recul de l'arme qui lui avait meurtri la joue et l'épaule, elle vit avec joie les deux volatiles touchés à mort user leurs dernières forces en battant l'eau de leurs pattes, ce qui les faisait grotesquement tourner sur eux-mêmes. Les nerfs, pensa-t-elle.

Rapidement plumés et vidés, ils rissolaient dans la cocotte quand Ida fut de retour. Ayant vu la boîte de cartouches restée ouverte sur la table, elle comprit aussitôt. Au lieu de gronder sa fille pour cet acte de braconnage, elle lui sourit. Ce fut un repas de gala, ce midi-là, à la ferme de Bon-Ru.

Des truites venant du ru, elles aussi, agrémentèrent l'ordinaire. Puis, prise dont Léona fut la plus fière, un lièvre, prisonnier du collet tendu sur un passage qu'elle l'avait vu emprunter plusieurs fois. Encore un enseignement de Benoît qui lui avait montré comment confectionner ce genre de piège à nœud coulant, où et comment le tendre.

Léona n'apprécia guère que sa mère invite Paul et son fils à partager cet excellent gibier.

Ils venaient tous les jours à la ferme. Après les travaux de première urgence, il fallait songer au logement des bêtes, remettre en état les baraques à lapins, le poulailler, la cabane aux oies, tout devait être prêt pour accueillir les bêtes promises pour les mois à venir. Un délégué des services des régions libérées effectua une visite à Bon-Ru pour évaluer les besoins les plus urgents en vue d'une reprise d'activités. Il parla de semences, de matériel agricole et de bétail, sans oublier les chevaux indispensables pour les travaux de la ferme.

Un autre endroit, pompeusement appelé laiterie, qui occupait un renfoncement au bout de l'écurie, avait lui aussi particulièrement souffert. L'écrémeuse, qui avait été descellée, gisait au sol. Quant à la baratte, il n'en restait plus que le support. Qu'allait-on faire du lait lorsque l'écurie allait compter à nouveau des vaches ? Paul sut trouver une nouvelle baratte chez le père Guillaume qui n'exploitait plus sa ferme depuis longtemps et qui fut content de s'en débarrasser. Aidé de son fils qui ne rechignait pas à la tâche, ils parvinrent à remettre la laiterie en service. Tous deux travaillaient des heures entières sans s'adresser la parole, sauf pour demander de passer un outil ou donner une consigne. À table, il fallait les questionner pour qu'ils s'expriment, souvent par monosyllabes, parfois par une phrase des plus courtes. Le seul avec qui Camille s'entretenait volontiers était Marcel – depuis quelques semaines, ce dernier avait interdit à quiconque d'accoler « petit » à son prénom –, Marcel qui le suivait partout dans la ferme. À lui seul, il confiait ses malheurs, le difficile séjour à la pension de Zacharias Kopf, suivi des quatre années de souffrance chez le terrible Nestor Scheublé.

Aux premiers signes du printemps, on bêcha et ensemença le jardin qu'on avait auparavant débarrassé des immondices laissées par les soldats.

Léona découvrit que des canards sauvages avaient établi leur nid dans une roselière. Sur les quatorze œufs dénombrés, il y eut douze naissances. Elle passait de longs moments au bord du ru à regarder les canetons nager en file indienne, derrière leurs parents. Alors qu'ils n'étaient pas encore en état de voler, l'idée lui vint de les capturer pour les élever. Elle y parvint grâce à un filet qu'elle jeta sur le nid en l'absence des parents. Une volière fabriquée par Paul les accueillit. Pour satisfaire leur boulimie, Léona passait le plus clair de son temps à pêcher des vairons collecter des lombrics et les gaver de jeunes grenouilles. À ce régime, au bout de quelques semaines, ils avaient presque atteint la taille adulte. Avant de les libérer, elle leur coupa les principales plumes des ailes pour leur interdire toute possibilité de voler. Le plus charnu d'entre eux fut servi le jour de la visite de l'oncle Abel.

Des trois frères qui s'étaient engagés, seul Fernand n'était pas revenu. Avant, quand l'oncle Abel venait à la ferme, c'était la fête. Aujourd'hui, c'étaient les pleurs sans cesse ravivés par les souvenirs évoqués où il était question du frère respecté, du mari aimé ou du père chéri.

Puis la discussion porta sur les recherches entreprises pour retrouver les corps des soldats morts au combat. Aux nombreux courriers envoyés par Ida s'inquiétant de savoir si on avait retrouvé celui de son mari, les réponses arrivaient, négatives. On lui assurait cependant que, grâce à leur plaque d'identité militaire réglementairement portée en sautoir, de nombreux cadavres étaient chaque jour identifiés. Dès que les équipes spécialisées auraient mis au jour le matricule 1284, elle en serait avisée et serait invitée à assister à sa mise en bière.

Léona était hantée par l'image du corps de son père qui devait reposer sous plusieurs mètres de terre. Elle ne pouvait accepter qu'il ait été englouti sans une sépulture digne de lui. Chaque nuit, elle revivait le même cauchemar qui voyait Fernand, le corps disloqué, projeté en l'air par le premier obus, retomber au profond de l'entonnoir où la terre, jaillissant à la seconde explosion, l'ensevelissait.

Grâce aux révélations de Désiré qu'elle avait tues, elle se disait être la seule à savoir l'endroit approximatif où Fernand était mort. L'idée germa dans sa tête de se rendre sur les lieux. Elle ne pouvait pas demander l'autorisation à sa mère, ce qui l'aurait obligée à évoquer ses relations avec le jeune mutilé d'Annonay. Comment faire ?

Quelques semaines plus tôt, Ida avait pris possession d'un lot de trois vaches. L'herbe était rare, surtout aux alentours de Montigny où s'étendaient les pâtures dépendant de Bon-Ru, pâtures dont les poteaux de bois de la clôture avaient été arrachés pour le chauffage des occupants. Il fallait donc emmener paître les trois vaches et les garder. Léona s'était portée volontaire pour cette tâche. Partie pour la journée, elle pouvait ainsi échapper aux corvées domestiques et fuir la présence de Paul et de son fils qu'elle supportait de moins en moins. Toutefois, pour mener à bien son projet, elle dut obtenir la complicité de Camille. Le jeune homme avait trouvé un vélo que les Allemands avaient abandonné, la chaîne brisée, dans la précipitation de leur retraite. Facilement réparée, la bicyclette lui servait quotidiennement pour venir à la ferme. Camille fut surpris par la double demande de Léona de lui prêter le vélo pour la journée et de garder les vaches à sa place. Il accepta, tout comme il promit de n'en rien dire jusqu'à son retour prévu pour l'angélus de 7 heures.

Malgré les efforts de remise en état des routes, celle qui menait à Samogneux, sur la rive droite de la Meuse, n'était pas des plus roulantes. Les Allemands l'avaient bitumée, mais tellement soumise à de lourds transports qu'elle était encore défoncée sur de nombreux tronçons. Léona devait souvent mettre pied à terre. Il lui fallut pédaler plus de trois heures avant de découvrir sur sa gauche, à quelques centaines de mètres du village, la ferme champêtre de la Grenouillère que Désiré lui avait décrite. Le spectacle de la campagne était celui qu'elle avait découvert avec effroi lors de leur retour en train. Autour de la ferme qui n'était plus qu'un amas de ruines, une étendue de ce qui avait dû être, avant, de riches terres céréalières, et qui n'était plus qu'un sol torturé, labouré, convulsé, haché, lunaire. Ici et là, des cahutes avaient été édifiées autour desquelles régnait une grande activité. Entre les trous d'obus et les fils barbelés, se pressaient nombre de personnes civiles dont la présence ne semblait pas être appréciée, aussi bien par les militaires à la recherche de cadavres et de munitions, que par les propriétaires des terrains qui, pelle ou pioche en main, tentaient de les remettre en état. Les soldats avaient pour consigne d'accélérer leurs fouilles et d'installer au plus vite des cimetières permettant d'accueillir parents et amis des victimes. Il leur serait alors plus aisé de travailler. Les pèlerinages, mais surtout le « tourisme des champs de bataille », avaient pris de l'ampleur ces derniers mois. On venait de toutes les régions de France pour visiter les lieux où maris, fils ou frères avaient été fauchés ou avaient eu l'insigne chance d'échapper à la mort. De nombreuses familles américaines débarquaient dans la région pour les mêmes raisons. Des hôteliers indélicats, des marchands de souvenirs – casques, bidons, insignes, douilles ouvragées, objets artisanaux – proposaient des prix prohibitifs dès qu'ils avaient flairé les dollars. Outre ces aigrefins, une multitude de récupérateurs de métaux remplissaient hottes et brouettes qu'ils allaient régulièrement vider dans des tombereaux sur le chemin proche. Cette activité de ruche ne manqua pas d'étonner Léona. Sa première intention avait été de laisser son vélo appuyé à ce qu'il restait d'un arbre, au bord de la route. Craignant qu'on le lui vole, elle le prit avec elle pour se rendre à l'endroit où, selon Désiré, les six « vétos » avaient été enterrés, peut-être même avant d'être morts. Une dizaine de militaires s'y activaient sous l'ardent soleil de juin. Léona s'adressa à celui qui lui sembla être le chef et lui fit part de sa recherche.

— Ma pauvre demoiselle, dit-il, si les corps dont vous me parlez avaient été ensevelis dans de l'argile pure, du kaolin ou même de la glaise, on les aurait retrouvés presque intacts, mais c'est pas le cas dans cette zone. Oui, on a bien ressorti six squelettes, cinq qui étaient ensemble, le sixième un peu plus loin. Ils étaient au moins à trois mètres de profond.

— Et n'a-t-on pas aussi retrouvé un cheval, à proximité ? questionna la jeune fille.

— Je ne sais pas, je vais demander à mes hommes. Caporal Lequy, y avait des restes de canasson, près des six ? demanda-t-il.

— Oui, mon adjudant, on a retrouvé un crâne et des côtes.

— C'est bien eux ! s'écria Léona. Où avez-vous entreposé les squelettes des six hommes ?

— Venez avec moi, ils sont près de la cabane, la pria l'adjudant.

À quelque distance de là, se dressait un baraquement de bois à l'enseigne blanche, barrée de tricolore, portant en lettres fantaisie, le mot « OSSUAIRE ». Sur le côté, dans un rectangle délimité à la chaux, bien alignés, six tas d'os, tous disposés selon le même ordonnancement : le crâne posé à l'intersection des grands os. On aurait dit que celui qui les avait ainsi placés s'était inspiré de l'image symbolisant le « Danger de Mort » ! Devant chaque tas d'ossements, une affichette coincée dans une baguette fichée en terre. Quatre fiches blanches avec l'identité du cadavre : Soldat de 1re classe DUFOUR Martial, Mle 3897. Soldat MAUVOISIN Paulin, Mle 0167. Soldat FOURREAUX Marcel, Mle 4534. Soldat BIENHEUREUX Raphaël, Mle 3444. C'est avec précipitation et une intense émotion que Léona lut chacune d'entre elles. Les deux étiquettes restantes, de couleur grise, ne portaient aucune mention.

— On n'a pas retrouvé leur plaque matricule, dit l'adjudant pour répondre au regard interrogateur de la jeune fille.

L'un des deux était peut-être mon père, pensa-t-elle. Elle stationna longuement devant les restes sans relever le moindre signe que celui-ci ou celui-là fût FRANÇOIS Fernand, Mle 1284.

Bouleversée, elle demanda :

— Qu'allez-vous faire de ces ossements ?

— Ceux qui sont identifiés vont être enterrés dans un cimetière militaire avec une tombe à leur nom.

— Et les autres ? s'enquit-elle.

— On a ordre, si le squelette est entier ou presque, de le mettre dans une urne spéciale portant la mention « INCONNU ». Il paraîtrait qu'un d'entre eux serait choisi pour reposer à Paris, au Panthéon.

Déçue, Léona reprit la route de Bon-Ru. Chemin faisant, sa déconvenue oubliée, elle se mit à espérer très fort que c'était le corps de son père qui aurait les honneurs du Panthéon.

Elle ne dit rien de sa démarche, ni de ses espoirs.

À son retour, elle trouva sa mère pestant, un papier à la main.

— Tiens, ma fille, écoute ce que je viens de recevoir de la Compagnie d'assurances sur la vie, dans une lettre adressée à ton père : « Monsieur, veuillez me faire connaître quand vous entendez régler vos primes VIE, échues depuis 1914. » Si c'est pas honteux ! Avant d'expédier des rappels comme ça, ils pourraient au moins se renseigner ! La journée avait déjà mal commencé, reprit-elle. Imagine-toi que, ce matin, en allant à l'herbe pour les lapins, je vois arriver sur le chemin de Bon-Ru une automobile. Elle s'arrête à ma hauteur. Un beau monsieur en costume noir et chaîne en or en descend. Il s'assure que je suis bien la veuve de François Fernand, disparu à Samogneux en 1916. Il me rappelle que son corps n'a toujours pas été retrouvé. C'est alors qu'il me présente ses offres de service. Sa société se fait fort d'exhumer le cadavre de Fernand contre la somme de 3 000 francs or ! Comme j'avais entendu parler de ces mercantis de la mort, j'ai naturellement refusé. Mais le bonhomme insiste. Heureusement que Paul passe par là avec des piquets de parc et une masse dans sa brouette. Brandissant l'outil, il menace de s'en prendre à la voiture du représentant de ceux qu'on appelle aussi les nécrophores. L'homme remonte vivement dans sa voiture et déguerpit.

Les premiers légumes tirés du jardin furent un vrai délice. Grâce aux vaches, on avait maintenant du lait, de la crème et du beurre. En souvenir des services que Fernand lui avait rendus, le père Gautrault avait fait porter à Ida un couple de lapins dont la descendance ne tarda pas à peupler le clapier. Petit à petit, la basse-cour se reconstitua. Des omelettes furent souvent au menu. Malheureusement, les commerçants ne s'étaient pas encore réinstallés et les denrées comme le sel, le poivre et surtout le sucre, manquaient.

Les régions épargnées par les combats avaient été sollicitées. C'est ainsi que la fermière de Bon-Ru fut avisée qu'elle devait prendre livraison au plus tôt de deux porcelets, arrivant du Sud-Ouest, à la gare de Dun. Cela permit à Paul d'atteler à la carriole Dragon, qui semblait être le plus vaillant des deux chevaux attribués à l'exploitation. Le trajet ne fut pas de tout repos. Le pauvre Dragon avait peur de tout. Un chien aboyant sur son passage le mettait en transe. Il fallait jouer fermement des rênes quand on croisait une automobile. Manifestement, il avait dû participer aux combats. Il portait d'ailleurs une large cicatrice au poitrail. Paul avait essayé en vain de l'atteler à la faucheuse avec Hercule, l'autre cheval.

L'équipage prenait peur quand la flèche de la machine, en raison du sol tourmenté, leur battait le flanc. Il menaçait à chaque instant de s'emballer, si bien qu'on dut renoncer à les employer pour cette tâche. Paul et Camille furent obligés de faire la fenaison à la faux.

Ida se plaignit auprès du délégué de l'administration des régions libérées de la mauvaise qualité de travail des deux chevaux. Quelques jours plus tard, une bétaillère vint livrer deux bœufs blancs et leur harnachement et remporta Hercule et Dragon qu'elle emmena directement à l'abattoir. Ils n'avaient ni la douceur ni le caractère enjoué d'Olane, Léona fut cependant attristée d'apprendre leur destination finale.

Pour avoir mené un équipage de trois bœufs de trait appartenant à Nestor Scheublé, Camille fut naturellement désigné pour diriger ces deux-là qui, avait-on signalé, avaient toujours travaillé ensemble. Le jeune homme rassura Ida, qui avait peu apprécié cet échange, en lui affirmant que les bœufs étaient certes plus lents, mais pouvaient abattre le même travail que les chevaux, tout en étant plus dociles. Au bout de quelques jours, les deux mastodontes, Urus et Apis, acceptaient même que Marcel les chevauche après qu'il eut aidé Camille à fixer leur lourd joug de bois.

L'exode avait contraint la plupart des réfugiés à abandonner leurs animaux de compagnie. Si les chats avaient l'habitude de trouver eux-mêmes leur nourriture, il n'en était pas de même pour les chiens.

Certains qui parcouraient les lieux de combats n'en manquaient pas. D'autres, plus nombreux, retrouvant leur instinct originel, s'étaient groupés en bandes et s'en prenaient aux porcs et aux veaux que les occupants élevaient en nombre dans les fermes réquisitionnées. Aussi les Allemands avaient-ils fait une chasse impitoyable à ces prédateurs, allant jusqu'à organiser des battues spéciales. Malheur aux habitants restés au village qui n'avaient pas enfermé leur chien ces jours-là !

Quelques-uns avaient réussi à échapper au massacre. C'était le cas de celui que Léona apercevait pour la seconde fois. Il apparaissait au coin d'un buisson, à distance respectable, et restait là, debout sur ses longues pattes, à regarder fixement en direction de la jeune gardienne de vaches. Au troisième jour, lorsqu'il se montra, elle l'appela : « Viens, viens ici, mon beau chien. Je ne te ferai aucun mal, viens, mon beau. » Il n'approcha pas, mais elle le vit battre légèrement la queue. Elle recommença le lendemain et avança doucement vers lui. Elle était maintenant à une dizaine de mètres et croyait avoir partie gagnée, lorsqu'il détala. La fois suivante, elle l'attendit tout près de l'endroit où il se montrait d'habitude. Quand il déboucha au coin du buisson, elle était toute proche avec, dans sa main tendue, un énorme morceau de pain. Il hésita un instant mais la faim l'emporta sur la crainte. Tandis qu'il dévorait le pain, Léona put observer ses côtes qui se dessinaient sous un court pelage noir et blanc, sale et terne. Quand il eut fini, il resta planté là. Elle osa une caresse, puis une autre, puis encore une autre. Il eut un regard de reconnaissance envers sa bienfaitrice. Quand il fut l'heure de rentrer à Bon-Ru, il l'accompagna l'espace d'un instant mais, à l'approche des bâtiments, il fit demi-tour. Ce manège dura quelque temps, jusqu'au jour où, mis en confiance, il osa pénétrer dans la ferme. Il devint désormais le chien de Bon-Ru. Il aidait à garder le troupeau de vaches qui s'était étoffé de plusieurs éléments de race pie noir et d'une blanche du Morvan. À la satisfaction d'Ida qui craignait les trimardeurs, il assurait une garde nocturne efficace. En outre, il n'avait pas son pareil pour mettre en fuite les goupils rôdant du côté du poulailler. Le jour, il ne quittait pas Léona, la suivant comme son ombre dans tous ses déplacements. Il manifesta quelque jalousie quand Ida rapporta du village deux chatons pour ses grandes filles. Celui de Léona, donné pour un mâle, fut naturellement baptisé Mizou par sa jeune maîtresse. Il ne fallut pas longtemps avant que Apache le chien et Mizou, le petit tigré au ventre blanc, deviennent amis.

L'été finissant, il fallait se préoccuper de l'hiver qui arrivait. Aucune réserve de bois de chauffage. Le Bois-Jodain avait été surexploité pendant quatre ans par les occupants pour leur confort, mais surtout pour alimenter en charbonnettes les nombreux fours à pain qui fonctionnaient à plein temps pour la troupe. Aussi n'y trouvait-on plus que des baliveaux et peu de bois mort. Devenu denrée rare, celui-ci était régulièrement ramassé.

Il restait quelques têtards et deux ou trois bouleaux au bord du ru. Ils n'étaient pas les meilleurs bois dans l'âtre, surtout les saules que l'âge avait creusés, mais Ida demanda cependant à Paul de les abattre. L'ancien curé et son fils se mirent au travail, se relayant à la cognée. On fit des fagots avec les plus petites branches des bouleaux, celles des saules allant au feu que Camille avait allumé. Vers 9 heures, Marcel apporta des tranches de lard que tous trois firent griller à la flamme au bout d'une baguette de coudrier. Un coup de frênette bu à la bouteille et ils reprirent leur tâche. Marcel était à peine rentré à la ferme avec son panier vide qu'on entendit une violente détonation suivie de cris et de plaintes. À la place du feu de branches, un cratère de deux mètres de profondeur. À une vingtaine de pas, nos deux ouvriers que l'explosion d'un obus à fleur de terre avait projetés en l'air se tordaient au sol. Des militaires se trouvaient heureusement dans les parages. Alertés par le bruit de la déflagration, ils accoururent. Ida rentrait du village avec ses filles. Elles arrivèrent sur les lieux en même temps que les soldats. Ces derniers, des artificiers, disposaient de quoi donner les premiers soins. Ils rassurèrent la fermière en constatant que les blessures qui avaient couvert de sang le visage de Camille n'étaient que superficielles. Par contre, il semblait que Paul souffrait d'une fracture de la jambe. Ils emmenèrent les blessés à un poste d'infirmerie situé à Dun et qui recevait presque quotidiennement de telles victimes, dont de nombreux enfants ayant joué avec des explosifs.

Le lendemain, avec l'aide de Marcel, Camille relança le chantier. Ida avait tenu à ce que Paul, la jambe plâtrée, se repose à Bon-Ru. L'idée de bûcheronner les arbres du bord du ru venant d'elle, elle se sentait obligée envers son fils et lui. Elle se disait responsable de cet accident et une peur rétrospective l'envahissait lorsqu'elle imaginait que l'explosion eût pu avoir lieu lorsqu'ils étaient tous trois au bord du feu. Il fallut plusieurs semaines de quasi-immobilité avant que la fracture se réduise complètement, semaines pendant lesquelles la fermière de Bon-Ru fut aux petits soins pour Paul, ce qui exaspérait Léona.

> *Mon bon papa disparu, si tu savais comme je suis triste de voir Paul profiter du fait qu'il a, soi-disant, une fracture pour se faire dorloter ! C'est qu'un imposteur ! Il joue les héros en disant qu'il a souffert pendant sa captivité, que ça a été l'épreuve la plus pénible de sa vie. Je suis sûre qu'au contraire, il était comme un coq en pâte, sinon il aurait tout fait, si c'était si dur, pour s'évader. Mais non, le monsieur est gentiment resté là-bas pendant que les autres, les courageux, se faisaient tuer. C'était qu'un embusqué, voilà la vérité ! Et maintenant, il a le culot de jouer les victimes ! Je ne le supporte plus, lui et son sournois de fils. Je supporte mal aussi que maman s'y laisse prendre. Elle ne se rend pas compte qu'ils ne sont que des profiteurs. Tiens, comme ce Paul ne peut pas marcher, eh bien, maman lui a donné la chambre de Jeanne qui dort maintenant avec moi ! Oh,*

> *mon père chéri, si tu savais comme je t'aime, comme je pense à toi, comme je voudrais que tu sois là, que tu me fasses plein de baisers à la pincette, comme je voudrais qu'ils s'en aillent, ces deux-là !*

Son plâtre retiré, Paul marchait avec difficulté. Au moment de prendre place à table pour le repas de midi, sa canne ayant glissé sur une dalle, il tomba assez lourdement. Ida se précipita pour l'aider à se relever. Elle décréta alors qu'elle l'aiderait dorénavant dans ses déplacements, au moins jusqu'à ce qu'il fût plus assuré. Léona enragea de les voir déambuler ainsi, le borgne, le bras accroché aux épaules de sa mère, sa mère lui enserrant fermement la taille et semblant y prendre quelque plaisir, avait même cru déceler la jeune fille.

Une quinzaine de jours s'écoulèrent et petit à petit Paul parvint à recouvrer l'usage presque normal de sa jambe, n'était une légère claudication qui, elle, persista. Ce ne fut pas pour autant qu'il réintégra sa maison au village.

Léona n'était pas heureuse à Bon-Ru. Après y avoir autrefois vécu tant de moments enchantés, elle s'y sentait de plus en plus mal à l'aise. La présence de Paul et de son fils en était la cause principale. Irritée par l'indifférence de Jeanne, par l'amitié et la confiance qui unissaient Marcel à Camille et surtout les liens intimes qu'elle voyait s'établir entre Paul et sa mère, la jeune fille ne trouvait plus sa place dans cette maison où le souvenir de Fernand s'estompait de jour en jour.

L'envie lui venait de fuir, de quitter ces lieux où elle ne connaissait plus la sérénité, tentée qu'elle était à chaque instant d'évoquer le passé heureux qu'elle opposait à la morosité du présent.

Elle avait lu dans les pages du *Courrier de Verdun* que l'ancienne école primaire supérieure de jeunes filles, appelée maintenant collège, rouvrait ses portes, rue Saint-Sauveur. Elle insista auprès de sa mère pour y être inscrite. Prioritaire parce que pupille de la nation, elle y fut admise comme interne. Dans l'imprimé à remplir pour ce faire, qui devait être signé par sa mère, Léona avait préalablement tracé un « NON » rageur en réponse à la question : « Désirez-vous que votre fille reçoive une éducation religieuse et assiste à l'office chaque dimanche ? »

Une nouvelle fois, la désaffection de la jeune fille envers Dieu l'opposa violemment à Ida qui l'exhorta à retrouver la foi, à défaut de quoi elle s'exposerait aux foudres divines.

— Dieu m'a abandonnée, et moi, je l'abandonne à mon tour. Quoi de plus normal ?

La fermière commit l'erreur d'appeler Paul, l'ancien curé, à sa rescousse pour tenter de convaincre Léona qu'elle faisait fausse route.

— Vous êtes mal placé pour me faire la leçon, vous qui avez vécu si longtemps dans le péché ! persifla-t-elle. Le seul dont j'aurais suivi les conseils n'est malheureusement plus là pour me les donner. Vous voyez de qui je veux parler ? De celui dont vous êtes en train de prendre la place dans le cœur de ma mère !

Cette fois, c'en était trop. La gifle claqua. Ida regretta aussitôt son geste. Trop tard ! Léona se réfugia dans sa chambre qu'elle ferma à clé pour n'en ressortir que le lendemain, valise en main, à peine une demi-heure avant le départ du tortillard qui allait l'emmener à Verdun où une place l'attendait au collège.

Le train s'arrêta en gare de Regnéville. En face, sur l'autre rive de la Meuse, Samogneux avec ses baraquements provisoires au milieu des ruines. Sous le soleil d'une arrière-saison bienveillante, la ferme de la Grenouillère. Sur les joues de Léona, deux grosses larmes.

Le tribunal, vu la requête de Monsieur le Procureur de la République, attendu qu'il apparaît des enquêtes faites que rien ne peut laisser supposer que le soldat FRANÇOIS *Fernand, Henri, Joseph, ait échappé à la mort au cours du combat de Samogneux, à la suite duquel il a été porté disparu. Attendu que les conditions requises par la loi du 25 juin 1919 sont accomplies, adoptant les motifs de ladite requête, ouï Monsieur Gaveau, juge, en son rapport, le ministère Public, en ses conclusions, statuant publiquement après en avoir délibéré, déclare que le 23 février 1916, est décédé au combat* FRANÇOIS *Fernand, Henri, Joseph, époux d'Ida Pirlot domiciliée à Saulmory, soldat au 44ᵉ régiment d'infanterie territoriale, n° matricule 1284, classe 1896*

MORT POUR LA FRANCE

ordonne que le présent jugement tiendra lieu d'acte de décès et sera transcrit sur les registres d'état civil.

Ida reçut cet avis officiel le 22 décembre, jour même où Léona revenait à Bon-Ru pour la première fois depuis la rentrée. La jeune fille prit connaissance du jugement, le pressa sur son cœur et éclata en sanglots. Elle savait bien que son père était mort. Parfois, cependant, l'espoir insensé de le voir un jour réapparaître devant elle lui traversait l'esprit. Le papier qu'elle venait de lire lui interdisait à tout jamais ces fulgurantes espérances.

Papa, mon papa, tu es mort sur le papier, mais tu ne mourras jamais dans ma tête. Il ne se passe pas une journée sans que je pense à toi. Quand je ferme les yeux, je te vois. Je te vois dans la poussière de la batteuse avec ta casquette couverte de menue paille, ton mouchoir à carreaux noué autour du cou, ta moustache sale de poussière. Je te vois, à genoux, au bout du champ, étalant devant toi ton tablier de jute, y faisant couler du sac de semence, juste ce qu'il faut pour un aller-retour. Tu rassembles alors les deux coins du tablier pour les enrouler autour de ton bras gauche. Un grognement pour t'aider dans ton effort et te voilà debout, arpentant le labour pour lui offrir, tous les deux pas, une large poignée de ce froment avec l'espoir qu'il te le rendra au centuple. Une autrefois, c'est dimanche, tu as abandonné pantalon de velours et ceinture de flanelle au profit de ton costume noir. Rasé de frais, moustache gominée, col cassé et lavallière, tu es très chic. Tu ne manques pas de faire remarquer à maman que les années passent, mais que tu entres toujours aussi facilement dans ton costume de noce. Elle aurait du mal, elle, à enfiler sa robe de mariée ! « Grand fou ! te répond-elle en riant, je te rappelle que j'attends de la jeunesse ! » À la messe du dimanche, personne n'avait des chaussures aussi brillantes que les tiennes ! Souviens-toi, mon papa, c'était grâce à moi. Ah ! je les ai fait reluire, tes bottines et tes guêtres ! Pour y arriver, il y avait du travail, avec la boue de la cour, mais j'aimais bien faire ça pour toi ! Pour me récompenser, tu me rapportais des réglisses et des sucres d'orge quand tu allais boire l'apéritif au bistrot du village. On était heureux, mon Papa…

La veille de Noël, le maire, flanqué d'un colonel, se présenta à Bon-Ru. Le militaire sortit de sa sacoche un étui cartonné ainsi qu'un diplôme bordé de tricolore qu'il remit à Ida en lui disant solennellement :

— Au nom de la République française, au nom du ministre de la guerre, j'ai l'honneur de vous remettre la Croix de guerre et la Médaille militaire attribuées à titre posthume au valeureux soldat FRANÇOIS Fernand, du 44e régiment territorial d'infanterie, disparu après avoir courageusement résisté à l'ennemi lors des violents combats du 23 février 1916, à Samogneux.

Après leur départ, Léona ouvrit l'écrin. Les deux médailles y reposaient sur un fond d'ouate. Elle les détailla l'une après l'autre. La Croix de guerre, avec son ruban vert rayé verticalement de rouge et son étoile métallique fixée au tissu, était faite d'une discrète croix de bronze à quatre branches doublée de deux épées croisées. L'autre décoration avait davantage de clinquant : ruban d'un jaune moiré bordé de vert, auquel était suspendu l'amalgame d'une cuirasse, d'une ancre de marine, de canons, d'une francisque et d'épées, qui soutenait lui-même la médaille proprement dite, en argent celle-là, cerclée de lauriers, avec le portrait de Marianne côté face, tandis qu'au revers étaient gravés les deux mots « valeur » et « discipline ».

Papa, j'ai retrouvé au grenier la veste de ton costume noir. Elle est à moitié mangée aux mites, mais ça ne fait rien. Je l'ai bien brossée. Je l'ai même repassée. Grâce à la double épingle fixée à leur ruban, j'ai pu y accrocher les deux médailles. Et dans ma chambre, juste en face de mon lit, je l'ai suspendue à un portemanteau. Ce matin, quand je me suis réveillée, mon premier regard a été vers la veste, et j'ai été tellement malheureuse de ne pas te voir dedans que j'ai décidé de la remettre là où je l'ai trouvée. Depuis, j'ai eu une autre idée. Dans une ancienne housse d'édredon, j'ai découpé de quoi faire une enveloppe de coussin que j'ai bourrée de plumes d'oie. C'est là-dessus

> *que reposent maintenant tes deux magnifiques décorations. J'ai mis le coussin sur ma table de chevet que j'ai poussée dans un coin de ma chambre. Au-dessus, j'ai punaisé ton diplôme de héros et fixé des cadres avec plusieurs photos. Sur l'une, on te voit avec Benoît près de la batteuse à tripot, sur une autre, tu tiens Olane par la bride pendant que, perchée sur son dos, je suis agrippée à sa crinière. Mais celle que je préfère, c'est celle où je suis sur tes genoux, un bras autour de ton cou. Tu te rappelles bien, elle a été prise le jour de la communion de Jeanne. Tu voudras bien m'excuser, mais comme il n'y a pas de fleurs en cette saison, j'ai pris une branche au sapin de Noël que les autres* – c'était ainsi qu'elle désignait désormais les habitants de Bon-Ru – *ont fait, pour décorer un peu le petit coin que je t'ai réservé, petit dans ma chambre, mais grand dans mon cœur. Papa, embrasse-moi... à la pincette !*

Pendant les huit jours de vacances à Bon-Ru, Léona passa le plus clair de son temps en longues promenades avec son fidèle Apache. Par les chemins que le gel avait rendus praticables, elle se rendait en de nombreux endroits où elle avait autrefois accompagné son père, où elle était venue lui apporter le goûter ou le prévenir qu'on avait besoin de lui pour aider à la naissance d'un veau, ou encore qu'il était attendu à la ferme par un marchand de bestiaux.

De retour à la maison, elle se mettait à la recherche du chat Mizou. Avec lui, elle restait de longues heures dans sa chambre, pour étudier, disait-elle. En réalité, elle s'allongeait sur son lit, caressait le chat ronronnant contre elle. Instants privilégiés où elle entrait en communion avec son père.

Il fallait l'appeler plusieurs fois avant qu'elle prenne place à la table familiale. Elle n'aimait pas ces repas où on la pressait de questions sur son travail scolaire, sur ses professeurs, sur la qualité de la pension et autres interrogations sur ses matières préférées. Léona répondait au plus court. Elle fut particulièrement agacée lorsque sa mère lut devant les autres les résultats du trimestre. Les notes, légèrement supérieures à la moyenne, ne suscitèrent aucun commentaire à la différence des appréciations des maîtres. Tous déploraient le caractère taciturne, la passivité et, parfois, le caractère impulsif, voire agressif de l'élève.

Le dernier matin des congés, alors qu'elle cherchait son chat pour quelques dernières caresses avant son départ, elle entendit, venant de la remise dont la porte était entrouverte :

— Allons, restez sérieux ! Moi aussi, j'en ai envie, mon cher Paul. Mais attendons encore un peu. L'annonce officielle de la mort de Fernand est trop fraîche. Je vous ai promis le mariage, vous le savez. Un peu de patience !

Léona risqua un œil par l'entrebâillement de la porte pour apercevoir, enlacés, Paul et sa mère, laquelle s'opposait mollement aux assauts de l'homme.

Papa ! Papa ! Tu es trahi ! Il n'y a plus que moi qui t'aime dans cette maison !

Avant de boucler sa valise, la jeune fille y glissa les médailles et le diplôme, ainsi que ses photos préférées.

Durant le second trimestre de l'année scolaire, elle ne répondit pas aux lettres de sa mère, ce qui lui valut une sévère remontrance de la directrice, à laquelle Ida s'était adressée pour se plaindre du silence de sa fille.

Les congés de Pâques et les grandes vacances d'été furent semblables aux précédents. Refusant de participer aux tâches du ménage et de la ferme, Léona passait son temps dans la nature ou dans sa chambre. Là, elle dévorait toutes les parutions, ouvrages et témoignages ayant trait à la guerre. Elle lisait et relisait, jusqu'à les savoir par cœur, des passages entiers des *Croix de bois* de Roland Dorgelès et du roman d'Henri Barbusse, en particulier ces quelques lignes du *Feu* :

... c'est avec nous seulement qu'on fait les batailles. C'est nous la matière de la guerre. La guerre n'est composée que de la chair et de l'âme des simples soldats. C'est nous qui formons la plaine des morts et les fleuves de sang, nous tous – dont chacun est invisible et silencieux à cause de l'immensité de notre nombre. Les villes vidées, les villages détruits, c'est le désert de nous.

Par ailleurs, elle se tenait au courant, grâce aux journaux, du projet de choisir un soldat français non identifié qui reposerait, non plus au Panthéon, mais sous l'Arc de Triomphe. Ce soldat aurait été tué à l'ennemi sur un des champs de bataille. Parmi les neuf cadavres retenus, l'idée vint à Léona que pouvait bien se trouver celui de son père. Cette éventualité lui occupant constamment l'esprit devint une quasi-certitude. Plus la date de la cérémonie du choix de la dépouille approchait, plus elle s'en persuadait.

Octobre 1920. De retour au collège, Léona, bien que satisfaite d'avoir quitté « les autres », réintégra sans plaisir l'établissement avec ses professeurs et ses condisciples dont aucune d'entre elles n'avait trouvé grâce à ses yeux. Seul motif de satisfaction : elle serait à Verdun le 10 novembre !

Dans le box qu'elle occupait à l'entrée du dortoir, elle avait recréé son « panthéon » personnel : médailles, diplôme et portraits de son cher père, mais aussi photos de Benoît et de Marthe, d'Apache et de Mizou, clichés dus à sa cousine Hélène de Wameau, venue passer quelques jours en août.

Un dimanche matin, se croyant seule dans le dortoir, les autres pensionnaires étant à la messe, elle s'adressa à son père.

Papa chéri, je suis maintenant persuadée que tu te trouves dans un des neuf cercueils qui vont être entreposés à la Citadelle. Chaque nuit, une petite voix pépiante vient me le chanter à l'oreille. Je crois bien que c'est une alouette. Rappelle-toi, mon papa, c'est bien toi qui m'avais dit que ces oiseaux se tenaient au courant de tout ce qui se passait sur terre pour en rendre compte à Dieu. Mais laissons Dieu de côté. Je ne lui cause plus depuis qu'il s'en est pris à ta personne, à Marthe et à mon frère Benoît. Il y en avait assez d'autres parmi tous les méchants qui peuplent la terre. Il n'avait que l'embarras du choix et c'est vous qu'il a choisis au lieu d'aller chercher ailleurs, du côté de Paul Vigoureux, par exemple. Justement, à propos de Paul, il faut, mon papa, que je te dise quelque chose qui ne te fera pas plaisir, maman et lui...

Quelqu'un toussa dans un box proche. Il s'agissait d'une élève de la classe de Léona, dispensée de l'office en raison d'un début d'angine. Dans les jours qui suivirent, le pensionnat au complet était au courant que Léona François parlait avec les morts. Elle n'avait déjà pas d'amie dans l'établissement mais, à partir de cette révélation, chacune l'évita, se détournant sur son passage. Elle fut convaincue que ses professeurs avaient été mis au courant, eux aussi ; ils ne la regardaient plus avec le même œil. Cette défiance générale lui était indifférente. Elle n'éprouvait aucune sympathie, ni pour les élèves ni pour les maîtres. Elle s'était totalement réfugiée dans le souvenir de son père dont elle évoquait l'image en permanence, ce qui suffisait à nourrir son esprit.

Mercredi 10 novembre 1920. Le moment était venu pour Léona de mettre son plan à exécution. Pour quitter l'établissement, elle devait obligatoirement passer devant la conciergerie. Le maître des lieux était un ancien combattant irrespectueusement surnommé « quatre-et-trois-sept » par les pensionnaires. Sa jambe laissée au Chemin des Dames avait été remplacée par une prothèse en bois. Malgré l'embout de caoutchouc, son pas s'entendait de loin dans les couloirs. Son travail consistait essentiellement à surveiller les entrées et surtout les sorties qu'il fallait, à chaque fois, justifier. Personnage redouté, il s'acquittait de sa tâche avec un zèle tout militaire.

Après le repas de midi des collégiennes, il se rendait aux cuisines pour aller chercher le sien. Pour cela, il délaissait sa loge quelques minutes. Léona avait remarqué que le bouton permettant l'ouverture électrique de la porte de sortie se trouvait sur une sorte de guichet, à l'intérieur. Elle profita de l'absence momentanée du concierge pour pénétrer dans la loge et déclencher le mécanisme d'ouverture de la porte.

Il y avait grande animation sur le terre-plein devant l'entrée de la Citadelle. Des limousines descendaient des militaires de haut grade, des personnalités parmi lesquelles Léona reconnut monsieur André Maginot, ministre des Pensions, député de la Meuse et mutilé de guerre.

L'Est républicain avait annoncé la présence de veuves de guerre accompagnées de leurs enfants. Léona, les repérant dans l'assistance, se mêla à leur groupe.

La veille déjà, une foule recueillie avait défilé dans l'une des nombreuses galeries transformées en chapelle ardente. Les murs étaient tendus de draps blancs, de faisceaux de drapeaux et décorés de branches de sapin. Celui du fond était barré d'une banderole arborant la fameuse devise devenue celle de la ville : « ON NE PASSE PAS. » Dans la pièce, sous la voûte de briques du plafond, étaient alignés huit cercueils en deux files de quatre. Les restes du neuvième soldat prévu, ayant été identifiés quelques jours plus tôt, n'étaient donc pas présents.

Un peu avant 15 heures, les officiels suivis de l'assistance s'engouffrèrent dans les sombres galeries souterraines et parvinrent lentement aux catafalques. Deux compagnies rendirent les honneurs aux huit soldats inconnus, et un silence sépulcral s'installa.

Léona s'approcha au plus près des cercueils. Assurée que les restes de son père se trouvaient dans l'un d'eux, elle avait maintenant l'espoir insensé que le choix allât se porter sur lui. À chaque cercueil recouvert du drapeau français, d'une croix de bois avec des palmes, Léona attribua un numéro, le premier se trouvant devant le militaire chargé de désigner celui du soldat inconnu. Le cœur près d'exploser, elle vit le 2e classe Auguste Thin, un Normand originaire de Caen, un bouquet tricolore en main, faire gravement, lentement, le tour des restes des victimes pour les honorer. Il entama ensuite un second tour. Le sixième, le sixième, le sixième ! se répétait mentalement la jeune fille que son père avait dit vouée au chiffre 6.

Et le miracle se produisit. Auguste Thin déposa le bouquet sur le sixième cercueil.

Un cri dans le silence attira tous les regards. Léona venait de s'effondrer, évanouie. On la releva, la fit revenir à elle.

La cérémonie était maintenant terminée. Le Meusien André Maginot se fit présenter Léona qui avait recouvré ses esprits. Il la questionna sur sa présence en ces lieux. L'orpheline de guerre ne lui parla pas de ses convictions concernant les restes de son père. Elle lui confia que sa mère, dans l'impossibilité de quitter la ferme et ses autres enfants, l'avait chargée d'assister aux hommages rendus aux disparus à la Citadelle de Verdun. Léona poursuivit dans le mensonge en ajoutant que sa mère aurait aussi aimé la voir participer aux cérémonies parisiennes, mais qu'elle n'avait pas les moyens de lui payer transport et hébergement. Ému par ces confidences, le ministre donna ordre de prendre Léona à bord d'une des voitures du cortège officiel. Elle passerait la nuit au ministère et se trouverait aux premières loges pour les cérémonies du lendemain.

Après *La Marseillaise*, le cercueil du soldat inconnu français – qu'elle avait la conviction d'être la seule à connaître ! – quittait la Citadelle. Huit soldats l'emportèrent sur un brancard jusqu'à la gare. Sur le côté du cercueil, brillait une plaque de cuivre portant ces simples mots : « LE SOLDAT FRANÇAIS. » *La Marche héroïque* retentit et accompagna son départ pour Paris. Au moment où le train s'ébranlait, la jeune Meusienne prenait place dans une confortable limousine à destination de la capitale.

Fascinée par l'immensité de la ville et l'effarante animation de ses rues malgré la nuit déjà bien avancée, Léona fut déçue de se savoir déjà arrivée lorsque l'automobile s'engouffra dans la cour du ministère. Un huissier prit en charge la jeune fille en mettant une chambre à sa disposition. Le lit capitonné aux boiseries dorées, les lourdes tentures de velours ne manquèrent pas de l'impressionner. Mais ce fut surtout le cabinet de toilette avec baignoire et lavabo, luxueux robinets distribuant eau chaude et eau froide, qui l'émerveilla le plus. Pour la première fois de sa vie, elle prit un bain chaud dans lequel elle avait généreusement fait dissoudre une bonne moitié d'un flacon de sels bleus. Et ce fut avec délices qu'elle enfila le peignoir en tissu éponge blanc qui accompagnait les serviettes de bain.

On lui apporta une collation, œufs brouillés, jambon et fruits, qu'elle dévora, les émotions de la journée lui ayant ouvert l'appétit.

Puis elle se glissa entre les draps.

Ah ! si tu avais vu, mon papa chéri, les honneurs qu'on t'a rendus ! Il y avait des généraux, des ministres, beaucoup de monde pour te rendre hommage. Toutes les cloches de la ville ont sonné pour toi. C'est normal. On devait bien ça à mon héros de papa ! Si tu savais comme je suis fière de toi. Je le serai encore plus demain quand il y aura la cérémonie au Panthéon et à l'Arc de Triomphe. Peut-être que toutes les cloches de Paris vont se mettre à sonner elles aussi ?

Le cercueil du glorieux soldat, porté par huit adjudants-chefs, arriva au Panthéon en passant devant une escorte d'honneur de huit cents drapeaux militaires. Ce gigantesque déploiement dans un silence profondément recueilli émut aux larmes Léona, Après l'émouvante cérémonie au Panthéon, et un arrêt sur la place de la Concorde, le cortège se dirigea vers l'Arc de Triomphe.

Là, étaient massées de nombreuses personnes, des militaires, des mutilés. L'endroit où devaient être inhumés les restes du héros anonyme était cerné par des monceaux de gerbes et de bouquets de fleurs. Des plaques de marbre gravées de quelques lignes d'hommage aux héros disparus supportaient en demi-relief des croix, des lauriers, des feuilles de chêne ou des palmes de bronze.

Trop bouleversée, Léona n'écouta même pas les discours. La sonnerie déchirante d'un clairon lui tira des larmes. Elle remarqua qu'elle n'était pas la seule à user d'un mouchoir au moment où la cérémonie prit fin. L'assistance se disloqua. Le chauffeur qui l'avait amenée de Verdun vint la chercher pour la voiturer jusqu'à la gare de l'Est. Il lui remit le titre de transport ainsi qu'une enveloppe de la part du ministre Maginot. Il avait ordre de l'accompagner jusqu'à son compartiment.

Quelle ne fut pas sa surprise lorsque, ayant franchi la porte du collège, elle se trouva, dans le hall, nez à nez avec sa mère en grande discussion avec mademoiselle Patenôtre, la directrice de l'établissement. À l'apparition de Léona, toutes deux ne purent dissimuler leur soulagement. Mais, très vite, la colère reprit le dessus et la demande d'explication se fit pressante. Sans omettre le moindre détail, la jeune fille leur rendit compte de son emploi du temps hors du collège. Son récit faisait état de faits tellement inattendus qu'il n'apparut pas crédible aux yeux des deux femmes. Alors Léona, prenant son temps pour ménager ses effets, sortit la lettre ministérielle et leur en lut le contenu :

Chère demoiselle, chère Meusienne,

Tout d'abord, je dois vous redire mon admiration pour votre fidélité à la mémoire de votre père. Vous pouvez être fière de lui. Son sacrifice suprême pour sauvegarder notre liberté fait de lui un héros. Puisse-t-il vous inspirer tout au long de votre vie !

Courage aussi à votre mère qui, désormais seule, a la charge de ses enfants et de la ferme. Qu'elle sache qu'elle peut s'adresser directement à mon cabinet si elle

rencontre quelque difficulté à faire valoir ses droits de veuve de guerre.
Gloire à nos chers disparus !
Signé : André Maginot, ministre.

Interloquées et sceptiques à la fois, Ida et la directrice exigèrent de lire elles-mêmes la lettre dont elles ne purent nier l'authenticité. Elles se contentèrent alors de reprocher à Léona de ne pas les avoir entretenues de ses intentions. Sa mère lui fit part de l'angoisse qui avait été la sienne lorsque mademoiselle Patenôtre l'eut prévenue de sa disparition. Aussitôt, le maire du village l'avait emmenée en voiture à Verdun. Malgré son souci de ne donner aucune publicité à cette fugue, la directrice avait été sur le point de s'adresser aux autorités de police.

L'affaire en resta là.

Pendant les cours comme au réfectoire ou dans son lit, Léona ne pouvait se détacher du souvenir des journées magiques qu'elle venait de vivre. La solennité et la pompe des cérémonies, l'imposant décor de l'Arc de Triomphe, les fleurs, les drapeaux, les discours, tout cela en hommage au soldat inconnu ! Elle seule savait que c'était son père chéri qui était honoré.

Vers la fin du mois de novembre, la professeur de lettres dut abandonner sa chaire pour donner naissance à son second enfant. Elle fut remplacée par une jeune femme qui, lors de son premier cours, demanda à chaque élève de bien vouloir indiquer sur une feuille de papier un certain nombre de renseignements la concernant. Elle ne manqua pas d'être étonnée lorsqu'elle prit connaissance de la fiche suivante :

Nom et prénom :	*FRANÇOIS Léona*
Date de naissance :	*6 juin 1904*
Nom et prénom du chef de famille :	*FRANÇOIS Fernand*
Profession :	*HÉROS*
Adresse :	*ARC DE TRIOMPHE. PARIS.*

Le temps des noces

* * *

Ils s'étaient retrouvés chez Sylvain, à la ferme de La Grange-aux-Bois. Autour de la table ronde de la salle à manger, il y avait Abel et René, venus de Vigneulles où ils habitaient ensemble, Nestor, qui avait quitté sa ferme de l'Alma dans les Ardennes proches, Henri, celle de Wameau près de Verdun. Cinq frères qui tenaient conseil avant de décider, en ce sombre dimanche de la mi-décembre, s'ils assisteraient ou non au remariage de leur belle-sœur Ida.

La photo du disparu passait de main en main.

— Fernand avait quand même fière allure dans son uniforme du 44e d'infanterie ! Dire que c'est le meilleur d'entre nous qui y est resté ! s'exclama Sylvain avant de passer le cliché format carte postale à René. Ce dernier s'essuya les yeux avec un mouchoir à carreaux qu'il avait toujours en main, avant de considérer longuement le portrait de son frère englouti dans l'enfer de Verdun. Cette fois, les larmes qu'il ne parvint à retenir n'étaient pas dues à l'ypérite dont il avait été victime trois ans auparavant aux Éparges.

Fernand était son préféré, son jumeau, disait-il. C'est vrai qu'ils étaient nés la même année, l'un en janvier, l'autre à Noël. Ils avaient vécu la même enfance, pêché les truites à la main, grimpé aux mêmes arbres pour dénicher les corbeaux, taquiné les mêmes filles. Puis ils avaient grandi, s'étaient musclés aux travaux de la ferme. Autre chose qui renforçait leur complicité : alors qu'ils n'avaient pas encore atteint leurs dix-huit ans, tous deux avaient été initiés aux choses de l'amour par la Marguerite, la veuve de la barrière. René, le cadet, était alors tombé amoureux, et Fernand avait eu toutes les peines du monde à le dissuader d'entretenir un commerce suivi avec cette femme qui, pour être belle de sa personne, n'en était pas moins de peu de foi et de moralité. Il avait dû longuement lui expliquer qu'il y avait deux sortes de femmes : celles qu'on épouse, et les autres !

C'était toujours ensemble qu'ils avaient sillonné le territoire pour traquer la perdrix, participé aux remises[1] de sangliers, marqué le troupeau. Cette dernière tâche demandait une bonne entente entre celui qui devait tenir fermement la bête, et l'autre qui, d'un geste sûr mais mesuré, appliquait le fer rouge qui devait juste griller le poil et entamer les premières couches de la peau. Cette pratique permettait, lors de la vaine pâture, alors que toutes les vaches du village et des alentours se mêlaient dans la prairie, que chacun retrouve les siennes. C'était aussi une garantie contre le vol. Le marquage rendait possible l'identification du bétail volé ou de celui qui, mal surveillé, était surpris à dévaster un

1. Battues aux sangliers trahis par leurs empreintes relevées dans la boue ou la neige.

champ de betteraves, de luzerne, une chanvière et, parfois, un potager.

Les deux jeunes gens étaient pareillement déterminés à mordre dans la vie à pleines dents.

Ils ne s'étaient vraiment quittés que lorsque Fernand avait épousé Ida. C'était au printemps 1900. Vingt-deux ans déjà ! Un grand mariage. On n'avait pas lésiné sur les moyens. Les deux familles avaient fait le plein d'invités. À l'évocation de ces épousailles, René eut une rapide pensée pour Marie, une cousine de la mariée, qui avait été sa cavalière, pendant les deux jours que dura la noce. Ils s'étaient bien plu. Marie était élégante et avait de la conversation, mais sa peau, diaphane, son teint blême et une toux fréquente qu'elle maîtrisait mal étaient comme autant de signes d'une petite santé. Et un paysan ne mariait pas une femme de faible constitution.

René avait aidé à l'installation de son frère, qui avait repris en métayage la ferme des Quatre-Chemins. Il s'était réjoui avec toute la famille quand un gros gain à la loterie lui avait permis de devenir propriétaire du domaine de Bon-Ru. Il avait été rassuré de constater que la jeune épousée savait tenir sa maison tout en participant aux travaux de la ferme. Et puis Fernand semblait si heureux avec elle…

Des rires d'enfants avaient bientôt retenti dans la ferme. Deux filles d'abord, Jeanne et Léona, puis Marcel, le garçon impatiemment attendu. Et enfin, la délicieuse petite Marthe.

René, lui, après quelques aventures sans lendemain, n'était pas parvenu à se fixer. Il était resté le seul célibataire de la fratrie. Ah ! si une Ida avait pu croiser son chemin…

Plongé dans ses souvenirs, René fut ramené à la réalité par une violente quinte de toux, au terme de laquelle Nestor, l'aîné des frères François, prit la parole :

— Vous savez pourquoi nous sommes réunis aujourd'hui. La guerre nous a pris Fernand, notre bon Fernand. Nous avons toujours considéré sa femme Ida comme la sœur que nous n'avions pas eu la chance d'avoir. Nous avons admiré son courage lorsque, réfugiée à Annonay, elle a fait face aux malheurs qui l'ont frappée : la mort tragique de la petite Marthe, l'annonce de la disparition au combat de son mari. De retour à Bon-Ru, elle a été atterrée par l'état dans lequel elle a retrouvé la ferme. Non seulement les bâtiments avaient souffert de la longue présence ennemie, mais les clôtures des pâtures avaient été arrachées, les champs, encombrés d'un bric-à-brac de matériel hors service, étaient creusés d'abris, de caches d'armes et de munitions, entaillés par de profondes tranchées antichars que les pluies avaient remplies. En plein désarroi, au lieu de profiter des offres d'aide que nous lui avons faites à ce moment-là, elle a préféré s'en remettre à ce Paul Vigoureux, de sinistre mémoire. Je n'ai pas besoin de vous rappeler que, prêtre, il a abjuré, qu'il a réussi à séduire la veuve de son frère, celle-ci étant morte peu d'années après lui avoir donné, le petit bâtard de Camille. C'est un individu sans foi ni loi. Et voilà maintenant qu'il a réussi à circonvenir notre Ida !

— Que pouvons-nous faire pour que cette union n'ait pas lieu ? s'inquiéta René. Je n'aurais jamais pensé qu'après de nombreuses années de vie commune avec Fernand, elle eût un jour l'idée de le remplacer. Le seul souvenir des grandes joies, mais aussi des peines qu'ils ont partagées, du bonheur d'avoir mis au monde de bons enfants, d'avoir travaillé dur ensemble, d'avoir réussi à devenir d'enviés propriétaires, ajouté à l'honneur d'être la veuve d'un homme qui a rejoint le paradis des héros, tout cela aurait dû suffire à sa sérénité.

— Peut-être. C'est pourquoi nous sommes totalement désarmés face à la détermination d'Ida, regretta Nestor. La seule attitude que nous pouvons adopter pour marquer notre désapprobation, c'est de ne pas répondre à son invitation.

Ce fut alors au tour d'Abel d'intervenir :

— Ce qui me choque dans la décision de notre belle-sœur, pour laquelle, jusqu'alors, j'ai toujours eu le plus grand respect, c'est sa précipitation à remplacer Fernand. Je voudrais être sûr que c'est la raison qui la motive, et non pas le besoin d'un homme dans son lit.

— Tu es injuste, Abel, envers cette femme : du temps de Fernand, nous l'admirions tous pour ses qualités morales. Elle nous a confié il y a peu, que depuis son retour à Bon-Ru, elle n'a pu fermer l'œil qu'avec le fusil de chasse de Fernand au pied du lit. Plus que tout, elle craint les voyous de grand chemin qui sillonnent la campagne pour s'en prendre aux femmes souvent seules, dans les fermes isolées. Désemparée, elle a tout juste cherché de l'aide, poursuivit Sylvain, et pensé que Paul Vigoureux, l'ancien propriétaire de Bon-Ru, était le mieux placé pour la lui apporter. Quant au reste, Ida est encore une jeune et belle femme…

— Bon, reprit Nestor, faisons contre mauvaise fortune bon cœur ! Je propose que nous assistions seulement à la messe de mariage. Nous pourrions en profiter pour nous rendre au chœur de l'église pour y recevoir la sainte communion et prier très fort pour le repos de l'âme de Fernand. Notre présence dans ces saints lieux lors du sacrement montrera à Ida que nous ne désirons pas couper les ponts avec elle, en même temps que notre absence à la mairie et au repas qui s'ensuivra marquera notre peu d'empressement à cautionner cette union.

On était à la Saint-Georges. C'est toujours à cette date du 23 avril, qui marque la fin ou le début des baux ruraux dans les fermes lorraines, que se célèbrent nombre de mariages paysans. C'est aussi le moment où la grande machinerie de la nature se remet en route pour un tour, entraînée par la clémence revenue du temps.

Mais, de clémence, il n'en était pas question ce jour-là. Les giboulées attendues en mars n'avaient pas été au rendez-vous. Elles se mettaient curieusement à sévir avec un gros mois de retard. Regrettant la tiédeur des étables hivernales dont il venait d'être récemment libéré, le bétail faisait le gros dos, à la recherche d'un arbre ami dans la pâture proche. Sous les avancées des toits, les hirondelles fraîchement débarquées attendaient des jours meilleurs. Seuls les corbeaux semblaient prendre plaisir à ce pied de nez du calendrier ; ils s'étaient approprié le ciel d'où ils émettaient leurs sinistres croassements, comme s'ils désapprouvaient, eux aussi, l'union qui allait être célébrée ce jour-là.

Elle était arrivée volontairement la dernière à la mairie. Elle connaissait l'exiguïté de la salle des mariages, et l'avait donc laissée se remplir. Elle était restée dans le couloir.

« Ida Eugénie François, née Pirlot, veuve en premières noces de Fernand Henri Joseph François, voulez-vous prendre pour époux Paul… »

Vite, elle se boucha les oreilles pour ne plus entendre la forte voix du maire qui, après avoir prononcé le préambule habituel, s'apprêtait à recueillir le consentement des époux.

Puis elle fut la première à franchir les quelques mètres séparant la maison communale de l'église. Il n'en fallait pas plus pour crotter escarpins et bottines, d'autant plus qu'une nouvelle bourrasque survint. Pas question de reformer le cortège, d'ailleurs bien modeste. La noce s'engouffra dans le vénérable édifice dont l'appel des cloches souffrait du martèlement de la pluie, auquel se mêlaient des salves de grêle. Malgré l'intempérie, la jeune fille, elle, se dirigea vers le monument aux morts. Érigé en 1920 à l'entrée du cimetière qui entourait l'église, de taille réduite, il ne portait que l'inscription « *À nos morts* ». Alors que d'autres mémoriaux arboraient des stèles de marbre où les noms et prénoms des chers disparus étaient gravés en lettres dorées, celui-ci se contentait, sur une manière de présentoir métallique posé au sol, de faire figurer dans des médaillons ovales le portrait, l'identité et la date de la mort des douze héros du village. À ce propos, lui revint en mémoire une vive discussion qui l'avait opposée au maire, Quentin Duvoyé. Quelques jours après son retour d'exode, elle s'était rendue dans ce coin du cimetière où des ouvriers s'activaient sur le chantier du monument. Elle avait pu consulter le plan et le descriptif de l'ouvrage. Elle l'avait trouvé d'une telle médiocrité qu'elle n'avait pas hésité à s'en ouvrir au maire venu sur place s'enquérir de l'état d'avancement des travaux. Elle lui avait cité d'autres villages des environs qui, d'après le journal, avaient su, eux, honorer leurs héros en faisant édifier des monuments à la mesure de leur sacrifice. Le vieux Quentin Duvoyé lui avait opposé le manque de moyens. Léona avait alors répliqué avec véhémence que, lorsqu'on le voulait, on pouvait trouver les fonds nécessaires, ne serait-ce qu'en les prélevant sur les dommages de guerre de la commune. Dans les jours qui suivirent, alors qu'Ida était venue à la mairie apporter son livret de famille en vue de la publication des bans de mariage, elle s'entendit reprocher l'insolence de sa fille. « On voit que Fernand n'est plus là pour lui montrer le bon chemin, à cette petite », avait méchamment ajouté le maire.

Plus que les autres jours, Léona tenait aujourd'hui à se recueillir devant la photo de la plaque émaillée, sous laquelle elle lut plusieurs fois, à haute voix : « FRANÇOIS Fernand. 25/12/1876. 44e Rég. inf. Territ. Disparu le 23/02/1916. » Elle ne se lassait pas de s'entendre prononcer le nom du père qu'elle avait tant aimé et que cette ignoble guerre lui avait volé.

De son aumônière de velours noir, elle sortit un mouchoir brodé, pour sécher les larmes qui ne manquaient pas de poindre chaque fois qu'elle se trouvait là. Puis elle s'appliqua, avec ce même mouchoir, à nettoyer le médaillon souillé par les projections de terre dues à la violence de l'intempérie. Maintenant agenouillée, sans s'être souciée de salir son manteau de drap vert, elle posa ses lèvres sur l'image de son père. Elle resta là, abîmée, pendant de longues minutes, semblant communier avec lui.

Elle évoqua les merveilleux souvenirs qu'elle gardait de lui, au plus profond de sa mémoire. Ses imitations des animaux de la ferme – la plus réussie étant celle des dindons –, la facilité avec laquelle il la juchait sur Olane, le retour des champs, agrippée à la crinière de l'ardennaise née le même jour qu'elle. La sueur de la jument piquait bien un peu les cuisses, mais c'était si bon ! Ce dernier souvenir fit naître un sourire sur les lèvres de la jeune fille, sourire vite effacé par l'évocation du crève-cœur qu'avait été la réquisition de sa pouliche et sa fin atroce sur le champ de bataille.

Et les veillées d'hiver devant l'âtre, sur les genoux du père qui racontait toujours la même histoire, où il était question des nains qui sortaient, la nuit, de leur caverne, pour faire le travail des paysans malades ou trop pauvres pour avoir recours à des journaliers. Les seules variantes du récit concernaient la nature des travaux. Un soir, c'était le fauchage d'un champ d'avoine, un autre, l'arrachage des betteraves, ou encore les soins que ces petits bonshommes étaient les seuls à pouvoir dispenser pour sauver d'une mort certaine une vache gravement malade.

Alors que le dernier couple avait pénétré dans l'église depuis un bon moment déjà, elle hésitait à y entrer à son tour. Elle avait pourtant juré qu'elle n'assisterait pas à cette cérémonie. Du haut de ses dix-sept ans, elle n'était pas parvenue à tenir tête à sa mère. La jeune fille ne comprenait pas que, ayant tant souffert de la disparition de son mari, sa mère pût envisager de vivre avec un autre homme. Depuis leur retour d'exode, leurs rapports s'étaient détériorés, surtout depuis que Paul Vigoureux et son fils Camille fréquentaient la ferme de Bon-Ru. Elle se souviendrait toujours de ce fameux soir de février où Ida, croyant les enfants endormis, s'était laissée aller à répondre au baiser de Paul, qu'elle avait invité à sa table au terme d'une éprouvante journée de battage. Léona, ne pouvant trouver le sommeil qu'après quelques pages de lecture, les avait surpris en venant chercher le livre, entamé l'après-midi même et laissé sur le buffet de la cuisine. Elle n'avait pu retenir un cri. Faisant promptement demi-tour, elle avait regagné sa chambre en claquant les portes. Enfouie au plus profond de son lit, elle avait longuement sangloté. Puis, à la tristesse avait succédé la colère, que l'oreiller n'avait pas réussi à étouffer. Non, elle n'acceptait pas ce mariage : c'était comme une insulte à la mémoire de son père, ce père qui s'était conduit en héros et que la sale guerre, dévoreuse d'hommes, avait englouti à jamais. Elle détestait Paul, l'ancien propriétaire. Elle détestait son fils Camille, placé en Belgique et qu'il avait récupéré après quatre années de captivité en Allemagne. Il aurait mieux fait de le laisser là-bas, celui-là !

En son temps, la naissance de Camille avait fait scandale. N'avait-il pas été le fruit honteux des amours de Paul, jeune prêtre à l'époque, et de sa propre belle-sœur Clara ? Bien sûr, Clara était veuve. N'empêche qu'une telle liaison était considérée comme incestueuse. Elle avait suscité l'opprobre général. La mort de Clara n'avait pas atténué le rejet quasi unanime opposé au prêtre défroqué et au bâtard. C'est pourquoi il y avait peu de monde dans l'église ce jour-là. De même, l'estime que les habitants avaient pour la famille François, du temps de Fernand, s'était estompée quand la nouvelle du remariage de la veuve avait fait le tour des maisons. La guerre, l'horrible guerre, avait privé le pays entier d'une grande partie de ses forces vives. On manquait d'hommes, aussi bien à la ferme qu'à la fabrique, aussi bien à l'atelier qu'au chantier. On manquait d'hommes à la maison. On manquait d'hommes dans les lits devenus trop larges des 630 000 veuves que le conflit avait condamnées à la solitude

« Le pauvre Fernand doit être bien malheureux, là-haut, de voir son Ida dans les bras de ce Paul Vigoureux ! » disait-on au lavoir. Les femmes étaient les plus virulentes, surtout celles qui jalousaient Ida. Beaucoup, au village comme dans tout le pays, s'étaient trouvées confrontées aux mêmes problèmes qu'Ida. De retour d'exode, au drame d'avoir perdu leur compagnon, s'ajoutait le désespoir de retrouver les biens dans un état de total délabrement. La machine économique tardant à se remettre en route malgré l'aide américaine, il fallait improviser. La main-d'œuvre masculine manquait. Les hommes valides et courageux étaient employés au déblaiement et à la reconstruction du pays. Les quelques-uns qui proposaient leurs services étaient souvent trop âgés ou bien trop marqués par les années de guerre, qui en avaient fréquemment fait d'invétérés alcooliques supportant mal les ordres venant d'une femme.

C'est contrainte et forcée que Léona s'apprêtait à entrer dans l'église. Mais, auparavant, elle s'attarda dans les flaques les plus boueuses. Puis elle choisit de stationner sous le flot que vomissait l'une des deux gargouilles encadrant le clocher. Ainsi serait mis à mal cet affreux chignon qu'avait tenu à lui confectionner tante Margot quelques heures plus tôt. Elle aurait tant aimé arborer une coiffure à la garçonne comme ses cousines, mais Ida avait refusé tout net. Ce sont les dévergondées qui se coiffent à la garçonne !

Alors que le dernier couple avait pénétré dans l'édifice depuis un bon moment déjà, la jeune fille entra, négligeant la halte devant le bénitier. Échevelée, le manteau dégoulinant de pluie, elle avança comme une automate jusqu'au second banc, du côté des femmes. Indifférente aux regards réprobateurs qui se tournaient vers elle, elle n'hésita pas à déranger quelques fidèles pour se placer derrière un imposant pilier. De la sorte, elle ne pouvait pas voir sa mère.

Arrivée dans le chœur, avant de prendre place sur la chaise garnie d'un capiton rouge sombre, Ida avait rajusté sa mantille sur un chignon malmené par la tempête. Paul, debout devant l'autre chaise, tentait lui aussi de remettre de l'ordre dans une tignasse rousse qu'il avait réussi à dompter le matin même, à grand renfort de cosmétique, mais qu'une maligne saute de vent avait rendue à son habituelle indiscipline. Il semblait fort emprunté dans un costume noir manifestement trop grand pour lui. La veste bâillait sur une chemise à jabot surmontée d'un col cassé qui ne tenait pas en place, tandis que le pantalon tirebouchonnait sur des bottines que la boue n'avait pas épargnées.

L'officiant, assisté de quatre servants en chasuble rouge et surplis blanc, commença la célébration de la bénédiction nuptiale. « *... et ils seront deux dans une même chair...* » : à cette phrase de l'Évangile selon saint Matthieu, tandis que Léona se refermait encore plus sur elle-même, Ida se tourna vers Paul comme pour lui rappeler ses promesses. Il s'était engagé à ne faire chambre commune avec elle que lorsqu'elle en manifesterait le désir.

Les yeux mi-clos, tandis que le prêtre poursuivait la célébration, Ida repensa à ses premières noces, il y avait de cela plus de vingt ans. Avec Fernand, elle avait découvert les plaisirs de l'amour, puis ceux de la maternité. Après la petite Jeanne, était arrivée Léona. Mais la jeune femme n'était pas vouée à n'avoir que des filles. Trois ans plus tard, les deux adorables sœurettes sautèrent de joie à la naissance de petit Marcel. Puis ce fut l'arrivée de Marthe, que Fernand avait peu connue car elle était venue au monde le jour même de la déclaration de guerre.

Cette sale guerre qui l'obligea, avec ses petits, à un interminable exil dans les âpres terres de l'Ardèche. Une larme roula sur sa joue à l'évocation de la petite Marthe reposant désormais au cimetière d'Annonay. Et les lettres du soldat au si long délai d'acheminement, tant attendues, lues et relues mille fois, entourée des petits ! Fernand s'y déclarait optimiste, annonçant dans chacune la fin prochaine des hostilités. Les mots sonnaient faux. Il ne croyait pas lui-même à l'imminence d'un cessez-le-feu. Mais, dans la mansarde de la place des Cordeliers, on s'efforçait d'y adhérer. Ça faisait du bien d'imaginer la fin de cette guerre meurtrière, le retour au bonheur d'avant.

C'est qu'on était heureux, avant. Une ferme en toute propriété, des petits qui poussaient sans difficulté, un train de culture qui ne faisait que prospérer. Bien sûr, tout ne leur avait pas toujours été facile. Dans les premiers temps de leur installation dans la région, Fernand était « le Belge » (parfois même « le Boyau ») « de la ferme des Quatre-Chemins » ! Petit à petit, grâce à son sérieux, à sa générosité, et aussi à l'importance croissante du cheptel, on l'appelait le Fernand, comme c'était la coutume entre les natifs du coin. Quand il fallait donner un coup de collier, à la fenaison ou aux betteraves, les bonnes volontés ne manquaient pas, que ce soit Thérèse, la femme du charron, ou Narcisse le rempailleur, ou encore ce pauvre Élie qui, malgré le pilon qui remplaçait sa jambe gauche, laissée à Sedan, ne refusait jamais son aide. En retour, Fernand labourait leur chanvière, et leur fournissait du grain et du foin pour leur petit élevage.

Les jours et les saisons s'écoulaient ainsi. Les seules craintes venaient des intempéries qui, dans leurs excès, s'en prenaient parfois aux récoltes, ou de la maladie qui pouvait décimer le troupeau. La vie quotidienne était rythmée par le soleil. Autant dire que les longues journées d'été se passaient dans les champs, en des attelées souvent épuisantes. Le court trajet du soleil d'hiver avec sa modeste lumière tenait les gens dans les granges et les écuries, vite désertées pour de longues veillées devant les rougeoiements de l'âtre.

Le dimanche, après une grande toilette, tous allaient à la messe de l'abbé Aubry qui, d'un rapide coup d'œil circulaire, repérait les places laissées vides par leurs titulaires habituels. Ces derniers devaient avoir de bonnes raisons pour justifier leur absence, sous peine de s'entendre menacer d'excommunication, de blâme prononcé en chaire et autres malédictions. La fin de l'office voyait les femmes se recueillir sur les tombes de la famille, puis s'attarder par petits groupes au cimetière ou sur le parvis de l'église. On y évoquait le temps, la santé, les vieux parents. Puis les groupes s'évanouissaient pour cause de pot-au-feu, de rôti à surveiller ou de soins à prodiguer au petit dernier atteint de rougeole. Les hommes, eux, dès l'*ite missa est*, se rendaient d'un bon pas chez la Sarah, au bistrot du village. Ils y rejoignaient les quelques mécréants qui, accoudés au zinc, avaient plusieurs verres d'avance sur les arrivants.

Par beau temps, après les vêpres, il arrivait à Fernand d'emmener Ida faire le tour de la propriété. Le fermier estimait les promesses de récoltes. Ida déplorait la présence de touffes de chardons dans le carré d'avoine. Fernand lui assurait qu'il enverrait Benoît dès le lendemain avec son échardonneuse.

Appuyé à la clôture, le couple vérifiait si le compte y était des bœufs et des génisses dans les pâtures des Hauts de Boulain. Ils pestaient tous deux contre la compagnie de sangliers sortie la nuit précédente de la garenne proche pour labourer le sol à la recherche de nourriture. Nos deux promeneurs s'arrêtaient toujours au même endroit pour s'asseoir à l'ombre de l'unique saule de la plaine, au bord du trou d'eau où leur arrivée semait la panique parmi les rainettes. Fernand entourait alors les épaules de son épouse, de son bras puissant. Leurs regards plongés l'un dans l'autre, il n'était pas besoin de paroles pour exprimer leur bonheur. Après ces instants de profonde connivence, ils reprenaient la discussion. Fernand disait son intention d'abattre les trois chênes du bord du chemin. L'un d'eux destiné au charron pour la fabrication d'un tombereau, l'ancien risquant de se rompre au moindre cahot, les deux autres vendus à la scierie de Beauclair. Ida demandait de faire agrandir le clapier. Chaque quinzaine, le coquassier, qui les revendait à des aubergistes de Stenay et de Montmédy, voulait toujours plus de lapins.

De retour à la ferme, Fernand, qui délaissait les travaux des champs ce jour-là, aidait sa femme à la traite.

La nuit venue, ces moments de bonheur où s'était manifestée leur complicité les accompagnaient jusqu'à leur chambre, où ils prenaient un tour plus intime.

Brusquement, le vitrail représentant Jeanne d'Arc au milieu de ses paisibles moutons s'éclaira.

Un inattendu autant qu'irrévérencieux rayon de soleil traversa cette scène pour projeter le vert de l'herbe sur le visage d'Ida. Les deux rides qui, du coin de l'œil, suivaient le creux de la joue pour rejoindre les commissures de la bouche, se firent alors plus profondes. Il faut dire que des flots de larmes de désespoir les avaient ravinées depuis que Fernand était parti pour la guerre.

Pourquoi avait-il fallu que leur bonheur vole en éclats ? Ida se rappela soudain avoir confié à Fernand, alors que ce gain inespéré à la loterie venait de leur permettre d'accéder à la propriété, que c'était trop de chance, qu'ils n'avaient rien fait pour la mériter, et qu'un jour, peut-être, ils seraient appelés à la payer au prix fort… Malheureusement, ce jour-là était arrivé, avec une facture au montant démesuré.

Le retour à Bon-Ru s'était inscrit comme un choc douloureux de plus, dans la longue liste des épreuves qui avaient affecté Ida. Elle avait eu de la peine à reconnaître la ferme, ses bâtiments, ses chemins, ses clôtures. Tout était dévasté ! Sur le coup, elle avait été tentée de rebrousser chemin, comme l'avaient fait d'autres qui, devant l'horreur du spectacle de leur maison ou de leur atelier en ruines, avaient préféré retrouver le lieu où, pendant les quatre ou cinq ans de leur exil, ils avaient eu le temps de s'installer. Ainsi les Derrien, dont le moulin n'avait plus un mur debout, avaient-ils cédé leurs dommages de guerre à vil prix – il y avait toujours des gredins à l'affût des bonnes affaires – pour se réinstaller en Bretagne.

Désemparée, Ida s'était demandé si elle aurait assez de courage pour remettre la ferme en activité. Elle le devait pourtant, n'était-ce qu'en mémoire de Fernand ; mais elle ne savait de toute manière rien faire d'autre qui lui eût permis de nourrir et d'élever ses enfants. Elle avait bien eu l'idée de chercher un repreneur, un métayer ou un locataire. Elle aurait ainsi pu vivre du produit du fermage. À l'heure où de nombreuses propriétés, souvent avec d'excellentes terres, restaient en friche pour cause d'exploitants morts ou mutilés, cette recherche était vouée à l'échec.

Elle avait donc décidé de s'atteler à la remise en route du domaine. Seule, elle ne pouvait réussir. On l'avait mise en garde contre des individus qui allaient d'une ferme à l'autre pour louer leurs services. La forte demande accroissait leurs exigences jusqu'à l'insupportable, surtout lorsqu'ils avaient affaire à une femme seule.

Heureusement, Ida rencontra Paul Vigoureux, l'ancien propriétaire de la ferme. Ils ne s'étaient connus, avant la guerre, que le temps de l'achat de la propriété. Paul avait alors décidé de quitter le village, pour aller vivre de ses rentes à Verdun où il avait acheté une maisonnette. Ida n'ignorait pas que sa gestion de Bon-Ru avait été un échec. Lors de leur première rencontre, Ida apprit que Paul avait passé plus de quatre ans de captivité dans une ferme isolée, dans le nord de l'Allemagne. Les travaux des champs, les soins au bétail, n'avaient plus de secret pour lui. Paul proposa son aide, qu'Ida accepta avec d'autant plus d'enthousiasme qu'il connaissait mieux qu'elle les limites des terres de la ferme.

Une relation de confiance s'établit entre eux. La journée de travail terminée, Paul rentrait à la maisonnette qu'il avait gardée au village et qui lui venait de sa grand-mère. La hantise de rester seule la nuit dans sa ferme champêtre où le vent s'engouffrait aisément par des ouvertures non encore closes, les ululements, les aboiements lointains, tout cela terrifiait Ida. Ce n'était pas le fusil de chasse chargé, à portée de main près de son lit, qui lui assurait des nuits de sommeil. Non, la peur la tenaillait constamment. Elle ne se sentait rassurée que lorsqu'elle entendait, au lever du jour, le bruit des brodequins de Paul dans la cour. Petit à petit, l'homme sut se rendre indispensable, d'autant plus que son fils Camille ne rechignait pas à l'aider. Pour conjurer les affres de la nuit, Ida remit en état une chambre à l'étage. Le père et le fils acceptèrent d'y dormir.

Puis, un soir d'été, alors qu'elle emmenait un veau à la longe au pis de sa mère, le jeune animal, impatient de téter, tira brutalement sur sa corde, faisant perdre l'équilibre à la fermière qui s'étala entre les vaches. Paul se précipita, prit Ida par les épaules pour la relever, puis l'attira à lui, consentante. Le souffle court, ils se séparèrent précipitamment. Mais ce très bref instant révéla l'attirance qu'ils ressentaient l'un pour l'autre. Bien sûr, il n'y avait pas ce puissant élan amoureux qu'ils avaient connu l'un et l'autre envers leur partenaire d'autrefois.

Dans le village, ça commençait à jaser : « Décidément, à la ferme de Bon-Ru, il se passe toujours des choses pas très catholiques ! »

Pour mettre un terme aux paroles malveillantes entendues au lavoir comme au bistrot qui venait de rouvrir, Ida Pirlot, veuve François, et Paul Vigoureux décidèrent de se marier.

Certes, Paul n'avait pas le charme de Fernand, ni son entrain, mais si ses années de captivité l'avaient voûté et vieilli prématurément, elles l'avaient aussi endurci et avaient fait de lui un homme robuste et rustique. Il n'était plus le jeune curé fringant, à la mine avantageuse et au verbe choisi. Les années de souffrance avaient effacé le vernis.

Et c'est au doigt calleux et noueux de cet homme-là que la veuve François tentait de passer l'anneau nuptial. « Laisse, je vais le mettre moi-même », lui dit-il à l'oreille, amusé par sa maladresse.

Après avoir signifié aux mariés qu'ils pouvaient se rasseoir, le curé rejoignit l'autel pour continuer la célébration.

Paul ne se sentait pas à l'aise dans son costume acheté à la dernière minute, et qui semblait destiné à un gabarit plus large que le sien. Il n'était pas à l'aise non plus devant ce jeune curé qui officiait. Il lui rappelait son passé de prêtre et la trahison dont il s'était rendu coupable en forniquant avec sa belle-sœur Clara. Aveuglé par l'amour, il s'était laissé aller à rompre son serment de célibat. Lui revinrent en mémoire les douloureuses images qui le hantaient depuis ces années-là. La naissance dans l'ignominie de Camille, le décès de cette pauvre Clara qui n'avait pas survécu à la honte.

Paul était convaincu que, pour lui faire expier ses péchés, Dieu lui avait réservé bon nombre d'épreuves, dont la moindre n'avait pas été de l'envoyer combattre. Sur les hauteurs de Brandeville, à une dizaine de kilomètres de son village, Paul, du 4e bataillon du 165e régiment d'infanterie, avait été fait prisonnier le 29 août, sûrement l'un des premiers de cette guerre. Avoir levé les bras trop lentement, au gré du uhlan qui le tenait en joue, lui avait valu un coup de crosse qui lui avait définitivement fermé l'œil droit. Benoît Chanteperdrix, le commis des François de Bon-Ru, avait voulu venger son compagnon. La seconde qu'il avait perdue à réarmer son Lebel lui avait été fatale : il avait été fauché d'une balle en plein cœur.

Alors qu'il avait promis à son fils Camille de venir le chercher à la veille du 15 août, à la pension Bon-séjour où il l'avait placé à la mort de Clara, pour le reprendre avec lui, la déclaration de guerre l'en avait empêché. À l'instant où il tombait aux mains de l'ennemi, Paul s'était bien demandé ce qu'allait devenir son garçon.

Au milieu d'une colonne d'une centaine d'hommes, prisonniers comme lui, Paul avait marché pendant des semaines. L'œil blessé protégé par un bandeau de fortune, les pieds dans des brodequins dont les semelles, usées par cette longue marche, ne laissaient rien ignorer des aspérités du sol, il avait marché et marché encore. Les *Kriegsgefangenen*, harassés, progressaient d'un pas mécanique, sous les vociférations et les menaces des gardes-chiourme qui joignaient parfois le geste à la parole. La traversée des villages leur avait aussi valu des insultes, des jets de cailloux, des crachats de la part des habitants, convaincus par la propagande que c'étaient les Français qui les avaient privés de leur fils, de leur mari, de leur père ou de leur frère.

Insensibles aux beautés des paysages traversés, les malheureux vaincus n'avaient eu qu'une hâte, celle d'atteindre le bout du chemin. C'est ce qui était arrivé au quarante-sixième jour, en fin de matinée, alors que l'orage menaçait. Non loin d'un village, ils avaient été parqués dans un camp cerné par de hauts barbelés, où des ouvriers achevaient de couvrir des baraquements avec des plaques de toile goudronnée. Avaient alors suivi plusieurs jours de formalités diverses. Paul avait appris que le camp se situait au nord-ouest du pays, non loin de Hambourg, et qu'ils allaient, pour la plupart, être employés à la construction d'une route en direction de la Baltique. Il n'avait pas eu à y participer : recensé comme cultivateur, il avait été envoyé dans une ferme champêtre entre Witterburg et Schwerin.

« Fuchshof », en lettres blanches laborieusement tracées sur une planchette à l'entrée de la cour : Paul avait pensé que ce devait être le nom des propriétaires. Il avait appris plus tard que c'était la dénomination de l'exploitation – *« la ferme aux renards »*. Si l'endroit lui avait paru plutôt accueillant avec ses

prairies verdoyantes et la forêt toute proche, il allait passer là quatre années de bagne.

Le maître des lieux ne l'avait pas fait entrer ; il l'avait reçu sur le seuil, en prononçant quelques mots que Paul n'avait pas compris, mais qui, d'après le ton, n'avaient rien d'un souhait de bienvenue. Dans son sillage, où flottait une forte odeur de schnaps, le Français avait eu droit à une visite des bâtiments dont la vétusté l'avait surpris. Arrivé devant un étroit réduit au plafond bas, entre la porcherie et l'écurie, l'Allemand lui avait fait comprendre que c'était là son gîte. Paul y avait installé ses maigres affaires sur une étagère, et étalé deux bottes de paille en guise de couche. Jamais convié aux repas du logis, il lui avait fallu attendre plusieurs mois pour connaître la composition de la famille. Hans Ulmann vivait là avec sa femme Greta, aussi revêche que lui, et leur fille Inge, qui devait frôler la trentaine et avait été la seule à faire preuve d'un peu d'aménité envers le Français. Devant s'alimenter par ses propres moyens, Paul s'était nourri d'œufs, de pommes de terre cuites avec celles des cochons, de choux-navets et surtout de lait. Quelques pommes et noix, quand c'était la saison, avaient agrémenté le menu. Pendant les deux premières années, la communication était réduite à des gestes, le vocabulaire allemand du prisonnier étant des plus réduits. L'essentiel des travaux lui incombait, surveillé en permanence par Hans. Les seuls moments agréables, il les avait dus à ses compagnons de travail : Luxia, la jument aux yeux de velours, Wotan et Yuri, deux hongres de belle prestance. Au milieu des champs, loin de la ferme, les mancherons de la charrue bien en main, il les félicitait pour leur beauté, leur disait ses misères, leur parlait de ce fils qu'il n'avait pas su aimer et dont il était sans nouvelles. Parfois, il les arrêtait pour les caresser en leur dispensant quelque autre confidence. Puis le labeur reprenait. Paul leur avait ainsi raconté les prairies meusiennes, les côtes couvertes de forêts, la guerre, la paix. La paix inéluctable, car on n'avait jamais vu de guerre sans paix...

En attendant ce bonheur, le Français avait travaillé comme une bête. Hans, ivre du matin au soir, était devenu incapable d'assumer la moindre tâche. Un soir, Inge, affolée, était venue chercher Paul dans son réduit pour le faire entrer dans la maison. C'était la première fois depuis trois ans qu'il était arrivé à la ferme. Hans, inanimé, était étendu, le visage ensanglanté. Inge avait fait comprendre qu'il avait heurté, dans sa chute l'angle du poêle de faïence. Paul, se penchant sur l'homme pour le relever, avait senti qu'il empestait l'alcool et, après un nettoyage de la plaie, d'ailleurs superficielle, avait pu rassurer la jeune fille, lui ayant fait comprendre qu'il n'y avait rien de grave. De ce jour, Inge avait pris l'habitude de déposer sur l'étagère de Paul une part de tarte, une tranche de pain ou un morceau de saucisson. Par la suite, il avait appris que les deux fils Ulmann dont il avait aperçu les photos en portant secours au paysan, étaient morts au combat, lors de la bataille de Verdun. Le schnaps avait peut-être été, pour cet homme, une manière de tenter de surmonter son chagrin. Peut-être ce drame avait-il aussi expliqué son agressivité redoublée envers le Français ?

En quatre ans, en dehors de la famille Ulmann, Paul n'avait vu aucun visiteur se présenter à la Ferme aux Renards. Chaque semaine, Greta et Inge attelaient Luxia à la charrette chargée de paniers d'œufs, de légumes, de beurre et de volailles, et partaient pour la journée, sûrement pour vendre leurs produits au marché de Witterburg.

Paul avait vécu cet interminable exil dans la plus grande solitude. Le travail forcené, le manque de communication, la réclusion, avaient eu raison de son équilibre. Le corps prématurément usé, tassé sur lui-même, déformé par l'effort, l'esprit ayant régressé lui aussi, du fait du manque d'échanges – c'est dans cette condition qu'il avait, l'armistice signé, retrouvé sa Meuse natale.

Ce retour, au lieu d'être le grand moment de bonheur espéré, avait été une épreuve supplémentaire. Sa maison de Verdun n'était plus que ruines. Il lui avait fallu revenir au village dans la maisonnette qu'il tenait de sa grand-mère. La construction avait assez peu pâti de l'occupation allemande. Les transports étant complètement désorganisés, plusieurs semaines lui avaient été nécessaires pour retrouver Camille. Ils avaient tellement changé l'un et l'autre pendant cette séparation de plus de huit ans. Ils ne s'étaient pas vraiment reconnus, mais le père et le fils avaient apprécié ces retrouvailles, qui marquaient la fin de leur solitude.

Naïvement, Paul croyait qu'après toutes ces années de misère les gens du village avaient oublié le passé, et plus précisément cette époque où il avait eu à subir la mise à l'écart de la communauté. Il n'avait pas tardé à constater que la haine était restée tenace chez certains. On évitait de le rencontrer, ou bien l'on ricanait sur son passage. Dans le couloir menant au greffe de la mairie, où chacun attendait de recevoir les imprimés de déclaration des dommages de guerre, on fuyait son regard. Le boulanger de Montigny, qui avait repris ses tournées, de manière irrégulière car il dépendait des arrivages de farine, ne répondait même pas à son salut. Il se contentait de lui servir une miche de pain à la place des deux demandées, prétextant qu'il fallait en garder pour les prioritaires, à savoir les enfants que la guerre avait rendus orphelins. Les familles de ces martyrs supportaient mal le retour de Paul, sain et sauf, au village. C'était chose fréquente que fût reproché aux rescapés d'être revenus entiers de la boucherie. Paul, qui avait eu, lui aussi, son lot de souffrances, supportait mal ces griefs.

Des mois passèrent, pendant lesquels le père et le fils, attendant la reconstruction de leur maison verdunoise, passaient leur temps à jardiner, à pêcher, à attraper des grenouilles, des escargots et, parfois, à tendre quelques collets, ce qui leur assurait une nourriture variée. Ils faisaient de longues marches dans la campagne, chacun racontant ces dernières années où la détresse était quotidienne. Camille avait avoué à son père que Nestor Scheublé, chez qui il avait été placé, le traitait si rudement qu'à plusieurs reprises il avait été tenté de se noyer dans l'étang proche de la ferme. Il avait même regretté, avait-il confié, la pension Bonséjour, où Zacharias Kopf avait pourtant la main lourde. Les promenades à travers les champs et les bois étaient des moments appréciés par Paul, qui avait enfin quelqu'un avec qui dialoguer, et par Camille, qui avait là l'occasion de découvrir son père. Des rires fusaient parfois à l'évocation de scènes cocasses, comme celle rapportée par Paul : un matin, de bonne heure, alors qu'il allait porter la pâtée aux cochons, il avait découvert, sur la litière souillée, une forme allongée au milieu des occupants de la porcherie. En approchant sa lampe tempête, il avait reconnu Hans, son patron, qui, encore plus ivre que d'habitude, était tombé dans la soue et y avait cuvé son schnaps toute la nuit… Des rires s'envolaient encore lorsqu'ils décidaient de concourir pour dénicher la plus grosse morille cachée au fond des fourrés.

C'était d'ailleurs en revenant d'une cueillette de champignons, se remémora Paul, que, passant à proximité de Bon-Ru, ils avaient rencontré Ida, de retour d'exode.

Ida était si désemparée face au spectacle de sa ferme dévastée par l'occupant, qu'elle accepta très volontiers son aide. La veuve François était une femme de bien. Petit à petit, un sentiment de confiance était né. Chacun appréciait de plus en plus la présence de l'autre, présence qui devint nécessité. Leur cruel passé les avait rapprochés, jusqu'à établir une réelle complicité. Ils avaient besoin l'un de l'autre. Ils n'avaient alors pas eu recours à beaucoup de mots pour décider de leur union.

« Ô Dieu qui, par votre puissance, avez tiré du néant tout ce qui existe, faites que la femme se rende aimable à son mari, comme Rachel. Faites que l'auteur du mal ne trouve rien en elle qu'il puisse revendiquer... »

À l'énoncé de ces incantations, Léona frémit. Elle-même avait décidé qu'elle ne serait jamais aimable, ni envers celui qui était désormais son beau-père, ni envers Camille qui, tous deux, allaient vivre sous le même toit qu'elle.

Jeanne, elle, avait suivi le déroulement de l'office avec la plus grande attention car son tour allait venir, dans quelques mois, d'emprunter l'allée centrale au bras d'Henri, comme le faisait alors sa mère accrochée à celui de Paul, tandis que les cloches avaient repris leur carillonnement. La tradition voulait que ce moment d'allégresse fût ponctué, au moment où les mariés arrivaient sur le parvis, par des salves de coups de fusil. Le souvenir si vivace de la guerre et de ses armes en action avait fait renoncer à cette pratique. En revanche, lorsqu'un veuf ou une veuve se remariaient à un âge déjà avancé, ce qui était le cas, les habitants, jeunes et vieux, se livraient à une sorte de tumulte concerté pour moquer les époux « passés ». La sortie de l'église fut marquée par un vacarme épouvantable. On tapait sur des chaudrons, on sifflait, on jouait de la trompette, on agitait des grelots. Cette coutume se voulait seulement taquine. Elle rappela cependant cruellement à Paul le charivari, haineux celui-là, dont Clara et lui avaient été les victimes à la naissance de Camille.

Comme ils se l'étaient promis, les frères François avaient assisté à l'office. Parce qu'ils étaient fort pieux, mais aussi pour que chacun remarque leur présence, ils étaient venus s'agenouiller près de l'autel pour recevoir l'hostie de la communion. Au premier son de cloche marquant la fin de la messe, ils avaient quitté l'église pour s'engouffrer dans la limousine de Sylvain.

Seuls quelques invités, tous en famille avec Ida, participèrent au modeste repas – quiches et brioches –, prévu dans la grande salle de la ferme. Chacun tentait de faire bonne figure, mais le cœur n'y était pas. On aurait dit que l'esprit de Fernand planait en ces lieux. On échangeait des banalités sur le mauvais temps d'aujourd'hui, sur les gelées d'hier qui avaient fait des dégâts dans les champs de céréales.

— Tant que la semence est en terre, il peut geler en surface, il n'y a pas de danger, expliquait le cousin Ernest Marit, qui gérait la ferme de Charmois. Malheureusement, il y a quinze jours, le blé en herbe qui avait été sous la pluie toute la nuit s'est couvert de glace au petit matin. Ça m'étonnerait qu'il s'en remette…

— Il ne nous manquait plus que ça, lança Paul. Déjà qu'on n'a encore pas reçu les dommages de guerre !

Ça y était ! Le mot fatidique venait d'être prononcé. On essayait pourtant de l'éviter, ce mot de guerre, le plus laid mot de la langue, mais il hantait les esprits tant il était incontournable. Tout ce qui faisait le quotidien était marqué par la guerre. L'état des champs et des routes, le manque de personnel, les difficultés d'approvisionnement, mais surtout le désarroi dans lequel l'absence de l'être cher avait plongé les familles, l'attente des aides, la modestie des pensions, la vie difficile des mutilés, tout ramenait à ces quatre années sanglantes. Alors on idéalisait l'avant-guerre, période heureuse où la vie s'écoulait, gaie et facile, où la terre dispensait plus généreusement ses bienfaits, où les gens vivaient en parfaite harmonie. La nostalgie de ces temps bénis portait parfois à l'outrance. Firmin n'assurait-il pas que, lors de la campagne 1913, il avait vu le blé de sa pièce de la Grand'-Couture, pendant quelques jours, se parsemer de bleuets, de grandes marguerites blanches et de coquelicots rouge sang ?

Léona, elle, n'avait pas voulu prendre place autour de la grande table. En revenant de l'église, elle était aussitôt montée dans sa chambre, en n'emportant qu'une part de brioche. C'était là qu'elle aimait se réfugier, qu'elle entrait en communion avec son père, qu'elle s'abîmait dans la contemplation des photos d'avant-guerre. Près de celles où elle apparaissait avec lui, elle avait épinglé au mur un cliché de Benoît, de ce bon Benoît qui, embauché comme garçon de ferme, était vite devenu un grand frère. Il était maintenant, lui aussi, au paradis des héros. La guerre l'avait fauché, comme elle avait fauché son cher père. Léona était persuadée qu'ils s'étaient tous deux retrouvés tout là-haut, ne serait-ce que pour parler du pays et évoquer leurs souvenirs communs. Bien qu'elle se soit détachée de Dieu, elle avait la certitude qu'un lieu de paix et de sérénité accueillait les héros, une sorte de Walhalla[1] où ils continuaient de vivre. Elle ne pouvait se résoudre à croire que, pour des hommes de leur valeur, tout puisse s'arrêter, qu'il n'y ait plus rien à espérer. Ça aurait été trop injuste ! Dans ses moments de désespoir, elle que son père traitait si souvent de garçon manqué regrettait de ne pas en avoir été un en âge de combattre. Comme beaucoup d'autres, massacrés en pleine jeunesse, elle aurait ainsi retrouvé au paradis les deux êtres qu'elle aimait le plus au monde.

Par la fenêtre de sa chambre, elle vit les invités quitter la ferme un à un. Elle attendit que le dernier d'entre eux, son cousin Léonce, pour qui elle n'avait guère de sympathie à cause de son langage grossier et de sa brutalité envers les animaux, traversât la cour. Elle descendit alors dans la salle commune. Un rapide coup d'œil sur le buffet lui fit découvrir que le cadre avec la photo de son père avait disparu. Elle se doutait bien que c'était sa mère qui, pour ne pas choquer son nouveau mari, avait retiré le cliché. La colère lui fit fouiller les maigres piles de linge des armoires, le dessus du buffet. Sans succès. C'est au grenier, dans la malle d'osier qui avait accompagné la famille pendant l'exode, qu'elle retrouva son père, menton volontaire et regard déterminé, en uniforme du 44e Territorial. Ida avait dissimulé le portrait dans un morceau de tissu mauve où il y avait déjà l'étui

1. Dans la mythologie scandinave, séjour éternel des guerriers morts en héros.

des deux médailles attribuées à titre posthume à Fernand. La jeune fille considéra longuement l'image retrouvée de son père. Sa longue et fine moustache, ainsi que la barbiche taillée en pointe, lui rappelaient l'image de D'Artagnan illustrant *Les Trois Mousquetaires.* Ce livre, hors la bague en argent qu'il lui avait façonnée dans la tranchée, un jour d'accalmie, était le dernier cadeau de Fernand, qui avait, ce jour-là, joué les Saint-Nicolas. Au petit matin, dans le sabot de bois vidé de l'avoine – la bourrique de l'évêque et du Père Fouettard devait être affamée – Léona avait découvert ce livre, qui, depuis cet instant, ne l'avait plus quittée et dans lequel elle se replongeait toujours avec les mêmes délices. Elle reconnaissait bien là la gentillesse de son père, qui avait choisi cet ouvrage, sachant qu'il ferait plaisir à son « garçon manqué ». À chaque lecture, lorsque entrait en scène le plus hardi des mousquetaires, c'était toujours sous les traits de son père que Léona l'imaginait. Fernand était vraiment un très bel homme, pas comme ce vieux Paul à l'œil clos et à la moustache tombante.

Mariage ou pas, il fallait traire les vaches. Lorsque la mère de Léona, en blouse et sabots, un seau de lait à la main, revint dans la salle commune, elle s'aperçut d'emblée que la photo de Fernand avait été remise à sa place. Elle eut alors la douleur de déceler une expression de reproche, mais surtout de défi, dans le regard peu amène de sa fille. Ni l'une ni l'autre ne prononça le moindre mot, conscientes que, désormais, un monde d'incompréhension les séparait.

Si Léona supportait mal la conduite de sa mère, elle n'appréciait pas beaucoup non plus celle de Jeanne, que le remariage de sa mère n'avait pas offusquée le moins du monde. Très liée à Ida depuis sa petite enfance, sa sœur avait accepté la présence de Paul et de Camille. Elle allait bientôt quitter la ferme de Bon-Ru pour se marier avec un jeune artisan maçon établi dans un village des Ardennes proches. Très amoureuse, ses pensées allant plutôt vers son promis, elle était tout en joie, et débordait d'un bonheur qu'elle ne tenait en aucun cas à voir s'assombrir. Léona enrageait de la voir aussi enjouée, alors qu'elle, orpheline du seul membre de la famille qu'elle eût aussi profondément aimé, elle souffrait.

À cela s'ajoutait l'agacement provoqué par la complicité, chaque jour plus étroite, entre les deux garçons. Marcel suivait Camille comme son ombre. Malgré leur différence d'âge, ils étaient devenus de vrais compagnons. Encore une année scolaire pour préparer le certificat d'études. Quel qu'en soit le résultat, Marcel se promettait de ne pas s'attarder un jour de plus à l'école. Il lui tardait de travailler à temps plein à la ferme avec son ami, qu'il considérait maintenant comme son grand frère. On aurait dit qu'ils avaient créé une sorte de coalition – c'était ainsi que Léona le ressentait –, pour s'opposer à elle chaque fois qu'ils le pouvaient. Il leur arrivait fréquemment de prendre des airs entendus en dirigeant leurs regards vers elle, tout en se parlant à voix basse. Léona réagissait vivement. C'étaient alors de violentes disputes, qui faisaient le désespoir d'Ida. Dans les premiers temps de son installation à Bon-Ru,

Paul n'osait intervenir. Il avait vite décelé l'hostilité de la jeune fille à son encontre, et s'était gardé de s'impliquer dans les différends opposant les enfants. Cependant, il lui arrivait parfois d'oser un signe d'apaisement en direction du seul Camille, recommandation muette qui restait sans effet. Le comportement de ce dernier évoluait. Ce n'était plus l'adolescent chafouin qui, tête baissée, évitait de croiser le regard des autres, celui qui répondait par monosyllabes, d'une voix faible et rentrée. On aurait dit que le sentiment d'appartenir désormais à une famille, ce qui, pour lui, était une révélation, l'ouvrait aux autres, lui donnait de l'assurance. Tout était nouveau pour lui. Il découvrait un père dont il n'avait, pendant les longues années de séparation, jamais pu évoquer l'image avec précision. Sa mémoire n'avait conservé de lui que quelques souvenirs fugaces et brouillés. Maintenant il était là, près de lui, avec lui. Ils travaillaient ensemble du matin au soir, ce qui n'était pas sans créer des liens dont la force allait s'accentuant. Il leur arrivait de mêler leurs rires lorsque la trop lourde fourchée de fumier faisait gémir le manche de l'outil, ou bien quand Seigneur, un hongre de sept ans nouvellement acquis, ponctuait un effort par une incongruité sonore.

Mal à l'aise au sein de cette famille nouvellement constituée, Léona vit arriver avec soulagement la fin des vacances de Pâques.

— Avant de retourner à l'école, il faudra que tu fasses tes pâques[1], lui ordonna Ida, alors que tous venaient de prendre place autour de la table du midi.

— Non !

— Comment, non ? demanda Ida qui ne cachait pas sa surprise.

— Non, je ne ferai pas mes pâques, confirma la jeune fille.

— Mais… mais alors tu vas être dans le péché ! s'indigna la mère.

— Je m'en moque ! D'ailleurs, je ne crois plus en Dieu depuis qu'il m'a pris mon papa, mon ami Benoît et ma chère Olane !

— Ô Jésus, Marie, Joseph ! Pardonnez-lui, elle ne sait sûrement pas ce qu'elle dit, la pauvre…

— Si, maman, je sais très bien ce que je dis ! répliqua Léona qui se leva, quitta la table et alla se réfugier dans sa chambre.

---

1. Confession et communion auxquelles tout croyant doit se soumettre en période pascale.

Avant de se rendre à la gare du village, elle gratifia sa mère, Marcel et Jeanne d'un seul baiser fort peu appuyé, alors que les habitudes de la région voulaient que les effusions comportent deux bises. Quant à Paul et son fils qui achevaient de prendre leur petit déjeuner, ils furent volontairement ignorés par la demoiselle.

Léona retrouva sans joie les murs gris de l'école primaire supérieure de Verdun, avec sa cour empierrée parsemée de flaques d'eau. Elle gagna le dortoir. Pour rejoindre son box, elle dut fendre des groupes bruyants de filles occupées, dans le couloir, à se raconter les grands et petits événements qui avaient marqué leurs vacances de printemps. Elle ne salua personne et personne ne la salua. Aucune amie parmi ses condisciples, au milieu desquelles son comportement détonnait. À son âge, on se liait facilement, d'une amitié souvent très forte et durable. On aurait pu penser que le peu d'affection destiné à sa famille lui en laissait une grande part à offrir aux autres. Ce n'était pas le cas. Elle concentrait tout son amour, toutes ses pensées à « ses » disparus. Son premier geste fut d'ailleurs d'extraire leurs photos de son sac pour les fixer au mur de sa cellule.

Il lui restait encore à passer ce dernier trimestre dans l'établissement, et une année scolaire entière, au terme de laquelle elle devait se présenter aux épreuves du brevet élémentaire, qui constituait un titre d'aptitude à l'enseignement. Il lui fallait à tout prix être reçue à cet examen. Lorsqu'elle serait devenue institutrice, elle se promettait de demander une affectation dans la capitale. Ainsi, elle serait à proximité de la sépulture de son père, persuadée qu'il reposait, illustre soldat inconnu, sous l'Arc de Triomphe.

Les grandes vacances arrivèrent, moment redouté par la jeune fille, qui retrouva sans plaisir Bon-Ru et ses occupants. Seule consolation, Apache et Mizou lui firent fête. Léona put constater que Paul et Camille avaient complètement investi l'endroit. Ils étaient chez eux, alors qu'elle se sentait étrangère en ces lieux où elle avait autrefois été si heureuse. Dans son esprit, les deux personnes nouvellement rapportées à ce qui restait de sa famille l'étaient par effraction. C'était comme un sacrilège, en ces murs où résonnaient encore les sonores baisers « à la pincette » de son père, ou le rire de Benoît.

C'était dans la campagne, accompagnée de son chien, qu'elle retrouvait un peu de sérénité. Bien que l'ordonnancement des champs, des garennes et des prés ait été torturé par la guerre et ses centaines de milliers d'obus quotidiens, elle les voyait revivre comme avant le cataclysme. Là-bas, au lieu-dit Les Aulnaies, le vieux Bijou attendait bien sagement, dans les limons du tombereau, que Benoît charge la luzerne qu'il venait de faucher. Plus près d'elle, cet homme à la silhouette élancée, la fourche à l'épaule, qui empruntait le chemin de la prairie, c'était Fernand son père. Elle avait reconnu sa démarche décidée – elle l'aurait d'ailleurs reconnu entre mille, et même cent mille…

Ces longs congés d'été n'en finissaient pas. Léona multipliait les occasions de déserter le logis. Aussi lorsqu'une des vaches, atteinte d'une forte fièvre, dut être isolée du troupeau, la jeune fille proposa de l'emmener paître au bord des chemins. C'est ainsi qu'elle passa les dernières semaines de l'été, dans la campagne, souvent à proximité de la rivière où la brave Blanchette pouvait se désaltérer à volonté. Le soleil était encore vivace en cette fin septembre. Du ciel descendaient lentement des « fils de la vierge » qui, entraînés par une brise légère, se suspendaient aux barbelés des clôtures, voyaient leur course mourir dans les feuillages des saules, ou bien arrivaient au sol, filaments d'un blanc pur s'accrochant aux herbes. Dès qu'ils se fixaient, leurs propriétaires, de minuscules araignées, après qu'un malicieux coup de vent les eut propulsées dans l'espace, se mettaient au travail. Au petit matin, on pouvait admirer, œuvres d'orfèvrerie, les toiles resplendissant de rosée dans la lumière rasante du soleil.

« La nature est une œuvre d'art », se plaisait à dire l'oncle Abel, qu'on tenait pour le lettré de la famille. Si les frères François avaient tous obtenu le certificat d'études, Abel avait, lui, continué des études dans un collège confessionnel belge pendant quelques années avant de reprendre une ferme.

Bien décidée à ne pas imiter son oncle, Léona étudiait pour sortir du monde paysan.

« Bonjour, jolie bergère ! »

La jeune fille sursauta. Appuyée au tronc d'un saule dont les racines s'abreuvaient à la rivière, elle n'avait pas entendu arriver un jeune homme, grand, mince, le cheveu gominé. Il lui était arrivé de l'apercevoir une ou deux fois dans le village. Elle savait qu'il se prénommait Raymond, qu'il était parisien et qu'il était pour la durée des vacances chez son grand-père, Lucien Jaspard, un ancien grainetier installé ici depuis la fin du conflit. C'était par le nouveau facteur, au courant de ce qui se passait dans le village, qu'elle avait entendu parler de lui. Ambroise, l'homme du courrier, avait même précisé que le jeune homme, âgé d'une vingtaine d'années, avait perdu son père à la guerre.

— Je m'appelle Raymond. J'habite Paris et je passe mes congés chez mon grand-père Lucien Jaspard, dit le Parisien.

— Je sais, murmura-t-elle.

— Comment ? Tu sais ? Nous ne nous sommes jamais rencontrés !

— Dans un village comme le nôtre, personne n'ignore rien de ce qui se passe, expliqua-t-elle.

Pantalon de toile blanche et marinière à rayures bleues, Raymond présentait bien. Léona prit conscience que son sarrau et ses galoches en faisaient une paysanne bien mal fagotée. Un sentiment de honte, à quoi s'ajoutait l'émoi provoqué par cette rencontre, l'empourpra.

— Comme moi, tu viens à la plage du Pont des Bateliers pour te baigner ? s'enquit le garçon.

— Non… je garde la Blanchette. Elle est malade. Je la fais paître au bord de la Meuse, répondit Léona, de plus en plus embarrassée.

— Où habites-tu ? Sûrement pas au village, sinon je l'aurais déjà vue.

— À la ferme de Bon-Ru.

— Ah bon ? Eh bien, dimanche dernier, j'ai joué aux quilles avec ton frère…

— Pas possible, le coupa la jeune fille, je n'ai pas de frère. Enfin… si, j'en ai un, mais il est trop jeune pour participer à un concours de quilles.

— Il m'a dit qu'il s'appelait Camille et qu'il habitait la ferme de Bon-Ru. Alors j'ai pensé que tu étais sa sœur. Il doit avoir à peu près mon âge, peut-être un peu plus jeune.

— Je n'ai pas de grand frère, répéta vivement Léona.

En quête de caresses, Apache s'approcha de Raymond, qui lança un morceau de bois dans la rivière. Le chien sauta à l'eau, nagea dans le courant pour aller le chercher. De retour sur la terre ferme, il s'ébroua et alla déposer le bâton aux pieds du garçon, l'invitant du regard à poursuivre le jeu. L'insistance que le chien manifesta par des couinements répétés amusa beaucoup le jeune homme, et fit naître un sourire sur les lèvres de Léona.

« Mais, mon bon clebs, moi aussi, j'aime me baigner. D'ailleurs, je suis venu pour ça », dit Raymond qui étendit sur l'herbe sa serviette, où il déposa ses vêtements soigneusement pliés, pour apparaître en costume de bain, le torse nu, caleçon noir jusqu'aux genoux retenu par de fines bretelles croisées dans le dos.

Conscient que cet accoutrement ne manquerait pas d'impressionner la jeune fille, il en rajouta en bombant le torse. Il ne s'était pas trompé. Léona ne pouvait pas détacher son regard de ce corps si bien proportionné dont le hâle de l'été mettait en valeur la jeune musculature.

« Dommage que tu n'aies pas de maillot de bain,

lui cria Raymond après quelques brasses. Je t'aurais montré les mouvements de jambes et de bras pour apprendre à nager. Mais viens quand même sur le sable et trempe-toi les pieds ! » D'un regard circulaire, Léona vérifia qu'il n'y avait aucun témoin dans les parages. Elle se débarrassa de ses galoches, retroussa sa jupe jusqu'à mi-mollets et s'amusa à courir dans l'eau claire, semant la panique parmi les goujons et les vairons. Elle riait comme il y avait longtemps qu'elle n'avait pas ri. Des gerbes d'eau explosaient à chacun de ses pas. Apache la suivait en aboyant de joie. Elle était bien, elle était heureuse. Bientôt, elle eut de l'eau jusqu'aux genoux, puis à mi-cuisse. Raymond s'approcha d'elle et se mit à l'arroser. Vite, elle tenta de regagner la berge, mais il la rattrapa avant. Ils roulèrent tous deux sur le sable de la plage. Il profita de son avantage pour l'embrasser, pas sur les joues, mais sur la bouche, un vrai baiser d'amour. L'espace d'une seconde, elle y consentit, puis recouvra ses esprits. Elle se dégagea alors et, les galoches à la main, elle courut sur le chemin, laissant à Apache le soin de ramener Blanchette dans la direction de la ferme. Tout à sa fuite, elle n'entendit pas l'invective que lui destina le jeune homme, floué par ce départ précipité, où elle fut traitée de « grosse bouseuse ». Après quelques minutes d'une course échevelée, elle s'arrêta à bout de souffle. Elle était sens dessus dessous, les vêtements trempés, le corps tremblant. Revenant lentement à la réalité, elle remit de l'ordre dans sa coiffure en dénouant sa longue natte pour faire sécher ses cheveux. Bientôt, elle vit arriver la vache, suivie du fidèle Apache. Elle les emmena sur un chemin à l'écart du village. Trop émue, elle ne tenait pas à rester sur l'itinéraire qu'emprunterait obligatoirement Raymond pour revenir chez son grand-père.

Ce n'est que lorsque le soleil l'eut complètement séchée qu'elle décida de rentrer à Bon Ru. Jeanne était assise devant la porte, occupée à écosser une montagne de haricots.

« Dis donc, petite sœur, tu as les joues toutes rouges ! Qu'est-ce qui t'est arrivé ? Tu les as frottées à celles d'un beau jeune homme qui avait oublié de se raser ? » Avec un haussement d'épaules pour toute réponse, Léona se hâta d'entrer dans la maison, pour que Jeanne ne puisse voir l'effet de ses paroles, qui avaient achevé de cramoisir son visage.

Le soir, allongée dans son lit, elle ne pouvait refouler les images de ce beau Parisien ; elle n'en avait d'ailleurs pas envie. Au contraire, elle les sollicitait, se les repassait comme les planches les plus jolies d'un livre qu'on feuillette. En dehors de ce pauvre Désiré d'Annonay, au physique mutilé, de Camille au regard sournois et au visage ingrat, de quelques cousins sans intérêt, elle n'avait guère croisé sur son chemin des garçons de la même classe d'âge. Avant de trouver tardivement le sommeil, elle revécut plusieurs fois l'épisode du baiser, toujours avec la même émotion.

Cette rencontre ne manqua pas d'influer sur son comportement, pour le plus grand plaisir du reste de la famille. Un matin, Ida eut la surprise de l'entendre chantonner.

Dans la semaine précédant la rentrée du 1er octobre,

Léona passa à plusieurs reprises devant la maison de Lucien Jaspard ; elle se rendit aussi à la plage du Pont des Bateliers. En vain. Elle ne revit pas Raymond cette année-là.

Camille fut surpris quand elle s'adressa à lui, alors qu'elle l'ignorait d'habitude ostensiblement.

— Dis, tu connais le petit-fils de monsieur Jaspard ?

— Oui, j'ai joué aux quilles avec lui l'autre jour. Il m'a dit que les vacances se terminaient pour lui, qu'il n'allait pas tarder à rentrer à Paris. Mais pourquoi tu me demandes ça ? s'étonna le garçon.

— Pour rien…

Camille, lui, aurait aimé avoir avec Léona les mêmes bonnes relations qu'il avait avec Jeanne et Marcel, auxquels une amitié qui, pour être récente, n'en était pas moins sincère, le liait désormais. Ida aussi l'avait adopté, faisant tout son possible pour qu'il se sente bien dans sa nouvelle famille. Elle y réussissait, car les attentions qu'on avait pour lui et qu'il n'avait jamais connues lui faisaient progressivement abandonner sa réserve et sa défiance. Il s'ouvrait aux autres et prenait confiance en lui-même. Seule Léona n'avait jamais fait la moindre tentative pour se rapprocher de lui. Bien au contraire, elle multipliait les occasions, soit de l'ignorer, soit de le toiser, le regard inamical, voire méchant. Déplorant ce comportement qui générait une insupportable ambiance, notamment au moment des repas, Ida tentait de provoquer des situations de nature à amener sa fille à de meilleurs sentiments.

« Il n'y a pas de vêpres cet après-midi ; pourquoi

ne pousseriez-vous pas jusqu'au Foyer des campagnes de Dun ? » proposa-t-elle aux deux grands attablés autour du pot-au-feu dominical. Jeanne était ce jour-là invitée par ses futurs beaux-parents. « On s'y amuse bien, paraît-il. On y danse, on peut voir du théâtre, du cinéma. Il n'y a pas que les maçons d'Italie et du Midi qui vont s'y distraire, il y a aussi beaucoup de jeunes de la région. Il suffit d'atteler la Marquise au tilbury et, en un rien de temps, vous y êtes rendus. »

Si Camille fut séduit par cette proposition, Léona la rejeta vivement, sans fournir la moindre explication. Mais on avait compris que la jeune fille ne voulait en aucun cas s'afficher avec le fils de Paul. En désespoir de cause, le jeune homme décida donc d'aller jouer aux quilles au bistrot du village, où régnait ce jour-là une grande animation. Était organisé un concours dont l'enjeu excitait les convoitises : un porcelet qu'on avait affublé d'un ruban de satin rose et qu'on avait enfermé dans une cage devant l'entrée du café. Cet événement avait attiré la foule, en particulier les nombreux ouvriers de la reconstruction, et les non moins nombreux électriciens qui remettaient le réseau en service. Les épreuves s'étalaient sur tout l'après-midi. À chaque niveau des éliminatoires, le bistrot était pris d'assaut, le vin coulait à flots. Les esprits de certains participants commençaient à ne plus être très clairs, surtout chez ceux qui, éliminés, tentaient de trouver des vertus consolatrices dans la piquette sûrement venue des côtes de Murvaux. Camille était un de ceux-là. Heureusement pour lui, il était au comptoir lorsque la bagarre s'était déclenchée. La finale opposait deux paires, l'une constituée de Julien L'Héritier, le fils du maréchal-ferrant, associé à l'Albert Grosdommange, le solide paysan de la ferme du Moulin, l'autre étant formée de deux maçons siciliens. Chacun disposait de deux boules. Le tirage au sort voulut que les Français commencent. La quatrième boule amena le score à 15, ce qui leur valut des applaudissements. Il était difficile de faire mieux. Le premier Italien renversa les neuf quilles en deux boules. Restaient alors à en descendre plus de six pour remporter. Le second joueur s'appliqua. Résultat : cinq à la première boule ! Un lourd silence s'installa. On retenait sa respiration. Au bout de la piste bétonnée, quatre quilles restaient debout. La quatrième boule les faucha toutes. Les Italiens se congratulèrent. Mais leur joie ne dura pas longtemps. L'Albert, qui était aux premières loges, s'écria : « Y a pas eu planche ! Y a pas eu planche ! »

Il faut dire que le règlement voulait que le tir ne soit validé que si la boule roulait d'abord sur la planche située à l'entrée du jeu, avant de poursuivre son trajet sur la surface bétonnée.

« Y a pas eu planche ! Y a pas eu planche ! » s'égosillaient les Français, dont certains n'avaient d'ailleurs rien vu.

Bien entendu, les Italiens n'étaient pas d'accord. Dans leur langue au débit rapide et, avec force gestes, ils maintenaient que la dernière boule avait bien emprunté la fameuse planche.

Isidore Legros, qu'un perfide éclat d'obus avait privé de ses attributs d'homme le dernier jour de la guerre, et qui, depuis cette malheureuse mutilation, en voulait à la terre entière, lança : « C'est quand même pas des macaronis qui vont faire la loi chez nous ! »

Cette phrase malheureuse déclencha les hostilités. Les Siciliens ont le sang chaud, c'est bien connu. Il fallut l'intervention conjointe du maire, qui passait par là, et du chef de chantier des Italiens, pour y mettre un terme. Les esprits finirent par se calmer. Les Transalpins, minoritaires, et redoutant qu'on leur mène la vie dure dans le village à la suite de cet incident, acceptèrent de rejouer la finale. Ils la gagnèrent de nouveau. Le porcelet leur fut attribué sans la moindre contestation. Magnanimes, ils convièrent leurs ennemis de l'instant d'avant à arroser leur victoire. C'était maintenant la fête. On alla chercher le goret afin de le faire participer aux réjouissances. On le força à goûter, lui aussi, au vin de Murvaux, ce qu'il n'apprécia guère. Il le manifesta par des couinements si aigus qu'ils dominaient le raffut général.

Camille n'avait ni participé, ni assisté à l'échauffourée. Il était resté accoudé au comptoir, à boire du vin. Petit à petit, l'alcool avait fait naître en lui une sorte de sentimentalité qui ne lui était pas familière. Il tentait d'imaginer ce qu'aurait pu être cet après-midi si, comme le proposait Ida, il était allé danser avec Léona. Il se plaisait à penser que ç'aurait peut-être été l'occasion de se faire accepter par elle, que ç'aurait pu être le début de relations plus confiantes, plus amicales, et, qui sait, plus intimes. Il rêvait. Il rêva jusqu'à ce que lui revînt en mémoire le violent refus de Léona. Le vin aidant, il tourna le dos à l'assistance pour écraser une larme, lui qui avait appris à ne pas pleurer devant le terrifiant Zacharias à la pension Bonséjour, ou, malgré le froid, la faim et les coups, pendant les quatre années de bagne dans la ferme Scheublé.

Le trajet du retour à Bon-Ru ne l'avait pas complètement dégrisé. Le soir n'allait pas tarder à tomber. Il vit Léona disparaître par la porte du poulailler. L'idée lui vint de l'y rejoindre, ce qui ne manqua pas de surprendre la jeune fille. Malgré le peu de clarté, elle remarqua son œil brillant et surtout elle sentit un relent de vinasse.

— C'est bien demain la rentrée à l'école de Verdun ?

— ...

— Avant que tu partes, je voudrais te dire que j'aimerais qu'on soit amis, tous les deux, confia-t-il en restant dans l'encadrement de la porte, ce qui interdisait à Léona de quitter le poulailler.

— Jamais ! Allez, dégage de là, ivrogne ! lui ordonna-t-elle tandis qu'elle tentait de forcer le passage.

Camille en profita pour prendre la jeune fille dans ses bras et l'embrasser. Elle se débattit si vivement que les œufs qu'elle avait réunis dans sa bannette se brisèrent au sol. Lorsqu'elle eut réussi à se dégager, elle gratifia le garçon d'une retentissante paire de gifles.

Cette pénible scène ne fit qu'amplifier sa haine envers les Vigoureux, père et fils.

Ce fut sans grand plaisir qu'elle retrouva son école. Elle ressentit juste une sorte de soulagement d'avoir quitté sa famille, où elle était convaincue qu'elle n'avait plus sa place. La remise en route fut laborieuse. Il manquait des professeurs. Pour pallier les coupes claires que la guerre avait faites parmi eux, on avait réembauché des retraités et appelé des gens plus ou moins lettrés, dont la pédagogie n'était pas la compétence première.

Depuis son retour d'exode, Léona s'était passionnée pour la lecture. Les dernières grandes vacances lui avaient donné le temps, outre tous les ouvrages qu'elle avait pu se procurer traitant de 1914-1918, de se plonger dans les œuvres d'auteurs comme Flaubert ou Zola (elle avait dévoré *La Débâcle*, qui montre toute l'horreur de la guerre). Elle les avait trouvés dans les dons que le département du Morbihan avait faits à la municipalité après le conflit. Par solidarité envers les villes et villages qui avaient le plus souffert, de nombreuses collectivités de l'ouest comme du sud du pays les faisaient bénéficier de dons – engins et matériaux de reconstruction, vêtements, matériel scolaire –, libéralités qui s'ajoutaient à celles dispensées par les Alliés.

La littérature était la matière préférée de Léona.

Elle s'était assuré, dès son arrivée, que la professeur de français de sa classe serait bien à son poste. Elle avait donc découvert madame Simonnot, qui se présenta à ses élèves en déclinant son identité au tableau : « Eulalie Simonnot – avec deux "n", j'y tiens – 34 ans, veuve de Georges Simonnot, mort à la guerre, mère de deux filles, Josette et Paulette. »

Elle était toujours vêtue de couleurs sombres, jolie malgré les rides affirmées de son visage. Son regard chargé de tristesse montrait à l'évidence que le malheur ne l'avait pas épargnée. Son œil ne retrouvait de l'éclat que lorsqu'il était question des idées progressistes de Rousseau, ou de la leçon de courage donnée aux hommes par le loup de Vigny. Cet exemple du chef de famille qui se sacrifie avec panache pour sauver femme et enfants lui permettait de glorifier la bravoure de ceux qui avaient péri sous le feu ennemi. La voix tremblante, elle exhortait son auditoire à entretenir leur souvenir : « En toutes circonstances, sachons nous montrer dignes d'eux, de leur abnégations. Surtout, ne les oublions jamais. »

Parce que son être le plus cher avait été lui aussi porté disparu lors de la bataille de Verdun, parce qu'elle élevait seule ses deux petites filles, parce que, de sa voix douce, elle savait si bien vous faire aimer les lettres, parce qu'elle était belle, Léona se mit à l'aimer, à boire ses paroles, à suivre ses cours avec une attention toute religieuse. À ses yeux, Eulalie Simonnot était la femme qu'elle rêvait d'être un jour. Aussi travaillait-elle du mieux qu'elle pouvait, pour sa propre satisfaction mais surtout pour lui faire plaisir. Les notes qu'elle obtint dans cette matière prépondérante laissaient augurer un succès quasi certain au brevet élémentaire.

Sans grande joie, Léona voyait approcher les congés de Noël, ce qui signifiait qu'elle allait devoir retourner à Bon-Ru pour plus d'une semaine. Elle tenta d'obtenir de la directrice qu'elle lui permît de rester à l'internat pendant cette période. Malgré le soutien de sa professeur de français, un refus catégorique lui fut signifié. L'établissement fermait complètement durant les congés. Secrètement, Léona avait espéré que sa professeur allait lui proposer de l'héberger chez elle, mais aucune proposition ne lui fut faite dans ce sens.

À Bon-Ru, c'était l'effervescence, le sapin, les veillées…

Papa que j'aime de toutes mes forces, de tout mon cœur, pourquoi n'es-tu pas là ? J'ai besoin de toi, de tes baisers à la pincette, de ta barbichette – « je te tiens, tu me tiens » – qui me chatouillait les joues, de ta façon aristocratique, disais-tu, de porter à tes lèvres ton verre de vin chaud. J'ai besoin de ta voix, de ton rire, de tes histoires comiques. Rappelle-toi, je les appelais des « bistouilles ». Papa, raconte-moi encore une bistouille, allez, papa ! Celle de l'autruche et du serpent !… Mais si, tu t'en souviens, c'est le serpent qui passe, à la frôler, près de l'autruche. « Dis, tu peux pas faire attention, vilain serpent, tu viens de me donner un coup de patte ! » Et le serpent de répondre :

> *« Ça va pas, non ? Tu sais bien que je n'ai pas de patte, idiote ! » et il s'en va en haussant les épaules…*

— Non ! ce n'est pas la peine d'insister, je n'irai pas à la messe de minuit ! Je me moque de ce que penseront les gens, comme je me moque de ce qu'en dira le curé !

Sur ces paroles péremptoires, tandis que le reste de la famille se préparait à affronter le froid de la nuit pour se rendre à l'église d'où partait l'appel des cloches, Léona se rendit dans sa chambre. Elle se réjouissait de passer la soirée avec Montesquieu, à lire *Les Lettres persanes,* plutôt que de s'enfermer dans une église glaciale, à écouter du latin qu'elle ne comprenait pas.

Deux heures de littérature avec madame Simonnot le jour de la rentrée : Léona était en joie de retrouver son enseignante préférée, dont l'entrée dans la salle de classe fut saluée par un murmure de surprise et d'admiration. La jeune femme avait profité des congés pour abandonner l'austère chignon qu'elle portait bas sur la nuque pour une coupe « à la garçonne » ! Comme la plupart des autres filles de son âge, Léona avait lu le sulfureux roman *La Garçonne,* qu'on se passait de main en main et où l'auteur, Victor Margueritte, faisait l'apologie de la liberté à travers sa jeune héroïne – liberté envers sa famille, ses études, son travail, ses relations amoureuses. Le succès sans précédent de cet ouvrage, qui prônait l'émancipation des jeunes filles et des femmes, avait été récupéré par l'univers de la mode. Après être passées chez le coiffeur pour une coupe à la garçonne, elles se vêtaient de tailleurs à jupe courte et portaient des talons plats.

Madame Simonnot n'en était pas encore à adhérer totalement à cette nouvelle mode. Si elle n'avait pas raccourci ses jupes, du moins en portait-elle aux couleurs moins sévères. Léona eut la surprise de constater aussi qu'elle avait souligné sa bouche d'une fine couche de rouge à lèvres. La métamorphose ne s'en tenait pas à ces seules apparences. Le visage était plus serein, le regard plus apaisé, la voix plus enjouée.

Léona n'apprécia pas ces transformations : elle préférait la madame Simonnot d'avant, la personne sérieuse au port digne, qui élevait ses deux fillettes dans le souvenir de leur père et de son sacrifice. Elle ne rejetait pas cette mode nouvelle ; bien au contraire, elle la trouvait séduisante quand elle s'appliquait à des jeunes filles de son âge, à elle. Perplexe, elle redoutait d'apprendre les raisons qui avaient prévalu à cette spectaculaire évolution.

Comme chaque semaine, à la fin du cours, la professeur inscrivit au tableau le sujet de la dissertation hebdomadaire : « *Il vous est arrivé un jour de trouver un événement, un spectacle ou un comportement particulièrement révoltant. Décrivez les circonstances et les raisons de votre indignation.* »

Lucie Fortier, une externe dont la tante habitait le même immeuble que madame Simonnot, avait rapporté que l'enseignante avait, depuis peu, noué des relations suivies avec un jeune homme qu'on voyait souvent sortir de chez elle. Elle n'en faisait d'ailleurs pas mystère, puisqu'elle avait confié à sa voisine de palier qu'elle envisageait de se remarier d'ici à quelques mois avec Barthélemy Lequy, le clerc de notaire du rez-de-chaussée. L'homme, argumentait-elle, avait rapidement été adopté par ses deux filles, grâce à sa gentillesse et sa capacité à les faire rire.

Cette nouvelle bouleversa Léona. Son admiration pour la jeune veuve de guerre, son respect pour celle dont les cours étaient des moments de bonheur, tout s'effondra d'un coup. Elle était indignée comme elle l'avait été quand Ida avait annoncé son intention de se remarier avec Paul Vigoureux. À la réflexion, elle avait cependant trouvé quelques excuses au comportement de sa mère, qui avaient atténué sa révolte – n'étaient-ce que les risques d'habiter une ferme isolée en ces temps troublés ou encore l'incapacité de gérer seule un domaine comme celui de Bon Ru. À ses yeux, Eulalie Simonnot ne pouvait avancer aucun motif recevable qui pût justifier sa décision.

Bien sûr, ce qu'elle venait d'apprendre lui occupa l'esprit durant toute la soirée. Elle décida d'en faire le thème de dissertation qu'elle rédigea en ces termes :

> *« J'avais une professeur que j'aimais entre toutes. Elle semblait parée de toutes les qualités. Le malheur avait voulu que la guerre lui vole son mari. Leur union avait dû être scellée par de puissants sentiments d'amour et de respect mutuel. Comme ils étaient gens de qualité, la confiance, la connivence avaient dû cimenter leur relation*

plus intimement à mesure que les années s'écoulaient. Ils avaient dû faire nombre de projets : trouver un toit, bien à eux, ne négliger aucune occasion de se cultiver, voyager – avec les chemins de fer, on pouvait se rendre dans n'importe quel coin de France, peut-être même avaient-ils envisagé d'emmener les enfants, l'été suivant dans le Midi, là où poussent des palmiers et des oliviers. Je suis sûre que les repas du soir autour de la table familiale étaient des instants de bonheur. Josette racontait sa journée d'école, était fière de montrer le "très bien" dans la marge de sa page d'écriture. "Attention ! tu vas tacher de gras ton cahier !" disait le père. Petite, Paulette avait un appétit d'oiseau et Luc devait chaque soir faire appel à son imagination pour qu'elle accepte les cuillerées de soupe. Les rires fusaient quand le chat, malgré son âge avancé, entreprenait de traverser la salle à manger à grande vitesse, poussant devant lui la tête ronde d'une catin, seul vestige d'une poupée en celluloïd qui roulait sous le buffet.

Dans les moments plus sérieux, on envisageait l'avenir des gamines, qu'on voulait réussi. On formait un bloc. On s'aimait. Indispensable l'un à l'autre, on était en constante communion…

Une vie heureuse, quoi ! Une vie dominée par l'amour, unissant des êtres qui échafaudaient mille projets en commun.

Ce qu'ils ne savaient pas, c'était que la plupart des hommes étaient avant tout des guerriers !

Verdun, février 1916. La folie des hommes sous la forme d'un déluge de feu. Le ciel flamboie, le sol explose, la terre rougit du sang des soldats qui se mêle à celui des chevaux.

Comme mon père Fernand, Luc Simonnot n'en reviendra pas. Porté disparu. Espoir. Puis désespoir.

La femme, privée de son mari, serrant contre elle les fillettes qui ne reverraient plus leur père, pleurait avec elles, chaque soir, en silence.

Puis arriva le temps où le seul souvenir du disparu donna la force de supporter son absence. On exalta son sacrifice. Il était mort pour que sa femme et ses enfants vivent en liberté…

Comme je l'ai aimée, ma professeur, dans le choix qu'elle savait faire des textes glorifiant les héros, comme dans les accents qu'elle savait trouver pour les faire révérer par ses élèves. Moi à qui les mots manquaient pour louer mon père disparu, je buvais les siens, je les inscrivais au fond de ma mémoire. Elle était mon modèle.

Cette femme vertueuse qui élevait ses fillettes dans le souvenir du père, cette femme qui, par dignité et par respect du mari défunt, savait dissimuler sa beauté, renoncer à toute coquetterie féminine, comme je l'ai vénérée !

Mais voilà qu'à la rentrée des vacances de Noël, je ne l'ai pas reconnue. Je n'ai retrouvé aucun des motifs qui me l'avaient fait tant aimer. Son comportement m'a particulièrement révoltée. Fini cet air recueilli et sérieux que j'appréciais tant ! On avait désormais le geste vif, la démarche enjouée. Finie la parole douce, retenue ! Le débit était maintenant volubile, la voix plus haut perchée. Au diable le ton professoral ! On ne craignait pas les mimiques, et même les artifices du théâtre, pour amuser les élèves et rire avec elles. Aux orties les textes exaltant le culte de l'honneur et du courage ! La mode avait changé, on avait abandonné les héros pour aller à la quête du bonheur et de la jouissance avec Ronsard et ses appels au plaisir. Plus grave encore, cette femme s'était mise à faire revivre son corps en se coiffant comme une Parisienne, en se maquillant, en osant porter de la couleur ! Avec une insupportable indécence, elle étalait son bonheur.

On l'avait quittée endeuillée, on l'a retrouvée amoureuse !

J'ai même appris qu'elle envisageait de se remarier dans peu de temps. J'avais foi en elle, mais elle m'a trahie et elle a trahi la mémoire de son mari, comme ma mère a trahi celle de mon père.

Et leur sacrifice, qu'en avez-vous fait ? Vous n'aviez pas le droit de fouler aux pieds les années de bonheur où vos deux êtres n'en faisaient qu'un. Vous avez perdu toute la dignité qui était la vôtre et qui faisait votre force.

Je ne vous le pardonnerai jamais. »

Léona lut et relut son texte sans en changer une virgule, texte qui, avec les dissertations de ses camarades, fut remis à madame Simonnot à la fin du cours de français, lors de la dernière heure du samedi. L'esprit tranquille, Léona avait le sentiment du devoir accompli. Non seulement elle avait traité le sujet proposé, mais elle en avait profité pour donner son sentiment. Elle n'avait pas imaginé un seul instant les conséquences que ses écrits allaient entraîner.

Le lundi suivant, Eulalie Simonnot n'assura pas ses cours. La directrice de l'établissement vint annoncer aux élèves qu'elle était souffrante, que la surveillante la remplaçait provisoirement, en attendant son retour ou la nomination d'une professeur remplaçante, en cas d'absence de longue durée.

Quinze jours déjà que la surveillante assurait les études dans la classe de terminale. Ce matin-là, elle était en possession de la liasse de copies de dissertation. Malgré son état de santé, madame Simonnot avait fait l'effort de les corriger. Chacune reçut son devoir annoté, sauf Léona qui s'en émut. Au moment où la surveillante vérifiait que la copie manquante n'était pas restée dans sa sacoche, la porte s'ouvrit sur la directrice :

— Mademoiselle François, veuillez me suivre dans mon bureau, s'il vous plaît.

La pièce était austère. La directrice prit place derrière un vaste bureau sans âge sur lequel Léona, restée debout, crut reconnaître sa copie.

« Mademoiselle François – lorsqu'elle n'appelait pas les élèves par leur prénom, c'est que la situation était délicate –, j'ai sous les yeux votre dernière dissertation. C'est un véritable torchon qui va vous valoir des ennuis, je peux vous l'assurer, menaça-t-elle. De quel droit vous permettez-vous de porter un jugement, insultant de surcroît, sur la vie privée de vos professeurs ? Rien ne vous y autorise, ni l'attachement que vous aviez pour madame Simonnot, ni votre cas personnel. Votre conduite inqualifiable a plongé cette femme dans une profonde dépression qui met sa santé à mal. D'après la faculté, plusieurs mois de repos et de soins lui seront nécessaires. Vous avez commis une faute grave qu'aura à connaître le conseil de discipline que je réunis dès demain soir. À l'issue de cette réunion, vous serez avertie de la sanction qui vous sera réservée et qui, je l'espère, sera à la mesure de l'offense faite à Eulalie Simonnot… Vous pouvez disposer. »

La mine défaite, Léona réintégra sa classe et resta silencieuse malgré les regards interrogateurs de ses camarades.

Le personnel administratif, les surveillants, les professeurs à l'exception de la malade, tous se trouvaient du même côté de la longue table de la salle de réunion. Face à eux, debout, Léona. Impressionnée, elle fixait du regard les lames grises du parquet. La directrice exposa succinctement les griefs retenus contre l'élève, avant de lire lentement et en ménageant ses effets la prose objet du délit. La plupart des phrases étaient ponctuées par un brouhaha de désapprobation.

On demanda à l'accusée ce qu'elle avait à dire pour sa défense. Elle persista dans son mutisme.

À la fin de la délibération pendant laquelle Léona avait été reléguée dans un vestibule, on la fit revenir pour s'entendre prononcer le verdict : « Malgré l'extrême gravité de vos actes, qui méritent une exclusion définitive de notre établissement, le conseil a été sensible à la grandeur d'âme de madame Simonnot qui, par un courrier reçu ce matin, s'y oppose. À l'unanimité, une exclusion de trois jours a été prononcée à votre encontre, assortie de la décision qu'un nouveau manquement de votre part entraînerait une mise à pied irrévocable. »

Avertie de l'exclusion temporaire et de ses causes, Ida, outrée par le comportement de sa fille, fit comprendre qu'elle ne souhaitait pas la recevoir pour ces trois jours. Elle demanda à son beau-frère Henri, de la ferme de Wameau près de Verdun, de bien vouloir l'héberger. Léona y retrouva ses cousines ainsi que son oncle, le frère de Fernand. Là, on lui montra bonne figure. Si on n'excusait pas sa révolte contre sa professeur, du moins la comprenait-on. La première soirée se passa à évoquer le disparu. Léona prenait un vif plaisir à rappeler les scènes de son enfance où son père était omniprésent. Elle était intarissable. Comme elle savait peu de chose sur la propre enfance de Fernand, elle n'avait de cesse d'interroger celui qui avait partagé ses jeunes années. Elle apprit ainsi qu'il passait pour le pitre de la famille, toujours prêt à enfermer le chat dans un meuble de la cuisine, ou bien capable de lâcher une colonie de hannetons dans la sacristie à l'heure du catéchisme. Henri rapporta que son frère l'avait même entraîné un jour à vider le contenu de la burette de vin de messe qu'il avait remplacé par de l'eau. Bien entendu, ça n'avait pas échappé au curé. Henri se souvenait parfaitement de la fessée que ça leur avait valu.

Il y avait bien longtemps que la jeune fille n'avait passé une soirée aussi agréable. Elle fut comblée lorsque son oncle promit de l'emmener le lendemain matin à Samogneux, sur les lieux où Fernand avait perdu la vie.

On était en 1923. Cinq ans que le canon ne tonnait plus. La ferme de la Grenouillère voyait ses ruines envahies par les orties et les sureaux. Les déchirures de la guerre étaient encore bien visibles. Si bon nombre de boyaux avaient été comblés, le sol, qui avait quelque peu reverdi, était toujours de bosses et de creux. Les arbres de la forêt proche tendaient leurs moignons vers le ciel pâle de janvier. Çà et là, des bouts de ferraille tordus et des rouleaux de barbelés avaient été rassemblés en des tas informes où la rouille dominait, ajoutant, s'il en était besoin, à l'impression de désolation des lieux.

Léona se rendit à l'endroit supposé, c'est-à-dire à

celui que le malheureux Désiré lui avait décrit, où Fernand avait dû être enterré vivant. Comme la première fois où elle était venue en ce lieu, un flot de larmes inonda son visage.

De là, l'oncle Henri proposa de bifurquer à Bras-sur-Meuse pour aller sur le site de Douaumont. La route d'accès était encombrée de camions et d'attelages. Gel et dégel l'avaient rendue difficile, aussi Henri dut-il maîtriser les ardeurs de l'alezane attelée au tilbury. Trois ans que la première pierre avait été posée. L'ossuaire sortait à peine de terre. D'après les constructeurs, huit ans au moins de travaux étaient encore nécessaires pour achever cet ouvrage et implanter les 15 000 tombes prévues sur le terrain en pente légère, face au monument.

Ce qui aurait dû être une sanction fut plutôt, aux yeux de Léona, trois jours de bien-être chez l'oncle de Wameau ; elle s'y sentit comprise et même approuvée pour son attachement au souvenir du père. Il faut dire que, dans la famille du frère de Fernand, à l'unisson de Léona, on n'avait guère apprécié le remariage d'Ida.

De retour à Verdun, elle se promit de ne plus se laisser emporter, de combattre son impulsivité chaque fois qu'elle aurait un prétexte pour se manifester.

Malheureusement, l'occasion ne tarda pas à se présenter où Léona ne parvint pas à dominer sa rancœur envers ceux dont les noms n'étaient pas gravés sur les monuments qu'on achevait de dresser dans toutes les communes de France. Des parents d'élèves ainsi que certaines élèves elles-mêmes s'étaient émus que la titulaire de la chaire de français ne fût pas encore remplacée par un professeur en titre. L'hémorragie d'enseignants due à la guerre ne facilitait pas les choses. Pressée de toutes parts, la directrice, après de longues recherches, dut abandonner l'idée de recruter exclusivement une personne de sexe féminin, ce qui limitait son choix.

À la surprise générale, ce fut donc un homme que la directrice annonça comme le remplaçant de madame Simonnot : « Je vous présente monsieur Louis-Joseph Collignon, chargé d'assurer les cours de français à la place de madame Simonnot, toujours souffrante. Je crains qu'elle ne puisse reprendre son service avant la fin de l'année scolaire, dit-elle en fixant son regard en direction de Léona. Mais soyez rassurées : monsieur Collignon, qui s'est d'ailleurs bravement conduit durant la guerre, a toutes les compétences et les qualités pédagogiques nécessaires pour vous préparer au mieux à réussir votre examen de fin d'année. »

L'homme, de petite taille, le crâne dégarni, portait un costume sombre aux coudes et aux genoux lustrés, ainsi que d'étonnantes bottines de cuir blanc et noir. Jusqu'au départ de la directrice, il avait gardé la main droite derrière le dos. Lorsqu'il entreprit d'orthographier son nom au tableau noir, les filles remarquèrent que c'était à l'aide d'un crochet métallique qu'il avait saisi la craie. Sa calligraphie n'en souffrait pas pour autant. Épris de musique autant que de littérature, il avait hésité longtemps, avant la guerre, entre l'enseignement et la carrière de pianiste de talent qu'on lui prédisait. Il lui avait fallu de nombreuses années marquées par de longues phases dépressives, pour accepter sa mutilation qui l'avait forcé à abandonner le piano.

Se retournant vers les élèves, il ne fut pas surpris de découvrir l'interrogation qui animait leur regard.

— À la bataille de Brandeville, une balle de mitrailleuse m'a fracassé la main et le poignet, dit-il sobrement.

À l'énoncé de cette confidence, une rumeur de commisération courut dans la classe. Elles étaient toutes horrifiées par ce drame. Sauf l'une d'entre elles.

— La bataille de Brandeville a eu lieu au tout début de la guerre, n'est-ce pas ?

— Oui, mademoiselle… mademoiselle ?

— Léona François… Je disais donc que votre blessure date du 29 août 1914. Pour vous, la guerre s'est arrêtée ce jour-là, elle n'avait duré que quatre semaines, dont à peine quelques heures de combat…

— Où voulez-vous en venir, mademoiselle ? interrogea le professeur avec une certaine impatience.

— Je voulais seulement faire remarquer qu'à la différence de centaines de milliers d'autres hommes, vous vous en êtes bien sorti. On raconte même que certains, sûrement de mauvais patriotes, n'ont pas hésité à se mutiler, en se tirant une balle dans le poignet. Ainsi, pour eux, la guerre…

Rouge de colère, l'ancien combattant hurla :

— Dehors ! Sortez ! Je ne veux pas entendre un mot de plus ! Quelle honte ! Quelle honte ! Vous vous expliquerez avec la directrice !

« Je vous avais prévenue, mademoiselle François. Ne soyez donc pas surprise que le conseil de discipline, qui s'est réuni pour la seconde fois afin de statuer sur vos graves écarts, ait voté votre exclusion définitive, et ce, à l'unanimité, sans même avoir désiré vous entendre. Les témoignages concordants de plusieurs de vos condisciples ont suffi à montrer le caractère odieux de votre comportement. »

C'est seulement dans le wagon du tortillard qui la ramenait au village que Léona prit conscience qu'elle ne serait jamais institutrice. Elle en avait pourtant rêvé, de ce métier, non par amour des enfants, mais pour fuir Bon-Ru, et, comme elle l'avait espéré, se rapprocher de son père.

Personne ne l'attendait à la gare. Encombrée de sa pesante valise, le pas lourd, elle se mit en route vers la ferme où, seul, le chien Apache lui fit fête.

Léona était-elle donc vouée au malheur, à l'âge où toutes les filles rêvaient de félicité ?

Ida évita de revenir sur ce pénible épisode de l'exclusion de sa fille. Cependant, il fallait bien évoquer cette situation nouvelle, non pas pour la juger, mais pour entrevoir l'avenir. Alors que, le visage fermé, Léona était en train de ranger le contenu de sa valise dans son armoire, Ida entra dans sa chambre. Elle s'assit sur le lit.

— Ma fille, tu t'es punie toi-même en hypothéquant de la sorte ton avenir. Mais le passé est le passé. Parlons plutôt du futur. Quelles sont tes intentions ?

Prise de court, Léona ne sut que répondre. D'ailleurs, elle n'avait même pas pensé à ce qui allait advenir d'elle. Elle n'avait aucun projet. Son seul désir était de quitter Bon-Ru.

— Tu vas sur tes dix-neuf ans, poursuivit Ida, tu es en âge de te marier. Tu pourrais, comme Jeanne, trouver un jeune homme de bonne famille – heureusement, la guerre ne les a pas tous décimés. Tiens, il y a Paul Gautrault de la ferme des Noires Terres, qui me rappelait, pas plus tard qu'hier, qu'il avait été à l'école du village en même temps que toi. Alors que tu y entrais, lui s'apprêtait à en sortir. C'est un courageux. Il s'est engagé quelques mois avant l'armistice.

— Dans le train, j'ai justement entendu parler de lui, dit Léona. C'est sa cousine de la ferme des Hauts qui racontait à madame Jacquemet que, bien qu'étant resté peu de temps sous l'uniforme, il en était revenu alcoolique. Il paraît même que, lorsqu'il a bu, ce qui est fréquent, il devient violent !... D'autre part, j'ai décidé depuis longtemps déjà que je ne me marierais jamais. Je ne veux pas avoir des enfants qui ne verront pas leur père revenir de la guerre, qui, pauvres orphelins, garderont, rentrée, désormais inutile, toute l'affection qu'ils lui destinaient. Comme je ne me marierai pas, je n'aurai donc pas à me remarier. Cela m'évitera toute occasion de trahir…

Ida avait compris tout le reproche contenu dans ces dernières paroles. Elle prit le parti de quitter la chambre de Léona, avant d'être tentée de prononcer des mots définitifs.

Restée seule avec elle-même, la jeune fille, allongée sur son lit, les mains sous la nuque, repensait à la proposition de sa mère. Non, elle ne se marierait pas. Cependant, certains soirs, il lui arrivait de penser fortement aux hommes. C'était toujours Raymond qui venait la visiter, en maillot de bain, avec son corps juvénile mais musclé, sa peau hâlée, et surtout ses lèvres humides et légèrement salées. Il se glissait dans son lit. Elle sentait son corps d'homme contre le sien. Alors un douloureux bien-être s'emparait de son cœur et de son ventre. Le souffle court, elle se réveillait, sa couche sens dessus dessous.

Jeanne, elle, préparait fébrilement son mariage. La cérémonie devait se dérouler au village. La question était de savoir si on allait former le cortège nuptial à Bon-Ru, et se rendre ainsi constitué à la mairie, ou si l'appel des couples se ferait seulement à l'entrée du village. Sur ce point, l'accord fut laborieux entre Jeanne, qui voulait voir les invités partir en un bel ensemble jusqu'à la mairie, et son « futur » qui ne tenait pas à imposer un aussi long trajet sur une route non encore goudronnée. Selon lui, on risquait d'arriver tout crotté au village, les averses en cette saison ne prévenant pas.

Léona assistait, narquoise, à de telles discussions, s'amusant de l'importance que de tels riens pouvaient prendre dans les préoccupations des fiancés.

Arriva la veille des noces. Les garçons d'honneur firent le tour des maisons, distribuant des brioches dont la taille était choisie en fonction du nombre d'habitants du logis. La coutume voulait que cette offrande signifiât une invitation à la messe de mariage et à l'apéritif d'honneur qui s'ensuivait.

Le lendemain, c'était l'effervescence du grand jour. Ida n'avait pas manqué d'inviter ses beaux-frères. Ce fut Léona qui les accueillit, heureuse de les voir. Dommage que René, le gazé d'Ypres, n'ait pas pu les accompagner. En chacun d'eux, elle retrouvait un peu de son père, la barbe soignée de Sylvain, la voix assurée de l'oncle Abel, le regard clair d'Henri, la prestance de Nestor. Elle s'enquit de leur santé, leur versa du vin blanc doux, leur proposa brioches et gâteaux secs.

Ida, pour les dégâts à la suite de l'occupation de Bon-Ru, comme Paul, pour la destruction de sa maison de Verdun, avaient reçu de substantiels dommages de guerre. Réinvestis pour la plus grande part dans les bâtiments, ils avaient fait de Bon-Ru une ferme qui avait maintenant belle allure. On avait ravalé la façade principale, agrandi les étables ainsi que la grange, dont l'aire de kaolin avait disparu au profit d'une chape de béton plus pratique. C'était d'ailleurs dans cette grange que se tenait le repas de noce. Des groupes s'étaient formés, évoquant la pleine réussite de la cérémonie, louant la qualité de la chorale de

Montigny animée par mademoiselle de Monthois. D'autres cherchaient leur place autour des longues tables superbement dressées. Les agapes allaient commencer – un vrai festin qui avait réuni les deux clans. La famille d'Henri était de très loin la plus importante. La centaine de convives firent honneur au menu composé de trois entrées, d'un plat de poisson de rivière suivi de plusieurs rôtis, de volailles de la ferme et de trois ou quatre desserts, le tout arrosé d'un épais vin d'Algérie qui changeait de la piquette locale. Après les privations de la guerre, il était bon de faire ripaille. On mettait, de surcroît, un point d'honneur à multiplier les plats comme autant de signes de l'aisance matérielle de la famille. Au moment des desserts, et avant le café traditionnellement accompagné de la mirabelle, de nombreux invités poussèrent la chansonnette. En fin d'après-midi arriva Pierre Dubuisson avec son accordéon. Jeanne et son promis l'avaient retenu trois mois auparavant. Il était très demandé dans la région à l'époque des épousailles. Les mariés ouvrirent le bal, bientôt suivis par les garçons et les filles d'honneur. En tant que sœur de la mariée, Léona était toute désignée pour être demoiselle d'honneur, mais elle avait vivement décliné la proposition que lui avait faite Jeanne. Profitant du mouvement créé par les candidats à la danse, elle s'éclipsa.

On avait bien pensé s'adresser à un journalier pour assurer la traite du soir. Léona s'y était opposée en affirmant qu'elle était capable de s'en charger elle-même. Après avoir changé de tenue, elle s'y affaira. Apache, couché dans l'allée de l'écurie, reçut ce jour-là double ration de lait.

C'est avec surprise que Léona avait découvert Camille le matin de la noce. Costume gris clair à larges rayures ton sur ton, chemise blanche, cravate gris perle assortie à la pochette, sa chevelure brune débarrassée de son éternelle casquette, il ne manquait pas d'allure.

Fier d'avoir été choisi comme garçon d'honneur, il avait peu apprécié la cavalière qu'il s'était senti obligé d'entraîner sur la piste comme le voulaient les usages. Il aurait préféré tenir Léona dans ses bras pour cette mazurka qui n'en finissait pas. Berthe Legras n'avait aucun sens du rythme. Que de mal il avait à faire tournoyer son embonpoint, à éviter qu'elle lui écrasât les pieds, déjà douloureux dans ses souliers neufs !

Avant la danse suivante, Camille chercha Léona des yeux avec l'intention de s'en rapprocher. Elle n'était plus dans la salle. Marcel lui apprit qu'elle était en train de traire les vaches.

Pourquoi fuyait-elle ? Pourquoi était-elle aussi rebelle ? Pourquoi manifestait-elle une telle animosité envers son père et lui-même ? S'il comprenait son sentiment envers Paul, qui avait pris la place de son père dans la maison et dans le lit de sa mère, il restait à s'interroger sur son comportement envers lui-même. En dehors de cet épisode malheureux le soir du concours de quilles, il s'était toujours bien comporté envers elle. Lors de l'installation à Bon-Ru, Camille avait été heureux d'apprendre que deux filles, dont une du même âge que lui, allaient vivre sous le même toit. Lui qui n'avait jamais été en présence que de garçons, allait enfin découvrir ces êtres si différents, tenter de tout savoir sur leurs préoccupations. Peut-être parviendrait-il ainsi à vaincre sa timidité envers elles. Les filles l'attiraient en même temps qu'elles lui faisaient peur. Surtout cette Léona. Avec Jeanne, les rapports avaient été plus simples, mais ils s'étaient toujours cantonnés aux choses du quotidien, à rien de vraiment profond. Ses préoccupations prioritairement consacrées à son fiancé, Jeanne ne laissait aux autres que les miettes de sa personnalité. C'est pourquoi Camille avait mis tant d'espoir en Léona. Mais la jeune fille lui avait vite fait comprendre qu'il n'avait rien à attendre de sa part. Écorchée vive par la tragique disparition de son père, elle se consacrait essentiellement à son souvenir. Les êtres et les choses qui l'entouraient, les événements qu'elle traversait, les gens qu'elle croisait, n'avaient que fort peu d'importance à ses yeux. Camille se demandait parfois s'il ne restait cependant pas dans son cœur une toute petite place où il aurait pu se glisser. Dans un premier temps, un simple sourire aurait suffi à son bonheur. Malheureusement, quand il arrivait que, par hasard, leurs regards se croisent, l'œil de Léona se faisait plus sombre, sa mâchoire se crispait et sa vue se détournait immédiatement. Un tel comportement n'était pas de nature à aider Camille à surmonter sa timidité envers le sexe opposé. Révélateur de cette crainte que lui inspiraient les filles, cet épisode de la rencontre avec Raymonde, la fille du bouilleur de cru. C'était, il en avait gardé le souvenir précis, le 10 mai de l'année d'avant. Une génisse de la pâture des Hauts de Boulain avait réussi à s'échapper et à se réfugier dans la garenne proche. Camille devait lui faire réintégrer son enclos. Attentif à suivre au sol les traces de la fugitive, il sursauta lorsqu'il entendit une voix féminine le héler. La jeune femme, qu'il reconnut pour l'avoir déjà vue à l'alambic en compagnie de son père, s'exclama :

— Ah ! mais c'est le jeune Camille de la ferme de Bon-Ru !

La femme vint vers lui :

— On dirait que tu n'es pas content de me rencontrer. Je t'ai fait peur, peut-être ?

— Euh… oui… non, bredouilla-t-il, j'ai simplement été surpris.

— Tiens, pour te remettre de tes émotions, sens donc ce bouquet de muguet tout frais cueilli. Il est en retard cette année, mais ça valait le coup d'attendre, il est dru et sent très bon, n'est-ce pas, déclara-t-elle en s'approchant de Camille à le toucher.

Camille fit un pas en arrière. Personne n'ignorait au village que Raymonde Carbonneaux avait la cuisse légère. Veuve de guerre à vingt ans, elle n'avait connu qu'une brève lune de miel. Depuis la disparition de son bien-aimé, elle s'étourdissait en des rencontres multiples, à la recherche, jusqu'alors sans lendemain, de celui qui lui apporterait des émotions de la même intensité que celles qu'elle avait connues jadis.

« Serais-tu puceau ? » demanda-t-elle crûment à Camille qui, tétanisé, se laissa enlacer par la femme. Ce n'est que lorsque les attouchements se firent plus précis que le jeune homme se dégagea vivement et s'enfuit sous les quolibets de Raymonde.

Au bout de quelques centaines de mètres de course échevelée, Camille s'arrêta pour reprendre son souffle et tenter de calmer son émotion. Il enrageait d'avoir été à ce point timoré. Il avait raté l'occasion de découvrir cette jouissance suprême, que Raymond Jaspard lui avait décrite comme bien supérieure au plaisir qu'on se donnait soi-même. Dans les villes, toujours selon son ami parisien, paraît-il qu'il y avait des femmes dont le métier était, contre rétribution, de donner du plaisir aux hommes. C'était là une formule qui plaisait à Camille. L'avantage était qu'on ne connaissait pas la partenaire. Juste l'échange pour quelques instants d'un corps de femme contre quelque argent.

Mal remis de sa rencontre, il attendit, dissimulé derrière le tronc d'un hêtre, de voir la femme quitter la garenne. Il reprit alors ses recherches tout en se promettant de ne plus manquer de si belles occasions.

Camille était amoureux. Amoureux de Léona. Il se demandait si elle s'était rendu compte de son inclination pour elle. La première approche qu'il avait tentée avait été si maladroite qu'elle lui avait valu une rebuffade qu'il n'était pas près d'oublier.

L'été dernier, la canicule avait sévi tout le mois d'août, entraînant une baisse du niveau du ruisseau. À proximité de Bon-Ru, il restait cependant un trou de belle profondeur appelé Creux du Pêcheur-Martin, au pied d'une chute. L'eau y était claire et fraîche, le fond et les berges tapissés de sable fin. À la fin de la journée, après la sueur des champs, les gens de la ferme venaient volontiers s'y tremper. Ce jour-là, Léona qui fuyait la compagnie, n'avait pas attendu que le soir arrive pour s'y baigner. C'était aussi l'occasion de faire une grande toilette, ce qui n'était pas possible à la maison où l'on ne disposait pas des installations appropriées. La sieste d'après déjeuner une fois terminée (un somme indispensable pour les bêtes et les gens, qui ne pouvaient reprendre le travail au plus fort de la chaleur), Camille, longeant le ru, allait chercher les trois chevaux en pâture pour les atteler à la moissonneuse. Léona ne l'avait pas entendu arriver à cause du bruit de la cascade. Elle profitait justement de la chute d'eau pour se rincer les cheveux. Le jeune homme ne savait pas si elle avait volontairement découvert sa poitrine ou, si la force de l'eau tombant sur ses épaules avait eu raison des bretelles de laine tricotée censées retenir son maillot. Toujours est-il qu'elle lui apparut, les seins dénudés, ruisselants et flamboyants dans le soleil. Pendant une longue seconde, il fixa cette image sublime au plus profond de sa mémoire. Puis, sans bruit, avec la complicité d'un saule qui le dissimulait aux yeux de la jeune fille, il s'esquiva. Jamais il n'avait eu l'occasion de voir des seins de femme. Pendant son interminable séjour en Belgique, dans la ferme de Nestor Scheublé, il avait dormi au bout de l'écurie, à la place de l'étalon Remus, réquisitionné par les Allemands. L'endroit était éclairé par un châssis vitré. Un carreau manquant avait été remplacé par une plaque publicitaire de tôle émaillée, où une femme à la poitrine opulente vantait l'incomparable plaisir des fumeurs de cigarettes Boule d'or. Durant les quatre années de souffrance, ces seins pointés vers lui étaient son refuge, une chaude présence dans son univers de solitude. La nuit, dans ses rêves, la femme descendait jusqu'à lui et quittait son corsage de soie blanche, laissant exploser ses deux fruits mûrs qu'elle offrait à sa bouche et à ses mains avides. Le ventre en pleine tourmente, il se réveillait alors, haletant et humide.

Les seins de Léona, aussi généreux que ceux de la publicité, avaient toutefois un appréciable avantage, c'est qu'ils existaient vraiment. Et Camille se promettait bien de les caresser un jour.

« Viens donc m'aider à plumer cette oie, sinon je n'en aurai pas fini quand le coquassier arrivera », dit Ida à Léona qui revenait du poulailler, Apache sur les talons. Assises toutes deux sur le banc qu'elles avaient installé contre le mur de la grange pour être à l'abri du vent, elles se mirent à l'ouvrage. Léona se chargea de plumer le poitrail du volatile, récupérant le duvet destiné à la confection d'un édredon, tandis que sa mère brisait les ailes pour en faire d'utiles balayettes.

Elles s'activaient en silence. À un moment, Ida s'interrompit, se tourna vers sa fille.

— Tu sais, si tu ne veux pas te marier, comme tu dis, tu peux rester à Bon-Ru aussi longtemps que tu le désires. Crois bien que je suis heureuse de t'avoir près de moi. Seulement, il faudrait que tu changes un peu d'attitude. Je sais, ma petite Léona, que tu as été choquée par mon remariage. Peut-être qu'un jour tu en comprendras les raisons. Tout ce que je te demande, pour le moment, c'est de te conduire normalement avec Paul et Camille. Ce ne sont pas de mauvaises personnes, tu sais. Eux aussi ont beaucoup souffert. Rien que pour ça, tu devrais te montrer plus gentille envers eux...

— Jamais ! cria Léona, et elle quitta brutalement le banc dans un nuage de plumes. Jamais ! cria-t-elle encore en s'engouffrant dans le corridor de la maison.

Désemparée, Ida entendit son pas rageur dans l'escalier menant à sa chambre.

Reprenant machinalement sa tâche, elle se demandait comment faire pour que Léona revienne à de meilleurs sentiments. Devant la rébellion permanente de cette enfant qu'elle n'avait jamais cessé d'aimer, elle se sentait désarmée, impuissante. Dans les moments où la morosité la gouvernait, elle culpabilisait, s'attribuait la responsabilité de la profonde détresse de sa fille. Non, elle n'aurait jamais dû se remarier, ou alors elle aurait dû attendre que ses enfants aient fondé une famille, ou encore s'unir à quelqu'un qui avait fait la guerre sur le front.

Sans qu'on ait eu besoin de le lui dire, Léona participait aux travaux de la ferme. Elle avait assez peu de goût pour ceux du ménage. Sa préférence allait aux tâches qu'elle pouvait assumer seule, si possible dans la nature. C'est ainsi qu'elle prit en charge le troupeau de vaches laitières, qu'elle accompagnait en pâture après la traite du matin, jusqu'à celle du soir. Elle aimait ces bêtes paisibles qui broutaient pendant des heures, emmagasinant l'herbe qu'elles allaient ruminer ensuite, longuement. À mesure que leur pis gonflait, les veines qui le striaient se dilataient elles aussi. Puis, à l'étable, lorsque chacune avait retrouvé sa place, Léona les attachait à leur mangeoire par une chaîne. Le seau dans une main, le tabouret dans l'autre, elle allait d'une vache à l'autre. Oh, Bisquette, calme-toi un peu, c'est moi, je viens te tirer le lait ! Un caresse sur l'échine et, assise sur le trois-pattes, le seau bien assuré entre les jambes, le front appuyé contre le flanc de l'animal, Léona s'emparait des trayons qu'elle n'allait pas cesser de presser avant que la bête ait donné tout son lait.

Ce qu'elle supportait le plus mal, c'étaient les repas. Autour de la table familiale, elle ne se sentait pas à l'aise. De plus, elle se rendait compte que sa présence embarrassait le reste de la famille. À plusieurs reprises, en retard pour le repas, elle avait remarqué qu'à son arrivée les conversations s'étaient tues ou avaient perdu de leur chaleur. Aussi ne s'attardait-elle pas devant son assiette. Au bout de quelques semaines après son retour, elle décida de ne plus participer aux repas. Elle se nourrissait d'œufs qu'elle gobait, de lait, de pommes de terre cuites à la braise, de tranches de lard, de beurre qu'avec un quignon de pain elle emportait au champ ou à la pâture. Chaque semaine, elle était chargée d'écrémer le lait. Avant de vider la crème dans la baratte, elle la goûtait et la regoûtait. Lors de la pesée, si l'un des pains de beurre dépassait le poids convenu, elle le ramenait à la norme d'un gourmand coup de dents. On aurait dit que sa boulimie la vengeait de ses malheurs, de l'hostilité qu'elle croyait percevoir autour de sa personne. Un tel régime alimentaire avait en peu de mois alourdi sa silhouette, ajoutant encore à son mal-être.

Léona était malheureuse.

Au début de juillet, Marcel dit avoir vu Raymond Jaspard sortir de la gare du village. Cette nouvelle ramena un peu de lumière dans les sombres pensées de Léona. Dès le lendemain, un dimanche, alors qu'elle avait décidé depuis plusieurs semaines déjà de ne plus aller à la messe, elle prit malgré tout le chemin de l'église. Ida s'en réjouit. Elle ne s'imaginait pas quelles étaient les raisons de cette volte-face. Léona, qui avait revêtu sa jolie robe à fleurs, savait qu'elle y verrait Raymond. La grand-mère du jeune homme ne plaisantait pas avec la pratique de la foi. Par respect pour elle, il sacrifiait volontiers à cette obligation, d'autant plus que c'était l'occasion de rencontrer les jeunes de son âge. Avec eux, après l'office, il se rendait au bistrot, chez la Sarah, pour l'apéritif. C'était le moment où étaient décidées les distractions communes de l'après-midi. On se mettait d'accord pour aller ensemble au cinéma à Stenay ou à la fête patronale à Dun, où, annonçait-on, allait se produire un couple de Lilliputiens, le plus petit du monde. Quant à ceux qui aimaient le frisson, ils pourraient assister au repas d'un sauvage capturé au fin fond de la brousse africaine. Enfermé dans une cage aux solides barreaux de fer, revêtu d'un simple pagne, il dévorait à grand bruit les morceaux de viande crue qu'on lui lançait par une trappe ! La plupart du temps, c'était la proposition de Raymond qui était retenue. Les garçons du village se montraient déférents envers lui. Pour eux, il représentait quelqu'un d'affranchi de tout ce qu'ils avaient envie de connaître. Il habitait dans la plus grande ville de France, ville mystérieuse à leurs yeux, ville des plaisirs et des fêtes, ville où on s'amusait plus qu'on ne travaillait. Il leur avait dit que la fenêtre de sa chambre donnait sur la tour Eiffel, qu'il lui arrivait fréquemment de se promener sur les « Champs », les Champs-Élysées, bien sûr. Quand il ne trouvait pas le dernier vêtement à la mode aux Galeries Lafayette, il se rendait à la Samaritaine ou encore au Bon Marché. Les jeunes villageois étaient d'ailleurs très attentifs à sa tenue et à sa coiffure, puisqu'à lui seul il représentait la mode de Paris.

Dès son entrée dans l'édifice, Léona repéra Raymond qui se trouvait au deuxième rang des bancs des hommes. Il a encore grandi, remarqua-t-elle, tandis que l'émotion lui serrait la gorge.

Camille et les autres garçons du village étaient à ses côtés, au pied du parvis, à la sortie de l'église, quand Léona, l'air détaché, se dirigea vers le groupe. Elle fit semblant de découvrir la présence de Raymond.

— Tiens, bonjour, te voilà en vacances au village, dit-elle gauchement.

— Oui, bonjour… J'ai l'impression de t'avoir déjà vue mais je ne me souviens plus ni où, ni à quelle occasion, confessa-t-il.

Vexée, Léona ne savait que dire.

— Ça y est, je me rappelle, c'est toi la fille de Bon-Ru, n'est-ce pas ? Excuse-moi de ne pas t'avoir reconnue, mais tu as tellement grossi depuis l'an dernier ! T'es devenue une véritable bonbonne ! dit-il en riant.

Ulcérée par la méchanceté de ses propos, Léona reprit le chemin de Bon-Ru, les yeux gonflés de larmes. À peine eut-elle la surprise d'entendre la voix de Camille au milieu des rires des autres : « Raymond, t'es un vrai salaud de lui avoir dit ça ! Elle est déjà assez malheureuse comme ça ! Tu n'aurais pas dû ! »

Et, fâché, il quitta le groupe sous les huées générales. Les jeunes gens du village étaient plutôt satisfaits de la sortie du Parisien. Ils avaient peu de considération pour la fille de Bon-Ru, qui leur battait froid, les croisait en faisant semblant de ne pas les voir. Pour qui se prenait-elle, cette pécore ? Et voilà maintenant que ce couillon de Camille prenait sa défense, alors qu'il disait, il y a peu, qu'elle ne pouvait pas le blairer !

Effondrée, Léona passa dans sa chambre le reste de cette journée au temps pourtant idéal pour la promenade ou la baignade. Raymond était le seul être auquel elle n'avait cessé de songer depuis l'été dernier. Mille fois, elle avait revécu en pensée l'émotion de ses lèvres sur les siennes, pour le premier vrai baiser qui, dans son esprit, avait scellé leur amour. Au fil du temps, il était devenu sa seule raison de survivre. Sans lui, sans ce corps qu'elle n'avait que brièvement pu admirer, mais dont l'image précise était gravée dans son souvenir, elle s'était persuadée que la vie ne valait pas la peine d'être vécue. Et voilà que tout ce qui fondait ses espérances venait de sombrer. Plongée dans la détresse la plus noire, Léona avait envie de disparaître, de partir au loin ou, mieux encore, de rejoindre son père.

Soucieuse de la savoir recluse dans sa chambre par une si belle journée, Ida décida, après bien des hésitations, de monter voir sa fille. Elle la trouva prostrée sur son lit, le visage ravagé par les pleurs. Léona se réfugia d'elle-même dans les bras de sa mère, ce qui n'était pas arrivé depuis longtemps. Sanglotant et reniflant, elle articula :

— J'en ai assez de la vie ! Personne ne m'aime ! Je veux mourir !

— Es-tu sotte, ma fille ! Tu te trompes. Il y a plein de gens qui t'aiment, à commencer par ta mère. Je t'aime comme je t'ai toujours aimée, comme je t'aimais du temps de ton père, dit Ida en serrant Léona contre elle. Tout le monde t'aime ici, poursuivit-elle, ou ne demande qu'à t'aimer. Tu me reproches ce remariage, mais, tu sais, je n'ai pas pour autant oublié ton père, qui m'a rendue heureuse pendant de trop courtes années. Il ne se passe pas une journée sans que mes pensées n'aillent vers cet homme qui fut si bon, si droit, si respectable. Je l'ai profondément aimé. Sache bien que ce n'est pas l'amour qui a prévalu dans mon union avec Paul. Pour lui comme pour moi, c'est la raison qui nous a guidés ; aussi, je ne me sens pas coupable de traîtrise envers Fernand – que personne ne pourra jamais remplacer dans mon cœur. Essaie de me comprendre, ma fille, et de comprendre Paul, qui souffre de constater que tu le détestes tant. Il en va de même de Camille, qui ne demande qu'une chose : faire la paix, et que tu sois la sœur qu'il n'a jamais eue…

— Mais ce ne sera jamais mon frère ! protesta Léona.

— Tout ce que je te demande, c'est de te comporter normalement avec eux, de ne pas les considérer comme des ennemis. Par exemple, tout le monde apprécierait que tu reviennes autour de la table pour partager nos repas. Ou bien encore, lorsque tu t'apprêtes à rejoindre ta chambre pour la nuit, ne te contente pas d'embrasser, pour le bonsoir, les seuls membres de ta famille…

— Je ne pourrai pas ! Je ne pourrai jamais ! s'écria Léona.

— Si, tu le pourras, car au fond de toi-même, tu es une bonne fille. Et les confidences que je viens de te faire t'y aideront.

Les lectures de la jeune fille n'étaient que récits de guerre, témoignages divers qui foisonnaient sur les rayons des librairies. Dans les familles où le père, le mari ou le frère avaient perdu la vie sur les champs de bataille, on avait besoin de se plonger dans cette littérature pour se représenter toute l'horreur qu'avait dû connaître l'absent. La rubrique du journal quotidien retenant le plus l'attention de Léona était celle qui faisait état des progrès dans l'édification des monuments aux morts de la région, de l'aménagement des cimetières militaires ou de l'inauguration de ces lieux de mémoire. Si une photo illustrait l'article, le plaisir en était accru d'autant.

Ce dimanche-là, après la traite du matin, Léona demanda à Marcel de vérifier les pneus de sa bicyclette. « Je vais faire un tour », lui dit-elle, ce qui ne suffit pas à satisfaire la curiosité du garçon. « Si on te demande où, tu diras que tu n'en sais rien ! »

Le soleil donnait déjà, mais son ardeur était tempérée par une douce brise venant de l'est. Deux pommes et quelques noix dans le sac accroché au guidon, vêtue d'une légère robe d'été, Léona ne craignit pas de passer dans cet équipage devant l'église, juste au moment de la sortie de la messe. Direction Dun-sur-Meuse. Le monument avait trouvé place en plein milieu de cette bourgade tout en longueur. La jeune fille s'y arrêta. Elle appuya son vélo contre la grille de fer ouvragé qui entourait l'espace où se dressait la sculpture. Un soldat, l'air martial, le corps penché vers l'avant, baïonnette au canon, se lançait à l'attaque de l'ennemi. Si l'auteur de l'œuvre avait voulu exalter la détermination et le courage des combattants français, il avait réussi. Mais l'esprit qui s'en dégageait était celui de la revanche, et non celui de la paix. Après avoir lu la liste des victimes (une bonne partie des noms lui étaient familiers, car encore portés par les gens du chef-lieu de canton), Léona prit la direction de Brandeville. À mesure qu'elle approchait du mémorial érigé en souvenir de cette sinistre bataille du 29 août, son cœur se serrait. C'était là que Benoît avait été fauché. Au bord de la route, à quelques centaines de mètres du village, des ouvriers avaient récemment dû planter des arbustes, tirés au cordeau, sur trois côtés d'un terre-plein, tandis qu'un muret doté d'un portail fermait le tout. Au centre, une haute pierre surmontée de la croix de la valeur militaire et portant en demi-relief la médaille militaire reposait sur quatre boulets montés sur un socle. Y était fixée une plaque de marbre blanc dédiée, « *Aux morts de la garnison de Montmédy. 29 août 1914* ». De part et d'autre, aux deux extrémités du terrain, sur un socle incliné, en lettres claires sur un marbre sombre, étaient gravées les centaines de noms des héros disparus dans la tourmente de ce premier affrontement meurtrier. Elle ne fut pas longue à trouver celui de Benoît. « *CHANTEPERDRIX Benoît.* » Elle lut ce nom à voix haute, puis le prononça plusieurs fois. Ce nom qui sonnait si bien à l'oreille, qui chantait la joie de la perdrix au milieu de sa couvée, comme la joie que Benoît avait su faire naître dans la famille en contant ses rocambolesques aventures, ce nom de gaieté, de bonne humeur, était définitivement prisonnier du marbre froid, comme devait l'être le corps de ce merveilleux garçon dans la terre humide et froide de l'endroit.

Les cloches avaient sonné midi depuis longtemps déjà. Léona s'assit sur une tache de gazon, près de la liste des victimes. Tout en croquant dans une pomme, elle ne pouvait s'empêcher de passer lentement la main sur les lettres inertes du nom de celui qui avait été son grand frère, comme pour le caresser. Parfois, un sourire lui venait à l'évocation de ses pitreries. Elle rit même franchement en repensant à ce matin-là où il avait voulu montrer qu'il était capable de faire de la bicyclette sans tenir le guidon. Un malencontreux caillou en avait décidé autrement. Notre artiste, perdant alors l'équilibre, s'était étalé de tout son long sur une bouse de vache toute fraîche !

Un bruit de pas, scandé par celui d'une canne sur la route, ramena Léona à la réalité. Elle ne s'y trompa point. Le regard, la taille, la voix du vieillard qui s'adressait à elle, lui rappelèrent Benoît avec lequel elle était en communion l'instant d'avant. Elle reconnut Antonin Chanteperdrix. C'était bien lui qui avait posé sa musette sur le muret, et qui, s'aidant d'un bâton noueux, s'approchait de Léona.

— Mon fils a été tué à la bataille de Brandeville. Il paraît que son nom est gravé dans le marbre, dit le vieil homme. Je n'y vois plus guère, alors vous seriez gentille, petite demoiselle, de me montrer où il se trouve.

— C'est ici ! dit-elle vivement.

— Comment le savez-vous, je ne vous ai pas encore dit comment il s'appelait…

— Je sais qui vous êtes, je vous ai reconnu, vous avez la même bonté dans le regard que Benoît. Vous êtes bien Antonin, son père ?

— Oui, c'est bien moi ! Mais moi, je ne vous ai pas reconnue : qui êtes-vous donc ? demanda l'homme.

— Vous êtes tout excusé, monsieur Chanteperdrix, vous m'avez connue toute petite, quand votre colportage vous amenait à la ferme de Bon-Ru, prit-elle plaisir à lui répondre.

— Ah ! Vous êtes une des filles de cette bonne maison. Benoît était bien chez vous. Fernand était un bon maître. J'ai appris aussi pour lui, ma chère enfant. Vous pouvez être fière de lui. C'était un homme comme on aimerait en rencontrer plus souvent. La guerre vous l'a pris comme elle m'a pris mon garçon. J'arrive à la fin de ma route, comme vous pouvez le voir. Je vais vous dire ce que j'aurais dit à Benoît si j'avais eu le bonheur de le voir encore en face de moi. J'ai passé toute mon existence à sillonner la campagne, la hotte au dos. Je connaissais les chemins dans leurs moindres détours. Je savais lesquels allaient s'ourler au printemps du bleu des campanules, tandis que d'autres serpentaient entre deux rangées du jaune profond des pissenlits. L'endroit m'était connu où la délicate senteur du chèvrefeuille allait me barrer la route et me transporter de bonheur le temps de quelques profondes inspirations. J'ai souvent été amené à poser mon fardeau pour nourrir mes sens de l'incroyable géométrie d'une toile d'araignée, de l'intense activité d'une fourmilière, de la grâce du chevreuil qui fuit, de l'agilité de l'écureuil à l'assaut d'un chêne, de l'or des blés ondulant sous la brise, du chant du coucou qui me faisait mettre la main à l'escarcelle, des camaïeux ocrés de l'automne, des joyaux que le gel avait façonnés à la chute d'eau, des V parfaits des oies sauvages dans le flamboyant lever de soleil de janvier. La nature, dans sa générosité, nous offre tous les bonheurs.

Malheureusement, sur la terre, s'il y a des gens épris de bonté comme l'était votre père, d'autres ne rêvent que de destruction. Comme moi, vous avez vu comment leur folie guerrière peut attenter à la nature. On dirait que l'homme éprouve un plaisir pervers à tuer ou mutiler ses semblables, à torturer les paysages, à saccager les forêts, à meurtrir la terre nourricière en la violant, en allant même jusqu'à détruire ce qu'il a eu tant de peine à bâtir.

Je n'ai jamais pu comprendre ces guerriers, on dirait qu'ils ne sont pas de ma race. Toute notre histoire est marquée par des conflits meurtriers. Moi-même, alors que ma vie arrive à son terme, j'aurai connu deux guerres. Je crains que votre génération, mademoiselle, en traverse une nouvelle, elle aussi. Je repense tout à coup à la crédulité de certains grands hommes comme Charles Péguy. Je lisais hier, dans *L'Ardennais*, la phrase qu'il avait prononcée alors qu'il prenait livraison de son paquetage. « *Je pars, soldat de la République, pour la dernière des guerres, la Paix universelle et le désarmement général* », avait-il déclaré. Non seulement il devait y perdre la vie quelques semaines plus tard, dans les premières contre-offensives de la Marne, mais je crains fort que cette déclaration ne reste qu'une belle phrase, marquée par la générosité certes, mais surtout par une étonnante naïveté. Pour éviter de telles horreurs dans l'avenir, je vous conjure (même si je suis rassuré en ce qui vous concerne) de n'avoir aucune sympathie pour les va-t-en-guerre, et, si vous en rencontrez, de vous attacher à les combattre.

Sur ces paroles, le vieil Antonin rajusta sa musette et chercha des yeux son bâton qui avait roulé à terre. Léona se précipita pour le ramasser et le lui tendre. L'homme se pencha vers elle et la prit dans ses bras, pour une étreinte silencieuse mais chargée d'une émotion partagée.

Le retour à Bon-Ru fut plus agréable que l'aller. La rencontre avec Antonin Chanteperdrix avait redonné de l'allant à Léona. Elle ne se sentait plus seule. D'autres avaient, comme elle, des pensées qui allaient vers Benoît. Les termes chaleureux dont le vieux colporteur avait usé pour évoquer son père Fernand lui étaient allés droit au cœur.

Pour la première fois depuis longtemps, Léona décida de reprendre sa place à la table du soir. Ce geste rassurant sembla faire plaisir autour d'elle. On parlait de la fenaison. On se félicitait de l'abondance de l'herbe. Il fallait remonter avant la guerre pour trouver semblable récolte. Heureusement qu'on avait agrandi les bâtiments ! Marcel ne fut pas peu fier quand Paul rappela que le jeune garçon avait, la veille, réussi son premier chariot de foin. Bien équilibré, malgré le mauvais état du chemin de la prairie, le chargement était arrivé sans encombre jusqu'à la grange. On évoquait aussi la vente du train de culture de la ferme de la veuve Desmarais qui, seule, avait renoncé à en assumer la charge. Plusieurs de ses champs jouxtaient ceux de Bon-Ru. On était naturellement candidat à l'achat. Pour cela, on puiserait dans le reliquat des dommages de guerre. Il faudrait quand même se méfier du Léonce Grandjean, qui avait aussi une pâture dans le coin et qui serait sûrement sur les rangs. Ce n'était pas un facile. Il risquait de faire monter les enchères. Paul irait le voir avant la vente pour essayer de savoir quelles étaient ses intentions, et trouver un arrangement avec lui si les terres à vendre l'intéressaient aussi.

L'ambiance était plutôt sereine autour des restes du pot-au-feu de midi. Changeant de sujet, Camille rappela qu'il devait se présenter devant le conseil de révision qui se réunissait à Dun le mercredi en quinze.

— Déjà ! soupira Ida. Comme le temps passe vite ! Dire que dans quelques mois tu vas porter l'uniforme. J'espère qu'ils ne vont pas t'appeler avant la fin des moissons. On a besoin de toi.

Puis se tournant vers Léona :

— Heureusement que tu es une fille, sinon vous partiez tous les deux ! Mais, au fait, tu ne nous as pas dit ce que tu avais fait aujourd'hui, où tu étais allée…

La jeune fille répondit de bonne grâce :

— Je suis d'abord passée à Dun où j'ai vu le monument qui a été inauguré il y a quinze jours. Il ne me plaît pas. Le socle est trop massif et la représentation du soldat, trop guerrière. Ensuite, j'ai poussé jusqu'au mémorial de Brandeville, où j'ai eu la chance de rencontrer Antonin Chanteperdrix. Avant sa mort, le vieil homme voulait connaître les lieux où son fils était glorieusement tombé à l'ennemi.

— Il paraît, dit Paul, que les noms de toutes les victimes sont gravés sur deux grandes plaques de marbre…

— Oui ! Je les ai tous lus. Bien sûr, je n'ai pas vu le vôtre. C'est vrai qu'il est plus facile de lever les bras en l'air quand on a jeté son fusil aux orties que de se battre comme l'a fait Ben…

Léona n'eut pas le temps d'achever sa phrase que la gifle retentit. Ida regretta aussitôt son geste, mais il était trop tard. Léona avait déjà quitté la table. On l'entendit monter dans sa chambre et en redescendre peu après. Ida se précipita dans le couloir pour lui barrer le passage. La jeune fille, qui avait passé une veste, avait à la main sa serviette d'étudiante.

« Léona ! Ma petite !… Reste avec nous ! Ne t'en va pas ! Ça a été plus fort que moi !… Tu es allée trop loin, tu comprends !… Je regrette mon geste. Je te demande pardon. »

Insensible aux suppliques auxquelles s'étaient jointes celles de Camille (« Léona, ne t'en va pas, on t'aime ! »), la jeune fille força le passage, enfourcha sa bicyclette restée contre le mur de la grange et disparut dans la nuit.

À coups de pédale rageurs, elle parvint au village, ne sachant quelle direction prendre. Une idée lui vint – la plus sombre qui soit. Elle prit la route de Verdun. La lune complice lui indiquait les trous de la chaussée à éviter. Il lui fallut bien deux heures d'efforts pour se rendre à destination. Pendant le trajet, elle se repassa le film de sa vie, son enfance heureuse grâce à l'amour du père et à l'affection du grand frère Benoît, l'exil, Désiré, à qui la guerre avait volé tous les espoirs, la petite Marthe, l'insupportable disparition du père, le retour à Bon-Ru, les Vigoureux père et fils, l'inconvenant remariage de sa mère, Raymond, le Parisien sans cœur qui l'avait méchamment ridiculisée, le vieux colporteur aux paroles si fortes…

Ça y était, elle était arrivée. Minuit sonnait au clocher de Samogneux tout proche. Elle laissa sa bicyclette au bord de la route. De toute façon, elle n'en aurait plus besoin, pensa-t-elle. Elle se repéra grâce aux ruines de la Grenouillère pour se rendre à l'endroit où son père avait été englouti sept ans auparavant. C'est dans ces lieux qu'elle avait décidé de mourir. Elle y déposa sa serviette. Mais cette mort, il fallait la provoquer, et Léona n'avait rien prévu à ce funeste effet. Lui vint l'idée de se taillader les veines, idée qui l'avait déjà effleurée dans ses moments de profonde détresse. Pour ce faire, elle se mit à la recherche d'un tesson de verre ou d'une lame coupante qu'elle pensait découvrir facilement dans les amas d'objets disparates qui se répétaient encore sur le bord du chemin. Envahis par les orties, ils ne livrèrent rien de ce qu'elle cherchait. De plus, la lune avait disparu derrière les nuages. On n'y voyait plus grand-chose. À la première heure du lendemain, elle finirait bien par trouver quelque chose.

La nuit était douce. Elle s'allongea dans l'herbe d'un trou d'obus à demi rebouché. Avant de prendre sa sacoche pour s'en faire un oreiller, elle en sortit les photos qu'elle ne voulait pas froisser, ainsi que les deux médailles de son père qu'elle fixa à sa veste.

Ce furent des paroles étrangères qui la réveillèrent alors que le soleil était déjà haut. La fatigue des kilomètres à vélo et des émotions de la veille l'avait plongée dans un long sommeil dont elle avait peine à s'extraire. Ouvrant péniblement les yeux, elle se demanda pendant un instant où elle se trouvait, si elle était déjà dans un autre monde. Elle se leva alors, ramassa les photos éparses autour d'elle et fit face à un couple qui s'adressa à elle dans une langue inconnue. D'après les consonances, elle pensa qu'il s'agissait d'Anglais ou d'Américains. C'étaient effectivement des Américains qui s'étonnaient de la présence en ces lieux de la jeune fille, dont les revers de la veste portaient encore les deux médailles militaires. Ils la questionnèrent dans leur langue. Léona tentait, dans la sienne, d'expliquer sa présence ici. Pour mettre un terme à ce dialogue de sourds, l'homme héla la personne restée au volant d'une longue limousine arrêtée sur le chemin. *« Mister Robert, come on ! Come on, please ! »* Le chauffeur accourut. Suivit une longue tirade où l'homme et la femme se relayaient. Le chauffeur, un Français, traduisait.

— Monsieur et madame Maughan, qui sont américains, sont curieux de savoir qui vous êtes, ce que vous faites là, pourquoi vous avez dormi dans ce trou, pourquoi vous portez ces médailles militaires et si vous avez besoin d'aide.

— Je n'ai besoin d'aucune aide. Je suis la fille d'un héros, enterré vivant, le 23 février 1916, à l'endroit précis où vous posez vos pieds en ce moment ! déclara-t-elle en fanfaronnant, mais les yeux pleins de larmes.

À la traduction de cette phrase, les Maughan,

effarés, reculèrent ensemble de plusieurs pas, comme s'ils avaient craint de fouler une tombe.

— J'étais juste venue pour rendre un hommage à mon père, mentit-elle, et si j'arbore les décorations qu'il a méritées, c'est parce qu'il ne peut pas les porter lui-même…

Mue par un pressentiment, madame Maughan se précipita pour soutenir Léona qui s'effondrait en larmes. Elle avait bien remarqué que la jeune fille était en plein désarroi. Ce n'était pas une personne désaxée comme son accoutrement et son comportement auraient pu le faire croire. Margaret Maughan avait d'emblée perçu que Léona était en souffrance. Quand elle en connut la raison, elle ne put s'empêcher d'être émue au point de la prendre dans ses bras. Tout en séchant ses larmes avec son mouchoir, elle lui murmurait à l'oreille des mots que la jeune fille ne comprenait pas, mais dont le ton et la douceur l'apaisèrent. Puis la femme échangea quelques propos avec son mari. Ce dernier était occupé à photographier les vestiges de la guerre, les amoncellements de ferrailles rouillées, le moutonnement des trous d'obus, ainsi que les tas de douilles de cuivre solidement clôturés de barbelés pour dissuader les voleurs. Maintenant rassérénée, Léona fit demander par le chauffeur si monsieur Maughan voulait bien la photographier à l'endroit où son père avait disparu. Elle prit alors en main le plus grand cliché de Fernand qu'elle s'appliqua à tenir devant elle, face à l'objectif.

Le visage exsangue de la jeune Meusienne ravagé par les larmes, la fatigue et sûrement la faim, impressionna Margaret qui proposa, avec l'assentiment de son mari, de l'emmener avec eux à Verdun où ils avaient décidé de se restaurer. Léona, sensible à la chaleur du couple, à sa bonté, remisa ses projets morbides pour accepter l'invitation. Les médailles et les photos retrouvèrent le cartable. Le peigne prêté par Margaret remit un peu d'ordre dans sa coiffure, tandis que mister Robert allait chercher la bicyclette qu'il parvint à caser dans le volumineux coffre de la voiture. Consultant un guide à l'usage des touristes américains, des champs de bataille, ils optèrent pour l'hostellerie du Coq Hardi. À Verdun, les Maughan voulurent passer devant la fameuse citadelle qu'on signalait dans tous les guides comme le sanctuaire d'où l'on avait protégé, soigné, nourri, abreuvé, armé ceux du front. C'était là, se plut à préciser Léona, dans une galerie des fortifications dues à Vauban, qu'avait eu lieu la solennelle cérémonie du choix du soldat inconnu. Elle confia qu'elle y avait elle-même assisté, et en raconta le déroulement dans les moindres détails à ses interlocuteurs, aussi intéressés que médusés par les connaissances de la jeune fille. Au pied des hautes murailles, des ouvriers italiens érigeaient des statues dédiées aux grands chefs de guerre. Jusqu'à la disparition de son père, Léona en avait révéré certains. Elle les avait ensuite accusés d'incompétence, et surtout de s'accommoder de pertes importantes, plongeant les familles dans le malheur.

La voiture stationna sur un terre-plein, en bordure de la Meuse, non loin de l'auberge. C'était la première fois que notre villageoise pénétrait dans cet endroit renommé. Elle en avait entendu parler au village comme d'une table réservée aux gens huppés. C'était en effet le meilleur établissement de Verdun. Comme le reste de la ville, il avait souffert des bombardements, mais avait vite retrouvé, en même temps qu'une nombreuse clientèle, sa structure et son confort d'avant-guerre. D'abord quelque peu intimidée par le décorum et la difficulté de lier conversation avec le couple, Léona fut progressivement mise en confiance grâce au chauffeur qui traduisait les paroles toutes de gentillesse et de douceur des Maughan. Elle apprit ainsi qu'ils avaient eu la douleur de perdre leur fils Edward et leur neveu John, tous deux morts au champ d'honneur. Comme beaucoup de leurs compatriotes, ils étaient venus sur le Vieux Continent curieux de découvrir les lieux où leurs enfants, à un âge où l'on attend tout de la vie, avaient vu la leur violemment interrompue à des milliers de kilomètres de leur cocon familial. À leurs nombreuses questions, Léona répondit volontiers. Elle parla longuement de son père, de Benoît, de l'époque heureuse de sa vie. Elle fut moins prolixe quand elle évoqua l'exil, le douloureux retour à Bon-Ru ainsi que le remariage de sa mère. Margaret Maughan était très émue par le sort de cette petite Française qui devait être bien malheureuse, privée de l'amour de ceux qu'elle affectionnait. Elle fut désolée d'apprendre que la jeune fille avait été mise à la porte de son école, lui interdisant ainsi d'obtenir son diplôme d'institutrice.

Après le repas, les Américains voulurent se rendre à Douaumont. Assise à l'avant, près du chauffeur, Léona servit de guide. Restés à quelque distance, ils observaient l'intense activité sur ce chantier qui n'avait aucun secret pour elle. Ils apprirent ainsi que, sur la façade longue de 137 mètres, seraient apposés les écussons des villes ayant aidé à son édification, que la tour située dans l'axe de l'entrée, dont on pouvait déjà voir une partie, serait haute de 46 mètres. Elle serait surmontée d'une lanterne dans laquelle un phare à quatre feux blancs et rouges encadrerait une cloche de 2 300 kilos. L'ossuaire était conçu pour accueillir les restes non identifiés d'environ 130 000 hommes, et l'on prévoyait encore neuf années de travail pour son achèvement. Étonnés par autant de connaissances, les Maughan remercièrent chaleureusement la jeune fille.

De retour à la voiture, mister Robert étala une carte sur le capot. Il devait emmener ses passagers à Romagne-sous-Montfaucon, où l'aménagement du plus grand cimetière américain devait être en cours d'achèvement. Si eux-mêmes avaient fait rapatrier le corps d'Edward, celui de leur neveu John devait y être encore enseveli.

— Je sais où c'est, mister Robert, dit Léona, je peux vous y accompagner.

— Mister signifie monsieur, alors appelez-moi Monsieur Robert. Ceci dit, ça m'aiderait que vous me serviez encore de guide.

Consultés, les Maughan acquiescèrent avec enthousiasme. Durant le trajet, Léona se fit expliquer la présence des petits drapeaux américains sur les ailes de la voiture. Elle, sut alors que monsieur Robert était chauffeur à l'ambassade des États-Unis à Paris, et qu'il avait mission de transporter sur les champs de bataille monsieur et madame Maughan, cousins de l'ambassadeur.

Un autre cimetière militaire au bord de la route, à l'approche de Consenvoye. Le mur d'enceinte était en grès rouge, les tombes de pierre sombre ; les autorités françaises ayant refusé que les tombes des soldats ennemis soient de couleur blanche. Allan Maughan voulut s'y arrêter. Léona resta dans la voiture. Elle était certes pour la paix, mais elle n'avait jamais pardonné aux Allemands de lui avoir pris son père.

À Romagne, elle retrouva son allant pour indiquer qu'au 11 novembre 1918 les forces expéditionnaires américaines comptaient plus d'un million de combattants. Les pertes totales dépassaient 116 000 hommes, dont 28 000 dans la région. L'écrin verdoyant de 52 hectares que les visiteurs avaient sous les yeux abritait 14 246 tombes, dont 486 de soldats inconnus. Les croix impeccablement alignées étaient en marbre blanc d'Italie et portaient les noms, date de naissance et de mort de chacun. Il fallut en parcourir plusieurs rangées avant de découvrir celle du neveu John Maughan. Cette fois, ce fut Léona qui dut soutenir Margaret, qui ne pouvait retenir ses larmes. L'Américaine pria silencieusement tout en essayant de contenir ses sanglots.

Des allées bordées de tilleuls, un parc arboré d'une soixantaine d'essences face aux tombes, des bassins avec jeux d'eau devaient être mis en place dans les années à venir.

Cette fois encore, les Américains furent confondus par toutes les précisions de la jeune fille, si bien que, lorsqu'elle fit part de son intention de récupérer son vélo pour rentrer chez elle, ils s'y opposèrent avec un bel ensemble. Ils tenaient à la raccompagner jusqu'à son domicile.

L'arrivée de la limousine dans la cour de Bon-Ru s'accompagna des aboiements d'Apache, auxquels se mêlaient les piaillements des volailles effarouchées. Le remue-ménage avait précipité Ida sur le seuil. Elle reconnut sa fille descendant de voiture. « On était si inquiets », avoua-t-elle en serrant Léona dans ses bras.

Puis, avisant les personnes qui quittaient à leur tour le véhicule, elle adressa un regard interrogateur à sa fille.

« Je te présente monsieur et madame Maughan qui sont venus spécialement d'Amérique pour visiter les champs de bataille. Le monsieur en blouse et casquette s'appelle monsieur Robert. Il est leur chauffeur et leur interprète. Les Maughan sont des cousins de l'ambassadeur des États-Unis en France. » À l'énoncé de ces titres, Ida, par un réflexe de coquetterie, ôta son tablier comme cela se faisait à la campagne quand la maîtresse de maison était surprise par une visite importante. Elle fit entrer son monde dans la pièce commune, tout en s'excusant du relatif désordre qui y régnait. On s'assit autour de la table, tandis que Marcel admirait la voiture dans la cour.

Les Maughan racontèrent les circonstances exactes de leur rencontre avec Léona, rapportèrent comment ils avaient passé la journée et ne manquèrent pas de faire son éloge. Comme elle ne leur avait rien caché de sa situation et de son avenir incertain, ils proposèrent de parler d'elle à leur cousin qui lui trouverait sûrement un emploi à l'ambassade, à condition, bien entendu, que sa mère soit d'accord. Ida se tourna alors vers sa fille et vit dans ses yeux un tel éclat d'espoir et de joie qu'elle acquiesça aussitôt.

Puis la maîtresse des lieux offrit du cidre bien frais. On échangea les adresses. Les Américains promirent que Léona recevrait une proposition d'embauche avant deux mois. Avant de reprendre place dans la limousine, Margaret serra la fugueuse très fort dans ses bras.

La perspective d'aller travailler, et donc résider, à Paris avait complètement transfiguré la jeune fille. Lorsque son éviction de l'école lui avait interdit tout projet d'avenir, elle n'avait plus vécu que dans le passé, ce qui l'avait entraînée à vouloir en finir avec la vie. Désormais, grâce à cette rencontre inespérée, elle pouvait se projeter dans le futur, occuper son esprit à imaginer la vie dans la capitale. Là-bas, elle aurait sûrement affaire à des gens de qualité, elle apprendrait les bonnes manières, elle serait aux premières loges pour découvrir la mode, elle irait aux spectacles – autant de plaisirs inaccessibles à la campagne.

Ça la changerait agréablement des gens d'ici, des filles rougeaudes et mal dégrossies, de leurs mères grises des pieds à la tête, des garçons souvent incultes, aux larges mains calleuses et aux ongles sales, et qui se mesuraient souvent entre eux au nombre d'apéritifs ou de canons qu'ils pouvaient ingurgiter.

Après l'abattement de la veille, elle était maintenant animée par une exaltation qui ravissait le reste de la famille.

— Tu devrais remercier Dieu d'avoir mis ces bonnes gens sur ta route en allant allumer un cierge, avait osé lui dire Ida.

— N'insiste pas, maman ! Tu sais bien que je ne crois plus en sa bonté. Je ne crois même plus en son existence ! lui opposa Léona.

— Comment peux-tu dire des choses pareilles, toi qui as été baptisée, toi qui as fait ta communion ! Ton père doit se retourner dans sa tombe…

— Laisse papa tranquille ! Je suis sûre que là où il est, il me comprend ! rétorqua la jeune fille.

— Fais-le pour moi, insista Ida. Blanche Mauduit, qui vient parfois me donner un coup de main, m'a dit qu'au lavoir il est souvent question de toi. Chacune se demande pourquoi on ne te voit plus à l'office, comment il se fait que je n'arrive pas, moi si fervente, à t'y contraindre. Ton comportement fait mauvais effet dans le village…

— Qui ose se permettre de me critiquer, ainsi que la famille à travers moi ? C'est cette commère de vieille mère Arteaux qui, restée au village pendant l'exode, a pillé linge, vaisselle et argenterie des maisons vides de leurs occupants, assurant ainsi le trousseau de ses trois filles ? Ou bien encore l'Yvette Martin, qui n'a jamais pu se hisser au niveau du certificat, et qui m'a toujours jalousée parce que j'ai fait des études ? Ou, alors la veuve Mercier, qui est toujours fourrée à l'église – paraît-il qu'elle est grosse d'un maçon italien ? Je me moque de ce qu'on pense de moi au village, poursuivit Léona, je me moque du qu'en-dira-t-on. Dans quelques semaines, je serai au milieu de gens civilisés !

Le jour tant redouté était enfin arrivé. La voiture du sous-préfet s'arrêta devant la mairie, mettant un terme à la bruyante animation qui régnait dans les rangs de jeunes hommes venus de tout le canton. On s'écarta pour laisser passer le représentant du gouvernement accompagné de deux personnes portant serviette. Les maires, convoqués eux aussi, arrivaient les uns après les autres, saluaient bruyamment les garçons de leur village. « Alors, la France de demain, j'espère qu'il n'y aura pas d'ajourné parmi vous ! » Ne pas être déclaré bon pour le service hantait chaque esprit. C'était la honte, la déconsidération assurée dans la communauté villageoise. C'était la marque qu'on n'était pas comme les autres, qu'on souffrait de grave affection ou de malformation, que le corps ou l'esprit, ou parfois les deux, n'étaient pas à même de remplir les fonctions qu'on attendait d'eux. Allez trouver femme après une telle mise à l'index ! Et qui prendrait le risque d'embaucher un tel déficient ? Il fallait à tout prix être bon pour le service, pas seulement pour le service militaire, mais aussi pour le service conjugal, pour le service professionnel.

Arriva ensuite un homme à la barbe brune bien taillée, portant lui aussi une serviette à la main et une blouse blanche pliée sous le bras. Sûrement le docteur, bientôt suivi par un militaire en grand uniforme. À chacun de ses pas, les nombreuses médailles qui lui barraient la poitrine tintaient. Sa démarche claudicante et ses difficultés à se hisser en haut de l'escalier menant à la salle où se tenait le conseil de révision étaient sans doute dues à une blessure de guerre.

Ordre fut donné aux jeunes gens de monter dans le hall du premier étage. On procéda à l'appel, et l'on demanda à tous de se déshabiller complètement avant de se présenter, carte d'identité en main, dans la salle où les attendait le jury. C'était l'effervescence dans ce vestiaire improvisé. Pour la première fois de leur vie, la quasi-totalité de ces jeunes se retrouvaient nus devant d'autres hommes. Les visages et les avant-bras hâlés par le soleil de l'été tranchaient sur le blanc laiteux du reste du corps. Une odeur mêlée d'eau de Cologne et de sueur avait empli l'étage. C'est qu'il avait fallu se laver entièrement pour l'occasion, ce qui n'était pas dans leurs habitudes.

Les voilà maintenant devant les membres du conseil. Les plaisanteries et les rires s'étaient tus. Gêné de paraître nu devant ces personnalités, et surtout devant le maire de leur village, chacun tentait de dissimuler sa virilité derrière le dérisoire écran de sa carte d'identité. L'appel se fit à nouveau, non plus par village, mais par ordre alphabétique. Le garçon concerné devait remettre sa carte à un secrétaire, passer à la toise, sur la balance, puis devant le tableau de vision. À propos de la lecture des caractères plus ou moins grands qui devaient déterminer l'acuité visuelle, Pol Collinot, de Mont-devant-Sassey, fut incapable d'en déchiffrer aucun, fût-il le plus important. L'homme de l'art s'apprêta à intervenir alors pour un examen approfondi des yeux du pauvre Paul.

« C'est pas la peine, docteur, s'écria le maire de Mont. Il a une excellente vue, peut-être même meilleure que la vôtre ; c'est la plus fine gâchette du village ! Seulement voilà, malgré les efforts de sa maîtresse, le monsieur n'a jamais réussi à apprendre à lire ! » Le seul à ne pas rire fut le garçon en question.

Après cette récréation, les choses reprirent leur cours. C'était maintenant au médecin de procéder à un rapide examen du cœur et des poumons au stéthoscope, de s'assurer de la bonne conformité de la voûte plantaire, de prendre quelque recul pour constater si la colonne vertébrale ne souffrait d'aucune déviation, tout en dictant ce qu'il observait dans un langage qui échappait à l'examiné.

Camille Vigoureux fut l'avant-dernier à passer. Il était plutôt confiant. Son corps, qui avait prématurément souffert d'efforts répétés, n'en portait plus trace, sinon par sa remarquable musculature. Depuis son retour en France, grâce à l'excellente nourriture mitonnée par Ida, et peut-être aussi grâce au plaisir d'appartenir à une communauté qui le respectait, il avait grandi d'une dizaine de centimètres. Il savait aussi qu'il n'échapperait pas aux railleries de Léona s'il était déclaré inapte, aussi mit-il toutes les chances de son côté en se présentant tête haute, bras légèrement écartés, muscles imperceptiblement tendus.

À nouveau rassemblés sur le trottoir de la mairie, ils attendaient le verdict du conseil. La liste en main, le sous-préfet apparut sur le perron, suivi des autres membres du jury. Silence complet. Chaque « bon pour le service ! » était ponctué par un cri de joie. Par contre, les « ajourné ! » ou « réformé ! » étaient suivis d'un silence gêné, tous les regards se tournant vers leurs destinataires qui, malheureux, quittaient le groupe en rasant les murs. Autre moment difficile pour eux quand ils auraient à annoncer la mauvaise nouvelle à leurs proches.

Les « bon pour le service ! », dont Camille faisait partie, se précipitèrent vers le colporteur qui avait étalé le contenu de sa balle[1] sur le trottoir d'en face. Ils y achetèrent des rubans tricolores, des cocardes qu'ils épinglèrent à leur veste, des calots et des casquettes en papier, aux couleurs du drapeau eux aussi, des trompettes et surtout des pétards. Les rues du bourg s'emplirent rapidement d'explosions, de sonneries de trompettes et de chants martiaux. C'étaient les enfants de la patrie que les anciens applaudissaient, et qui se dirigeaient maintenant d'un bon pas vers le bistrot le plus proche. En route, la jeune fille qu'ils croisaient devait se laisser embrasser. C'était leur jour de gloire. Ils avaient tous les droits. Le patron du café y allait de sa tournée, qui était descendue après de nombreuses autres. Puis on quittait l'endroit, mais les libations n'étaient

1. Hotte.

pas terminées. Il restait d'autres buvettes sur le parcours. Les esprits commençaient à s'échauffer. Il arrivait que d'anciennes querelles, opposant des villages ou des familles, reviennent dans la discussion. Des bagarres se déclenchaient parfois. On aurait dit que, futurs combattants, les jeunes gens avaient à cœur de s'entraîner pour la prochaine.

Camille et ses camarades revinrent au village où on leur fit fête. Aucun d'entre eux n'était réformé. Grâce au maire, rentré plus tôt, ce palmarès flatteur était connu de la plupart des habitants. Beaucoup d'entre eux invitèrent les jeunes gens à « arroser ça » ! Les autres jeunes gens du village, garçons et filles, qui attendaient avec impatience le retour des héros du jour, se dirigèrent vers la salle de danse du café. Là, on sollicita sans interruption le piano mécanique. Pour une modeste pièce de monnaie, il gratifiait l'assistance de valses, de polkas et de fox-trot.

Assise sur un des bancs qui bordaient la salle de danse, Léona discutait avec Céline, une ancienne camarade de l'école primaire supérieure, en vacances chez une tante du village. Céline l'avait persuadée de l'accompagner, les distractions pour les jeunes filles étant plutôt rares à la campagne. Camille fut agréablement surpris de découvrir sa présence dans la salle.

Après une courte pause, le piano redémarra pour une valse lente. Sans perdre une seconde, les garçons allaient inviter la fille qu'ils avaient choisie et qui, peut-être, leur avait fait auparavant un appel du sourire ou du regard. Seuls quelques jeunes hommes qui, par manque de cavalières, étaient restés dans un coin, évoquaient d'une voix pâteuse le futur service militaire. L'un d'entre eux affirmait vouloir servir en Afrique du Nord ; il verrait ainsi du pays « aux frais de la princesse ! » D'autres choisissaient l'arme dans laquelle ils aimeraient être recrutés. « Moi, c'est la cavalerie. J'avais même pas dix ans que je conduisais déjà un attelage de trois chevaux ! » « Ben moi, j'espère qu'y vont pas me mettre dans la marine. J'sais pas nager ! »

Il ne restait qu'une fille à faire tapisserie, c'était Léona. Sa réputation rebutait les garçons. Aucun n'avait osé venir vers elle. Pourtant, l'un d'entre eux, Ernest Lardenois, autant par provocation que par l'audace que lui donnait un trop-plein d'alcool, s'y essaya. Il fut sèchement renvoyé d'où il venait, traversant la salle en titubant et maugréant. La règle voulait que, pour une même danse, la fille ayant refusé une invitation ne puisse en accepter une d'un autre cavalier. Cependant, Camille pensa que l'occasion était belle d'aller l'inviter à danser. Enhardi par l'ambiance générale et l'effet des boissons fortes, il se dirigea vers elle. Avant qu'il ait formulé sa demande, Léona était debout qui acquiesçait. Ils dansèrent sans échanger une seule parole. Camille était trop ému pour parler. Au contact du corps du garçon, Léona, les yeux mi-clos, pensait à Raymond. Il l'avait humiliée devant les autres, mais, depuis, elle avait conclu qu'il avait agi ainsi pour faire le malin et qu'il devait le regretter. C'est avec lui qu'elle dansait. Elle se laissait aller dans ses bras. Étonné par cette façon qu'elle avait de s'abandonner, Camille voulut profiter de son avantage pour la serrer de plus près. Revenant à la réalité, Léona le repoussa sans violence, mais avec fermeté. Elle fit de même lorsqu'il la sollicita pour la danse du tapis. Cette fameuse danse était toujours attendue et appréciée lors des bals. Au rythme de la musique, les danseurs, main dans la main, formaient une ronde. L'un d'eux, au milieu du cercle, disposait d'un petit tapis qu'il allait agiter devant la jeune fille de son choix. Celle-ci quittait la ronde, rejoignait le jeune homme. Tous deux, à genoux sur le tapis posé au sol, s'embrassaient quatre fois. C'était ensuite à la jeune fille de disposer du tapis pour inviter le garçon qu'il lui plaisait d'embrasser. Si les mêmes couples se retrouvaient plusieurs fois de suite au centre de la ronde, cela signifiait qu'ils se plaisaient. La déclaration était ainsi faite sans avoir eu recours à la parole – économie fort prisée par la plupart des jeunes paysans, rarement virtuoses de la prose amoureuse.

Lorsqu'il eut à nouveau le tapis en main, Camille sollicita une nouvelle fois Léona. « Alors, on fraye avec sa sœur, maintenant ? » eut tort de s'écrier le grand Lardenois pour se venger du refus de la jeune fille.

Le poing de Camille lui éclata le nez. Le plastron de sa chemise blanche se colora de rouge. Il voulut répliquer. Sous les cris effarouchés des filles, la bagarre prit de l'ampleur. Certains parlèrent d'infliger une bonne correction au bâtard et à la fiérote de Bon-Ru. On ressuscitait ainsi le passé sans même l'avoir vécu. Mais ces histoires racontées par la génération précédente avaient la vie dure.

La sagesse voulut que, devant l'hostilité quasi

générale, Camille et Léona quittent rapidement la salle de danse pour reprendre le chemin de la ferme, qu'ils parcoururent sans s'adresser la moindre parole.

Ce n'était pas la première fois qu'on les prenait pour frère et sœur, ce qui avait le don d'exaspérer Léona. Si certains, peu au courant de leur situation familiale, le disaient en toute bonne foi, d'autres, au contraire, animés par la jalousie ou le plaisir de nuire, y mettaient beaucoup de malveillance.

Camille, lui aussi, supportait mal, cet amalgame, pour la raison première qu'il était amoureux de Léona et que ça ne se faisait pas d'aimer sa sœur et de vouloir se marier avec elle.

Ce projet lointain, il l'avait toujours considéré comme utopique. Les rapports passés avec la jeune fille, le comportement inamical de cette dernière envers lui, montraient à l'évidence qu'il était irréalisable. Grâce au bal des conscrits où elle s'était montrée sous un autre jour, l'espoir lui était revenu.

Léona, quant à elle, avait beaucoup évolué depuis sa rencontre avec les Américains. Parisienne avant l'heure et par le rêve, elle avait pris le parti de passer ses dernières semaines à Bon-Ru sans heurter sa famille, qu'elle ne voyait plus avec les mêmes yeux. C'est ce qui expliquait son attitude envers Camille, qu'elle acceptait désormais de côtoyer. Mais il ne devait se faire aucune illusion. Elle avait bien voulu répondre à ses invitations et il fallait s'en tenir là. Elle avait bien noté une amélioration dans les manières du jeune homme. Ainsi, elle le voyait jour après jour prendre un peu plus soin de sa personne, s'efforcer d'employer un langage qui ne fût pas celui d'un charretier, apprendre à regarder les gens en face, ce qu'il ne faisait pas jusqu'alors – mais tout cela ne justifiait pas qu'il se sente autorisé à avoir des vues sur elle.

Pour montrer qu'elle n'avait pas un cœur de pierre, elle semblait prendre plaisir aux discussions de table. Elle alla même, un soir, gratifier chacun d'un baiser accompagné d'un « bonne nuit ! » qui surprit tout le monde. Paul était enfin rassuré, il n'était plus l'ennemi.

Pour Léona, les jours s'écoulaient avec une lenteur exaspérante. Elle avait prévenu le nouveau facteur qu'elle attendait un courrier d'une extrême importance venant de Paris. Que, dès qu'il l'aurait en main, il en prenne le plus grand soin et ne tarde pas à le lui livrer.

Pour tuer le temps, elle s'efforçait de participer le plus qu'elle pouvait aux travaux de la moisson. Avec sa mère et Marcel, elle mettait les gerbes de blé en moyettes de neuf, la dixième gerbe inclinée vers la pluie dominante, tandis que Camille menait l'attelage de la moissonneuse-lieuse aux commandes de laquelle officiait Paul. L'équipe était de qualité. Tandis que la plupart des autres moissonneurs perdaient du temps à se rendre de l'un à l'autre des champs de blé, vite fauchés en raison de leur modeste superficie, eux n'avaient pas à se déplacer, les terres de Bon-Ru présentant l'avantage de s'étendre tout autour de la ferme.

Lorsque le chariot de gerbes sèches arrivait sur l'aire de grange, là encore, chacun rejoignait son poste habituel. Léona se juchait sur le chariot, une fourche à trois dents en main, avec laquelle elle saisissait les gerbes qu'elle envoyait à Camille, chargé de les disposer en lits. Toutes dans le même sens, elles devaient s'appuyer l'une sur l'autre pour ne pas laisser les souris parcourir tout le tas, mais ne devaient pas s'imbriquer afin d'en faciliter la prise lors des battages d'hiver.

Ce jour-là, Léona ne décolérait pas. Camille ne cessait de lui destiner des œillades d'amoureux. « Cesse de me regarder avec des yeux de merlan frit ! » lui avait-elle lancé sans ménagement. Il ne s'était pas arrêté pour autant. De surcroît, alors qu'elle était occupée à la crémaillère de brêlage du chargement, il s'était doucement approché d'elle, et lui avait glissé sous la blouse une grenouille rousse de belle taille qu'il avait capturée au cul d'une moyette. Léona était partie en courant et en criant, se secouant pour se débarrasser de la pauvre bête dont elle n'était parvenue à se libérer qu'en se déshabillant à demi sous l'œil intéressé du garçon. Elle avait juré de se venger.

Le déchargement du chariot lui en donna l'occasion. Il n'y avait pour l'instant que deux lits de gerbes sur le sol de la grange aux céréales. Camille les entassait. Léona, du haut du chariot, les lui envoyait au plus près de l'endroit où il devait les mettre. Une première fois, elle s'arrangea de telle sorte que le cul de la gerbe lui griffe le visage. Ça ne fit que l'effleurer grâce à un mouvement de réflexe qui le projeta en arrière. La seconde fois fut la bonne. Les tiges bien sèches du blé marquèrent la joue du jeune homme qui n'avait pas vu arriver le danger.

« Tu t'es battu avec un chat enragé ? » lui demanda malicieusement Marcel en découvrant les égratignures qui striaient la joue gauche de Camille. Ce dernier ne répondit pas, mais jeta un regard lourd de reproche à Léona.

Léona s'arrangeait pour être à Bon-Ru à l'heure de l'éventuel passage du facteur. Du coin de la cour, on avait vue sur la route et sur l'entrée du chemin menant à la ferme. C'est de là qu'elle observait s'il bifurquait ou non pour venir porter le courrier. Si c'était le cas, l'émotion la prenait. Jusqu'alors, rien pour elle. Sa déception était à chaque fois à la mesure de son attente.

Un jour cependant, le 22 août (elle devait ne jamais oublier cette date), l'homme de la poste sortit de sa volumineuse musette de cuir noir une lettre qu'il s'amusa à brandir.

« La voilà, la fameuse lettre ! Mademoiselle Léona va être contente !... Vous voyez, mademoiselle, que les services de la poste fonctionnent bien, dit-il en déchiffrant le tampon d'oblitération : partie le 18 de Paris-Centre, la voilà déjà rendue en pleine campagne, à l'écart de Bon-Ru ! »

Impatiente, Léona la prit des mains de l'homme et courut s'isoler pour la lire. Elle décacheta l'enveloppe avec une telle fébrilité qu'elle la déchira à demi.

Ambassade des États-Unis à Paris
Paris, le 18 août 1923
Direction du protocole
Sous-direction de l'intendance
Direction des personnels

À mademoiselle François Léona
Ferme de Bon-Ru
Saulmory-par-Montigny. Meuse.

Mademoiselle,

Une note émanant de Son Excellence Monsieur l'Ambassadeur nous fait part de son désir de vous voir embauchée par nos services.

Après examen des différentes possibilités s'offrant à nous, et en tenant compte de notre manque d'informations concernant vos compétences, nous ne pouvons vous proposer qu'un poste subalterne aux cuisines, à pourvoir au 1er novembre prochain.

Si vous en êtes d'accord, avec deux autres employées, vous aurez la charge du nettoyage, de l'entretien et du rangement de la vaisselle et de l'argenterie. Cette activité, qui semble peu gratifiante, requiert cependant discipline et rigueur. Si vous donnez satisfaction à cet emploi, et en fonction des disponibilités et de votre présentation, vous pourrez, après probation d'un minimum de connaissances dans notre langue, postuler pour le service du restaurant de l'Ambassade.

En raison des horaires irréguliers, la possibilité vous sera donnée de disposer d'une chambre et de ses commodités, si vous décidez de répondre favorablement à notre offre.

À ce courrier, nous joignons un contrat d'embauche en deux exemplaires que nous vous demandons de lire avec la plus grande attention avant de les parapher et de nous les retourner.

En espérant vous accueillir bientôt au sein de notre personnel, je vous prie d'agréer mes salutations distinguées.

A. W. MAC DONALD
Directeur des personnels de service

PS : Comme vous êtes encore mineure, le contrat devra être aussi signé par votre mère.

Il fallut plusieurs lectures à Léona pour bien se pénétrer du contenu de la lettre. La jeune fille était heureuse. Tant pis si le travail proposé n'était pas très enrichissant, il offrait au moins l'avantage de pouvoir évoluer. L'essentiel, pour elle, était de travailler et de vivre dans la capitale. Avec sa mère, la jeune fille prit connaissance du contrat. Il fallait bien être deux pour percer le contenu de tous les articles. Il y était question du contingent minimal d'heures de service, des gages exprimés en dollars, des retenues pour les repas qui seraient pris en cuisine et pour la chambre (à ce propos, il était stipulé qu'il était interdit d'y recevoir quiconque), des assurances, du jour de congé hebdomadaire et des congés annuels.

Les seules ombres à ce tableau, par ailleurs prometteur, étaient que Léona ne connaissait pas le moindre mot d'anglais et qu'il lui fallait patienter encore pendant deux longs mois avant de prendre son service. Ida lui fit remarquer qu'il serait judicieux de profiter de ce délai pour se familiariser avec les bases de la langue. Après avoir réfléchi, elle lui suggéra de se mettre en rapport avec Auguste Clémentin. À Montigny, les gens l'appelaient « l'Américain », car, blessé de guerre, il avait travaillé de 1917 à 1918 dans les services d'intendance du corps expéditionnaire, à l'arrière du front. Lorsqu'il quittait le bistrot où il s'était attardé devant de trop nombreux verres de Dubonnet, il lui arrivait de parcourir la rue principale pour rentrer chez lui en chantant à tue-tête des airs militaires d'outre-Atlantique.

Le lendemain même, Léona et sa mère se rendirent chez « l'Américain », qui les accueillit dans sa maisonnette, véritable capharnaüm où, comme disait Ida sur le chemin du retour, une vache n'aurait pas retrouvé son veau. Partout, un entassement de souvenirs de guerre, des douilles ouvragées où achevait de se décomposer ce qui avait dû être des bleuets, des casques français, allemands, anglais, américains, sur le haut d'un buffet Henri III, la partie basse étant réservée à un alignement de balles de taille croissante, de celle du pistolet d'ordonnance à celle des mitrailleuses de gros calibre. Au mur, des bidons, des gamelles, des quarts et des masques à gaz.

Impressionnée par ce musée qui l'amena à penser fortement à son père, pour qui la plupart de ces objets avaient dû être familiers, Léona laissa à sa mère le soin d'exposer le but de leur visite. Le vieil homme s'en amusa. Il confessa n'avoir retenu de la fréquentation des « Ricains » que quelques chansons et des mots d'un vocabulaire fort prisé dans les corps de garde, mais qui détonneraient dans la bouche d'une jeune fille bien élevée, surtout dans le milieu où elle allait travailler.

« Cependant, je vais quand même pouvoir vous aider, petite demoiselle », dit-il en escaladant une chaise après l'avoir libérée d'un matou angora que l'arrivée des visiteuses n'avait pas réveillé.

Du dernier rayon du buffet, il sortit une boîte à biscuits qui avait perdu ses couleurs. Le couvercle ôté, la cassette révéla ses secrets. Sous quelques photos, dont un portrait de femme à la mine sévère, il y avait un petit dictionnaire à la couverture de moleskine lustrée aux quatre coins.

— Voilà, c'est pour vous, dit-il en tendant l'objet à Léona. C'est le glossaire de poche que j'ai reçu le jour de mon embauche chez les Ricains. Il m'a bien servi, d'ailleurs ça se voit ! Mais, voyez-vous, petite demoiselle, ce qu'il y a de plus dur dans le maniement de cette langue, c'est leur foutu accent ! J'ai jamais pu m'y faire. Mais vous, vous y arriverez, parce que vous êtes jeune et que vous avez été aux écoles.

Léona et sa mère apprécièrent le geste d'Auguste Clémentin et se confondirent en remerciements. Homme généreux, malgré son attachement aux objets souvenirs de sa guerre, il avait consenti le sacrifice de se défaire de l'un d'eux.

Le dimanche suivant, Ida lui fit porter une quiche tout juste sortie du four.

À peine rentrée à Bon-Ru, Léona alla s'installer à l'ombre du noyer, dans la cour de derrière, dictionnaire en main. Elle décida de commencer l'apprentissage dans le sens français-anglais. L'exercice n'était pas aisé. Elle parvenait à se souvenir de l'écriture du mot anglais qu'elle prononçait à la française, mais se doutait bien qu'il lui manquait « le foutu accent » !

Le soir, à la petite table de sa chambre, elle écrivait sur un carnet les mots qu'il lui semblait indispensable de savoir pour assurer le service de la salle à manger – car si elle acceptait de faire la plonge à l'ambassade, son objectif était de rester à ce poste le moins longtemps possible. Elle aurait aimé être employée aux écritures, mais c'était impensable en raison de la barrière de la langue. Face aux mots français tels que « viande », « pain », « servir », elle notait la traduction dans ce sabir qui lui apparaissait de plus en plus étrange. Pour fixer les mots nouveaux, elle avait recours à des astuces. Ainsi assiette *(plate)* devenait « assiette plate », verre *(glass)* devenait « le verre de la glace », encore *(some more)*, « nous ne sommes pas encore morts » ! Pour couteau *(knife)*, il suffisait de penser à canife. Ah ! si la plupart de ces termes avaient été comme dessert *(dessert)*, les choses auraient été moins compliquées !

Une gerbe de dahlias dans les bras, Léona se rendait au monument aux morts pour y renouveler les bouquets qui avaient dû être mis à mal par le violent orage de la veille. Alors qu'elle parvenait sur la place du village, non loin de l'école, elle se retrouva brusquement mêlée à deux groupes de gamins qui, débouchant des rues proches, s'affrontaient, déguisés en combattants. Tous étaient casqués, souvent revêtus de vareuses bleu horizon ou kaki. Les uns s'étaient affublés de masques à gaz qui les rendaient terrifiants, d'autres brandissaient des Lebel au fût tordu, ou sans culasse, certains encore équipés de baïonnettes. Des musettes en bandoulière, ils extrayaient des boulets de terre glaise figurant des grenades, qu'ils lançaient sur « l'ennemi ». On mimait le tacatac des armes automatiques, le sifflement des obus, le bruit des explosions. On criait : « À l'attaque ! Sus à l'ennemi ! Pas de quartier ! On les aura ! » S'ensuivaient des corps à corps, factices au début, mais que Léona eut la surprise de voir se dévoyer en bagarre véritable. Les affrontements étaient passés du « pour du beurre » au « pour de vrai », de la guéguerre à la vraie guerre.

Outrée par de tels comportements guerriers, Léona tenta de faire cesser les hostilités. Dans le raffut ambiant, sa voix avait du mal à porter. Elle n'eut pas trop du renfort de la nouvelle institutrice qui, alertée par le chahut, était sortie pour tenter, elle aussi, de mettre un terme à ces jeux dangereux. Les combattants qui allaient, dans quelques jours, troquer leur vareuse contre le sarrau, la musette du soldat contre le cartable, ne tenaient pas à trop se faire remarquer par leur maîtresse à la veille de la rentrée. Le calme revint alors sur la place du village.

— Comment voulez-vous qu'on n'ait pas de guerre, quand on voit quelle fascination elle exerce sur les enfants ! se lamentait l'enseignante. Vous avez bien fait, mademoiselle, de tenter de ramener ces galopins à la raison…

— Madame, c'est surtout à votre vue et grâce à votre autorité qu'ils se sont arrêtés. Comme vous, je ne supporte pas qu'on joue à la guerre. J'y ai perdu mon père et mon meilleur ami, mon grand frère, dit Léona.

— Comme je vous comprends, reprit la femme. Je ne me suis jamais remise de la mort de mon frère, instituteur lui aussi, qui est tombé au Chemin des Dames.

Puis, voulant manifestement changer de sujet, elle interrogea Léona :

— N'êtes-vous pas mademoiselle François de Bon-Ru ? Excusez-moi de ne pas vous avoir reconnue d'emblée, mais je suis au village depuis peu, et je ne me suis pas encore familiarisée avec toutes les têtes. J'ai entendu parler de vous. C'est bien vous qui avez été embauchée à l'ambassade des États-Unis ? Vous en avez de la chance, d'aller habiter à Paris. J'y ai résidé autrefois, pendant un mois, chez une tante à laquelle, d'ailleurs, la guerre a été fatale.

Je n'oublierai jamais mon séjour dans cette ville de monuments, de musées, mais aussi de grands magasins et de théâtres. On peut facilement s'y cultiver et s'y distraire. Je vous envie, vous savez... Et qu'allez-vous faire chez nos amis américains ?

Léona expliqua comment elle avait été recrutée, quel allait être son travail et les promotions possibles. Elle avoua ses démêlés avec la langue anglaise, dont elle devait acquérir les bases pour avoir quelque chance d'accéder au niveau d'emploi supérieur.

— Vous avez de la chance, chère demoiselle, je me destinais justement au professorat d'anglais quand la guerre a tout remis en cause. Je dois vous dire que cette langue ne peut pas s'apprendre seul, tant la prononciation diffère de la nôtre. Si vous le désirez, je pourrai tester vos acquisitions, les corriger si besoin, et surtout vous entraîner à apprendre des mots nouveaux et le bon accent.

— Je vous remercie à l'avance, chère madame, votre aide me sera de la plus grande utilité, dit la jeune fille.

Rendez-vous fut pris pour le lendemain, en début de matinée.

En installant les fleurs dans les vases que la bourrasque avait renversés, Léona, devant le portrait en médaillon de son père, ne put s'empêcher de lui faire partager son bonheur. Deux rencontres inattendues, ces derniers temps, l'avaient sortie du profond accablement contre lequel elle avait perdu le goût de lutter, pour la projeter vers les horizons lumineux de l'espoir.

À l'heure dite, dictionnaire et calepin en poche,

elle se présenta à l'école. Au rez-de-chaussée, mademoiselle Robinet y occupait un logement exigu, envahi à cette heure matinale par une agréable odeur de café.

L'institutrice ne put réprimer un sourire lorsque Léona lui lut, en anglais, la liste des mots qu'elle avait retenus. Avec toute la pédagogie nécessaire, elle lui enseigna la prononciation correcte, en faisant répéter chaque mot un grand nombre de fois. L'élève s'amusait des sonorités des différentes lettres et syllabes. Elle apprit même une courte chanson, genre de comptine.

Quelqu'un la croisant sur la route de Bon-Ru n'aurait pas manqué d'être étonné par cette fille qui déclamait d'un ton enjoué de drôles de mots dans une drôle de langue.

On était le 30 septembre, veille de la rentrée scolaire, derniers instants du cours d'anglais. Mademoiselle Robinet, qui attendait pour le lendemain une trentaine de lascars de tous âges dans sa classe, n'aurait plus le temps d'assurer des cours particuliers. La dernière séance fut consacrée aux révisions. Les deux parties furent plutôt satisfaites. En guise de remerciements, Léona offrit une terrine de lapin qu'elle certifia avoir confectionnée elle-même en suivant les conseils de sa mère.

Ida ne s'en tenait pas là. Elle lui enseignait l'art de laver et d'essuyer la vaisselle. Tout ce que renfermait le buffet de la salle à manger comme plats, assiettes, verres, saucières, argenterie, qui n'étaient sollicités que deux ou trois fois l'an, fut passé au lavage et à l'essuyage sous son œil attentif. Elle montra à sa fille comment utiliser le torchon pour ne laisser aucune trace sur les verres de l'ambassade, qui, disait-elle, seraient sûrement en cristal, et comment s'en assurer en les mirant à la lumière. Si elle avait aussi la charge des ustensiles des cuisines, Ida lui enseigna comment on venait facilement à bout d'un cul de casserole noirci, avec un peu de cendre sur la « lavette ». Consciencieuse, Léona suivait à la lettre les conseils de sa mère. Un verre rattrapé de justesse, une soupière baptisée Modeste du nom d'un avaricieux cousin qui l'avait offerte au remariage, autant de prétextes à rire et à rétablir une sorte de complicité entre mère et fille.

Oubliés les sombres projets des semaines passées ! Oubliés les reproches adressés à la mère ! Tout ce qui l'entourait avait à présent retrouvé grâce à ses yeux. Elle ne délaissait pas son père pour autant. Au contraire, ses pensées allaient toujours aussi souvent vers lui. Elle se félicitait que le sort ait voulu qu'elle se rapproche ainsi de lui. Promesse fut faite de lui rendre visite chaque fois qu'elle serait libérée de son travail.

Comme dans la lettre relue mille fois depuis son arrivée, il était stipulé que les promotions se faisaient en fonction des connaissances de la langue, mais aussi de la présentation, Léona veilla à soigner la sienne. Ce soir-là, dans la glace de l'armoire de sa chambre, elle fit sans complaisance le bilan des rondeurs de son corps. Elle en conclut qu'il lui fallait perdre quelques kilos pour oser prétendre être un jour appelée au service du restaurant.

Depuis qu'elle avait décidé de reprendre place

autour de la table familiale, elle s'alimentait à nouveau normalement. Il n'était plus question de gober quantité d'œufs ou de mordre goulûment dans la motte de beurre ! Ce changement de nourriture avait déjà porté ses fruits, mais il restait encore beaucoup à faire.

L'un des deux exemplaires du contrat qu'elle avait renvoyés lui revint, confirmant ainsi son embauche. Y étaient joints une liasse de billets de train Dun-sur-Meuse/Paris-Est, ainsi qu'un plan de la capitale où l'on avait entouré de rouge la gare de l'Est ainsi que l'ambassade des États-Unis.

C'est munie de ces documents qu'elle se rendit à l'école ce jeudi-là. Elle trouva mademoiselle Robinet dans la salle de classe, attelée à la correction des cahiers. La maîtresse accueillit la jeune fille avec un plaisir non feint.

— Je suis contente de vous voir, dit-elle. Ça va me permettre de faire une pause. J'en ai des douleurs dans le poignet, à force de tracer les modèles d'écriture à l'encre rouge ! Tenez, regardez ce cahier. Quand je compare le mal que je me donne et les résultats que j'obtiens, je suis souvent désespérée. Il faut dire que j'ai bon nombre de pupilles de la nation dans ma classe ; certains n'ont pas connu leur père. Ils sont élevés par leur mère, qui doit travailler pour assurer leur subsistance, et parfois par des grands-parents quand la mère baisse les bras. On dirait qu'ils veulent faire payer ces carences affectives à la société tout entière en se comportant, pour certains d'entre eux, comme des petits voyous. Mais, poursuivit-elle, vous n'êtes pas venue me voir pour m'entendre me plaindre : dites-moi plutôt quel bon vent vous amène.

— Je voulais tout simplement vous remercier encore une fois pour votre aide, et vous montrer le contrat de travail que j'ai reçu au courrier d'aujourd'hui, pour que vous me disiez ce que vous en pensez.

Mademoiselle Robinet en prit connaissance et déclara :

— Ça me semble tout à fait correct. Mais, comme vous, je pense que le service de la vaisselle n'est pas très valorisant, et que vous faites bien de mettre toutes les chances de votre côté pour ne pas vous y éterniser. J'espère que vous n'avez rien oublié de ce que nous avons révisé ensemble.

Léona vit tout à coup l'institutrice quitter sa chaire pour aller à l'armoire du fond de la classe.

— En faisant l'inventaire de ce meuble jeudi dernier, j'y ai découvert, tout au fond, un ensemble de livrets pour enfants reçus des États-Unis il y a longtemps. Dans leur générosité, si les Américains nous ont aidés en nous envoyant après la guerre cahiers, buvards, crayons, gommes et compas, dont nous avions grand besoin, ils y avaient joint des règles inutilisables, car graduées dans le système de mesure anglais. Pour éviter toute confusion, nous ne les avons pas mises en service, tout comme ces petits livres d'apprentissage de la langue. Sous l'image de chaque objet, se trouve son nom. Le seul usage que mon prédécesseur en a fait a été de faire colorier les images, par les plus jeunes élèves. En revanche, ils peuvent vous être profitables.

Sur ces paroles, mademoiselle Robinet apporta une brassée de ces fascicules, invitant Léona à choisir ceux qui l'intéressaient. Pour ce faire, la jeune fille s'installa à une table du premier rang juste devant le bureau.

— Ça a été ma place pendant toute une année scolaire, confia-t-elle. Le maître de l'époque m'avait fait venir devant (je crois que j'étais alors au cours élémentaire), parce que j'avais tendance à faire le pitre en me cachant derrière les autres. Je ne travaillais pas très bien à l'époque. Quand je rapportais les résultats à la maison, ma mère me grondait et elle avait raison. Mon père, lui, me trouvait toujours une excuse : un état fiévreux qui m'avait retenue au lit pour plusieurs jours avant la composition, un énoncé de problème si mal rédigé qu'il prêtait à confusion, ou bien encore le comportement arbitraire du maître. Il était comme ça, mon papa.

Avant de prendre congé de l'institutrice, Léona dut promettre de donner régulièrement des nouvelles, en n'omettant rien de ce qui avait trait à son travail, à la mode du moment et aussi aux distractions parisiennes.

Encore une longue semaine d'attente avant le jour du départ. La valise, achetée spécialement pour la circonstance, était quasiment remplie des affaires dont la mère et la fille avaient préalablement établi la liste. Les plastrons, cols et corsages empesés devaient y trouver leur place au dernier moment.

— Va donc dans ma chambre, demanda Ida. Dans le tiroir de la grande armoire, tu trouveras une broche sertie de pierres mauves. C'était un cadeau de ton père à l'occasion de nos cinq ans de mariage. Je suis sûre qu'elle va parfaitement aller au revers de la veste de ton tailleur gris.

Léona trouva facilement la broche en question, qui lui plut doublement car elle était jolie et avait en plus le privilège de venir de son père. Dans ce même tiroir, elle découvrit aussi deux carnets épais à la couverture fatiguée qui attirèrent son attention. La curiosité lui en fit ouvrir un. Elle reconnut l'écriture serrée et pointue de Paul. Elle ne put s'empêcher d'en survoler une page, où elle découvrit avec surprise que son nom figurait. Pour ne pas intriguer sa mère qui l'attendait, elle en resta là, se promettant de poursuivre son investigation lorsqu'elle serait seule à la maison.

Elle n'eut pas longtemps à attendre. L'après-midi même, juste après le repas, Ida attela le tilbury pour se rendre à Stenay ; les hommes, eux, ne rentreraient pas des champs avant la nuit.

Le tiroir ouvert devant elle, elle se saisit du calepin qui semblait le plus ancien. C'était une sorte de journal, dans les pages duquel Paul avait noté les événements le concernant et les réflexions qu'ils lui avaient inspirées.

Je commence à écrire ce journal le 27 septembre 1890.

Ça fait dix ans que mes parents ont rejoint le royaume de Dieu. Comme leur tragique disparition m'a rendu malheureux ! Bien sûr, Grand-Mê a tout fait pour que je ne manque de rien. Mon grand frère Jean-Baptiste a été très bon envers moi, lui aussi. Mais ce n'est qu'au séminaire que j'ai retrouvé la paix.

23 avril 1895 :

C'est un grand jour. Mon frère se marie avec Clara Herbinet, une jeune fille de Cierges. Ils forment un beau couple. Je trouvais Clara un peu distante, mais je me trompais : elle est plutôt chaleureuse envers moi. Et puis, elle nous a bien amusés au moment du dessert en chantant « La Caissière du Grand Café » !

24 juin 1900, jour de la Saint-Jean :

C'est le jour tant attendu de la prise d'habit. Magnifique cérémonie. Je suis très ému devant les nombreuses personnes du village qui ont fait le déplacement, emmenées par l'abbé Aubry.

Ce même jour :

Je reviens à Bon-Ru pour deux semaines de congé, en attendant de recevoir mon affectation dans une paroisse.

Je remarque d'emblée que l'ambiance, à la ferme, s'est détériorée. Clara me met au courant des frasques de Jean-Baptiste, qui a succombé aux charmes de la Jeannette. Ils font désormais chambre à part. Jean-Baptiste tente de se consoler dans l'alcool. Je suis malheureux pour eux.

3 juillet de la même année :

Clara me confie qu'elle reprendra la vie commune si Jean-Baptiste fait le serment de ne plus boire. Je sers d'intermédiaire. Mon frère prend l'engagement de ne plus absorber la moindre goutte d'alcool et de ne plus se laisser séduire par les Jeannette de rencontre. Je m'apprête à courir annoncer la bonne nouvelle à Clara, quand j'apprends que l'infortuné Jean-Baptiste vient d'être mis en pièces par le taureau.

Est-il donc écrit que les Vigoureux ne sont pas appelés à mourir dans leur lit ?

7 juillet de la même année :

Je rejoins la paroisse de Monsieur dans le sud du département. Le village me plaît. Bon contact avec mes ouailles. Quelque chose me chiffonne cependant : c'est le comportement provocateur de plusieurs femmes et jeunes filles à mon égard. Je m'efforce, bien entendu, de ne leur laisser aucun espoir. Elles doivent pourtant savoir que les prêtres ont fait serment de célibat !

22 décembre 1901 :

J'assiste à l'enterrement de Grand-Mê. Restée prostrée après le décès de Jean-Baptiste, elle avait été recueillie par Clara. La jeune femme me confie qu'elle sent naître une sorte d'hostilité des villageois envers elle. On l'accuse même d'être à l'origine de la mort de son mari, de celle de Grand-Mê, ainsi que du suicide du fils Bouquillon de Cierges, auquel elle avait, adolescente, accordé ses faveurs, et qui était, en vain, revenu à la charge.

Ce sont là de mauvais procès. J'assure Clara, qui souffre de douloureuses migraines, de ma confiance et de mon soutien.

Septembre 1903 :

Atteint d'une grave jaunisse, je viens en convalescence à Bon-Ru.

Je découvre l'amour dans les bras de Clara. C'est une révélation. Je ne pensais pas qu'un tel sentiment fût possible. Dorénavant, plus rien d'autre ne compte pour moi. Je veux vivre avec elle. J'envoie ma lettre de démission. Les migraines ont disparu.

Janvier 1904 :

Après quelques mois de bonheur partagé, Clara m'annonce qu'elle est enceinte. La nouvelle fait le tour du village. On accuse la sorcière de Bon-Ru de m'avoir détourné de mon sacerdoce.

Juin 1904 :

Camille naît. Les gens du village organisent un charivari sous nos fenêtres, dirigé contre Clara et l'enfant de la honte. Les migraines reprennent avec plus de violence. Clara est gravement malade. Clémence s'occupe tant bien que mal de l'enfant.

27 octobre 1906 :

Ma peine est immense. Clara vient de nous quitter. L'enterrement religieux lui est refusé.

1er octobre 1910 :

Trois sombres années se sont écoulées. L'enfant a grandi, triste, malingre. La ferme périclite. À la différence de Jean-Baptiste, je ne suis pas un vrai paysan.

C'est la rentrée des classes. J'y ai inscrit Camille. Les gens du village s'opposent à ce que leur progéniture côtoie le bâtard.

À cet instant de la plongée dans l'intimité des Vigoureux, Léona sentit sa gorge se nouer. Des larmes voilèrent son regard à l'évocation du sort de cet enfant. Alors qu'elle avait le souvenir des premières années de sa propre vie, qui n'avaient été qu'enchantement, les malheurs de Camille ne manquèrent pas de la toucher. Malgré son émotion, elle voulut en savoir plus.

> *27 du même mois de la même année :*
> *Je me résous à emmener le petit Camille de six ans à la pension Bonséjour, dans la Belgique proche. Là, comme les autres pensionnaires, il pourra au moins aller à l'école.*

> *23 avril 1913 :*
> *La famille François-Fernand, Ida et leurs enfants – s'installe à la ferme de Bon-Ru que je viens de leur revendre. Ce sont de bonnes gens. Avec une partie de l'argent reçu, j'ai acheté une maisonnette à Verdun. J'échapperai ainsi à la défiance des gens du village, qui n'a pas faibli malgré les années.*

> *11 juillet 1914 :*
> *J'avertis Camille que j'irai le chercher le 14 août pour un retour définitif. On habitera ensemble à Verdun.*

2 août 1914/12 décembre 1918 :

La guerre, la sale guerre.

Tout ce qui concerne cette période se trouve dans l'autre carnet.

3 décembre 1918 :

ENFIN ! Je suis de retour. Les terres sont meurtries, éventrées, convulsées, hérissées de ferrailles tordues, les forêts mutilées, les sources étranglées. Ces os sortant de terre appartiennent-ils à nos combattants disparus ou aux chevaux, ânes et mules qui ont payé si cher la folie des hommes ?

La maison de Verdun a été complètement rasée par les obus incendiaires. Heureusement que celle de Grand-Mê est restée debout. Après nettoyage et quelques réparations, je m'y installe.

Le plus urgent maintenant est de retrouver mon cher fils. Ça fait plus de quatre ans que je n'ai aucune nouvelle de lui, et plus de huit ans que je ne l'ai pas vu. Qu'est-il devenu ? Où se trouve-t-il ? Se souvient-il encore de moi ? Il était si jeune quand nous nous sommes quittés…

23 décembre de la même année :

Le bonheur ! Je reçois un télégramme de Belgique m'annonçant l'arrivée de Camille en gare de Saulmory pour après-demain.

À la Saint-Sylvestre de la même année :

Je ne l'ai pas reconnu, il ne m'a pas reconnu. Nous marchons côte à côte de la gare à la maison de Grand-Mê. Sans échanger un mot.

Demain et les jours suivants, nous prendrons le temps d'évoquer ces trop longues années où nos vies ont été mises entre parenthèses.

3 avril 1919 :

Ça fait trois mois que nous nous sommes retrouvés, Camille et moi. Les débuts furent difficiles. On n'osait pas parler du passé. Nos échanges se limitaient à l'indispensable dialogue de deux compagnons qui travaillent à rassembler matériaux et outils pour rendre la maison habitable. Dans le désordre des choses hétéroclites laissées par les Allemands, il était assez facile de trouver des planches, des tôles, du carton goudronné pour fixer aux béances des portes et fenêtres arrachées. Dans cette activité, Camille s'est révélé beaucoup plus adroit que moi, à tel point qu'il me prenait l'outil des mains lorsqu'il me voyait le manier maladroitement. Il me confia avoir appris à bricoler pendant les quatre années passées chez Nestor Scheublé. Le paysan belge était si rapiat qu'il exigeait de faire du neuf avec du vieux !

Petit à petit, à mesure que nous livrions

un peu de notre passé, une relation de confiance s'établit entre nous. Une de nos principales préoccupations durant ces mois de gel, de froid et de pluie, était de trouver de quoi nous alimenter et nous chauffer. La nourriture était rare. Dans les semaines qui ont suivi la libération, la Croix-Rouge *américaine a créé des entrepôts pour assurer la distribution de vivres qui sont remis aux maires. Ceux-ci doivent les revendre à bas prix. Les recettes sont employées* à *l'achat de marchandises de première nécessité n'existant plus dans les stocks. Une façon de faire qui impressionne Jean-Marie Simon, rédacteur du* Réveil de la Meuse, *alors très critique vis-à-vis du gouvernement* Clemenceau *: « Ah, Monsieur, me disait il y a quelques jours un sinistré, si le gouvernement français avait chargé les Américains de reconstituer nos villages, de ressusciter notre agriculture, de rétablir nos voies de communication, s'il leur avait remis les sommes votées par le Parlement au lieu de créer des bureaux et des administrations nouvelles, de compliquer les formalités et les paperasseries, tout serait en voie de renaissance complète ! »*

On a pu commencer à bénéficier de l'assistance américaine. Camille, qui ne manquait pas d'appétit, ne fut cependant pas long avant de se plaindre de n'avoir quotidiennement dans son assiette que des lentilles et des haricots secs. Heureusement qu'il restait quelques vaches qui avaient assuré le lait des petits déjeuners des casques à pointe. On pouvait donc se procurer des produits laitiers, en petites quantités, il est vrai. D'abord parce que ces aliments étaient réservés en priorité aux familles, et puis parce qu'il restait très peu de laitières sur le territoire du village, l'ennemi en ayant tué la plus grande partie avant de se replier.

C'est en arpentant la campagne à la recherche de passages de gibier où installer nos collets que nos discussions prenaient une dimension plus intime. C'est ainsi que Camille m'interrogea sur sa mère. Je m'y attendais. Il avait le droit de savoir. Je ne lui ai donc rien caché de cet épisode tumultueux, mais surtout terriblement dramatique, de notre vie. Au récit de ce douloureux passé, alors que nous marchions côte à côte, les yeux fixés au sol pour contourner les ornières débordant d'eau, je le sentais très ému. J'évitais de porter mon regard dans sa direction, pour ne pas ajouter à la gêne des larmes qui, j'en étais à peu près sûr, devaient rouler sur ses joues. Ce moment de confidence resserra les liens qui, jour après jour, commençaient à nous unir. C'est ensemble que nous allâmes nous recueillir sur la tombe de Clara, autre instant chargé d'une vive émotion. Le lendemain même, je vis

Camille prendre le chemin du cimetière, un sarcloir sur l'épaule. Il allait nettoyer la tombe de sa mère et ses abords.

Ce 3 avril 1919, nous longeons le ru, où Camille essaie de pêcher une truite qui serait la bienvenue pour améliorer le repas du lendemain. Moi, je ramasse quelques morilles sur le talus qui borde le ruisseau. On se raconte notre guerre. Il me dit comment le père Scheublé faisait durer la soupe une semaine entière, en y ajoutant deux bolées d'eau chaque soir. Je lui relate comment j'ai été fait prisonnier dès le début de la guerre, et la tentative de résistance qui m'a valu d'être éborgné d'un coup de crosse.

Notre quête nous amène à passer devant la ferme de Bon-Ru. Cette femme qui est là avec deux enfants sur le devant de la maison, on dirait bien que c'est Ida François. On se présente. Je savais pour son pauvre mari. La gamine d'une quinzaine d'années, auprès d'elle, ça doit être la Léona qui est née le même jour que mon Camille. On dirait que je lui fais peur. Au moment où j'avance la main pour lui caresser les cheveux, elle fait un bond en arrière.

1er octobre 1920 :

Nous avons trouvé Ida et ses enfants tellement désemparés que nous leur avons offert l'hospitalité chez Grand-Mê. En y travaillant pendant plusieurs semaines, nous nous sommes efforcés de rendre Bon-Ru habitable. Camille s'est lié d'affection avec Petit-Marcel. Ils sont toujours ensemble, ces deux-là. Jeanne et sa mère nous ont, elles aussi, adoptés. Seule Léona nous bat froid. J'ai essayé en vain d'établir de bonnes relations avec elle. J'ai l'impression qu'elle nous hait, qu'elle me reproche d'être encore en vie alors que son père est mort. Elle fait tout pour nous éviter. Camille et moi, nous aimerions tant qu'elle nous accepte. Plus grave encore, quand elle a perçu que s'établissait plus qu'une amitié entre Ida et moi, elle s'est mise à détester sa mère.

L'ambiance va être plus agréable autour de la table familiale, car c'est aujourd'hui que Léona nous quitte pour rejoindre l'école primaire supérieure de Verdun.

23 avril 1922 :

Ida et moi, nous nous marions.

27 octobre 1923 :

La ferme est prospère. Camille y travaille sans relâche, fort des méthodes apprises en Belgique. Les dommages de guerre nous ont aidés à moderniser les bâtiments et le matériel.

Jeanne s'est mariée. Elle n'habite plus à Bon-Ru.

Léona la rebelle a été mise à la porte de l'école de Verdun. Dommage, car elle ne pourra pas être institutrice comme on l'avait espéré. Son séjour forcé de plusieurs mois parmi nous a été un véritable calvaire pour tout le monde. Mais il y a peu, elle a rencontré des Américains qui lui ont fait avoir une place à Paris. Depuis qu'elle en a été avertie, elle a complètement changé de comportement. Nous en sommes tous très heureux. C'est la vraie Léona qui va nous quitter après-demain, la jeune fille généreuse et digne. La guerre et ses malheurs en avaient fait une écorchée vive qui avait renoncé à tout espoir. Nous souhaitons de tout notre cœur que ces nouvelles perspectives lui ouvrent enfin la route du bonheur.

Léona relut les deux dernières phrases. Elle les répéta même à haute voix, comme pour en fixer le contenu dans sa mémoire. Elle referma le carnet qui retrouva sa place dans le tiroir. Elle venait de découvrir un autre Paul. Celui qu'elle considérait comme un rustre était capable de se montrer un être de grand cœur. L'homme borgne, au dos voûté et aux moustaches tombantes, tout le contraire de son père, ne manquait pas de sensibilité ni de générosité. L'évocation de ses malheurs passés, ainsi que des années de souffrance de Camille, impressionnait Léona jusqu'à lui tirer des larmes. Désormais, même si subsistaient encore quelques réserves envers eux, elle ne les considérerait plus comme des ennemis.

La dernière soirée à Bon-Ru fut des plus aimables, comme cela n'était jamais arrivé depuis la guerre. On plaisantait : « Surtout, quand tu iras te promener seule en ville, fais en sorte d'avoir toujours un plan sur toi, sinon tu risques de te perdre dans une aussi grande cité ! » On mettait en garde : « Ne t'aventure pas n'importe où la nuit. Il paraît que, dans certains quartiers, des jeunes filles disparaissent qu'on ne revoit jamais ! », ou encore : « N'adresse pas la parole à n'importe qui, et surtout pas à ceux qui sont trop bien habillés ! C'est souvent des voyous, m'a dit Raymond Jaspard, qui connaît Paris comme sa poche ! »

Pour ce repas d'adieu, Ida avait spécialement confectionné une quiche généreusement garnie, comme l'aimait Léona. La veillée se poursuivit autour d'un panier de noix fraîches. Camille les écalait, les débarrassait de leur peau tendre pour les offrir ensuite à Léona. Ainsi, disait-il, lorsqu'elle se présenterait le lendemain chez les « Ricains », elle ne se ferait pas remarquer avec des mains tachées de brou de noix.

Ce soir-là, on se souhaita une bonne nuit en des effusions où se mêlaient émotion et affection.

Le lendemain, aux aurores, tout le monde était sur le pied de guerre. On s'était levé plus tôt que d'habitude. Marcel avait aidé à la traite des vaches. Ida avait découpé de larges tartines, les avait beurrées et emballées dans un torchon à rayures rouges et blanches. Une pomme et une poignée de noix décortiquées les rejoignirent dans un sac que Léona portait en bandoulière. Ida insista pour y ajouter deux œufs durs. « Le voyage va être long, il faut bien que tu manges ! » Camille se fit un plaisir de porter la valise jusqu'à la gare du village. Paul et Ida avaient, eux aussi, tenu à attendre l'arrivée du train sur le quai.

On entendit l'omnibus arriver de loin. Après un long grincement de freins, il s'arrêta enfin. Dernières recommandations : « Tu nous donneras de tes nouvelles, n'est-ce pas ? » Dernières embrassades au cours desquelles, magnanime, Léona autorisa Camille à la serrer de près. Cette privauté qu'elle lui consentit était plus signe d'attendrissement que d'affection et ne l'engageait d'aucune manière, pensait-elle. Il coulerait de l'eau sous les ponts avant qu'ils se revoient.

Après l'habituel contrôle de la fermeture des portières et le coup de sifflet du chef de gare, l'omnibus se mit en mouvement. Un courant d'air rabattit les épaisses volutes de fumée s'échappant de la locomotive, privant Léona de la vue des mouchoirs agités sur le quai. Elle resta debout à la vitre, le temps que le train traverse tout le territoire qui lui était familier. Un dernier regard vers Bon-Ru, puis vers le village et son église dont le clocher s'éloigna rapidement. On était maintenant dans la prairie que nimbaient par endroits des dentelles de brouillard. La Noue-des-Oies, un coude de Meuse, le salut de la garde-barrière, tout défilait alors à belle vitesse. Premier arrêt en gare de Stenay. Important mouvement de passagers. Une jeune fille et une personne qui devait être sa mère vinrent prendre place sur la banquette de bois où Léona avait fini par s'asseoir. Après un long moment d'observation silencieuse, et les arrêts dans les gares de Mouzon et de Douzy, la femme la plus âgée questionna : « Vous allez peut-être à Sedan, comme nous. »

Et, sans attendre la réponse de Léona, poursuivit :

— Voyez-vous, mademoiselle, j'emmène ma fille chez ma sœur qui travaille dans les tissus comme contrôleuse. Une belle place. Elle a promis de faire embaucher Madeleine comme apprentie et de la garder chez elle. Ça me soulagera bien, vu qu'il y en a encore trois derrière à caser. Et rien que des filles ! Mon pauvre Edmond, qui a été fauché deux jours avant l'armistice, n'a jamais su me faire un gamin !... Et vous, qu'est-ce que vous allez faire à Sedan ?

— Je ne vais pas à Sedan, fit remarquer Léona, je me rends à Paris.

— Oh là là ! Vous allez à Paris ! Et vous y allez toute seule, vous n'avez donc pas peur de vous y perdre ? Et qu'est-ce que vous allez y faire, si c'est pas trop indiscret ?

— Je vais travailler à l'ambassade de l'Amérique, répondit Léona.

— Chez les Américains ! Oh là là !

Aller seule à Paris pour travailler chez l'ambassadeur d'Amérique, c'était chose trop stupéfiante pour ne pas rendre muette cette brave dame pendant le reste du trajet.

À Sedan, Léona abandonna l'omnibus aux banquettes de bois pour l'express de la ligne Longwy-

Paris qui attendait sur le quai voisin. Plus confortable que le tortillard, il allait surtout plus vite.

La nuit précédente avait été courte. Trop excitée par l'imminence du départ, la jeune fille avait tardivement trouvé le sommeil et s'était réveillée de très bonne heure. Le balancement du train, le bruit régulier des bogies sur les raccords de rails l'avaient assoupie. Le bruit du freinage et du claquement des portières ainsi que l'agitation sur les quais en gare de Reims la réveillèrent. Comme de nombreux autres passagers, aux environs de Meaux, elle déballa sa collation et y fit honneur. Puis on annonça le terminus : « Paris-Gare de l'Est, tout le monde descend ! Paris-Gare de l'Est, tout le monde descend ! »

Le cœur serré, encombrée par ses bagages, Léona se retrouva sur le quai. Il y régnait une grande agitation. Elle prit le parti de suivre le mouvement des passagers, courant qui allait sûrement l'entraîner vers la sortie. Un dernier contrôle des billets, et la voilà poussée vers le vaste hall de la gare. Il y avait là plusieurs personnes brandissant des pancartes ardoisées. Sur l'une d'elles, Léona eut la surprise de lire son nom. Elle en reconnut le porteur.

— Ah ! Mister Robert ! Je suis heureuse que vous soyez venu m'attendre. J'étais un peu perdue dans cette foule. Il faut dire que je n'ai pas l'habitude de la ville. Je suis vraiment contente qu'on vous ait envoyé me chercher.

— Mademoiselle François, personne ne me l'a demandé. Comme je n'avais pas d'autre mission pour la journée et que je savais que vous arriviez par ce train, je me suis dit qu'il serait bien que je vous rende ce service.

Léona prit place dans la voiture à fanion américain. Elle était heureuse. Mister Robert lui annonçait les noms des rues empruntées : faubourg Saint-Martin, boulevard Saint-Denis, boulevard de Bonne-Nouvelle, boulevard Poissonnière…

— Est-ce qu'on passe à l'Arc de Triomphe ? demanda subitement Léona.

— Non, mademoiselle, mais, pour vous être agréable, je peux faire un détour qui vous y amènera, dit le chauffeur.

— Oh ! Merci ! Merci ! exulta la jeune fille. Je vous demanderai de m'y arrêter quelques minutes, seulement quelques minutes.

— Je n'ai pas le droit de stationner au pied du monument, je vais me garer en bordure de la place.

Les quelques touristes qui se trouvaient autour de la tombe du soldat inconnu ne manquèrent pas d'être surpris par le comportement de cette jeune fille qui, penchée sur le catafalque, déclarait : « Papa, c'est moi, ta fille, c'est moi Léona. Je pourrai venir souvent te voir, maintenant que je vais habiter à Paris. Je serai tout près de toi. Au revoir, à bientôt, mon papa chéri ! »

Le trajet de l'Arc de Triomphe à l'ambassade fut très court, ce qui rassura la jeune fille.

— Ce n'est pas la peine d'annoncer que je suis venu vous chercher à la gare. Dites plutôt, si on vous le demande, que vous êtes arrivée à l'ambassade par vos propres moyens. Comprenez que je n'étais pas en mission officielle, mais que mon seul but était de vous être agréable, recommanda le chauffeur en pénétrant dans la cour de l'ambassade.

— Je ne sais comment vous remercier, dit Léona, en sautant au cou de monsieur Robert, qui profita de cet élan pour la tenir serrée contre lui un peu plus fort et un peu plus longuement que les bonnes manières ne l'autorisaient.

Léona ne manqua pas de s'étonner du geste de ce petit homme au crâne dégarni et à la quarantaine avancée.

— Je vous emmène aux cuisines, dit-il en s'emparant de la valise de Léona qui le suivit, intimidée par l'importance et la majesté des bâtiments.

Ils traversèrent la cour, au centre de laquelle se dressait un mât soutenant la bannière étoilée qui flottait au vent. Tout au fond, par une petite porte, ils pénétrèrent dans ce que monsieur Robert appelait les services de l'intendance. Il présenta Léona à une employée qui la prit en charge. Quelques papiers à signer, et la jeune Meusienne fut dirigée vers sa chambre. Un ascenseur (pour lequel Léona dut se résoudre à demander le mode de fonctionnement) l'emmena au troisième ; le dernier étage conduisant sous les toits s'atteignait par un escalier. L'avant-dernière chambre au fond du couloir, la 418, lui avait été attribuée. Un lit, une armoire, une minuscule table de bois blanc avec un tabouret remplissaient la pièce, qu'un rideau séparait d'un recoin avec aisances et lavabo. Léona apprécia son nouveau logement malgré ses dimensions réduites. Par la fenêtre du chien-assis de la mansarde, elle apercevait la Seine toute proche et son étonnant trafic de bateaux-mouches, de barges et de péniches. La rue, plus proche encore, donnait le spectacle d'une abondante circulation où se croisaient fiacres, voitures et camions, dans un tintamarre de cris, de pétarades, de coups de sifflet et de klaxons.

Léona rangea le contenu de sa valise dans l'armoire, posa en bonne place les cadres avec les photos de son père, puis rejoignit le bureau d'accueil. Elle fut alors emmenée aux cuisines qu'il fallait traverser pour atteindre les éviers dont les dimensions la surprirent. La taille des cuisinières, le nombre d'employés en toque qui s'affairaient autour d'elles, les bacs à vaisselle, tout paraissait démesuré à la jeune Meusienne.

— Mademoiselle François, je suppose. Nous vous attendions, dit une femme coiffée d'une charlotte d'un blanc aussi immaculé que sa blouse.

De grande taille, le visage avenant, elle tendit la main à Léona.

— Bienvenue parmi nous ! Je me présente : je suis Mathilde Kenny, responsable de la vaisselle, du linge de table et de l'argenterie. Nous allons travailler ensemble. J'espère que tout se passera bien. Je suis réputée exigeante en ce qui concerne le service, mais on reconnaît aussi qu'il fait bon travailler sous mes ordres. Certaines des filles de la plonge sont là depuis plusieurs années. Aucune d'entre elles n'est tentée de changer de service. Maintenant, venez avec moi, je vais vous faire visiter les lieux, vous donner vos tenues de travail et vous faire rencontrer les autres demoiselles du service. Après le repas du soir que nous prenons avec le bataillon de cuistots dans la salle de l'arrière-cuisine, vous rejoindrez les laveuses et observerez leur manière de faire, pour vous en inspirer dès demain.

Au détour du couloir séparant les cuisines d'une des prestigieuses salles de restaurant, elles rencontrèrent monsieur Robert.

— Je vous présente mon mari, monsieur Kenny. Ancien chauffeur de maître, il est entré en même temps que moi, c'est-à-dire aussitôt la guerre finie, au service de l'ambassade.

Avant même que Léona réponde à son salut, monsieur Robert intervint :

— Nous nous connaissons déjà. J'ai rencontré mademoiselle quand j'ai emmené les parents de Son Excellence sur les champs de bataille de Verdun. Je crois d'ailleurs que c'est grâce à cette rencontre avec les Maughan que vous êtes ici aujourd'hui.

— Lorsque son service ne l'appelle pas au dehors, mon mari se tient en permanence dans la petite pièce à l'entrée des cuisines, où il aide le chef à accueillir les livreurs et à réceptionner les marchandises.

Le repas du soir du personnel fut l'occasion pour Léona de prendre contact avec tout ce petit monde. Peut-être parce qu'elle avait été recommandée en haut lieu, on lui fit bonne figure. Chacun rivalisa de sympathie envers elle, surtout lorsqu'elle précisa qu'elle venait d'un village situé aux alentours de Verdun. Le nom de cette ville qui avait courageusement résisté à l'ennemi, arc-boutée sur le mot d'ordre « On ne passe pas ! », était encore dans tous les esprits. Tous les convives avaient le souvenir d'un voisin, d'un parent, qui y avait perdu la vie ou une partie de son corps. L'un d'eux s'était rendu quelques semaines auparavant à Douaumont pour s'assurer que les sépultures de ses deux frères auraient leur place parmi les 15 000 tombes du cimetière. Interrogée sur l'état d'avancement des travaux de l'ossuaire, Léona fit un exposé très écouté, où elle précisa qu'avaient été réunis en cet endroit les restes non identifiés d'environ 130 000 hommes français et allemands, recueillis dans le chaos des champs bouleversés par cinquante et un mois d'une guerre effroyable.

Dans les jours qui suivirent, Léona se familiarisa avec son travail, qui n'était d'ailleurs pas très compliqué. Les principales consignes étaient de veiller à la plus grande propreté et d'éviter la casse. Le règlement établi par Mathilde Kenny stipulait que « le montant de toute pièce de vaisselle détériorée au moment du lavage serait intégralement prélevé sur le salaire de la fautive ». De mémoire de plongeuse, la brave madame Kenny n'y avait jamais eu recours, alors qu'il arrivait fréquemment qu'une assiette ou un plat soit ébréché, ou qu'un verre ne résiste pas à une eau trop chaude.

Léona découvrit qu'on additionnait à l'eau des bacs d'évier une poudre qu'il ne faisait pas bon inhaler, sous peine d'éternuements répétés, mais qui dégraissait facilement la vaisselle. On en mettait double dose dans le bac réservé aux ustensiles de cuisine. Il fallait vraiment être en Amérique pour avoir recours à de tels ingrédients ! À Bon-Ru, on ne mettait rien de semblable dans l'eau de vaisselle, sinon les cochons n'en auraient pas voulu, pensa Léona.

Outre quelques Bretons et Auvergnats, la plupart des employés étaient des Parisiens. Léona était la seule Meusienne, voire la seule Lorraine. Les autres s'amusaient de son accent et l'imitaient en traînant sur les finales des mots. Elle répliquait avec la voix haut perchée des Parisiens ou les intonations chuintées des Auvergnats.

Entre la vaisselle de la mi-journée et celle du soir, les plongeuses étaient employées au repassage des nappes et serviettes, dans une salle spéciale équipée de longues tables. Dans un angle de cette pièce se trouvait encore une sorte de cuisinière sur laquelle chauffaient, il n'y avait encore pas très longtemps, toute une batterie de fers à repasser. En été, c'était intenable tant il y faisait chaud, rappela une ancienne. Heureusement, depuis quelques années, on disposait de fers électriques. Là encore, il fallait concentrer toute son attention pour empeser des nappes souvent de grande taille. Elles devaient parfois se mettre à plusieurs pour manipuler ces pièces de linge au tissu lourd et prestigieux.

Léona s'acquittait au mieux des tâches qu'on lui confiait, à la satisfaction de madame Kenny. Toutefois, elle avait toujours en tête de ne pas s'attarder à la plonge, et d'intégrer le personnel du service du restaurant. Dans les quatre salles à manger que comptait l'ambassade et qui allaient de la plus intime à la plus vaste, capable d'accueillir plusieurs centaines d'invités, on ne pouvait rencontrer que du beau monde. Le 4 juillet dernier, monsieur Raymond Poincaré, alors président du Conseil, avait profité de l'*Independence Day* pour inaugurer, place des États-Unis, le monument en l'honneur des volontaires américains engagés avant 1917 dans les troupes françaises. À cette occasion, l'ambassade avait offert un dîner de gala de 190 convives dans la grande salle à manger. Léona ne tarda pas à confier ses intentions à sa supérieure. Mathilde Kenny pensa, elle aussi, que la jeune fille y aurait tout à fait sa place. Elle s'engagea même à la recommander chaudement au chef des maîtres d'hôtel, à condition qu'elle fasse la preuve de sa maîtrise de l'anglais. Un premier test fit apparaître qu'elle était encore loin du compte. Léona ne se découragea pas pour autant. Elle dit avoir été sidérée par la pratique de l'anglais de monsieur Robert lorsqu'il avait accompagné les Maughan dans la Meuse. Il traduisait sans difficulté apparente ce que disaient les Américains qui, pourtant, avaient un débit rapide.

— Sa mère, qui l'a élevé seule, était anglaise. Il m'a confié qu'il avait appris à parler anglais avant d'apprendre le français, qu'il n'a vraiment découvert qu'à son entrée à l'école primaire, quand il a eu six ans révolus. Si vous le désirez, mademoiselle François, je peux lui demander de vous aider dans la langue. En raison de nos fonctions, qui nous obligent à être disponibles en permanence, nous habitons nous aussi dans l'enceinte de l'ambassade. Après votre service et le sien, peut-être acceptera-t-il de vous donner quelques cours.

Le lendemain, Mathilde Kenny informa Léona qu'elle avait obtenu l'accord de son mari, et qu'il était disposé à lui donner sa première leçon le soir même dans le bureau de réception des livreurs.

Mister Robert avait apporté un manuel à l'usage des débutants, duquel il tira la première partie de la leçon, en mettant l'accent sur la prononciation. Ensuite, il désignait en anglais les objets qui les entouraient : le bureau, le crayon, la fenêtre, le sol, le plafond… et les lui faisait répéter. L'exercice était laborieux, en raison du va-et-vient constant du personnel qui avait à faire dans cette pièce exiguë. Il fut donc décidé, sur proposition de monsieur Robert, que la prochaine séance se tiendrait dans les appartements de la jeune fille.

Léona faisait souvent équipe avec Marie, une Bretonne de quatre ans plus âgée, avec laquelle elle avait sympathisé. La raison en était un passé comparable : un père tombé au combat, une mère remariée avec un homme qui n'était qu'une pâle copie du disparu. Souvent, Marie et Léona se retrouvaient chez l'une ou chez l'autre pour de longues heures, assises sur le lit, à se raconter. Il était question d'avant la guerre, des souvenirs du père, de la vie à la campagne. Parfois, on parlait garçons, juste le temps de dresser un tableau des qualités attendues chez un éventuel prétendant. En cela, elles se démarquaient des deux autres filles de la plonge, deux Parisiennes qui n'avaient pas froid aux yeux, et dont la seule préoccupation était justement de séduire les hommes. Elles avaient à leur actif un bon nombre de cuistots. L'une d'elles, la Jacqueline, avait même la réputation de dévergonder les gâte-sauce à leur arrivée dans le service. Quant à son amie Fernande, on racontait qu'elle avait accordé ses faveurs à monsieur Robert Kenny lui-même. Marie mit en garde son amie contre ce monsieur, qui profitait de ses entrées dans le service pour apparaître là où il n'était pas attendu, et pour poursuivre les femmes de ses assiduités, menaçant les récalcitrantes de représailles. Autant, dans le service, on appréciait madame Mathilde, autant on se défiait de celui qu'entre soi, et par dérision, on appelait le petit Boby.

Léona ne tarda pas à subir les assauts de little Boby. Dès la première leçon donnée dans la chambre de la jeune fille, elle dut se tenir sur ses gardes, s'écarter lorsqu'il se penchait pour lire au-dessus de son épaule, repousser une main s'attardant sur sa poitrine avant de pointer le doigt sur une ligne du manuel. Elle évitait de réagir trop vivement car elle voulait tellement progresser dans la langue. Cependant, le peu de détermination dans l'esquive était ressenti par mister Boby comme un encouragement à poursuivre son entreprise. C'est ce qu'il fit lors de la sixième séance. À peine avait-il pénétré dans la chambre qu'il enlaça Léona, tenta de l'embrasser tout en l'entraînant vers le lit où il roula sur elle. La pauvre fille se débattit autant qu'elle le put. Si, ces derniers mois, elle avait perdu ses kilos superflus, elle n'en avait pas moins conservé cette force physique qu'ont les filles de la campagne. Elle repoussa violemment le petit homme qui atterrit sur la descente de lit. Il se releva péniblement et, la bouche grimaçante, il menaça :

— J'aurai ma revanche ! En attendant, pas un mot à quiconque ! Si j'entends la moindre parole sur ce qui vient de se passer, le lendemain même, tu m'entends, le lendemain même, tu te retrouveras dans le train de retour chez les ploucs !

Le ton employé, le tutoiement, impressionnèrent la jeune fille qui prit l'avertissement au sérieux. Elle n'était pas prête à payer n'importe quel prix pour obtenir le poste envié, mais elle se refusait d'envisager le retour à Bon-Ru.

Tout le service savait que le petit Boby donnait des leçons d'anglais à Léona dans sa propre chambre. Elle ne put éviter les regards narquois et les quolibets : « Alors, on n'est pas encore passée à la casserole ? », ou bien « Avec le petit Boby, t'as dû bien progresser en langue ! ». Humiliée, Léona serrait les dents, mais continuait à prendre ses leçons d'anglais. Mister Robert lui apprenait la prononciation américaine, qui différait de l'autre. Depuis le fameux soir, il n'avait pas eu de nouvelle pulsion, mais il avait toujours « les mains baladeuses », comme le disait Fernande. Sur la défensive en permanence, la jeune fille parvenait à se soustraire à ses tentatives de caresses.

Chaque mois, Léona recevait des nouvelles de Bon-Ru. La ferme tournait bien. Le cheptel ne souffrait pour le moment d'aucune maladie. Jeanne attendait de la jeunesse. Si c'était une fille, on l'appellerait Marthe, comme la petite qui reposait au cimetière d'Annonay. À la veillée, on parlait souvent de la « Parisienne ». Celui qui l'évoquait le plus souvent, c'était Camille. C'était devenu un beau gaillard, ce Camille. On avait appris que la Constance, la grande bringue de la ferme du Rattentout, tournait autour. Notre Camille a juré ses grands dieux qu'il n'y avait rien entre eux. Il n'y a pas de temps de perdu, mais il faudra bien qu'il fréquente un de ces jours !

Léona répondait qu'elle était bien logée, que son travail était agréable, qu'elle était bien vue par sa supérieure, que tout le monde était gentil avec elle, qu'elle ne sortait pas souvent en ville car elle passait son temps libre à apprendre l'anglais.

Chaque courrier échangé ressemblait au précédent.

Le moment arriva où Léona demanda à madame Mathilde de passer devant le jury qui donnait son agrément aux futures serveuses en salle. La date du lundi suivant fut retenue. Il restait quatre jours pour les derniers entraînements et préparatifs. Beau joueur, monsieur Robert, qui connaissait à peu de chose près les questions qui lui seraient posées en anglais, lui fit répéter les réponses possibles, tandis que madame Mathilde lui montra à nouveau comment dresser une table, plier les serviettes, tenir et présenter les plats, servir les viandes, le poisson, les légumes. Le dimanche se passa en révisions. Marie, armée d'un fer à cheveux, s'activa sur la chevelure coupée à la garçonne de Léona pour lui donner un volume et une ondulation du meilleur effet.

Deux maîtres d'hôtel constituaient le jury, un Américain et un Français, auxquels s'était adjoint le chef du protocole. Léona avait déjà eu l'occasion de les rencontrer, ce qui l'aida à dominer la peur qui la tenaillait ce matin-là.

Tout se passa très bien. Après une courte délibération, la jeune fille fut appelée pour s'entendre dire qu'elle était dorénavant serveuse en salle. La fonction était plus gratifiante que la plonge. Non seulement les gages étaient plus appréciables, mais elle y gagnait en considération aux yeux du petit monde des services de l'ambassade.

Si le travail qu'elle accomplissait ne souffrait aucune critique, elle avait en revanche les plus grandes difficultés pour répondre aux convives américains qui s'adressaient à elle. Elle devait leur demander de répéter leurs phrases (la plupart du temps, une question), avant d'y trouver réponse – réponse souvent hors sujet qui, au mieux, faisait s'esclaffer l'interlocuteur, mais qui, fréquemment, agaçait. Avec le temps, ses prestations en anglais s'amélioraient. Elles continuaient cependant à la hanter, au point de gâcher le plaisir d'avoir obtenu ce poste.

Léona décida alors de reprendre les cours d'anglais. Devant l'insistance de la demande, Mister Kenny se crut autorisé à profiter de cet avantage pour se ruer de nouveau à l'assaut de la jeune fille. Cette fois, elle n'hésita pas. Elle le poussa vivement vers la porte qu'elle lui interdit dorénavant, le menaçant d'informer madame Mathilde de ses manières méprisables.

C'est le cœur battant qu'elle répondit ce matin-là à la convocation du maître d'hôtel en chef qui l'accueillit dans son bureau. La présence à ses côtés de monsieur l'intendant n'annonçait rien de bon.

— Mademoiselle François, je vous ai demandé de venir car on m'a rapporté qu'à plusieurs reprises, vous avez été en difficulté pour comprendre les paroles de convives américains et y apporter la réponse appropriée. Nous n'avons aucun reproche à vous faire quant à votre présentation, votre tenue et votre service à table. C'est essentiellement, poursuivit le maître d'hôtel, votre insuffisante compréhension de la langue qui pose problème. En conséquence de quoi, nous avons décidé, monsieur l'intendant et moi-même, que, si dans les semaines à venir, de telles plaintes arrivaient de nouveau à notre connaissance, nous nous verrions dans l'obligation de nous passer de vos services en salle et de vous renvoyer à la plonge… Vous pouvez disposer.

Léona n'avait rien dit pour se défendre. Bien qu'elle se fût attendue à de telles remontrances, elle en fut cependant très affectée. À partir de ce jour, elle vécut dans la crainte de la sanction dont elle venait d'être menacée.

Pour lui changer les idées, disait-elle, Marie décida ce dimanche-là de proposer à Léona de passer la journée en ville. Jusque-là, la Meusienne s'était contentée de sorties qui l'amenaient immanquablement vers la dalle sacrée sous l'Arc de Triomphe où elle stationnait pendant de longs moments. Là, elle observait les gens qui venaient se recueillir sur la tombe. Parmi eux, il y avait de nombreux touristes, mais surtout des groupes d'anciens combattants qui déployaient silencieusement leurs drapeaux au-dessus du catafalque. Ils restaient au garde-à-vous, le regard fixe, revivant par le souvenir l'horreur des tranchées, les détonations, les cris des mourants, les plaintes des chevaux éventrés. Il n'était alors pas rare de voir rouler une larme sur la joue de ces hommes qui avaient tant souffert. Certains visiteurs arrivaient dans des voiturettes poussées par un parent ou une infirmière, d'autres, mutilés au visage qui n'avait plus forme humaine, semblaient s'excuser de leur hideur. Léona aurait aimé, au contraire, que, tête haute, ils ne craignent pas d'arborer leur monstrueux visage qui n'était que le visage de la guerre.

Ce dimanche-là coïncidait avec l'arrivée de l'été. Le soleil avait rempli les rues de promeneurs enclins à la joie et à l'insouciance. On portait léger, chemisette et pantalon de toile pour les uns, tandis que les filles laissaient deviner leurs formes sous de courtes robes de tissu délicat ou des blouses vaporeuses. Certains avaient délaissé le chapeau mou pour le canotier. Nos deux demoiselles avaient remisé les chapeaux-cloches de l'hiver pour se promener *en cheveux*. Elles longèrent la Seine, au bord de laquelle on était venu en famille. Pendant que le père pêchait, la mère préparait le pique-nique. Les promeneuses s'amusaient à répondre aux signes d'amitié des passagers des bateaux-mouches. Elles se dirigèrent vers la tour Eiffel, au pied de laquelle elles s'offrirent une glace. Puis elles retraversèrent la Seine pour arpenter le jardin des Tuileries. Des garçons en casquette leur lançaient au passage des invites qui leur faisaient monter le rouge aux joues.

4 juillet 1924 : à l'occasion de l'anniversaire de l'indépendance des États-Unis, après le rituel dépôt de couronnes de fleurs sur la tombe de La Fayette au cimetière Picpus, un somptueux dîner était donné à l'ambassade. Grand moment pour le bataillon de cuisiniers et de serveuses. Léona avait particulièrement soigné sa présentation. Parmi la centaine de convives, elle avait reconnu, à la gauche de Son Excellence, monsieur le ministre Maginot qui représentait les autorités françaises. Afin de ne commettre aucun impair, elle se renseigna auprès de madame Mathilde pour savoir de quel ministère ce grand Meusien était alors chargé. D'abord ministre des Pensions, il s'était vu confier aussi le ministère de la Guerre par cet autre illustre Meusien, Raymond Poincaré, ancien président de la République et actuellement président du Conseil.

D'abord protocolaires, les discussions prirent un tour plus détendu lorsqu'on arriva au dessert. Au moment où Léona s'appliquait à servir une tranche d'omelette norvégienne au ministre Maginot, ce dernier s'adressa à elle :

— Mademoiselle, de quelle région êtes-vous originaire ?

— Je suis une Meusienne comme vous, monsieur le Ministre, répondit-elle en rougissant. J'ai d'ailleurs déjà eu le plaisir de vous rencontrer.

— Je suis impardonnable de ne pas m'en souvenir. Dites-moi vite dans quelles circonstances. Était-ce lors de l'une de mes permanences à mon bureau de député de Bar-le-Duc ?

— Non, monsieur le ministre, c'était à Verdun, à

la Citadelle, le 10 novembre 1920, à l'occasion de la désignation du soldat inconnu. Vous avez même demandé à ce que je vous sois présentée...

— Oui, maintenant je m'en souviens parfaitement. C'est vous qui vous étiez évanouie quand le soldat Auguste Thin avait déposé le bouquet sur le sixième cercueil. Vous m'aviez tellement ému lors de cette rencontre en me parlant de votre cher père disparu à Samogneux que je vous avais invitée aux cérémonies de l'Arc de Triomphe. Si je ne vous ai pas reconnue, c'est que vous avez beaucoup changé en quatre ans. Mais, dites-moi comment, de meusienne, vous êtes devenue parisienne?

En quelques mots, Léona retraça le parcours qui l'avait amenée là. Elle ne cacha rien des difficultés qu'elle avait dans le maniement de l'anglais et la menace que cela représentait pour son emploi. Interrogée sur son niveau d'études, elle indiqua qu'il était proche de celui d'une institutrice. Intéressé, André Maginot confia à la jeune fille que son ministère avait du mal à recruter des employés aux écritures. La guerre avait cruellement éclairci les rangs des ronds-de-cuir et peu de jeunes filles avaient encore le bagage suffisant pour les remplacer. Se penchant à l'oreille de Léona, il lui proposa de mettre à profit son prochain jour de congé pour passer à son ministère.

Deux mois plus tard, Léona était employée au ministère des Pensions, à la direction des Orphelins et Veuves de guerre, sous-direction des Bourses, service de contrôle des dossiers.

Elle avait quitté l'ambassade sans trop de regrets. Marie lui avait fait promettre de garder le contact pour envisager des sorties communes et poursuivre la découverte de la capitale. Mathilde Kenny l'avait chaleureusement embrassée en disant regretter son départ : « C'est mon mari qui va être désolé quand je vais lui apprendre que vous nous quittez ; il vous appréciait beaucoup, vous savez », confia-t-elle.

Lorsque la lettre annonçant son entrée au ministère des Pensions arriva à Bon-Ru, elle fut lue et relue. On était fier de Léona. Ida admettait qu'au moment de son éviction de l'école de Verdun elle avait été inquiète quant à l'avenir de sa fille. Elle était maintenant rassurée. Un qui ne l'était pas, c'était Camille. Depuis longtemps, il s'était mis en tête qu'il voulait faire sa vie avec elle. Jusque-là, Léona la rebelle ne lui avait guère laissé d'espoir. Il ne désarmait cependant pas. Il tentait de se persuader qu'une fille de la campagne, attachée comme elle l'était à la nature, aux champs, aux prairies, aux forêts et aux rivières, au rythme lent des saisons, ne supporterait pas longtemps la vie trépidante et bruyante de la grande ville. Elle se lasserait de n'avoir à fouler que le pavé ou le bitume, en place de l'herbe tendre des prés ou de la mousse des forêts. Elle finirait par ne plus souffrir l'enfermement entre les hauts murs des bâtiments, la monotonie des arbres de même espèce, alignés au cordeau et tenus prisonniers entre les grilles des trottoirs. Elle en aurait assez de voir d'infortunés chevaux tomber sur les pavés gluants et ne pas pouvoir se relever malgré les coups de fouet. Elle aurait, il en était convaincu, le mal du pays. Comment peut-on oublier l'odeur du foin qu'exaspère la rosée du matin, le hennissement de l'étalon dans le lointain, le sifflement des ailes des canards dans le ciel blafard de l'hiver, la délicieuse brûlure du marron trop chaud sur la langue impatiente ? Camille était sûr que tous ces plaisirs des sens lui manquaient déjà, ou ne tarderaient pas à lui manquer.

Il s'interrogeait sur la manière de lui faire prendre conscience que son avenir n'était pas à Paris, mais sur les terres de ses aïeux. N'osant pas lui écrire à titre personnel, il se contentait d'une banale formule à la fin des lettres d'Ida : « *On pense bien à toi* », « *Bon anniversaire* » ou encore « *J'espère que tout va bien pour toi* » – autant de mots creux qui dissimulaient aux yeux d'Ida, mais malheureusement aussi à ceux de Léona, ses véritables sentiments.

Il se promettait de les lui révéler, dans quelques semaines, quand il rejoindrait la caserne où il allait être affecté. Cyrille Bauchot de la ferme des Aulnaies, qui était de la même classe que lui, avait déjà reçu sa feuille de route pour le Maroc. Sa famille était désolée car on disait qu'il y avait la guerre là-bas. Un Berbère du nom d'Abdelkrim, chef réputé, sanguinaire, luttait contre la présence française dans le protectorat. Cyrille, lui, qui passait pour un fier-à-bras était tout heureux d'aller mettre au pas « ces indigènes au regard sournois ».

Camille, qui avait tellement souffert de la guerre, espérait de toutes ses forces ne pas être appelé pour la même destination.

Ce fut en Allemagne qu'il dut se rendre, dans les territoires que la France venait d'occuper récemment, suite à la mauvaise volonté des vaincus à s'acquitter des lourdes réparations arrêtées par le traité de Versailles. La vie dans un cantonnement à proximité de Duisbourg, en Rhénanie du Nord, ne lui déplut pas, malgré l'hostilité affirmée de la population envers les occupants. Les distractions étaient assez rares. Les militaires français n'étaient pas bien accueillis dans les tavernes, où survenaient fréquemment des bagarres. Les jeunes filles étaient montrées du doigt si elles avaient l'audace de trouver plaisir à lier conversation avec un porteur d'uniforme français. Il fallait reconnaître que le comportement de nos troupes n'était pas exempt de critique. On méprisait le vaincu. Camille fut témoin d'une scène où il regretta de ne pas être intervenu. C'était à l'entrée du printemps. Après une semaine de pluie abondante, le soleil avait daigné se montrer ce dimanche-là. Comme il n'était pas recommandé de fréquenter les bistrots, de nombreux soldats achetaient de la bière et du schnaps chez un vivandier qui tenait boutique devant l'entrée du cantonnement. Ils se répandaient alors sur les routes et chemins environnants, ponctuant leur promenade de fréquents arrêts, dits « de dégustation ». Était-ce là une manière d'évacuer leur mal de vivre dans ce pays qui leur était si défavorable ? Le groupe qui cheminait devant Camille et son camarade Lucien, un Meusien comme lui, avait dû boire plus que de raison. Les trois lascars, particulièrement excités, braillaient à tue-tête des chansons à boire en pénétrant sur le pont enjambant la Ruhr. Un cycliste venait à leur rencontre. Ils le forcèrent à s'arrêter. Il s'agissait d'un homme d'une quarantaine d'années, pauvrement vêtu. Camille crut comprendre qu'ils lui demandaient du feu.

— *Ich habe kein Feuer ! Ich habe kein Feuer !* répéta l'homme, apeuré.

Ils l'obligèrent à descendre de son vélo.

— Dis donc, sale Chleuh, tu as du feu mais tu veux pas en donner aux Français, hein ? On va te fouiller ; si on trouve la moindre allumette sur toi, ou un briquet, on fout ton vélo à l'eau !

— C'est même pas la peine de le fouiller, c'est sûr qu'il en a, dit le plus fort des trois en arrachant le vélo des mains de son propriétaire pour le jeter à l'eau.

Le pauvre homme se précipita vers le parapet en criant dans sa langue.

— Tu vas la fermer, sale Boche ! Tiens, va le rechercher, ton vélo ! hurla le costaud en empoignant l'Allemand qui tentait de se débattre, et en le précipitant par-dessus bord.

On entendit un cri désespéré suivi d'un plouf. L'homme fut vite englouti dans les eaux boueuses et tumultueuses de la rivière en crue.

Le trio poursuivit son chemin après avoir *arrosé* le fait d'armes et déclaré, satisfait : « Encore une ordure de moins en Bocherie ! »

Dans la première lettre que Camille adressa à Léona, il raconta par le détail ce sinistre événement. Il ajouta, pour se donner bonne conscience, que les faits s'étaient déroulés si rapidement qu'il aurait été pris de vitesse s'il avait tenté d'intervenir. D'autre part, peut-être la victime était-elle le Boche qui avait éborgné Paul Vigoureux d'un coup de crosse, ou, pire encore, envoyé l'obus qui avait enterré vivant son père à Samogneux.

Ce n'est que dans les dernières lignes de sa lettre qu'il osa faire allusion à son sentiment pour Léona. Ils avaient beau être séparés, il ne se passait pas de journée sans que ses pensées aillent vers elle. Il ne s'était jamais intéressé à d'autres filles. Celles qu'il lui arrivait de croiser au village ou dans les fêtes des environs, il les trouvait sans intérêt, manquant de conversation et peu distinguées. C'était souvent des grands échalas au visage chevalin, ou alors de grosses filles aux joues replètes et rouges.

Il termina en mettant Léona en garde contre ces beaux messieurs de la ville qui faisaient profession de séduire, par de belles paroles, les filles venues de leur lointaine campagne. Sans vergogne, ils promettaient même le mariage pour arriver à leurs fins. Une fois que la fille avait cédé, et qu'ils avaient obtenu ce qu'ils voulaient, alors ils n'hésitaient pas à la laisser tomber.

Dans la réponse que Léona tarda à lui envoyer, il était principalement question de son nouveau travail. Rien à voir avec la plonge ou le service de restaurant. C'était moins pénible. Elle avait son propre bureau dans une pièce qu'elle partageait avec une autre employée aux écritures, une jeune veuve de guerre, Clémentine Guillaume, originaire de Chinon. Elles avaient tout de suite sympathisé. C'était une femme douce, qui vivait dans le souvenir de son mari et regrettait de ne pas avoir eu un enfant de son mariage, qui n'avait duré que deux printemps.

Comme Clémentine travaillait dans le service depuis un an déjà, elle fut chargée de mettre Léona au courant de la tâche qui allait être la sienne. Elle consistait à contrôler le contenu de chaque dossier de demande de bourse au bénéfice des pupilles de la nation. Fiche d'état civil, certificat de mort au combat du père, adresse du tuteur ou de la mère, établissement souhaité avec régime (demi-pensionnaire ou pensionnaire). Si l'internat était demandé, il fallait fournir une attestation certifiant que le candidat boursier n'était pas tuberculeux. Autre pièce importante du dossier, les résultats scolaires de la dernière période avec les exercices des compositions. C'était ce que Léona préférait. Elle n'avait à contrôler que la présence de ces éléments. Cependant elle ne pouvait résister au plaisir de se plonger dans les problèmes de mathématiques, dans les dictées et les rédactions. Elle était parfois en désaccord avec les notes et observations, à l'encre rouge, des professeurs, qu'elle fustigeait lorsqu'elle découvrait une erreur qui leur avait échappé.

En cas de dossier complet, elle en tamponnait doublement la chemise d'un « *VU* » et de la date du jour. Dans le cas contraire, les dossiers étaient mis de côté, avec un papillon signalant la ou les pièces manquantes, et étaient transmis en fin de journée au chef, monsieur Pierson, qui occupait le bureau contigu.

Léona confia à Camille qu'elle espérait bien qu'on la chargerait, dans un avenir proche, de réexpédier elle-même les dossiers incomplets.

Quelques mots encore pour parler de ses promenades en ville avec son amie Marie, la visite des grands magasins, ses trajets en métropolitain, le premier étage de la tour Eiffel par l'escalier.

En ouvrant l'enveloppe, Camille avait été alléché par la longueur du texte. En le relisant maintenant, il tentait d'y découvrir des mots qui auraient dévoilé les sentiments de la jeune fille à son égard. Il attendait une phrase où elle aurait pu dire qu'elle pensait parfois à lui. Rien de cela. Tout juste, à la fin, ce « Fais bien attention à toi ! ».

Le soir même, Camille écrivit longuement et se déclara sans détour, allant jusqu'à parler mariage.

Chaque matin des mois qui suivirent, il était le premier dans le bureau du vaguemestre pour s'entendre dire : « Encore rien pour toi aujourd'hui ! »

La réponse n'arriva jamais ; Léona avait autre chose en tête.

C'était au deuxième étage des Galeries Lafayette. Léona et Marie avaient décidé de passer l'après-midi dans le grand magasin. Dehors, il pleuvait. Elles ne pouvaient pas, contrairement à leur habitude, arpenter les rues ou s'asseoir sur un banc d'un jardin public pour parler de tout et de rien, en regardant déambuler les promeneurs. Les Galeries Lafayette étaient une sorte de caverne d'Ali Baba où étaient rassemblés tous les objets de mode qui faisaient envie, non seulement aux élégantes, mais aussi aux jeunes filles plus modestes telles que les deux amies. À son arrivée dans la capitale, Léona n'était pas particulièrement préoccupée par son apparence. La vie à la campagne et les restrictions imposées par la guerre ne l'y avaient pas prédisposée. Ce n'est que lorsqu'elle envisagea d'accéder à la fonction de serveuse qu'elle fut dans l'obligation de soigner sa présentation. À partir de ce moment, influencée en outre par Marie, très soucieuse de son image, Léona s'ouvrit à la mode comme la plupart de ses congénères. La guerre avait bousculé un ordre qui semblait immuable. Pendant que les maris étaient au front, elles avaient conduit des tramways, tourné des obus, cousu des uniformes. Même si elles continuaient à s'occuper activement de leur foyer et de leurs enfants, les femmes de l'après-guerre sortaient progressivement d'une ombre séculaire exclusivement masculine. En bleu ou en salopette à l'atelier, on aurait pu les confondre avec les hommes. À la ville, elles adoptaient le style masculin : cheveux courts, plaqués à la garçonne, chemisier blanc et nœud papillon. Les escarpins à talons plats, les longs fume cigarette et les boutons de manchettes complétaient la panoplie. Les filles s'émancipaient, fréquentaient l'Université dans le but d'obtenir les mêmes diplômes d'ingénieur, d'architecte, de médecin que les hommes. Certaines osaient même se lancer seules au volant d'un bolide, au manche d'un avion. Les unes devenaient championnes de tennis, d'autres constituaient des équipes de football. Si les esprits s'étaient libérés, les corps n'étaient pas en reste. Les robes ne se contentaient pas de découvrir les genoux. Les dos, les épaules et les gorges offraient leur hâle sensuel à tous les regards.

Marie et Léona étaient justement au rayon des robes d'été. Légères, souvent en mousseline ou en soie, elles s'agrémentaient de broderies de perles brillantes, de strass et de paillettes. Tour à tour, les deux jeunes filles choisissaient un modèle qu'elles allaient essayer ensemble dans les cabines, d'où fusaient bientôt des exclamations ou des rires devant l'audace du modèle qui ne laissait rien ignorer de leur corps. C'est ensuite au rayon des accessoires qu'elles se rendirent. Là, c'était le domaine des chapeaux-cloches, ici des bas de soie, la plupart de couleur chair ; ailleurs, les colifichets, colliers de perles, bracelets de verroterie, plumes d'autruche, faux boas, vrais renards. Elles auraient voulu tout essayer.

« Et si on allait au rayon des hommes ? » proposa Marie.

Il suffisait de monter à l'étage supérieur. Toujours très en verve, les deux amies s'amusaient à saluer les mannequins habillés des vêtements du moment. Pour un seul qui portait veste cintrée et pantalons étroits, dont la mode tendait à disparaître, tous les autres arboraient la nouvelle coupe des vestons droits s'arrêtant au bas des reins sur des pantalons dits « pattes d'éléphant » aussi larges en bas qu'en haut.

Devant elles, un jeune homme était occupé, face à un haut miroir ovale, à essayer un gilet au dos de satin vert sombre. Il prenait diverses poses, ajustait le vêtement, le boutonnait, puis l'ouvrait, s'assurant qu'il avait été fait pour lui.

La silhouette élancée, les cheveux bruns gominés, le dos large, que faisait ressortir la taille bien marquée, le maintien un peu raide… Léona eut l'impression que le jeune, homme en train d'essayer un gilet à quelques pas d'elle n'était autre que Raymond Jaspard. Elle n'avait gardé de lui que le souvenir de son corps et de ses lèvres, ce fameux jour d'été au Pont des Bateliers. Toujours amoureuse de lui, elle avait volontairement oublié l'humiliation subie quelque temps après.

C'est dans le miroir que leurs regards se croisèrent. Raymond se retourna vivement et, surpris, considéra Léona des pieds à la tête. La jeune fille, tout aussi étonnée, fit de même. Il restait hésitant. Ce fut elle qui se précipita à son cou.

— Excuse-moi, Léona, d'avoir tardé à te reconnaître, mais tu as tellement changé depuis l'année dernière. Je n'en reviens pas, on te dirait maintenant vraie Parisienne

— Mais je travaille et j'habite à Paris ! Demande à mon amie Marie si je mens…

Léona était heureuse. Depuis son arrivée dans la capitale, elle ne désespérait pas de rencontrer celui auquel elle n'avait cessé de penser. Sur les places, au coin des rues, dans les allées des jardins publics, dans les salles de cinéma qu'elle s'était mise à fréquenter, elle avait toujours conservé l'espoir de le voir arriver vers elle.

C'était maintenant chose faite.

Tous trois sortirent du magasin. À l'invitation de Raymond, ils pénétrèrent dans un bistrot proche.

Un garçon de café arriva pour prendre les commandes.

— Bonjour mesdemoiselles. Salut, Raymond ! Te voilà bien accompagné aujourd'hui, veinard ! Toi, au moins, tu sais occuper agréablement ton jour de congé !

Ces paroles semblaient avoir mis le jeune homme mal à l'aise.

— Au village, les gens disaient que tu faisais des études. Les as-tu terminées ? Le garçon parle de jour de congé : alors, quel est ton travail ? demanda innocemment Léona.

— Je… continue des études de droit. J'habite chez mes parents. Comme je ne veux pas leur demander d'argent, alors qu'ils auraient largement les moyens de m'aider, je travaille quelques heures par semaine dans un cabinet d'avocats, expliqua Raymond.

— Et que veux-tu faire plus tard ? interrogea Marie.

— Avocat. J'ai toujours été attiré par cette profession. Et j'ai l'intention de me spécialiser dans la défense de la veuve et de l'orphelin.

Cette déclaration ne fit qu'aviver l'admiration des deux filles. Questionnées à leur tour, elles parlèrent de leur travail, en s'excusant presque de la modestie de leurs fonctions respectives.

Raymond demanda des nouvelles de Camille ; il avoua avoir gardé un souvenir cuisant du poing qui lui avait éclaté le nez.

— Est-il toujours aussi amoureux de toi ? demanda le Parisien. Et moi qui croyais que c'était ton frère !...

— Je n'ai aucune nouvelle de lui, mentit Léona. De toute façon, je ne l'aime pas !

Raymond consultait fréquemment la montre qu'il avait tirée de son gousset.

— Excusez-moi, mais je dois vous quitter, car j'ai rendez-vous avec mon père à 19 heures précises. Léona, j'aimerais qu'on ne tarde pas à se revoir, dit-il. Retrouvons-nous devant l'entrée des *Galeries* dimanche prochain à 14 heures.

Avant de prendre congé, il déposa un baiser sur la joue de la Meusienne, et serra la main de Marie.

Elles restèrent attablées encore un moment, le temps pour Léona d'exprimer tout le bien qu'elle pensait de ce garçon. Quel charme ! Quelle distinction ! Il aurait fière allure dans sa robe d'avocat !

Si Léona était très admirative, Marie émettait quelques réserves. La familiarité du serveur, cette histoire de jour de congé la retenaient de suivre sa camarade dans ses louanges. Elle n'osa pas lui faire part de l'impression qu'elle avait eue qu'il mentait en parlant de sa situation. Elle pensait que son amie recevrait mal ces réticences, ou les attribuerait à de la jalousie, ce qui n'était pas le cas malgré le charme qu'elle trouvait à ce garçon.

La semaine traîna en longueur. Arriva enfin le dimanche attendu. Dans la chambre qu'elle occupait dans l'immeuble faisant face au ministère, Léona n'avait pas eu besoin de la sonnerie du réveil pour être sur pied dès les premières lueurs du jour. Elle passa la plus grande partie de la matinée à sa toilette. Un léger maquillage pour adoucir un visage que le teint mat rendait dur, d'autant plus qu'elle avait les yeux fort sombres, un soupçon de rouge sur une bouche aux lèvres bien marquées, et le miroir lui renvoya une image qui ne lui déplut pas.

Là où les choses se compliquèrent, ce fut dans le choix de la toilette. Bien, que le contenu de sa garde-robe limitât son choix, elle eut à hésiter entre deux robes, toutes deux convenant au climat de l'été finissant. Elle les passa l'une après l'autre sans pouvoir se décider. Celle pour laquelle elle se sentait moins d'attirance était cependant la plus sage ; l'autre, sans manches, décolletée devant et derrière, avait ses faveurs. Comme elle était très seyante, Léona craignait qu'elle apparût trop provocante aux yeux de Raymond. Ce fut quand même cette dernière qu'elle choisit de porter. Pour en atténuer l'aspect aguichant, elle enfila un cardigan en tricot ajouré de coton blanc perlé. Avant de partir, elle contrôla une fois encore, le contenu de son sac à main. Rien n'y manquait : une minuscule bourse de cuir fin fermée d'un cordon, un mouchoir brodé, un bâton de rouge à lèvres, un nécessaire à ongles (cadeau de Marie) et, pour terminer, un poudrier avec miroir et une brosse à cheveux.

Un ultime coup d'œil dans la glace de l'armoire l'amena à évoquer son père. Lui qui ne manquait pas d'élégance lorsqu'il était en cérémonie, il aurait sûrement été agréablement étonné de voir son « garçon manqué », comme il disait, dans cet équipage.

Elle faisait les cent pas devant l'entrée des *Galeries*. Tout à coup, un doute l'envahit. Il avait bien dit 14 heures, et 14 heures, à la campagne, ça se dit « deux heures de l'après-midi ». Oui, il était bien deux heures ! Depuis qu'elle habitait en ville, elle avait dû traduire les horaires en heures du matin ou heures de l'après-midi. Elle attendait depuis une dizaine de minutes, lorsqu'il arriva enfin. Chemise blanche à col Danton ouvert sur celui d'un veston bleu marine à rayures claires, pantalon à revers de toile blanche lui aussi tombant sur des bottines de cuir et de toile, Raymond lui apparut encore plus séduisant qu'à leur précédente rencontre. Un prude baiser sur la joue et les voilà partis en direction du cinéma le plus proche.

Il y avait assez peu de monde en raison du beau temps. Ils trouvèrent facilement des places dans le dernier rang du fond. Dès l'extinction des lumières, Raymond attira Léona contre lui pour un long baiser, un vrai, celui-là. C'était le premier baiser auquel la jeune fille répondait. Ses tempes se mirent à battre, sa respiration à s'accélérer. Le pianiste avait beau se démener pour accompagner le film, le jeune couple n'était intéressé ni par sa musique, ni par le défilement des images, ni par les textes annonçant les différents tableaux. Léona s'étonna elle-même, en prenant l'initiative d'aller à la rencontre des lèvres de Raymond qui n'en attendait pas tant. Poussant son avantage, il plongea la main dans le décolleté de sa compagne, qui eut une imperceptible contraction suivie d'un total abandon.

Léona remit de l'ordre dans sa tenue dès que la lumière se fit. Un coup d'œil dans son miroir pour une retouche de rouge à lèvres.

— Tu ne m'en voudras pas, dit Raymond au moment où, les yeux éblouis par le soleil, ils se retrouvèrent sur le trottoir, mais je dois te quitter là.

— Ah ! je suis déçue, je pensais qu'on allait passer la soirée ensemble, confessa Léona. Tu ne vas quand même pas travailler chez tes avocats un dimanche…

— Si, tu ne crois pas si bien dire. Ils m'ont confié un dossier à analyser, que je dois rendre demain. C'est la première fois qu'ils me font une telle confiance, alors tu comprendras que je ne veux pas les décevoir.

Léona, qui aurait tant aimé prolonger les instants de bonheur qu'elle avait connus durant la projection, se résigna, la mine chagrine, à la séparation.

— Quand se reverra-t-on ? demanda-t-elle.

— Dimanche, je serai libre en soirée, je t'emmènerai à la Butte Montmartre, dans des endroits où on s'amuse. Je passerai te prendre dans ta chambre en fin d'après-midi…

— C'est impossible, le coupa la jeune fille ; je n'ai pas le droit de recevoir des visites masculines. L'immeuble est une annexe du ministère, qui y loge exclusivement ses agents féminins célibataires. L'accès en est surveillé par un couple de concierges intraitables !

— Alors, retrouvons-nous sur le parvis du Sacré-Cœur à 19 heures.

Un baiser passionné, ponctué d'un « je t'aime » susurré à l'oreille de la jeune fille. Puis Raymond s'éloigna, se retournant au bout de quelques mètres pour envoyer un petit signe à Léona. Elle était restée sur le trottoir à le suivre du regard.

Nouvelle lettre de Camille. Sans réponse à la précédente, il craignait qu'elle se fût perdue en chemin. Le garçon y développait les mêmes arguments à l'appui de la déclaration qu'il réitérait. Si elle était à mille lieues de lui laisser quelque espoir, Léona n'en était pas moins émue par son opiniâtreté, qui lui inspirait plus de compassion que de dérision.

Il y avait du monde sur le parvis de l'église. Foule bigarrée où des touristes parlant anglais se mêlaient aux Parisiens venus profiter du reste du jour pour admirer leur ville du haut de cet observatoire.

Léona vérifia dans son miroir que s'étaient estompées les couleurs qui lui avaient rougi les joues. Craignant d'être en retard, elle avait forcé l'allure dans la montée de la station Lamarck-Caulaincourt jusqu'au Sacré-Cœur. Un soupçon de poudre de riz en dissimula les dernières traces.

Tout à coup, elle sentit la présence de Raymond dans son dos. Faisant volte-face, elle s'accrocha à son cou et le couvrit de baisers, sous le regard attendri d'un vieux couple anglais qui leur fit un petit signe de connivence.

Au coin de la rue Saint-Vincent et de la rue des Saules, ils entrèrent dans un estaminet à l'enseigne qui amusa fort Léona : *Au Lapin agile !* La salle était pleine d'un public bruyant, qui parlait et chantait dans une atmosphère enfumée où se mélangeaient des odeurs de sueur, de tabac et d'alcool. L'un des garçons qui, lui aussi, paraissait connaître Raymond leur trouva une place à une longue table qui semblait pourtant complète. Dans un même ensemble, ceux qui l'occupaient, sûrement des habitués, se poussèrent pour accueillir le couple. Les deux amoureux furent bientôt devant une cruche de vin doux. Autour de chaque table étaient réunis les gens les plus disparates qui soient. Il y avait là des artistes, cheveux sur les épaules, des bourgeoises venues se frotter à la canaille, des demi-mondaines qui voulaient qu'on les prenne pour des bourgeoises, des filles au maquillage outrancier et à la voix éraillée par la fumée et l'alcool, des ouvriers mal rasés, des voyous, petits mecs en casquette, la chevalière au doigt, qui s'efforçaient de prendre un regard sévère. Impressionnée, la jeune Meusienne découvrait une population qui lui était étrangère. Jamais elle ne serait entrée seule dans ce genre d'établissement. Petit à petit, elle se laissa gagner par l'ambiance. Le vin aidant, elle encouragea son chevalier servant à lui caresser les cuisses sous la table. Raymond commanda un autre pichet de vin doux, alors que deux costauds, genre forts des Halles, étaient en train de hisser un homme sur la table en lui réclamant une chanson. La tête à une main des poutres du plafond, le chanteur attaqua « Nini Peau d'chien » après qu'on eut entrechoqué verres et carafes pour réclamer le silence. Malgré une voix forte, il parvenait difficilement à couvrir celles des clients qui s'étaient levés pour l'accompagner en rythmant les couplets de leurs mains et en reprenant à tue-tête les paroles du refrain. Léona, au comble de la joie, se leva et imita ses voisins. Puis ce fut au tour d'un chansonnier qui, dans un libelle fort bien déclamé, porta une charge grinçante contre la politique nataliste du gouvernement. Malheur aux impuissants ! On allait dorénavant distribuer de l'argent et des médailles à ceux qui seraient les plus actifs au lit ! Selon lui, si on demandait avec insistance de faire de nombreux enfants, c'était en prévision de la prochaine !

Le vin coulait à flots. Quelques-uns avaient déjà roulé sous la table. Le visage de Léona s'empourprait, d'autant plus que les caresses de Raymond se faisaient plus précises. La soirée se poursuivit avec des chansons que les habitués reprenaient au refrain, ainsi qu'avec des histoires parfois un peu grossières.

Léona était transportée, comme sur un nuage. Ça devait être ça, le bonheur. Jamais elle n'avait ressenti un tel plaisir. Aussi, comme dans un rêve, à la sortie du cabaret, elle suivit Raymond qui l'emmena, par un entrelacs de rues étroites et sombres, jusqu'à l'Hôtel du Baigneur, dans la rue du même nom. Elle ne remarqua pas le clin d'œil complice de la réceptionniste, dont le visage bouffi avait, sous la lampe rouge de l'entrée, un aspect inquiétant. L'escalier étroit franchi, le couple enfila le couloir qui menait à leur chambre. Derrière chaque porte, des rires, des cris, des soupirs.

Un long baiser, des langues qui se croisaient. Léona était dans un autre monde. Une onde puissante la parcourut, qui rendait les mâchoires douloureuses, accélérait la respiration, affolait le cœur pour atteindre le ventre, où elle se fixait en un élancement aussi lancinant qu'agréable.

Raymond se déshabilla, disposa avec soin ses vêtements sur l'unique chaise, en invitant Léona à faire de même. En se débarrassant de sa robe, elle repensa à cette scène qui l'avait profondément émue quelques années plus tôt, quand elle s'était montrée nue, ou presque, à la demande de cet infortuné Désiré que la guerre avait dépossédé de sa virilité.

Juste un tout petit cri de douleur, vite suivi de halètements, de soupirs, pour terminer par un cri de plaisir, rauque celui-là.

Il fallut du temps à la jeune fille pour retrouver

ses esprits. À demi couchée sur son amant, elle lui parlait à l'oreille, lui redisant son amour, qu'il était l'homme de sa vie, qu'il était le premier et qu'il serait le dernier. Sur le dos, bras replié sous la nuque, Raymond restait sans répondre au flot de paroles, de déclarations solennelles, de serments qu'elle lui dispensait. Il ne se manifesta que lorsque le désir l'envahit de nouveau. Consentante, Léona prit une part active au cours de cette nouvelle effusion.

Au petit matin, elle tenta de passer devant la loge sans se faire remarquer des concierges. Elle croyait avoir réussi quand elle entendit dans son dos ce diable de Ludovic Pichelin qui lui lança, ironique :

— Bonjour, mademoiselle François ! Vous voilà bien matinale ! Auriez-vous oublié quelque chose dans votre chambre, ou bien, ce que je n'ose croire, auriez-vous découché ?

Embarrassée, Léona ne savait que répondre. Elle bredouilla une explication :

— J'ai dormi... chez... mon amie Marie que j'ai connue à l'ambassade.

Durant la journée, il lui arriva de piquer du nez à plusieurs reprises sur les dossiers de demandes de bourses. Elle ne parvenait pas à s'y intéresser. Sans cesse, ses pensées allaient vers celui qui lui avait donné autant de plaisir. Elle avait envie de crier son amour au monde entier, à commencer par sa collègue Clémentine, qu'elle mit dans la confidence. La jeune veuve ne fut pas surprise. Elle avait bien remarqué que Léona avait la tête ailleurs et que sa mine réjouie montrait à l'évidence que ces préoccupations étaient plutôt de caractère agréable.

Octobre 1925 : ça faisait maintenant deux mois que les amants se retrouvaient chaque semaine dans ce même hôtel de Montmartre, pour quelques heures ou pour la nuit. Certaines des dames croisées devant l'établissement ou dans l'escalier semblaient connaître Raymond, ce qui avait fini par ne pas échapper à Léona. « C'est parce qu'elles ont l'habitude de nous voir tous les deux, chaque dimanche », l'avait rassurée le garçon.

Ce jour-là, ils s'étaient donné rendez-vous dans un tout autre endroit. Arrivée la première, comme d'habitude, Léona attendait son amant devant le théâtre des Champs-Élysées. Une affiche titrait en gros caractères *Revue nègre*. D'après Raymond, il s'agissait du spectacle le plus couru de la capitale. Rien d'étonnant que le prix des entrées et celui de la bouteille de champagne fussent si élevés. Malgré ses modestes appointements, Léona voulait à chaque fois participer à la dépense. Grand seigneur, Raymond refusait, et, comme ce jour-là, prélevait dans une liasse souvent épaisse la somme demandée, augmentée d'un généreux pourboire. Paraît-il que ses parents n'étaient pas regardants, et que les avocats le rétribuaient largement.

La salle était au complet. Des girls, les Allison Girls, ouvrirent la première partie du spectacle. Puis ce fut au tour de Saint-Granier de pousser la chansonnette : « Ramona », « Tout en rêvant », « Rien qu'un baiser », « Nuit de Venise », rien que des chansons où l'amour avait la première place, qu'il soit naissant, passionné ou trahi. Et puis ce fut l'entracte, où les serveuses s'activaient. Arriva la deuxième partie que tout le monde attendait. Le rideau s'ouvrit sur un décor représentant le port de New York avec ses gratte-ciel et ses docks, décor devant lequel une danseuse évoluait sur un air sorti du saxophone de Sidney Bechet. Et tout à coup, des cris de surprise dans la salle accueillirent l'apparition sur scène d'une jeune Noire quasiment nue, si ce n'était une ceinture de feuillage et de bananes qui se balançait au rythme de ses trémoussements endiablés. Son numéro échevelé où elle gigotait, chantait en faisant rouler les yeux, la poitrine scandaleusement tressautante, lui valut un triomphe. Les spectateurs étaient fascinés par son audace, ses jambes interminables. Ils reprenaient les refrains de « J'ai deux amours » ou encore « La petite Tonkinoise ».

Ça aurait dû être une merveilleuse soirée, mais Léona semblait préoccupée. Depuis quelques semaines, il ne se passait guère de matin sans qu'elle ait des nausées. Plus symptomatique encore, elle ne s'était pas revue depuis deux mois. Elle ne savait pas comment l'annoncer à Raymond. D'une part, elle était heureuse de porter un enfant de l'homme qu'elle aimait, mais elle savait aussi que cet événement allait bouleverser leur vie et risquait de les mettre à l'index tant qu'ils n'auraient pas régularisé leur situation devant le maire et le curé. Léona ne doutait pas un instant que Raymond aurait à cœur de « réparer » par le mariage, comme c'était la tradition à la campagne quand des jeunes gens avaient « mis la charrue avant les bœufs ».

Elle lui annonça la nouvelle au moment où ils

allaient se quitter, devant l'hôtel qui les avait hébergés pour quelques heures où leurs corps s'étaient conjugués. Le jeune homme resta imperturbable alors qu'elle attendait de sa part des réactions de joie, des assurances quant à leur avenir, une promesse ferme de mariage. Rien de tout cela. Devant l'étonnement de Léona, il tenta de se justifier : « Excuse-moi, c'est la surprise qui me rend muet. On se retrouve ici même dimanche prochain à 20 heures. D'ici là, je vais réfléchir, et je te dirai ce que j'aurai décidé pour notre avenir. »

Un bref baiser, et voilà le père de son enfant en devenir qui disparaît au coin de la rue.

Elle n'allait pas le revoir de sitôt.

Durant la semaine qui suivit, elle ne cessa de penser à tout ce qui l'attendait. Il allait falloir rencontrer les parents de Raymond, mettre au point les préparatifs du mariage, envisager de trouver un appartement, préparer l'arrivée de l'enfant. Il lui tardait d'en faire part à Bon-Ru. C'est pourquoi elle attendait impatiemment le dimanche où Raymond allait l'informer de ce qu'il avait décidé.

En allant prendre le métro, elle observait les femmes qu'elle croisait. Plusieurs arboraient des ventres qui ne laissaient aucun doute sur leur état. Léona tentait de déceler les marques de la plénitude qu'on peut souvent lire sur le visage des femmes enceintes. Très en avance au rendez-vous, elle se mit à penser au prénom qu'il faudrait choisir parmi ceux qui lui venaient à l'esprit. Si c'était un garçon, ce dont elle était à peu près convaincue, le prénom qu'elle avait retenu était Fernand, celui de son cher père. Elle insisterait auprès de Raymond pour le lui faire accepter. Au cas où il s'opposerait à ce choix, elle évoqua un certain nombre d'autres noms de baptême, les rejetant tour à tour, car portés par des gens qui ne trouvaient pas grâce à ses yeux

Arriva l'heure de la rencontre. La nuit était tombée. Les trottoirs n'étaient plus animés par les jeux et les cris des enfants qui rentraient chez eux avec leur famille. Place avait été faite à des messieurs en chapeau qu'abordaient des femmes de mauvais genre, marchandes d'amour sortant de l'ombre pour proposer leurs services tarifés. Un passant en goguette, croyant avoir affaire à l'une d'entre elles, s'arrêta devant Léona, s'apprêtant à l'interroger sur ses prestations. Découragé par son regard courroucé, il poursuivit son chemin.

Le temps passait. Une légère bruine, portée par le vent qui s'engouffrait dans la rue étroite, obligea Léona à déployer son parapluie. Elle avait froid maintenant. Et ces hommes qui ne cessaient de la dévisager sous la pâle lueur d'un bec de gaz ! Elle avait justement avancé jusque-là pour profiter de ce modeste éclairage, afin qu'on puisse voir qu'elle ne faisait pas partie du lot des filles de joie. Elle en voulut à Raymond de lui avoir donné rendez-vous dans ce quartier inquiétant.

Elle tremblait de froid, de peur. Une profonde angoisse s'était progressivement emparée d'elle. Et s'il ne venait pas ? Et si la révélation de sa future paternité l'avait fait fuir à mille lieues ? Elle n'osa aller plus loin dans ses funestes pensées. Non ! Ce n'était pas possible ! Pas lui, pas ce garçon merveilleux qui lui avait encore redit, le dimanche précédent, tout son amour ainsi que sa volonté, une fois son diplôme en poche, de partager sa vie avec elle. Non ! s'il n'était pas là, c'est qu'il n'avait pas pu se libérer, peut-être était-il malade, peut-être avait-il dû se plier à une obligation familiale de dernière minute ? Ses parents, avait-il un jour confié à Léona, étaient des gens d'une grande générosité, mais assez stricts et exigeants envers lui, et, tant qu'il bénéficiait de leur hospitalité, il devait se conduire en fils obéissant.

Comme il connaissait son lieu de travail, il l'attendrait dès demain à la sortie du ministère, elle en était sûre, ou bien il lui ferait parvenir un message pour expliquer son absence. C'est sur cette certitude qu'elle quitta l'endroit pour se rendre à la station de métro et rentrer au bercail.

Ni le lendemain, ni les jours suivants, on ne vint l'attendre à la sortie des bureaux. Aucun message ne lui fut destiné. Elle avait été bien légère de ne pas demander l'adresse de son amant. Lui-même aurait dû, dès le début de leurs relations, la lui donner pour pouvoir communiquer et dissiper ainsi les craintes nées d'un rendez-vous manqué. Désemparée, Léona ne savait que faire. Sa détresse n'avait pas échappé à Clémentine qui lui suggéra de faire le tour des endroits qu'ils avaient l'habitude de fréquenter. Peut-être rencontrerait-elle quelqu'un qui pût la renseigner. Le soir même, elle entra rue du Baigneur dans l'hôtel où ils avaient coutume de se retrouver.

Derrière l'étroit comptoir du vestibule, somnolait à demi madame Germaine, la tenancière de l'établissement.

— Monsieur Raymond, bien sûr que je le connais. Il vient assez souvent ici. Parfois d'ailleurs en ta charmante compagnie, mais quant à savoir où il habite, alors là, tu me poses une colle ! Tiens, vlà justement la grande Maria qui redescend. Elle va peut-être pouvoir te renseigner… Maria, viens voir par ici ! lança-t-elle à la femme en lui adressant un discret clin d'œil. Tu connais l'adresse de monsieur Raymond ? Y a la p'tite, là, qui le cherche.

— Voyons voir, monsieur Raymond… monsieur Raymond… Non, il ne m'a jamais dit où il habitait. Désolée, mignonne !

La rage au cœur, Léona quitta le sordide Hôtel du Baigneur. Sa démarche n'eut pas plus de succès dans d'autres lieux qui leur étaient familiers. Ce qui la tracassait le plus, c'était que Raymond ne donnait aucun signe de vie. Dans ses moments les plus sombres, la plupart du temps dans la solitude de sa chambre, elle voyait son amant sous les traits d'un aventurier amateur de filles vierges, qu'il délaissait en cas de problème. Le lendemain, au réveil, elle s'en voulait d'avoir eu de telles pensées sinistres, alors que le pauvre garçon souffrait peut-être sur un lit d'hôpital à la suite d'un accident. Le malheureux devait aussi languir de ne pas pouvoir entrer en contact avec elle.

Une semaine entière passa, chargée d'une inquiétude croissante. Marie s'annonça. Elle venait reprocher à son amie de l'avoir délaissée ces dernières semaines. À sa vue, Léona éclata en sanglots. Elle lui fit le récit de sa vaine attente de dimanche passé, de ses démarches sans succès pour tenter de se faire communiquer l'adresse de Raymond, qu'elle s'imaginait torturé, lui aussi, de ne pouvoir donner de ses nouvelles. Marie respectait la douleur de son amie, mais elle voulait lui signifier qu'elle ne devait pas trop se bercer d'illusions. Où qu'il soit, quel que soit ce qui lui était arrivé, hors un accident fatal, il lui était loisible d'entrer en contact avec elle. Pour ne pas ajouter à son désarroi, elle garda pour elle que ce garçon ne lui avait jamais fait bonne impression, qu'elle n'était pas étonnée de ce qui arrivait aujourd'hui et qui la rendait si malheureuse. Au contraire, elle l'assura de son appui.

— Tu me dis ne pas connaître l'adresse de ses parents, mais il doit bien y avoir d'autres adresses dans sa vie. S'il fait des études de droit, il doit être inscrit dans une faculté. Il faudrait peut-être voir de ce côté-là, proposa Marie.

— Ça me revient maintenant : il m'a quittée l'autre jour en me disant qu'il devait passer au cabinet d'avocats, rue de Clichy ou avenue de Clichy, je ne sais plus très bien.

Elles avaient toutes deux demandé congé ce mercredi-là. La consultation du bottin leur avait permis de relever les adresses des avocats associés de la rue en question. Liste en main, elles arpentaient le trottoir. Aux trois numéros relevés, elles enregistrèrent la même réponse négative : on ne connaissait pas ce monsieur. Avenue de Clichy, il en fut de même. Elles rentrèrent épuisées de s'être ainsi vainement démenées. Restait la chance, plutôt mince, de retrouver la trace de Raymond Jaspard, étudiant en droit. Aidée de Marie, Léona tenta de répertorier les différents établissements enseignant la discipline. Les quelques-uns qu'elle interrogea refusèrent de fournir la liste de leurs étudiants. Ce n'était pas la bonne manière de retrouver ce jeune homme, de l'honnêteté duquel Léona commençait à douter sérieusement. La pauvre fille en était tellement meurtrie qu'elle en attrapa la fièvre. Le médecin lui prescrivit de garder la chambre pendant une semaine. Au bout du troisième jour, n'y tenant plus, chaudement vêtue, elle décida d'affronter le froid qui gelait les caniveaux, pour se rendre à Montmartre, quartier cher à Raymond, avec l'intention de glaner des renseignements le concernant. Tremblant de fièvre, elle dut s'appuyer au mur d'un estaminet, rue de l'Abreuvoir, pour reprendre vigueur. Émue par son extrême faiblesse, une passante la fit entrer dans le bistrot où elle lui offrit un cordial. Léona acheva de se réchauffer au poêle à charbon qui rougissait en plein milieu de la salle enfumée. Dans un angle de la pièce, modestement éclairée par une étroite fenêtre, quatre joueurs de cartes considéraient la donne en silence. Absorbés par leur jeu, ils ne prêtaient aucune attention aux autres clients.

Cette nuque à la chevelure blonde légèrement bouclée, ce port de tête un peu raide et cette façon de se passer la main sur la joue, comme pour s'assurer qu'on est rasé de près, autant de signes qui encourageaient Léona à penser que celui des joueurs qui lui tournait le dos était sûrement Raymond. Mais elle se méfiait d'elle-même pour avoir cru, à plusieurs reprises, le reconnaître sur le trottoir d'en face ou au volant d'une torpédo. Elle n'eut plus de doute quand elle l'entendit annoncer d'une voix triomphale « Carré d'as ! ».

« Raymond ! » cria-t-elle juste avant de s'évanouir.

C'est allongée sur le billard américain qui occupait l'essentiel de l'arrière-salle de l'établissement que Léona revint à elle. Deux visages étaient penchés sur elle – celui de la tenancière qu'elle avait vue officier derrière son tiroir-caisse, et celui de Raymond. La femme s'esquiva, laissant la jeune fille et son amant en tête-à-tête.

— Raymond, mon Raymond, repétait-elle d'une voix faible. J'avais tellement peur de t'avoir perdu à tout jamais.

— Mais non, ma chérie, tu sais bien que je t'aime et que je n'ai pas l'intention de t'abandonner. J'allais justement te donner de mes nouvelles et discuter avec toi de notre mariage. Et si j'ai tardé, c'est qu'il fallait que j'en parle d'abord à mes parents. Ça n'a pas été facile. Ils m'ont posé mille questions sur toi, sur ta famille, tes études, ton travail. Ils ne sont pas favorables à notre union. Si, malgré tout, elle a lieu, alors ils me couperont les vivres. J'ai donc mis à contribution bon nombre de mes relations pour me dénicher un appartement, mais la crise du logement est telle aujourd'hui qu'ils n'ont rien trouvé. De toute façon, continua-t-il, il reste à résoudre le problème le plus épineux. J'ai passé des nuits à y réfléchir…

— Lequel ? s'inquiéta Léona.

— Celui de l'enfant que tu portes. J'ai examiné la situation sous tous ses angles et, à chaque fois, j'arrive à la même conclusion : cet enfant ne doit pas naître ! dit catégoriquement Raymond.

— Mais pourquoi ? demanda-t-elle, la voix blanche.

— Parce que je suis loin d'avoir terminé mes études, parce que ton travail t'empêchera de l'élever toi-même, et puis parce que nous n'avons pas les moyens d'avoir un enfant…

— Pourtant, osa-t-elle, tu as toujours de l'argent plein les poches !

Raymond se dispensa de répondre à cette objection en se penchant sur Léona pour lui administrer un fougueux baiser, prélude à une effusion dont elle sortit rompue mais plus aimante que jamais. Entre deux baisers, il l'amena à partager sa décision de faire *passer* l'enfant.

— Va dès demain à l'Hôtel du Baigneur, tu demanderas madame Gabrielle de ma part. Tu verras, elle est très accueillante ; tu peux lui faire confiance, elle s'occupera bien de toi.

Tellement heureuse d'avoir retrouvé son Raymond, Léona suivit ses instructions et se rendit rue du Baigneur. Madame Germaine était à son poste. Avant que la jeune fille ait ouvert la bouche : « Je sais… Suis-moi, je t'emmène voir madame Gabrielle », lui lança-t-elle.

Deux étages à escalader pour déboucher dans la

soupente. La porte d'une mansarde s'ouvrit sur Léona. La pièce était sombre et encombrée par des meubles surchargés d'un bric-à-brac de vieux journaux et de vêtements. Dans un fauteuil de velours fatigué, un chat tigré s'appliquait à sa toilette. Assise à la table, madame Gabrielle, une vieille femme à l'aspect peu soigné, au visage sillonné, par un dense réseau de, rides, sommeillait à demi. De nombreuses bouteilles vides dans un coin de la pièce. Au mur, des photos jaunies, d'une jeune femme mince, ici en déshabillé coquin, là, poitrine dénudée.

Rendez-vous fut pris pour le surlendemain. Madame Gabrielle recommanda à Léona de venir avec une bouteille d'eau-de-vie, du coton hydrophile et des linges, au cas où il y aurait une forte hémorragie.

À l'heure dite, Léona se présenta à l'hôtel. Madame Germaine lui remit un message de Raymond, qui s'excusait de ne pas pouvoir la rejoindre, pour des raisons impératives d'examen à la fac, mais l'assurait qu'il était avec elle par la pensée. Il promettait en outre un ou plusieurs enfants à venir quand, enfin mariés, ils verraient leur situation matérielle éclaircie.

Rassurée, Léona livra son ventre à la faiseuse d'anges, qui commença par lui faire ingurgiter deux rasades d'eau-de-vie. Allongée sur la toile cirée de la table, jambes ouvertes, Léona fut agitée d'un soubresaut qu'accompagna un court gémissement, lorsque la femme enfonça la sonde de caoutchouc au plus profond de son intimité.

Pour accélérer le processus, madame Gabrielle lui

ordonna de se rhabiller et de descendre faire le tour du pâté de maisons un grand nombre de fois et d'un bon pas.

Malgré les consignes, suivies à la lettre, le soir arriva sans que rien ne se passât. La vieille femme conseilla à Léona de rentrer chez elle et d'attendre que l'hémorragie se déclare. Elle devait alors enlever elle-même la sonde et la lui faire renvoyer. Le retour jusqu'à l'annexe du ministère fut un martyre. Léona peina pour gravir l'escalier de la sortie du métro et dut s'arrêter à plusieurs reprises avant d'arriver devant l'immeuble où Marie, la mine sombre, l'attendait justement. Son amie était là au bon moment pour la soutenir fermement par le bras, le temps de passer devant la loge et de gravir l'escalier. Sitôt entrée dans la chambre, Léona s'affala sur son lit. Aux questions inquiètes de Marie, elle répondait d'une voix faible entrecoupée de sanglots. Oui, elle avait retrouvé Raymond. Bien sûr qu'il l'aimait toujours. Il avait même parlé mariage. Seulement il ne voulait pas de l'enfant, c'est pourquoi... Elle poussa subitement un cri en pressant son ventre de ses deux mains. Grimaçant de douleur, elle ne put se lever qu'avec l'aide de Marie qui l'accompagna aux toilettes, restant auprès d'elle au cas où l'hémorragie, maintenant abondante, n'entraîne une défaillance. De longues minutes s'écoulèrent, pendant lesquelles son amie lui tenait la main, lui caressait les cheveux. Exsangue, Léona rejoignit son lit. Elle tremblait de tous ses membres. Marie lui fit boire une tisane bien chaude et lui ajouta une couverture trouvée dans le placard. Elle décida de rester à son chevet.

La malade finit par s'endormir. Pendant son court sommeil, elle prononça plusieurs fois le nom de son amant. De temps à autre, son amie passait un linge humide sur son front brûlant.

Vers le milieu de la nuit, il semblait que la fièvre avait baissé. Léona, maintenant éveillée, remercia Marie pour son assistance. Elle se poussa pour lui faire une place dans le lit. Au petit matin, elles se réveillèrent ensemble. Léona était encore bien pâle, mais elle paraissait avoir retrouvé un peu de vigueur. Marie en profita pour lui dire qu'elle ne se trouvait pas par hasard devant son immeuble hier soir. Elle était venue spécialement à sa rencontre pour l'informer d'un certain nombre de choses difficiles à entendre, mais qu'elle ne pouvait, au nom de leur amitié, garder pour elle. Avec mille précautions, elle commença à répondre aux impatientes interrogations de Léona.

Marie n'avait guère de considération pour Raymond Jaspard. Elle avait rapidement senti qu'il était peu recommandable et qu'il abusait de la naïveté de son amie pour arriver à ses fins. Quelle foi accorder à un garçon qui se disait amoureux de vous et envisageait le mariage alors qu'il ne vous avait même pas donné son adresse ? Il prétendait travailler chez des avocats de la rue de Clichy pour payer ses études de droit. Aucun des hommes de loi exerçant dans cette rue n'avouait le connaître. Il se disait étudiant désargenté alors qu'il fréquentait régulièrement les lieux de plaisir.

— N'as-tu jamais trouvé que son comportement pouvait sembler bizarre, comme le fait qu'il soit connu dans les hôtels borgnes de Montmartre, qu'il ait disparu dès que tu lui as annoncé que tu étais enceinte, et que c'est pur hasard si tu l'as retrouvé dans ce bouge où il jouait au poker ? demanda Marie.

— Si, admit faiblement Léona ; il m'arrivait d'être surprise par les lieux où il m'emmenait, par l'argent qu'il sortait de sa poche, mais je me disais que ce devait être comme ça, la vie parisienne. Puis il était si gentil avec moi, si doux, si aimant. Il m'a fait découvrir l'amour, le plaisir. C'est le premier homme que j'aime, tu comprends. Bien sûr, il ne m'a pas donné de nouvelles pendant un certain temps, mais il s'en est expliqué…

— Écoute, la coupa Marie, puisque tu sembles encore lui trouver des excuses, je vais te dire qui il est réellement, ce Raymond Jaspard, quitte à ce que ça te fasse mal. Quand tu sauras tout sur cet individu, tu me remercieras de t'avoir ouvert les yeux. C'est d'ailleurs dans ce but que je venais te voir hier soir. Au détour d'une conversation avec madame Kenny, qui me demandait comment tu te portais, j'ai exprimé devant elle les doutes que j'avais à propos de l'honnêteté de cet homme dont tu attendais un enfant. C'est alors qu'elle m'apprit que son propre frère était employé au fichier central de la police des mœurs, et qu'il lui était facile de savoir si ce garçon y était fiché. Effectivement, le dénommé Jaspard Raymond, né le 27 septembre 1900, 14, rue Berthe à Paris, était répertorié comme proxénète, activité qui lui avait déjà valu quelques démêlés avec la justice, dont six mois de prison en 1923.

Complètement anéantie, Léona pleurait doucement.

— Je n'ai plus qu'à aller me jeter dans la Seine, répétait-elle. La vie est trop injuste. Papa, viens à mon secours, défends-moi contre ceux qui me font du mal. Ou plutôt, c'est moi qui vais aller te rejoindre là-haut. Nous serons très heureux ensemble, comme avant quand tu me faisais des baisers « à la pincette », quand tu m'aidais à enfourcher Olane…

À l'évocation des souvenirs d'antan, les larmes redoublèrent.

— Je veux mourir, gémissait-elle. Je ne veux pas vivre plus longtemps dans cette ville de malheur. Camille avait raison de me mettre en garde contre les dangers de la capitale. J'aurais dû l'écouter.

— Et pourquoi n'irais-tu pas te reposer chez toi, là-bas, dans ta campagne meusienne, histoire de te refaire une santé et d'oublier ce type qui t'a plongée dans le malheur ? Qu'en penses-tu ?

Léona ne répondit pas, ce que Marie interpréta comme un acquiescement.

— On va rédiger une lettre pour madame Clémentine, en lui demandant de la transmettre à ton chef de service. Tu signaleras que tu es très malade, que tu retournes te faire soigner dans ta famille et que tu t'engages à faire parvenir au plus tôt un certificat médical.

Prenant les choses en main, Marie fit la valise, aida Léona à s'habiller, promit d'envoyer un télégramme à Bon-Ru annonçant son arrivée par le train du soir. Ce fut elle aussi qui héla un taxi pour la gare de l'Est, monta dans le compartiment avec son amie et installa son bagage à portée de main. Léona lui murmura un merci à l'oreille au moment des adieux.

Le voyage fut un calvaire. La jeune fille dut aller aux toilettes plusieurs fois, car l'hémorragie, qu'elle croyait n'être plus qu'un mauvais souvenir, reprenait avec force. Le changement de train, à Sedan, ne put se faire que grâce à l'obligeance d'un couple partageant le même compartiment, la femme soutenant Léona, le mari se chargeant de sa valise. Elle était la seule à descendre à la gare du village. Camille, qui était venu l'attendre, la voyant tituber, se précipita pour l'aider à monter dans le tilbury. Il avait pris la précaution de se munir d'une chaude couverture de laine dont il couvrit Léona. « J'ai fait un bon feu dans ta chambre, lui dit-il en chemin. Ici, on est tous heureux de te revoir et on se promet de te remettre sur pied très vite. La ville ne te vaut rien. L'air n'y est pas pur comme ici ; pour vivre là-bas, faut y être né ! »

Ils étaient tous là pour accueillir « la Parisienne ». Marcel, Paul, Ida, qui retenait difficilement ses larmes, Jeanne aussi, avec le bébé que Léona découvrait. Un fumet de lapin à la cocotte emplissait la salle commune. Personne n'osa s'exprimer sur la mine de la malade, mais chacun voyait bien que Léona avait de la fièvre, qu'elle était très faible et qu'elle devait souffrir. Ida s'empressa de mettre sur le feu un reste de bouillon de poule qui la réchauffa temporairement. La chaleur de l'accueil fit du bien à la jeune fille, qui demanda à rejoindre sa chambre. Ida et Jeanne l'y emmenèrent, et, avant de la mettre au lit, l'aidèrent à sa toilette. Sans avoir eu à la questionner, elles comprirent la cause de son mal.

Léona dormit peu cette nuit-là. Elle souffrait. La fièvre ne voulait pas baisser. Aux premières heures du matin, Camille entra dans la chambre pour ranimer le feu. Une main sur le front de la malade, il s'inquiéta lui aussi de la forte fièvre qui, par instants, provoquait de tels tremblements que les dents de Léona s'entrechoquaient. Ida vint à son tour et fit le même constat.

Il fallait faire venir le docteur. Bravant le verglas qui s'était installé durant la nuit, Camille enfourcha son vélo et se rendit à Stenay au cabinet du docteur Husson, pour s'entendre dire que l'homme de l'art ne serait pas là avant le milieu de l'après-midi. On promit au jeune homme qu'à son retour il se rendrait à Bon-Ru.

La journée fut longue pour la malade, qui souffrait de plus en plus. Il faisait déjà noir quand la torpédo du médecin pénétra dans la cour. À voix basse, dans l'encadrement de la porte de la chambre, Ida l'avertit en quelques mots de la situation. La température montée à plus de 40 degrés et des écoulements entachés de sang étaient les symptômes d'une infection qu'il fallait enrayer au plus vite avec des antiseptiques. Le pronostic était réservé, car il y avait risque de septicémie. Malheureusement, en dehors de quelques huiles essentielles, les pharmacies locales ne disposaient pas des nouveaux sulfamides qu'on ne pouvait trouver qu'à la pharmacie de l'hôpital de Verdun. Muni d'une lettre rédigée par le docteur sur un coin de la table, Camille décida de ne pas attendre le train du lendemain pour se rendre à Verdun. Il partit à vélo, dans la nuit glaciale qu'éclairait un mince quartier de lune. Quarante kilomètres à pédaler, sur une route où le gel et des langues restantes de neige l'envoyèrent au fossé à plusieurs reprises après quelques embardées, et le voilà en train de réveiller le gardien qui sommeillait dans sa guérite à l'entrée de l'hôpital. Faisant valoir qu'il s'agissait d'une question de vie ou de mort, Camille exigea qu'on aille chercher le responsable de la pharmacie, auquel il donna l'ordonnance du docteur. Une fois en possession des précieux sulfamides, sans avoir pris le temps de retrouver son souffle, il se remit en route. Il savait chaque coup de pédale important, aussi forçait-il la cadence. Arrivé épuisé à Bon-Ru, il constata avec plaisir qu'on avait été chercher madame Catherine, « la piqueuse » de Montigny. Sans perdre un instant, elle fit une première injection à la malade. Elle allait rester toute la journée à Bon-Ru pour recommencer l'opération plusieurs fois, selon les ordres du médecin. Après la piqûre, Camille alla dans la chambre, approcha une chaise du lit et resta là, guettant impatiemment l'effet de l'injection. Avec une serviette, il épongea le front humide de sueur de Léona, qui ouvrit les yeux sur le sourire encourageant du garçon. Deux autres injections dans la journée semblèrent apporter un mieux. Mais, en début de soirée, la fièvre s'accentua. Léona délirait. Elle grimaçait de douleur. Affolé, Camille se précipita au bureau des postes de Montigny pour téléphoner à l'hôpital et demander de faire envoyer une ambulance. En attendant, il retrouva Léona, qu'Ida était en train de veiller à son tour.

Durant le parcours, ce fut encore Camille qui l'accompagna, lui tenant la main qu'elle serrait violemment quand la douleur se faisait plus vive. Il lui disait à l'oreille des mots qu'elle n'entendait peut-être pas, des mots doux, des mots d'amour. Ce fut toujours lui qui passa la nuit sur une chaise inconfortable dans le hall de l'établissement. Le lendemain, vers 10 heures, on vint le prévenir que l'opération dite de curetage s'était bien passée, et qu'il était autorisé à rester quelques instants auprès de la patiente. Léona était éveillée. Elle avait retrouvé quelques couleurs. Camille l'embrassa sur le front. Le regardant dans les yeux, elle lui dit d'une petite voix : « Jamais je n'oublierai ce que tu as fait pour moi ! » Rien ne pouvait faire plus plaisir au jeune homme que ces paroles venues du fond du cœur.

Quelques jours encore à l'hôpital, pour des soins qu'elle ne pouvait pas recevoir à la maison, et Léona était de retour à Bon-Ru. Encore faible, elle devait garder la chambre tous les après-midi. La solide nourriture préparée par Ida, l'air vif de la campagne eurent tôt fait de redonner une belle santé à Léona.

Ce soir-là, le reste de la famille était parti pour la veillée, chez des Belges qui venaient de reprendre la ferme de La Fontaine-aux-Bois, abandonnée depuis la guerre. Léona et Camille étaient seuls devant l'âtre. L'éclat des flammes courait sur les murs de la grande salle. Tous deux avaient les yeux fixés sur les bûches qui se consumaient.

— Léona !
— Oui !
— Il faut que je te parle.
— Je t'écoute.
— Je t'aime, Léona… Je voudrais me marier avec toi.
— Ce n'est pas possible, Camille.
— Pourquoi ? Rien ne s'y oppose. Ce n'est pas parce que ta mère s'est remariée avec mon père que nous sommes frère et sœur !
— Ce n'est pas à ça que je pensais, dit Léona, je dis que cette union n'est pas possible car je ne suis pas digne de toi. Tu es un bon garçon, intelligent et courageux. Je suis sûre qu'il y en a plus d'une dans la région qui te trouve à son goût. Tu mérites de rencontrer une fille saine et pure, ce que je ne suis pas.
— C'est toi que j'aime, Léona. Je me moque de ton passé récent. Ce que je constate, c'est qu'il y a des sales gens, là-bas, qui ne t'ont pas respectée et qui t'ont fait souffrir. Je te promets que je suis prêt à tout faire pour te rendre heureuse et te faire oublier tes misères, promit Camille en attirant la jeune fille vers lui.
— Oh ! Camille, comme tu es bon…
Émue au plus profond d'elle-même, Léona répondit à son baiser sans pouvoir retenir les larmes qui mouillèrent leurs bouches amoureusement jointes.

Le lendemain même, Léona adressait une lettre de démission au ministère parisien de la Guerre et des Pensions.

Ce fut avec un soin jaloux que Camille veilla dorénavant sur la convalescence de Léona, dont la santé alla s'améliorant. Le service militaire avait fait de lui un homme. Oubliées la timidité, la passivité de son adolescence : il avait acquis de l'assurance. Il soutenait maintenant les regards des autres. Il avait dû prendre aussi, lors de son séjour allemand, quelques centimètres en taille et en épaisseur, ce qui en faisait « un beau garçon ». Si, dans le village, quelques-uns parmi les plus âgés l'appelaient toujours « le bâtard », la majorité des habitants l'appréciaient pour son empressement à rendre service. Un ancien avait besoin de fumier pour engraisser son jardin, un autre désirait qu'on laboure sa chanvière, un troisième manquait de grain pour ses poules ? On faisait alors appel à Camille, qui n'hésitait pas à les satisfaire. Ce fut aussi sur ses épaules que reposa en grande partie la remise en activité de la ferme. Avec Paul qui avait beaucoup appris en captivité, avec l'aide de Marcel qui commençait à forcir, il avait, en quelques années, débarrassé les champs des vestiges de la guerre pour les rendre à leur fonction première. Les pâturages nourrissaient maintenant un beau troupeau de laitières, dont Ida assurait la traite. La ferme tournait bien et pouvait facilement faire vivre deux ménages, d'autant plus que les dommages de guerre avaient permis d'en augmenter la superficie.

La nature explosait. C'était le grand réveil. Salamandres, grenouilles et tritons ne s'y étaient pas trompés. Tout ce petit monde avait hâte de quitter la forêt pour les mares et trous d'eau où ils allaient s'accoupler pour perpétuer l'espèce. En prêtant l'oreille, on aurait entendu monter la sève. Ça bourdonnait, ça butinait, ça pépiait, ça gazouillait dans tous les coins. C'était le moment revenu de la danse et des chants. Il fallait séduire une partenaire, même si on s'y prenait un peu brutalement, comme ce lièvre, qui, après avoir amusé une hase en faisant la chandelle, croyant le moment venu de l'accouplement, se jetait sur elle. La coquette s'esquivait, perdant au passage une touffe de poils qui s'envolait au vent. Mais cette *chaude*[1] ne s'arrêta pas là. Le mâle poursuivit ses pitreries. Au milieu d'autres prétendants aux performances plus modestes, il fut finalement choisi par la femelle désormais conquise.

L'œil amusé, Léona et Camille, dissimulés derrière un buisson d'épines, observaient la scène.

On ne voyait plus qu'eux par les chemins et par les champs. Il lui décrivait la géographie de leur nouvelle vie, lui faisait part de ses projets. Il lui indiquait que dans cette pièce-ci il allait semer des betteraves fourragères, que cette terre-là, trop souvent inondée, allait être clôturée. Ça ferait une bonne pâture. Poursuivant leur chemin, ils finissaient par faire le tour

---

1. Période de rut chez les lièvres.

de la propriété, s'arrêtant çà et là pour suivre des yeux l'alouette qui montait vers le soleil, ou la pie qui s'affairait à consolider le toit de son nid.

— Camille, tu m'as redonné envie de vivre. Grâce à toi, je ne suis pas loin d'être heureuse, confessa Léona.

— Je ferai tout pour que tu le sois complètement, promit le garçon. Je t'aiderai à oublier ce Paris qui t'a fait tant de mal. Regarde la nature autour de toi, écoute et sens la campagne. Le chant des merles, le jaune des coucous, l'odeur subtile du chèvrefeuille, le soleil qui nous inonde du matin au soir, tu n'avais rien de tout ça, là-bas ?

— C'est vrai, reconnut Léona. Dans Paris, on se déplace sous la terre comme des taupes, ou alors sur les pavés dans des automobiles tonitruantes et fumantes. On peut aussi prendre le fiacre. Je m'y suis toujours refusée car les attelages me faisaient pitié. Les chevaux ont le poil terne, l'œil triste et résigné quand ils sont au repos, apeurés quand ils sont pris dans le flot de la circulation.

— Fille de la campagne, tu ne pouvais pas faire un pied de nez à tes origines. C'est bien que tu y reviennes, c'est ici qu'est notre bonheur, dit sentencieusement Camille...

Ce ne fut pas un 23 avril comme les autres. Cette fois, le soleil était de la partie. Le cortège était bruyant, joyeux, peu discipliné. Léona, resplendissante dans sa longue robe à traîne, était au bras de Paul, son beau-père. Mais c'est à celui de Camille, d'un Camille touché par le bonheur pour la première fois de sa vie que, bague au doigt, elle franchit l'allée centrale de l'église pour déboucher sur le parvis dans une folle envolée de cloches et une pluie de fleurs.

Après les félicitations, elle s'esquiva un instant. Sous le regard attendri de ses oncles qui avaient tenu à être là, elle se dirigea vers le monument aux morts. À genoux, elle se recueillit devant l'effigie du père qu'elle avait tant aimé, embrassa son image puis rejoignit son mari et les invités pour la grande fête du bonheur retrouvé.

ÉPILOGUE

Léona conservera toute sa vie les deux profondes cicatrices dues à la disparition de son père et à sa tragique aventure parisienne.

Comme son père, Camille connaîtra le Stalag.

Entre-temps naîtront deux garçons, Serge en 1933, l'année de l'arrivée de Hitler au pouvoir, et, cinq ans plus tard, le jour même où Camille fut rappelé avec d'autres réservistes en raison des menaces de guerre, votre serviteur.

Composition et mise en pages réalisées
par IND - 39100 Brevans

Achevé d'imprimer par GGP Media GmbH, Pößneck
en août 2007
pour le compte de France Loisirs,
Paris

N° d'éditeur: 49646
Dépôt légal: septembre 2007
Imprimé en Allemagne